LE JARDIN DE SULDRUN

LYONESSE

ŒUVRES DE JACK VANCE

DANS PRESSES POCKET

LA GESTE DES PRINCES-DÉMONS

1. LE PRINCE DES ÉTOILES
2. LA MACHINE A TUER
3. LE PALAIS DE L'AMOUR
4. LE VISAGE DU DÉMON
5. LE LIVRE DES RÊVES

CHRONIQUES DE DURDANE

1. L'HOMME SANS VISAGE
2. LES PALADINS DE LA LIBERTÉ
3. ASUTRA !

LYONESSE

1. LE JARDIN DE SULDRUN
2. LA PERLE VERTE

LES MAÎTRES DES DRAGONS
LES MONDES DE MAGNUS RIDOLPH
UN TOUR EN THAERY
EMPHYRIO
SPACE OPÉRA
LES CINQ RUBANS D'OR
UN MONDE D'AZUR
LES MAISONS D'ISZM
LES DOMAINES DE KORYPHON
LES BALADINS DE LA PLANÈTE GÉANTE
LA VIE ÉTERNELLE

LE LIVRE D'OR DE JACK VANCE

SCIENCE-FICTION

Collection dirigée par Jacques GOIMARD

JACK VANCE

LE JARDIN DE SULDRUN

LYONESSE

Traduit de l'américain par Arlette Rosenblum

PRESSES POCKET

Titre original :

Lyonesse
Book 1
Suldrun's garden

ISBN 2-266-01530-3

à Norma,
épouse et collaboratrice

1. Tawzy Head
2. Throckshaw
3. Poëlitetz
4. Vervold
5. Carrefour de Camperdilly
6. Carrefour de Twitten
7. Montroc
8. Tintzin Fyral
9. Nolsby Sevan
10. Frogmarsh
11. Trilda
12. Ville de Lyonesse
13. Slute Skeme
14. Arquensio

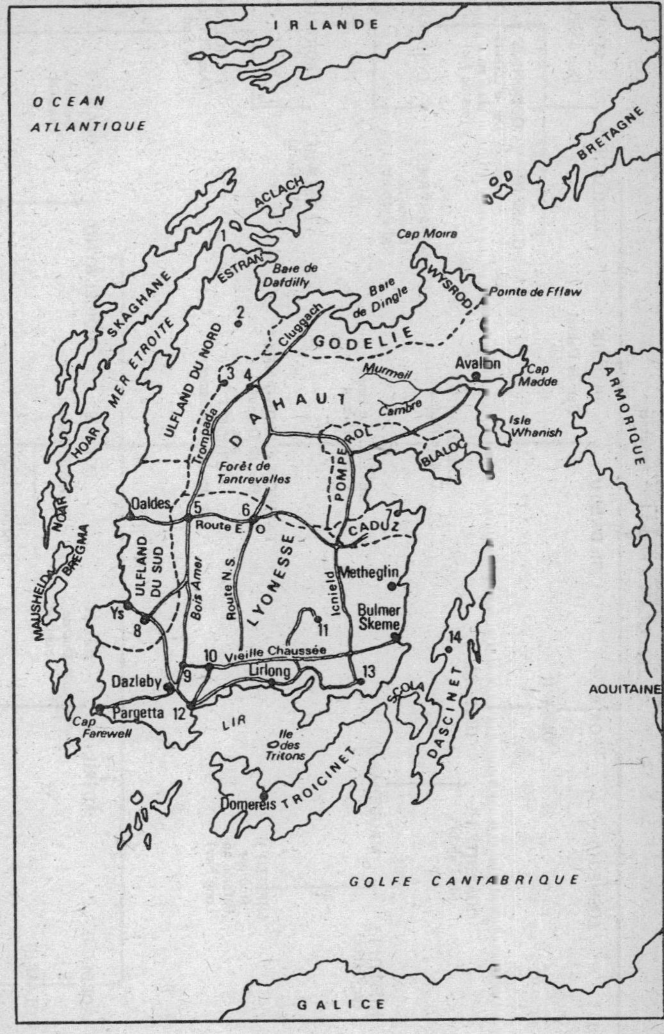
IRLANDE
OCEAN ATLANTIQUE
BRETAGNE
ACLACH
SKAGHANE
ESTRAN
Baie de Dafdilly
Baie de Dingle
Cap Moira
WYSROD
Pointe de Fflaw
MER ETROITE
ULFLAND DU NORD
GODELIE
Cluggach
Avallon
Cap Madde
Murmeil
Cambre
DAHAUT
ARMORIQUE
Isle Whanish
HOAR
Trompada
POMPEROL
BLALOC
Forêt de Tantrevalles
NOAR
Oaldes
Route E. O
CADUZ
BREGMA
MAUSHELD
ULFLAND DU SUD
Bois Amer
Route N.S.
LYONESSE
Icnield
Metheglin
Bulmer Skeme
Ys
Vieille Chaussée
Lirlong
Dazleby
Pargetta
Cap Farewell
LIR
Ile des Tritons
SCOLA
DASCINET
AQUITAINE
TROICINET
Domereis
GOLFE CANTABRIQUE
GALICE
1
2
3
4
5
6
7
8
9
10
11
12
13
14

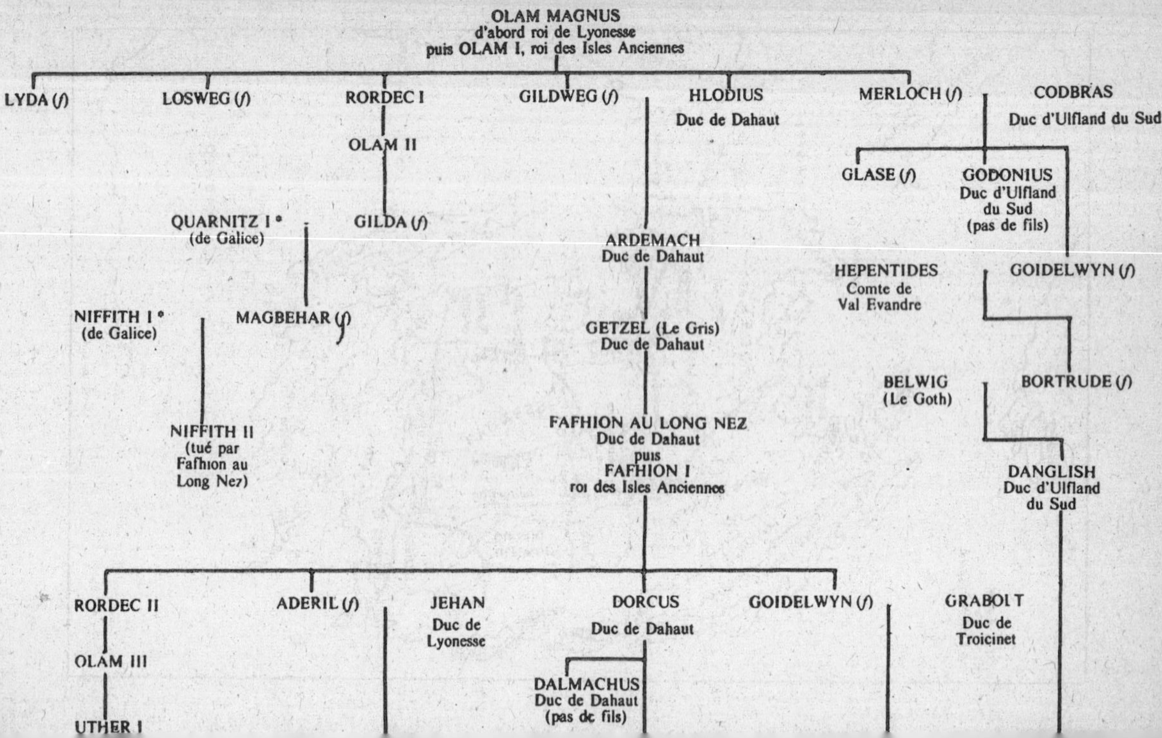
OLAM MAGNUS
d'abord roi de Lyonesse
puis OLAM I, roi des Isles Anciennes
LYDA (ʃ)
LOSWEG (ʃ)
RORDEC I
GILDWEG (ʃ)
HLODIUS
Duc de Dahaut
MERLOCH (ʃ)
CODBRAS
Duc d'Ulfland du Sud
OLAM II
GLASE (ʃ)
GODONIUS
Duc d'Ulfland
du Sud
(pas de fils)
QUARNITZ I *
(de Galice)
GILDA (ʃ)
ARDEMACH
Duc de Dahaut
HEPENTIDES
Comte de
Val Evandre
GOIDELWYN (ʃ)
NIFFITH I *
(de Galice)
MAGBEHAR (ʃ)
GETZEL (Le Gris)
Duc de Dahaut
BELWIG
(Le Goth)
BORTRUDE (ʃ)
NIFFITH II
(tué par
Fafhion au
Long Nez)
FAFHION AU LONG NEZ
Duc de Dahaut
puis
FAFHION I
roi des Isles Anciennes
DANGLISH
Duc d'Ulfland
du Sud
RORDEC II
ADERIL (ʃ)
JEHAN
Duc de
Lyonesse
DORCUS
Duc de Dahaut
GOIDELWYN (ʃ)
GRABOLT
Duc de
Troicinet
OLAM III
DALMACHUS
Duc de Dahaut
(pas de fils)
UTHER I

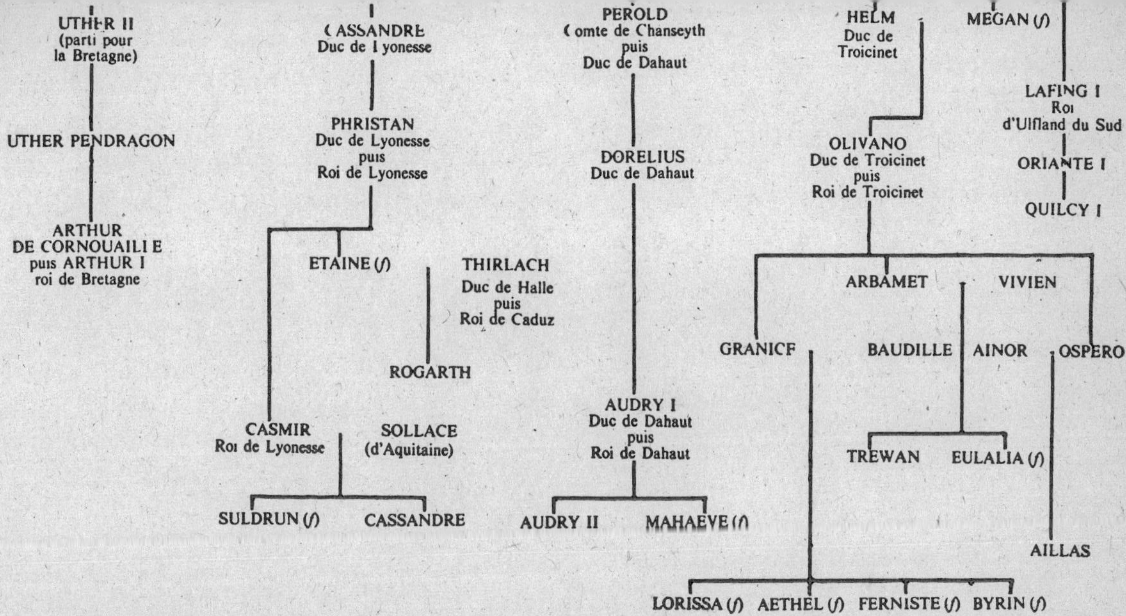

Descendance féminine = (ƒ).
* Les Coucous galiciens.
Les enfants de même sang ne figurant pas dans la ligne directe de succession au trône, les branches collatérales et les unions morganatiques ne sont pas indiquées pour éviter un surcroît de complexité.

NOTE PRÉLIMINAIRE

Les Isles Anciennes et leurs populations : exposé sommaire qui, sans être tout à fait rebutant, peut être négligé par le lecteur peu amateur de documentation.

Les Isles Anciennes, aujourd'hui englouties sous les eaux de l'Atlantique, se trouvaient autrefois au large de la vieille Gaule, dont elles étaient séparées par le Golfe Cantabrique (appelé maintenant Baie de Biscaye).

Les chroniqueurs chrétiens n'ont pas grand-chose à dire sur les Isles Anciennes. Gildas et Nennius mentionnent l'un et l'autre Hybras, par contre Bede n'en parle pas. Geoffrey de Monmouth fait allusion au Lyonesse ainsi qu'à Avallon, et peut-être à d'autres lieux ou événements plus malaisés à identifier avec certitude. Chrétien de Troyes s'extasie sur Ys et ses plaisirs; et Ys sert aussi fréquemment de cadre aux vieux contes populaires armoricains. Les références irlandaises sont nombreuses mais déroutantes et contradictoires [1]. Saint Bresabius de Cardiff propose une liste assez fantaisiste des rois de Lyonesse; saint Colomban tonne contre les « hérétiques, sorcières, idolâtres et Druides » de l'île qu'il appelle « Hy Brasill », le terme médiéval pour « Hybras ». A part cela, les archives sont muettes.

Les Grecs et les Phéniciens ont commercé avec les Isles Anciennes. Les Romains sont venus visiter Hybras et beaucoup s'y sont installés, laissant derrière eux des aqueducs, des routes, des villas et des temples. A l'époque de la décadence de l'Empire, des dignitaires chrétiens ont débar-

1. Voir Glossaire I.

qué en grand apparat à Avallon. Ils ont créé des évêchés, nommé les titulaires appropriés et dépensé du bon or romain pour construire leurs basiliques, dont aucune n'a prospéré. Les évêques ont bataillé avec vaillance contre les dieux d'autrefois, les hafelins et aussi les magiciens, mais peu d'entre eux ont osé pénétrer dans la Forêt de Tantrevalles. Goupillons, encensoirs et anathèmes se sont révélés inopérants contre tels que Dankvin le géant, Taudry Grand-Gosier, les fées [1] de Pithpenny Shee. Des douzaines de missionnaires, exaltés par la foi, ont payé leur zèle un prix terrible. Saint Elric s'était rendu pieds nus au Roc-du-Baiser-Volé avec l'intention de subjuguer l'ogre Magre et de l'amener à la Foi. Selon la relation qu'en transmirent plus tard des conteurs, saint Elric était arrivé à midi et Magre accepta courtoisement d'entendre ce qu'il avait à dire. Elric prononça un sermon vigoureux, tandis que Magre allumait du feu sous sa rôtissoire. Elric exposa sa doctrine, cita l'Ecriture et chanta les gloires de la Foi. Quand il eut fini et prononcé son dernier « Alleluia! », Magre lui donna un cruchon de bière légère pour se rafraîchir la gorge. Tout en aiguisant son couteau, il complimenta Elric sur la ferveur de son éloquence. Puis il trancha la tête d'Elric, découpa, vida, embrocha, fit rôtir et dévora la savoureuse nourriture consacrée, accompagnée d'une garniture de poireaux et de choux. Sainte Uldine avait voulu baptiser un troll dans les eaux d'un lac montagnard, le tarn de la Meira Noire. Elle se montra infatigable; il la viola quatre fois pendant qu'elle s'efforçait de le baptiser, tant et si bien qu'à la fin elle perdit tout espoir d'y réussir. Le temps venu, elle donna naissance à quatre lutins. Le premier de ceux-ci, Ignaldus, devint le père du terrifiant chevalier sire Sacrontine qui ne pouvait pas s'endormir le soir sans avoir tué un chrétien. Les autres enfants de sainte Uldine étaient Drathe, Alleia et Bazille [2]. En Godélie, les Druides ne cessèrent jamais de célébrer le culte de Lug le Soleil, de Matrone la Lune, d'Adonis le Beau, de Kernuun le Cerf, de Mokous le Sanglier, de Kai le Brun, de Sheah le Gracieux et d'innombrables demi-dieux du pays.

Pendant cette période, Olam Magnus de Lyonesse, aidé par Persilian, dit son « Miroir Magique », avait étendu sa

1. Voir Glossaire II
2. Les faits et gestes des quatre ont été relatés dans un volume précieux intitulé « Les Enfants de sainte Uldine ».

souveraineté sur toutes les Isles Anciennes (à l'exception de Skaghane et de la Godélie). Sous le nom d'Olam Ier qu'il s'était donné, il connut un règne long et prospère et eut comme successeurs Rordec Ier, Olam II, puis – pour une brève période – les « Coucous Galiciens » : Quarnitz Ier et Niffith Ier. Après quoi, Fafhion au Long Nez rétablit dans ses droits l'ancienne lignée. Il engendra Olam III, qui transféra de la ville de Lyonesse à celle d'Avallon dans le duché de Dahaut son trône Evandig et cette grande table dénommée la Cairbra an Meadhan, la « Table des Notables » [1]. Quand Uther II, petit-fils d'Olam III, s'est enfui en Bretagne (où il a engendré Uther Pendragon, père d'Arthur, roi de Cornouaille), le pays s'est divisé en dix royaumes : le Dahaut, le Lyonesse, l'Ulfland du Nord, l'Ulfland du Sud, la Godélie, le Blaloc, le Caduz, le Pomperol, le Dascinet et le Troicinet.

Les nouveaux rois trouvèrent de multiples prétextes à querelle et les Isles Anciennes entrèrent dans une période troublée. L'Ulfland du Nord et l'Ulfland du Sud, exposés aux attaques des Skas [2], devinrent des régions incultes livrées à l'anarchie, occupées par des chevaliers pillards et des bêtes horrifiques. Seul le Val Evandre, protégé à l'est par le château Tintzin Fyral et à l'ouest par la cité d'Ys, demeura un havre de paix.

Finalement, le roi Audry Ier de Dahaut adopta une attitude aux conséquences fatales. Il déclara que, puisqu'il était assis sur le trône Evandig, il devrait être reconnu comme roi des Isles Anciennes.

Le roi Phristan de Lyonesse lui lança aussitôt un défi. Audry rassembla une grande armée et s'achemina par la Voie d'Icnield à travers le Pomperol jusqu'en Lyonesse. Le roi Phristan conduisit son armée vers le nord. A la bataille du Mont Orme, les armées s'affrontèrent pendant deux jours et finirent par se séparer pour cause d'épuisement mutuel. Phristan et Audry avaient tous deux péri au combat et les deux armées se retirèrent. Audry II ne reprit pas à son compte les prétentions de son père; sur le plan pratique, Phristan avait gagné la bataille.

Vingt ans passent. Les Skas ont fait d'importantes incursions en Ulfland du Nord et se sont emparés d'une zone

1. La Cairbra an Meadhan a servi, par la suite, de modèle à la Table Ronde du roi Arthur.
2. Voir Glossaire III.

appelée l'Estran du Nord. Le roi Gax, vieux, demi aveugle et désemparé, s'est caché. Les Skas ne se donnent même pas la peine de le chercher. Le roi de l'Ulfland du Sud est Oriante, qui réside au château de Sfan Sfeg près de la ville d'Oäldes. Son fils unique, le prince Quilcy, est faible d'esprit et passe son temps à jouer avec de fantastiques poupées et maisons de poupée. Audry II est roi de Dahaut et Casmir est roi de Lyonesse – et tous deux ont la ferme intention de devenir roi des Isles Anciennes et d'occuper légitimement le trône Evandig.

Pour mémoire : *Gildas*, barde et soldat légendaire de Grande-Bretagne, appartient au VIe siècle. *Nennius* est un chroniqueur anglais de la fin du IXe siècle qui a rassemblé les principaux épisodes de la légende des chevaliers de la Table Ronde sous le titre : *Historica Britannorum*. Saint *Bède* est un moine et historien anglais (673-735) surnommé le Vénérable, célèbre pour son savoir encyclopédique. Il a écrit entre autres une *Histoire ecclésiastique de la nation anglaise* et des *Commentaires de l'écriture sainte*. *Geoffrey* (ou Gaufrey) de Monmouth (1100-1154) est un chroniqueur gallois qui s'est inspiré des légendes populaires pour écrire l'*Historia regum Britannioe* allant jusqu'à la domination saxonne où l'on trouve les *Prophéties de Merlin* et une peinture de la cour du roi Arthur. Son œuvre a eu une grande influence sur le développement de l'esprit courtois dans la chevalerie. *Chrétien de Troyes* (XIIe siècle) est l'initiateur de la littérature courtoise. Saint *Colomban* (VI-VIIe siècle) est un moine irlandais fondateur de monastères en France (Luxeuil) et en Italie. *(N.d.T.)*

I

PAR un triste jour d'hiver, où la pluie tombait à verse sur la ville de Lyonesse, la reine Sollace ressentit les premières douleurs de l'enfantement. Elle fut conduite à la salle de travail et prise en charge par deux sages-femmes, quatre servantes, le médecin Balhamel et la vieille toute ridée nommée Dyldra, qui possédait une grande science des herbes et que d'aucuns tenaient pour sorcière. Dyldra était là par la volonté de la reine Sollace, qui trouvait plus de réconfort dans la foi que dans la logique.

Le roi Casmir fit son apparition. Les soupirs plaintifs de Sollace devinrent des gémissements et elle planta ses doigts crispés dans son épaisse chevelure blonde. Casmir regardait depuis l'autre bout de la pièce. Il portait un simple bliaud écarlate avec une large ceinture violette; une couronne d'or ceignait ses cheveux blond roux. Il s'adressa à Balhamel. « Quels sont les signes?

– Sire, il n'y en a pas encore.

– Il n'existe pas de moyen de deviner le sexe?

– A ma connaissance, aucun. »

Campé dans l'embrasure de la porte, les jambes quelque peu écartées, les mains derrière le dos, Casmir semblait l'incarnation même de la sévère majesté royale. Et, en vérité, c'était une attitude dont il ne se départait jamais, de sorte que les filles de cuisine, étouffant petits rires et gloussements, se demandaient souvent si Casmir gardait sa couronne même sur la couche nuptiale. Il examina Sollace de dessous ses sourcils froncés.

« On dirait qu'elle souffre.

Sa souffrance, sire, n'est pas aussi grande qu'elle

pourrait l'être. Pas encore, du moins. Rappelez-vous, la peur augmente la douleur réellement ressentie. »

A cette observation Casmir ne répliqua rien. Il remarqua dans l'ombre d'un côté de la chambre Dyldra la vieille toute ridée, penchée au-dessus d'un brasero. Il tendit le doigt. « Pourquoi la sorcière est-elle ici?

– Sire, chuchota la sage-femme en chef, elle est venue sur l'ordre de la reine Sollace! »

Casmir grogna. « Elle attirera un mauvais sort sur l'enfant. »

Dyldra ne fit que se courber plus bas encore vers le brasero. Elle jeta une poignée d'herbes sur les charbons ardents; une bouffée de fumée âcre flotta à travers la pièce jusqu'à frôler Casmir au visage; il toussa, recula et quitta la chambre.

La servante tira les rideaux sur le paysage mouillé et alluma les lanternes de bronze. Sur le lit, Sollace gisait raidie, les jambes tendues, la tête rejetée en arrière, sa masse royale captivant l'attention de ceux qui se tenaient là pour prendre soin d'elle.

Les douleurs devinrent aiguës; Sollace poussa un cri, d'abord parce qu'elle avait mal, puis parce qu'elle enrageait d'avoir à souffrir comme une femme du commun.

Deux heures plus tard, le bébé était né : une fille pas bien grosse. Sollace ferma les yeux et se recoucha. Quand l'enfant lui fut apportée, elle ordonna d'un geste qu'on la remporte et ne tarda pas à plonger dans une délassante torpeur.

La célébration qui devait marquer la naissance de la princesse Suldrun fut discrète. Le roi Casmir ne fit pas de proclamation exultante et la reine Sollace refusa audience à tous sauf à un certain Ewaldo Idra, Adepte des Mystères Caucasiens. Enfin – et apparemment pour ne pas faillir à la coutume – le roi Casmir ordonna un grand défilé.

Par une journée de soleil blanc sans chaleur, de vent froid et de nuages filant haut dans le ciel, les portes devant le château du Haidion s'ouvrirent. Quatre hérauts vêtus de satin blanc s'avancèrent, à la majestueuse cadence d'un pas-halte-un pas. De leurs clairons pendaient des gonfalons de soie blanche, où était brodé l'emblème du Lyonesse : un Arbre de Vie noir, sur lequel poussaient douze grenades écarlates [1]. Ils parcoururent quarante mètres, s'immobilisè-

1. Les usages de l'héraldique, de même que la théorie et la pratique de la chevalerie, étaient encore simples et naïfs. Ils ne devaient atteindre que bien des siècles plus tard le plein épanouissement de leur extravagance baroque.

rent, levèrent leurs clairons et sonnèrent la fanfare de « la Bonne Nouvelle ». De la cour du palais, sur des chevaux blancs qui s'ébrouaient, sortirent quatre gentilshommes : Cypris, duc de Skroy; Bannoy, duc de Tremblance; Odo, duc de Folize, et sire Garnel, chevalier banneret du château de Swange, neveu du roi. Ensuite venait le carrosse royal, tiré par quatre licornes blanches. La reine Sollace, drapée dans des atours de velours vert, était assise avec Suldrun qu'elle tenait sur un coussin rouge; le roi Casmir montait son grand cheval noir, Sheuvan, à côté de la voiture. Derrière marchaient les Gardes d'Élite, tous de sang noble, portant des hallebardes de cérémonie en argent. Fermant la marche, roulait une charrette d'où deux jeunes filles lançaient des poignées de sous à la foule.

Le cortège descendit le Sfer Arct, l'avenue centrale de la ville de Lyonesse, jusqu'au Chale, la route qui suivait le demi-cercle du port. Au Chale, le cortège contourna le marché aux poissons et remonta le Sfer Arct jusqu'au Haidion. Devant la porte, des baraques offraient le poisson mariné et les biscuits du roi à tous ceux qui avaient faim; et de l'ale à ceux qui désireraient boire à la santé de la nouvelle princesse.

Pendant tous les mois de l'hiver et du printemps, le roi Casmir ne regarda que deux fois l'enfançonne princière, dans chaque cas gardant ses distances avec un froid détachement. Elle avait contrecarré sa royale volonté en venant au monde du sexe féminin. Il ne pouvait pas l'en punir immédiatement, pas plus qu'il ne pouvait lui accorder la plénitude bienfaisante de sa faveur.

Sollace prit de l'humeur parce que Casmir était mécontent et, avec une série de grands gestes agacés, bannit l'enfant de sa vue.

Ehirme, une jeune paysanne osseuse, nièce d'un aide-jardinier, avait perdu son propre fils nouveau-né victime de l'enfle jaune. Ayant abondance de lait autant que de sollicitude, elle devint la nourrice de Suldrun.

Des siècles auparavant, dans cette période intermédiaire où la légende et l'histoire commencent à se confondre, Blausreddin le pirate avait construit une forteresse derrière une rade rocheuse en demi-cercle. Il ne craignait pas tant un assaut par mer que les coups de main venant des pitons et des gorges de la montagne, au nord de la rade.

Cent ans plus tard, le roi danéen Tabbro enferma la rade

derrière un môle remarquable et ajouta à la forteresse la Vieille Salle, de nouvelles cuisines et une série de chambres à coucher. Son fils, Zoltra Brillante-Etoile, construisit un quai de pierre massif et dragua le port afin que n'importe quel navire au monde puisse venir s'ancrer au quai [1].

Le Haidion du roi Casmir dressait vers le ciel cinq grosses tours : la Tour de l'Est, la Tour du Roi, la Haute Tour (également appelée le Nid-d'Aigle), la Tour de Palaemon et la Tour de l'Ouest. On y comptait cinq salles principales : la Grande Salle; la Salle d'Honneur; la Vieille Salle; la Clod an Dach Nair ou Salle de Banquet; et le Petit Réfectoire. Entre toutes, la Grande Salle était remarquable par son oppressante majesté, qui paraissait dépasser les limites de l'art humain. Les proportions, les espaces et masses, les contrastes d'ombre et de lumière qui changeaient du matin au soir et de même à l'illumination mouvante des flambeaux, tout contribuait à impressionner les sens. Les voies d'accès étaient presque des ajouts; en tout cas, personne ne pouvait faire d'entrée spectaculaire dans la Grande Salle. A une extrémité, un porche donnait sur un étroit palier d'où six larges marches descendaient dans la salle, entre des colonnes tellement massives que deux hommes, bras tendus, ne parvenaient pas à les étreindre. D'un côté, une rangée de hautes fenêtres, vitrées de verre épais à présent violacé par le temps, laissaient pénétrer un demi-jour blafard. La nuit, des torches dans des appliques de fer semblaient projeter autant de pénombre que de clarté. Douze tapis mauritaniens tempéraient la dureté du sol de pierre.

Une porte de fer à deux battants ouvrait sur la Salle d'Honneur qui, par ses dimensions et proportions, ressemblait à la nef d'une cathédrale. Un épais tapis cramoisi courait de l'entrée au trône royal. Le long des murs étaient alignés cinquante-quatre sièges massifs, chacun identifié par un emblème de noblesse accroché au mur au-dessus. Sur ces sièges, les jours de cérémonie, prenaient place les grands de Lyonesse, chacun sous l'emblème de ses ancêtres. Le trône royal avait été Evandig jusqu'à ce qu'Olam III l'emporte en Avallon, ainsi que la table ronde Cairbra an Meadhan. La table où les plus nobles d'entre les nobles pouvaient lire leur nom à leur place avait occupé le centre de la salle.

1. D'après la légende, aussi bien Tabbro que Zoltra Brillante-Etoile avaient embauché Joald, un géant sous-marin, afin de les aider dans leurs entreprises, en échange d'une compensation dont on ne sait rien.

La Salle d'Honneur avait été ajoutée par le roi Carles, dernier de la dynastie méthéwène. Chlowod le Rouge, premier des Tyrrhéniens [1], avait étendu les limites du Haidion à l'est du Mur de Zoltra. Il avait fait paver l'Urquial, l'ancienne place d'armes de Zoltra, et construire à l'arrière le massif Peinhador, où furent logés une infirmerie, des casernements et un pénitencier. Les cachots sous la vieille armurerie furent abandonnés – et laissés à pourrir dans l'humidité les antiques cages, chevalets de torture, grils, roues, potences d'estrapades, étaux, coins et machines à tordre.

Les rois continuèrent à régner, l'un après l'autre, et chacun augmenta le nombre des salles, couloirs, perspectives, galeries et tourelles du Haidion, comme si chacun, méditant sur la mortalité, cherchait à s'intégrer à ce Haidion éternel.

Pour ceux qui y vivaient, le Haidion était un petit univers indifférent aux événements d'ailleurs, encore que la membrane de séparation n'ait pas été imperméable. Il y avait des rumeurs venues de l'étranger, une attention prêtée aux changements de saison, des arrivées et des excursions, de temps à autre une nouveauté ou une inquiétude; mais c'étaient des murmures assourdis, des images vagues, qui remuaient à peine les organes du palais. Une comète flamboyait à travers le ciel? Merveilleux ... mais oublié quand Shilk le garçon de cabaret donnera un coup de pied au chat de l'aide-cuisinier. Les Skas ont dévasté l'Ulfland du Nord? Les Skas sont de vraies bêtes sauvages; mais ce matin, après avoir mangé son porridge arrosé de crème, la duchesse de Skroy a découvert une souris noyée au fond du pot à crème et ça c'est de l'émotion à l'état pur, avec ses exclamations et ses souliers lancés sur les servantes!

Les lois qui régissaient ce petit univers étaient précises. Le statut personnel était défini avec la plus minutieuse discrimination, du rang suprême au rang le plus humble du bas de l'échelle. Chacun connaissait sa qualité et comprenait la distinction délicate entre le rang plus élevé que le sien (à minimiser) et moins élevé (à souligner et à maintenir). D'aucuns empiétaient sur la position supérieure à la leur, ce qui était générateur de tension; l'aigre relent de la rancoeur flottait dans l'air. Chacun scrutait la conduite de ceux qui étaient au-dessus, tout en dissimulant ses propres affaires à

1. Le grand-père de Chlowod était un Etrusque des Baléares.

ceux qui étaient au-dessous. Les personnages royaux étaient observés avec soin; leurs habitudes étaient discutées et analysées dix fois par jour. La reine Sollace déployait une grande cordialité envers les prêtres et les zélotes religieux et montrait beaucoup d'intérêt pour leurs croyances. Elle passait pour frigide et ne prenait jamais d'amant. Le roi Casmir rendait régulièrement une visite conjugale à son lit, une fois par mois, et ils procédaient avec une majestueuse importance, comme s'accouplent deux éléphants.

La princesse Suldrun occupait une place particulière dans la structure sociale du palais. L'indifférence du roi Casmir et de la reine Sollace avait été dûment notée; de légers manquements à la politesse pouvaient donc être infligés à Suldrun en toute impunité.

Les années passèrent et, sans qu'on s'en soit aperçu, Suldrun devint une enfant silencieuse aux longs cheveux blonds et soyeux. Parce que personne ne jugea convenable d'en décider autrement, Ehirme fit dans l'échelle sociale un bond du statut de nourrice à celui de femme de chambre attachée au service de la princesse.

Ehirme, ignorante de l'étiquette et guère douée en d'autres domaines, avait assimilé le savoir de son grand-père celte, qu'au fil des saisons et au cours des années elle transmit à Suldrun : contes et fables, les périls de lieux lointains, les parades contre les espiègleries des fées, le langage des fleurs, les précautions à prendre quand on se trouve au-dehors à minuit et comment éviter les fantômes, la connaissance des bons arbres et des mauvais arbres.

Suldrun apprit l'existence de pays qui s'étendaient au-delà du château. « Deux routes partent de la ville de Lyonesse, dit Ehirme. Tu peux aller au nord par les montagnes si tu suis le Sfer Arct, ou tu vas à l'est en franchissant la Porte de Zoltra et en traversant l'Urquial. Tu ne tardes pas à arriver à ma petite maison et à nos trois champs où nous cultivons des choux, des navets et de l'herbe à foin pour les bêtes; puis la route bifurque. A droite, tu suis le rivage du Lir tout du long jusqu'à Slute Skeme. A gauche, tu te diriges vers le nord et tu rejoins la Vieille Chaussée qui passe à côté de la Forêt de Tantrevalles où vivent les fées. Deux routes pénètrent dans la forêt, du nord au sud et d'est en ouest.

– Raconte ce qui arrive quand elles se croisent! » Suldrun le savait déjà, mais la saveur des récits d'Ehirme la ravissait.

Ehirme l'avertit. « Je ne suis jamais allée aussi loin, tu

penses bien ! Mais ce que dit grand-père, c'est ceci : au temps jadis, le carrefour se déplaçait parce qu'il était un lieu enchanté qui ne restait jamais en repos. Cela n'avait pas grande importance pour le voyageur car, somme toute, il mettait un pied devant lui puis l'autre, la route finissait par être parcourue et le voyageur ne s'apercevait pas qu'il avait vu deux fois plus de forêt qu'il ne l'avait escompté. Les plus ennuyés étaient les gens qui vendaient leurs marchandises chaque année à la Foire des Gobelins et justement voilà-t-y pas qu'elle se tenait au carrefour la nuit du solstice d'été mais, quand ils arrivaient là-bas, le carrefour s'en était allé cinq kilomètres plus loin, et pas la moindre foire en vue.

« Vers cette époque, les magiciens s'opposaient dans une lutte terrible. Murgen s'est révélé le plus fort et a vaincu Twitten, dont le père était un hafelin [1], la mère une prêtresse chauve du Kaï Kang sous les Montagnes de l'Atlas. Que faire du magicien vaincu, qui bouillonnait de haine et de méchanceté? Murgen l'a enroulé sur lui-même et forgé dans un robuste pieu de fer, long de trois mètres et gros comme ma jambe. Puis Murgen a emporté ce pieu enchanté au carrefour, il a attendu que le carrefour revienne à sa place normale, il a enfoncé le pieu bien profond au centre, clouant le carrefour de façon qu'il ne puisse plus bouger, et tous les gens de la Foire des Gobelins se sont réjouis et ont fait de grands compliments de Murgen.

– Parle-moi de la Foire des Gobelins!

– Eh bien donc, c'est l'emplacement et l'époque où les hafelins et les humains peuvent se rencontrer sans qu'aucun nuise à un autre, pour autant qu'il reste poli. Les petites gens installent des éventaires et vendent toutes sortes de belles choses : de l'étoffe en fils de la Vierge et du vin de violettes dans des flacons d'argent, des livres de grimoire magique écrits avec des mots qu'on ne peut pas se sortir de la tête une fois qu'ils y sont entrés. Tu y verras toutes les variétés de hafelins : des fées et des gobelins, des trolls et des merrihews, et même par-ci par-là un falloy, quoique ceux-là se montrent rarement, par timidité, en dépit du fait qu'ils sont les plus beaux de tous. Tu entendras des chants et de la musique et beaucoup de tintement d'or des fées qu'elles extraient des boutons d'or en les pressant. Oh, c'est un fameux petit peuple, ces êtres fées!

1. *Hafelin* ou *halfling* : être en partie humain, en partie surnaturel à apparence humaine et doté de pouvoirs magiques. (*N.d.T.*)

– Raconte-moi comment tu les as vus!

– Oh, ça! C'était il y a cinq ans, quand j'habitais avec ma soeur qui a épousé le savetier du village du Marais-aux-Grenouilles. Une fois, juste à la brune, je m'étais assise près de l'échalier pour me reposer les os et regarder le soir tomber sur le pré. J'ai entendu *drelin-drelin*, alors j'ai regardé et j'ai écouté. De nouveau : *drelin-drelin* et là, à moins de vingt pas, venait un petit bonhomme avec une lanterne qui projetait une lueur verte. A la pointe de son bonnet pendait une clochette d'argent qui tintait *drelin-drelin* à chacun de ses bonds. Je n'ai pas plus bougé qu'une souche jusqu'à ce qu'il soit passé avec sa clochette et sa lanterne verte, et voilà tout.

– Raconte l'ogre!

– Non, ça suffit pour aujourd'hui.

– Raconte, dis, s'il te plaît.

– Ma foi, en vérité, je n'en sais pas tant que ça. Les hafelins sont de plusieurs sortes, aussi différentes que le renard l'est de l'ours, si bien que fée, ogre, gobelin et lutin ne se ressemblent pas. Tous sont ennemis les uns des autres, sauf à la Foire des Gobelins. Les ogres habitent au fond des bois et, c'est vrai, ils emportent les enfants et les rôtissent à la broche. Alors ne pénètre jamais trop loin dans la forêt pour chercher des mûres, tu serais perdue.

– Je ferai attention. Maintenant dis-moi....

– C'est l'heure de ton porridge. Et aujourd'hui, qui sait? Il y a peut-être une jolie pomme rose dans mon sac là-bas.... »

Suldrun déjeunait dans son petit salon ou, si le temps était beau, dans l'orangerie : elle grignotait à petites bouchées et absorbait à petites gorgées ce qu'il y avait dans la cuillère qu'Ehirme tenait devant sa bouche. Le temps vint ainsi que se doit où elle se nourrit elle-même, avec des mouvements précautionneux et une grave concentration, comme si la chose la plus importante du monde était de manger délicatement sans se salir.

Ehirme trouvait ces façons absurdes autant qu'attendrissantes, alors elle s'avançait parfois derrière Suldrun et disait « Hou! » dans son oreille, juste au moment où Suldrun ouvrait la bouche pour une cuillerée de soupe. Suldrun feignait d'être furieuse et en faisait reproche à Ehirme : « Quel vilain tour! » Puis elle recommençait à manger, en surveillant prudemment Ehirme du coin de l'oeil.

Une fois sortie de l'appartement de Suldrun, Ehirme se

déplaçait aussi discrètement que possible mais, peu à peu, s'imposa l'évidence qu'Ehirme la paysanne avait pris le pas sur ses supérieurs. L'affaire fut soumise à Dame Boudetta, Intendante de la Maison du Roi, personne sévère et inflexible, issue de la petite gentilhommerie. Ses fonctions étaient variées : elle supervisait les servantes, surveillait leur vertu, arbitrait les questions de bienséance. Elle connaissait les conventions particulières du palais. Elle était un compendium de renseignements généalogiques et de masses plus grandes encore de potins.

Bianca, une caméristе en titre, fut la première à se plaindre d'Ehirme. « Elle n'est pas des nôtres et elle n'habite même pas au palais. Elle arrive en puant la porcherie et maintenant elle arbore de grands airs, tout ça parce qu'elle balaie la chambre à coucher de la petite Suldrun.

– Oui, oui, répliqua Dame Boudetta d'une voix modulée par son long nez busqué. Je suis au courant.

– Autre chose! » Bianca parlait maintenant avec une sournoise insistance. « La princesse Suldrun, nous le savons tous, n'a pas grand-chose à dire et est peut-être même un peu arriérée ...

– Bianca! Cela suffit!

– ...mais quand elle ouvre la bouche son accent est atroce! Qu'est-ce qui se passera quand le roi Casmir décidera de converser avec la princesse et entendra la voix d'un garçon d'écurie?

– Votre remarque est pertinente, déclara avec hauteur Dame Boudetta. Toutefois, j'y ai déjà réfléchi.

– N'oubliez pas, j'ai les qualités requises pour la charge de femme de chambre personnelle et mon accent est excellent, je suis aussi parfaitement au courant de tous les usages concernant le maintien et l'habillement.

– J'y songerai. »

Finalement, Dame Boudetta nomma au poste une dame de qualité appartenant à la petite noblesse : en fait, sa cousine Dame Maugelin, envers qui elle avait une dette de reconnaissance. Ehirme fut aussitôt congédiée et renvoyée chez elle le pas traînant et la tête basse.

Suldrun, à cette époque, avait quatre ans, elle se montrait ordinairement docile, douce de caractère et facile à vivre, encore qu'un peu distante et pensive. En apprenant ce changement, elle resta figée de stupeur. Ehirme était le seul être vivant qu'elle aimait en ce monde.

Suldrun ne poussa pas les hauts cris. Elle grimpa jusqu'à

sa chambre et, pendant dix minutes, resta à contempler la ville au-dessous d'elle. Puis elle enveloppa sa poupée dans un foulard, enfila son manteau à capuchon en douce laine d'agneau grise et quitta sans bruit le palais.

Elle remonta en courant la galerie ouverte ornée d'arcades qui flanquait l'aile est du Haidion et se glissa sous le Mur de Zoltra par un corridor humide long de six mètres. Toujours courant, elle traversa l'Urquial sans prêter attention au sinistre Peinhador avec son gibet sur le toit d'où pendillaient deux cadavres.

Une fois l'Urquial dépassé, Suldrun s'engagea sur la route au pas de gymnastique jusqu'à ce que la fatigue la prenne, alors elle marcha. Suldrun connaissait pertinemment l'itinéraire à suivre : la route jusqu'au premier chemin, ensuite à gauche jusqu'à la première maison.

Elle poussa timidement la porte, pour trouver Ehirme assise devant une table, la mine sombre, en train d'éplucher des navets pour la soupe du dîner.

Ehirme ouvrit des yeux ronds de stupéfaction.

« Qu'est-ce que tu fabriques ici?

– Je n'aime pas Dame Maugelin. Je suis venue habiter avec toi.

– Ah, petite princesse, mais ce n'est pas convenable! Viens, nous devons te ramener là-bas avant qu'on se mette à te chercher. Qui t'a vue partir?

– Personne.

– Viens, alors; vite maintenant. Si quelqu'un pose des questions, nous sommes simplement sorties prendre l'air.

– Je ne veux pas rester là-bas toute seule!

– Suldrun, ma petite chérie, il le faut! Tu es une princesse royale, ne l'oublie jamais! Cela signifie que tu fais ce qu'on te dit. Viens tout de suite.

– Mais je ne veux pas faire ce qu'on me dit si cela signifie que tu ne seras plus là.

– Bon, on verra. Dépêchons-nous, peut-être que nous pourrons rentrer sans qu'on s'en aperçoive. »

Mais on avait déjà remarqué que Suldrun n'était pas là. Si sa présence au Haidion ne comptait particulièrement pour personne, par contre son absence était une affaire d'importance capitale. Dame Maugelin avait fouillé en entier la Tour de l'Est, depuis le grenier sous les combles couverts d'ardoises où l'on savait que Suldrun avait l'habitude de monter (toujours à s'esquiver et se dissimuler, cette cachottière de petite diablesse! songea Dame Maugelin), jusqu'à l'observatoire où le roi Casmir venait inspecter le port et aux chambres de l'étage suivant, qui comprenaient l'appartement de Suldrun. A la fin, échauffée, épuisée et pleine d'appréhension, elle redescendit au rez-de-chaussée où elle s'arrêta en proie à un mélange de soulagement et de fureur en voyant Ehirme et Suldrun pousser la lourde porte et entrer sans bruit dans le vestibule au bout de la galerie principale. Dans un furieux envol de jupes, Dame Maugelin descendit les trois dernières marches et fonça sur les arrivantes. « D'où venez-vous? Nous sommes tous dans un état d'anxiété suprême! Venez; nous devons aller trouver Dame Boudetta; la question est de son ressort! »

Dame Maugelin s'éloigna à grands pas dans la galerie puis dans un couloir qui s'y embranchait jusqu'au bureau de Dame Boudetta, suivie avec inquiétude par Ehirme et Suldrun.

Dame Boudetta écouta le compte rendu surexcité de Dame Maugelin et son regard allait alternativement de Suldrun à Ehirme. L'affaire semblait de peu de conséquence; au fond, insignifiante et ennuyeuse. Toutefois, elle représentait une certaine insubordination et devait donc être réglée, avec rondeur et décision. La question de faute n'entrait pas en ligne de compte; Dame Boudetta classait l'intelligence de Suldrun, si lente qu'elle puisse être, à peu près au même niveau que la stupidité rêveuse et paysanne d'Ehirme. Il était impossible, naturellement, de punir Suldrun; même Sollace entrerait en courroux si elle apprenait que la chair royale avait tâté du fouet.

Dame Boudetta traita l'affaire en femme d'expérience. Elle posa sur Ehirme un regard froid. « Eh bien, femme, qu'avez-vous fait? »

Ehirme, dont l'esprit en vérité n'était point agile, dévisagea Dame Boudetta d'un air incompréhensif. « Je n'ai rien fait, ma dame. » Puis, avec l'espoir de faciliter les choses pour Suldrun, elle ajouta maladroitement : « C'était juste une de nos petites promenades habituelles. N'est-ce pas, chère princesse? »

Suldrun, ses yeux allant du profil d'aigle de Dame Boudetta aux rondeurs de Dame Maugelin, ne découvrit que des expressions de froide aversion. Elle déclara : « Je suis allée faire un peu de marche, c'est vrai. »

Dame Boudetta fondit sur Ehirme. « Comment osez-vous prendre sur vous de pareilles libertés! N'avez-vous pas été renvoyée de votre poste?

– Oui, ma dame, mais ce n'était pas du tout ça...
– Fi donc, plus un mot. Je ne veux pas entendre d'excuses. » Boudetta appela du geste un valet. « Conduisez cette femme dans la cour et assemblez le personnel. »

Sanglotant de désarroi, Ehirme fut conduite dans la cour de service près de la cuisine – et un geôlier fut mandé du Peinhador. Le personnel du palais fut aligné pour assister à la chose, tandis qu'Ehirme était courbée sur un tréteau par deux valets en livrée du Haidion. Le geôlier arriva : un homme massif de carrure, à la barbe noire, avec une peau blême presque couleur de lavande. Il prit place de côté, dévisageant les servantes et faisant siffler son fouet de brins d'osier.

Dame Boudetta se tenait sur un balcon, avec Dame Maugelin et Suldrun. D'une voix nasale et claire, elle cria : « Attention, gens du personnel ! Je cite cette femme, Ehirme, pour malfaisance ! Par sottise et insouciance, elle a séquestré la personne de notre bien-aimée princesse Suldrun, nous causant chagrin et consternation. Femme, proclamerez-vous maintenant votre contrition ? »

Suldrun s'exclama : « Elle n'a rien fait ! Elle m'a ramenée à la maison ! »

Assaillie par cette émotion particulière qui s'empare des spectateurs à une exécution, Dame Maugelin poussa l'audace jusqu'à pincer le bras de Suldrun et à la tirer brutalement en arrière. « Silence ! » intima-t-elle d'une voix sifflante.

Ehirme se récria lamentablement : « Que je sois blâmée si j'ai mal agi ! Je n'ai fait que ramener la princesse, en me dépêchant. »

Soudain, avec une totale clarté, Dame Boudetta comprit ce qui s'était passé. Sa bouche s'affaissa. Dame Boudetta avança d'un pas. Les choses étaient allées trop loin; sa dignité était en jeu. Nul doute qu'Ehirme avait échappé au châtiment pour d'autres fautes. Elle avait toujours sa conduite outrecuidante à payer.

Dame Boudetta leva la main. « Pour tous, une leçon à apprendre ! Travaillez avec application ! Ne vous montrez jamais présomptueux ! Respectez vos supérieurs ! Regardez et que cela vous soit une leçon profitable ! Gardien ! Huit coups, rigoureux mais justes. »

Le geôlier recula, abaissa sur son visage un masque noir d'exécuteur, puis se dirigea vers Ehirme. Il rejeta par-dessus les épaules d'Ehirme sa jupe de landier brun, exposant à la vue une paire d'amples fesses blanches. Il leva haut les verges d'osier. *S-s-s-s-clac!* Cri étranglé jailli d'Ehirme. Des assistants : un mélange de souffles que l'on suspend et de rires étouffés.

Dame Boudetta regardait d'un air impassible. Dame Maugelin arborait un sourire pincé inexpressif. Suldrun, silencieuse, se mordait la lèvre inférieure. Le geôlier maniait le fouet avec la lenteur de qui s'étudie minutieusement. Sans être un brave homme, il n'aimait pas la souffrance et aujourd'hui il était de bonne humeur. Il donna le tableau d'un effort puissant, roulant des épaules, chancelant, grognant, mais ne transmit en réalité que peu de poids à ses coups et n'enleva pas de peau. Ehirme n'en hurla pas moins à chaque coup, et tous furent impressionnés par la sévérité de sa flagellation.

« ... sept ... huit. Assez, déclara Dame Boudetta. Trinthe, Molotta; occupez-vous de cette femme; pansez son corps avec de la bonne huile et renvoyez-la chez elle. Vous autres : retournez à votre travail! »

Dame Boudetta fit demi-tour, quitta d'un pas autoritaire le balcon pour entrer dans un salon réservé aux serviteurs de haut rang – tels qu'elle-même, le sénéchal, le trésorier, le commandant des gardes du palais et le maître intendant – où ils pouvaient prendre des rafraîchissements et conférer. Dame Maugelin et Suldrun suivaient.

Dame Boudetta se tourna vers Suldrun, pour la trouver déjà à mi-chemin de la porte. « Petite! Princesse Suldrun! Où allez-vous? »

Dame Maugelin courut sur ses lourdes jambes barrer le passage à Suldrun.

Celle-ci s'arrêta et regarda une femme après l'autre, les yeux luisants de larmes.

« Accordez-moi votre attention, je vous prie, princesse, dit Dame Boudetta. Nous commençons quelque chose de nouveau, qui a peut-être été retardé trop longtemps : votre éducation. Vous devez apprendre à être une grande dame digne de ce nom. Dame Maugelin vous instruira.

– Je ne veux pas d'elle.

– Néanmoins vous l'aurez, par ordre exprès de notre gracieuse reine Sollace. »

Suldrun regarda Dame Boudetta bien en face. « Un jour, je serai reine. Alors vous serez fouettée. »

Dame Boudetta ouvrit la bouche, puis la referma. Elle fit un pas rapide vers Suldrun, qui se tenait mi-passive miprovocante. Dame Boudetta s'immobilisa. Dame Maugelin, souriant sans gaieté, observait la scène à l'écart, les yeux roulant dans plusieurs directions.

Dame Boudetta prit la parole d'une voix croassante, péniblement adoucie. « Allons, princesse Suldrun, je n'agis que par dévouement envers vous. Il ne sied ni à une reine ni à une princesse de se montrer méchamment vindicative.»

De Dame Maugelin vint une onctueuse corroboration : « Oui certes, ce n'est pas séant. Rappelez-vous-le pour Dame Maugelin!

– La punition est maintenant accomplie, déclara Dame Boudetta, toujours d'une voix contrainte et mesurée. Chacun ne s'en portera sûrement que mieux; maintenant nous devons n'y plus penser. Vous êtes la précieuse princesse Suldrun, et l'honnête Dame Maugelin vous enseignera les usages.

– Je ne veux pas d'elle. Je veux Ehirme.

– Fi donc, soyez docile. »

Suldrun fut conduite à sa chambre. Dame Maugelin se jeta lourdement dans un fauteuil et se mit à travailler à une broderie. Suldrun alla à la fenêtre et laissa son regard se perdre au-delà du port.

Dame Maugelin grimpa lourdement les marches de pierre de l'escalier en colimaçon conduisant à l'appartement de Dame Boudetta, ses hanches roulant et saillant sous sa robe marron foncé. Au deuxième étage, elle s'arrêta pour reprendre haleine, puis elle se dirigea vers une porte de bois ogivale en planches épaisses ajustées et reliées par des bandes de fer noir. La porte était entrebâillée. Dame Maugelin la poussa afin de pouvoir passer son ample personne par l'interstice et le battant s'ouvrit un peu plus avec un grincement de gonds de fer. Elle avança et se posta sur le seuil, fouillant des yeux tous les coins de la pièce à la fois.

Dame Boudetta était assise à une table, offrant à une mésange bleue en cage des graines de colza au bout d'un index long et maigre. « Pique, Dicco, pique! Comme un vaillant oiseau! Ah! Très bien ça. »

Dame Maugelin progressa d'un ou deux pas de loup et, finalement, Dame Boudetta leva les yeux. « Qu'est-ce qui se passe encore? »

Dame Maugelin secoua la tête, tordit ses mains et humecta ses lèvres pincées. « L'enfant est comme une pierre. Je ne peux rien obtenir d'elle. »

Dame Boudetta émit un bref son sec. « Soyez énergique!

Etablissez un emploi du temps! Faites-vous obéir! »
Dame Maugelin ouvrit grands les bras et prononça un seul mot poignant : « Comment! »
Dame Boudetta marqua son agacement par un claquement de langue contre ses dents. Elle reporta son attention sur la cage. « Dicco! Touït, touït, Dicco! Encore une becquée et c'est tout... pas plus! »
Dame Boudetta se leva et, avec Dame Maugelin dans son sillage, descendit au rez-de-chaussée puis monta à l'appartement de Suldrun. Elle ouvrit la porte, jeta un coup d'oeil dans le salon.
« Princesse? »
Suldrun ne répondit pas et, à la vérité, resta invisible.
Les deux dames s'avancèrent dans la pièce. « Princesse? appela Dame Boudetta. Vous vous cachez de nous? Allons, venez; ne soyez pas vilaine. »
Dame Maugelin gémit d'une triste voix de contralto : « Où est cette petite indocile? J'avais donné l'ordre strict qu'elle ne bouge pas de son fauteuil. »
Dame Boudetta regarda dans la chambre à coucher. « Princesse Suldrun? Où êtes-vous? »
Elle inclina la tête de côté pour écouter, mais n'entendit rien. Les pièces étaient vides. Dame Maugelin grommela : « Elle est retournée chez la vachère. »
Dame Boudetta alla à la fenêtre dans l'intention d'avoir une vue de l'est, mais la perspective était bouchée par le toit de tuiles en pente couvrant la galerie aux arcades et la masse effritée du Mur de Zoltra. En bas se trouvait l'orangerie. De côté, à demi masqué par le feuillage vert sombre, elle remarqua le reflet de la roble blanche de Suldrun. Silencieuse et sévère, elle sortit à grands pas de la pièce, suivie par Dame Maugelin qui marmottait et sifflait tout bas entre ses dents serrées des phrases furieuses.
Elles descendirent l'escalier, sortirent et firent le tour jusqu'à l'orangerie.
Assise sur un banc, Suldrun jouait avec un brin d'herbe. Elle remarqua l'approche des deux femmes sans émotion et reporta son attention sur l'herbe.
Dame Boudetta s'arrêta et contempla de son haut la petite tête blonde. La colère s'enflait en elle, mais elle était trop intelligente et trop prudente pour lui donner toute latitude de se matérialiser. Derrière se tenait Dame Maugelin, bouche crispée d'excitation, espérant que Dame Boudetta allait traiter la princesse sans ménagement : une secousse,

un pinçon, une claque sur les fermes petites fesses.

La princesse Suldrun leva les yeux et dévisagea Dame Boudetta pendant un instant. Puis, comme prise d'ennui ou d'apathie, elle détourna le regard et Dame Boudetta resta avec l'étrange impression que ce regard plongeait loin, dans une longue perspective d'années à venir.

Dame Boudetta parla d'une voix rendue rauque par l'effort : « Princesse Suldrun, vous n'êtes pas contente de l'instruction donnée par Dame Maugelin?

– Je ne l'aime pas.

– Mais vous aimez Ehirme? »

Suldrun se borna à imprimer une saccade au brin d'herbe.

« Très bien, dit Dame Boudetta avec majesté. Ainsi en sera-t-il. Nous ne pouvons pas rendre malheureuse notre précieuse princesse. »

Un vif coup d'oeil vers le haut, qui sembla percer à jour Dame Boudetta.

Cette dernière songea avec un amusement amer : si c'est comme ça, c'est comme ça. Du moins nous nous comprenons.

Pour sauver la face, elle dit sévèrement : « Ehirme reviendra, mais il faut que vous prêtiez votre attention à Dame Maugelin qui vous enseignera les bonnes manières. »

II

EHIRME revint et Dame Maugelin continua ses tentatives pour instruire Suldrun, sans plus grand succès qu'auparavant. Suldrun n'était pas tant insubordonnée qu'indifférente; plutôt que d'user ses forces à défier Dame Maugelin, elle se conduisait comme si elle n'existait pas.

Dame Maugelin se trouvait ainsi placée en délicate et ennuyeuse posture; si elle admettait son incapacité, elle risquait que Dame Boudetta lui confie un emploi encore plus désagréable. Donc Dame Maugelin se rendait tous les jours à l'appartement de Suldrun, où Ehirme était déjà.

Les deux tenaient compte de sa présence ou bien gardaient visage de bois, c'est selon. Dans ce dernier cas, Dame Maugelin – arborant un sourire rêveur et regardant dans toutes les directions à la fois – errait dans la pièce en feignant de remettre de l'ordre.

Finalement, elle se dirigeait vers Suldrun avec une assurance désinvolte et gaie. « Voyons, princesse, aujourd'hui, nous devons penser à faire de vous une dame de la cour accomplie. Pour commencer, montrez-moi votre plus belle révérence. »

Comme entrée en matière, Suldrun avait été exercée à exécuter six révérences de divers degrés de cérémonie, principalement par les démonstrations laborieuses de Dame Maugelin, sans cesse recommencées dans de grands craquements d'articulations, jusqu'à ce que Suldrun, prenant pitié, veuille bien s'y essayer à son tour.

Après le repas de midi, qui était servi soit dans l'appartement de Suldrun soit dans l'orangerie si le temps était beau, Ehirme retournait chez elle s'occuper de son propre ménage, tandis que Dame Maugelin s'allongeait pour une sieste. Suldrun aussi était censée dormir mais, dès que la gorge de Dame Maugelin se mettait à crépiter, Suldrun sautait du lit dans ses souliers, longeait le couloir et descendait l'escalier pour explorer les coins et recoins de l'antique palais.

Pendant les lentes heures de l'après-midi, le palais lui-même semblait somnoler – et la frêle petite silhouette se déplaçait dans les galeries et à travers les hautes salles comme une ombre de feu follet.

Quand il faisait du soleil, elle allait à l'orangerie, pour jouer à des jeux pensifs sous l'ombrage de seize vieux orangers; plus souvent, elle se rendait par des cheminements discrets à la Grande Salle et, de là, à la Salle d'Honneur qui lui faisait suite, où cinquante-quatre hauts sièges, rangés le long des murs à droite et à gauche, représentaient les cinquante-quatre plus nobles maisons du Lyonesse.

L'emblème placé au-dessus de chaque siège déterminait, pour Suldrun, la nature foncière du siège : des qualités distinctives, frappantes et complexes. Un des sièges était caractérisé par une duplicité insidieuse et changeante, mais affectait un charme gracieux; un autre arborait une bravoure téméraire et fatale. Suldrun avait décelé une douzaine de variétés de menace et de cruauté, et autant d'affections inconnues impossibles à décrire ou à nommer, qui lui causaient des bouillonnements d'entrailles, ou des frissons sur la peau, ou des sensations érotiques, passagères, plaisantes mais très étranges. Certains sièges aimaient Suldrun et lui accordaient protection; d'autres étaient chargés de danger. Évoluant au milieu de ces entités massives, Suldrun se sentait déprimée et hésitante. Elle avançait à pas lents, s'efforçant de capter des sons inaudibles, guettant de l'œil un mouvement ou un changement des couleurs sourdes. Assise à demi somnolente, à demi sur le qui-vive, entre les bras d'un siège qui l'aimait, Suldrun devenait réceptive. Les voix murmurantes non entendues approchaient le seuil de l'audible, tandis que tragédies et triomphes étaient contés cent fois et cent fois recontés : la conversation des sièges.

Au bout de la salle, un gonfalon cramoisi, brodé d'un Arbre de Vie, pendait des poutres jusqu'au sol. Une fente dans l'étoffe permettait l'accès à un vestiaire : une pièce sombre et sale, où régnait une odeur de poussière datant du fond des âges. Dans cette pièce étaient entreposés divers objets rituels : une coupe taillée dans l'albâtre, des calices, des paquets d'étoffe. Suldrun n'aimait pas cette pièce; elle lui semblait un petit lieu cruel où des actes cruels avaient été projetés et peut-être accomplis, laissant un frémissement subliminal dans l'air.

Parfois les Salles manquaient d'attrait, alors Suldrun sortait longer les parapets de la Vieille Forteresse, d'où il y avait toujours des choses intéressantes à voir sur le Sfer Arct : des voyageurs qui allaient et venaient; des charrettes où s'entassaient haut des barils, des ballots et des bannes; des chevaliers errants en armure cabossée; des grands seigneurs avec leur suite; des mendiants, des érudits nomades, des prêtres et des pèlerins d'une douzaine de sectes; des gentilshommes terriens venus acheter de la bonne étoffe, des épices, toutes sortes de broutilles.

Au nord, le Sfer Arct passait entre les crags Maegher et Yax : géants pétrifiés qui avaient aidé le roi Zoltra Brillante-Étoile à creuser le port de Lyonesse; s'étant montrés rebelles, ils avaient été changés en pierre par Ambre le sorcier : c'est ce qu'on racontait.

Du haut des parapets, Suldrun pouvait contempler le port et de merveilleux navires en provenance de terres lointaines qui grinçaient sur leurs amarres. Ils étaient inaccessibles; s'aventurer aussi loin déclencherait des tempêtes de reproches de la part de Dame Maugelin; elle devrait peut-être comparaître ignominieusement devant la reine Sollace, ou même en la présence impressionnante du roi Casmir. Elle ne souhaitait rencontrer ni l'un ni l'autre : la reine Sollace n'était guère plus qu'une voix impérieuse jaillissant d'un bouillonnement d'atours splendides; le roi Casmir, pour Suldrun, c'était un visage sévère aux yeux bleus saillants, avec des boucles dorées et une couronne d'or au-dessus et une frange de barbe dorée au-dessous.

Risquer une confrontation avec la reine Sollace ou le roi Casmir était impensable. Suldrun restreignit ses aventures aux limites du Haidion.

Quand Suldrun eut sept ans, la reine Sollace devint grosse à nouveau et, cette fois, donna le jour à un garçon. Sollace avait perdu une partie de sa peur et, par conséquent, souffrit beaucoup moins que pour Suldrun. Le bébé fut nommé Cassandre; à son heure, il serait Cassandre V. Il était né pendant la belle période de l'été et les fêtes en l'honneur de sa naissance durèrent une semaine.

Le Haidion hébergea des hôtes éminents venus des quatre coins des Isles Anciennes. Du Dascinet arrivèrent le prince

Othmar et son épouse native d'Aquitaine, la princesse Eulinette, les ducs Athebanas, Helingas et Outrimadax, avec leur suite. Du Troicinet, le roi Granice envoya ses frères princiers Arbamet et Ospero, le fils d'Arbamet qui s'appelait Trewan et le fils d'Ospero, Aillas. De l'Ulfland du Sud vint le grand duc Erwig, apportant un cadeau de naissance : un magnifique coffre en acajou incrusté de calcédoine rouge et de turquoise bleue. Le roi Gax, de l'Ulfland du Nord, assiégé par les Skas, ne se fit pas représenter. Le roi Audry de Dahaut envoya une délégation de nobles et une douzaine d'éléphants sculptés dans de l'ivoire... Et ainsi de suite.

A la cérémonie d'attribution-du-nom dans la Grande Salle, la princesse Suldrun était assise gravement avec six filles de la haute noblesse; en face étaient placés les petits princes Trewan et Aillas de Troicinet, Bellath de Caduz et les trois jeunes ducs de Dascinet. Pour la circonstance, Suldrun portait une robe de velours bleu pâle et ses doux cheveux clairs étaient retenus par un bandeau parsemé de pierres de lune. Elle avait indiscutablement belle mine et attira l'attention soutenue de nombreuses personnes qui, jusque-là, ne s'étaient guère préoccupées d'elle, le roi Casmir compris. Il se dit. « Elle est jolie, c'est certain, bien qu'un peu maigre et pâlotte. Elle a un petit air perdu; peut-être vit-elle trop isolée... Eh bien, tout ceci peut s'arranger. Elle fera un parti enviable. » Et Casmir, que consumait plus que jamais le désir de restaurer l'antique grandeur du Lyonesse, en vint à penser : « Il n'est certainement pas trop tôt pour réfléchir à la question. »

Il inventoria mentalement les possibilités. Le Dahaut, bien sûr, était le grand obstacle à ses projets et le roi Audry était son ennemi juré encore que secret. Un jour, la vieille guerre devrait reprendre, mais plutôt que d'attaquer le Dahaut par l'est, à travers le Pomperol, où les lignes d'opération d'Audry étaient ramassées (ce qui avait été l'erreur fatale du roi Phristan), Casmir espérait attaquer par l'Ulfland du Sud, pour harceler les flancs ouest du Dahaut qui étaient exposés. Et Casmir médita sur l'Ulfland du Sud.

Le roi Oriante, petit homme blême à tête ronde, était velléitaire, extravagant et acariâtre. Il régnait dans son château de Sfan Sfeg, près de la ville d'Oäldes, mais ne savait pas imposer sa loi aux barons farouchement indépendants de la montagne et de la lande. Sa reine, Behus, était aussi grande que corpulente, et elle lui avait donné un seul fils, Quilcy, âgé à présent de cinq ans, quelque peu niais et incapable de retenir la salive qui lui dégoulinait de la bouche. Un mariage entre Quilcy et Suldrun était susceptible d'offrir de grands avantages. Beaucoup dépendait de l'influence que pourrait exercer Suldrun sur un époux faible d'esprit. Si Quilcy était aussi facile à mener que le suggérait la rumeur, une femme intelligente ne se heurterait à aucune difficulté avec lui.

Telles étaient les réflexions du roi Casmir tandis qu'il présidait dans la Grande Salle la fête où son fils allait recevoir officiellement le nom de Cassandre.

Suldrun sentit les yeux de son père fixés sur elle. L'intensité de ce regard la mit mal à l'aise et, pendant un instant, elle craignit d'avoir suscité sa désapprobation. Mais il ne tarda pas à regarder ailleurs et, au soulagement de Suldrun, ne s'occupa plus d'elle.

Juste en face étaient assis les jeunes princes du Troicinet. Trewan avait quatorze ans, et était grand et fort pour son âge. Ses cheveux sombres étaient coupés droit et bas sur le front et pendaient en masses épaisses sur les côtés derrière les oreilles. Ses traits étaient peut-être un peu lourds, mais il n'était nullement laid; en vérité, il avait déjà fait impression chez les chambrières de Zarcone, le château seigneurial du prince Arbamet, son père. Ses yeux se posaient souvent sur Suldrun, d'une façon qu'elle trouvait troublante.

Le second prince troice était Aillas, qui avait deux ou trois ans de moins que Trewan. Il était mince de hanches et carré d'épaules. Ses cheveux plats châtain clair étaient taillés en forme de bonnet couvrant le haut de ses oreilles. Son nez était court et droit; la ligne de sa mâchoire était nette et bien dessinée. Il ne semblait pas remarquer Suldrun, ce qui fit naître chez elle un absurde petit frémissement de vexation, bien qu'elle eût désapprouvé la hardiesse de l'autre prince... Son attention fut détournée par l'arrivée de quatre druides décharnés.

Ils portaient de longues robes de landier marron, serrées par une ceinture et nanties d'une capuche pour dissimuler leurs visages, et chacun portait une branche de chêne cueillie dans leur bosquet sacré. Ils avancèrent à pas traînants, leurs longs pieds blancs apparaissant et disparaissant sous les robes, et se placèrent au nord, au sud, à l'est et à l'ouest du berceau.

Le druide du nord tint la branche de chêne au-dessus de l'enfant et toucha son front avec un périapte de bois, puis prit la parole. « Le Dagda te bénit et t'accorde le bénéfice de ton nom Cassandre. »

Le druide de l'ouest tendit sa branche de chêne. « Brigitte, première fille du Dagda, te bénit et t'accorde le bénéfice de la poésie et te nomme Cassandre. »

Le druide du sud tendit sa branche de chêne. « Brigitte, seconde fille du Dagda, te bénit, te donne le bénéfice d'une santé solide et le pouvoir de guérir, et te nomme Cassandre. »

Le druide de l'est tendit sa branche de chêne. « Brigitte, troisième fille du Dagda, te bénit, te donne le bénéfice du fer, dans l'épée et le bouclier, dans la faucille et la charrue, et te nomme Cassandre. »

Tous tinrent leurs branches de façon à former un dais feuillu au-dessus de l'enfant. « Puisse la lumière de Lug réchauffer ton corps; puisse l'ombre d'Ogma favoriser tes projets; puisse le Lir soutenir tes vaisseaux; puisse le Dagda t'accorder à jamais sa grâce. »

Ils se détournèrent et quittèrent la salle d'une démarche lente rythmée par leurs pieds nus.

Des pages en culotte bouffante écarlate embouchèrent leurs clairons et sonnèrent l'*Honneur à la reine*. La compagnie se leva dans un quasi-silence bourdonnant comme la reine Sollace se retirait appuyée au bras de Dame Lenore, tandis que Dame Desdea présidait au départ du petit prince qu'on emportait.

Des musiciens apparurent dans la tribune, avec tympanon, cornemuse, luth et un cadwal (qui est un violon monocorde propre à jouer des gigues). Le centre de la salle fut débarrassé; les pages sonnèrent une seconde fanfare : *Voyez! le joyeux roi!*

Le roi Casmir s'inclina devant la Dame Arresme, duchesse de Slahan; les musiciens firent résonner un accord majestueux et le roi Casmir mena Dame Arresme prendre place pour la pavane, suivi par les seigneurs et dames du royaume, dans un spectacle imposant de costumes magnifiques de toutes les couleurs, avec chaque geste, chaque pas, chaque salut et position de la tête, de la main et du poignet prescrits par l'étiquette. Suldrun regardait, fascinée : un pas lent, une pause, un petit salut et un balancement des bras dans un mouvement gracieux, puis un autre pas, et le chatoiement de la soie, le bruissement des jupons, aux accents soigneusement mesurés de la musique. O combien sévère et majestueux paraissait son père, même en se livrant à la frivolité de danser la pavane!

La pavane s'acheva et la compagnie se rendit au Clod an

Dach Nair, chacun s'asseyant selon son rang à la table du banquet. Les règles de préséance les plus rigides étaient appliquées; le héraut en chef et un ordonnateur avaient œuvré avec un soin infini, établissant les plus subtiles discriminations. Suldrun était assise juste à la droite du roi Casmir, dans le fauteuil habituellement occupé par la reine. Ce soir, la reine Sollace était souffrante et s'était mise au lit, où elle mangea jusqu'à satiété des tartelettes à la crème, tandis que Suldrun dînait pour la première fois à la même table que son père le roi.

Trois mois après la naissance du prince Cassandre, les conditions de la vie de Suldrun changèrent. Ehirme, déjà mère de deux garçons, donna naissance à des jumeaux. Sa sœur, qui s'était occupée de la maison pendant qu'Ehirme était au palais, se maria avec un pêcheur et Ehirme ne fut plus en mesure de continuer à servir Suldrun.

Presque au même moment, Dame Boudetta annonça que, selon les désirs du roi Casmir, Suldrun devait être instruite en l'art des bonnes manières, de la danse et de tous autres talents et grâces appropriés pour une princesse royale.

Suldrun se résigna à ce programme, qui fut exécuté par diverses dames de la cour. Comme auparavant Suldrun utilisa les heures assoupissantes des débuts d'après-midi pour aller se promener discrètement : dans l'orangerie ou la bibliothèque ou la Salle d'Honneur. De l'orangerie, le chemin menait par une galerie ouverte bordée d'arcades qui montait jusqu'au mur de Zoltra, sous lequel il passait par un couloir voûté pour déboucher sur l'Urquial Suldrun s'aventura jusqu'au couloir et resta dans l'ombre à regarder les hommes d'armes s'exercer à la pique et à l'épée. Ils offraient un magnifique spectacle, pensait Suldrun, à prendre appel du pied, crier, se fendre, se redresser... A droite, un mur croulant flanquait l'Urquial. Presque cachée sous la ramure échevelée d'un vieux mélèze, une antique porte de bois épais, desséchée par l'âge, permettait de franchir le mur.

Suldrun se faufila hors du couloir jusqu'à la zone d'ombre derrière le mélèze. Elle regarda par une fente dans la porte, puis tira sur un verrou qui maintenait en place les panneaux de bois déformés. Elle y mit toute sa force, sans succès. Elle dénicha un caillou et s'en servit comme d'un marteau. Les crampons cédèrent; le verrou s'affaissa de côté. Suldrun poussa; la porte grinça et trembla. Suldrun se retourna et lui donna un bon coup de ses petites fesses rondes. La porte protesta avec une voix presque humaine et s'entrouvrit.

Suldrun s'inséra dans l'interstice et se retrouva en haut d'un ravin qui paraissait descendre directement jusqu'à la mer. S'armant d'audace, elle se risqua à avancer de quelques pas sur un vieux sentier. Elle s'arrêta pour écouter... pas un bruit. Elle était seule. Elle parcourut encore une quinzaine de mètres et arriva près d'un petit édifice en pierre rongée par le temps, à présent vide et abandonné : apparemment un temple très ancien.

Suldrun n'osa pas aller plus loin; on s'apercevrait de son absence et Dame Boudetta la gronderait. Elle tendit le cou pour regarder dans le ravin et aperçut des feuillages d'arbres. A regret, elle fit demi-tour et repartit par où elle était venue.

Une tempête d'automne apporta quatre jours de pluie et de brume sur la ville de Lyonesse – et Suldrun fut confinée dans le Haidion. Le cinquième jour, les nuages se fractionnèrent et des flèches de soleil plongèrent par les déchirures à des angles variés. A midi, le ciel était à demi espace bleu dégagé, à demi bandes de nuages effilochés chassés par le vent.

A la première occasion, Suldrun remonta en courant la galerie aux arcades et passa par le souterrain sous le Mur de Zoltra; puis, après un coup d'œil de précaution pour inspecter l'Urquial, elle se précipita sous le mélèze et de l'autre côté de l'antique porte de bois. Elle repoussa le battant derrière elle et s'immobilisa, vibrante de la sensation d'être isolée du reste du monde.

Elle descendit le vieux sentier jusqu'au temple : une construction octogonale en pierre perchée sur un entablement de pierre, avec la paroi du ravin dressée à la verticale derrière. Suldrun regarda par la petite porte voûtée. Quatre longues enjambées l'auraient amenée au mur du fond, où le symbole de Mithra dominait un autel de pierre bas. De chaque côté, une fenêtre étroite laissait entrer la lumière; des ardoises couvraient le toit. Des feuilles mortes soulevées par le vent avaient pénétré par l'ouverture et s'étaient amoncelées; à part cela, le temple était vide. L'atmosphère avait une odeur tenace de pourriture humide et froide, faible mais déplaisante. Suldrun fronça le nez et recula.

Le ravin descendait en pente abrupte; ses parois prenaient des airs de falaises basses irrégulières. Le sentier obliquait de-ci de-là : entre des pierres, des touffes de thym sauvage, d'asphodèles et de chardons, pour déboucher sur une terrasse où le sol végétal s'entassait en couche épaisse. Deux chênes massifs, qui bloquaient presque le ravin, étaient postés en sentinelles gardant l'antique jardin au-dessous – et Suldrun éprouva la même sensation qu'un explorateur découvrant un pays nouveau. Sur la gauche, la falaise se dressait à une grande hauteur. Un taillis irrégulier d'ifs, de lauriers, de charmes et de myrtes ombrageait un sous-bois de buissons et de fleurs : violettes, fougères, jacinthes, myosotis, anémones; des tertres d'héliotropes parfumaient l'air. A droite, la falaise, presque aussi haute, interceptait le soleil. A son pied croissaient des romarins, des asphodèles, des digitales, des géraniums sauvages, des citronelles; un mince cyprès vert sombre et une douzaine d'énormes oliviers, noueux et tordus, dont le jeune feuillage gris-vert contrastait avec les troncs séculaires.

A l'endroit où le ravin s'élargissait, Suldrun trouva les ruines d'une villa romaine. Il n'en restait rien qu'un sol de marbre craquelé, une colonnade à demi effondrée, un amas de blocs de marbre écroulés dans les herbes folles et les chardons. Au bout de la terrasse poussait un unique vieux tilleul au tronc épais et à l'ample ramure. Au-dessous, le sentier conduisait à une étroite plage de galets, qui s'incurvait entre deux caps où les deux parois escarpées plongeaient dans la mer.

Le vent avait faibli presque jusqu'au calme, mais des lames de houle provoquée par la tempête continuaient à contourner les caps et à se briser sur les galets. Pendant un moment, Suldrun contempla le soleil qui étincelait sur la mer, puis elle se retourna et regarda le ravin. Sans aucun doute, le vieux jardin était enchanté, se dit-elle, et par une magie manifestement bienveillante; elle éprouvait simplement un sentiment de paix. Les arbres se chauffaient au soleil et ne s'occupaient pas d'elle. Les fleurs l'aimaient toutes, à part l'orgueilleuse asphodèle, qui n'aimait qu'elle-même. Des souvenirs mélancoliques frémissaient parmi les ruines, mais ils n'avaient pas de substance, encore moins que des feux follets, et ils n'avaient pas de voix.

Le soleil avançait dans le ciel; Suldrun fit demi-tour à regret pour rentrer. Sa disparition serait remarquée si elle restait là plus longtemps. A travers le jardin elle remonta donc, franchit la vieille porte et redescendit par la galerie aux arcades dans le Haidion.

III

SULDRUN s'éveilla dans une chambre grise et froide et une lugubre lumière mouillée passant par ses fenêtres : les pluies étaient revenues et la chambrière avait négligé d'allumer les feux. Suldrun attendit quelques minutes, puis se glissa hors du lit avec résignation et, les mollets frissonnant dans la fraîcheur, s'habilla et se peigna.

La servante se présenta enfin et alluma précipitamment les feux, craignant que Suldrun se plaigne d'elle à Dame Boudetta, mais ce manquement était déjà sorti de l'esprit de Suldrun.

Elle alla se poster devant la fenêtre. La pluie brouillait le panorama; le port était une flaque d'eau de pluie; les toits de tuile de la ville avaient dix mille formes en de nombreux tons de gris. Où était partie la couleur? La couleur! Quelle chose curieuse! Elle s'exaltait au soleil mais, sous le voile de la pluie, elle s'effaçait : vraiment bizarre. Le petit déjeuner de Suldrun arriva et, tout en mangeant, elle médita sur les paradoxes de la couleur. Le rouge et le bleu, le vert et le violet, le jaune et l'orange, le brun et le noir : chacune avec son caractère et sa qualité particulière, impalpable pourtant...

Suldrun descendit à la bibliothèque pour ses leçons. Son précepteur était maintenant Maître Jaimes, archiviste, érudit et bibliothécaire à la cour du roi Casmir. Suldrun l'avait trouvé d'abord un personnage impressionnant de sévérité et de précision, car il était grand et maigre, et un imposant nez mince comme un bec lui donnait un air d'oiseau de proie. Maître Jaimes avait dépassé de quelques années les premiers élans incontrôlés de la jeunesse mais n'était pas encore vieux ni même d'âge mûr. Sa rude chevelure noire descendait à mi-front et était coupée à ce niveau tout autour du crâne, pendant en saillie au-dessus de ses oreilles; sa peau avait la pâleur du parchemin; ses bras et ses jambes étaient longs et aussi décharnés que son torse; néanmoins il se comportait avec dignité et même avec une curieuse grâce gauche. C'était le sixième fils de sire Crinsey de Hredec, un domaine comprenant trente arpents de colline pierreuse, et n'avait reçu de son père pas autre chose qu'une noble naissance. Il avait décidé d'instruire la princesse Suldrun avec une attention cérémonieuse et impartiale, mais Suldrun apprit vite à le charmer et le déconcerter. Il tomba éperdument amoureux d'elle, bien que prétendant n'éprouver rien de plus qu'une douce indulgence. Suldrun, qui était perspicace quand elle le voulait bien, perça à jour les airs de détachement désinvolte qu'il s'efforçait d'assumer et se chargea de la direction des opérations d'enseignement, comme lorsque Maître Jaimes fronça les sourcils en voyant son écriture et déclara : « Ces A et ces G se ressemblent comme des frères. Nous devons les refaire complètement, en formant les lettres avec soin.

– Mais le tuyau de la plume est cassé!

– Alors taillez-le! Attention maintenant, ne vous coupez pas. C'est un tour de main que vous devez apprendre.

– O-ô-ô-...ô-ô!

– Vous êtes-vous coupée?

– Non. Je m'exerçais pour le cas où je le ferais.

– Inutile de vous exercer. Les cris de douleur viennent d'eux-mêmes très facilement.

– Avez-vous voyagé loin?

– Quel rapport cela a-t-il avec le taillage d'une plume?

– Je me demande si les élèves des pays lointains, comme l'Afrique, taillent leurs plumes d'une façon différente.

– Voilà une question à laquelle je ne saurais répondre.

Jusqu'où avez-vous voyagé?

– Oh ... pas très loin. J'ai fait mes études à l'université d'Avallon, et aussi à Metheglin. Une fois, je suis allé visiter l'Aquitaine.

– Quel est l'endroit le plus lointain du monde?

– Hum. C'est difficile à dire. Le Cathay? L'autre côté de l'Afrique?

– Ce n'est sûrement pas la bonne réponse!

Oh? Dans ce cas, ayez l'obligeance de me l'enseigner.

– Il n'y a pas d'endroit comme ça ; quelque chose de plus éloigné se trouve toujours derrière.

– Oui. Peut-être. Laissez-moi tailler la plume. Là, voilà. Maintenant, revenons à ces A et ces G... »

En ce matin pluvieux où Suldrun se rendit à la bibliothèque pour ses leçons, elle trouva Maître Jaimes déjà à pied d'œuvre, avec une douzaine de plumes taillées et prêtes. « Aujourd'hui, dit Maître Jaimes, vous devez écrire votre nom tout au long en entier et tracé avec tant de parfaite habileté que je m'exclamerai de surprise.

– Je m'appliquerai de mon mieux, dit Suldrun. Ces plumes sont magnifiques.

– Excellentes, en vérité.

– Les barbes sont toutes blanches.

– C'est ma foi vrai.

– Cette encre est noire. Je pense que des barbes noires iraient mieux pour de l'encre noire.

– Je ne trouve pas que cela fasse de différence.

– Nous pourrions essayer de l'encre blanche avec ces plumes blanches.

– Je n'ai pas d'encre blanche, ni non plus de parchemin noir. Donc maintenant...

– Maître Jaimes, ce matin, j'étais intriguée par les couleurs. D'où viennent-elles ? Que sont-elles ? »

Maître Jaimes cligna des paupières et inclina la tête de côté. « Les couleurs ? Elles existent. Nous voyons partout de la couleur.

– Mais elles se montrent et disparaissent. Que sont-elles ?

– Eh bien, franchement, je ne sais pas. Comme c'est intelligent de votre part de poser la question. Ce qui est rouge est rouge et ce qui est vert est vert, on ne peut guère en dire plus. »

Suldrun secoua la tête en souriant. « Parfois, Maître Jaimes, j'ai l'impression d'en savoir autant que vous.

– Ne me blâmez pas. Voyez-vous ces livres, là-bas ? Platon, Cnessus, Rohan, Hérodote... je les ai lus, les uns et les autres, et j'ai appris seulement combien de choses j'ignore.

– Et les magiciens ? Est-ce qu'ils connaissent tout ? »

Maître Jaimes laissa retomber mollement son embarrassante longueur contre le dossier de son fauteuil et renonça à ses espoirs d'une atmosphère cérémonieuse et conforme à l'usage. Il regarda par la fenêtre de la bibliothèque et finit par dire : « Quand j'habitais encore Hredec – j'étais alors très jeune – je me suis lié d'amitié avec un magicien. » Jetant un coup d'œil à Suldrun, il vit qu'il avait capté son attention. « Son nom était Shimrod. Un jour, je me suis rendu en visite à sa maison appelée Trilda et j'ai complètement oublié l'heure. La nuit tomba et j'étais loin de chez moi. Shimrod a attrapé une souris et l'a changée en un beau cheval. « Chevauche jusque chez toi sans désemparer, m'a-t-il dit. Ne descends pas de selle ni ne prends contact avec le sol avant ta destination car, dès que ton pied touchera terre, le cheval redeviendra souris! »

« Et ainsi en fut-il. Je suis revenu dans ce bel équipage, envié de ceux qui me voyaient, et j'ai veillé à mettre pied à terre derrière l'écurie, pour que personne ne s'aperçoive que j'avais chevauché une souris.

« Hélas! Nous perdons notre temps. » Il se redressa sur son fauteuil. « Allons, prenez votre plume, trempez-la dans l'encre et tracez-moi un joli R puisque vous aurez besoin d'écrire votre nom.

– Mais vous n'avez pas répondu à ma question!

– « Les magiciens connaissent-ils tout? » La réponse est non. Maintenant : les lettres, d'une belle écriture régulière.

– Oh, Maître Jaimes, aujourd'hui écrire m'ennuie. Enseignez-moi plutôt la magie.

– Ah! Si je connaissais la magie, resterais-je confiné ici à deux florins par semaine? Non, non, ma princesse, j'ai de meilleurs projets en tête! Je prendrais deux belles souris et les changerais en une paire de magnifiques chevaux, je deviendrais un jeune et beau prince guère plus âgé que vous, et nous irions à cheval par monts et par vaux jusqu'à un merveilleux château dans les nuages, où nous dînerions de fraises à la crème en écoutant la musique de harpes et de clochettes de fée. Hélas, je ne connais pas la magie. Je suis ce pauvre diable de Maître Jaimes et vous êtes la gente et malicieuse Suldrun qui ne veut pas apprendre ses lettres.

– Non, dit Suldrun avec une résolution soudaine. Je vais travailler très dur pour pouvoir lire et écrire, et savez-vous pourquoi? Afin d'apprendre la magie, alors vous n'aurez plus besoin que d'apprendre à attraper des souris. »

Maître Jaimes eut un bizarre rire étranglé. Il se pencha par-dessus la table et lui prit les deux mains. « Suldrun, vous êtes déjà magicienne. »

Pendant un instant, ils se sourirent puis, saisie de confusion, Suldrun courba la tête sur son devoir.

***

Les pluies continuèrent. Maître Jaimes, à marcher dehors dans le froid humide, attrapa la fièvre et ne put enseigner. Personne ne se donna la peine de prévenir Suldrun et elle descendit à la bibliothèque pour la trouver vide.

Pendant un temps, elle s'exerça à écrire et parcourut un livre relié en cuir qui avait été apporté du Northumberland, enluminé de minutieuses représentations de saints dans des paysages peints avec des encres de couleurs vives.

A la fin, Suldrun posa le livre et sortit dans le vestibule. C'était maintenant le milieu de la matinée et des serviteurs s'affairaient dans la Longue Galerie. Des femmes de ménage enduisaient de cire d'abeille les dalles qu'elles frottaient ensuite avec une peau d'agneau; un valet perché sur des échasses de trois mètres regarnissait les appliques avec de l'huile de nénuphar. De l'extérieur du palais, étouffée par les murs qui s'interposaient, parvint la fanfare de clairons, annonçant l'arrivée de notables. En regardant vers la galerie, Suldrun les vit entrer dans le hall de réception : trois seigneurs qui s'ébrouaient et secouaient la pluie de leurs vêtements. Des valets se précipitèrent pour les débarrasser de leurs manteaux, casques et épées. Sur le côté, un héraut enfla sa voix au maximum de sa sonorité : « Du royaume de Dahaut, trois nobles personnages! J'annonce leur identité : Lenard, duc de Mech! Milliflor, duc de Cadwy et de Josselm! Imphal, marquis de la Marche Celte! »

Le roi Casmir s'avança. « Messires, je vous souhaite la bienvenue au Haidion! »

Les trois seigneurs accomplirent une génuflexion rituelle, plongeant du genou droit vers le sol, se redressant en écartant les mains du corps tandis que tête et épaules restaient courbées. Ce cérémonial indiquait une occasion d'importance certaine mais sans atteindre au solennel.

Le roi Casmir leur adressa en retour un geste gracieux de la main. « Messires, pour l'heure je suggère que vous vous hâtiez vers vos chambres, où des feux flambants et des vêtements secs vous réconforteront. Ensuite donc nous nous ferons mutuellement part de nos intentions. »

Sire Milliflor répondit : « Merci, roi Casmir. En vérité, nous sommes trempés; cette maudite pluie ne nous a pas accordé de répit! »

Les visiteurs furent emmenés. Le roi Casmir s'engagea

dans la galerie. Il aperçut Suldrun et s'arrêta net. « Eh bien, qu'est ceci? Pourquoi n'es-tu pas à tes leçons? »

Suldrun voulut masquer l'absence de Maître Jaimes à son poste. « Je viens de finir mon travail pour la journée. Je sais bien écrire toutes les lettres et je sais m'en servir pour composer des mots. Ce matin, j'ai lu un grand livre sur les Chrétiens.

– Ah, ainsi tu as lu? Les lettres et tout?

– Pas toutes les lettres, père. L'écriture était de l'onciale et la langue du latin. J'ai du mal à les déchiffrer toutes les deux. Mais j'ai étudié avec soin les images et Maître Jaimes me dit que je m'en tire bien.

– Cela fait plaisir à entendre. N'empêche, tu dois apprendre à te comporter convenablement et à ne pas te promener dans la galerie sans escorte. »

Suldrun dit avec appréhension : « Père, parfois je préfère être seule. »

Casmir, les sourcils légèrement froncés, se campa les pieds écartés, les mains derrière le dos. Il n'aimait pas l'opposition à ses jugements, surtout émanant d'une fille si petite et inexpérimentée. D'un ton mesuré à dessein afin de préciser les faits avec exactitude une fois pour toutes, il déclara : « Tes préférences doivent parfois s'effacer devant les contraintes de la réalité.

– Oui, père.

– Tu dois garder présente à l'esprit ton importance. Tu es la princesse Suldrun de Lyonesse! Bientôt la noblesse du monde entier viendra te rechercher en mariage et il ne faut pas que tu aies l'air d'un garçon manqué. Nous voulons avoir toute liberté de choisir à notre gré, pour le plus grand avantage de toi-même et du royaume! »

Suldrun dit d'une voix timide : « Père, le mariage n'est rien qui me tienne en souci. »

Casmir ferma à demi les paupières. Encore une fois, cette obstination qui transparaissait! Dans sa réplique, il adopta un ton de rondeur enjouée : « Je l'espère bien! Tu n'es encore qu'une enfant! Toutefois, on n'est jamais trop jeune pour avoir conscience de sa situation. Comprends-tu le mot " diplomatie "?

– Non, père.

– Il signifie avec des relations avec d'autres pays. La diplomatie est un jeu subtil, comme une danse. Le Troicinet, le Dahaut, le Lyonesse, les Skas et les Celtes, tous exécutent des pirouettes, tous sont prêts à se rejoindre par trois ou quatre pour assener leur coup mortel à ceux qui ne font pas partie du groupe. Je dois prendre des mesures pour que le Lyonesse ne soit pas exclu du quadrille. Comprends-tu ce que je veux dire? »

Suldrun réfléchit. « Je crois que oui. Je suis heureuse de ne pas être obligée d'exécuter ce genre de danse. »

Casmir sursauta, en se demandant si elle n'aurait pas que trop bien perçu ce qu'il voulait dire. Il déclara d'un ton bref : « Cela suffit maintenant; retourne vite dans tes appartements! Je parlerai à Dame Desdea; elle te trouvera des compagnes qui conviennent. »

Suldrun ouvrit la bouche pour expliquer qu'elle n'avait pas besoin de nouvelle compagnie mais, ayant levé les yeux vers le visage du roi Casmir, elle retint sa langue et s'en fut.

Afin d'obéir à l'ordre du roi Casmir en son sens exact et littéral, Suldrun monta à son appartement dans la Tour de l'Est. Dame Maugelin ronflait dans un fauteuil, la tête renversée en arrière.

Suldrun regarda par la fenêtre et découvrit que la pluie tombait sans discontinuer. Elle réfléchit un instant, puis passa sur la pointe des pieds devant Dame Maugelin pour entrer dans son cabinet de toilette et enfiler une robe en tissu de lin vert sombre. Jetant par-dessus son épaule un dernier coup d'œil grave à Dame Maugelin, elle quitta l'appartement. L'ordre du roi Casmir avait été obéi; si d'aventure il l'apercevait, elle pourrait le démontrer par son changement de vêtement.

D'un pas précautionneux, marche par marche, elle descendit l'escalier jusqu'à l'Octogone. Là, elle fit halte pour regarder et écouter. La Longue Galerie était déserte; pas un bruit. Suldrun errait dans un palais enchanté où tout le monde était assoupi.

Elle courut à la Grande Salle. La clarté grise qui parvenait à filtrer par les hautes fenêtres se perdait dans l'ombre. A pas de loup, elle alla vers une grande porte étroite dans le long mur, regarda par-dessus son épaule, sa bouche retroussée aux coins des lèvres. Puis elle tira sur le battant massif pour l'ouvrir et se faufila dans la Salle d'Honneur.

La clarté, comme dans la Grande Salle, était grise et faible et la solennité de la salle s'en trouvait rehaussée. Comme toujours, cinquante-quatre hauts sièges étaient alignés le long des murs à droite et à gauche et tous semblaient considérer avec un dédain morose la table qui, avec quatre sièges plus petits lui faisant escorte, avait été placée au centre de la salle.

Suldrun examina ce mobilier intrus avec une égale désapprobation. Il s'immisçait dans l'espace entre les hauts sièges et faisait obstacle à la facilité de leurs relations. Pourquoi commettre une telle maladresse? Nul doute que l'arrivée des trois seigneurs avait imposé cet arrangement. L'idée arrêta net Suldrun. Elle décida de quitter aussitôt la Salle d'Honneur... Mais pas assez vite. Derrière la porte : des voix. Suldrun, surprise, se changea en statue. Puis, désemparée, elle courut de-ci de-là et finit par filer comme une flèche derrière le trône.

Dans son dos pendait le gonfalon cramoisi. Suldrun se glissa par la fente de l'étoffe dans le vestiaire. En se tenant tout près de la draperie et en la tordant pour que les deux pans s'écartent, Suldrun put voir deux valets entrer dans la salle. Aujourd'hui, ils portaient une splendide livrée de cérémonie : une culotte bouffante écarlate, des bas rayés de noir et de rouge, des chaussures à pointe recourbée, des tabards ocre où était brodé l'Arbre de Vie. Ils firent le tour de la salle pour allumer les luminaires appliqués aux murs. Deux autres valets apportèrent une paire de lourds chandeliers de fer noir, qu'ils posèrent sur la table. Les flambeaux, chacun de deux pouces d'épaisseur moulé en cire végétale [1], furent aussi allumés; Suldrun n'avait jamais vu la Salle d'Honneur aussi resplendissante.

Elle commença à être furieuse contre elle-même. Elle était la princesse Suldrun et n'avait pas besoin de se cacher de valets; néanmoins, elle demeura dans sa retraite. Les nouvelles se répandaient vite dans les couloirs du Haidion; si les valets la découvraient, Dame Maugelin ne tarderait pas à être au courant, puis Dame Boudetta, et qui sait jusqu'où l'histoire pouvait monter?

Les valets achevèrent leurs préparatifs et se retirèrent, laissant ouverte la porte de la salle.

Suldrun sortit de sa cachette. Près du trône, elle s'arrêta pour écouter, le visage incliné, fragile et pâle, vibrante d'excitation. Soudain enhardie, elle s'élança en courant à travers la salle. Elle entendit de nouveaux bruits : un tintement de métal, le martèlement de pas lourds; prise de panique, elle fit demi-tour et courut à nouveau derrière le trône. En regardant par-dessus son épaule, elle aperçut le roi

1. Tirée des baies du cirier (*myrica cerifera*). (*N.d.T.*)

Casmir dans tout l'apparat de la puissance et de la majesté. Il pénétra dans la Salle d'Honneur tête haute, menton et courte barbe blonde pointant en avant. Les flammes des appliques se reflétaient sur sa couronne : un simple cercle d'or sous un bandeau de feuilles de laurier en argent. Il portait une longue cape noire tombant presque sur ses talons, un pourpoint noir et marron, des chausses noires, des bottillons noirs. Il n'avait pas d'arme et ne portait aucun ornement. Son visage était froid et impassible, comme d'ordinaire. Il parut à Suldrun l'incarnation d'une pompe redoutable; elle se laissa choir à quatre pattes et rampa sous le gonfalon jusqu'à l'arrière-salle. Finalement, elle reprit assez de courage pour se redresser et risquer un coup d'œil dans la fente.

Le roi Casmir n'avait pas remarqué que le gonfalon remuait. Il se tenait debout près de la table, le dos vers Suldrun, les mains posées sur le siège devant lui.

Des hérauts entrèrent dans la salle, deux par deux, au nombre de huit, chacun portant une bannière où figurait l'Arbre de Vie du Lyonesse. Ils prirent position le long du mur du fond. Dans la pièce s'avancèrent les trois seigneurs qui étaient arrivés plus tôt ce jour-là.

Le roi Casmir attendit que les trois se soient séparés pour gagner leur siège, puis il s'assit, imité par ses trois invités.

Des serviteurs placèrent à côté de chacun une coupe en argent que l'intendant remplit d'un vin rouge foncé contenu dans une cruche d'albâtre. Puis il s'inclina et quitta la salle, et après lui les valets, suivis des hérauts. Les quatre étaient assis seuls à la table.

Le roi Casmir leva sa coupe. « Je vous invite à boire à la joie de nos cœurs, à la résolution de nos difficultés et au succès des buts qui nous sont communs. »

Les quatre hommes burent du vin. Le roi Casmir dit : « Et maintenant, à nos affaires. Nous siégeons sans cérémonie et à huis clos; parlons avec franchise, sans réserve. Une telle discussion nous bénéficiera à tous.

– Nous vous prendrons au mot », déclara sire Milliflor. Il esquissa un petit sourire. « Toutefois, je doute que les désirs de nos cœurs se rejoignent d'aussi près que vous l'envisagez.

– Laissez-moi définir une situation que nous devons tous admettre, répliqua le roi Casmir. Je cite le souvenir des temps anciens, où un pouvoir unique maintenait une paix sereine. Depuis lors, nous avons connu les invasions, les pillages, la guerre et la suspicion. Les deux Ulflands sont des pays désolés et dangereux, où seuls les Skas, les voleurs et les bêtes sauvages osent se risquer. Les Celtes ne sont contenus qu'au prix d'une vigilance constante, comme l'attestera messire Imphal.

– Je l'atteste, dit sire Imphal.

– J'énoncerai donc la situation en termes simples, reprit le roi Casmir. Le Dahaut et le Lyonesse doivent agir de concert. Avec cette force combinée sous un commandement unique, nous serons en mesure de bouter les Skas hors des Ulflands et de soumettre les Celtes. Ensuite le Dascinet, puis le Troicinet; et les Isles Anciennes formeront à nouveau un tout. D'abord : la fusion de nos deux pays. »

Sire Milliflor prit la parole. « Votre analyse est indiscutable. Nous sommes arrêtés par une série de questions. Qui a la primauté? Qui commande les armées? Qui dirige le royaume?

– Ce sont là des questions sans détour, dit le roi Casmir. Laissons les réponses en suspens jusqu'à ce que nous tombions d'accord sur le principe, ensuite nous examinerons ces éventualités. »

Sire Milliflor déclara : « Nous sommes d'accord sur le principe. Étudions maintenant les faits dans leur réalité. Le roi Audry est assis sur l'antique trône Evandig; reconnaîtrez-vous sa prééminence?

– Je ne puis le faire. Toutefois, il nous est possible de régner conjointement en associés égaux. Ni le roi Audry ni le prince Dorcas ne sont de rudes hommes de guerre. C'est moi qui commanderai les armées; le roi Audry s'occupera de la diplomatie. »

Sire Lenard émit un rire sardonique. « A la première divergence d'opinion, il y a grand risque que les armées l'emportent sur les diplomates. »

Le roi Casmir rit aussi. « Nulle nécessité que pareille situation se présente. Que le roi Audry règne en maître jusqu'à sa mort. Ensuite je gouvernerai jusqu'à la mienne. Le prince Dorcas me succédera. Au cas où il n'aurait pas de fils, le prince Cassandre serait l'héritier présomptif.

– L'idée est intéressante, dit sèchement sire Milliflor. Le roi Audry est vieux et vous êtes relativement jeune; ai-je besoin de vous le rappeler? Le prince Dorcas risque d'attendre trente ans sa couronne.

– C'est possible, répliqua le roi Casmir avec indifférence.

– Le roi Audry nous a donné ses instructions, reprit sire Milliflor. Ses inquiétudes sont les mêmes que les vôtres, mais il se méfie de vos ambitions bien connues. Il suppose que vous aimeriez voir le Dahaut engager les hostilités avec les Skas, ce qui vous permettrait d'attaquer le Troicinet. »

Le roi Casmir demeura silencieux un instant, puis sortit de son immobilité et prit la parole. « Audry sera-t-il d'accord de mener une campagne commune contre les Skas?

– Oui certes, si les armées sont sous ses ordres.

– N'a-t-il pas autre chose à proposer?

– Il remarque que la princesse Suldrun sera bientôt en âge de se marier. Il envisage l'éventualité de fiançailles entre la princesse Suldrun et le prince Whemus de Dahaut. »

Le roi Casmir se renversa contre le dossier de son siège. « Whemus est son troisième fils?

– C'est exact, Votre Majesté [1]. »

Le roi Casmir sourit et caressa sa courte barbe blonde. « Unissons plutôt sa première fille, la princesse Cloire, avec mon neveu sire Nonus Roman.

– Nous ne manquerons pas de transmettre votre suggestion à la cour d'Avallon. »

Le roi Casmir but à sa coupe; les émissaires burent également par courtoisie. Le regard du roi Casmir alla d'un visage à l'autre. « Êtes-vous donc de simples messagers? Ou avez-vous vraiment pouvoir de négocier? »

Sire Milliflor déclara : « Nous sommes autorisés à négocier dans les limites fixées par nos instructions. Voudriez-vous formuler à nouveau votre proposition de la façon la plus simple, sans euphémismes? »

Le roi Casmir prit la coupe dans ses deux mains, la souleva à hauteur de son menton et fit passer par-dessus le bord de la coupe le regard de ses yeux bleu clair.

« Je propose que les forces assemblées du Lyonesse et du Dahaut, sous mon commandement, attaquent les Skas et les repoussent de l'autre côté de l'Atlantique, et qu'ensuite nous soumettions les Celtes. Je propose que nous unissions nos royaumes non seulement par la coopération mais aussi par les liens du mariage. Soit Audry soit moi-même, un de nous

1. Les titres honorifiques de l'époque sont modifiés par cent cas particuliers. Il est impossible de les transposer en termes contemporains tant sur le plan de la concision que sur celui de l'exactitude; ils seront par conséquent rendus par des expressions plus familières, encore que simplistes.

deux mourra le premier. Le survivant régnera ainsi sur les royaumes unis, qui seront appelés le Royaume des Isles Anciennes, comme autrefois. Ma fille, la princesse Suldrun, épousera le prince Dorcas. Mon fils, le prince Cassandre, se mariera... convenablement. Voilà ce que je propose.

– Cette proposition a beaucoup en commun avec notre point de vue, déclara sire Lenard. Le roi Audry préfère que les opérations militaires menées sur le sol du Dahaut soient commandées par lui-même. Deuxièmement... »

Les négociations durèrent encore une heure, mais ne firent que souligner l'inflexibilité de l'une et l'autre partie. Comme rien de plus n'avait été espéré, l'entretien s'acheva dans la courtoisie. Les envoyés quittèrent la Salle d'Honneur afin de se reposer avant le banquet du soir, tandis que le roi Casmir demeurait seul à la table, perdu dans ses pensées. Dans le vestiaire, Suldrun regardait fascinée puis saisie de panique quand le roi Casmir prit un des candélabres, fit demi-tour et se dirigea d'un pas lourd vers le vestiaire.

Suldrun en eut les bras et les jambes coupés. Sa présence était connue! Elle réagit, courut vers le côté, plongea dans le coin derrière un coffre de rangement et rabattit un morceau de vieux chiffon par-dessus ses cheveux brillants.

Les draperies s'écartèrent; la lumière des chandelles vacilla dans la pièce. Suldrun se tapit sur elle-même, attendant la voix du roi Casmir. Mais il resta silencieux, les narines dilatées, percevant peut-être la senteur du sachet de lavande dans lequel étaient conservés les vêtements de Suldrun. Il regarda par-dessus son épaule, puis alla vers le mur du fond. D'une fente il retira une mince tige de fer, qu'il introduisit dans un petit trou à hauteur de son genou, puis dans un autre un peu plus haut. Une porte s'ouvrit, laissant passer une lumière frémissante et presque palpable, comme une alternance papillotante de pourpre et de vert. De la pièce affluèrent les vibrations exaltantes de la magie. Deux voix aiguës se mirent à babiller avec excitation.

« Silence », dit le roi Casmir. Il entra dans la pièce et ferma la porte.

Suldrun jaillit de son coin et quitta le vestiaire. Elle traversa en courant la Salle d'Honneur, se glissa dans la Grande Salle puis de là dans la Longue Galerie. Une fois de plus, elle se rendit d'un pas mesuré à son appartement, où Dame Maugelin la gronda pour avoir sali ses habits et barbouillé sa figure.

Suldrun prit un bain, enfila une robe de chambre chaude. Elle alla à la fenêtre avec son luth et fit mine de s'exercer, formant des accords dissonants avec tant d'énergie que Dame Maugelin leva les bras au ciel et s'en fut ailleurs.

Suldrun était seule. Elle posa le luth et resta assise à regarder le paysage. L'après-midi touchait à sa fin; le temps avait changé; du soleil se reflétait sur les toits détrempés de la ville de Lyonesse.

Lentement, incident par incident, Suldrun passa en revue les événements de la journée.

Les trois envoyés de Dahaut l'intéressaient peu, à part qu'ils voulaient l'emmener à Avallon et la marier avec un inconnu. Jamais! Elle s'enfuirait; elle deviendrait une paysanne, ou une ménestrelle, ou encore elle ramasserait des champignons dans les bois!

La chambre secrète derrière la Salle d'Honneur n'avait rien en soi d'extraordinaire ou de remarquable. En fait, elle corroborait simplement certains vagues soupçons nés dans son esprit à propos du roi Casmir, qui exerçait un pouvoir si terrible et absolu!

Dame Maugelin revint dans la pièce, hors d'haleine par hâte et excitation. « Votre père vous mande au banquet. Il désire que vous soyez tout ce que doit être une belle princesse de Lyonesse. Vous entendez? Vous pouvez mettre votre robe de velours bleu et vos pierres de lune. A tout instant, rappelez-vous l'étiquette de la cour! Ne répandez pas vos aliments; buvez très peu de vin. Ne parlez que si l'on s'adresse à vous, et alors répondez avec courtoisie et sans avaler les mots. Ne gloussez pas de rire, ne vous grattez pas, ne vous tortillez pas sur votre siège comme si le séant vous démangeait. Ne rotez pas, ne buvez pas avec bruit et n'avalez pas sans mâcher. Si quelqu'un lâche un vent, ne regardez pas, ne tendez pas le doigt, ne cherchez pas d'où cela vient. Naturellement, vous vous retiendrez aussi; rien n'attire plus l'attention d'une princesse qui pète. Venez! Il faut que je vous brosse les cheveux. »

Le lendemain matin, Suldrun alla prendre ses leçons dans la bibliothèque, mais de nouveau Maître Jaimes n'était pas là, ni non plus le jour suivant, ni encore le jour d'après. Suldrun fut un peu piquée. Maître Jaimes aurait bien pu communiquer avec elle en dépit de son indisposition. Pendant une semaine entière, elle se fit un point d'honneur de ne pas mettre les pieds à la bibliothèque, mais toujours rien de Maître Jaimes!

Soudain inquiète, Suldrun alla prévenir Dame Boudetta, qui envoya un valet à la triste petite cellule de Maître Jaimes dans la Tour de l'ouest. Le valet découvrit Maître Jaimes étendu mort sur sa paillasse. Sa fièvre avait tourné en pneumonie et il avait rendu l'âme sans que personne s'en aperçoive.

IV

UN matin de l'été qui précéda le dixième anniversaire de Suldrun, elle se rendit au salon du deuxième étage dans la Tour des Hiboux, une vieille tour trapue, pour sa leçon de danse. La pièce en elle-même était à ses yeux la plus belle peut-être de tout le Haidion. Un sol parqueté en bois de bouleau bien ciré réfléchissait la clarté venant de trois fenêtres drapées de satin gris perle. Des meubles recouverts de gris clair et de rouge étaient rangés le long des murs; et Maîtresse Laletta s'assurait que toutes les tables étaient garnies de fleurs fraîches. Les élèves comprenaient huit garçons et huit filles de haut rang, d'un âge s'étageant entre huit et douze ans. Suldrun les jugeait un assemblage varié : certains aimables, d'autres exaspérants et ennuyeux.

Maîtresse Laletta, svelte jeune femme aux yeux noirs qui était de bonne naissance mais possédait de piètres perspectives d'avenir, enseignait avec compétence et ne faisait pas de favoritisme; Suldrun n'éprouvait à son égard ni sympathie ni antipathie.

Ce matin-là, Maîtresse Laletta était souffrante et ne pouvait pas donner son cours. Suldrun revint à son appartement pour découvrir Dame Maugelin étendue dans toute la gloire de sa nudité sur le lit de Suldrun, chevauchée par un solide jeune valet nommé Lopus.

Suldrun regarda avec une stupeur fascinée jusqu'à ce que Dame Maugelin l'aperçoive et pousse un cri horrifié.

« Dégoûtant! dit Suldrun. Et dans mon lit! »

Lopus se dégagea d'un air penaud, enfila ses chausses et partit. Dame Maugelin s'habilla non moins hâtivement, tout en débitant des banalités sur un ton jovial. « De retour si vite de la danse, chère princesse? Eh bien, alors, la leçon s'est-elle bien passée? Ce que vous avez vu n'a aucune importance, des petits jeux voilà tout. Mieux, beaucoup mieux vaudrait que personne ne sache... »

Suldrun dit d'un ton contrarié : « Vous avez souillé mon lit!

– Voyons, chère princesse...

– Enlevez entièrement la literie... non, allez d'abord vous laver, ensuite apportez toute une literie propre et aérez bien la pièce!

– Oui, chère princesse. » Dame Maugelin se hâta d'obéir, et Suldrun dévala l'escalier, avec l'esprit léger, un pas bondissant et un rire joyeux. Tenir compte des interdits de Dame Maugelin n'était désormais plus nécessaire et Suldrun pouvait agir à sa guise.

Suldrun remonta en courant la galerie aux arcades, inspecta l'Urquial pour s'assurer que personne ne regardait, puis s'engouffra sous le vieux mélèze et poussa la vieille porte gémissante. Elle se faufila dans l'interstice, referma le battant, descendit le sentier sinueux, passa devant le temple et entra dans le jardin.

La journée était belle et ensoleillée; l'air sentait bon l'héliotrope et la feuille nouvelle. Suldrun examina le jardin avec satisfaction. Elle avait arraché toutes ces herbes qu'elle considérait comme envahissantes et grossières, y compris toutes les orties et la plupart des chardons; à présent, c'était presque un jardin bien tenu. Elle avait balayé les feuilles mortes et la terre qui jonchaient le sol en mosaïque de la vieille villa et enlevé les détritus encombrant le lit d'un petit ruisseau qui coulait en mince filet sur une des parois du ravin. Il y avait encore beaucoup à faire, mais pas aujourd'hui.

Dans l'ombre d'une colonne, elle ouvrit la fibule fixée à son épaule, laissa choir sa robe autour de ses chevilles et s'éloigna nue. Le soleil lui picota la peau; l'air frais produisait un délicieux contraste de sensations.

Elle s'avança dans le jardin. Voilà ce que doit ressentir une dryade, songea Suldrun; voilà comment elle doit aller son chemin dans un silence tout pareil, sans autre bruit que le soupir du vent à travers le feuillage.

Elle s'arrêta dans l'ombre du vieux tilleul solitaire, puis reprit sa descente jusqu'à la plage pour voir ce que les vagues avaient apporté. Quand le vent soufflait du sud-ouest, ce qui était souvent le cas, les courants contournaient le promontoire et venaient déferler dans sa petite anse, déposant toutes sortes de choses sur la grève jusqu'à la marée haute suivante, où le même courant soulevait ces choses et les remportait. Aujourd'hui, la plage était propre. Suldrun courut de-ci de-là, suivant la ligne du ressac qui s'étalait sur le sable rugueux. Elle s'arrêta pour examiner un rocher à cinquante mètres au large du promontoire où, un jour, elle avait découvert deux jeunes sirènes. Elles l'avaient vue et avaient crié quelque chose, mais elles parlaient une lente langue inconnue que Suldrun ne comprit pas. Leur chevelure du vert argenté de l'olivier pendait sur leurs épaules blanches; leurs lèvres et le bouton de leurs seins étaient aussi d'un vert pâle. L'une d'elles avait salué de la main et Suldrun aperçut la palmure entre ses doigts. Toutes deux se retournèrent vers le large où un triton barbu surgissait d'entre les vagues. Il appelait d'une voix rauque essoufflée; les sirènes se laissèrent glisser à bas des rochers et disparurent.

Ce jour-là, les rochers étaient déserts. Suldrun fit demi-tour et remonta lentement dans le jardin.

Elle mit sa robe froissée et retourna en haut du ravin. D'abord un coup d'œil discret par le portail pour s'assurer que personne ne regardait, puis vite le franchir et, en trois bonds et quatre enjambées, descendre la galerie aux arcades, passer devant l'orangerie et réintégrer à nouveau le Haidion.

Une tempête d'été soufflant de l'Atlantique apporta une pluie douce sur la ville de Lyonesse. Suldrun était confinée dans le Haidion. Un après-midi, ses pas la menèrent à la Salle d'Honneur.

Le Haidion était silencieux; le château semblait retenir son souffle. Suldrun fit lentement le tour de la salle en examinant chacun des grands sièges comme pour évaluer sa force. Les sièges à leur tour l'étudièrent. Certains gardaient orgueilleusement leurs distances; d'autres étaient hargneux. Quelques-uns étaient sombres et sinistres, d'autres bienveillants. Au trône du roi Casmir, Suldrun considéra le gonfalon cramoisi qui dissimulait le vestiaire. Rien, se dit-elle, ne serait capable de la décider à s'y aventurer; pas avec la magie si proche.

Reculant de côté, elle échappa au champ de vision du trône et se sentit plus à l'aise. Là, à moins de trois mètres de sa figure, pendait le gonfalon. Naturellement, elle n'osait pas entrer dans le vestiaire, ni même en approcher... Toutefois, regarder ne pouvait pas faire de mal.

A pas de loup, elle se coula près de la tenture et en écarta doucement les pans. La lumière des hautes fenêtres passa par-dessus son épaule pour tomber sur le mur de pierre du fond. Là : dans une fente, la tige de fer. Là : les trous de serrure, celui d'en haut et celui d'en bas. Et derrière : la pièce où seul le roi Casmir pouvait entrer... Suldrun laissa les panneaux se rejoindre. Elle tourna les talons et, songeuse, quitta la Salle d'Honneur.

Les relations entre le Lyonesse et le Troicinet, jamais cordiales, s'étaient tendues – pour diverses raisons qui peu à peu, en se conjuguant, créèrent de l'hostilité. Les ambitions du roi Casmir n'excluaient ni le Troicinet ni le Dascinet, et ses espions s'étaient infiltrés dans toutes les couches de la société troice.

Le roi Casmir était gêné dans son programme par l'absence de flotte. En dépit d'un long littoral, le Lyonesse manquait d'accès facile à la mer, n'ayant de port aux eaux bleues qu'à Slute Skeme, à Bulmer Skeme, à la ville de Lyonesse même et à Pargetta derrière le Cap Farewell. La côte déchiquetée du Troicinet créait des douzaines de rades abritées, chacune avec jetées, chantiers navals et cales de lancement. Il y avait abondance à la fois d'habiles charpentiers de marine et de bon bois : merisier et mélèze pour les courbes de consolidation, chêne pour les membrures, peuplements de jeunes et fins sapins pour les mâts et du pin résineux compact pour le bordage. Les navires marchands troices couraient la mer au nord en direction du Jutland, de la Bretagne et de l'Irlande, au sud à travers l'Atlantique jusqu'à la Mauritanie et au Royaume des Hommes Bleus, à l'est au-delà de Tingis jusqu'en Méditerranée.

Le roi Casmir se considérait comme un maître en intrigue et recherchait constamment quelque mince avantage à exploiter. Une fois, un cog [1] troice lourdement chargé, qui longeait lentement la côte du Dascinet dans un brouillard épais, s'échoua sur un banc de sable. Yvar Excelsus, l'irascible roi du Dascinet, réclama aussitôt le bâtiment et sa

1. Le *cog* ou *cogghe* – transcription et forme picarde du latin *cogga* (coque) – est un navire de forme haute, courte et ronde en usage au Moyen Age notamment dans les flottes de la *Hansa Teutonica*. C'est une variété de la *nef* – ou *nave* – ne marchant bien qu'aux allures proches du vent arrière. *(N.d.T)*

cargaison, excipant de la loi de la mer, et envoya des gabares pour débarquer les marchandises. Deux navires de guerre troices surgirent, repoussèrent ce qui était maintenant une flottille grouillante de Dasces à demi pirates et, à marée haute, remorquèrent le cog en eau profonde.

Brûlant de fureur, le roi Yvar Excelsus envoya un message injurieux au roi Granice, à Alceinor, exigeant réparation, sous peine de représailles.

Le roi Granice, qui connaissait bien le tempérament d'Yvar Excelsus, ne tint aucun compte du message, ce qui poussa le roi dasce presque au point d'incandescence.

Alors le roi Casmir dépêcha en secret un émissaire au Dascinet, incitant à attaquer le Troicinet et promettant son aide pleine et entière. Des espions troices interceptèrent l'envoyé et l'emmenèrent avec ses documents à Alceinor.

Une semaine plus tard, au roi Casmir en son Haidion fut livré un tonneau où il découvrit le corps de son envoyé avec les documents tassés dans sa bouche.

Entre-temps, le roi Yvar Excelsus avait eu son attention détournée par une autre affaire et ses menaces contre le Troicinet restèrent sans suite.

Le roi Granice ne fit pas d'autre remontrance au roi Casmir, mais commença à envisager sérieusement l'éventualité d'une guerre nullement souhaitée. Le Troicinet, deux fois moins peuplé que le Lyonesse, ne pouvait s'attendre à remporter cette guerre et n'avait par conséquent rien à y gagner et tout à perdre.

De la ville nommée Pargetta, voisine du Cap Farewell, parvinrent d'affreuses nouvelles de pillage et de massacre perpétrés par les Skas. Deux navires noirs étaient arrivés à l'aube, débarquant des soldats qui avaient mis à sac la ville avec une précision calme plus terrifiante que de la sauvagerie. Tous ceux qui s'étaient interposés avaient été abattus. Les Skas avaient raflé des cruches d'huile d'olive, du safran, du vin, de l'or pris dans le temple de Mithra, des lingots d'argent et d'étain, des flasques de mercure. Ils n'avaient pas emmené de prisonniers, ni jeté de torches dans les bâtiments, ni violé ou torturé, ils avaient seulement tué les gens qui s'opposaient à leurs brigandages.

Deux semaines après, un cog troice qui faisait relâche dans le port de la ville de Lyonesse avec une cargaison de lin d'Irlande, signala un navire ska désemparé dans la Mer de Tethra, à l'ouest du Cap Farewell. Le cog troice s'était approché et avait découvert quarante Skas assis sur leurs bancs, trop faibles pour ramer. Les Troices avaient offert de les remorquer, mais les Skas avaient refusé de prendre une haussière et le cog avait poursuivi sa route.

Le roi Casmir dépêcha aussitôt trois galères de combat vers cette zone où elles trouvèrent le long-vaisseau noir démâté et roulant dans la houle.

Les galères vinrent bord à bord, pour découvrir désastre, angoisse et mort. Le galhauban du vaisseau s'était rompu dans une tempête; le mât s'était effondré sur l'avant-bec, broyant les barils d'eau douce, et la moitié de l'équipage était déjà mort de soif.

Il y avait dix-neuf survivants; trop faibles pour opposer une résistance quelconque, ils furent emmenés à bord des navires du Lyonesse où on leur donna de l'eau. Une remorque fut fixée au drakkar; les cadavres furent jetés par-dessus la lisse et tous retournèrent à la ville de Lyonesse, où les Skas furent emprisonnés dans un vieux fort à l'extrémité ouest du port. Le roi Casmir, monté sur son cheval Sheuvan, s'en fut au port inspecter le long-navire. Le contenu des cales avant et arrière avait été déposé sur le quai : une caisse d'ornements d'or et d'argent provenant d'un temple, des jarres en verre contenant du safran récolté dans les vallées abritées derrière le Cap Farewell, des urnes en poterie marquées du sceau portant le symbole de la fabrique de Bulmer Skeme.

Le roi Casmir examina le butin et le long-navire, puis fit suivre à Sheuvan la courbe du Chale jusqu'à la forteresse. Sur son ordre, les prisonniers furent amenés et alignés devant lui, leurs paupières clignant au soleil : des hommes grands, noirs de cheveux, pâles de teint, minces et nerveux plutôt que massifs. Ils regardaient les alentours avec la curiosité paisible d'invités honorés et se parlaient d'une voix basse et mesurée.

Le roi Casmir s'adressa au groupe : « Lequel d'entre vous est le capitaine du navire? »

Les Skas se tournèrent vers lui, fort poliment, mais aucun ne répondit

Le roi Casmir désigna un homme au premier rang. « Qui d'entre vous commande? Montrez-le-moi.

– Le capitaine est mort. Nous sommes tous " morts ". Il n'y a plus de commandement ni rien d'autre de vivant.

– A moi, vous semblez bien vivants, dit Casmir avec un sourire froid.

– Nous nous considérons comme morts.

– Parce que vous vous attendez à être tués? Et si je vous autorisais à vous faire racheter contre rançon?

– Qui voudrait payer rançon pour un mort? »

Le roi Casmir eut un geste d'impatience. « Je veux des renseignements précis, pas de sottises ni de boniments. » Il considéra le groupe et, dans l'un des hommes un peu plus âgé que les autres, crut reconnaître la qualité distinctive de l'autorité. « Vous, restez ici. » Il appela d'un geste les gardes. « Remmenez les autres en prison. »

Le roi Casmir prit à part l'homme qu'il avait choisi. « Etes-vous aussi " mort "?

- Je ne suis plus parmi les Skas vivants. Pour ma famille, mes compagnons et moi-même, je suis mort.

– Dites-moi une chose : supposons que je désire conférer avec votre roi, viendrait-il en Lyonesse sous garantie de protection?

– Naturellement non. Le Ska parut amusé.

- Supposons que je désire examiner la possibilité d'une alliance?

Dans quel but?

La marine ska et les sept armées du Lyonesse, agissant de concert, seraient invincibles.

" Invincibles "? Contre qui? »

Le roi Casmir détestait quiconque prétendait à plus d'acuité que lui-même. « Contre tout le reste des Isles Anciennes! Qui d'autre?

– Vous imaginez les Skas vous secondant contre vos ennemis? L'idée est absurde. Si j'étais vivant, je rirais. Les Skas sont en guerre contre le monde entier, y compris le Lyonesse.

– Voilà qui ne plaide pas pour votre défense. Je songe à vous condamner comme pirates. »

Le Ska leva les yeux vers les soleil, parcourut le ciel d'un regard qu'il tourna ensuite vers le large. « Agissez comme bon vous semble. Nous sommes morts. »

Le roi Casmir eut un sourire sardonique. « Morts ou pas, votre sort servira à décourager d'autres meurtriers et l'heure sera midi demain. »

Le long du môle, dix-neuf cadres furent dressés. La nuit passa; le jour se leva clair et ensoleillé. Vers le milieu de la matinée, des attroupements s'étaient formés le long du Chale, comprenant des gens venant des villages de la côte, des paysans en souquenille propre et chapeau en forme de cloche, des marchands de saucisses et de poisson frit. Sur les rochers à l'ouest du Chale fourmillaient stropiats, lépreux et simples d'esprit, conformément aux lois du Lyonesse.

Le soleil atteignit le zénith. Les Skas furent extraits de la forteresse. Chacun fut assujetti nu, pieds et bras écartés, sur un cadre et suspendu la tête en bas, face à la mer. Du Peinhador vint Zerling, le bourreau en chef. Il marcha le long de la rangée, s'arrêtant près de chaque homme pour lui fendre l'abdomen, tirer au-dehors les intestins avec un croc à deux dents, de sorte qu'ils retombaient sur la poitrine et la tête, puis il passait au suivant. Un drapeau jaune et noir fut hissé à l'entrée du port – et les mourants furent laissés à eux-mêmes.

Dame Maugelin enfonça un bonnet brodé sur sa tête et s'en fut au Chale. Suldrun pensa qu'elle allait rester seule, mais Dame Boudetta l'emmena sur le balcon devant la chambre de la reine, où des dames de la cour se rassemblaient pour assister à l'exécution. A midi, les conversations s'arrêtèrent et toutes les dames se pressèrent contre la balustrade afin de voir ce qui devait s'accomplir. Pendant que Zerling procédait à sa tâche, les dames poussèrent des soupirs et émirent des sons inaudibles. Suldrun fut hissée sur la balustrade afin qu'elle soit au mieux pour apprendre le sort réservé aux hors-la-loi. Avec une répulsion fascinée, elle regarda Zerling se diriger nonchalamment d'un homme à l'autre, mais la distance dissimula les détails de ses œuvres.

Peu des dames présentes apprécièrent favorablement la circonstance. Pour Dame Duisane et Dame Ermoly qui souffraient d'une mauvaise vue, les distances étaient trop grandes. Dame Spaneis jugea l'affaire simplement dépourvue d'intérêt. « C'était comme un travail de boucher sur des animaux morts; les Skas n'ont témoigné ni crainte ni contrition; quel genre d'exécution est-ce là? » La reine Sollace dit d'un ton mécontent : « Le pire, c'est que le vent souffle à travers le port en plein vers nos fenêtres. D'ici trois jours, la puanteur nous obligera à partir pour Sarris. »

Suldrun écouta avec espoir et joie; Sarris était le palais d'été, à une soixantaine de kilomètres à l'est au bord de la rivière Glame.

Mais il n'y eut pas de départ immédiat pour Sarris, contrairement aux vœux de la reine Sollace. Les cadavres furent rapidement nettoyés par des oiseaux charognards. Le roi Casmir se lassa de voir les cadres et fragments d'os et de cartilages qui pendaient dans tous les sens et il ordonna que le dispositif soit démonté.

Le Haidion était silencieux. Dame Maugelin, souffrant d'enflure des jambes, gisait gémissante dans son logement en haut de la Tour des Hiboux. Suldrun, seule dans sa chambre, fut prise d'une envie de se donner du mouvement, mais un vent aigre et froid qui soufflait en rafales la dissuada de se rendre au jardin secret.

Debout devant la fenêtre, Suldrun regarda dehors, troublée par un vague malaise triste et doux. Oh! que n'avait-elle un coursier magique pour l'emporter dans les airs! Comme elle volerait loin au milieu des nuages blancs au-dessus du Pays du Fleuve-d'Argent, jusqu'aux montagnes du bout du monde!

Pendant un instant exaltant, elle se vit enfiler son manteau, sortir furtivement du palais et s'en aller : remonter le Sfer Arct jusqu'à la Vieille Chaussée, avec toute l'étendue du pays devant elle! Suldrun soupira et eut un faible sourire pour la folie de ses imaginations. Les vagabonds qu'elle avait vus du haut des parapets formaient dans l'ensemble une bande minable, ils étaient sales, affamés et quelquefois plutôt grossiers dans leurs manières. Ce genre de vie manquait d'attrait et maintenant, en y réfléchissant, Suldrun conclut qu'elle tenait beaucoup à un abri contre le vent et la pluie, à de beaux vêtements propres et à la dignité de sa personne.

Si seulement elle avait une voiture magique qui se métamorphose la nuit en une petite maison où elle mangerait ce qu'elle aimait et dormirait dans un lit confortable!

Elle soupira encore une fois. Une idée lui vint à l'esprit. Elle s'humecta les lèvres devant l'audace de la chose. Oserait-elle? Quel mal en résulterait, si elle se montrait d'une prudence extrême? Elle réfléchit un moment, lèvres serrées et tête inclinée sur le côté : l'image exacte d'une enfant qui médite un tour de sa façon.

Suldrun alluma dans l'âtre la chandelle de sa veilleuse et en rabattit le capuchon. La lumière à la main, elle descendit l'escalier.

La Salle d'Honneur était sombre et lugubre, et silencieuse comme la tombe. Suldrun y entra avec un luxe de précautions extravagant. Ce jour-là, les grands sièges lui prêtèrent peu d'attention. Les sièges hostiles se cantonnèrent dans une froide réserve; les sièges amicaux parurent absorbés par leurs propres affaires. Très bien, qu'ils ne s'occupent pas d'elle. Aujourd'hui, elle ne se préoccuperait pas d'eux non plus.

Suldrun contourna le trône pour aller vers le mur du fond, où elle décapuchonna sa chandelle. Rien que jeter un coup d'œil; c'est tout ce qu'elle se proposait de faire. Elle était beaucoup trop sage pour s'aventurer en terrain dangereux. Elle écarta la tenture. La clarté de la chandelle illumina la pièce et le mur de pierre au fond.

Suldrun se hâta de prendre la tige de fer; si elle hésitait, elle risquait que sa hardiesse l'abandonne. Vite, donc! Elle enfonça la tige dans les trous, du bas et du haut, puis la remit en place.

La porte s'ouvrit avec un tressaillement, libérant un pan de clarté vert pourpré. Suldrun risqua un pas en avant; rien qu'un petit coup d'œil ou deux! Attention, maintenant, et doucement! La magie a ses pièges, elle savait au moins cela.

Elle écarta doucement le battant. La pièce était emplie de couches de lumière colorée : en vert, en pourpre, en rouge orangé comme le fruit du plaqueminier. D'un côté, il y avait une table supportant un bizarre instrument de verre et de bois noir sculpté. Des fioles, des bouteilles et des pots trapus en grès étaient alignés sur des étagères, ainsi que des livres, des librams [1], des pierres de touche et des métamorphoseurs. Suldrun avança précautionneusement d'un pas. Une voix basse gutturale s'éleva : « Qui approche pour nous voir, silencieuse comme une souris, d'une longueur de nez à la fois, avec de petits doigts blancs et un parfum de fleurs? »

Une seconde voix dit : « Entrez, entrez! Peut-être aurez-vous l'amabilité de nous rendre service, pour mériter notre bénédiction et notre récompense. »

Sur la table, Suldrun aperçut une bouteille en verre vert d'une contenance d'environ quatre litres. Le goulot enserrait étroitement le cou d'un homoncule bicéphale, de sorte que seules ses deux petites têtes dépassaient. Elles étaient larges, pas plus grosses que celle d'un chat, avec un crâne chauve ridé, des yeux noirs tout brillants, un nez et un appareil

1. Un terme « vancien » pour désigner un registre à feuillets mobiles (*N.d.T.*)

buccal en solide corne brune. Le corps était masqué par le verre et un liquide sombre, comme de la bière forte. Les têtes se portèrent en avant pour regarder Suldrun – et toutes deux parlèrent : « Ah, quelle jolie petite fille! » « Et bonne aussi! » « Oui, c'est la princesse Suldrun; déjà elle est renommée pour ses bonnes actions. » « Savais-tu qu'elle avait soigné un petit moineau jusqu'à guérison? » « Approchez un peu plus, ma chère, que nous puissions admirer votre beauté. »

Suldrun resta où elle était. D'autres objets attirèrent son attention, mais tous semblaient des curiosités, des articles propres à susciter l'étonnement plutôt que du matériel servant à quelque chose de précis. Une urne exsudait la lumière colorée qui, tel du liquide, s'abaissait ou s'élevait avec lenteur au niveau convenable. Au mur était suspendu un miroir octogonal dans un cadre de bois dédoré. Plus loin, des chevilles en bois soutenaient un squelette quasi humain aux os noirs, fins comme des brins d'osier. De ses omoplates jaillissaient une paire d'ailerons incurvés, perforés de douzaines d'emplantures, par où avaient pu pousser des plumes, ou des écailles. Le squelette d'un démon? En plongeant le regard dans les orbites, Suldrun eut la conviction oppressante que la créature n'avait jamais volé dans l'air de la Terre.

Les lutins appelèrent d'un ton cordial : « Suldrun, belle princesse! Avancez! » « Accordez-nous le bénéfice de votre présence! »

Suldrun pénétra encore d'un pas dans la pièce. Elle se pencha pour examiner un plomb suspendu par son fil au-dessus d'un plat de vif-argent en pleine turbulence. Sur le mur, au-dessus, une tablette de plomb présentait une série de caractères noirs griffonnés qui se modifièrent sous ses yeux : un objet singulier, en vérité! Suldrun se demanda ce qu'annonçaient les caractères : ils ne ressemblaient à rien de ce qu'elle avait vu jusque-là.

Une voix jaillit du miroir, et Suldrun constata qu'une section inférieure du cadre avait été sculptée de façon à représenter une large bouche retroussée au coin des lèvres. « Les caractères signifient ceci : " Suldrun, gente Suldrun, quitte cette pièce avant que méchef t'advienne! " »

Suldrun regarda autour d'elle. « Qu'est-ce qui me ferait du mal?

– Que les lutins embouteillés saisissent tes cheveux ou tes doigts et tu sauras ce que méchef veut dire. »

Les deux têtes parlèrent en même temps. « Quelle

méchante réflexion! Nous sommes doux comme des colombes. » « Oh! C'est cruel d'être calomniés quand nous ne pouvons pas réclamer réparation de l'injure! »

Suldrun recula plus loin encore sur le côté. Elle se tourna vers le miroir. « Qui est-ce qui parle?

– Persilian.

– Vous êtes bon de m'avertir.

– Peut-être. La perversité m'anime parfois. »

Suldrun s'approcha avec circonspection. « Puis-je regarder dans le miroir?

– Oui, mais attention : ce que tu verras ne te plaira peut-être pas! »

Suldrun s'immobilisa et réfléchit. Que pourrait-elle ne pas aimer voir? A tout le moins, le concept aiguillonnait sa curiosité. Elle tira un trépied à travers la pièce et grimpa dessus, de sorte qu'elle se trouva à la hauteur du miroir. « Persilian, je ne vois rien. C'est comme de regarder dans le ciel. »

La surface du miroir bougea; pendant un instant, un visage fit face au sien : un visage d'homme. Des boucles de cheveux noirs encadraient un teint sans défaut; de beaux sourcils s'arquaient au-dessus des yeux noirs lumineux; un nez droit surmontait une bouche mobile aux courbes pleines... La magie s'estompa. Suldrun regardait de nouveau du vide. D'une voix pensive, elle demanda : « Qui était-ce?

– Si jamais tu le rencontres, il déclinera son identité. Si tu ne le revois jamais, alors son nom ne te sera d'aucune utilité.

– Persilian, vous vous moquez de moi.

– Peut-être. De temps à autre, je démontre l'inconcevable, ou me moque du naïf, ou mets la vérité sous le nez des menteurs, ou perce à jour les affectations de vertu – selon que la perversité m'entraîne. A présent, je suis silencieux; telle est mon humeur. »

Suldrun descendit du tabouret, clignant des paupières pour chasser les larmes qui lui avaient envahi les yeux. Elle se sentait troublée et déprimée... Le lutin à deux têtes étira soudain un de ses cous pour saisir du bec la chevelure de Suldrun. Il n'attrapa que quelques cheveux qu'il déracina. Suldrun se précipita hors de la pièce. Elle commença à fermer la porte, puis se rappela sa chandelle. Elle rentra en courant, saisit vivement la veilleuse et partit. Les cris moqueurs du lutin bicéphale furent étouffés par la porte qui se rabattait.

V

LE jour de Beltane [1], au printemps de l'année qui suivit le onzième anniversaire de Suldrun, fut célébré l'antique rite appelé Blodfadh, ou « Entrée en fleuraison ». Avec vingt-trois autres jeunes filles de noble lignage, Suldrun passa à travers un cercle de roses blanches, puis conduisit une pavane avec le prince Bellath de Caduz comme cavalier. Bellath, à l'âge de seize ans, était mince plutôt que robuste. Ses traits étaient fermes, bien dessinés encore qu'un peu austères; ses manières étaient d'une correction parfaite et agréablement modestes. Pour certaines qualités, il rappelait à Suldrun quelqu'un qu'elle avait connu. Qui cela pouvait-il être? Elle se creusa l'esprit en vain. Tandis qu'ils exécutaient les figures mesurées de la pavane, elle étudia son visage, pour découvrir qu'il se livrait sur elle au même examen.

Suldrun avait conclu qu'elle éprouvait de la sympathie pour Bellath. Elle rit avec un peu d'embarras. « Pourquoi me regardez-vous aussi attentivement? »

Bellath questionna d'un ton qui s'excusait à demi : « Vous dirai-je la vérité?

– Naturellement.

– Très bien, mais il faut dominer votre douleur. J'ai appris que vous et moi devons nous marier un jour. »

Suldrun ne trouva rien à répondre. En silence, ils effectuèrent les évolutions majestueuses de la danse.

Bellath finit par demander d'un ton inquiet : « J'espère que vous n'êtes pas bouleversée par ce que j'ai dit?

1. Beltane est la Fête du Mai célébrée dans les pays celtes. C'est le premier jour de mai dans le vieux calendrier écossais. (*N d.T.*)

– Non... je dois me marier un jour – je suppose. Je ne suis pas prête à y penser. »

Plus tard ce soir-là tandis que couchée dans son lit elle passait en revue les événements du jour, Suldrun se rappela à qui le prince Bellath la faisait songer : c'était tout bonnement Maître Jaimes.

Le Blodfadh provoqua des changements dans la vie de Suldrun. En dépit de ses inclinations, elle fut transférée de son cher appartement familier de la Tour de l'Est dans un autre plus spacieux à l'étage au-dessous et le prince Cassandre emménagea dans l'ancien logement de Suldrun.

Deux mois auparavant, Dame Maugelin était morte d'hydropisie. Elle évait été remplacée par une couturière et deux femmes de chambre.

A Dame Boudetta fut donnée la supervision du prince Cassandre. Le nouvel archiviste, un petit pédant parcheminé du nom de Julias Sagamundus, devint le précepteur de Suldrun pour l'orthographe, l'histoire et le maniement des nombres. En ce qui concerne l'accroissement de ses grâces virginales, Suldrun fut confiée aux soins de la Dame Desdea, veuve du frère de la reine Sollace, qui habitait en permanence le Haidion et accomplissait des tâches distinguées à la requête languide de la reine Sollace. Âgée de quarante ans, dépourvue de biens, osseuse, grande, avec des traits trop épais et une mauvaise haleine, Dame Desdea n'avait pas la moindre chance; néanmoins, elle se berçait d'impossibles illusions. Elle se parait, se poudrait et se parfumait; elle disposait ses cheveux châtains selon une coiffure de grand style, en chignon compliqué sur la nuque et deux encorbellements de boucles crêpées enfermés dans un filet au-dessus de ses oreilles.

La jeune et fraîche beauté de Suldrun et ses façons simples et distraites écorchaient les fibres les plus sensibles de la nature de Dame Desdea. Les visites de Suldrun au vieux jardin étaient maintenant connues de tous. Dame Desdea les désapprouva d'office. Chez une jeune fille de haute naissance – ou n'importe quelle autre jeune fille – le désir de solitude n'était pas seulement excentrique; il était absolument suspect. Suldrun était un peu trop jeune pour avoir pris un amant. Et pourtant... L'idée était absurde. Ses seins n'étaient que des promesses. Toutefois, n'aurait-elle pas par hasard été séduite par un faune, dont les pareils – c'est bien connu – ont un faible pour les charmes acidulés des jeunes filles?

Ainsi allaient les pensées de Dame Desdea. Un jour, elle suggéra tout à trac que Suldrun lui montre le jardin. Suldrun tenta d'éluder la demande. « Cela ne vous plairait pas. Le sentier passe sur des rochers et il n'y a pas grand-chose à voir.

– N'empêche, cela me tente de visiter cet endroit. »

Suldrun se garda de répliquer, mais Dame Desdea insista : « Le temps est beau. Allons donc faire notre petite promenade maintenant.

– Il faut que vous m'excusiez, ma dame, dit courtoisement Suldrun. C'est un lieu où je vais uniquement quand je suis seule. »

Dame Desdea leva haut ses fins sourcils châtains. « “ Seule ? ” Il n'est pas convenable que des jeunes demoiselles de votre rang se promènent seules dans des endroits écartés. »

Suldrun parla d'un ton placide et détaché comme si elle énonçait une vérité banale. « Il n'y a pas de mal à jouir de son jardin secret. »

Dame Desdea ne trouva rien à dire. Plus tard, elle signala l'obstination de Suldrun à la reine Sollace, qui, à ce moment-là, essayait une nouvelle pommade préparée à partir de cire de lis. « J'en ai entendu parler, dit la reine Sollace en étalant une noix de crème blanche sur son poignet. C'est une créature bizarre. A son âge, j'étais tout yeux pour plusieurs beaux garçons mais, en ce qui concerne Suldrun, jamais pareilles idées n'entrent dans sa drôle de petite tête... Ah! Ceci exhale un riche parfum! Sentez l'onguent! »

Le lendemain, le soleil brillait avec éclat au milieu de hautes petites touffes de nuages. C'est bien à regret qu'à ses leçons avec Julias Sagamundus se rendit Suldrun, vêtue d'une coquette robe à fines rayures lavande et blanc froncée haut sous la poitrine et ornée de dentelle au col et à l'ourlet. Perchée sur un tabouret, elle traça avec application l'écriture ornementée du Lyonesse avec une plume d'oie grise, si belle et si longue que le bout dépassait sa tête de trente centimètres. Suldrun se retrouva regardant par la fenêtre de plus en plus souvent et les caractères commencèrent à rompre leur alignement.

Julias Sagamundus, voyant où soufflait le vent, soupira une fois ou deux, mais sans insister. Il ôta la plume d'entre les doigts de Suldrun, rangea ses livres d'étude, plumes, encres et parchemins, puis s'en fut à ses propres affaires. Suldrun descendit du tabouret et resta devant la fenêtre, recueillie comme si elle écoutait une musique lointaine. Elle se détourna et quitta la bibliothèque.

Dame Desdea survint dans la galerie, sortant du Salon Vert où le roi Casmir venait de lui donner ses instructions détaillées. Elle arriva juste à temps pour remarquer l'envol lavande et blanc de la robe de Suldrun qui disparaissait dans l'Octogone.

Dame Desdea se hâta à sa suite, forte des prescriptions du roi Casmir. Elle entra dans l'Octogone, regarda à droite et à gauche, puis sortit, pour apercevoir Suldrun déjà au bout de la galerie aux arcades.

« Ah, petite cachottière! se dit Dame Desdea. A présent, nous allons voir. Mais tout à l'heure, tout à l'heure! »

Elle tapota sa bouche du doigt, puis monta à l'appartement de Suldrun, et, là, interrogea les servantes. Toutes deux ignoraient où était Suldrun. « Peu importe, dit Dame Desdea. Je sais où la trouver. Maintenant, sortez sa robe d'après-midi bleu clair avec le corsage en dentelle et le reste assorti, et préparez-lui un bain. »

Dame Desdea descendit dans la galerie et déambula de-ci de-là pendant une trentaine de minutes. Finalement, elle fit demi-tour et s'engagea dans la Longue Galerie. « Maintenant, dit-elle à part soi, maintenant nous allons voir. »

Elle monta par la galerie aux arcades, franchit le souterrain et se retrouva sur la place d'armes. A sa droite, un prunier sauvage et un mélèze ombrageaient un vieux mur de pierre, dans lequel elle découvrit une porte délabrée en bois. Elle passa en se baissant sous le mélèze, poussa la porte pour l'ouvrir. Un sentier en partait, qui plongeait entre des saillies et des épaulements de rochers.

Serrant ses jupes relevées au-dessus des chevilles, Dame Desdea descendit avec prudence les marches de pierre irrégulières qui obliquaient tantôt à droite tantôt à gauche, longeant un antique temple de pierre. Elle cheminait en prenant grand soin de ne pas trébucher et choir, ce qui aurait assurément compromis sa dignité.

Les parois du ravin s'écartèrent; Dame Desdea était au-dessus du jardin. Pas à pas, elle descendit le sentier et si elle n'avait pas été autant absorbée par son idée de quelque méchante affaire à surprendre, elle aurait peut-être remarqué les tertres de fleurs et de belle verdure, le petit ruisseau qui coulait dans des bassins artificiels, puis dévalait de roche en roche avec un tintement clair jusqu'à un autre bassin. Dame Desdea ne vit qu'un espace désertique et rocheux, difficile d'accès, humide et désagréablement isolé. Elle buta, se fit mal au pied et jura, irritée par les circonstances qui l'avaient entraînée aussi loin du Haidion – et c'est alors qu'elle vit Suldrun, dix mètres plus loin sur le sentier, parfaitement seule (comme Dame Desdea savait bien qu'elle le serait; elle n'avait qu'espéré découvrir de quoi médire).

Suldrun entendit les pas et leva la tête. Ses yeux étincelèrent, tout bleus dans un visage pâle et furieux.

Dame Desdea déclara avec humeur : « Je me suis blessé le pied sur les pierres; si ce n'est pas malheureux! »

La bouche de Suldrun remua; elle ne trouvait pas de mots pour s'exprimer.

Dame Desdea poussa un soupir de résignation et feignit de regarder autour d'elle. Elle adopta un ton de condescendance badine. « Ainsi donc, chère princesse, voici votre petite retraite. » Elle mima un frisson exagéré, en voûtant les épaules. « Ne craignez-vous pas du tout l'air? Je sens une telle bouffée de vent humide; il doit venir de la mer. » De nouveau, elle regarda autour d'elle, la bouche pincée dans une moue de désapprobation amusée. « Mais enfin c'est un petit coin sauvage, comme devait l'être le monde avant que les hommes apparaissent. Eh bien, mon enfant, servez-moi de guide. »

La fureur convulsait la figure de Suldrun, de sorte que ses dents saillaient sous sa bouche crispée. Elle leva la main et la pointa. « Partez! Allez-vous-en d'ici! »

Dame Desdea se redressa de toute sa taille. « Ma chère enfant, vous êtes impolie. Je ne me soucie que de votre bien-être et je ne mérite pas votre animosité. »

Suldrun répliqua avec emportement : « Je ne veux pas de vous ici! Je ne veux pas de vous du tout comme compagnie! Allez-vous-en! »

Dame Desdea eut un mouvement de recul, le visage un masque disgracieux. Elle bouillait d'impulsions contradictoires. La plus pressante était l'envie de trouver une baguette, de relever la jupe de l'impudente gamine et d'imprimer une demi-douzaine de belles zébrures sur son postérieur : un acte qu'elle n'osait pas se permettre. Faisant quelques pas en arrière, elle déclara avec un accent de morne réprobation : « Vous êtes la plus ingrate des enfants. Croyez-vous que ce soit un plaisir de vous instruire de tout ce qui est noble et bon, et de guider votre innocence au milieu des pièges de la cour, alors que vous n'avez pas de respect pour moi? Je cherche l'affection et la confiance; je trouve la rancœur. Est-ce là ma récompense? Je m'échine afin d'accomplir mon devoir; je m'entends dire de partir. » Son débit devint une psalmodie endormante. Suldrun se détourna à demi et reporta son attention sur le vol d'une hirondelle de rivage, puis d'une autre. Elle regarda les lames de houle franchir avec fracas les écueils au large, puis arriver toutes scintillantes et écumantes jusqu'à sa plage. Dame Desdea poursuivit : « Je dois le préciser : ce n'est pas dans mon propre intérêt que je pérégrine à travers des rochers et des chardons pour vous signaler des obligations telles que l'importante réception d'aujourd'hui, comme je l'ai fait maintenant. Non, il faut que j'accepte le rôle de Dame Desdea l'Importune qui se mêle de ce qui ne la regarde pas. Vous avez reçu vos directives et je ne peux pas faire plus. »

Dame Desdea pivota sur ses hanches, gravit péniblement le sentier et sortit du jardin. Suldrun la regarda partir d'un œil méditatif. Il y avait eu une indéfinissable apparence de satisfaction dans le balancement de ses bras et le port de sa tête. Suldrun se demanda ce que cela signifiait.

Afin de mettre au mieux à l'abri du soleil le roi Deuel de Pomperol et sa suite, un pavillon de soie rouge et jaune – les couleurs du Pomperol – avait été dressé dans la grande cour du Haidion. Sous ce pavillon, le roi Casmir, le roi Deuel et diverses personnes de haut rang vinrent se divertir à un banquet sans cérémonie.

Le roi Deuel, un homme d'âge mûr au corps sec et musclé, se comportait avec l'énergie et l'allant de qui a du vif-argent dans les veines. Il n'avait amené qu'une escorte réduite : son fils unique, le prince Kestrel; quatre chevaliers; divers auxiliaires et valets; de sorte que, selon les propres termes du roi Deuel, « nous sommes libres comme des oiseaux, ces bienheureuses créatures qui planent dans les airs, libres de nous rendre où nous le souhaitons, à notre allure et bon plaisir! »

Le prince Kestrel avait quinze ans révolus et ressemblait à son père uniquement par ses cheveux roux. Pour le reste, il était posé et flegmatique, avec un torse bien en chair et une expression placide. Le roi Casmir n'en pensait pas moins que Kestrel était un parti à considérer pour la princesse Suldrun, si des choix plus avantageux ne se présentaient pas, et il avait donc prévu qu'une place à la table du banquet lui serait réservée.

Cette place demeurant vide, le roi Casmir demanda d'un ton sec en aparté à la reine Sollace : « Où est Suldrun? »

La reine Sollace haussa ses épaules marmoréennes dans un

mouvement plein de lenteur. « Je l'ignore. On ne sait jamais à quoi s'en tenir avec elle. Je trouve plus simple de ne pas m'en occuper.

– Tout cela est bel et bon. Néanmoins, j'ai ordonné qu'elle soit présente! »

La reine Sollace haussa à nouveau les épaules et allongea la main pour prendre un bonbon. « Dans ce cas, il faut que Dame Desdea dise ce qu'il en est. »

Le roi Casmir tourna la tête vers un valet. « Amenez ici ma Dame Desdea. »

Pendant ce temps, le roi Deuel se divertissait au spectacle des évolutions d'animaux savants que le roi Casmir avait commandé pour le distraire. Des ours coiffés de chapeaux à cornes bleus se lançaient des ballons; quatre loups en costume de satin rose et jaune dansaient un quadrille; six hérons et autant de corbeaux défilaient en formation.

Le roi Deuel applaudit la représentation et se montra particulièrement enthousiaste en ce qui concernait les oiseaux : « Splendide! Ne sont-ils pas d'estimables créatures, nobles et sages? Notez l'élégance de leur marche! Un pas : comme ça! Un autre pas : exactement pareil! »

Le roi Casmir répondit au compliment par un geste majestueux. « Je crois comprendre que vous avez une prédilection pour les oiseaux?

– Je les trouve singulièrement admirables. Ils volent avec un courage tranquille et une grâce qui excèdent de très loin nos propres capacités!

– C'est parfaitement exact... Excusez-moi, je dois dire un mot à Dame Desdea. » Le roi Casmir se tourna de côté. « Où est Suldrun? »

Dame Desdea feignit l'étonnement. « N'est-elle pas ici? vraiment curieux! Elle est obstinée et peut-être un peu capricieuse, mais je ne peux croire qu'elle désobéisse délibérément.

– Où est-elle, alors? »

Dame Desdea fit une grimace bouffonne et agita les doigts. « Comme je l'ai dit, c'est une enfant volontaire et encline à des lubies. Elle s'est entichée d'un vieux jardin au-dessus de l'Urquial. J'ai essayé de l'en dissuader, mais elle en fait son séjour favori. »

Le roi Casmir demanda d'un ton brusque : « Et elle y est maintenant? Sans escorte?

– Votre Majesté, elle ne tolère personne d'autre qu'elle-même dans le jardin, du moins à ce qu'il paraît. Je me suis adressée à elle pour communiquer les désirs de Votre Majesté. Elle n'a pas voulu écouter et m'a renvoyée. Je présume qu'elle est encore dans le jardin. »

Le roi Deuel était figé sur son siège, captivé par les évolutions d'un singe dressé à marcher sur la corde raide. Le roi Casmir murmura une excuse et s'éloigna à grands pas. Dame Desdea s'en fut vaquer à ses propres affaires avec une agréable sensation de réussite.

Le roi Casmir n'avait pas mis les pieds dans le vieux jardin depuis vingt ans. Il descendit un sentier pavé de galets insérés dans le sable, au milieu d'arbres, d'herbes et de fleurs. A mi-chemin de la grève, il trouva Suldrun. Elle était agenouillée sur le sentier, enfonçant des galets dans le sable.

Suldrun leva la tête sans marquer de surprise. Le roi Casmir examina en silence le jardin, puis il regarda Suldrun, qui se redressait lentement. Le roi Casmir prit la parole d'une voix neutre. « Pourquoi n'as-tu pas tenu compte de mes ordres? »

Suldrun le dévisagea bouche bée d'étonnement. « Quels ordres?

– J'ai requis ta présence pour honorer le roi Deuel de Pomperol et son fils le prince Kestrel. »

Suldrun fouilla sa mémoire et y repêcha à présent l'écho de la voix de Dame Desdea. Clignant des yeux en regardant la mer, elle répliqua : « Dame Desdea a peut-être dit quelque chose. Elle parle tellement que j'écoute rarement. »

Le roi Casmir laissa un sourire glacial animer son visage. Lui aussi estimait que Dame Desdea se montrait inutilement diserte. Une fois de plus, il inspecta le jardin. « Pourquoi viens-tu ici? »

Suldrun répondit en hésitant : « Je suis seule ici. Personne ne me dérange.

– Mais ne souffres-tu pas de la solitude?

– Non. J'imagine que les fleurs me parlent. »

Le roi Casmir émit un grognement. Pareilles fantaisies chez une princesse étaient inutiles et déplacées. Peut-être avait-elle effectivement l'esprit un peu dérangé. « Ne devrais-tu pas te divertir avec d'autres jeunes filles de ton rang?

– Père, je le fais. A mes leçons de danse. »

Le roi Casmir l'étudia d'un œil impartial. Elle avait piqué une petite fleur blanche dans ses cheveux blonds aux reflets cendrés; ses traits étaient réguliers et fins. Pour la première fois, le roi Casmir vit sa fille comme autre chose qu'une belle enfant sans cervelle. « Viens, dit-il d'un ton rogue. Nous allons nous rendre tout de suite à la réception. Ton costume est loin d'être convenable; mais ni le roi Deuel ni le prince Kestrel ne t'en jugeront plus mal pour cela. » Il remarqua l'air abattu de Suldrun. « Alors, un banquet ne te tente pas?

– Père, ce sont des étrangers : pourquoi dois-je faire leur connaissance aujourd'hui?

– Parce que, le moment venu, il faudra te marier et que Kestrel sera peut-être le parti le plus avantageux. »

La mine de Suldrun s'allongea encore.

« Je croyais que je devais épouser le prince Bellath de Caduz. »

Le visage du roi Casmir devint dur. « Où as-tu entendu cela?

– Le prince Bellath me l'a dit lui-même. »

Le roi Casmir émit un rire sec. « Il y a trois semaines, Bellath s'est fiancé à la princesse Mahaeve de Dahaut. »

Les coins de la bouche de Suldrun tombèrent. « N'est-elle pas déjà une femme faite?

– Elle est âgée de dix-neuf ans et laide par-dessus le marché. Mais peu importe; il a obéi au roi son père, qui a choisi le Dahaut de préférence au Lyonesse, prouvant sa grande sottise comme il l'apprendra... Ainsi tu t'étais prise d'affection pour Bellath?

– Je le trouvais bien sympathique.

– Cela n'a plus d'importance à présent. Nous avons autant besoin du Pomperol que du Caduz; si nous concluons une alliance avec Deuel, nous les aurons tous les deux. Viens et, attention, montre-toi gracieuse envers le prince Kestrel. » Il tourna les talons. Suldrun remonta le sentier à sa suite d'un pas traînant.

A la réception, elle était placée à côté du prince Kestrel, qui s'ingénia à la traiter de son haut. Suldrun ne s'en aperçut pas. Aussi bien Kestrel que la réception l'ennuyaient ferme.

A l'automne de cette année-là, le roi Quairt de Caduz et le prince Bellath s'en allèrent chasser dans les Montagnes Longues. Ils furent assaillis par des bandits masqués qui les tuèrent. Par voie de conséquence, le Caduz fut plongé dans le désordre, l'appréhension et le doute.

En Lyonesse, le roi Casmir se découvrit un droit au trône de Caduz, issu de son grand-père le duc Cassandre, frère de la reine Lydia de Caduz.

La revendication, fondée sur une filiation passant de la

sœur au frère puis à un descendant de la seconde génération, encore que légale (sous réserve) en Lyonesse et dans les Ulflands, allait à l'encontre des coutumes strictement patrilinéaires du Dahaut. Les lois du Caduz même étaient ambiguës.

Afin de soutenir d'autant mieux ses prétentions, Casmir chevaucha jusqu'à Montroc, capitale du Caduz, à la tête de cent chevaliers, ce qui suscita aussitôt la réaction du roi Audry de Dahaut. Il signifia qu'en aucun cas Casmir ne pouvait annexer aussi aisément le Caduz à sa couronne et il se mit à mobiliser une grande armée.

Les ducs et comtes du Caduz, par ce fait enhardis, commencèrent à exprimer de l'aversion pour Casmir et beaucoup s'interrogèrent – de plus en plus ouvertement – sur l'identité de bandits aussi expéditifs, sanguinaires et anonymes dans une région ordinairement aussi tranquille.

Casmir sentit où soufflait le vent. Par un après-midi orageux, alors que les nobles du Caduz étaient réunis en conclave, une sorcière vêtue de blanc pénétra dans la salle en tenant haut un vase de verre qui exsudait un flot de couleurs tourbillonnant derrière elle à la façon d'une fumée. Comme en transe, elle prit la couronne, la posa sur la tête du duc Thirlach, époux d'Etaine, sœur cadette de Casmir. La femme en blanc quitta la salle et on ne la revit plus. Après discussion, le présage fut accepté pour tel et Thirlach proclamé le nouveau roi. Casmir s'en retourna avec ses chevaliers, content d'avoir accompli tout ce qui était possible pour avancer ses affaires – et certes sa sœur Etaine, maintenant souveraine du Caduz, était une femme à la personnalité redoutable.

Suldrun avait quatorze ans et était en âge de se marier. La rumeur de sa beauté avait voyagé loin et au Haidion vint une succession de jeunes hauts et puissants personnages, et d'autres moins jeunes, pour juger par eux-mêmes la fabuleuse princesse Suldrun.

Le roi Casmir offrait à tous une égale hospitalité, mais ne se pressait pas de favoriser une alliance avant que les choix qui se présentaient à lui soient tous nettement définis.

La vie de Suldrun devint de plus en plus complexe, entre les bals et les banquets, les fêtes et les spectacles. Quelques visiteurs iui parurent agréables, d'autres moins. Le roi Casmir, toutefois, ne demanda jamais son avis, qui n'avait d'ailleurs aucun intérêt à ses yeux.

Un visiteur d'une autre sorte vint à la ville de Lyonesse : le frère Umphred, un évangéliste corpulent à la face lunaire, originaire d'Aquitaine, qui était arrivé au Lyonesse en passant par l'Isle Whanish et le diocèse de Skro.

Avec un instinct aussi sûr et certain que celui qui jette le furet à la gorge d'un lapin, frère Umphred trouva l'oreille de la reine Sollace. Il usa avec insistance d'une voix melliflue et la reine Sollace se convertit au christianisme

Frère Umphred installa une chapelle dans la Tour de Palaemon, à quelques pas seulement des appartements de la reine.

Sur la suggestion du frère Umphred, Cassandre et Suldrun furent baptisés et requis d'assister à la messe matinale dans la chapelle.

Frère Umphred tenta ensuite de convertir le roi Casmir et outrepassa de fort loin ses talents.

« Qu'avez-vous exactement dessein de faire ici? questionna le roi Casmir. Espionnez-vous pour Rome?

– Je suis un humble serviteur du Dieu unique et tout-puissant, dit frère Umphred. Je porte son message d'espoir et d'amour à tous, en dépit des difficultés et tribulations; pas autre chose. »

Le roi Casmir émit un rire de dérision. « Et les grandes cathédrales d'Avallon et de Taciel? Est-ce " Dieu " qui a fourni l'argent? Non, l'argent a été soutiré à des paysans.

– Votre Majesté, nous acceptons humblement des aumônes.

– Ce serait apparemment bien plus facile que Dieu tout-puissant crée l'argent... Plus de prosélytisme! Si vous acceptez un seul sou de quiconque en Lyonesse, vous serez fouetté d'ici au Port Fader et réembarqué pour Rome dans un sac. »

Frère Umphred s'inclina sans ressentiment visible. « Il en sera comme vous l'ordonnez. »

Suldrun jugea les doctrines de frère Umphred incompréhensibles et son attitude empreinte de trop de familiarité. Elle cessa d'assister à la messe et encourut ainsi le déplaisir de sa mère.

Suldrun n'avait guère de temps à elle. Des jeunes filles nobles lui tenaient compagnie pendant la majeure partie de ses heures de veille, qu'elles passaient à bavarder et potiner, échafauder de menues intrigues, discuter robes et bonnes manières, et analyser les personnes qui venaient faire leur cour au Haidion. Suldrun ne trouvait que peu de solitude et guère d'occasions de se rendre au vieux jardin.

De bonne heure un matin d'été, le soleil brillait si délicieusement et la grive chantait de façon si plaintive dans l'orangerie que Suldrun se sentit irrésistiblement poussée à quitter le palais. Elle feignit une indisposition pour éviter ses demoiselles d'honneur et furtivement, de peur que quelqu'un s'en aperçoive et imagine quelque rendez-vous galant, elle monta en courant la galerie aux arcades, franchit le vieux portail et entra dans le jardin.

Quelque chose avait changé. Elle eut l'impression de voir le jardin pour la première fois, bien que chaque détail, chaque arbre et chaque fleur lui fussent familiers et chers. Elle chercha autour d'elle avec tristesse la vision perdue de son enfance. Elle vit des traces d'abandon : les jacinthes, anémones et violettes croissant modestement à l'ombre avaient été défiées par d'insolentes touffes de mauvaise herbe. En face, au milieu des cyprès et des oliviers, des orties s'étaient dressées plus orgueilleusement que les asphodèles. Le sentier qu'elle avait si diligemment pavé avec des galets avait été raviné par la pluie.

Suldrun descendit lentement jusqu'au vieux tilleul sous lequel elle avait passé bien des heures à rêver... Le jardin semblait plus petit. Un soleil banal imprégnait l'air, au lieu du vieil enchantement qui régnait naguère en ce lieu uniquement – et, voyons, les roses sauvages n'étaient-elles pas plus odorantes quand elle avait pénétré pour la première fois dans le jardin? Un bruit de pas lui fit tourner la tête et découvrir un frère Umphred rayonnant. Il était vêtu d'un froc marron resserré à la taille par une corde noire. Le capuce pendait entre ses épaules dodues; son crâne tonsuré était d'un rose brillant.

Frère Umphred, après un coup d'œil rapide à gauche et à droite, s'inclina et croisa ses mains devant lui.

« Bienheureuse princesse, vous n'êtes sûrement pas venue aussi loin sans escorte?

– Mais si, justement, puisque je viens ici chercher la solitude. » La voix de Suldrun était dépourvue de chaleur. « Il me plaît d'être seule. »

Frère Umphred, toujours souriant, examina de nouveau le jardin. « Voici une retraite tranquille. Moi aussi, j'aime la solitude; se peut-il que nous soyons taillés dans la même étoffe? » Frère Umphred avança, s'arrêtant à moins d'un mètre de Suldrun. « C'est un grand plaisir de vous trouver ici. Je voulais depuis longtemps vous parler, très sérieusement. »

Suldrun prit un ton encore plus froid. « Je ne tiens pas à vous parler, ni à vous ni à quiconque. Je suis venue pour être seule. »

Frère Umphred se força à esquisser une grimace joviale.

« Je pars tout de suite. Néanmoins, croyez-vous convenable de vous aventurer seule dans un lieu aussi isolé? Comme les langues marcheraient, si cela se savait! Tous se demanderaient à qui vous accordez une telle intimité. »

Suldrun tourna le dos en gardant un silence glacial. Frère Umphred exécuta une autre grimace comique, haussa les épaules et remonta le sentier à pas tranquilles.

Suldrun s'assit près du tilleul. Frère Umphred, elle en avait le soupçon, était allé attendre au milieu des rochers, avec l'espoir de découvrir qui viendrait au rendez-vous.

Finalement, elle se leva et se mit à gravir le sentier pour rentrer. Le choc de la présence du frère Umphred avait rendu au jardin une partie de son charme, et Suldrun s'arrêta pour arracher des mauvaises herbes. Peut-être viendrait-elle demain matin déraciner les orties.

Frère Umphred parla à la reine Sollace et formula un certain nombre de suggestions. Sollace réfléchit puis, par froide méchanceté délibérée – elle avait depuis longtemps décidé qu'elle ne portait pas particulièrement Suldrun dans son cœur – elle donna des ordres appropriés.

Plusieurs semaines s'écoulèrent avant que Suldrun, en dépit de sa résolution, retourne au jardin Quand elle eut franchi l'antique portail de bois, elle découvrit une équipe de maçons au travail dans le vieux temple. Ils avaient élargi les fenêtres, installé une porte, abattu la cloison du fond pour agrandir l'espace intérieur, et il avaient ajouté un autel. Consternée, Suldrun demanda au maître maçon : « Que construisez-vous ici?

– Votre Altesse, nous bâtissons une petite église, ou une chapelle comme on pourrait l'appeler, afin que le prêtre chrétien célèbre ses rites. »

Suldrun avait du mal à parler. « Mais... qui a commandé cela?

– C'est la reine Sollace elle-même, Votre Altesse, pour son bien-être et sa convenance quand elle fait ses dévotions. »

VI

ENTRE le Dascinet et le Troicinet se trouvait le Scola, une île de crags et d'escarpements large d'une trentaine de kilomètres, habitée par les Skyls. Au centre, un sommet volcanique, le Kro, rappelait à tous sa présence de temps en temps par un grondement d'entrailles, un ruban de vapeur ou un bouillonnement de soufre. Du Kro partaient en étoile quatre crêtes abruptes, qui divisaient l'île en quatre duchés : le Sadaracx au nord, le Corso à l'est, le Rhamnanthus au sud et le Malvang à l'ouest, en théorie gouvernés par des ducs qui à leur tour rendaient hommage au roi du Dascinet, Yvar Excelsus.

En pratique, les Skyls, une race d'hommes bruns et rusés d'origine inconnue, étaient ingouvernables. Ils vivaient isolés dans des gorges montagneuses, d'où ils sortaient seulement le moment venu de perpétrer des actes effroyables. La vendetta, vengeances et contre-vengeances, rythmait leur existence. Les vertus des Skyls étaient l'art de se déplacer furtivement, l'élan téméraire, la soif de sang et le stoïcisme sous la torture; la parole d'un Skyl, que ce soit promesse ou garantie ou menace, pouvait être tenue pour l'équivalence d'une certitude; en vérité, l'exacte fidélité du Skyl à son engagement confinait à l'absurde. De la naissance à la mort, son existence était une succession de meurtres, de captivités, d'évasions, de fuites éperdues, de sauvetages audacieux : des actes incongrus dans un paysage d'une paisible beauté rustique.

Il advenait qu'aux jours de fête une trêve soit décrétée; alors divertissements et bombances dépassaient les bornes du raisonnable. Tout était en excès : les tables gémissaient sous le poids de la nourriture; de fabuleux concours d'absorption de vin se déroulaient; il y avait de la musique passionnée et des danses échevelées. Dans de soudains élans de sentimentalité, d'anciennes inimitiés étaient dissipées et des dissensions qui avaient causé cent morts prenaient fin. De vieilles amitiés étaient renouées, dans un épanchement de larmes et de souvenirs. De belles jeunes filles et de vaillants jeunes gens se rencontraient et s'aimaient, ou se rencontraient et se séparaient. Il y avait de l'extase et du désespoir, des séductions et des enlèvements, des poursuites, des morts tragiques, des vertus outragées et des aliments pour de nouvelles vendettas.

Les membres des clans de la côte ouest, quand la fantaisie les en prenait, traversaient le détroit pour aller au Troicinet, où ils commettaient des incartades comprenant pillage, viol, meurtre et enlèvement.

Le roi Granice avait protesté depuis longtemps et souvent contre ces actions auprès du roi Yvar Excelsus, qui répliquait qu'en fait ces incursions ne représentaient guère plus que de l'exubérance juvénile. Il laissait entendre qu'à son avis l'essentiel de la dignité était simplement de fermer les yeux sur ces incidents fâcheux et que, en tout état de cause, lui – Yvar Excelsus – ne connaissait pas de méthode pratique pour en venir à bout.

Port Mel, à la pointe orientale du Troicinet, célébrait chaque année le solstice d'été par une fête de trois jours et un Grand Défilé. Retherd, jeune étourdi qui était duc de Malvang, vint incognito à la fête en compagnie de trois amis de bamboche. Au Grand Défilé, ils tombèrent d'accord que les jeunes filles représentant les Sept Grâces avaient un charme remarquable, mais ne purent atteindre l'unanimité pour désigner laquelle surpassait les autres. Ils discutèrent fort avant dans la soirée en buvant du vin et, à la fin, pour résoudre la question par l'expérience, enlevèrent les jeunes filles, toutes les sept, et les emmenèrent au Malvang, de l'autre côté de l'eau.

Le duc Retherd avait été reconnu et la nouvelle parvint rapidement au roi Granice.

Sans perdre de temps à adresser une nouvelle plainte au roi Yvar Excelsus, le roi Granice débarqua une armée de mille guerriers sur le Scola, détruisit le château de Retherd, récupéra les jeunes filles, châtra le duc et ses compagnons puis, pour faire bonne mesure, incendia une douzaine de villages sur la côte.

Les trois ducs restants rassemblèrent une armée de trois mille hommes et attaquèrent le camp troice. Le roi Granice avait secrètement renforcé son corps expéditionnaire avec deux cents chevaliers et quatre cents soldats de cavalerie lourde. Les guerriers des clans qui manquaient de discipline furent mis en déroute; les trois ducs furent capturés et le roi Granice eut le Scola à sa merci.

Yvar Excelsus lança un ultimatum immodéré : le roi Granice devait retirer tous ses hommes, payer une indemnité de cent livres d'or, rebâtir le château de Malvang et verser une caution de cent autres livres d'or pour assurer qu'il n'y aurait pas de nouvelles attaques contre le royaume du Dascinet.

Le roi Granice non seulement rejeta l'ultimatum mais encore décréta l'annexion du Scola au Troicinet. Le roi Yvar Excelsus tempêta, fit des remontrances, puis déclara la guerre. Il n'aurait peut-être pas agi avec autant d'énergie s'il ne venait de signer avec le roi Casmir de Lyonesse un traité d'assistance mutuelle.

A l'époque, le roi Casmir n'avait pensé qu'à se renforcer pour sa confrontation éventuelle avec le Dahaut, ne s'attendant absolument pas à être entraîné dans des ennuis qu'il n'aurait pas choisis lui-même, en particulier une guerre avec le Troicinet.

Le roi Casmir aurait pu se dégager sous un prétexte ou sous un autre si, après mûre réflexion, la guerre n'avait paru prometteuse d'avantages.

Le roi Casmir soupesa tous les aspects de la situation. Allié avec le Dascinet, il pourrait baser ses armées sur le Dascinet, puis se lancer avec toutes ses forces à travers le Scola contre le Troicinet et ainsi neutraliser la puissance navale troice qui, autrement, était invulnérable.

Le roi Casmir prit une décision grosse de conséquences. Il donna à sept de ses douze armées ordre de se rendre à Bulmer Skeme. Puis alléguant une souveraineté passée, les plaintes présentes et son traité avec le roi Yvar Excelsus, il déclara la guerre au roi Granice de Troicinet.

Le roi Yvar Excelsus avait agi dans un accès de fureur et de forfanterie inspirée par l'ivresse. Quand il fut dégrisé il perçut l'erreur de sa stratégie, qui avait négligé un fait élémentaire : il était surpassé par les Troices dans toutes les catégories – le nombre, les vaisseaux, la valeur militaire et l'ardeur au combat. Il ne pouvait trouver de réconfort que dans son traité avec le Lyonesse et fut donc ragaillardi par la participation immédiate du roi Casmir à la guerre.

Les transports maritimes du Lyonesse et du Dascinet s'assemblèrent à Bulmer Skeme; et là, à minuit, les armées du Lyonesse s'embarquèrent et firent voile vers le Dascinet. Elles rencontrèrent d'abord des vents contraires; puis, à l'aube, une flotte de vaisseaux de guerre troices.

En l'espace de deux heures, la moitié des bateaux surchargés du Lyonesse et du Dascinet avaient sombré ou s'étaient fracassés sur les écueils, avec une perte de deux mille hommes. La moitié chanceuse fit demi-tour et s'enfuit à vau-vent vers Bulmer Skeme où elle s'échoua sur la grève.

Sur ces entrefaites, une flottille variée composée de vaisseaux marchands, de cogs et de barques de pêche troices, chargés de soldats troices, était entrée dans le port d'Arquensio où l'on acclama les soldats qu'on avait pris pour ceux de Lyonesse. Le temps que l'erreur soit découverte, le château avait été conquis et le roi Yvar Excelsus capturé.

La guerre avec le Dascinet était terminée. Granice se proclama roi des Isles Extérieures, un royaume toujours moins peuplé que le Lyonesse ou le Dahaut mais qui avait la maîtrise totale du Lir et du Golfe Cantabrique.

La guerre entre le Troicinet et le Lyonesse était maintenant une complication pour le roi Casmir. Il proposa un armistice et le roi Granice se déclara d'accord, sous réserve de certaines clauses : le Lyonesse devait céder le duché de Tremblance, à l'extrémité ouest du Lyonesse, au-delà du Troagh, et s'abstenir de construire des navires de guerre avec lesquels il pourrait menacer de nouveau le Troicinet.

Comme prévisible, le roi Casmir rejeta des conditions aussi dures et avertit qu'il y aurait de cruelles conséquences si le roi Granice persistait dans son hostilité déraisonnable.

Le roi Granice répliqua : « Qu'on ne l'oublie pas : moi, Granice, je ne vous ai pas déclaré la guerre. Vous, Casmir, avez guerroyé sans motif contre moi. Une grande et juste défaite vous a été infligée. Vous devez à présent en subir les conséquences. Vous avez connaissance de mes conditions. Acceptez-les ou continuez une guerre que vous ne pouvez pas gagner et qui vous coûtera cher en hommes, en ressources et humiliation. Mes conditions sont réalistes. Je demande le duché de Tremblance pour protéger mes bateaux contre les Skas. Je peux débarquer des effectifs importants au Cap Farewell quand je le déciderai; vous voilà prévenu. »

Le roi Casmir répliqua sur un ton de menace : « Vous fondant sur un petit succès temporaire, vous défiez la puissance du Lyonesse. Vous êtes aussi stupide qu'arrogant. Croyez-vous que vous serez en mesure de surpasser notre grande puissance? Je décrète à présent une proscription contre vous et tout votre lignage; vous serez pourchassés comme des criminels et tués à vue. Je n'ai plus rien à vous dire. »

Le roi Granice répondit au message par la force de sa marine. Il instaura le blocus de la côte du Lyonesse de sorte que pas même une barque de pêcheur ne pouvait naviguer en sécurité dans le Lir. Le Lyonesse tirait sa subsistance de la terre, et le blocus constituait simplement un désagrément et un affront perpétuel contre lesquels le roi Casmir n'avait aucun recours.

De son côté, le roi Granice ne pouvait pas faire grand mal au Lyonesse. Les ports étaient peu nombreux et bien protégés. De plus, Casmir entretenait une surveillance vigilante du littoral et employait des espions tant dans le Dascinet qu'au Troicinet. Et, en même temps, Casmir avait assemblé un conseil de charpentiers de marine et les avait chargés de bâtir rapidement et solidement une flotte de bateaux de guerre pour battre les Troices.

Le long de l'estuaire du fleuve Sime, le plus beau port naturel du Lyonesse, douze carènes prirent forme sur cale – et un nombre égal sur de plus petits chantiers du rivage de la Baie Balte, dans le duché de Fetz.

Par une nuit sans lune, quand les navires du Sime eurent leurs carcasses carénées, vaigrées et bordées puis prêtes à être lancées, six galères troices entrèrent furtivement dans l'estuaire et, malgré fortifications, garnisons et guetteurs, incendièrent les chantiers navals. Simultanément, des corsaires troices arrivés dans de petits bateaux débarquèrent sur les grèves de la Baie Balte, incendièrent des chantiers, des bateaux sur cale de lancement et une importante réserve de planches. Les plans de Casmir pour la construction rapide d'une armada s'envolèrent en étincelles.

Dans le Salon Vert du Haidion, le roi Casmir prit seul son petit déjeuner composé d'anguille marinée, d'œufs à la coque et de scones, puis il se renversa dans son fauteuil pour réfléchir à ses nombreuses affaires. La défaite de Bulmer Skeme et le déchirement qu'elle avait provoqué s'étaient estompés; il était capable d'en juger les suites avec au moins un degré d'impartialité.

Tout bien considéré, un optimisme prudent semblait de mise. Le blocus était une provocation et une insulte que pour la circonstance, dans l'intérêt de la dignité, il devait accepter sans réagir. Le moment venu, il infligerait un châtiment exemplaire mais, présentement, il devait mener à bien son grand dessein : en bref, la défaite du roi Audry et la réinstallation du trône Evandig au Haidion.

C'est à l'ouest que le Dahaut était le plus vulnérable à une attaque : il fallait donc dépasser la ligne des forts le long de la frontière du Pomperol. La voie d'accès de l'invasion partait de Nolsby Sevan vers le nord, passait devant le château Tintzin Fyral, puis au nord toujours par cette route appelée la Trompada, jusqu'au Dahaut. L'itinéraire était barré par deux puissantes places fortes : Kaul Bocach, aux Portes de Cerbère, et Tintzin Fyral même. Une garnison d'Ulfs du Sud gardait Kaul Bocach, mais Oriante – le roi d'Ulfland du Sud – plutôt que d'encourir le déplaisir de Casmir, avait déjà accordé la liberté de passage pour lui et ses armées.

Tintzin Fyral seul se trouvait à la traverse de l'ambition de Casmir. Tintzin Fyral se dressait à une grande hauteur au-dessus de deux gorges et commandait à la fois la Trompada et le chemin qui passait par le Val Evandre pour entrer en Ulfland du Sud. Faude Carfilhiot, qui gouvernait le Val Evandre depuis son nid d'aigle imprenable, dans sa vanité et son arrogance ne se reconnaissait aucun maître, et surtout pas celui qui était théoriquement son suzerain, le roi Oriante.

Un sous-chambellan entra dans le Salon Vert. Il s'inclina devant le roi Casmir. « Sire, quelqu'un attend votre bon plaisir. Il se nomme Shimrod et est ici, à ce qu'il déclare, sur l'ordre de Votre Majesté. »

Casmir se redressa dans son fauteuil. « Amenez-le. »

Le sous-chambellan se retira, pour revenir avec un homme jeune et grand au physique mince, portant tunique et chausses de belle étoffe, des bottes basses et une toque vert sombre qu'il ôta, révélant une épaisse chevelure cendrée, coupée au niveau des oreilles à la mode du jour. Ses traits étaient réguliers, encore qu'un peu creusés : un nez fin, une mâchoire et un menton anguleux, avec une grande bouche aux coins retroussés et des yeux gris brillants qui lui donnaient une apparence de sang-froid tranquille et malicieux, où ne se trouvait peut-être pas tout à fait assez de révérence et d'abnégation pour plaire au roi Casmir.

« Sire, dit Shimrod, je suis ici en réponse à votre requête pressante. »

Casmir examina attentivement Shimrod, les lèvres serrées et la tête inclinée dans une attitude sceptique. « C'est un fait, vous ne ressemblez pas à ce que j'attendais. »

Shimrod eut un geste poli, déclinant toute responsabilité dans la perplexité du roi Casmir.

Ce dernier désigna un siège. « Asseyez-vous si vous voulez. » Lui-même se leva et alla se poster le dos au feu. « On me dit que vous pratiquez la magie. »

Shimrod hocha la tête. « Le moindre écart hors des sentiers battus incite les langues à jaser. »

Casmir eut un sourire quelque peu forcé. « Eh bien, donc : ces rapports sont-ils exacts?

– Votre Majesté, la magie est une discipline exigeante. Certaines gens ont des aptitudes naturelles et de la facilité; je ne suis pas de ceux-là. J'étudie les techniques avec application, mais ce n'est pas nécessairement une mesure de ma compétence.

– Alors, quelle est votre compétence?

– En comparaison de celle des initiés, la proportion est, dirons-nous, de un à trente.

– Vous êtes en relation avec Murgen?

– Je le connais bien.

– Et il vous a instruit?

– Jusqu'à un certain point. »

Le roi Casmir maîtrisa son impatience. Le ton insouciant de Shimrod restait sagement en deçà des limites extrêmes de l'insolence; toutefois, Casmir le trouvait irritant et sa façon de répondre aux questions par des renseignements précis mais réduits au minimum rendait la conversation fastidieuse. Casmir reprit la parole d'une voix égale.

« Comme vous devez le savoir, notre côte est bloquée par les Troices. Pouvez-vous me suggérer un moyen de rompre ce blocus? »

Shimrod réfléchit un instant. « Tout bien considéré, le moyen le plus simple est de faire la paix.

– Sans doute. » Le roi Casmir tirailla sa barbe; les magiciens étaient gens bizarres. « Je préfère une méthode, peut-être plus compliquée, qui serve les intérêts du Lyonesse.

– Il vous faudrait opposer au blocus une force supérieure.

– Exactement. C'est là le nœud de ma difficulté. J'ai

pensé enrôler les Skas comme alliés et je désire que vous prédisiez les conséquences qui en découleraient. »

Shimrod secoua la tête en souriant. « Votre Majesté, peu de magiciens sont capables de lire l'avenir. Je ne suis pas de ceux-là. Parlant en homme de bon sens ordinaire, je vous déconseillerais une telle mesure. Les Skas ont connu mille ans de dure peine; c'est un peuple rude. Comme vous, ils ont l'intention de dominer les Isles Anciennes. Invitez-les dans le Lir, donnez-leur des bases et ils ne partiront jamais. C'est l'évidence même. »

Les paupières du roi Casmir se crispèrent; il était rarement traité de façon aussi expéditive. Toutefois, raisonna-t-il, la manière de Shimrod pouvait fort bien être la mesure de sa franchise; personne cherchant à dissimuler n'aurait un ton aussi léger. Il questionna d'une voix qu'il maintint soigneusement neutre : « Que savez-vous du château Tintzin Fyral ?

– C'est un lieu que je n'ai jamais vu. Il passe pour imprenable, ce que vous connaissez déjà, je gage. »

Le roi Casmir acquiesça d'un signe bref. « J'ai aussi entendu dire que la magie fait partie de sa protection.

– Sur ce point, je ne puis rien affirmer. Il a été bâti par un magicien mineur, Ugo Golias, pour pouvoir régner sur le Val Evandre, hors d'atteinte des syndics d'Ys.

– Alors comment Carfilhiot en a-t-il acquis la propriété?

– A cet égard, je ne peux que répéter les bruits qui courent. »

Impassible, le roi Casmir incita du geste Shimrod à continuer.

« Le parentage même de Carfilhiot est une donnée inconnue, dit Shimrod. C'est fort possible que Carfilhiot ait été engendré par le sorcier Tamurello avec la magicienne Desmëi. Toutefois, on ne sait rien avec certitude sinon que d'abord Desmëi a disparu, puis Ugo Golias avec tout son personnel, comme si des démons les avaient emportés, et le château est resté vide jusqu'à ce que Carfilhiot arrive avec une troupe de soldats et en prenne possession.

– Il semblerait donc être aussi magicien.

– Je ne le pense pas. Un magicien se conduirait différemment.

– Alors vous le connaissez?

– Du tout. Je ne l'ai jamais vu.

– Néanmoins, vous paraissez au courant de ses origines et de sa personnalité.

– Les magiciens aiment laisser marcher leur langue comme tout un chacun, surtout quand le sujet a la notoriété de Carfilhiot. »

Le roi Casmir tira un cordon de sonnette; deux valets entrèrent dans le salon avec du vin, des noix et des sucreries qu'ils disposèrent sur la table. Le roi Casmir s'assit à la table en face de Shimrod. Il remplit deux gobelets de vin, dont il tendit un à Shimrod.

« Mes profonds respects à Votre Majesté », dit celui-ci.

Le roi Casmir resta assis à contempler le feu. Il prit la parole d'un ton pensif. « Shimrod, mes ambitions n'ont peut-être rien de secret. Un magicien tel que vous pourrait me fournir une assistance inestimable. Vous trouveriez ma gratitude proportionnée. »

Shimrod tourna entre ses doigts le gobelet de vin et observa le mouvement tourbillonnaire du liquide sombre.

« Le roi Audry de Dahaut a fait la même démarche auprès de Tamurello. Le roi Yvar Excelsus a recherché l'aide de Noumique. Les deux ont refusé, à cause du grand édit de Murgen, qui ne s'applique pas moins à moi.

– Peuh! lança le roi Casmir. L'autorité de Murgen l'emporte-t-elle sur toute autre?

– A cet égard... oui. »

Le roi Casmir grogna. « Néanmoins, vous avez parlé sans aucune retenue apparente.

– Je vous ai simplement conseillé comme le pouvait n'importe quel homme raisonnable. »

Le roi Casmir se leva avec brusquerie. Il jeta une bourse sur la table. « Ceci remboursera vos services. »

Shimrod vida la bourse. Cinq pièces d'or d'une couronne en roulèrent. Elles se transformèrent en cinq papillons dorés qui prirent leur essor et tournoyèrent dans le salon. Les cinq devinrent dix, vingt, cinquante, cent. Tous en même temps, ils se laissèrent tomber pour s'agglutiner sur la table où ils se métamorphosèrent en cent couronnes d'or.

Shimrod ramassa cinq des pièces, les remit dans la bourse qu'il plaça dans son escarcelle. « Je remercie Votre Majesté. »

Il s'inclina et quitta la salle.

Odo, duc de Folize, chevaucha en compagnie d'une petite troupe à travers le Troagh, une terre sinistre de pics et de précipices, pénétra en Ulfland du Sud, passa devant Kaul Bocach où des escarpements s'affrontaient de si près que trois cavaliers ne pouvaient aller de front.

Un éventail de petites cascades plongeait dans le défilé pour devenir la branche sud de la rivière Evandre; route et cours d'eau progressaient vers le nord côte à côte. En avant se dressait un crag massif : la Dent de Cronus, dite encore le Tor Tac [1]. En bas, la branche nord de l'Evandre roulait ses eaux au fond d'une gorge. Les deux branches se rejoignaient et s'engouffraient entre le Tor Tac et le rocher à pic qui supportait le château Tintzin Fyral.

Le duc Odo se présenta à une poterne et, par une route zigzaguant vers les hauteurs, fut conduit en présence de Faude Carfilhiot.

Deux jours plus tard, il partit et s'en retourna par le même chemin à la ville de Lyonesse. Il mit pied à terre dans la cour de l'Armurerie, secoua son manteau pour en ôter la poussière et se rendit aussitôt à une audience avec le roi Casmir.

Le Haidion, en tout temps chambre d'écho résonnante de rumeurs, répercuta immédiatement la nouvelle de la visite imminente d'un important personnage, le remarquable seigneur de cent mystères : Faude Carfilhiot de Tintzin Fyral.

1. Le *tor* est un terme écossais désignant un piton rocheux en forme de cône. (*N.d.T.*)

VII

SULDRUN était assise dans l'orangerie avec ses deux demoiselles d'honneur favorites : Lia, fille de Tandre, duc de Sondbehar, et Tuissany, fille du comte de Merce. Lia avait déjà entendu beaucoup parler de Carfilhiot. « Il est grand et fort, et il est orgueilleux comme un demi-dieu! A ce qu'il paraît son regard fascine tous ceux qui le voient!

– Il doit être imposant », remarqua Tuissany – et les deux jeunes filles lancèrent un coup d'œil du côté de Suldrun, qui agita les doigts.

« Les hommes imposants se prennent trop au sérieux, dit-elle. Leur conversation se compose essentiellement d'ordres et de réclamations.

– Il y a bien plus encore, déclara Lia. Je le tiens de ma couturière, qui a entendu parler Dame Pedreia. Il paraît que Faude Carfilhiot est le plus romantique des hommes. Chaque soir, il s'assied dans une haute tour pour contempler le lever des étoiles en se languissant.

– “ se languissant ”? De quoi?

– D'amour.

– Et quelle est la jeune fille hautaine qui lui cause tant de peine?

– Voilà ce qu'il y a de curieux. Elle est imaginaire. Il adore cette jeune fille de ses rêves.

– Je trouve cela difficile à croire, répliqua Tuissany. Je soupçonne qu'il passe plus de temps au lit avec des jeunes femmes en chair et en os.

– Sur ce point-là, je ne peux rien dire. En somme, ce qu'on raconte est peut-être exagéré.

– Ce sera intéressant de découvrir la vérité, reprit Tuissany. Mais voici votre père, le roi. »

Lia se leva comme Tuissany et, plus lentement, Suldrun. Toutes exécutèrent une révérence cérémonieuse.

Le roi Casmir approcha d'un pas tranquille. « Jeunes filles, je désire discuter d'une affaire privée avec la princesse; veuillez nous laisser seuls quelques instants. »

Lia et Tuissany se retirèrent. Le roi Casmir étudia Suldrun un long moment. Suldrun se détourna à demi, l'appréhension lui glaçant le creux de l'estomac.

Le roi Casmir eut un lent petit hochement de tête, comme pour confirmer quelque idée personnelle. Il prit la parole d'un ton qui n'augurait rien de bon. « Tu dois savoir que nous attendons la visite d'une personne importante : le duc Carfilhiot de Val Evandre.

– Je l'ai entendu dire, oui.

– Tu es maintenant en âge de te marier et, si le duc Carfilhiot te trouvait à son goût, j'envisagerais l'union avec faveur, c'est ce dont je vais l'informer. »

Suldrun leva les yeux vers le visage à barbe blonde. « Père, je ne suis pas prête pour un événement aussi important. Je n'ai pas le moindre désir de partager le lit d'un homme. »

Le roi Casmir hocha la tête. « C'est bien le sentiment auquel on s'attend chez une jeune fille chaste et innocente. Je ne suis pas mécontent. Toutefois, ces craintes doivent céder le pas aux affaires d'État. L'amitié du duc Carfilhiot est vitale pour nos intérêts. Tu t'habitueras rapidement à l'idée. Or donc, il faut que tes façons d'être envers le duc Carfilhiot soient aimables et gracieuses, cependant sans excès ni exagération. Ne lui impose pas ta compagnie; un homme comme Carfilhiot est stimulé par la réserve et le manque d'empressement. Néanmoins, ne sois ni farouche ni froide. »

Suldrun s'écria avec désespoir : « Père, je n'aurai pas besoin de feindre la répugnance! Je ne suis pas prête pour le mariage! Peut-être ne le serai-je jamais!

– Baste. » La voix du roi Casmir se durcit. « La modestie a du charme quand elle est modérée – et même la séduction. Toutefois, quand elle est excessive, elle devient assommante. Il ne faut pas que Carfilhiot te croie bégueule. Tels sont mes désirs; sont-ils bien clairs?

– Père, je comprends parfaitement vos désirs.

– Bon. Assure-toi qu'ils influencent ta conduite. »

Une cavalcade de vingt chevaliers et hommes d'armes survint par le Sfer Arct et entra dans la ville de Lyonesse. En tête chevauchait le duc Carfilhiot, droit comme un I et à l'aise en selle : un homme avec des cheveux noirs bouclés coupés au ras des oreilles, un teint clair, des traits réguliers et beaux, si ce n'est un peu austères, sauf la bouche qui était celle d'un poète sentimental.

Dans la cour de l'Armurerie, la troupe s'arrêta. Carfilhiot mit pied à terre et son cheval fut emmené par deux palefreniers en livrée lavande et vert du Haidion. Les gens de sa suite mirent également pied à terre et se rangèrent derrière lui.

Le roi Casmir descendit de la terrasse supérieure et traversa la cour. Le duc Carfilhiot exécuta un salut de courtoisie classique, et ceux de sa suite firent de même.

« Bienvenue! déclara le roi Casmir. Bienvenue au Haidion!

– Je suis honoré par votre hospitalité. » Carfilhiot parlait d'une voix ferme, pleine et bien modulée mais manquant de timbre.

« Je vous présente mon sénéchal, sire Mungo. Il vous conduira à vos appartements. On est en train de préparer une collation et quand vous serez rafraîchi, nous prendrons un repas sans façon sur la terrasse. »

Une heure plus tard, Carfilhiot sortit sur la terrasse. Il avait changé sa tenue pour une tunique de soie rayée de gris et de noir, avec des chausses noires et des souliers noirs : une vêture peu commune qui rehaussait encore ce que son apparence physique avait de sensationnel.

Le roi Casmir l'attendait près de la balustrade. Carfilhiot s'approcha et s'inclina. « Roi Casmir, j'éprouve déjà du plaisir à ma visite. Le palais du Haidion est le plus splendide des Isles Anciennes. Son point de vue sur la ville et la mer est sans pareil. »

Le roi Casmir parla avec une affabilité majestueuse. « J'espère que votre visite sera souvent renouvelée. Nous sommes, après tout, les plus proches des voisins.

– Exactement! dit Carfilhiot. Le malheur veut que je sois tourmenté par des problèmes qui me tiennent préoccupé chez moi; des problèmes heureusement inconnus au Lyonesse. »

Le roi Casmir haussa les sourcils. « Des problèmes? Nous ne sommes nullement à l'abri! Je compte autant de problèmes qu'il y a de Troices en Troicinet! »

Carfilhiot rit courtoisement. « En temps opportun, il faudrait que nous échangions des condoléances.

– J'aimerais autant échanger les problèmes.

– Mes pillards, voleurs de grands chemins et barons traîtres contre votre blocus par des vaisseaux de guerre? Ce serait, me semble-t-il, un mauvais marché pour l'un comme pour l'autre.

– A titre d'attrait supplémentaire, vous désireriez peut-être inclure un millier de vos Skas.

– Avec joie, si c'étaient mes Skas. Par suite d'on ne sait quelle raison bizarre, ils évitent l'Ulfland du Sud, bien qu'ils exercent leurs ravages très allégrement dans le nord. »

Deux hérauts sonnèrent une fanfare mélodieuse aux notes aiguës pour signaler l'apparition de la reine Sollace avec un cortège de ses dames.

Le roi Casmir et Carfilhiot se retournèrent pour l'accueillir. Le roi Casmir présenta son invité. La reine Sollace répondit aux compliments de ce dernier par un regard incompréhensif dont Carfilhiot eut la bonne grâce de ne pas s'offusquer.

Du temps passa. Le roi Casmir devint nerveux. Il jetait de plus en plus souvent par-dessus son épaule un coup d'œil vers le palais. Finalement, il murmura quelques mots à un valet et cinq minutes encore s'écoulèrent.

Les hérauts levèrent leurs clairons et sonnèrent une autre fanfare. Sur la terrasse surgit Suldrun, à un pas de course vacillant, comme si elle avait été propulsée par une bourrade; dans l'ombre derrière elle apparut un instant le visage crispé de Dame Desdea.

L'air grave, Suldrun approcha de la table. Sa robe, d'une douce étoffe rose, épousait étroitement sa silhouette; de dessous une calotte ronde blanche, de souples boucles dorées tombaient jusqu'à ses épaules.

Avec lenteur donc s'avançait Suldrun, suivie par Lía et Tuissany. Elle s'immobilisa un temps bref, tourna les yeux vers l'autre bout de la terrasse, effleurant Carfilhiot du regard. Un serviteur vint à elle avec un plateau; Suldrun et ses demoiselles d'honneur prirent des gobelets de vin, puis se retirèrent modestement à l'écart, où elles s'entretinrent ensemble à voix basse.

Le roi Casmir considéra la chose en fronçant les sourcils et, à la fin, il s'adressa à sire Mungo, son sénéchal. « Informez la princesse que nous attendons sa présence. »

Sire Mungo transmit le message. Suldrun l'écouta, la mine abattue. Elle parut soupirer, puis traversa la terrasse, s'arrêta devant son père et exécuta d'un air morne une révérence.

Sire Mungo prit sa plus belle voix pour déclarer : « Princesse Suldrun, j'ai l'honneur de vous présenter le duc Faude Carfilhiot de Val Evandre! »

Suldrun inclina la tête; Carfilhiot se courba en souriant et lui baisa la main. Puis il se redressa, la regarda droit dans les yeux et dit : « Des rumeurs célébrant la grâce et la beauté de la princesse Suldrun ont franchi les montagnes jusqu'à Tintzin Fyral. Je vois qu'elles n'étaient pas exagérées. »

Suldrun répondit d'une voix neutre : « J'espère que vous n'avez pas prêté attention à ces rumeurs. Elles ne me donneraient aucun plaisir, j'en suis sûre, si je les entendais. »

Le roi Casmir se pencha vivement en avant, les sourcils froncés, mais Carfilhiot parla le premier. « Vraiment? Pourquoi cela? »

Suldrun refusa de regarder du côté de son père. « Je suis représentée comme quelque chose que je ne tiens pas à être.

– Vous n'appréciez pas l'admiration des hommes?

– Je n'ai rien fait d'admirable.

– Non plus qu'une rose ou un saphir aux maintes facettes.

– Ce sont des ornements; ils n'ont pas de vie à eux.

– La beauté n'a rien d'indigne, énonça le roi Casmir d'un ton dogmatique. C'est un don accordé seulement à un petit nombre. Existe-t-il quelqu'un – même la princesse Suldrun – qui préférerait être laid? »

Suldrun ouvrit la bouche pour dire : « Je préférerais avant tout être ailleurs qu'ici. » Elle réfléchit que mieux valait s'abstenir de cette réplique et referma la bouche.

« La beauté est un attribut vraiment singulier, déclara Carfilhiot. Qui a été le premier poète? Celui qui a inventé le concept de la beauté. »

Le roi Casmir haussa les épaules avec indifférence et but dans son gobelet de verre pourpre.

Carfilhiot poursuivit d'une voix douce et musicale : « Notre monde est un endroit terrible et merveilleux, où le poète passionné qui brûle du désir de réaliser son idéal de beauté est presque toujours frustré. »

Suldrun, les mains serrées l'une dans l'autre, étudiait le bout de ses doigts. Carfilhiot dit : « Il semble que vous ayez des réserves.

– Votre " poète passionné " risque fort d'être un compagnon bien ennuyeux. »

Carfilhiot plaqua sa main sur son front dans un geste de

feinte indignation. « Vous êtes aussi insensible que Diane en personne. N'éprouvez-vous pas de sympathie pour notre poète passionné, ce pauvre aventurier éperdu?

– Ma foi non. Il a l'air pour le moins égoïste et excessif dans ses réactions. L'empereur Néron de Rome, qui dansait devant les flammes de sa ville en train de se consumer, était peut-être bien un " poète passionné " de ce genre. »

Le roi Casmir eut un mouvement d'impatience; cette sorte de conversation semblait du bavardage oiseux... Pourtant, Carfilhiot avait l'air de s'amuser. Serait-ce que la timide Suldrun amatrice de solitude était plus intelligente qu'il ne l'avait supposé?

Carfilhiot s'adressa à Suldrun : « Je trouve cette conversation extrêmement intéressante. J'espère que nous pourrons la continuer à un autre moment? »

Suldrun répliqua de son ton le plus cérémonieux : « En vérité, duc Carfilhiot, mes idées n'ont aucune profondeur. Je serais gênée d'en discuter avec une personne de votre expérience.

– Il en sera comme vous le désirez, dit Carfilhiot. Toutefois, accordez-moi, je vous prie, le simple plaisir de votre compagnie. »

Le roi Casmir se hâta d'intervenir avant que Suldrun, avec sa langue aux réactions imprévisibles, ne dise quelque chose d'offensant. « Duc Carfilhiot, je remarque certains hauts personnages du royaume qui attendent d'être présentés. »

Plus tard, le roi Casmir prit Suldrun à part. « Je suis surpris par ta conduite envers le duc Carfilhiot! Tu causes plus de dommage que tu ne t'en doutes; sa bonne volonté est indispensable à nos projets! »

Devant la majestueuse masse de son père, Suldrun se sentait sans force et sans défense. Elle s'écria d'une voix basse et plaintive : « Père, de grâce, ne me jetez pas dans les bras du duc Carfilhiot! J'ai peur en sa compagnie! »

Le roi Casmir s'était préparé à des appels à la pitié. Sa réponse fut inexorable. « Bah! Tu es stupide et déraisonnable. Il y a des partis pires que le duc Carfilhiot, je t'assure. Il en sera comme je l'ai décidé. »

Suldrun resta debout tête baissée. Elle n'avait apparemment plus rien à dire. Le roi Casmir s'en alla d'un pas vif, suivit à grandes enjambées la Longue Galerie et gravit l'escalier pour se rendre à ses appartements. Suldrun, les mains crispées et serrées contre ses côtés, le regarda s'éloigner. Elle fit demi-tour et courut jusqu'au bout de la galerie, sortit dans la clarté déclinante de l'après-midi, remonta la galerie aux arcades, franchit la vieille porte et descendit dans le jardin. Le soleil, bas dans le ciel, projetait une lumière morne sous une haute panne de nuages; le jardin paraissait détaché et indifférent.

Suldrun descendit machinalement le sentier, passa devant les ruines et s'installa sous le vieux tilleul, ses bras enserrant ses genoux, pour réfléchir au destin qui semblait la menacer. Sans aucun doute, du moins en avait-elle l'impression, Carfilhiot déciderait de l'épouser, de l'emmener à Tintzin Fyral et là, à son heure, d'explorer les secrets de son corps et de son esprit... Le soleil plongea dans des nuages; le vent souffla un air froid. Suldrun frissonna. Se levant, elle reprit le chemin par où elle était venue, lentement, les yeux à terre. Elle monta à son appartement où Dame Desdea la tança nerveusement.

« Où étiez-vous? Par ordre de la reine, je dois vous parer de beaux atours; il y aura un banquet et un bal. Votre bain est prêt. »

Passivement, Suldrun sortit de ses habits et entra dans un grand bassin de marbre, plein d'eau chaude jusqu'au bord. Ses servantes la frottèrent avec un savon fait d'huile d'olive et de cendre d'aloès, puis la rincèrent dans de l'eau parfumée à la citronnelle et la séchèrent avec de douces serviettes en coton. Sa chevelure fut brossée jusqu'à ce qu'elle brille. Elle fut revêtue d'une robe bleu foncé, et un bandeau d'argent, serti de plaques de lapis-lazuli, fut placé sur sa tête.

Dame Desdea fit quelques pas en arrière. « Je ne peux rien de plus pour vous. Nul doute que vous êtes jolie. Toutefois, il manque quelque chose. Il vous faut user d'un peu de coquetterie – pas avec excès, attention! Laissez-lui voir que vous comprenez ce qu'il a en tête. La malice chez une jeune fille est comme du sel sur la viande... Maintenant, la teinture de digitale, pour donner de l'éclat à vos yeux! »

Suldrun eut un brusque mouvement de recul. « Je n'en veux pas! »

Dame Desdea avait appris la futilité des discussions avec Suldrun. « Vous êtes la créature la plus obstinée du monde! Comme d'habitude, vous n'en ferez qu'à votre tête. »

Suldrun eut un rire amer. « Si je n'en faisais qu'à ma tête, je n'irais pas au bal.

– Là, allons, petite friponne. » Dame Desdea déposa un baiser sur le front de Suldrun. « J'espère que la vie se pliera à vos vœux... Venez maintenant, au banquet. De grâce, soyez aimable envers le duc Carfilhiot, puisque votre père escompte des fiançailles. »

Au banquet, le roi Casmir et la reine Sollace prirent place au haut bout de la grande table, avec Suldrun à la droite de son père et Carfilhiot à la gauche de la reine Sollace.

Sans en avoir l'air, Suldrun étudia Carfilhiot. Avec son teint clair, ses épais cheveux noirs et ses yeux lumineux, il était indéniablement beau : presque à l'excès. Il mangeait et buvait avec grâce; sa conversation était courtoise; la modestie était peut-être sa seule affectation : il parlait peu de lui-même. Néanmoins, Suldrun se rendit compte qu'elle était incapable de soutenir son regard et, quand elle lui parlait, comme les circonstances l'y obligeaient, elle avait de la peine à trouver ses mots.

Carfilhiot avait senti son aversion, elle le devina, et cela semblait ne faire que stimuler son intérêt. Il devint encore plus complimenteur, comme s'il cherchait à vaincre son antipathie par une galanterie d'une perfection achevée. Pendant ce temps, comme un courant d'air froid, Suldrun sentait peser sur elle l'attention de son père, au point qu'elle commença à perdre son assurance. Elle baissa la tête sur son assiette, mais fut incapable de manger.

Elle tendit la main pour prendre son gobelet et croisa par hasard le regard de Carfilhiot. Elle resta une seconde comme paralysée. Il sait ce que je pense, fut la réflexion qui s'imposa à son esprit. Il sait – et maintenant il sourit, comme s'il me possédait déjà... Suldrun libéra son regard au prix d'un violent effort et le fixa sur son assiette. Toujours souriant, Carfilhiot se détourna pour écouter ce que disait la reine Sollace.

Au bal, Suldrun crut se faire oublier en se mêlant à ses suivantes, mais cela ne servit à rien. Sire Eschar, le sous-sénéchal, vint la chercher et la conduisit auprès du roi Casmir, de la reine Sollace et du duc Carfilhiot, ainsi que d'autres hauts dignitaires. Quand la musique commença, elle se trouvait à portée du bras du duc Carfilhiot et n'osa pas se dérober.

En silence, ils exécutèrent les figures de la danse, en avant et en arrière, saluant, tournant avec un geste gracieux, dans la couleur éclatante des soies et le soupir des satins. Un millier de bougies dans six candélabres massifs emplissaient la salle d'une douce clarté.

Quand la musique s'arrêta, Carfilhiot conduisit Suldrun sur le côté de la salle et légèrement à l'écart. « Je ne sais que vous dire, remarqua Carfilhiot. Votre attitude est glaciale au point d'en paraître menaçante. »

Suldrun répliqua de sa voix la plus compassée : « Messire, je ne suis pas habituée aux grandes réceptions et, en toute franchise, elles ne m'amusent pas.

– Si bien que vous préféreriez être ailleurs? »

Suldrun regarda vers l'autre bout de la salle où Casmir se tenait au milieu des hauts personnages de sa cour.

« Mes préférences, quelles qu'elles puissent être, n'ont d'importance que pour moi-même, apparemment. C'est ce que l'on m'a donné à entendre.

– En vérité, vous vous trompez! Moi, par exemple, je m'intéresse à vos préférences. En fait, je vous trouve vraiment exceptionnelle. »

L'unique réaction de Suldrun fut un haussement d'épaules indifférent et, pour un bref instant, le ton de badinage léger de Carfilhiot devint contraint et même un peu coupant. « Au fond, votre opinion de moi est que je suis une personne ordinaire, terne et peut-être même quelque peu ennuyeuse? » Le tout dit dans l'espoir de déclencher une avalanche de protestations embarrassées.

Suldrun, le regard perdu à l'autre bout de la salle, répliqua d'une voix distraite : « Messire, vous êtes l'hôte de mon père; je n'aurais pas l'audace de former pareille opinion ou toute autre. »

Carfilhiot émit un étrange rire bas et Suldrun se retourna dans un mouvement de surprise déconcertée, pour voir comme par une fissure dans l'âme de Carfilhiot, qui se referma vivement. A nouveau débonnaire, Carfilhiot éleva ses mains dans un geste exprimant une frustration comique et courtoise. « Faut-il que vous soyez si distante? Suis-je franchement déplorable? »

Suldrun employa une fois encore un ton de froide cérémonie. « Messire, il est ceratin que vous ne m'avez pas donné lieu d'émettre des jugements de cette sorte.

– Mais n'est-ce pas une attitude artificielle? Vous devez savoir que vous êtes admirée. En ce qui me concerne, je suis désireux de conquérir votre estime.

– Messire, mon père veut me marier. C'est de notoriété publique. Il me pousse plus vite que je ne veux aller; je ne connais rien à l'amour ni à ce que c'est que d'aimer. »

Carfilhiot lui prit les deux mains et l'obligea à le regarder. « Je vais vous révéler quelques arcanes. Les princesses épousent rarement leurs amoureux. En ce qui concerne ce qu'est aimer, je l'enseignerais volontiers à une élève aussi innocente et aussi belle. Vous apprendriez du jour au lendemain pour ainsi dire. »

Suldrun dégagea ses mains. « Allons rejoindre les autres. »

Carfilhiot escorta Suldrun à sa place. Quelques minutes plus tard, elle informa la reine Sollace qu'elle ne se sentait pas bien et elle se glissa discrètement hors de la salle. Le roi Casmir, grisé par la boisson, ne s'en aperçut pas.

Sur le Pré de Derfouy, à trois kilomètres au sud de la ville de Lyonesse, le roi Casmir avait ordonné une fête avec grande parade et attractions pour célébrer la présence de son hôte honoré : Faude Carfilhiot, duc de Val Evandre et seigneur de Tintzin Fyral. Les préparatifs étaient soignés et abondants. Des bœufs tournaient au-dessus de feux de braises depuis la veille, avec de bons arrosages d'huile, de jus d'oignon, d'ail et de sirop de tamarin; ils étaient maintenant rôtis à point et répandaient une odeur tentatrice sur toute la prairie. Non loin de là, des plateaux étaient chargés de pyramides de pains blancs et, sur le côté, six tonneaux de vin attendaient simplement qu'on les mette en perce.

Des villages du voisinage avaient envoyé des jeunes gens et des jeunes femmes en costumes de fête; au son de tambours et de cornemuses, ils dansèrent des gigues et des bourrées jusqu'à ce que la sueur leur perle au front. A midi, des clowns se battirent avec des vessies et des épées de bois; et un peu plus tard, des chevaliers de la cour royale joutèrent [1] avec des lances mornées par des coussinets de cuir.

Entre-temps, la viande rôtie avait été hissée sur la table à découper, débitée en tranches et morceaux et emportée sur des moitiés de pain pour tous ceux qui voulaient profiter de la libéralité du roi, tandis que le vin glougloutait joyeusement par les cannelles.

Le roi Casmir et Carfilhiot assistèrent aux joutes, du haut d'une plate-forme surélevée, en compagnie de la reine Sollace, de la princesse Suldrun, du prince Cassandre et d'une douzaine d'autres personnes de haut rang. Le roi

1. Le tournoi dans lequel des chevaliers en armure joutaient avec des lances, ou se livraient à des simulacres de bataille, n'avait pas encore été mis au point. Les épreuves de ces temps et lieu étaient relativement douces : concours de lutte, de courses de chevaux, de voltige – compétitions auxquelles l'aristocratie participait rarement pour ne pas dire jamais.

Casmir et Carfilhiot traversèrent ensuite la prairie à pas tranquilles pour aller voir un concours de tir à l'arc et conversèrent sur fond sonore de sifflements et *plocs* de flèches frappant la cible. Deux des personnes de la suite de Carfilhiot participaient à l'épreuve et tiraient avec une telle adresse que le roi Casmir fut incité à émettre un commentaire.

Carfilhiot répliqua : « Je commande des forces relativement restreintes et tous doivent exceller avec leurs armes. Je calcule que chaque soldat en vaut dix ordinaires. Il vit et meurt par le fer. Néanmoins, je vous envie vos douze grandes armées. »

Le roi Casmir eut un grognement bref. « Douze armées sont une belle chose à commander et le roi Audry dort mal à cause d'elles. Toutefois, douze armées ne servent à rien contre les Troices. Ils naviguent de long en large devant mes côtes; ils rient et plaisantent; ils s'arrêtent près de mon port et me montrent leur postérieur nu.

– Bien au-delà d'une portée de flèche, j'imagine.

– A cinquante mètres d'une portée de flèche.

– On ne peut plus vexant. »

Le roi Casmir déclara avec force : « Mes ambitions ne sont pas un secret. Je dois réduire le Dahaut, soumettre les Skas et battre les Troices. Je veux ramener le trône Evandig et la table Cairbra an Meadhan à leur place légitime et une fois de plus les Isles Anciennes seront gouvernées par un seul souverain.

– C'est une noble ambition, dit gracieusement Carfilhiot. Si j'étais roi de Lyonesse, je ne chercherais pas à agir différemment.

– Les stratégies ne sont pas faciles. Je peux manœuvrer au sud contre les Troices, avec les Skas comma alliés; ou dans les Ulflands, en présupposant que le duc de Val Evandre me donne libre passage au-delà de Tintzin Fyral. Alors mes armes chassent les Skas de l'Estran, subjuguent les Godéliens et obliquent à l'est dans le Dahaut pour la campagne décisive. Avec une flottille de mille navires, j'écrase le Troicinet et les Isles Anciennes redeviennent un royaume unique, avec le duc de Val Evandre dès lors duc de l'Ulfland du Sud.

– L'idée est séduisante et, ce me semble, réalisable. Elle n'influe pas sur mes ambitions personnelles; en vérité, je me contente fort bien du Val Evandre. J'ai des aspirations d'une toute autre sorte. A franchement parler, je me suis épris de la princesse Suldrun. Je la trouve la plus belle de toutes les créatures vivantes. Me jugeriez-vous présomptueux si je demandais sa main?

– Je considérerais que c'est une union on ne peut plus appropriée et prometteuse.

– Je suis heureux d'entendre votre approbation. Et la princesse Suldrun? Elle ne m'a pas témoigné de faveur évidente.

– Elle est un peu fantasque. Je lui en toucherai un mot. Demain, vous et elle échangerez vos vœux de fiançailles selon les rites et les noces suivront en temps voulu.

– C'est une joyeuse perspective pour moi et, je l'espère, pour la princesse Suldrun aussi. »

A la fin de l'après-midi, le carrosse royal retourna au Haidion avec le roi Casmir, la reine Sollace et la princesse Suldrun. Chevauchant à côté, il y avait Carfilhiot et le jeune prince Cassandre.

Le roi Casmir s'adressa à Suldrun d'une voix solennelle : « Aujourd'hui, j'ai conféré avec le duc Carfilhiot et il se déclare épris de toi. L'union est avantageuse et j'ai donné mon accord à vos fiançailles. »

Suldrun le considéra avec consternation, ses pires appréhensions réalisées. Finalement, elle retrouva sa langue. « Messire, ne pouvez-vous me croire? Je ne veux pas me marier maintenant, et surtout pas avec Carfilhiot! Il ne me convient pas du tout! »

Le roi Casmir concentra sur Suldrun tout le feu du regard bleu de ses yeux ronds. « C'est pur caprice et sentimentalité ridicule; qu'il n'en soit plus question. Carfilhiot est noble et bel homme! Tu fais trop la délicate avec tes angoisses. Demain à midi, tu engageras ta foi envers Carfilhiot. Dans trois mois, tu te marieras. Il n'y a rien de plus à dire. »

Suldrun se tassa dans les coussins. Le carrosse roulait avec fracas sur la route, balancé par des ressorts en lames de hêtre blanc. Des peupliers au bord du chemin passaient devant le soleil. A travers ses larmes, Suldrun regardait les lumières et les ombres jouer sur le visage de son père. D'une voix basse et brisée, elle tenta une dernière supplication : « Père, ne m'imposez pas ce mariage! »

Le roi Casmir écouta avec flegme et, détournant la tête, ne répondit pas.

Dans sa détresse, Suldrun chercha des yeux un appui auprès de sa mère, mais ne vit qu'un masque de cire exprimant l'aversion. La reine Sollace dit d'un ton acerbe : « Tu es bonne à marier, comme quiconque a des yeux peut le constater. Il est temps que tu quittes le Haidion. Avec tes vapeurs et tes lubies, tu ne nous as pas apporté de joie. »

Le roi Casmir prit la parole. « En tant que princesse de Lyonesse, tu ne connais ni labeur ni souci. Tu es vêtue de soie douce et tu jouis d'un luxe dépassant toutes les espérances des femmes ordinaires. En tant que princesse de Lyonesse, tu dois aussi te soumettre aux impératifs de la politique, comme moi-même. Le mariage aura lieu. Débarrasse-toi de cette modestie excessive et approche le duc Carfilhiot avec amabilité. Je ne veux plus rien entendre sur ce sujet. »

A l'arrivée au Haidion, Suldrun se rendit tout droit dans son appartement. Une heure plus tard, Dame Desdea la trouva qui regardait fixement le feu.

« Allons, dit Dame Desdea. La mélancolie fait pendre la chair et jaunir le teint. Soyez donc gaie! Le roi désire votre présence au repas du soir, dans une heure.

– Je préfère ne pas y aller.

– Néanmoins, il le faut! Le roi a donné son ordre. Alors, pas question de non, petit patapon! Et ron et ron, au souper nous irons. Vous porterez le velours vert foncé qui vous sied tellement bien que toutes les autres femmes ont l'air de poissons crevés. Si j'étais plus jeune, la jalousie me ferait grincer des dents. Je ne comprends pas pourquoi vous avez une mine si longue.

– Le duc Carfilhiot ne me plaît pas.

– Baste. Avec le mariage, tout change. Vous en viendrez peut-être à être folle de lui; alors, vous rirez en pensant à vos caprices ridicules. Et maintenant... hop, déshabillez-vous! Haut les cœurs! Imaginez le moment où ce sera le duc Carfilhiot qui le commandera! Sosia! Où est cette follette de chambrière? Sosia! Brossez les cheveux de la princesse, cent coups de chaque côté. Ce soir, ils doivent miroiter comme un fleuve d'or! »

Au souper, Suldrun s'efforça d'adopter une attitude impersonnelle. Elle goûta une bouchée de pigeon cuit à l'étouffée; elle but un demi-verre de vin blanc. Quand des remarques lui étaient adressées, elle répondait avec politesse mais, de toute évidence, ses pensées étaient ailleurs. Une fois, levant la tête, elle croisa le regard de Carfilhiot et, pendant un instant tel un oiseau fasciné, elle fixa ces yeux lumineux.

Elle détourna les siens et s'absorba soucieusement dans la contemplation de son assiette. Carfilhiot était sans conteste élégant, vaillant et beau : pourquoi alors cette antipathie qu'elle éprouvait pour lui? Elle savait que son instinct ne la trompait pas. Carfilhiot était complexe; son esprit bouillonnait d'étranges rancœurs et d'inclinations singulières. Des mots s'imposèrent à son esprit comme provenant d'une autre source : *Pour Carfilhiot, la beauté n'est pas ce qu'il faut chérir et aimer, mais quelque chose à capturer et à meurtrir.*

Les dames se retirèrent pour se rendre au salon de la reine; Suldrun s'esquiva et courut à son propre appartement.

Tôt le matin, du large survint une averse, qui lava la verdure et fixa la poussière. Vers le milieu de la matinée, le soleil brilla à travers des nuages clairsemés et projeta des ombres fuyantes sur la ville. Dame Desdea revêtit Suldrun d'une robe blanche avec un surcot blanc brodé de rose, de jaune et de vert; et un petit bonnet blanc à l'intérieur d'un diadème d'or où étaient sertis des grenats.

Sur la terrasse, quatre tapis précieux avaient été étalés bout à bout, depuis la massive entrée principale du Haidion jusqu'à une table drapée d'épais lin blanc. De très anciens vases d'argent hauts d'un mètre vingt débordaient de roses blanches; la table supportait le hanap sacré des rois de Lyonesse : une coupe d'argent de trente centimètres de haut, où étaient gravés des caractères devenus indéchiffrables pour le Lyonesse.

Tandis que le soleil montait vers midi, des dignitaires commencèrent à apparaître, portant des robes de cérémonie et d'antiques emblèmes.

A midi, la reine Sollace arriva. Elle fut escortée par le roi Casmir jusqu'à son trône. Derrière venait le duc Carfilhiot, escorté par le duc Tandre de Sondbehar.

Un moment passa. Le roi Casmir regarda en direction de la porte, par où la princesse Suldrun devait maintenant sortir au bras de sa tante la Dame Desdea. A la place, il n'entrevit qu'un remue-ménage fébrile. Puis il remarqua le bras de Dame Desdea qui s'agitait dans un mouvement d'appel.

Le roi Casmir se leva du trône et revint majestueusement au palais où Dame Desdea gesticulait en grand désarroi et perplexité.

Il inspecta du regard le vestibule, puis s'adressa à Dame

Desdea. « Où est la princesse Suldrun? Pourquoi causez-vous ce retard malséant? »

Dame Desdea expliqua tout de go : « Elle était prête! Elle était là belle comme un ange. Je suis descendue la première; elle suivait. Je me suis engagée dans la galerie et j'ai eu un pressentiment bizarre! Je me suis arrêtée, j'ai regardé derrière moi et elle se tenait là, d'une pâleur de lis. Elle a crié quelque chose, mais je n'ai pas bien entendu; je pense qu'elle a dit : « Je ne peux pas! Non, je ne peux pas! » Et alors elle est partie, elle a franchi la petite porte et elle a remonté la galerie aux arcades! Je l'ai appelée, sans résultat. Elle ne s'est même pas retournée! »

Le roi Casmir pivota sur ses talons et sortit sur la terrasse. Il s'arrêta, son œil parcourut le demi-cercle de visages interrogateurs. Il prit la parole d'une voix égale et rude. « Je réclame l'indulgence de ceux qui sont ici assemblés. La princesse Suldrun a été prise d'un malaise. La cérémonie n'aura pas lieu. Une collation a été préparée; veuillez vous servir à votre gré. »

Le roi Casmir fit demi-tour et rentra dans le palais. Dame Desdea restait plantée de côté, la chevelure en désordre, les bras pendants comme des cordages.

Le roi Casmir l'examina cinq secondes, puis quitta le palais à grandes enjambées. Il avança d'un pas rapide le long des arcades, sous le Mur de Zoltra Brillante-Étoile, par le porche de bois et jusqu'en bas dans le vieux jardin. C'est là que Suldrun était assise, sur une colonne renversée, les coudes sur les genoux et le menton dans les mains.

Le roi Casmir s'arrêta à six mètres derrière elle. Avec lenteur, Suldrun tourna la tête, les pupilles dilatées, les coins des lèvres tombants.

Le roi Casmir dit : « Tu es venue ici au mépris de mon ordre. »

Suldrun hocha la tête. « Je l'ai fait, oui.

– Tu as porté atteinte à la dignité du duc Carfilhiot d'une façon que rien ne peut atténuer. »

La bouche de Suldrun remua, mais aucun mot n'en sortit. Le roi Casmir poursuivit :

« Par caprice frivole, tu es venue ici plutôt que de te rendre en respectueuse obéissance à l'endroit que prescrivait mon ordre. Par conséquent, reste en ce lieu, tant la nuit que le jour, jusqu'à ce que le grand tort que tu m'as causé soit réparé ou jusqu'à ce que tu meures. Si tu pars soit au grand jour soit furtivement, tu seras l'esclave de quiconque jettera le premier son dévolu sur toi, qu'il soit chevalier ou paysan, vaurien ou vagabond; peu importe! Tu seras sa chose. »

Le roi Casmir tourna les talons, gravit le sentier, franchit le portail qui claqua derrière lui.

Suldrun reprit sa position première, le visage figé dans une expression presque sereine. Elle regarda vers la mer, où des rayons de soleil passant par des trouées entre les nuages brillaient sur l'eau.

Le roi Casmir trouva un groupe silencieux qui l'attendait sur la terrasse. Il regarda de côté et d'autre.

« Où est le duc Carfilhiot? »

Le duc Tandre de Sondbehar s'avança. « Sire, après votre départ, il a attendu une minute. Puis il a demandé son cheval et avec sa suite il a quitté le Haidion.

– Qu'a-t-il dit? s'écria le roi Casmir. N'a-t-il laissé aucun message? »

Le duc Tandre répliqua : « Sire, il n'a pas prononcé un mot. »

Le roi Casmir jeta un coup d'œil terrible d'un bout à l'autre de la terrasse, puis il fit demi-tour et rentra à grands pas dans le palais du Haidion.

Le roi Casmir médita pendant une semaine, puis il proféra un juron coléreux et se mit en devoir de rédiger une lettre. La version définitive était ainsi conçue .

A l'attention du
Noble Duc Faude Carfilhiot
à Tintzin Fyral son Château.

Noble Seigneur :

C'est avec difficulté que j'écris ces mots, à propos d'un incident qui m'a causé une grande confusion. Je ne puis offrir d'excuses convenables, puisque je suis victime des circonstances autant que vous-même – peut-être plus encore. Vous avez subi un affront qui vous exaspère, cela se comprend aisément. Toutefois, il est hors de doute qu'une dignité comme la vôtre n'est pas atteinte par les vapeurs d'une jeune fille vétilleuse et sotte. Par ailleurs, j'ai perdu le privilège d'unir nos maisons par un lien matrimonial.

Malgré tout, je puis exprimer mon chagrin que cet événement se soit produit au Haidion et ait ainsi, sur ce point, gâté mon hospitalité.

J'aime à croire que dans l'ampleur généreuse de votre tolérance vous continuerez à me considérer comme votre ami et allié pour de mutuelles entreprises dans l'avenir.

Avec mes meilleurs compliments, je suis
Casmir
de Lyonesse, le Roi.

Un envoyé porta la lettre à Tintzin Fyral. En temps voulu, il revint avec une réponse.

A l'attention de son Auguste Majesté
Casmir, de Lyonesse, le roi.

Sire Vénéré :

Soyez assuré que si les émotions ressenties par moi à la suite de l'incident auquel vous faites allusion se sont déchaînées en moi comme une tempête – ce qui est compréhensible, j'espère – elles se sont apaisées presque aussi vite et m'ont laissé gêné par l'étroitesse des limites de mon indulgence. Je suis d'accord que notre association à vous et à moi ne doit pas être compromise par les fantaisies imprévisibles d'une jeune fille. Comme toujours, vous pouvez compter sur mon respect sincère et mon grand espoir que vos ambitions légitimes et justes se réalisent. Quand le désir vous viendra de faire un tour au Val Evandre, soyez assuré que je serai heureux de cette occasion de vous offrir l'hospitalité de Tintzin Fyral.

Je demeure, en toute sympathie,
votre ami,
Carfilhiot.

Le roi Casmir étudia la lettre avec soin. Carfilhiot, apparemment, ne nourrissait aucun ressentiment; toutefois, ses déclarations de bonne volonté, encore que cordiales, auraient pu aller un peu plus loin et être plus précises.

VIII

Le roi Granice de Troicinet était un homme mince, anguleux et grisonnant, brusque dans ses manières et remarquablement laconique jusqu'à ce que les choses tournent mal, auquel cas il jetait feu et flamme, ébranlant l'air par ses jurons et blasphèmes. Il avait grandement désiré un fils et héritier, mais la reine Baudille lui donna quatre filles à la suite, chacune née au bruit des plaintes pleines de fureur de Granice. La première s'appelait Lorissa, la seconde Aethel, la troisième Ferniste, la quatrième Byrin; puis Baudille resta stérile et le frère de Granice, le prince Arbamet, devint l'héritier présomptif du trône. Le second frère de Granice, le prince Ospero, un homme d'une personnalité complexe et d'une constitution assez fragile, non seulement n'avait pas du tout l'ambition de régner mais encore détestait tellement l'atmosphère de la vie de cour, avec son étiquette et son rythme de vie artificiel, qu'il demeurait presque en reclus dans son manoir d'Ombreleau, au centre du Ceald, la plaine intérieure du Troicinet. L'épouse d'Ospero, Ainor, était morte en donnant le jour à son fils unique, Aillas, qui se développa à son heure en un solide garçon de taille moyenne, aux épaules larges, tout en nerfs et vigueur plutôt que massif, avec des cheveux châtain doré et des yeux gris.

Ombreleau occupait un site plaisant au bord de Chanteleau, un petit lac avec des collines au nord et au sud et le Ceald s'étendant à l'ouest. A l'origine, Ombreleau avait servi à protéger le Ceald, mais trois cents ans s'étaient écoulés depuis que la dernière sortie armée avait franchi ses portes et les défenses étaient tombées dans un état de délabrement pittoresque. L'armurerie restait silencieuse sauf pour forger des pelles et des fers à cheval; de mémoire d'homme, le pont-levis n'avait pas été relevé. Les tours rondes et trapues d'Ombreleau se dressaient à moitié dans l'eau, à moitié sur le rivage, avec des arbres surplombant les toits coniques couverts de tuiles.

Au printemps, des merles affluaient au-dessus du marais et des corneilles tournoyaient dans le ciel en lançant de très loin leurs « Croa! Croa! Croa! ». En été, des abeilles bourdonnaient dans les mûriers et l'air sentait les roseaux et le saule baigné par les eaux. La nuit, les coucous criaient dans la forêt et au matin des truites et des saumons bruns gobaient l'appât presque aussitôt qu'il touchait la surface. Ospero, Aillas et leurs fréquents visiteurs dînaient dehors sur la terrasse et regardaient bien des couchers de soleil splendides s'éteindre sur Chanteleau. A l'automne, les feuilles changeaient de couleur et les greniers s'emplissaient à craquer du produit des moissons. En hiver, des feux brûlaient dans toutes les cheminées et la lumière blanche du soleil se reflétait en étincelles de diamant dans Chanteleau, cependant que les saumons et les truites restaient au fond et refusaient de mordre à l'hameçon.

Ospero était d'un tempérament poétique plutôt que pratique. Il ne s'intéressait pas beaucoup à ce qui se passait au palais royal de Miraldra ni à la guerre contre le Lyonesse. Ses inclinations étaient celles de l'érudit et de l'archéologue. Pour l'instruction d'Aillas, il avait fait venir à Ombreleau des savants de grande réputation; Aillas reçut un enseignement en mathématiques, astronomie, musique, géographie, histoire et littérature. Le prince Ospero ne s'y connaissait guère en techniques martiales et délégua cette phase de l'éducation d'Aillas à Tauncy, son bailli, vétéran de nombreuses campagnes. Aillas apprit le maniement de l'arc, de l'épée et cet art difficile entre tous propre aux bandits galiciens : le lancer du poignard.

« Cet usage du poignard, déclara Tauncy, n'est ni courtois ni chevaleresque. C'est, plutôt, la ressource du desperado, une tactique de dissuasion de l'homme qui doit tuer pour survivre à la soirée. Le poignard lancé suffit pour une portée de dix mètres; au-delà, la flèche est excellente. Mais dans un espace restreint, une batterie de poignards est une compagnie des plus réconfortantes.

« De même, je préfère l'épée d'escrime au lourd équipement en faveur auprès des chevaliers montés. Avec mon épée d'escrime, je peux blesser en une demi-minute un homme entièrement cuirassé, ou encore le tuer si cela me plaît. C'est la suprématie de l'adresse sur la force brute. Tenez! Levez cet espadon, frappez-moi. »

D'un air de doute, Aillas souleva l'épée à deux mains.

« J'ai peur de vous couper en deux.

– Des hommes plus forts que vous l'ont tenté et qui se tient ici pour en parler? Alors, allez-y de bon coeur ! »

Aillas frappa; la lame fut détournée. Il essaya de nouveau. Tauncy fit un mouvement de torsion et l'espadon s'envola des mains d'Aillas.

« Encore une fois, dit Tauncy. Vous voyez comment ça se passe? On engage, on glisse, on lie et hop! Vous pouvez assener l'arme de tout votre poids; je m'interpose, je tourne le poignet, l'épée vous échappe; je frappe à l'endroit où bée votre armure; la pointe entre et votre vie sort.

– C'est un art utile, commenta Aillas. Notamment contre nos voleurs de poulets.

– Ha! Vous ne resterez pas à Ombreleau toute votre vie ... pas maintenant que le pays est en guerre. Laissez-moi m'occuper des voleurs de poules. Continuons, maintenant. Vous vous promenez dans les ruelles d'Avallon; vous entrez dans une taverne pour boire une coupe de vin. Un imbécile bâti en armoire à glace vous accuse d'avoir importuné son épouse; il tire son coutelas et marche sur vous Alors, allez-y! Avec votre poignard! Dégainez et lancez! Tout d'un même mouvement! Vous avancez, vous extirpez votre lame du cou de ce vilain, vous l'essuyez sur sa manche. Si vraiment vous avez importuné la femme du manant défunt, dites adieu à la belle. L'épisode a complètement refroidi votre ardeur. Mais vous êtes attaqué d'un autre côté par un autre mari. Vite! »

Ainsi continuait la leçon.

A la fin, Tauncy déclara : « Je considère le poignard comme une arme très élégante. Indépendamment de son efficacité, il y a de la beauté dans son envol, quand il fend l'air vers sa cible; il y a un spasme de plaisir quand il s'y enfonce bien profond. »

Au printemps de sa dix-huitième année, Aillas s'éloigna tristement à cheval d'Ombreleau, sans un seul coup d'œil en arrière. La route le conduisit le long des marais qui bordaient le lac, lui fit traverser le Ceald et monter au milieu des collines vers la Trouée de l'Homme Vert. Là, Aillas se retourna pour regarder le Ceald. Dans le lointain, auprès du miroitement de Chanteleau, une tache sombre d'arbres dissimulait les tours trapues d'Ombreleau. Aillas resta assis un moment à contempler les chers lieux familiers qu'il laissait derrière lui, et des larmes lui montèrent aux yeux. D'un geste brusque, il fit tourner son cheval, franchit le col enfoui sous les arbres et descendit dans la vallée de la rivière Rondante.

Tard dans l'après-midi, il entrevit devant lui le Lir et, peu avant le coucher du soleil arriva au Port de la Sorcière au-dessous du Cap Brumeux. Il se rendit tout droit à l'auberge du Corail Marin où il était bien connu du propriétaire et obtint donc un bon repas et une chambre confortable pour la nuit.

Au matin, il chevaucha vers l'ouest sur la route côtière et, au début de l'après-midi, atteignit la ville de Domreis.

Il s'arrêta sur les hauteurs dominant la ville. La journée était venteuse; l'air semblait plus que transparent, comme une loupe transmettant de minuscules détails avec clarté. Le Crochet du Lutin, avec une barbe de ressac écumeux sur sa face extérieure, entourait le port. A la base du Crochet du Lutin se dressait le Château Miraldra, la demeure du roi Granice, avec un long parapet s'étirant jusqu'à un phare au bout du Crochet. A l'origine tour de guet, Miraldra s'était trouvé au fil du temps joint à un stupéfiant complexe de rajouts : salles, galeries, une douzaine de tours dont la masse et la hauteur répondaient apparemment aux seules normes du hasard.

Aillas descendit la colline, passant devant le Palaeos, un temple consacré à Gaea, où deux jeunes filles de douze ans vêtues d'une tunique blanche veillaient sur une flamme sacrée. Aillas traversa la ville, les sabots de son cheval résonnant soudain bruyamment sur la rue pavée de galets. Longea les quais, où s'étaient ancrés une douzaine de navires, défila devant des tavernes et des boutiques à la façade étroite, puis se retrouva sur la chaussée menant au Château Miraldra.

Les remparts se dressaient à une orgueilleuse hauteur au-dessus d'Aillas. Ils avaient l'air presque inutilement massifs et la porte d'entrée, flanquée d'une paire de barbacanes, semblait trop petite en proportion. Deux sentinelles, portant l'uniforme puce et gris de Miraldra avec des casques luisants couleur d'argent et de brillantes cuirasses argent, tenaient des hallebardes inclinées en position de repos. Par la barbacane, Aillas fut reconnu; des hérauts sonnèrent une fanfare. Les sentinelles relevèrent d'un coup sec les hallebardes dans la position droite du « salut » tandis qu'Aillas franchissait le porche.

Dans la cour, Aillas mit pied à terre et confia son cheval à un palefrenier. Sire Este, le sénéchal à la silhouette corpulente, s'avançant pour l'accueillir, eut un geste de surprise. « Prince Aillas! Êtes-vous venu seul, sans escorte?

– Par préférence, messire Este, je suis venu seul. »

Sire Este, qui était célèbre pour ses aphorismes, émit alors un nouveau commentaire sur la condition humaine : « Extraordinaire que ceux qui ont droit aux privilèges du rang soient les plus empressés à les dédaigner! C'est comme si les dons de la Providence revêtaient beauté et attrait seulement quand ils sont absents. Ah, bah, je refuse de m'attarder à y réfléchir.

– Vous vous portez bien, j'espère, et jouissez de vos propres privilèges?

– Au maximum! J'ai, sachez-le, cette crainte bien enracinée que si je négligeais l'un de mes petits privilèges la Providence s'en offusque et les fasse disparaître. Venez maintenant, il faut que je veille à votre confort. Le roi est parti passer la journée à Ardlemouth; il inspecte un nouveau vaisseau qui est, à ce qu'on dit, rapide comme un oiseau. » Il appela d'un signe un valet. « Conduisez le prince Aillas à sa chambre, préparez son bain et fournissez-lui des vêtements convenables pour la cour. »

A la fin de l'après-midi, le roi Granice revint à Miraldra. Aillas l'accueillit dans la grande salle; les deux s'embrassèrent. « Et comment va la santé de mon bon frère Ospero?

– Il se hasarde rarement loin d'Ombreleau. L'air extérieur semble lui mordre la gorge. Il se fatigue aisément et se met à suffoquer, si bien que je crains pour sa vie.

– Il a toujours été délicat! En tout cas, tu me parais assez robuste!

– Sire, vous-même semblez en excellente santé.

– Vrai, garçon, et je vais partager avec toi mon petit secret. Tous les jours à cette heure même, je prends une coupe ou deux de bon vin rouge. Cela enrichit le sang, fait briller le regard, parfume l'haleine et raidit le membre frontal. Les magiciens cherchent partout l'élixir de vie et ils l'ont à portée de la main, si seulement ils connaissaient notre petit secret. Hein, garçon? » Et Granice assena une claque dans le dos d'Aillas. « Fortifions-nous.

– Avec plaisir, messire. »

Granice le précéda dans un salon orné de bannières;

armoiries et trophées de guerre. Un feu flambait dans l'âtre; Granice se chauffa tandis qu'un serviteur versait du vin dans des coupes d'argent.

Granice indiqua un siège à Aillas et s'installa lui-même dans un fauteuil au coin du feu. « Je t'ai convoqué ici pour une raison. En tant que prince du sang, le moment est venu que tu te familiarises avec les affaires de l'État. Le fait le plus sûr de cette existence précaire est qu'on ne peut jamais demeurer immobile. Dans cette vie, chacun de nous se déplace sur des échasses de trois mètres de haut; on doit bouger, sauter et causer une agitation; sinon, on tombe. Il faut lutter ou mourir! Nager ou se noyer! Courir ou être piétiné. » Granice vida d'un trait une coupe de vin.

« Le calme ici à Miraldra n'est donc qu'une illusion? » dit Aillas.

Granice émit un gloussement sarcastique. « *Le calme?* Première nouvelle. Nous sommes en guerre avec le Lyonesse et le méchant roi Casmir. C'est le cas du petit bouchon qui retient le contenu d'un tonneau. Je ne veux pas citer le nombre de navires qui patrouillent le long de la côte du Lyonesse; ce nombre est un secret militaire, que les espions de Casmir seraient heureux d'apprendre, exactement comme je serais heureux d'apprendre le nombre des espions de Casmir. Ils se répandent partout telles des mouches dans une étable. Pas plus tard qu'hier, j'en ai fait pendre une paire et leurs cadavres se balancent haut sur la colline du Sémaphore. Naturellement, j'emploie moi aussi des espions. Quand Casmir lance un nouveau navire, j'en suis informé et mes agents y mettent le feu pendant qu'il est à quai, alors Casmir grince des dents à s'en démolir les gencives. Ainsi va la guerre : c'est le *pat* [1] jusqu'à ce que cet endormi de roi Audry juge bon d'intervenir.

– Et alors?

– *Et alors?* Bataille et sang répandu, vaisseaux qui sombrent, châteaux qui brûlent. Casmir est rusé et plus souple qu'il ne le paraît peut-être. Il risque peu à moins que le gain ne soit gros. Comme il ne pouvait rien contre nous, ses pensées se sont tournées vers les Ulflands. Il a essayé de suborner le duc de Val Evandre. La tentative a échoué. Les relations entre Casimir et Carfilhiot sont maintenant tout au plus correctes.

1. *Pat* : coup du jeu des échecs où le roi, obligé de jouer, ne peut le faire qu'en se mettant en échec, ce qui rend la partie nulle. *(N.d.T.)*

– Que va-t-il donc faire ensuite? »

Le roi Granice eut un geste sibyllin. « En fin de compte, si nous le tenons à distance suffisamment longtemps, il devra faire la paix avec nous, à nos conditions. Entre-temps, il se démène et se tortille, et nous essayons de lire ses pensées. Nous nous creusons la tête sur les dépêches de nos espions; nous envisageons le monde tel qu'il doit apparaître du haut des remparts du Haidion. Bah, assez parlé maintenant de complots et d'intrigue. Ton cousin Trewan est quelque part dans les parages : un jeune homme sévère et sérieux mais ayant du mérite, ou du moins je l'espère puisqu'un jour, si les événements se déroulent selon leur cours normal, il sera roi. Portons nos pas vers la salle à manger où nous allons découvrir sûrement un supplément de ce noble Voluspa. »

Au dîner, Aillas se retrouva assis à côté du prince Trewan, qui s'était développé en un beau jeune homme brun à la forte carrure, un peu lourd de traits, avec des yeux sombres tout ronds séparés par un long nez patricien. Trewan se vêtait avec soin, dans un style conforme à son rang; il semblait déjà anticiper sur le jour où il deviendrait roi : ce qui se produirait à la mort de son père Arbamet, si en vérité Arbamet succédait à Granice sur le trône.

D'ordinaire, Aillas refusait de prendre Trewan au sérieux, vexant ainsi ce dernier et s'attirant sa profonde désapprobation. En cette occasion, Aillas refréna son humeur badine afin d'apprendre le plus possible, et Trewan ne demandait qu'à instruire son cousin bucolique.

« Sincèrement, déclara Trewan, c'est un plaisir de te voir venir d'Ombreleau, où le temps s'écoule comme dans un rêve.

– Nous n'avons pas grand-chose pour nous alarmer, convint Aillas. Il y a huit jours, une fille de cuisine est allée ramasser des légumes dans le potager et une abeille l'a piquée. Voilà l'incident le plus remarquable de la semaine.

– Il en va bien différemment à Miraldra, je t'assure. Aujourd'hui, nous avons inspecté un grand navire nouveau qui, nous l'espérons, augmentera notre puissance et causera un ulcère à Casmir. Savais-tu qu'il veut s'allier avec les Skas pour les lancer contre nous?

– Cela semble une mesure extrême.

– Exact et Casmir n'osera peut-être pas courir un tel risque. Néanmoins, nous devons nous préparer à toute éventualité et c'est le point de vue que j'ai soutenu dans les conseils.

– Parle-moi de ce navire nouveau.

– Eh bien, son dessin vient des mers au-dessous de l'Arabie. La coque est large à hauteur du pont et étroite au niveau de l'eau, si bien qu'elle est très manœuvrante et stable. Il y a deux mâts courts, chacun soutenant une très longue vergue en son milieu. Une des extrémités de la vergue est abaissée jusqu'au pont, l'autre se dresse haut pour attraper le vent soufflant dans les couches supérieures. Le bateau devrait tailler la route même par petit temps, dans n'importe quelle direction. Des catapultes seront installées à l'avant et à l'arrière, ainsi que d'autres engins pour vaincre les Skas. Aussitôt que possible après les essais – attention, hein, c'est un secret – le roi a ordonné que j'entreprenne une mission diplomatique de grande importance. Pour le moment, je ne peux pas en dire plus. Qu'est-ce qui t'amène à Miraldra?

– Je suis ici sur l'ordre du roi Granice.

– Dans quel but?

– Ma foi, je ne sais pas.

– Eh bien, nous verrons, répliqua Trewan d'un ton important. Je placerai un mot en ta faveur lors de ma prochaine conférence avec le roi Granice. Cela servira peut-être tes intérêts et, en tout cas, ne te nuira pas.

– C'est aimable de ta part », répliqua Aillas.

Le lendemain, Granice, Trewan, Aillas et plusieurs autres partirent à cheval de Miraldra, traversèrent Domreis, puis longèrent le rivage en direction du nord pendant trois kilomètres pour arriver à un chantier naval isolé dans l'estuaire de la Turbulente. Le groupe franchit un portail gardé, puis suivit à pied un ponton jusqu'à une crique rendue invisible de la mer par un coude du fleuve.

Granice dit à Aillas : « Nous nous efforçons au secret, mais les espions refusent de nous accorder ce plaisir. Ils escaladent les montagnes pour fondre comme des essaims de mouches au milieu des charpentiers. Certains arrivent par bateau, d'autres pensent à nager. Nous ne connaissons que ceux que nous capturons, mais qu'ils continuent à venir est un bon signe, qui nous donne une indication sur la curiosité de Casmir... Voici le bateau en question. Les Sarrasins appellent ce type une felouque. Remarquez comme elle flotte bas sur l'eau! La coque a la forme d'un poisson et fend l'eau sans soulever une vague. Les gréeurs sont en train de planter les mâts. » Granice désigna une flèche de mât suspendue à une grue. « Le mât est en sapin qui est léger et résistant. Là-bas sont couchées les vergues, qui sont faites en fûts de sapin assemblés à mi-bois, collés et veltés avec du fil de fer et de la poix pour constituer un très long espar aminci aux deux extrémités. Il n'existe pas de mâts ou d'antennes meilleurs sur la surface de la Terre et dans une semaine nous les mettrons à l'épreuve. Le bateau sera appelé *Smaadra* d'après la déesse de la mer des Bithne-Schasiens [1]. Montons à bord. »

Granice se dirigea vers la chambre de poupe, suivi des autres. « Nous ne disposons pas d'autant d'espace que sur un bateau marchand, mais les logements sont suffisants. Maintenant, vous deux, asseyez-vous là-bas. » Granice indiqua du geste un banc à Aillas et à Trewan. « Cambusier, amenez sire Famet et vous pouvez aussi nous apporter des rafraîchissements. » Granice s'assit à la table et examina les deux jeunes gens. « Trewan, Aillas : écoutez maintenant de toutes vos quatre oreilles. Vous allez partir en voyage à bord de la *Smaadra.* D'ordinaire, on doit accorder à un bateau neuf de soigneux essais en mer et une mise à l'épreuve de toutes ses parties. Nous le ferons, certes, mais très rapidement. »

Sire Famet entra dans la cabine : un homme vigoureux aux cheveux blancs avec un visage taillé dans de la pierre brute. Il salua laconiquement Granice et s'assit à la table.

Granice continua son exposé : « J'ai reçu il y a peu une information en provenance du Lyonesse. Il paraît que le roi Casmir, qui se tortille et s'agite en tous sens comme un serpent blessé, a envoyé une mission secrète au Skaghane. Il voudrait avoir l'usage d'une flotte ska, ne serait-ce que pour protéger un débarquement de soldats du Lyonesse en Troicinet. Les Skas n'ont rien promis jusqu'à présent. Aucun des partis en présence, naturellement, ne se fie à l'autre, chacun cherche à retirer un avantage de l'affaire. Mais, évidemment, le Troicinet court un danger grave. Si nous sommes vaincus, les Isles Anciennes iront soit à Casmir soit, ce qui est pire, aux Skas. »

Trewan commenta d'une voix pompeuse : « La nouvelle est alarmante.

– Effectivement et nous devons prendre des contre-mesures. Si la *Smaadra* se comporte comme nous l'espérons, six nouvelles coques seront mises aussitôt en chantier. Deuxièmement, je souhaite exercer une pression sur Casmir, aussi

1. Un des peuples de la Troisième Ère qui ont habité les Isles Anciennes.

bien militaire que diplomatique, quoique sans grand optimisme. Toutefois la tentative ne peut pas nuire. A cette fin, dès que possible, je vais envoyer la *Smaadra* avec une mission diplomatique d'abord au Dahaut, au Blaloc et au Pomperol, puis en Godélie et finalement en Ulfland du Sud. Sire Famet commandera l'expédition; toi, Aillas, et toi, Trewan, serez ses aides de camp. J'entends que vous entrepreniez ce voyage non pour votre santé, votre satisfaction personnelle ou l'exaltation de votre vanité, mais pour votre éducation. Toi, Trewan, tu es en ligne directe pour la succession au trône. Tu auras besoin d'apprendre beaucoup de choses sur la guerre maritime, la diplomatie et la manière de vivre dans les Isles Anciennes. Cela vaut pour Aillas, qui doit justifier son rang et les privilèges de ce rang en servant le Troicinet.

– Messire, je m'appliquerai de mon mieux, dit Aillas.

– Et moi, de même! » déclara Trewan.

Granice hocha la tête. « Très bien; je n'en attendais pas moins. Pendant ce voyage, souvenez-vous-en, vous êtes sous les ordres de sire Famet. Écoutez-le attentivement et profitez de sa sagesse. Il ne vous demandera pas votre avis, alors ayez la bonté de garder pour vous vos opinions et théories, à moins qu'elles ne soient requises de façon catégorique. Bref, pendant ce voyage, oubliez que vous êtes princes et conduisez-vous comme des cadets sans formation ni expérience mais désireux d'apprendre. Est-ce clair? Trewan? »

Trewan répondit d'un ton revêche : « J'obéirai, naturellement. N'empêche, j'avais l'impression...

– Corrige cette impression. Et toi, Aillas? »

Aillas ne pouvait s'empêcher de sourire. « Je comprends à merveille, messire. Je ferai de mon mieux pour apprendre.

– Excellent. Allez donc explorer le bateau, vous deux, pendant que je confère avec sire Famet. »

IX

L'AIR d'avant le point du jour était calme et frais; le ciel arborait les couleurs du citron, de la perle et de l'abricot, qui étaient réfléchies par la mer. De l'estuaire de la Turbulente sortit le vaisseau noir *Smaadra*, propulsé par ses rames. A un mille nautique de la côte, les rames furent rentrées. Les antennes furent dressées, les voiles hissées à bloc et les galhaubans mis en place. La brise se leva avec le soleil; le bateau glissa vite et sans bruit vers l'est – et le Troicinet ne fut bientôt plus qu'une ombre à l'horizon.

Aillas, qui se lassait de la compagnie de Trewan, se dirigea vers la proue, mais Trewan le suivit d'un pas nonchalant et saisit l'occasion d'expliquer le fonctionnement des catapultes placées à l'avant. Aillas écouta avec un détachement poli; l'exaspération et l'impatience étaient des manifestations dont ne ressortait nul bénéfice quand on avait affaire à Trewan.

« Au fond, ce ne sont que d'énormes arbalètes, déclara ce dernier du ton de qui fournit des révélations de grand intérêt à un enfant respectueux. Leur portée en principe est de deux cents mètres, bien que la précision soit compromise sur un bateau en marche. L'organe de lancement est fait de lames d'acier, de frêne et de charme, assemblées et collées selon une méthode habile et secrète. Ces instruments projetteront des harpons, des pierres ou des pots à feu et sont d'une haute efficacité. Par la suite, et j'y veillerai personnellement, si besoin est, nous déploierons une flotte de cent navires de ce type, équipés de dix catapultes plus grandes et plus lourdes. Il y aura également des bateaux ravitailleurs et un vaisseau amiral, avec des aménagements convenables. Je ne suis pas particulièrement satisfait de mon logement actuel. Il est ridiculement petit pour quelqu'un de mon rang. »

Là, Trewan faisait allusion à son réduit, voisin de la chambre de poupe. Aillas occupait une surface similaire en face, tandis que sire Famet prenait ses aises dans la chambre même qui était relativement spacieuse.

Aillas dit avec une parfaite gravité : « Peut-être messire Famet envisagerait-il de changer de place avec toi, si tu le lui proposais de façon raisonnable. »

Trewan se contenta de cracher par-dessus bord; il jugeait parfois l'humour d'Aillas légèrement acide et, pour le reste de la journée, il n'eut rien à dire.

Au coucher du soleil, les vents diminuèrent presque jusqu'au calme plat. Sire Famet, Trewan et Aillas soupèrent à une table installée sur le gaillard d'arrière, sous la haute lanterne de bronze de la poupe. Avec en main une coupe de vin rouge, sire Famet se départit de sa taciturnité.

« Eh bien, dit-il de façon presque expansive, comment se passe le voyage? »

Trewan lui soumit aussitôt une série de réclamations irritées, qu'Aillas écouta les yeux ronds, bouche bée de surprise : comment Trewan pouvait-il être inconscient à ce point-là?

« Assez bien, ou du moins je le suppose, répliqua Trewan. Il y a manifestement place pour des améliorations.

– Vraiment? demanda sire Famet sans autrement d'intérêt. Comment cela?

– Tout d'abord, mon logement est d'une exiguïté intolérable. L'architecte du bateau aurait tout de même pu faire mieux. En ajoutant trois ou quatre mètres à la longueur de la coque, il aurait aménagé deux cabines confortables au lieu d'une; et en tout cas deux cabinets d'aisance convenables.

– C'est vrai, dit sire Famet en clignant des paupières par-dessus son vin. En rajoutant encore dix mètres de plus, nous aurions pu emmener des valets, des coiffeurs et des concubines. Quoi d'autre vous ennuie? »

Trewan, absorbé par ses doléances, ne prit pas garde au sens de la remarque. « Je trouve les hommes de l'équipage beaucoup trop désinvoltes. Ils s'habillent à leur fantaisie; ils manquent d'élégance. Ils ne connaissent rien au protocole; ils ne tiennent pas compte de mon rang... Aujourd'hui pendant que j'inspectais le bateau, on m'a dit : " Ecartez-vous, messire, vous gênez "... comme si j'étais un écuyer. »

Pas un muscle du rude visage de sire Famet ne fit même

que tressaillir. Il pesa ses mots, puis déclara : « En mer comme sur le champ de bataille, le respect n'est pas automatique. Il doit être conquis. Vous serez jugé selon votre compétence plutôt que selon votre naissance. C'est une condition dont pour ma part je me satisfais. Vous découvrirez que le marin obséquieux, ou le soldat trop respectueux, n'est pas celui que vous souhaiterez le plus avoir auprès de vous dans une bataille ou une tempête. »

Un peu déconcerté, Trewan n'en soutint pas moins son opinion. « N'empêche, une déférence convenable est importante en fin de compte ! Sans quoi, toute autorité et discipline se perdent et nous sommes exposés à vivre comme des bêtes sauvages.

– Cet équipage est trié sur le volet. Vous trouverez ces marins parfaitement disciplinés quand viendra le moment de l'être. » Sire Famet se redressa sur son siège. « Peut-être devrais-je expliquer un peu notre mission. Le but officiel est de négocier une série de traités avantageux. Moi-même autant que le roi Granice, nous serions surpris si nous y parvenions. Nous aurons affaire à des personnes d'une situation surclassant la nôtre, d'une disposition d'esprit répondant aux critères les plus variés et toutes obnubilées par leurs idées personnelles. Le roi Deuel de Pomperol est un ardent ornithologue, le roi Milo de Blaloc consomme habituellement un canon d'aquavit avant de sortir du lit le matin. La cour à Avallon fermente d'intrigues amoureuses et le mignon en titre du roi Audry exerce plus d'influence que le général en chef sire Ermice Propyrogeros. Notre ligne de conduite est par conséquent la souplesse. Au minimum, nous espérons un intérêt courtois et l'appréciation de notre puissance. »

Trewan fronça les sourcils et pinça les lèvres. « Pourquoi se contenter de modestie et de demi-mesures ? Je viserais dans mes conversations à quelque chose d'approchant plus près le maximum. Je suggère que nous rajustions nos stratégies selon ces critères. »

Sire Famet, renversant la tête en arrière, exposa au ciel nocturne un petit sourire froid et but du vin à sa coupe. Il posa le récipient avec un bruit sec. « Le roi Granice et moi-même avons établi tant la stratégie que la tactique et nous nous y tiendrons.

– Bien sûr. Toutefois, deux esprits valent mieux qu'un » – Trewan parlait comme si Aillas n'était pas là – « et il y a nettement place pour des changements dans ces dispositions.

– Quand les circonstances le justifieront, je consulterai le prince Aillas et vous-même. Le roi Granice a envisagé pour vous deux cet apprentissage. Vous pourrez assister à certaines discussions, auquel cas vous écouterez mais vous ne parlerez jamais à moins que je ne vous l'ordonne expressément. Est-ce clair, prince Aillas?

– Absolument, messire.

– Prince Trewan? »

Trewan exécuta une sèche inclinaison dont il tenta aussitôt d'adoucir l'effet par un geste affable. « Naturellement, messire, nous sommes sous vos ordres. Je ne mettrai pas en avant mes vues personnelles; toutefois, j'espère que vous me tiendrez informé de toutes les négociations et engagements puisque, finalement, c'est moi qui devrai un jour en affronter les répercussions. »

Sire Famet répondit par un sourire froid. « A cet égard, prince Trewan, je ferai de mon mieux pour vous être agréable.

– Dans ce cas, déclara Trewan d'une voix chaleureuse, il n'y a plus rien à dire. »

Au milieu de la matinée, un îlot apparut à bâbord. A un quart de mille nautique, les écoutes furent choquées et le bateau cessa d'avancer. Aillas alla trouver le maître d'équipage qui se tenait près de la lisse. « Pourquoi nous arrêtons-nous? »

– C'est Mlia là-bas, l'île des tritons. Regardez bien; on les voit parfois sur les rochers bas où même sur la plage. »

Un radeau fabriqué avec du bois de récupération fut accroché au mât de charge; des pots de miel, des sacs de raisins secs et d'abricots séchés furent entassés à bord; le radeau fut descendu sur la surface de la mer et lâché à la dérive. En regardant dans l'eau claire, Aillas vit le reflet de formes pâles, un visage tourné vers le haut avec une chevelure flottant derrière. C'était un étrange visage étroit avec des yeux noirs limpides, un long nez mince, une expression sauvage, ou avide, ou surexcitée, ou joyeuse : il n'y avait pas de critères dans l'expérience d'Aillas pour comprendre cette expression.

Pendant quelques minutes, la *Smaadra* flotta immobile dans l'eau. Le radeau dériva lentement d'abord, puis d'une façon plus déterminée avec de petites secousses et impulsions en direction de l'île.

Aillas posa une autre question au maître d'équipage :

« Que se passerait-il si nous allions dans l'île avec ces cadeaux ?

– Messire, qui peut le dire ? Si vous osiez amener à la rame votre bateau là-bas sans ces cadeaux, vous iriez sûrement au-devant d'une mésaventure. La sagesse commande d'agir courtoisement envers le peuple des hommes-poissons. Après tout, la mer leur appartient. Allons, il est temps de repartir. Ohé, vous autres ! Bordez les écoutes ! La barre toute ! Faisons voler l'écume ! »

Les jours passèrent ; des atterrissages furent effectués et des départs pris. Par la suite, Aillas se rappela les événements du voyage comme un collage de sons, de voix, de musique ; de visages et de formes ; de casques, d'armures, de chapeaux et de vêtements ; d'odeurs nauséabondes, de parfums et de grand air ; de personnalités et d'attitudes ; de ports, de quais, de mouillages et de rades. Il y eut des réceptions, des audiences ; des banquets et des bals.

Aillas était incapable d'apprécier l'effet de leur visite. Ils faisaient, à son avis, bonne impression : l'intégrité et la force de sire Famet étaient indiscutables et Trewan, la majeure partie du temps, tenait sa langue.

Les rois se montraient uniformément évasifs et se refusaient à envisager un engagement quelconque. Milo, le roi ivrogne de Blaloc, fut assez sobre pour souligner : « Là-bas se dressent les grands forts du Lyonesse, contre lesquels la marine troice reste sans effet !

– Sire, c'est notre espoir de parvenir, avec votre alliance, à amoindrir la menace de ces forts. »

Le roi Milo ne répondit que par un geste mélancolique et porta à sa bouche un pot d'étain plein d'aquavit.

Deuel, le roi fou de Pomperol, fut également vague. Afin d'obtenir une audience, la délégation troice traversa un pays riant et prospère pour se rendre au palais d'été Alcantade. Les habitants du Pomperol, loin de s'offusquer des obsessions de leur monarque, s'amusaient de ses excentricités ; il était non seulement toléré dans ses déraisons mais encore encouragé.

La folie du roi Deuel était assez inoffensive ; il éprouvait une prédilection excessive pour les oiseaux et se complaisait dans d'absurdes chimères dont, en vertu de son pouvoir, il était en mesure de réaliser quelques-unes. Il affublait ses ministres de titres tels que Seigneur Chardonneret, Seigneur Maubèche, Seigneur Vanneau, Seigneur Troupiale, Seigneur

Tangara. Ses ducs étaient le duc Geai, le duc Courlis, le duc Sterne-à-Crête-Noire, le duc Rossignol. Ses édits proscrivaient la consommation des œufs, comme étant « une faute cruelle et criminelle, justiciable d'un châtiment implacable et sévère ».

Alcantade, le palais d'été, était apparu en rêve au roi Deuel. A son réveil, il avait convoqué ses architectes et commandé que substance soit donnée à sa vision. Comme on pouvait s'en douter, Alcantade était un édifice hors du commun, mais néanmoins une demeure au charme curieux : légère, fragile, peinte de couleurs gaies, avec de hauts toits à des niveaux différents.

A leur arrivée à Alcantade, sire Famet, Aillas et Trewan découvrirent le roi Deuel se reposant à bord de sa barge à proue en forme de cygne, qu'une douzaine de jeunes filles revêtues de plumes blanches faisaient avancer lentement sur le lac.

Finalement donc, le roi Deuel débarqua : un homme entre deux âges, petit de taille et jaunâtre de teint. Il salua les envoyés avec cordialité. « Bienvenue, bienvenue! Un plaisir de rencontrer des citoyens de Troicinet, un pays dont j'ai entendu dire de grandes choses. Le grèbe à bec large niche en abondance le long des côtes rocheuses et le casse-noisette se nourrit à satiété des glands de vos chênes magnifiques. Les puissants grands-ducs troices sont renommés partout pour leur majesté. J'avoue ma prédilection pour les oiseaux; ils me ravissent par leur grâce et leur courage. Mais assez de mes enthousiasmes. Qu'est-ce qui vous amène à Alcantade?

– Votre Majesté, nous sommes les envoyés du roi Granice et nous apportons son message pressant. Quand vous y serez disposé, je le délivrerai devant vous.

– Quel moment meilleur que maintenant? Intendant, apportez de quoi nous rafraîchir. Nous nous assiérons à cette table là-bas. Délivrez maintenant votre message. »

Sire Famet regarda à droite et à gauche les courtisans qui se tenaient courtoisement à proximité. « Sire, ne préféreriez-vous pas m'entendre en privé?

– Pas du tout! déclara le roi Deuel. A Alcantade, nous n'avons pas de secrets. Nous sommes comme des oiseaux dans un verger aux fruits mûrs, où chacun perle son chant le plus joyeux. Parlez, sire Famet.

– Très bien, sire. Je veux mentionner certains événements qui inquiètent le roi Granice de Troicinet. »

Sire Famet parla; le roi Deuel écouta attentivement, la tête inclinée sur le côté. Sire Famet termina son exposé. « Tels sont, sire, les dangers qui nous menacent tous... dans un avenir pas très lointain. »

Le roi Deuel fit la grimace. « Des dangers, partout des dangers! Je suis assailli de toutes parts, si bien que souvent je n'en dors pas la nuit. » La voix du roi Deuel devint nasillarde et il s'agita dans son fauteuil en parlant. « Chaque jour, j'entends une douzaine d'appels pitoyables à ma protection. Nous gardons la totalité de notre frontière nord contre les chats, hermines et belettes employés par le roi Audry. Les Godéliens sont aussi une menace, bien que leurs juchoirs soient à cent lieues d'ici. Ils élèvent et dressent les faucons cannibales, chacun traître à son espèce. A l'ouest se trouve une menace encore plus sinistre et je fais allusion au duc Faude Carfilhiot, qui a le souffle vert [1]. Comme les Godéliens, il chasse avec des faucons, utilisant l'oiseau contre l'oiseau. »

Sire Famet protesta d'une voix contrainte : « Pourtant, vous n'avez pas à craindre véritablement un assaut! Tintzin Fyral se dresse bien au-delà de la forêt! »

Le roi Deuel haussa les épaules. « C'est un vol d'une longue journée, d'accord. Mais nous devons regarder la réalité en face. J'ai traité Carfilhiot d'ignoble personnage; et il n'a pas osé protester, de peur de mes serres puissantes. A présent, il se terre dans sa crapaudière où il envisage les pires sortes de méfaits. »

Le prince Trewan, sans tenir compte du froid regard bleu que lui lançait de biais sire Famet, s'exclama d'un ton énergique : « Pourquoi ne pas placer la force de ces serres dont vous parlez à côté de celle de vos compagnons oiseaux? Notre troupe ailée partage vos vues en ce qui concerne Carfilhiot et son allié le roi Casmir. Ensemble, nous pouvons repousser leurs attaques à grands coups de serre et de bec!

– Exact. Un jour viendra où nous verrons la formation d'une armée valeureuse de ce genre. Entre-temps, chacun doit apporter sa contribution où il le peut. J'ai dompté le squameux Carfilhiot et résisté aux Godéliens; et de même je n'use pas de miséricorde envers les tueurs d'oiseaux d'Audry. Vous avez ainsi les mains libres pour nous aider contre les Skas et les balayer de la surface de la mer. Chacun fait sa part : moi dans les airs, vous sur la vague océane. »

1. Le vert, on le sait, est la couleur de la magie. *(N.d.T.)*.

La *Smaadra* atteignit Avallon, la plus importante et la plus vieille ville des Isles Anciennes : un centre urbain rassemblant de grands palais, une université, des théâtres et un énorme bain public. Il y avait une douzaine de temples érigés à la gloire de Mithra, Dis, Jupiter, Jehovah, Lug, Gaea, Elil, Dagon, Baal, Cronus et le tricéphale Dion de l'antique panthéon hybrasien. Le Somrac lam Dor, un édifice massif surmonté d'une coupole, abritait le trône sacré Evandig et la table Cairbra an Meadhan, objets dont la garde au temps jadis avait consacré la légitimité des rois de l'Hybras[1].

Le roi Audry revint de son palais d'été dans une voiture rouge et or tirée par six licornes blanches. L'après-midi du même jour, les émissaires troices se virent accorder audience. Le roi Audry, un homme grand et taciturne, avait un visage d'une laideur fascinante. Il s'était acquis par ses amours une fâcheuse notoriété et passait pour être perceptif, sybarite, vaniteux et parfois cruel. Il accueillit les Troices avec urbanité et les mit à leur aise. Sire Famet délivra son message tandis que le roi Audry, adossé confortablement à ses coussins, les yeux mi-clos, caressait le chat blanc qui avait sauté sur ses genoux.

Sire Famet conclut sa déclaration. « Sire, tel est le message que le roi Granice m'a chargé de vous transmettre. »

Le roi Audry hocha lentement la tête. « C'est une proposition qui offre bien des perspectives et plus encore de difficultés. Oui ! Bien sûr ! Je désire ardemment la subjugation de Casmir et la fin de ses ambitions. Mais avant que je puisse consacrer un trésor, des armes et du sang à un projet de ce genre, je dois assurer mes flancs. Que je détourne un instant les yeux et les Godéliens se précipitent sur moi pour piller, incendier, emmener des gens en esclavage. L'Ulfland du Nord est une région sauvage, et les Skas ont pris pied sur l'estran. Si je m'engage en Ulfland du Nord contre les Skas, alors c'est Casmir qui me bondira dessus. » Le roi Audry réfléchit un moment, puis : « La franchise est une si piètre politique que nous reculons tous automatiquement devant la vérité. Dans ce cas-ci, autant vaut que vous connaissiez le

1. La table – Cairbra an Meadhan – était divisée en vingt-trois segments, chacun gravé de glyphes maintenant indéchiffrables, réputés signifier les noms des vingt-deux au service du roi fabuleux Mahadion. Dans les années qui suivirent, une table du style de Cairbra an Meadhan devait connaître la renommée sous le nom de Table Ronde du roi Arthur.

fond des choses. Que la situation reste bloquée entre le Troicinet et le Lyonesse sert au mieux mes intérêts.

– Les Skas renforcent de jour en jour leur ambition dans l'Ulfland du Nord. Eux aussi ont des ambitions.

– Je les tiens en échec avec mon fort Poëlitetz. D'abord les Godéliens, puis les Skas, puis Casmir.

– Entre-temps, supposons que Casmir, avec l'aide des Skas, s'empare du Troicinet?

– Un désastre pour nous deux. Battez-vous bien. »

Dartweg, roi des Celtes Godéliens, écouta sire Famet avec une courtoisie solennelle et imperturbable.

Sire Famet vint au bout de ses remarques. « Telle est la situation comme elle est vue du Troicinet. Si les événements favorisent le roi Casmir, il entrera finalement en Godélie et vous serez anéantis. »

Le roi Dartweg tirailla sa barbe rousse. Un druide se pencha pour murmurer à son oreille et Dartweg hocha la tête. Il se leva. « Impossible de laisser aux Dauts loisir de conquérir le Lyonesse. Ils nous attaqueraient ensuite avec des forces augmentées. Non! Nous devons veiller sur nos intérêts! »

La *Smaadra* poursuivit sa route, par des journées éclatantes de soleil et des nuits scintillantes d'étoiles; à travers la Baie de Dafdilly, autour de la Pointe de Tawgy et dans la Mer Étroite, avec un parfait vent portant et le sillage susurrant à l'arrière; puis cap au sud, longeant le Skaghane et le Frehane, et de plus petites îles par douzaines : pays de forêts, landes et pics, ceints de falaises, exposés à tous les vents de l'Atlantique, habités par des multitudes d'oiseaux marins et les Skas. A diverses reprises, des vaisseaux skas furent aperçus, et un nombre égal de ces petits cogs marchands irlandais, cornouaillais, troices ou aquitains, que les Skas autorisaient à circuler dans la Mer Étroite. Les vaisseaux skas ne firent aucun effort pour approcher, peut-être parce que la *Smaadra* était visiblement capable de les distancer par bonne brise.

La ville d'Oäldes, où le roi malade Oriante entretenait un semblant de cour, fut laissée de côté; la dernière escale devait être Ys à l'estuaire de l'Evandre, où les quarante Factoriers garantissaient l'indépendance d'Ys contre Carfilhiot.

A six heures de la ville d'Ys, le vent mollit et à ce moment un drakkar ska, propulsé par des rames et une voile carrée rouge et noire, surgit. En repérant la *Smaadra*, il changea de cap. La *Smaadra*, incapable de distancer le long-vaisseau ska, se prépara au combat. Les catapultes furent pourvues de servants et armées, des pots à feu préparés et suspendus à des mâts de charge; des écrans pare-flèches dressés au-dessus du bastingage.

La bataille se déroula rapidement. Après quelques volées de flèches, les Skas s'approchèrent et tentèrent l'abordage. Les Troices décochèrent à leur tour un tir de flèches nourri, puis firent virer un mât de charge et projetèrent avec précision un pot à feu sur le long-vaisseau, où il explosa dans un terrible déchaînement de flamme jaune. A une portée de trente mètres, les catapultes de la *Smaadra* démolirent posément le drakkar. La *Smaadra* resta à proximité dans l'intention de repêcher les survivants, mais les Skas n'essayèrent pas de s'éloigner à la nage de leur naguère fier navire dont la coque roulait bord sur bord et qui ne tarda pas à s'enfoncer, alourdi par son butin.

Le commandant ska, un homme de haute taille aux cheveux noirs portant heaume d'acier à trois pointes et cape blanche par-dessus les écailles de pangolin de son armure, se tenait immobile sur le gaillard d'arrière et sombra ainsi avec son bateau.

Les pertes à bord de la *Smaadra* étaient légères; malheureusement, elles comprenaient sire Famet, qui, lors de la première volée, avait reçu une flèche dans l'œil et gisait maintenant mort sur la dunette avec soixante centimètres de hampe de flèche sortant de sa tête.

Le prince Trewan, s'estimant le chef en second de la délégation, prit le commandement du vaisseau. « Confions à la mer nos morts honorés, dit-il au capitaine. Les rites de deuil doivent attendre notre retour à Domreis. Nous allons poursuivre notre route comme auparavant jusqu'à Ys. »

La *Smaadra* approchait d'Ys venant du large. Au début, seule fut visible une ligne de collines basses parallèles au rivage, puis – comme des ombres surgissant de la brume – se dessinèrent les hauts contours en dents de scie du Teach tac Teach[1].

1. Littéralement : « Pic sur pic » dans l'une des langues des devanciers. (A noter que *ea* se prononce approximativement comme *i*, *a* comme *e* et *ch* comme *k*, ce qui donne à peu près Tic tac Tic. *(N.d.T.)*

Une vaste grève claire luisait au soleil, avec une miroitante frange de ressac. Bientôt l'estuaire du fleuve Evandre vint en vue à côté d'un palais blanc isolé sur la plage. L'attention d'Aillas fut attirée par son air solitaire et secret et son architecture extraordinaire, qui ne ressemblait à rien de ce qu'il connaissait.

La *Smaadra* entra dans l'estuaire de l'Evandre – et des trouées dans le feuillage sombre masquant les collines révélèrent bien d'autres palais blancs, sur terrasse après terrasse étagées en gradins. Manifestement, Ys était une riche et antique cité.

Une jetée de pierre apparut, avec des bateaux accostés le long du quai et, derrière, une rangée de boutiques : tavernes, échoppes de fruitiers et étals de poisonniers.

La *Smaadra* s'approcha lentement de la jetée, s'amarra à des bollards sculptés à la ressemblance de bustes de triton. Trewan, Aillas et deux officiers du bord sautèrent à terre.

Trewan s'était depuis longtemps adjugé complètement le commandement de l'expédition. Par divers signes et allusions, il avait fait comprendre à Aillas que, dans le contexte de la présente affaire, Aillas et les officiers du bord occupaient un rang strictement semblable comme membres de la suite. Aillas, avec un amusement amer, accepta la situation sans commentaire. Le voyage était presque terminé et selon toutes probabilités Trewan, pour le meilleur ou pour le pire, serait le futur roi du Troicinet.

Sur l'ordre de Trewan, Aillas alla se renseigner et le groupe fut envoyé au palais du seigneur Shein, le Premier Factorier d'Ys. Le trajet les emmena à quatre cents mètres à flanc de colline, de terrasse en terrasse, dans l'ombre de grands flamboyants.

Le seigneur Shein reçut les quatre Troices sans surprise ni effusion. Trewan procéda aux introductions « Messire, je suis Trewan, prince à la cour de Miraldra et neveu de Granice, roi de Troicinet. Voici messire Levez et Messire Elmoret, et voici mon cousin, le prince Aillas d'Ombreleau. »

Le seigneur Shein répondit aux introductions sans cérémonie. « Asseyez-vous, je vous prie. » Il indiqua des canapés et fit signe à ses serviteurs d'apporter des rafraîchissements. Lui-même resta debout : un homme mince au début de la maturité, olivâtre de teint et noir de cheveux, dont le maintien avait l'élégance des danseurs célébrant l'aube aux temps mythiques. Son intelligence était évidente ; ses manières étaient courtoises mais contrastaient avec la gravité sentencieuse de Trewan à tel point qu'il en paraissait presque frivole.

Trewan expliqua le but de la délégation tel qu'il avait entendu sire Famet l'exposer précédemment : pour l'esprit d'Aillas, une interprétation bornée allant totalement à contresens de la situation dans la ville d'Ys, alors que Faude Carfilhiot dominait le Val Evandre à une trentaine de kilomètres au plus à l'est et que des vaisseaux skas étaient visibles tous les jours depuis la jetée.

Shein, souriant à demi, secoua la tête et expédia en cinq sec les propositions de Trewan. « Comprenez, si vous voulez bien, qu'Ys est en quelque sorte un cas particulier. Normalement, nous sommes les sujets du duc de Val Evandre, qui à son tour est un vassal dévoué du roi Oriante. Ce qui signifie que nous tenons compte des ordres de Carfilhiot encore moins qu'il n'obéit au roi Oriante. Autrement dit, ses ordres comptent pour zéro. Nous n'avons rien à voir avec la politique des Isles Anciennes. Le roi Casmir, le roi Audry, le roi Granice : ils sont bien loin de nos préoccupations. »

Trewan émit une remontrance incrédule. « Selon toutes apparences, vous êtes susceptibles d'être attaqués des deux côtés, tant par les Skas que par Carfilhiot. »

Shein, souriant, démolit la théorie de Trewan. « Nous sommes des Trevenas, comme tous les gens du Val. Carfilhiot n'a que cent hommes à lui. Il pourrait lever mille ou même deux mille soldats dans la vallée si la nécessité s'en faisait vraiment sentir, mais jamais pour attaquer Ys.

– Tout de même, et les Skas? En une minute, ils pourraient envahir la ville. »

Shein opposa une nouvelle réfutation. « Nous autres Trevenas sommes une vieille race, aussi ancienne que celle des Skas. Ils ne nous attaqueront jamais.

– Je ne comprends pas, grommela Trewan. Êtes-vous magiciens?

– Parlons d'autre chose. Vous retournerez au Troicinet?

– Immédiatement. »

Shein examina le groupe d'un œil sarcastique. « Soit dit sans vouloir offenser personne, je suis étonné que le roi Granice envoie ce qui paraît être un groupe plutôt jeune pour traiter des affaires d'une telle importance. Notamment en raison de ses intérêts tout particuliers ici dans l'Ulfland du Sud.

– Quels sont ces intérêts particuliers?

– Ne sont-ils pas évidents? Si le prince Quilcy meurt sans postérité, Granice est le suivant dans la ligne de succession légale, par la lignée qui commence avec Danglish, duc d'Ulfland du Sud, qui était l'aïeul du père de Granice et aussi l'aïeul d'Oriante. Mais vous êtes certainement au courant de tout cela?

– Oui, bien sûr, dit Trewan. Nous suivons naturellement ces questions-là. »

Shein souriait maintenant ouvertement. « Et naturellement vous êtes au courant de la situation nouvelle au Troicinet?

– Naturellement, répliqua Trewan. Nous retournons à Domreis tout de suite. » Il se leva et s'inclina avec raideur. « Je regrette que vous ne puissiez prendre une attitude plus positive.

– N'empêche, elle devra faire l'affaire. Je vous souhaite un agréable voyage de retour. »

Les émissaires troices redescendirent à travers Ys pour se rendre au quai. Trewan grommela : « Qu'est-ce qu'il pouvait vouloir dire avec sa " situation nouvelle au Troicinet "?

– Pourquoi ne le lui as-tu pas demandé? dit Aillas d'un ton qu'il s'était appliqué à rendre neutre.

– Parce que je n'en avais pas envie », rétorqua Trewan.

En arrivant au quai, ils remarquèrent un cog troice, qui venait d'entrer au port et qui était encore en train de capeler ses amarres sur les bollards.

Trewan s'arrêta court. « Je vais dire un mot au capitaine. Vous trois, préparez la *Smaadra* pour un départ immédiat. »

Les trois retournèrent à bord de la *Smaadra.* Dix minutes plus tard, Trewan quitta le cog et suivit la jetée à pas lents, l'air pensif. Avant d'embarquer, il se retourna et examina le Val Evandre. Puis il fit lentement demi-tour et monta sur la *Smaadra.*

Aillas questionna : « Quelle était cette situation nouvelle?

– Le capitaine n'a rien pu me dire.

– Tu parais bien sombre, tout d'un coup. »

Trewan pinça les lèvres mais ne releva pas la remarque. Il scruta l'horizon. « La vigie du cog a aperçu un bateau pirate. Il nous faut être sur le qui-vive. » Trewan se détourna. « Je ne me sens pas dans mon assiette; je dois me reposer. » Il s'éloigna d'un pas chancelant vers la chambre de poupe qu'il occupait depuis la mort de sire Famet.

La *Smaadra* quitta le port. Comme ils passaient devant le palais blanc sur le rivage, Aillas, du haut de la dunette, remarqua une jeune femme qui était sortie sur la terrasse. La distance estompait ses traits, mais Aillas fut en mesure de distinguer ses longs cheveux noirs et, d'après son maintien ou quelque autre qualité, il comprit qu'elle était jolie, peut-être même belle. Il leva le bras et l'agita à son adresse, mais elle ne répondit pas et rentra dans le palais.

La *Smaadra* gagna le large. Les vigies scrutèrent l'horizon mais ne signalèrent pas d'autres bâtiments; le vaisseau pirate, s'il y en avait effectivement un, resta invisible.

Trewan ne réapparut sur le pont que le lendemain à midi. Son indisposition, quelle qu'en fût la source, s'était dissipée et Trewan semblait de nouveau en bonne santé, encore qu'un peu pâle et les traits tirés. A part quelques mots avec le capitaine concernant la marche du bateau, il ne parla à personne et ne tarda pas à retourner dans sa cabine où le cambusier lui apporta une marmite de bœuf bouilli avec des poireaux.

Une heure avant le coucher du soleil, Trewan sortit une fois de plus sur le pont. Il regarda le soleil bas et demanda au capitaine : « Pourquoi suivons-nous cette route?

– Messire, nous étions allés légèrement trop à l'est. Si jamais le vent se lève ou change, nous risquerions d'être drossés vers le Tark, que je situe là-bas, juste au-dessus de l'horizon.

– Alors, nous avons une traversée lente.

– Pas très rapide, messire, mais facile. Je ne vois pas de raison de mettre les hommes aux rames.

– Très bien. »

Aillas prit le repas du soir en compagnie de Trewan, qui devint soudain loquace et formula une douzaine de desseins grandioses. « Quand je serai roi, je me ferai connaître comme le " Monarque des Mers! " Je construirai trente vaisseaux de guerre, chacun avec un équipage de cent marins. » Il continua en décrivant avec force détails les navires projetés. « Cela va nous être complètement égal que Casmir s'allie avec les Skas ou les Tartares ou encore les Mamalouks d'Arabie.

– C'est une belle perspective. »

Trewan révéla d'autres projets encore plus complexes. « Casmir a l'intention d'être roi des Isles Anciennes; il se targue de descendre du premier Olam. Le roi Audry prétend également à ce même trône; il a Evandig pour valider sa revendication. Moi aussi, je peux me prévaloir d'une filiation avec Olam et, si je mettais sur pied une grande expédition pour m'emparer d'Evandig, pourquoi n'aspirerais-je pas à ce même royaume?

– C'est un concept ambitieux », dit Aillas.

Et bien des têtes tomberaient avant que Trewan parvienne à réaliser son intention, c'est ce que conclut intérieurement Aillas.

Trewan jeta un coup d'œil à Aillas par-dessous ses sourcils froncés. Il but d'un trait un gobelet de vin et de nouveau redevint taciturne. Aillas ne tarda pas à sortir sur la dunette, où il s'accouda à la lisse et regarda les dernières lueurs du couchant et leurs reflets changeants sur l'eau. Dans deux jours, la traversée serait terminée et il en aurait fini avec Trewan et ses manières irritantes : une pensée réjouissante!... Aillas s'écarta de la lisse et alla à l'avant où les hommes d'équipage qui n'étaient pas de quart s'étaient assis sous une lampe-torche, certains jouant aux dés, un autre chantant des ballades mélancoliques en s'accompagnant au luth. Aillas resta une demi-heure, puis se rendit à l'arrière dans son réduit.

L'aube trouva la *Smaadra* bien avant le Détroit de Palisidra. A midi, le cap Palisidra, la pointe ouest du Troicinet, se dessina puis disparut – la *Smaadra* voguait maintenant sur les eaux du Lir.

Au cours de l'après-midi, le vent tomba et la *Smaadra* flotta sans bouger, avec ses espars qui ballottaient et ses voiles qui ralinguaient. Vers le coucher du soleil, le vent se leva de nouveau, mais soufflant d'une direction différente; le capitaine fit courir le bateau tribord amures, le cap presque droit au nord. Trewan donna libre cours à son mécontentement. « Nous n'arriverons jamais à Domreis demain avec cette route! »

Le capitaine, qui s'était accommodé de Trewan non sans mal, haussa les épaules avec indifférence. « Messire, courir bâbord amures nous conduit dans les Tournoiements : “ le cimetière des navires ”. Les vents nous pousseront à Domreis demain, si les courants ne nous déroutent pas.

– Eh bien, alors, ces courants?

– Ils sont imprévisibles. La marée entre et sort du Lir; les courants peuvent nous entraîner dans n'importe laquelle de quatre directions. Ils sont rapides; ils font des remous au milieu du Lir; ils ont précipité bien des bateaux solides sur les écueils.

– Dans ce cas, soyez attentif! Doublez la vigie!

– Messire, tout ce qui a besoin d'être fait l'est déjà. »

Au coucher du soleil, le vent tomba de nouveau et la *Smaadra* demeura immobile.

Le soleil disparut dans un voile de brume orange, tandis qu'Aillas dînait avec Trewan dans la chambre de poupe. Trewan semblait préoccupé et prononça à peine un mot pendant tout le repas, si bien qu'Aillas fut content de quitter la pièce.

Le reflet du couchant se perdait dans une panne de nuages; la nuit était noire. Dans le ciel, les étoiles brillaient avec éclat. Une brise fraîche se leva subitement du sud-est; la *Smaadra* courut au plus près serré vers l'est.

Aillas se rendit à l'avant, où la bordée de repos se distrayait. Il se joignit aux joueurs de dés. Il perdit quelques sous, les regagna, puis à la fin perdit toutes les pièces qu'il avait en poche.

A minuit, la bordée changea; Aillas retourna à l'arrière. Plutôt que de se fourrer tout de suite dans son réduit, il escalada l'échelle pour monter sur la dunette. La brise gonflait toujours les voiles; le sillage, étincelant et sillonné de phosphorescences, bouillonnait derrière la proue. Penché sur la lisse, Aillas contempla ces scintillements.

Un pas derrière lui, une présence. Des bras saisirent ses jambes; il fut soulevé et projeté dans le vide. Il éprouva une brève sensation de ciel qui s'inclinait et d'étoiles qui tournoyaient, puis il s'abattit dans l'eau. S'enfonça de plus en plus profond dans les remous du sillage et sa principale réaction était toujours la stupeur. Il remonta à la surface. Toutes les directions se valaient; où était la *Smaadra?* Il ouvrit la bouche pour crier et avala une gorgée d'eau. Toussant et suffoquant, Aillas appela encore une fois mais n'émit qu'un croassement mélancolique. La tentative suivante fut plus réussie, mais grêle et faible, à peine plus qu'un cri d'oiseau de mer.

Le navire avait disparu. Aillas flottait seul, au centre de son cosmos personnel. Qui l'avait jeté à la mer? Trewan? Pourquoi Trewan aurait-il commis un acte pareil? Absolument aucune raison. Alors : qui?... Les spéculations s'effacèrent de son esprit; elles étaient sans intérêt, elles appartenaient à une autre existence. Sa nouvelle identité était celle des étoiles et des vagues... Il avait les jambes lourdes; il se courba dans l'eau, enleva ses bottes et les laissa s'enfoncer. Il se débarrassa de son pourpoint qui était lourd aussi. A présent, il demeurait à la surface avec moins d'effort. Le vent soufflait du sud; Aillas nagea avec le vent dans le dos, ce qui était plus confortable que d'avoir les vagues qui lui déferlaient dans la figure. Les vagues le soulevaient et l'entraînaient en avant dans leur élan.

Il se sentait bien; son état d'esprit était presque de l'exaltation, encore que l'eau, d'abord froide puis tolérable, semblât de nouveau glacée. D'une façon insidieuse et désarmante, il recommençait à se trouver à l'aise. Aillas était en paix. Ce serait facile maintenant de se détendre, de se laisser aller à la langueur.

S'il dormait, il ne se réveillerait jamais. Pire, il ne découvrirait jamais qui l'avait jeté à la mer. « Je suis Aillas d'Ombreleau! »

Il se donna du mouvement; il remua les bras et les jambes pour nager; et une fois encore eut désagréablement froid. Combien de temps avait-il flotté dans cette eau noire? Il leva les yeux vers le ciel. Les étoiles avaient changé de place; Arcturus avait disparu et Véga était basse à l'ouest... Pendant un temps, sa conscience claire fut abolie et Aillas n'éprouva plus qu'une perception vague qui commença à vaciller et disparaître... Quelque chose le tira de cet état. Un soupçon de sensibilité revint. A l'est, le ciel luisait tout jaune; l'aube était proche. L'eau autour de lui était noire comme de l'encre. A cent mètres, sur le côté, elle écumait autour de la base d'un récif. Aillas le considéra tristement avec intérêt, mais vent, vagues et courant le déportèrent au-delà.

Un rugissement emplit ses oreilles, il sentit un choc subit et brutal, puis il fut aspiré par une vague, soulevé et projeté contre quelque chose de cruellement pointu. Avec des bras gourds et des doigts gonflés par l'eau, il essaya de se cramponner, mais une nouvelle lame de houle l'emporta.

prévenu. Il demeurera à la surface [illegible] moins occupés. Il [illegible] du Sud [illegible] usage [illegible] le vent dans le dos, ce qui [illegible] navires [illegible] qui [illegible] [illegible]. Les [illegible] [illegible] leur [illegible].

Il [illegible] d'appareil [illegible] que de [illegible] encore que [illegible] [illegible] [illegible] [illegible] [illegible].

[illegible] il [illegible] aventurer [illegible] [illegible] de [illegible].

Il [illegible] souvenir [illegible] [illegible] [illegible] désagréable [illegible] Combien de [illegible] dans [illegible] les [illegible]. Ces [illegible] avaient changé [illegible] [illegible] [illegible] [illegible] [illegible] [illegible] [illegible] [illegible] plus [illegible] [illegible] [illegible] [illegible] [illegible] [illegible] [illegible] de [illegible].

[illegible] [illegible] [illegible] [illegible] [illegible] [illegible] [illegible] [illegible] [illegible] [illegible] [illegible] [illegible] [illegible] [illegible].

X

PENDANT le règne d'Olam Ier, Grand Roi des Isles Anciennes, puis durant le règne de ses successeurs immédiats, le trône Evandig et la table de pierre sacrée Cairbra an Meadhan étaient installés au Haidion. Olam III, « le Vaniteux », transporta trône et table à Avallon. Cet acte et ses conséquences advinrent par suite indirecte d'une discorde entre les archimagiciens du pays. A cette époque, ils étaient huit : Murgen, Sartzanek, Desmëi, Myolandre, Baïbalidès, Widdefut, Coddefut et Noumique [1]. Murgen était tenu pour le premier parmi ses pairs, nullement à la satisfaction de tous. Sartzanek, en particulier, s'irritait de l'austère inflexibilité de Murgen, tandis que Desmëi déplorait son interdiction de se mêler des affaires de la contrée, ce qui était la distraction favorite de Desmëi.

Murgen avait établi sa résidence à Swer Smod, un vaste manoir de pierre dans la partie nord-ouest du Lyonesse, où le Teach tac Teach plongeait ses flancs dans la Forêt de Tantrevalles. Il fondait son édit sur la thèse que toute assistance prêtée à un favori portera tôt ou tard immanquablement atteinte aux intérêts d'autres magiciens.

1. Chaque fois que ces magiciens se réunissaient, un autre apparaissait : une haute silhouette emmitouflée dans une longue cape noire, avec un chapeau noir à large bord dissimulant ses traits. Il restait toujours à l'écart dans l'ombre et ne parlait jamais; quand les uns ou les autres regardaient par hasard son visage, ils voyaient un vide noir avec une paire d'étoiles lointaines à l'emplacement où pouvaient être ses yeux. La présence du neuvième magicien (si c'est ce qu'il était) créa au début un malaise mais, au fil des années, comme cette présence semblait n'avoir d'effet sur rien, on ne tenait pas compte de lui, sauf pour jeter de temps à autre un coup d'œil à la dérobée dans sa direction.

Sartzanek, peut-être le plus capricieux et le plus imprévisible de tous les magiciens, résidait à Faroli, au cœur de la forêt, dans ce qui était alors le Grand Duché de Dahaut. Il s'offusquait depuis longtemps des prohibitions de Murgen et les enfreignait aussi ouvertement qu'il l'osait.

Sartzanek se livrait occasionnellement à des expériences érotiques avec la sorcière Desmëi. Piqué par les railleries de Widdefut, Sartzanek lui jeta en représailles le Sort de la Conscience Totale, si bien que Widdefut connut subitement tout ce qui peut être connu : l'histoire de chaque atome de l'univers, le déroulement de huit sortes de temps, les phases possibles de tous les instants qui se succèdent; tous les goûts, sons, aspects, odeurs du monde, aussi bien que des perceptions relatives à neuf autres sens plus insolites. Widdefut fut frappé de paralysie agitante et d'impotence et devint incapable même de se nourrir. Il resta à trembler de désarroi jusqu'à ce qu'il soit réduit par dessèchement à sa plus simple expression et disparaisse emporté comme feuille au vent.

Coddefut éleva une protestation indignée, provoquant chez Sartzanek une colère telle qu'il abandonna toute prudence et détruisit Coddefut par une infestation d'asticots. La surface entière de Coddefut grouillait d'une couche de vers de près de trois centimètres d'épaisseur, avec cet effet que Coddefut perdit le contrôle de sa raison et se réduisit lui-même en charpie.

Les magiciens survivants, à l'exception de Desmëi, réclamèrent des contraintes auxquelles Sartzanek ne pourrait résister. Il fut comprimé dans un poteau de fer de sept pieds de haut et de quatre pouces carrés de surface, de sorte que c'est seulement par un examen attentif que ses traits déformés pouvaient se distinguer. Ce poteau était semblable à celui du Carrefour de Twitten. Le poteau Sartzanek fut planté au sommet même du Mont Agon. Chaque fois que la foudre frappait, les traits gravés de Sartzanek frémissaient et se crispaient, disait-on.

Un certain Tamurello s'installa aussitôt dans le manoir de Sartzanek, Faroli, et tous comprirent qu'il était l'*alter ego*, ou le rejeton de Sartzanek : à certains égards une extension de Sartzanek lui-même [1] Comme Sartzanek, Tamurello était grand, lourd de physique, avec des yeux noirs, des

1. De là même manière, Shimrod était connu pour être une extension, ou un *alter ego*, de Murgen, bien que leurs personnalités se soient séparées et qu'ils fussent des individus différents.

boucles noires, une bouche aux lèvres fortes, un menton rond et un tempérament qui s'exprimait par des émotions vives.

La sorcière Desmëi, qui avait accompli des conjonctions érotiques avec Sartzanek, s'amusait à présent avec le roi Olam III. Elle lui apparaissait en femme revêtue d'une douce fourrure au pelage noir avec un masque d'une curieuse beauté ressemblant à une tête de chat. Cette créature connaissait mille tours lascifs; le roi Olam, l'esprit faible et troublé par l'alcool, tomba sous son emprise. Pour faire pièce à Murgen, Desmëi persuada Olam de déménager à Avallon son trône Evandig et la table Cairbra an Meadhan.

La vieille tranquillité n'existait plus. Les magiciens étaient brouillés et se méfiaient les uns des autres. Murgen, totalement écœuré, s'isola à Swer Smod.

Les Isles Anciennes connurent alors des temps difficiles. Le roi Olam, qui avait maintenant perdu la raison, voulut copuler avec un léopard; il fut mordu cruellement et mourut. Son fils Uther Ier, jouvenceau frêle et timide, n'avait plus le soutien de Murgen. Les Goths envahirent la côte nord du Dahaut et pillèrent l'Isle Whanish, où ils saccagèrent le monastère et incendièrent la grande bibliothèque.

Audry, grand duc de Dahaut, leva une armée et anéantit les Goths à la Bataille de la Hax, mais subit tant de pertes que les Godéliens celtes firent mouvement vers l'est et s'emparèrent de la Péninsule de Wysrod. Le roi Uther, après des mois d'indécision, fit marcher son armée contre les Godéliens mais pour aller au-devant du désastre à la Bataille du Gué du Saule-Languissant, où il fut tué. Son fils, Uther II, s'enfuit au nord, en Angleterre où, finalement, il engendra Uther Pendragon [1], père du roi Arthur de Cornouailles.

Les ducs des Isles Anciennes s'assemblèrent à Avallon pour choisir un nouveau roi. Le duc Phristan de Lyonesse revendiqua la royauté en raison de son lignage, tandis qu'Audry, le duc vieillissant du Dahaut, citait le trône Evandig et la table Cairbra an Meadhan à l'appui de ses prétentions personnelles; le conclave fut dissous dans l'acrimonie. Chaque duc repartit chez lui et par la suite se proclama roi de son domaine personnel.

Les nouveaux royaumes trouvèrent ample matière à contestation. Phristan, roi du Lyonesse, et son allié Joël, roi du

1. Dans l'histoire galloise, *pendragon* signifie *prince. chef.* (*N.d.T.*)

Caduz, partirent en guerre contre le Dahaut et le Pomperol. A la bataille de la Colline de l'Orme, Phristan tua le vieux mais vigoureux Audry Ier, et fut lui-même tué par une flèche; la bataille et la guerre s'achevèrent de façon indécise, chaque parti gonflé de haine pour l'autre.

Le prince Casmir, surnommé « le Fat », combattit dans la bataille avec vaillance mais sans témérité et s'en retourna à la ville de Lyonesse comme roi. Il abandonna aussitôt ses préoccupations d'élégance pour un rigoureux sens pratique et se mit en devoir de consolider son domaine.

Une année après que Casmir était devenu roi, il épousa la princesse Sollace d'Aquitaine, une belle jeune fille blonde avec du sang goth dans les veines, dont le port majestueux dissimulait un tempérament dépourvu de sensibilité.

Casmir se considérait comme un protecteur des arts magiques. Dans une chambre secrète, il conservait un certain nombre de curiosités et d'accessoires magiques, y compris un livre d'incantations transcrites avec une écriture indéchiffrable mais qui luisait dans l'obscurité. Quand Casmir passait le doigt sur les runes, une sensation particulière à chaque incantation s'imposait à son esprit. Il pouvait tolérer un contact de ce genre; deux le mettaient en sueur; à trois il n'osait se risquer, de peur de perdre le contrôle de lui-même. Une griffe de griffon reposait dans un coffret en onyx. Un calcul biliaire rejeté par l'ogre Heulamidès répandait une puanteur bizarre. Un petit skak [1] jaune était assis dans une bouteille, attendant avec résignation d'être libéré un jour. Sur un mur était accroché un objet possédant un pouvoir réel : Persilian dit le « Miroir Magique ». Ce miroir répondait à trois questions posées par son propriétaire, qui devait ensuite les transmettre à quelqu'un d'autre. Si le propriétaire posait une quatrième question, le miroir lui donnerait de grand cœur la réponse, puis se dissoudrait, redevenant libre. Le roi Casmir avait posé trois questions et réservait à présent la quatrième pour un cas d'urgence.

A en croire la sagesse populaire, la fréquentation des

1. Le moins important dans la hiérarchie des êtres fées. Au premier rang viennent les fées, puis les falloys, les gobelins, les diablotins, finalement les skaks. Dans la nomenclature de la Féerie, les géants, les ogres et les trolls sont aussi considérés comme des hafelins, mais d'une sorte différente. Dans une troisième catégorie se rangent les merrihews, les willawens et les hyslopes et aussi, d'après certaines supputations, les quists et les obscurs. Les sandestins, les plus puissants de tous, sont dans une classe à part.

magiciens est en général plus funeste que fructueuse. Bien que parfaitement au courant des édits de Murgen, Casmir avait sollicité à diverses reprises l'aide des archimagiciens Baïbalidès et Noumique, ainsi que plusieurs autres magiciens de moindre stature, pour se heurter partout à un refus.

Aux oreilles de Casmir parvinrent des nouvelles de la sorcière Desmëi, qui passait pour ennemie de Murgen. D'après des dires dignes de foi, elle s'était rendue à la Foire des Gobelins, un événement annuel qui lui plaisait et auquel elle ne manquait jamais d'assister.

Casmir se déguisa sous une armure gris fer et bleu, avec un bouclier orné de deux dragons rampants. Il prit le nom de sire Perdrax, chevalier errant, et, accompagné d'une petite escorte, chevaucha jusqu'à la Forêt de Tantrevalles.

Il parvint finalement au Carrefour de Twitten. L'auberge connue comme ayant pour enseigne « le Soleil riant et la Lune en pleurs » était bondée; Casmir fut forcé d'accepter une place dans la grange. A quatre cents mètres dans la forêt, il tomba sur la Foire des Gobelins. Desmëi resta introuvable. Casmir déambula au milieu des étals. Il vit beaucoup de choses intéressantes et échangea du bon or contre divers articles.

Tard dans l'après-midi, il remarqua une grande femme, quelque peu maigre de visage et de silhouette, à la chevelure bleue rassemblée dans une cage d'argent. Elle portait un tabard blanc brodé de noir et de rouge; elle éveillait chez le roi Casmir (et tous les hommes qui la voyaient) un trouble d'esprit curieux : de la fascination mêlée de répulsion. C'était Desmëi la sorcière.

Casmir s'approcha avec circonspection de l'endroit où elle discutait avec un vieux coquin qui tenait loge à la foire. Les cheveux du marchand étaient jaunes, sa peau jaunâtre; son nez était fendu et ses yeux étaient comme des billes de cuivre; du sang de lutin courait dans ses veines. Il présenta une plume à son inspection. « Cette plume, dit-il, est indispensable pour la conduite des affaires de chaque jour, en ce qu'elle détecte infailliblement la fraude.

– Stupéfiant! déclara Desmëi d'un ton d'ennui.

– Diriez-vous que voici une plume ordinaire prise sur le corps d'un geai bleu mort?

– Oui. Mort ou même vivant. C'est ce que je penserais.

– Vous vous tromperiez autant que trompe peut tromper.

– Vraiment. Comment s'utilise cette plume miraculeuse?

– Rien de plus simple. Quand vous suspectez quelqu'un d'être un imposteur, un menteur ou un escroc, touchez-le avec la plume. Si la plume devient jaune, vos soupçons sont confirmés.

– Si la plume reste bleue?

– Alors la personne avec qui vous avez affaire est sûre et sincère! Cette excellente plume est à vous pour six couronnes d'or. »

Desmëi émit un rire métallique. « Me croyez-vous si crédule? C'est presque insultant. Évidemment, vous vous attendez à ce que j'expérimente la plume puis, comme elle restera bleue, à ce que je vous donne mon or!

– Précisément! La plume prouvera mes assertions! »

Desmëi prit la plume et en effleura le nez fendu. Aussitôt la plume devint jaune vif. Desmëi émit de nouveau son rire méprisant. « C'est bien ce dont je me doutais! La plume déclare que vous êtes un imposteur!

– Ah, ah! La plume n'a-t-elle pas réagi exactement comme je l'avais affirmé? Comment peut-on me traiter d'imposteur? »

Desmëi considéra la plume en fronçant les sourcils, puis la rejeta sur le comptoir. « Je n'ai pas de temps à perdre avec des devinettes! » D'un air hautain, elle s'éloigna à pas nonchalants, pour inspecter une jeune harpie en cage offerte à la vente.

Au bout d'un instant, Casmir s'avança. « Vous êtes la sorcière Desmëi? »

Desmëi reporta son attention sur lui. « Et qui êtes-vous?

– Je m'appelle sire Perdrax, chevalier errant d'Aquitaine. »

Desmëi sourit et hocha la tête. « Et que désirez-vous de moi?

– L'affaire est délicate. Puis-je compter sur votre discrétion?

– Jusqu'à un certain point.

– Je m'exprimerai sans détours. Je sers Casmir, roi de Lyonesse, qui a l'intention de rapporter le trône Evandig à sa place légitime. A cette fin, il implore votre avis.

– L'archimagicien Murgen défend pareille intervention.

– Vous êtes déjà en désaccord avec Murgen. Pendant combien de temps obéirez-vous à ses commandements?

– Pas à jamais. Quelle récompense me donnera Casmir?

– Faites vos conditions. Je les lui communiquerai. »

Desmëi prit soudain un ton agacé. « Dites à Casmir de venir lui-même à mon palais, dans Ys. Alors je lui parlerai. »

Sire Perdrax s'inclina et Desmëi s'éloigna. Peu après, elle partit à travers la forêt dans un palanquin porté par six ombres qui couraient.

Avant de se rendre à Ys, le roi Casmir réfléchit longtemps et profondément; Desmëi était connue pour les dures conditions qu'elle imposait.

Finalement, il ordonna d'armer la galéasse royale et, par un beau jour venteux, prit la mer, longeant la jetée et contournant le cap Farewell pour aboutir ainsi à Ys.

Casmir débarqua sur le quai de pierre et suivit la grève jusqu'au palais blanc de Desmëi.

Casmir trouva Desmëi sur une terrasse en face de la mer, accoudée à la balustrade, à demi dans l'ombre d'une haute urne de marbre, d'où pendait le feuillage d'une épigée rampante.

Un changement s'était produit chez Desmëi. Casmir s'arrêta, étonné par sa pâleur, ses joues creuses et son cou décharné. Ses doigts, maigres et noueux aux jointures, étaient recourbés en crochet sur le bord de la balustrade; ses pieds, dans leurs sandales d'argent, étaient longs et frêles et sillonnés d'un réseau de veines violettes.

Casmir en resta bouche bée et gauche, se sentant en présence de mystères dépassant son entendement.

Desmëi le regarda du coin de l'œil sans manifester ni surprise ni plaisir. « Vous êtes donc venu. »

Il en coûta à Casmir un certain effort pour reprendre l'initiative qu'il estimait devoir légitimement lui revenir. « Ne m'attendiez-vous pas? »

Desmëi répliqua seulement : « Vous arrivez trop tard.

– Comment cela? s'exclama Casmir, assailli par une nouvelle inquiétude.

– Tout change. Je ne m'intéresse plus aux affaires humaines. Vos incursions et vos guerres sont désagréables. Elles troublent la paix de la campagne.

– Il n'y a pas besoin de faire la guerre! Je veux seulement Evandig! Donnez-moi une formule magique ou un manteau d'invisibilité pour que je puisse m'emparer d'Evandig sans guerre. »

Desmëi éclata d'un léger fou rire. « Je suis connue pour la

dureté de mes conditions. Êtes-vous disposé à payer mon prix?

– Quel est votre prix? »

Desmëi porta son regard vers l'horizon marin. Elle finit par parler, si bas que Casmir avança d'un pas pour entendre. « Écoutez! Je vais vous dire ceci. Mariez bien Suldrun; son fils s'assiéra sur Evandig. Et quel est mon prix pour cette prédiction? Rien du tout, car le savoir ne vous sera d'aucune utilité. »

Desmëi se détourna brusquement et, passant sous une des hautes arches alignées en façade, entra dans l'ombre de son palais. Casmir regarda la mince silhouette devenir indistincte et disparaître. Il attendit un instant debout sous le soleil brûlant. Pas un bruit ne se faisait entendre en dehors du soupir du ressac.

Casmir tourna les talons et revint à son bateau.

Desmëi regarda la galéasse diminuer sur la mer bleue. Elle était seule dans son palais. Pendant trois mois, elle avait attendu la visite de Tamurello; il n'était pas venu et le message de son absence était clair.

Elle se rendit dans son cabinet de travail, dégrafa sa robe et la laissa glisser à terre. Elle s'examina dans le miroir, pour voir des traits sévères, un corps osseux, grand et mince, presque androgyne. De rudes cheveux noirs s'emmêlaient sur sa tête; ses bras et ses jambes étaient maigres et sans grâce. Telle était son incarnation naturelle, le moi dans lequel elle se sentait le plus à l'aise. Toute autre apparence requérait de la concentration, sinon elle perdait sa cohésion et se dissolvait.

Desmëi alla à ses armoires et en sortit des instruments divers. Au cours d'une période de deux heures, elle élabora une grande formule magique pour se fondre en un protoplasme qui pénétra dans un vaisseau à trois orifices. Le protoplasme bouillonna, se distilla et sortit par les orifices, pour se condenser en trois formes. La première était une jeune femme d'une conformation exquise, avec des yeux bleu-violet et des cheveux noirs doux comme le cœur de la nuit. Elle répandait autour d'elle un parfum de violettes, et était nommée Mélancthe.

La seconde forme était masculine. Desmëi, toujours par une manipulation du temps, une chape de conscience primitive, l'enveloppa et la recouvrit rapidement de peur que d'autres (Tamurello, par exemple) découvrent son existence.

La troisième forme, une créature démente qui glapissait, servit de dépotoir pour les plus répugnants aspects de Desmëi. Tremblant de dégoût, Desmëi saisit l'horrible chose et la brûla dans un four, où elle se tortilla en hurlant. Une vapeur verte monta du four; Mélancthe eut un mouvement de recul, mais inspira involontairement une petite bouffée méphitique. La seconde forme, dissimulée sous un manteau, inhala l'odeur fétide avec délectation.

Desmëi s'était vidée de sa vitalité. Elle s'évanouit en fumée et disparut. Des trois composants qu'elle avait produits, seule Mélancthe, fleurant bon le parfum subtil des violettes, demeura au palais. Le second, toujours voilé, fut emporté au château Tintzin Fyral, en haut du Val Evandre. Le troisième était devenu une poignée de cendres noires et une puanteur tenace dans le cabinet de travail.

XI

Le lit de Suldrun avait été installé dans la chapelle, en haut du jardin, et c'est là qu'une grande fille de cuisine morose nommée Bagnold apportait quotidiennement des provisions de bouche, à midi précis. Bagnold était à moitié sourde et aurait aussi bien pu être muette, pour toute la conversation qu'elle avait. Elle était chargée de vérifier la présence de Suldrun et, si Suldrun n'était pas à la chapelle, Bagnold clopinait avec humeur jusqu'en bas du jardin pour la trouver, ce qui se produisait presque chaque fois, car Suldrun ne prêtait pas attention à l'heure. Au bout d'un certain temps, Bagnold se lassa de cet effort, déposa le panier plein sur les marches de la chapelle, prit le panier vide de la veille et s'en alla : un arrangement qui convenait autant à Suldrun qu'à elle.

Quand Bagnold partait, elle laissait tomber une lourde traverse de chêne dans des supports de fer pour bâcler la porte. Suldrun aurait pu aisément escalader les escarpements de chaque côté et, un de ces quatre matins, se disait-elle, c'est ce qu'elle ferait, pour quitter à jamais le jardin.

Ainsi s'écoulèrent les saisons : le printemps puis l'été, et le jardin s'épanouissait dans la plénitude de sa beauté, bien que toujours hanté par le silence et la mélancolie. Suldrun connaissait le jardin à chaque heure du jour : dans l'aube grise, quand la rosée était épaisse et que l'appel des oiseaux résonnait net et poignant comme les sons au commencement du monde. Tard le soir, quand la pleine lune montait bien au-dessus des nuages, elle s'asseyait sous le tilleul et contemplait la mer tandis que le ressac secouait les galets.

Un soir, frère Umphred apparut, son visage rond rayonnant de naïve bonne volonté. Il portait un panier qu'il posa sur les marches de la chapelle. Il examina attentivement Suldrun de la tête aux pieds. « Merveilleux! Vous êtes plus belle que jamais! Vos cheveux brillent, votre peau est éclatante; comment vous gardez-vous si propre?

– Ne le savez-vous pas? demanda Suldrun. Je me baigne, dans ce bassin là-bas. »

Le frère Umphred leva les mains dans un geste d'horreur feinte. « C'est la fontaine pour l'eau bénite! Vous avez commis un sacrilège! »

Suldrun se contenta de hausser les épaules et se détourna.

Avec des gestes joyeux, frère Umphred déballa son panier. « Apportons de la gaieté à votre vie. Voici du vin doré, du vin pelure d'oignon; nous allons boire!

– Non. Partez, je vous prie.

– N'éprouvez-vous pas d'ennui et du mécontentement?

– Absolument pas. Prenez votre vin et partez. »

Sans mot dire, frère Umphred s'en fut.

Avec l'arrivée de l'automne, les feuilles changèrent de couleur et le crépuscule tomba de bonne heure. Il y eut une succession de couchers de soleil tristes et superbes, puis s'installèrent les pluies et le froid de l'hiver, sur quoi la chapelle devint morne et glacée. Suldrun entassa des pierres pour construire un âtre et une cheminée contre une des fenêtres. L'autre, elle la boucha hermétiquement avec de l'herbe et des brindilles. Les courants qui contournaient le cap jetaient sur les galets du bois d'épave que Suldrun transportait à la chapelle pour le sécher, puis brûlait dans le foyer.

Les pluies se raréfièrent; le soleil brilla avec éclat dans l'air vif et froid, et ce fut le printemps. Des jonquilles surgirent dans les plates-bandes et les arbres arborèrent des feuilles nouvelles. Au ciel apparurent les étoiles du printemps: Capella, Arcturus, Denebola [1]. Par les matinées ensoleillées, des cumulus s'entassaient à de grandes hauteurs au-dessus de la mer et le sang de Suldrun semblait accélérer

1. *Capella* ou *la Chèvre*, alpha de la constellation du Cocher, étoile de première grandeur, est jaune d'or c'est la plus voisine du Pôle. Arcturus, alpha du Bouvier, est de teinte orangée. Denebola, dans la constellation du Lion, est dite « queue du Lion ». Capella et Arcturus font partie des 50 étoiles les plus brillantes, Denebola des constellations écliptiques. (*N.d.T.*)

sa course. Elle éprouvait une étrange impatience, qui ne l'avait encore jamais troublée.

Les jours s'allongèrent et les perceptions de Suldrun se firent plus intenses, chaque jour commença à prendre une qualité propre, comme s'il faisait partie d'un nombre limité. Une tension s'établit progressivement, un sentiment d'imminence, et Suldrun demeura souvent éveillée la nuit entière afin de savoir tout ce qui se produirait dans son jardin.

Frère Umphred vint à nouveau en visite. Il trouva Suldrun assise sur les marches de pierre de la chapelle, se dorant au soleil. Frère Umphred la regarda avec curiosité. Le soleil avait hâlé ses bras, ses jambes et son visage, il avait éclairci des mèches de ses cheveux. Elle était l'incarnation de la bonne santé sereine; en fait, songea frère Umphred, elle paraissait presque heureuse.

Cette constatation éveilla ses soupçons sur le plan charnel; il se demanda si elle avait pris un amant. « Très chère Suldrun, mon cœur saigne quand je pense à vous solitaire et délaissée. Dites-moi; comment allez-vous?

– Fort bien, dit Suldrun. J'aime la solitude. Ne vous attardez pas ici à cause de moi, je vous en prie. »

Frère Umphred eut un petit gloussement joyeux. Il s'installa à côté d'elle. « Ah, très chère Suldrun... » Il posa sa main sur la sienne. Suldrun considéra les doigts gras et blancs; leur contact était moite et trop familier. Elle déplaça sa main; les doigts s'éloignèrent à regret. « ... je vous apporte non seulement un réconfort chrétien, mais aussi une consolation plus humaine. Vous devez admettre que pour être prêtre je n'en suis pas moins homme et sensible à votre beauté. Voulez-vous accepter cette amitié? » La voix d'Umphred devint basse et onctueuse. « Même si ce sentiment a plus de chaleur et plus d'affection que la simple amitié? »

Suldrun eut un rire morne. Elle se leva et désigna de la main le portail. « Messire, vous avez ma permission de vous retirer. J'espère que vous ne reviendrez pas. » Elle tourna les talons et descendit dans le jardin. Frère Umphred marmotta un juron et partit.

Suldrun s'assit sous le tilleul et contempla la mer. « Je me demande ce qui va advenir de moi, songea-t-elle. Je suis belle, tout le monde le dit, mais cela ne m'a apporté que du tourment. Pourquoi suis-je punie, comme si j'avais commis quelque mauvaise action? Il faut que je réagisse d'une manière ou d'une autre; il faut que je fasse en sorte que cela change. »

Après son repas du soir, elle descendit se promener jusqu'à la villa en ruine, car c'était de là que, par les nuits claires, elle préférait observer les étoiles. Ce soir, elles brillaient de façon extraordinaire et semblaient s'adresser à elle, comme de merveilleux enfants débordant de secrets... Elle se leva et tendit l'oreille. Il y avait de l'imminence dans l'air; concernant quoi, elle ne sut pas le déterminer.

La brise nocturne devint fraîche; Suldrun battit en retraite vers le haut du jardin. Dans la chapelle, des braises rougeoyaient encore au milieu de l'âtre. Suldrun souffla pour les ranimer, entassa par-dessus du bois d'épave sec et la pièce devint chaude.

Au matin, s'éveillant très tôt, elle sortit dans le petit jour. La rosée était épaisse sur le feuillage et sur l'herbe; le silence était celui des temps primitifs. Suldrun descendit à travers le jardin, avec une lenteur de somnambule, jusqu'à la grève. Le ressac remontait avec fracas sur les galets. Le soleil, qui se levait, colorait de lointains nuages à l'horizon opposé. Dans la courbe sud de la plage, où les courants apportaient des débris de bois, elle remarqua un corps humain qui avait flotté jusque-là avec la marée. Suldrun s'arrêta, puis approcha, pas à pas, et regarda avec une horreur qui devint vite de la pitié. Quelle tragédie qu'une telle mort froide ait frappé quelqu'un d'aussi jeune, d'aussi pâle, d'aussi avenant... Une vague fit bouger les jambes du jeune homme. Ses doigts s'allongèrent d'un mouvement spasmodique, se plantèrent dans les galets. Suldrun se laissa choir à genoux, tira le corps hors de l'eau. Elle repoussa en arrière la chevelure ruisselante. Les mains étaient ensanglantées; la tête était meurtrie. « Ne mourez pas, chuchota Suldrun. Je vous en prie, ne mourez pas! »

Les paupières battirent; des yeux, embués et voilés d'eau de mer, la regardèrent puis se refermèrent.

Suldrun traîna le corps en haut sur le sable sec. Quand elle opéra une traction sur l'épaule droite, il émit un son triste. Suldrun courut à la chapelle, ramena des braises et du bois sec, alluma un feu. Elle essuya le visage glacé avec une serviette. « Ne mourez pas », redisait-elle sans arrêt.

La peau du jeune homme commença à se réchauffer. Le soleil brilla sur les parois du ravin et en bas sur la plage. Aillas ouvrit de nouveau les yeux et se demanda si vraiment il n'était pas mort et errait maintenant dans les jardins du paradis avec le plus beau de tous les anges aux cheveux d'or pour s'occuper de lui.

Suldrun demanda : « Comment vous sentez-vous?
– L'épaule me fait mal. » Aillas remua le bras. L'élancement de douleur lui certifia qu'il vivait toujours. « Où se trouve cet endroit?
– C'est un vieux jardin près de la ville de Lyonesse. Je suis Suldrun. » Elle effleura son épaule. « Pensez-vous qu'elle est cassée?
– Je ne sais pas.
– Pouvez-vous marcher? Je suis incapable de vous porter en haut de la colline. »
Aillas tenta de se relever, mais tomba. Il fit un nouvel effort, avec le bras de Suldrun autour de sa taille, et resta debout tout chancelant.
« Venez maintenant. Je vais essayer de vous soutenir. »
Pas à pas, ils remontèrent dans le jardin. Aux ruines, ils s'arrêtèrent pour se reposer. Aillas dit d'une voix faible : « Je dois vous avertir que je suis Troice. Je suis tombé d'un navire. Si je suis capturé, je serai mis en prison.. au mieux. »
Suldrun rit. « Vous êtes déjà dans une prison. La mienne. Je ne suis pas autorisée à sortir. N'ayez crainte; je vous garderai en sûreté. »
Elle l'aida à se relever; ils atteignirent finalement la chapelle.
Du mieux qu'elle put, Suldrun immobilisa l'épaule d'Aillas avec des bandages et des éclisses d'osier, et le fit s'étendre sur son lit. Aillas accepta ses soins et, couché, la regarda. Quels crimes cette belle jeune fille avait-elle commis pour être ainsi emprisonnée? Suldrun lui donna d'abord du miel et du vin, puis de la bouillie d'avoine. Aillas se réchauffa, se sentit bien et s'endormit.
Vers le soir, le corps d'Aillas brûla de fièvre. Suldrun ne connaissait pas d'autres remèdes que des compresses humides sur le front. Vers minuit, la fièvre tomba et Aillas dormit. Suldrun s'installa aussi confortablement que possible par terre devant le feu.
Au matin, Aillas s'éveilla, à demi convaincu que sa situation était irréelle, qu'il vivait un rêve. Peu à peu, il se laissa aller à penser à la *Smaadra*. Qui l'avait précipité à la mer? Trewan? Sous le coup d'une crise de folie subite? Pour quelle autre raison? Depuis qu'il s'était rendu sur le cog troice à Ys, sa conduite avait été des plus bizarres. Qu'est-ce qui avait pu se produire sur le cog? Qu'est-ce qui avait pu pousser Trewan au-delà des limites du bon sens?
Le troisième jour, Aillas conclut qu'il ne s'était rien cassé

et Suldrun desserra ses bandages. Quand le soleil fut haut, les deux descendirent dans le jardin et s'assirent au milieu des colonnes écroulées de la vieille villa romaine. Pendant l'après-midi doré, ils se racontèrent leur vie. « Ce n'est pas la première fois que nous nous rencontrons, dit Aillas. Vous rappelez-vous des visiteurs du Troicinet voici dix ans environ? Je me souviens de vous. »

Suldrun réfléchit. « Il y a toujours eu des délégations par douzaines. Je crois me rappeler quelqu'un comme vous. Tellement de temps a passé; je n'ose rien affirmer. »

Aillas lui prit la main, la première fois qu'il la touchait par affection. « Dès que je serai rétabli, nous nous enfuirons. Ce sera simple d'escalader les pierres là-bas; il ne restera ensuite qu'à franchir la colline et partir. »

Suldrun répondit dans un demi-murmure altéré et craintif. « Si nous étions capturés », – elle enfonça la tête dans les épaules – « le roi ne nous témoignerait aucune pitié ».

D'une voix sourde, Aillas dit : « Nous ne serons pas capturés! Surtout si nous nous préparons bien et si nous sommes très prudents. » Il redressa le buste et déclara avec une grande énergie : « Nous serons libres comme l'air dans la campagne! Nous voyagerons de nuit et nous nous cacherons le jour; nous nous mêlerons aux vagabonds et qui saura ce que nous sommes? »

L'optimisme d'Aillas commença à se communiquer à Suldrun; la perspective de la liberté devint enivrante. « Pensez-vous vraiment que nous nous en tirerons?

– Bien sûr! Comment pourrait-il en être autrement? »

Songeuse, Suldrun laissa son regard errer vers le bas du jardin et sur la mer. « Je ne sais pas. Je ne m'étais jamais attendue à être heureuse. Je suis heureuse à présent... tout en ayant peur. » Elle eut un rire nerveux. « Cela donne un état d'esprit bizarre.

– Ne craignez rien », dit Aillas. Il ne put résister à l'attirance de sa présence si proche; il passa le bras autour de sa taille.

Suldrun se leva d'un bond. « J'ai l'impression que mille yeux nous observent!

– Des insectes, des oiseaux, un lézard ou deux. » Aillas inspecta les escarpements. « Je ne vois personne d'autre. »

Suldrun examina le jardin du haut en bas. « Moi non plus. Toutefois... » Elle s'assit à une prude distance d'un mètre et glissa en coulisse vers lui un regard malicieux. « Votre santé semble en voie de rétablissement.

– Oui. Je me sens très bien et je ne peux me retenir de vous regarder sans avoir envie de vous toucher. » Il se rapprocha d'elle; rieuse, elle glissa plus loin.

« Aillas, non! Attendez que votre bras soit rétabli!

– Je ferai attention à mon bras.

– Quelqu'un pourrait venir.

– Qui aurait cette audace?

– Bagnold. Le prêtre Umphred. Mon père le roi. »

Aillas gémit. « Le destin ne pourrait pas être aussi cruel. »

Suldrun dit à voix basse : « Le destin s'en moque, au fond. »

La nuit tomba sur le jardin. Assis devant le feu, les deux soupèrent de pain, d'oignons et de moules que Suldrun avait ramassées sur les rochers découverts par la marée. Une fois encore, ils parlèrent d'évasion. Suldrun dit mélancoliquement : « Peut-être vais-je me sentir dépaysée loin de ce jardin. J'en connais chaque arbre, chaque caillou... Mais depuis que vous êtes là, tout est différent. Le jardin se détache de moi. » Les yeux fixés sur le feu, elle fut secouée d'un petit frisson.

« Qu'est-ce qui vous tourmente? » demanda Aillas.

– J'ai peur.

– De quoi?

– Je ne sais pas.

– Nous pourrions partir ce soir, s'il n'y avait pas mon bras. Encore quelques jours et j'aurai récupéré mes forces. Entretemps, nous devons préparer nos plans. La femme qui vous apporte à manger; comment cela se passe-t-il avec elle?

– A midi, elle apporte un panier et remporte le panier vide de la veille. Je ne lui parle jamais.

– Se laisserait-elle soudoyer?

– Pour faire quoi?

– Pour apporter comme d'habitude les provisions, les jeter et remporter le panier vide le lendemain. Avec une semaine d'avance, nous pourrions aller loin et ne pas craindre d'être pris.

– Bagnold n'oserait jamais, même si elle était bien disposée, ce qui n'est pas le cas. Et nous n'avons rien avec quoi l'acheter.

– N'avez-vous pas de bijoux, pas d'or?

– Dans ma commode au palais, j'ai de l'or et des pierres précieuses.

– Autant dire qu'ils sont inaccessibles. »

Suldrun réfléchit. « Pas forcément. La Tour de l'Est est calme après le coucher du soleil. Je pourrais monter tout droit à ma chambre et personne ne s'en apercevrait. J'entre, je ressors et je suis loin en un rien de temps.

– Est-ce vraiment aussi simple?

– Oui! J'y suis allée de cette façon des centaines de fois et j'ai rarement rencontré qui que ce soit en chemin.

– Il nous est impossible d'acheter Bagnold, donc nous ne disposons que d'un jour où nous aurons nos coudées franches, de midi à midi, plus le temps dont votre père a besoin pour organiser des recherches.

– Une heure, pas plus. Il agit vite et avec décision.

– Donc, il faut nous déguiser en paysans et c'est plus facile à dire qu'à faire. N'y a-t-il pas quelqu'un en qui vous ayez confiance?

– Une seule personne, la nourrice qui s'est occupée de moi quand j'étais petite.

– Et où est-elle?

– Son nom est Ehirme. Elle habite une ferme près de la route, vers le sud. Elle nous donnerait sans lésiner n'importe quoi que nous lui demanderions, si elle savait que j'en ai besoin.

– Avec un déguisement, un jour d'avance et de l'or pour payer la traversée jusqu'au Troicinet, la liberté est à nous. Et une fois de l'autre côté du Lir vous seriez simplement Suldrun d'Ombreleau. Personne ne saurait que vous êtes la princesse Suldrun de Lyonesse à part moi et peut-être mon père, qui vous aimera comme je vous aime. »

Suldrun le regarda. « M'aimez-vous vraiment? »

Aillas lui prit les mains et la tira pour la faire lever; leurs visages n'étaient qu'à quelques centimètres l'un de l'autre. Ils s'embrassèrent.

« Je t'aime le plus tendrement du monde, dit Aillas. Je veux n'être jamais séparé de toi.

– Je t'aime, Aillas, et je ne désire pas non plus que nous soyons jamais séparés. »

Transportés de joie, ils se regardèrent dans les yeux. Aillas déclara : « Traîtrise et tribulations m'ont amené ici, mais je rends grâce pour tout.

– J'ai été triste aussi, dit Suldrun. Pourtant, si je n'avais pas été chassée du palais, je n'aurais pas pu sauver ton pauvre corps noyé!

– Eh bien, donc! A Trewan le meurtrier et à Casmir le

cruel : nos remerciements! » Il inclina son visage vers celui de Suldrun; ils s'embrassèrent maintes fois; puis, se laissant choir sur la couchette, s'étendirent étroitement enlacés et s'abandonnèrent bientôt à leur ardeur.

Des semaines passèrent, étranges et rapides : une période de félicité, rendue d'autant plus intense par son arrière-plan de grand danger. La douleur dans l'épaule d'Aillas s'apaisa et un jour, au début de l'après-midi, il escalada la paroi à l'est du jardin et traversa la pente rocheuse du côté de l'Urquial donnant sur la mer, avec lenteur et précaution, puisque ses bottes étaient au fond de l'eau et qu'il allait pieds nus. Passé l'Urquial, il se fraya un chemin dans un sous-bois où se côtoyaient le chêne buissonneux, le sureau et le sorbier, et parvint ainsi à la route.

A cette heure-là, peu de gens circulaient. Aillas rencontra un berger avec un troupeau de moutons et un petit garçon qui conduisait une chèvre et ni l'un ni l'autre ne lui accorda plus qu'un coup d'oeil rapide.

Quinze cents mètres plus loin, il quitta la route pour un chemin qui serpentait entre des haies et, finalement, arriva à la ferme où Ehirme vivait avec son mari et ses enfants.

Aillas s'arrêta dans l'ombre de la haie. A sa gauche, à l'autre bout d'une prairie, Chastain, le mari, et ses deux fils aînés fauchaient de l'herbe pour faire du foin. La maison se trouvait au fond d'un potager où des poireaux, des carottes, des navets et des choux poussaient en rangs bien nets. De la fumée montait de la cheminée.

Aillas réfléchit à la situation. S'il allait à la porte et que quelqu'un d'autre qu'Ehirme apparaisse, des questions gênantes risquaient d'être posées, pour lesquelles il n'avait pas de réponse prête.

La difficulté se résolut d'elle-même. Par la porte sortit une femme trapue au visage rond, portant un seau. Elle se mit en route vers la porcherie. Aillas appela : « Ehirme! Dame Ehirme! »

La femme, s'arrêtant, examina Aillas avec doute et curiosité, puis approcha lentement. « Que voulez-vous?

– Vous êtes Ehirme?

– Oui.

– Voudriez-vous rendre un service, en secret, à la princesse Suldrun? »

Ehirme posa le seau. « Expliquez-vous, je vous prie, et je vous dirai s'il est en mon pouvoir de rendre ce service.

– Et dans tous les cas vous garderez le secret?
– Je le garderai. Qui êtes-vous?
– Je suis Aillas, un gentilhomme du Troicinet. Je suis tombé du haut d'un navire et Suldrun m'a sauvé de la noyade. Nous avons résolu de nous enfuir du jardin et de gagner le Troicinet. Nous avons besoin de vieux vêtements, chapeaux et souliers pour nous déguiser et Suldrun n'a pas d'autre ami que vous. Nous ne pouvons rien payer maintenant mais, si vous nous aidez, vous serez bien récompensée quand je retournerai en Troicinet. »

Ehirme réfléchit, les rides de son visage hâlé ondoyant au rythme du flux de ses pensées. Elle dit : « Je veux vous aider de mon mieux. Je souffre depuis longtemps de la cruauté avec laquelle on traite la pauvre petite Suldrun qui n'a jamais fait de mal même à un insecte. Avez-vous besoin seulement d'habits?
– Rien de plus, et vous aurez notre sincère reconnaissance pour eux.
– La femme qui apporte à Suldrun de quoi manger, je la connais bien; c'est Bagnold, une méchante créature aigrie par la mélancolie. Dès qu'elle remarquera que la nourriture est restée intacte, elle se dépêchera d'aller prévenir le roi Casmir et les recherches commenceront. »

Aillas eut un haussement d'épaules fataliste. « Nous n'avons pas le choix, nous nous cacherons avec soin pendant le jour.
– Avez-vous des armes bien aiguisées? De mauvaises choses errent la nuit. J'en vois souvent qui sautent dans la prairie et qui volent devant les nuages.
– Je trouverai un bon gourdin; cela devra suffire. »

Ehirme émit un grognement évasif. « J'irai au marché tous les jours. A mon retour, j'ouvrirai la poterne, je viderai le panier et Bagnold n'y verra que du feu. Je peux le faire sans difficulté pendant une semaine et d'ici là la piste sera froide.
– Cela impliquera de grands risques pour vous. Si Casmir découvrait ce que vous avez fait, il serait impitoyable!
– La poterne est masquée par les buissons. Qui me remarquera? Je veillerai à ne pas être vue. »

Aillas opposa encore quelques objections timides, dont Ehirme ne tint pas compte. Elle regarda la prairie et les bois qui s'étendaient au-delà. « La forêt derrière le village de Glymwode, c'est là qu'habitent mes vieux parents. Mon père est bûcheron et leur cabane est isolée. Quand nous avons du beurre et du fromage de reste, je leur en envoie par mon fils Collen et l'âne. Demain matin, je vous apporterai des blouses, des chapeaux et des souliers en me rendant au marché. Demain soir, une heure après le crépuscule, je vous attendrai ici même et vous coucherez dans le foin. A l'aube, Collen sera prêt et vous vous mettrez en route pour Glymwode. Personne ne sera au courant de votre évasion et vous pouvez voyager de jour; qui pensera à la princesse Suldrun en voyant trois paysans et un âne? Mon père et ma mère vous garderont en sécurité jusqu'à ce que le danger soit passé, ensuite vous partirez pour le Troicinet, peut-être en allant par le Dahaut, un trajet plus long mais plus sûr. »

Aillas dit humblement : « Je ne sais comment vous remercier. Du moins pas avant que j'arrive au Troicinet et là je serai en mesure de matérialiser ma gratitude.

– Pas besoin de gratitude! Si je peux subtiliser la pauvre Suldrun à ce tyran de Casmir, je m'estimerai assez récompensée. Demain soir donc, une heure après le coucher du soleil, je vous retrouverai ici! »

Aillas retourna au jardin et exposa à Suldrun les arrangements d'Ehirme. « Ainsi nous n'avons finalement pas besoin de rôder comme des voleurs dans la nuit. »

Des larmes jaillirent des yeux de Suldrun. « Ma chère, ma fidèle Ehirme! Je n'ai jamais apprécié suffisamment sa bonté!

– Du Troicinet, nous récompenserons sa fidélité.

– Et nous avons toujours besoin d'or. Il faut que je me rende à mon appartement au Haidion.

– L'idée me fait peur.

– Cela n'a rien de compliqué. Je me glisse en un clin d'oeil dans le palais et, hop!, j'en ressors. »

Le crépuscule descendit assombrir le jardin. « A présent. dit Suldrun, je vais au Haidion. »

Aillas se leva. « Je t'accompagne, ne serait-ce que jusqu'au palais.

– Comme tu voudras. »

Aillas escalada le mur, débarra la poterne et Suldrun la franchit. Pendant un instant, ils restèrent contre le mur. Une demi-douzaine de lumières sourdes apparaissaient à divers niveaux du Peinhador. L'Urquial était désert dans le crépuscule.

Suldrun regarda le long des arcades vers le bas de la galerie. « Viens. »

Les lumières de la ville de Lyonesse scintillaient dans le cadre des arches. La nuit était chaude; les arcades exhalaient une odeur de pierre et, de temps à autre, une bouffée d'ammoniaque à l'endroit où quelqu'un avait soulagé sa vessie. Dans l'orangerie, le parfum des fleurs et des fruits dominait tout le reste. Au-dessus se dressait le Haidion, dont les fenêtres étaient dessinées par la clarté de chandelles et de lampes.

La porte d'entrée dans la Tour de l'Est apparaissait comme un demi-ovale d'obscurité profonde. Suldrun chuchota : « Mieux vaut que tu attendes ici.

– Mais si quelqu'un vient?

– Retourne à l'orangerie et attends là-bas. » Suldrun appuya sur la clenche et poussa la grande porte de bois et de fer. Celle-ci se rabattit en gémissant. Suldrun regarda par l'interstice dans l'Octogone. Elle tourna la tête vers Aillas. « J'entre ... » Du haut de la galerie aux arcades parvinrent des sons de voix et des claquements de pas. Suldrun tira Aillas dans le palais. « Viens avec moi, alors. »

Les deux traversèrent l'Octogone, qui était illuminé par un unique chandelier garni de grosses bougies. A gauche, une arche ouvrait sur la Longue Galerie; devant, un escalier s'élevait vers les niveaux supérieurs.

La Longue Galerie était vide sur toute sa longueur. De la Salle de Correspondance provenait le bruit de voix animées et rieuses participant à une conversation joyeuse. Suldrun prit le bras d'Aillas. « Viens. »

Ils montèrent l'escalier en courant et, peu après, se retrouvèrent devant l'appartement de Suldrun. Un cadenas massif unissait une paire de moraillons rivés dans la pierre et le bois.

Aillas examina porte et cadenas puis opéra quelques torsions sans grand espoir sur le cadenas. « Nous ne pouvons pas entrer. La porte est trop solide. »

Suldrun l'entraîna dans le couloir vers une autre porte, celle-ci sans cadenas. « Une chambre pour les demoiselles nobles quand elles venaient me rendre visite » Elle ouvrit la porte, prêta l'oreille. Pas un bruit. La pièce sentait le sachet à parfums et les onguents, avec un relent déplaisant de vêtements sales.

Suldrun chuchota : « Quelqu'un couche ici, mais elle est partie se divertir. »

Ils traversèrent la pièce pour aller à la fenêtre. Suldrun ouvrit doucement la croisée. « Il faut que tu attendes ici. Je suis passée bien souvent par là quand je voulais éviter Dame Boudetta.»

Aillas regarda d'un air hésitant en direction de la porte. « J'espère que personne n'entrera.

– Dans ce cas, cache-toi dans l'armoire ou sous le lit. Je ne mettrai pas longtemps. » Elle se glissa dehors par la fenêtre, avança prudemment sur le large chaperon de pierre jusqu'à son ancienne chambre. Elle poussa la croisée, la força à s'ouvrir, puis sauta sur le sol. La pièce sentait la poussière et l'endroit demeuré inhabité pendant bien des jours de soleil et de pluie. Un reste de parfum flottait encore dans l'air, souvenir mélancolique d'années enfuies, et les larmes montèrent aux yeux de Suldrun.

Elle alla vers la commode où elle avait rangé ce qui lui appartenait. Rien n'avait été touché. Elle trouva le tiroir secret et l'ouvrit; à l'intérieur, ses doigts le lui dirent, il y avait ces objets divers et ornements, gemmes précieuses, or et argent qui étaient venus en sa possession : pour la plupart cadeaux de sa parentèle en visite; ni Casmir ni Sollace n'avaient comblé leur fille de présents.

Suldrun noua les objets de valeur dans une écharpe. Elle approcha de la fenêtre et dit adieu à la chambre. Jamais elle n'y reviendrait : de cela elle avait la certitude.

Elle repassa par la fenêtre, ferma solidement la croisée et retourna auprès d'Aillas.

Ils traversèrent la pièce obscure, entrouvrirent juste un peu la porte, puis sortirent dans le couloir mal éclairé. Ce soir, entre tous les soirs, le palais était animé; de nombreux notables étaient présents, de l'Octogone montait un bruit de voix et les deux ne pouvaient pas opérer la retraite rapide qu'ils avaient projetée. Ils s'entre-regardèrent, les yeux dilatés et le cœur battant.

Aillas jura tout bas. « Et voilà, nous sommes coincés.

– Non! chuchota Suldrun. Nous descendrons par l'escalier de service. Ne t'en fais pas; d'une manière ou de l'autre, nous nous échapperons! Viens! » Ils s'élancèrent d'un pas léger dans le corridor et ainsi commença un jeu palpitant qui leur causa une série de peurs et de saisissements et qui n'était pas entré dans leurs prévisions. Ils coururent de-ci de-là, filant à pas de loup dans de vieux couloirs, avançant en se cachant de salle en salle, se rencoignant dans l'ombre, risquant un coup d'œil au détour d'un passage : de la Salle de Correspondance à la Chambre des Miroirs, grimpant un escalier en colimaçon jusqu'au vieil observatoire, traversant le toit pour gagner un salon installé là-haut où les jeunes nobles donnaient leurs rendez-vous, puis redescendant par un escalier de service vers un long couloir qui aboutissait à une tribune de musiciens surplombant la Salle d'Honneur.

Les chandelles des appliques murales étaient allumées; la salle avait été préparée pour une cérémonie quelconque, peut-être plus tard dans la soirée; à présent, elle était vide.

Des marches descendaient jusqu'à un cabinet qui donnait dans le Salon Mauve, ainsi appelé à cause de la tapisserie de soie mauve de ses fauteuils et divans : une pièce splendide avec des lambris ivoire et tabac et un tapis d'un vif vert émeraude. Aillas et Suldrun coururent silencieusement à la porte, d'où ils inspectèrent la Longue Galerie, à ce moment vide d'occupation humaine.

« Ce n'est pas loin maintenant, dit Suldrun. D'abord, nous irons à la Salle d'Honneur puis, si personne ne se présente, nous irons à l'Octogone et nous n'aurons plus qu'à franchir la porte pour être dehors. »

Après un dernier regard à droite et à gauche, les deux s'élancèrent jusqu'à l'alcôve voûtée dans laquelle étaient fixés les deux battants de la porte ouvrant sur la Salle d'Honneur. Suldrun jeta un coup d'œil derrière eux et agrippa le bras d'Aillas. « Quelqu'un est sorti de la bibliothèque. Vite, entrons. »

Ils se faufilèrent entre les battants dans la Salle d'Honneur. Ils restèrent plantés face à face, les pupilles dilatées, retenant leur souffle. « Qui était-ce? chuchota Aillas.

– Le prêtre Umphred, je crois.

– Peut-être qu'il ne nous a pas vus.

– Peut-être que non... S'il nous a vus, il cherchera sûrement à se renseigner. Viens, dans l'arrière-salle!

– Je ne vois pas d'arrière-salle!

– De l'autre côté de la tenture. Vite! Il est juste derrière la porte! »

Ils traversèrent en courant la salle dans toute sa longueur et plongèrent derrière la tenture. Regardant par la fente entre les panneaux, Aillas vit la porte à l'autre bout s'ouvrir sans bruit : lentement, très lentement. La silhouette corpulente de frère Umphred était un découpage noir sur le fond des lumières de la Longue Galerie.

Pendant un moment, frère Umphred demeura immobile, à part de rapides hochements de tête. Il sembla émettre un clappement de la langue marquant la perplexité et entra dans la salle en regardant à droite et à gauche.

Suldrun alla au mur du fond. Elle trouva la tige de fer et l'enfonça dans les trous-serrures.

Aillas demanda avec surprise : « Qu'est-ce que tu fais?

– Umphred peut fort bien connaître l'existence de cette arrière-salle. Il ne connaît sûrement pas cette autre-là. »

La porte s'ouvrit, libérant un flot de lumière vert pourpré. Suldrun chuchota : « S'il se rapproche, nous nous dissimulerons ici. »

Aillas, qui était près de la fente de la tenture, dit : « Non. Il s'en retourne... Il quitte la salle. Suldrun?

– Je suis ici. C'est là que le roi, mon père, tient cachée sa magie personnelle. Viens voir! »

Aillas avança jusqu'au seuil, jeta un coup d'œil précautionneux, de-ci de-là.

– N'aie pas peur, dit Suldrun. Je suis déjà venue ici. Le petit lutin est un skak; il est enfermé dans sa bouteille. Je suis sûre qu'il préférerait la liberté, mais je crains sa malveillance. Le miroir est Persilian; il parle à son heure. La corne de vache donne soit du lait soit de l'hydromel, selon la façon dont on la tient. »

Aillas approcha lentement. Le skak avait un regard brûlant de contrariété. Des atomes de lumière colorée prisonniers dans des tubes se trémoussaient d'excitation. Un masque de gargouille suspendu haut dans l'ombre abaissait vers le sol un rictus morose.

Aillas dit avec inquiétude : « Viens! Avant de nous attirer la colère de ces choses! »

Suldrun répliqua : « Rien ne m'a jamais fait de mal. Le miroir connaît mon nom et me parle!

– Les voix magiques sont des voix de malheur! Viens! Il faut que nous sortions du palais!

– Un instant, Aillas. Le miroir a parlé avec bonté; peut-être recommencera-t-il. Persilian? »

Du miroir s'éleva une voix mélancolique : « Qui appelle " Persilian "?

– C'est Suldrun! Vous m'avez parlé déjà et appelée par mon nom. Voici celui que j'aime, Aillas. »

Persilian poussa un gémissement puis chanta d'une voix grave et plaintive, très lentement de sorte que chaque mot était distinct.

Aillas a connu une mer sans lune,
Suldrun l'a sauvé de la mort.
Ils ont joint leurs âmes en ardente union
pour donner à leur fils son souffle.

Aillas : tu as le choix parmi de nombreuses routes;
Chacune passe par des peines et du sang.
Mais toutefois, cette nuit même, il faut te marier
pour assurer ta paternité.

Longtemps j'ai servi le roi Casmir;
Trois questions il m'a posées.
Jamais pourtant la formule il ne voudra dire
pour me rendre pleine et entière liberté.

Aillas, il faut que tu m'emportes maintenant,
Et me cache tout seul;
Près de l'arbre de Suldrun, là je demeurerai
sous le siège de pierre.

Comme dans un rêve, Aillas leva les mains vers le cadre de Persilian. Il le libéra de la cheville de métal qui l'accrochait au mur. Aillas tint le miroir devant lui et demanda d'un ton perplexe : « Comment, ce soir-même, pouvons-nous être mariés ? »

La voix de Persilian, ample et pleine, jaillit du miroir : « Tu m'as volé à Casmir; je suis à toi. Ceci est ta première question. Tu peux en poser deux encore. Si tu en poses une quatrième, je serai libre.

– Très bien; comme il vous plaira. Donc comment serons-nous mariés ?

– Retournez au jardin. Il n'y a pas d'obstacle sur le chemin. C'est là que vos liens de mariage seront forgés; veillez à ce qu'ils soient solides et véritables. Vite, allez maintenant; le temps presse ! Il faut que vous partiez avant que le Haidion soit verrouillé pour la nuit ! »

Sans plus tarder, Suldrun et Aillas quittèrent la chambre secrète, refermant soigneusement la porte sur la nappe de lumière vert pourpré. Suldrun regarda par la fente entre les tentures; la Salle d'Honneur était vide à part les cinquante-quatre sièges dont la personnalité avait dominé si massivement son enfance. Ils semblaient à présent ratatinés et vieux et une partie de leur magnificence avait disparu; néanmoins, Suldrun eut conscience de leur méditation soucieuse, tandis qu'elle et Allias traversaient la salle en courant.

La Longue Galerie était déserte; les deux se précipitèrent jusqu'à l'Octogone et sortirent dans la nuit. Ils commencèrent à remonter la galerie aux arcades, puis firent hâtivement un détour par l'orangerie pour laisser passer un quatuor de gardes du palais qui survenaient, descendant de l'Urquial avec force claquements de talons, cliquetis de métal et jurons.

Le bruit des pas s'éteignit. Le clair de lune projetait dans la galerie par l'intervalle des arches une succession de formes pâles, faisant alterner le gris argent avec le noir le plus noir. Dans la ville de Lyonesse, des lampes clignotaient encore, mais aucun son ne parvenait au palais. Suldrun et Aillas se glissèrent hors de l'orangerie et, toujours courant, remontèrent la galerie aux arcades, puis franchirent la poterne et entrèrent dans le vieux jardin. Aillas sortit Persilian de dessous sa tunique. « Miroir, j'ai posé une question et je veillerai à ne pas en poser d'autre avant que la nécessité l'oblige. Je ne vais pas demander comment je dois vous cacher, ainsi que vous l'avez recommandé : toutefois, si vous désirez développer vos instructions précédentes, j'écouterai volontiers. »

Persilian dit : « Cache-moi maintenant, Aillas, cache-moi maintenant à côté du vieux tilleul. Sous la pierre qui sert de banc, il y a une fissure. Cache aussi l'or que tu portes, aussi vite que possible. »

Les deux descendirent à la chapelle. Aillas continua sur le sentier jusqu'au vieux tilleul; il souleva la pierre du banc et découvrit une fissure dans laquelle il plaça Persilian et le sac d'or et de pierres précieuses.

Suldrun alla à la porte de la chapelle, où elle s'arrêta pour s'étonner de la clarté de chandelle qui luisait à l'intérieur.

Elle poussa la porte. A l'autre bout de la pièce était assis frère Umphred, assoupi devant la table. Les yeux d'Umphred s'ouvrirent; il regarda Suldrun.

« Suldrun! Vous voilà enfin revenue! Ah, Suldrun, gente et folâtre! Vous avez fricoté quelque friponnerie! Que faites-vous loin de votre petit domaine? »

Suldrun resta muette de consternation. Frère Umphred souleva son torse ventru et s'avança en arborant un sourire séducteur, paupières mi-closes si bien que ses yeux semblaient un peu de travers. Il saisit les mains inertes de Suldrun.

« Très chère enfant! Dites-moi, où étiez-vous? »

Suldrun essaya de se dégager, mais frère Umphred resserra sa prise. « Je suis allée au palais chercher une robe et un manteau... Lâchez mes mains. »

Mais frère Umphred ne l'en attira que plus près. Sa

respiration s'était accélérée et son visage s'était empourpré. « Suldrun, la plus belle de toutes les créatures de la Terre! Savez-vous que je vous ai vue dansant le long des couloirs avec un des garçons du palais? Je me suis demandé, est-ce bien la pure Suldrun, la chaste Suldrun, si pensive et grave? Je me suis dit : impossible! Mais peut-être est-elle ardente après tout!

– Non, non », dit Suldrun dans un souffle. Elle se débattit pour se dégager. « Je vous en prie, lâchez-moi. »

Frère Umphred se refusa à la libérer. « Soyez bonne, Suldrun! Je suis un homme d'esprit noble, n'empêche que je ne suis pas indifférent à la beauté! Il y a longtemps, chère Suldrun, que je brûle du désir de goûter votre doux nectar et, rappelez-vous, ma passion est revêtue de la sainteté de l'église! Alors maintenant, ma très chère enfant, quelque friponnerie qui ait eu lieu ce soir n'aura qu'échauffé votre sang. Enlacez-moi, mon délice blond, ma douce luronne, ma rusée fausse-pure! » Frère Umphred l'entraîna sur la couchette.

Aillas apparut dans le cadre de la porte. Suldrun l'aperçut et lui intima par gestes de rester hors de vue. Elle releva les genoux et se tortilla pour s'écarter de frère Umphred. « Prêtre, mon père sera mis au courant de vos agissements!

– Il ne se soucie absolument pas de ce qui vous arrive, dit frère Umphred d'une voix épaisse. Maintenant, soyez docile! Sinon, je devrai user de moyens douloureux pour imposer notre union. »

Aillas ne put se retenir plus longtemps. Il avança et assena au frère Umphred un coup sur le côté de la tête, qui l'expédia par terre. Suldrun dit avec angoisse : « Mieux aurait valu, Aillas, que tu sois demeuré à l'écart.

– Et que je permette qu'il donne libre cours à sa luxure bestiale? Je le tuerais plutôt d'abord! En fait, je vais le tuer maintenant, pour son audace. »

Frère Umphred recula en rampant jusqu'au mur, les yeux luisant à la clarté de la chandelle.

Suldrun dit d'une voix hésitante : « Non, Aillas, je ne veux pas sa mort.

– Il nous dénoncera au roi. »

Frère Umphred s'exclama : « Non, jamais! J'entends mille secrets; tous sont sacrés pour moi! »

Suldrun déclara pensivement : « Il sera témoin de notre mariage; et même il va nous marier par la cérémonie chrétienne qui est aussi légale que n'importe quelle autre. »

Frère Umphred se releva tant bien que mal, en proférant des phrases incohérentes.

Aillas lui dit : « Mariez-nous, donc, puisque vous êtes prêtre, et faites-le convenablement. »

Frère Umphred prit son temps pour remettre en ordre son froc et se calmer. « Vous marier? Ce n'est pas possible.

– Bien sûr que si, c'est possible, répliqua Suldrun. Vous avez célébré des noces parmi les serviteurs.

– Dans la chapelle du Haidion.

– Ceci est une chapelle. Vous l'avez sanctifié vous-même.

– Maintenant elle a été profanée. D'ailleurs, je ne peux donner les sacrements qu'à des chrétiens baptisés.

– Alors baptisez-nous et vite! »

Frère Umphred secoua la tête en souriant. « D'abord, vous devez croire sincèrement et devenir catéchumènes. Et, de plus, le roi Casmir serait furieux; il se vengerait sur nous tous! »

Aillas ramassa une solide longueur de bois flotté. « Prêtre, ce gourdin détrône le roi Casmir. Mariez-nous tout de suite ou je vous fracasse le crâne. »

Suldrun retint son bras. « Non, Aillas! Nous allons nous unir à la manière du peuple et il en sera témoin; ainsi la question de qui est chrétien et qui ne l'est pas ne se posera plus. »

De nouveau, frère Umphred éleva une objection. « Je ne peux pas participer à votre rite païen.

– Vous y êtes obligé », dit Aillas.

Les deux jeunes gens se placèrent près de la table et entonnèrent la litanie paysanne des épousailles :

« *Vous tous, soyez témoins que nous deux prononçons les vœux de mariage! Par ce morceau qu'ensemble nous mangeons.* »

Les deux partagèrent une croûte de pain et mangèrent ensemble.

« *Par cette eau qu'ensemble nous buvons.* »

Les deux burent de l'eau à la même coupe.

« *Par ce feu, qui nous réchauffe l'un et l'autre.* »

Les deux passèrent leurs mains à travers la flamme de la chandelle.

« *Par le sang que nous mélangeons.* »

Avec une fine épingle, Aillas piqua le doigt de Suldrun puis le sien et joignit les gouttelettes de sang.

« *Par l'amour qui unit nos cœurs.* »

Les deux s'embrassèrent, sourirent.

« *Ainsi nous engageons-nous solennellement dans les liens du mariage et nous déclarons-nous désormais mari et femme, en accord avec les lois humaines et la grâce bienveillante de la Nature.* »

Aillas prit une plume, de l'encre et une feuille de parchemin.

« Écrivez, prêtre! " Ce soir, à cette date, j'ai assisté au mariage de Suldrun et d'Aillas " et signez votre nom. »

Frère Umphred écarta la plume avec des mains tremblantes. « Je crains la fureur du roi Casmir!

– Prêtre, craignez-moi plus encore! »

Angoissé, frère Umphred écrivit ce qui lui avait été indiqué. « Maintenant, laissez-moi aller!

– Pour que vous couriez en hâte tout raconter au roi Casmir? » Aillas secoua la tête. « Non.

– N'ayez pas peur! s'écria frère Umphred. Je suis silencieux comme la tombe! Je connais mille secrets!

– Jurez! dit Suldrun. A genoux. Baisez le livre sacré que vous portez dans votre escarcelle et jurez, par votre espoir de salut et par votre crainte de l'Enfer perpétuel, jurez que vous ne révélerez rien de ce que vous avez vu, entendu et fait ce soir. »

Frère Umphred, maintenant couvert de sueur et livide, regarda l'un puis l'autre. Avec lenteur, il se mit à genoux, baisa le livre des évangiles et proféra son serment.

Il se releva péniblement. « J'ai été témoin, j'ai juré, c'est mon droit de partir à présent!

– Non, dit Aillas gravement. Je n'ai pas confiance en vous. Je redoute que la méchanceté ne prenne le pas sur votre honneur et cause notre perte. C'est un risque que je ne puis accepter. »

Frère Umphred demeura un instant muet d'indignation. « Mais j'ai juré par tout ce qu'il y a de saint!

– Et vous pourriez tout aussi bien vous parjurer et être ainsi purgé du péché. Vous tuerais-je de sang-froid?

– Non!

– Alors je dois faire autre chose de vous. »

Les trois restèrent à s'entre-regarder, figés un moment dans le temps. Aillas se secoua. « Prêtre, attendez ici et ne tentez pas de partir, sous peine de bons coups de ce gourdin, car nous serons juste de l'autre côté de la porte. »

Aillas et Suldrun sortirent dans la nuit, pour s'arrêter à

quelques mètres de la porte de la chapelle. Aillas parla dans un demi-murmure rauque, de crainte que frère Umphred n'ait l'oreille collée contre le battant. « On ne peut pas se fier au prêtre.

– Je suis d'accord, dit Suldrun. Il est glissant comme une anguille.

– N'empêche, je suis incapable de le tuer. Nous ne pouvons pas le lier ou le cloîtrer en laissant à Ehirme le soin de s'en occuper, puisqu'ainsi son aide serait révélée. Je ne vois qu'une solution. Nous devons nous séparer. Présentement, je vais l'emmener hors du jardin. Nous prendrons la direction de l'est. Personne ne fera attention à nous; nous ne sommes pas des fugitifs. Je veillerai à ce qu'il ne s'échappe pas ni n'appelle au secours : une tâche désagréable et fastidieuse mais obligatoire. Dans une semaine ou deux, je le laisserai pendant qu'il dormira; je me rendrai à Glymwode pour t'y chercher et tout se passera comme nous l'avons projeté. »

Suldrun enlaça Aillas et posa la tête sur sa poitrine. « Faut-il vraiment nous séparer?

– Il n'y a pas d'autre moyen d'assurer notre sécurité, hormis supprimer l'homme en le tuant, ce que ne je puis accomplir de sang-froid. Je prendrai quelques pièces d'or; tu emporteras le reste, ainsi que Persilian. Demain, une heure après le coucher du soleil, rends-toi chez Ehirme et elle t'enverra à la cabane de son père, c'est là que j'irai te chercher. Va maintenant au tilleul et rapporte-moi quelques babioles d'or, à échanger contre de la nourriture et de la boisson. Je resterai pour garder le prêtre. »

Suldrun descendit le sentier en courant et revint une minute plus tard avec l'or. Ils allèrent à la chapelle. Frère Umphred était debout près de la table, regardant le feu d'un air morose.

« Prêtre, dit Aillas, vous et moi devons partir en voyage. Tournez-vous, s'il vous plaît; il faut que je vous attache les bras pour que vous ne vous livriez pas à des démonstrations incongrues. Obéissez-moi et nul mal ne vous adviendra.

– Et ma convenance dans tout cela? s'exclama frère Umphred.

– Vous auriez dû y penser avant de venir ici ce soir. Tournez-vous, enlevez votre froc et mettez vos bras derrière vous. »

Au lieu d'obtempérer, frère Umphred sauta sur Aillas et le frappa avec le gourdin que lui aussi avait tiré du tas de bois.

Aillas recula en trébuchant; frère Umphred repoussa d'une bourrade Suldrun qui chancela. Se mettant à courir, il sortit de la chapelle, remonta le sentier avec Aillas à ses trousses, franchit la poterne et déboucha sur l'Urquial, hurlant de toute la force de ses poumons : « A moi, la garde! Au secours! Trahison! Au meurtre! Au secours! A moi! Arrêtez le traître! »

De la galerie aux arcades jaillit une escouade de quatre hommes, la même qu'Aillas et Suldrun avaient évitée en entrant dans l'orangerie. Ils s'élancèrent pour empoigner à la fois Umphred et Aillas. « Que se passe-t-il ici? Pourquoi ces clameurs horribles?

– Appelez le roi Casmir! cria à tue-tête frère Umphred. Ne perdez pas un instant! Ce vagabond s'est imposé à la princesse Suldrun : un acte terrible! Faites venir le roi Casmir, je vous dis! Vite! »

Le roi Casmir fut amené sur les lieux et frère Umphred dévida avec fièvre son explication : « Je les ai vus dans le palais! J'ai reconnu la princesse et j'ai aussi vu cet homme; c'est un vagabond des rues! Je les ai suivis ici et, imaginez l'audace, ils voulaient que je les marie par le rite chrétien! J'ai refusé avec la dernière énergie et les ai avertis de leur crime! »

Suldrun, qui était près de la poterne, s'avança.

« Sire, ne soyez pas fâché contre nous. Voici Aillas; nous sommes mari et femme. Nous nous aimons tendrement; de grâce, accordez-nous de vivre notre vie dans la tranquillité. Si vous le désirez, nous quitterons le Haidion et n'y reviendrons jamais. »

Frère Umphred, encore surexcité par son rôle dans l'affaire, n'était nullement disposé à se tenir coi. « Ils m'ont menacé; j'ai failli perdre la raison par suite de leur malice! Ils m'ont forcé à assister à leurs épousailles! Si je n'avais pas signé comme témoin de la cérémonie, ils m'auraient cassé la tête! »

Casmir parla d'une voix de glace : « Silence, suffit! Je m'occuperai de vous plus tard. » Il donna un ordre. « Amenez-moi Zerling! » Il se tourna vers Suldrun. Dans les moments de fureur ou d'excitation, Casmir gardait toujours sa voix égale et neutre, et c'est ce qu'il fit à présent. « Tu sembles avoir désobéi à mon ordre. Quelles que soient tes raisons, elles sont loin d'être suffisantes. »

Suldrun dit doucement : « Vous êtez mon père; n'avez-vous pas souci de mon bonheur?

– Je suis roi de Lyonesse. Quels qu'aient été mes sentiments de naguère, ils ont été dissipés par l'indifférence à l'égard de mes souhaits, que tu connais. Maintenant, je te trouve qui frayes avec un rustre quelconque. Soit! Ma colère n'est pas atténuée. Tu retourneras au jardin et tu y resteras. Va! »

Le dos rond, Suldrun s'éloigna vers la poterne, la franchit, descendit dans le jardin. Le roi Casmir se retourna pour toiser Aillas. « Ta présomption est stupéfiante. Tu auras amplement le temps d'y réfléchir. Zerling! Où est Zerling?

– Sire, je suis là. »

Un homme trapu aux épaules tombantes, avec une barbe brune et des yeux fixes tout ronds, s'avança : Zerling, le bourreau en chef du roi Casmir, l'homme le plus redouté de la ville de Lyonesse après Casmir lui-même.

Le roi Casmir lui dit un mot à l'oreille.

Zerling passa un licol autour du cou d'Aillas et l'emmena, lui faisant traverser l'Urquial et contourner le Peinhador pour aller derrière. A la clarté de la demi-lune, le licol fut enlevé et une corde attachée autour de la poitrine d'Aillas. Il fut soulevé par-dessus une margelle de pierre et descendu dans un trou : plus bas; encore plus bas, toujours plus bas. Finalement, ses pieds heurtèrent le fond. Dans un geste concis marquant l'irrévocable, la corde fut jetée auprès de lui.

Il n'y avait pas un bruit dans l'obscurité. L'air sentait la pierre humide avec un relent de putréfaction humaine. Pendant cinq minutes, Aillas resta debout les yeux levés vers le haut du puits. Ensuite, il se dirigea à tâtons vers une des parois : une distance de peut-être deux mètres. Son pied rencontra un objet rond et dur. Il se baissa, découvrit un crâne. Allant vers le côté, Aillas s'assit le dos au mur. Après un temps, la fatigue alourdit ses paupières; il eut envie de dormir. Il lutta de son mieux contre le sommeil de peur du réveil... Finalement, il dormit.

Il s'éveilla et ses craintes se révélèrent justifiées. Quand le souvenir lui revint, il poussa une exclamation d'incrédulité et d'angoisse. Comment une telle tragédie pouvait-elle être possible? Des larmes envahirent ses yeux; il se plongea la tête dans les bras et pleura.

Une heure s'écoula, qu'il passa recroquevillé le menton sur les genoux, dans une détresse absolue.

De la clarté s'infiltra par le puits; il fut en mesure de

discerner les dimensions de sa cellule. Le sol était une aire circulaire d'environ quatre mètres de diamètre, pavée de lourdes dalles de pierre. Les murs de pierre s'élevaient à la verticale sur une hauteur d'environ un mètre quatre-vingts, puis s'inclinaient en forme d'entonnoir vers le puits central, qui s'ouvrait dans la cellule à environ trois mètres soixante au-dessous du sol. Contre le mur d'en face, des os et des crânes avaient été entassés; Aillas compta dix crânes, et d'autres peut-être étaient cachés sous la pile d'ossements. Près de l'endroit où il était assis gisait encore un squelette : de toute évidence le dernier occupant de la cellule.

Aillas se mit debout. Il alla au centre de la salle et regarda par le puits. En haut, très haut, il vit un disque de ciel bleu, si aérien, si balayé par le vent, si libre, que de nouveau les larmes lui montèrent aux yeux.

Il examina le puits. Son diamètre était d'environ un mètre cinquante; il était revêtu de pierre brute et s'élevait à dix-huit ou même vingt mètres – en juger avec précision était difficile – au-dessus du point où il aboutissait à la salle.

Aillas rabaissa la tête. Sur les parois, les occupants précédents avaient gravé des noms et des devises éplorées. Le dernier occupant, sur le mur au-dessus de son squelette, avait inscrit une liste de noms, au nombre de douze, rangés en colonne. Aillas, trop abattu pour s'intéresser à quoi que ce soit d'autre que ses propres malheurs, se détourna.

La cellule n'était pas meublée. La corde gisait en tas sous le puits. Près de l'amas d'ossements, il remarqua les restes pourris d'autres cordes, de vêtements, d'antiques boucles et courroies de cuir.

Le squelette semblait l'observer par les orbites vides de son crâne. Aillas le traîna sur le monceau d'os et orienta le crâne de façon que les orbites ne puissent voir que le mur. Puis il s'assit. Une inscription sur la paroi d'en face attira son attention : « Nouvel arrivant! Bienvenue dans notre confrérie! »

Aillas grogna et reporta son attention ailleurs. Ainsi commença la période de son incarcération.

XII

Le roi Casmir dépêcha un envoyé à Tintzin Fyral qui revint finalement avec un tube d'ivoire, d'où le héraut en chef extirpa un rouleau de parchemin. Il lut au roi Casmir :

Noble Sire,

Comme toujours mes compliments respectueux! Je suis heureux d'apprendre votre visite imminente. Soyez assuré que notre accueil sera approprié à votre royale personne et à votre suite distinguée qui, je le suggère, ne devrait pas compter plus de huit personnes, puisqu'à Tintzin Fyral nous ne possédons pas le privilège de l'espace du Haidion.

De nouveau, mon plus cordial salut!

Faude Carfilhiot,
Le Val Evandre, le Duc.

Le roi Casmir prit aussitôt à cheval la direction du nord avec une suite de vingt chevaliers, dix serviteurs et trois chariots de campement.

La première nuit, la compagnie fit halte au château du duc Baldred, Twannic. Le second jour, elle chevaucha vers le nord à travers le Troagh, un chaos de pics et de défilés. Le troisième jour, elle franchit la frontière et entra en Ulfland du Sud. Vers le milieu de l'après-midi, aux Portes de Cerbère, les escarpements se rapprochèrent pour étrangler la route, que barrait la forteresse Kaul Bocach La garnison consistait en une douzaine de soldats qui ne payaient pas de mine et un commandant qui trouvait le banditisme moins profitable que l'extorsion de péage aux voyageurs.

A la sommation de la sentinelle, la cavalcade du Lyonesse s'arrêta, tandis que les soldats de la garnison, clignant des paupières et grimaçant sous leurs casques d'acier, se penchaient mollement par-dessus les remparts.

Le chevalier sire Welty s'avança à cheval.

« Halte! cria le commandant. Dites vos noms, votre origine, destination et dessein, afin que nous puissions fixer le péage légal.

– Nous sommes des gentilshommes au service du roi Casmir de Lyonesse. Nous nous rendons en visite chez le duc de Val Evandre, à son invitation, et nous sommes exemptés de péage!

– Personne n'est exempté de péage, sauf le roi Oriante et le grand dieu Mithra. Vous devez payer dix florins d'argent. »

Sire Welty revint à cheval conférer avec Casmir, qui jaugea pensivement le fort. « Payez, dit le roi Casmir. Nous nous occuperons de ces gredins à notre retour. »

Sire Welty revint au fort et jeta dédaigneusement un paquet de pièces au capitaine.

« Passez, messieurs. »

Deux par deux, les compagnons passèrent devant Kaul Bocach et, cette nuit-là, prirent leur repos sur une prairie au bord du bras sud de l'Evandre.

Le lendemain à midi, la troupe fit halte devant Tintzin Fyral, qui surmontait là un haut piton comme s'il avait poussé de la substance même du crag.

Le roi Casmir et huit de ses chevaliers continuèrent tout droit leur chevauchée; les autres tournèrent de côté et installèrent un campement près de l'Evandre.

Un héraut sortit du château et s'adressa au roi Casmir. « Messire, j'apporte les compliments du duc Carfilhiot et sa requête que vous me suiviez. Nous montons par une route périlleuse au flanc du crag, mais n'ayez crainte; le danger ne concerne que les ennemis. Je vais montrer le chemin. »

Comme le groupe se mettait en marche, une puanteur de charogne survint apportée par la brise. A mi-distance, l'Evandre coulait à travers une prairie verte où se dressait une rangée de vingt pieux, soutenant à moitié des cadavres empalés.

« Voilà un spectacle qui n'est guère accueillant, dit le roi Casmir au héraut.

– Messire, il rappelle aux ennemis du duc que sa patience n'est pas inépuisable. »

Le roi Casmir haussa les épaules, moins offusqué par la façon d'agir de Carfilhiot que par l'odeur.

A la base du crag attendait une garde d'honneur de quatre chevaliers en armure de cérémonie – et Casmir se demanda comment Carfilhiot connaissait avec autant de précision l'heure de son arrivée. Un signal depuis Kaul Bocach? Des espions au Haidion? Casmir, qui n'avait jamais été capable d'introduire des espions dans Tintzin Fyral, fronça les sourcils à cette idée.

La cavalcade escalada le crag par un chemin taillé dans le roc qui finalement, haut dans les airs, tournait sous une herse pour aboutir dans l'avant-cour du château.

Le duc Carfilhiot s'avança; le roi Casmir mit pied à terre; les deux s'étreignirent dans l'embrassement d'usage.

« Messire, je suis enchanté de votre visite, dit Carfilhiot. Je n'ai pas organisé de fêtes appropriées, mais non par manque de bonne volonté. En vérité, vous m'avez laissé trop peu de délai.

– Cela me convient parfaitement, répliqua le roi Casmir. Je ne suis pas ici pour des frivolités. J'espère, plutôt, étudier encore une fois des questions susceptibles de nous apporter un profit à l'un et à l'autre.

– Excellent! Le sujet a toujours de l'intérêt. Cette visite est la première que vous faites à Tintzin Fyral, n'est-ce pas?

– Je l'ai vu dans ma jeunesse, mais de loin. C'est indiscutablement une puissante forteresse.

– Effectivement. Nous commandons quatre voies d'accès importantes : vers le Lyonesse, vers Ys, vers les landes ulfiennes et la route de la frontière nord allant au Dahaut. Nous sommes autonomes. J'ai fait creuser un puits profond, à travers la roche compacte jusqu'à une nappe aquifère d'eau courante. Nous avons en entrepôt assez de vivres pour soutenir des années de siège. Quatre hommes suffiraient à garder la route d'accès contre un millier ou un million. J'estime le château imprenable.

– Je suis enclin à penser de même, dit Casmir. Toutefois, et le col? Si une armée occupait la montagne là-bas, cela se concevrait qu'elle puisse pointer par ici des machines de guerre. »

Carfilhiot se retourna pour inspecter les hauteurs au nord, qui étaient reliées au crag par un col, comme s'il n'avait jamais encore remarqué ce paysage-là. « Cela semble possible, en effet.

– Mais vous n'êtes pas inquiet? »

Carfilhiot rit, montrant des dents blanches parfaites. « Mes ennemis ont réfléchi longtemps et profondément sur la Crête du Casse-Reins. Quant au col, j'ai mes petites malices. »

Le roi Casmir hocha la tête. « La vue est d'une beauté exceptionnelle.

– C'est vrai. Par temps clair, de mon cabinet de travail qui se trouve en haut, je découvre tout le vallon, depuis ici jusqu'à Ys. Mais à présent, il vous faut vous rafraîchir, puis nous pourrons reprendre notre conversation. »

Casmir fut conduit dans une suite de chambres hautes dominant le Val Evandre : une perspective d'une trentaine de kilomètres de doux paysage verdoyant jusqu'à un lointain scintillement de mer. L'air, pur à part de temps à autre un relent écœurant de putréfaction, entrait par les fenêtres ouvertes. Casmir songea aux ennemis défunts de Carfilhiot sur la prairie en bas, chacun silencieux sur son pal.

Une image traversa son esprit : Suldrun blême et hagarde ici à Tintzin Fyral, respirant l'air putride. Il chassa l'image. C'était une affaire classée.

Deux jeunes Maures à la peau noire et au torse nu, portant turban de soie pourpre, pantalon rouge et sandales au bout recourbé en spirale, l'assistèrent pour prendre son bain, puis l'habillèrent de sous-vêtements de soie et d'un bliaud chamois roux décoré de rosaces noires.

Casmir descendit à la grande salle, passant devant une énorme volière où des oiseaux au plumage multicolore volaient de branche en branche. Carfilhiot l'attendait dans la grande salle; les deux hommes s'assirent sur des divans et on leur apporta du sorbet aux fruits dans des coupes en argent.

« Excellent, dit Casmir. Votre hospitalité est charmante.

– Elle est dépourvue de cérémonie et j'espère que vous n'en serez pas suprêmement lassé », murmura Carfilhiot.

Casmir posa sa glace. « Je suis venu ici discuter d'une question importante. » Il jeta un coup d'œil aux serviteurs.

Carfilhiot leur fit signe de quitter la pièce. « Je vous écoute. »

Casmir se radossa à son siège. « Le roi Granice a récemment dépêché une mission diplomatique sur un de ses nouveaux vaisseaux de guerre. Elle a fait escale au Blaloc, au Pomperol, au Danaut, à Cluggach en Godélie et à Ys. Les émissaires ont dénoncé mes ambitions et proposé une alliance pour me vaincre. Ils n'ont obtenu au mieux qu'un encouragement tiède, bien que – Casmir eut un sourire froid – je n'aie pas cherché à déguiser mes intentions. Chacun espère que les autres livreront le combat, chacun souhaite être le seul royaume laissé en paix. Granice, j'en suis sûr, n'en attendait pas plus; il voulait démontrer à la fois sa position de chef et sa maîtrise de la mer. A cet égard, il a très bien réussi. Son navire a détruit un bateau ska, ce qui change aussitôt notre point de vue sur les Skas; ils ne peuvent plus être considérés comme invincibles, et la puissance maritime troice est renforcée. Ils ont payé cher pour cela, puisqu'ils ont perdu le commandant et l'un des deux princes royaux qui se trouvaient à bord.

« Pour moi, le message est clair. Les Troices deviennent plus forts; je dois frapper et provoquer une dislocation. L'endroit tout indiqué est l'Ulfland du Sud, d'où je peux attaquer les Skas en Ulfland du Nord, avant qu'ils consolident leurs possessions. Une fois que j'aurai pris la forteresse Poëlitetz, le Dahaut est à ma merci. Audry ne peut pas lutter contre moi à la fois de l'ouest et du sud.

« D'abord donc... prendre l'Ulfland du Sud, avec le maximum de facilité, ce qui présuppose votre coopération. »

Casmir marqua un temps. Carfilhiot, les yeux fixés pensivement sur le feu, ne réagit pas sur-le-champ.

Le silence devint gênant. Carfilhiot se secoua et dit : « Mes vœux vous accompagnent, vous le savez, mais je ne suis pas entièrement libre de mes actes et je dois me conduire avec circonspection.

– Tiens, dit Casmir. Vous ne faites apparemment pas allusion à votre suzerain officiel, le roi Oriante.

– Absolument pas.

– Qui, puis-je demander, sont les ennemis que vous essayez de dissuader d'une manière aussi ostensible? »

Carfilhiot fit un geste. « J'en conviens, l'odeur est épouvantable. Ce sont des coquins des landes : petits barons, seigneurs de dix touffes d'herbe, ne valant guère mieux que des bandits, si bien qu'un honnête homme risque sa vie à chevaucher sur les plateaux pour une journée de chasse. L'Ulfland du Sud est essentiellement un pays sans loi, sauf le Val Evandre. Le pauvre Oriante n'est pas capable de gouverner sa femme, à plus forte raison un royaume. Chaque chef de clan se prend pour un aristocrate et bâtit une forteresse montagnarde, d'où il fond sur ses voisins pour les piller. J'ai tenté de mettre de l'ordre : une tâche ingrate. Je suis traité de despote et d'ogre. La rudesse, toutefois, est le seul langage que ces brutes des hautes terres comprennent.

– Ce sont ces ennemis qui causent votre circonspection?

– Non. » Carfilhiot se leva et alla se poster le dos au feu. Il abaissa sur Casmir un regard empreint de calme froid. « En toute franchise, voici les faits. J'étudie la magie. Je reçois l'enseignement du grand Tamurello et je suis sous obligation, de sorte que je dois me référer à lui en matière de politique. Telle est la situation. »

Casmir leva les yeux et plongea son regard dans celui de Carfilhiot.

« Quand puis-je compter avoir votre réponse?

– Pourquoi attendre? demanda Carfilhiot. Réglons la question tout de suite. Venez. »

Les deux montèrent au cabinet de travail de Carfilhiot, Casmir maintenant silencieux, attentif et vibrant d'intérêt.

Le matériel de Carfilhiot était d'un sommaire presque gênant; même les babioles de Casmir étaient imposantes par contraste. Peut-être Carfilhiot garde-t-il la majeure partie de ses appareils entreposés dans des armoires, supposa Casmir.

Une grande carte d'Hybras, taillée dans des bois variés, dominait tout le reste, à la fois par ses dimensions et par son importance évidente. Dans un panneau au verso de la carte avait été sculpté un visage : celui, semblait-il, de Tamurello, représenté de façon fruste et caricaturale. L'artisan ne s'était pas donné de mal pour flatter Tamurello. Le front saillait au-dessus d'yeux protubérants; les joues et les lèvres étaient peintes d'un rouge particulièrement déplaisant. Carfilhiot, de toute évidence exprès, s'abstint de donner des explications. Il tira sur le lobe de l'oreille de l'image. « Tamurello! Entends la voix de Faude Carfilhiot! » Il toucha la bouche. « Tamurello, parle! »

Dans un grincement de bois, la bouche dit « J'entends et je parle. »

Carfilhiot toucha les yeux. « Tamurello! Porte tes regards sur moi et sur le roi Casmir de Lyonesse. Nous songeons à utiliser ses armées dans l'Ulfland du Sud, pour réprimer les désordres et étendre la sage autorité du roi Casmir. Nous comprenons ta politique de détachement; toutefois, nous demandons ton avis. »

L'image déclara : « Je recommande de ne pas introduire de troupes étrangères en Ulfland du Sud, tout particulièrement les armées du Lyonesse. Roi Casmir, vos intentions vous font honneur, mais elles déstabiliseraient tout l'Hybras, y compris le Dahaut, ce qui me causerait des désagréments. Je recommande que vous retourniez au Lyonesse et signiez la paix avec le Troicinet. Carfilhiot, je recommande que tu utilises de façon décisive la puissance de Tintzin Fyral pour empêcher les incursions dans l'Ulfland du Sud.

– Merci, répondit Carfilhiot. Nous allons faire notre profit de ton conseil, sois-en assuré. »

Casmir ne dit rien. Ils descendirent ensemble au salon où, pendant une heure, ils devisèrent courtoisement de sujets mineurs. Casmir se déclara prêt à se mettre au lit et Carfilhiot lui souhaita une bonne nuit de sommeil.

Au matin, le roi Casmir se leva de bonne heure, exprima sa gratitude à Carfilhiot pour son hospitalité et, sans plus tarder, s'en alla.

A midi, le groupe approcha de Kaul Bocach. Le roi Casmir, avec la moitié de ses chevaliers, passa devant le fort après avoir payé un péage de huit florins d'argent. Quelques mètres plus loin sur la route, ils firent halte. Le reste du groupe arriva devant la forteresse. Le capitaine qui la commandait s'avança : « Pourquoi n'êtes-vous pas passés tous ensemble ? Il est maintenant nécessaire que vous payiez encore huit florins. »

Sire Welty mit pied à terre sans hâte. Il empoigna le capitaine et posa un poignard sur sa gorge. « Que veux-tu être : un coupe-jarret ulf mort ou un soldat vivant au service de Casmir roi du Lyonesse ? »

Le casque de fer du capitaine tomba, son crâne brun tout chauve oscilla comme un bouchon tandis qu'il se tortillait et se débattait. Il haleta. « C'est de la traîtrise ! Où est l'honneur ?

– Regarde là-bas ; c'est là qu'est assis le roi Casmir. L'accuses-tu d'acte déshonorant après l'avoir mulcté de son argent royal ?

– Naturellement pas, mais... »

Sire Welty le piqua avec le poignard. « Ordonne à tes hommes de sortir pour être inspectés. Tu rôtiras à petit feu si une goutte de sang autre que le tien est versée. »

Le capitaine tenta un dernier effort de résistance. « Vous vous attendez à ce que je remette entre vos mains notre Kaul Bocach imprenable sans seulement protester ?

– Proteste autant qu'il te plaira. En fait, je vais te laisser y rentrer! Alors tu seras en état de siège. Nous allons escalader l'escarpement et faire tomber des rochers sur les remparts.

– Possible, peut-être, mais très difficile.

– Nous enflammerons des bûches et nous les lancerons dans le passage; elles flamberont et se consumeront lentement, vous serez enfumés et cuits quand la chaleur se répandra. Mets-tu au défi la puissance du Lyonesse? »

Le capitaine poussa un profond soupir. « Bien sûr que non! Comme je l'ai déclaré dès le début, j'entre avec joie au service du très gracieux roi Casmir! Ho, gardes! Dehors pour l'inspection! »

Sans entrain, les hommes de la garnison sortirent l'un après l'autre pour se planter au soleil, l'air morose et la tenue en désordre, ébouriffés sous leur casque de fer.

Casmir les examina avec mépris. « Peut-être serait-il plus simple de leur couper la tête.

– N'ayez crainte! s'écria le capitaine. Nous sommes les plus pimpants des soldats en temps ordinaire! »

Le roi Casmir haussa les épaules et s'en alla. Les péages de la place-forte furent chargés sur un des chariots; sire Welty et quatorze chevaliers restèrent comme garnison temporaire et le roi Casmir s'en retourna le cœur sans joie à la ville de Lyonesse.

Dans son cabinet de travail de Tintzin Fyral, Carfilhiot requit une fois encore l'attention de Tamurello.

« Casmir est parti. Nos relations, au mieux, sont sur le plan de la stricte politesse.

– L'optimum même! Les rois, comme les enfants, ont tendance à se montrer opportunistes. La générosité ne fait que les gâter. Ils prennent l'affabilité pour de la faiblesse et se dépêchent de l'exploiter.

– Le caractère de Casmir est encore moins plaisant. Il est aussi fixe dans ses visées qu'un poisson. Je ne l'ai vu spontané qu'ici dans mon cabinet de travail; il s'intéresse à la magie et a sur ce plan des ambitions.

– Pour Casmir, à jamais nourries en pure perte. Il manque de la patience nécessaire et sur ce point il te ressemble beaucoup.

– Probablement juste. Je brûle d'envie de passer aux premières applications.

– La situation est la même que précédemment. Le

domaine des analogues doit être pour toi comme une seconde nature. Combien de temps peux-tu fixer une image dans ton esprit, puis modifier à volonté ses couleurs, tout en conservant son dessin inchangé?

– Je ne suis pas de première force.

– Ces images devraient être fermes comme des rocs. En concevant un paysage, tu dois être capable de compter les feuilles d'un arbre, puis de les compter une seconde fois en trouvant le même nombre.

– C'est un exercice difficile. Pourquoi ne puis-je simplement utiliser le matériel?

– Aha! Où obtiendras-tu ce matériel? En dépit de mon amour pour toi, je ne peux me séparer d'aucun de mes opérateurs durement conquis.

– Bah, on peut toujours combiner du matériel nouveau.

– Vraiment? Je serais heureux d'apprendre ce secret hermétique et abstrus.

– N'empêche, tu en conviens, c'est possible.

– Mais difficile. Les sandestins ne sont plus naïfs ni abondants ni accommodants... Eh! Ha! » C'était une exclamation subite. Tamurello reprit la parole d'une voix changée. « Une idée me vient. C'est une idée tellement belle que j'ose à peine l'envisager.

– Dis-la-moi. »

Le silence de Tamurello était celui d'un homme engagé dans des calculs complexes. Il finit par dire : « C'est une idée dangereuse. Je ne pourrais ni recommander ni même suggérer une idée pareille!

– Explique-moi cette idée!

– Rien que cela, c'est déjà participer à son exécution!

– Ce doit être une idée vraiment dangereuse.

– Exact. Passons à des sujets plus sûrs. Je pourrais faire cette observation malicieuse : une façon d'obtenir du matériel magique, pour parler sans ambages, ce serait de voler un autre magicien qui, en conséquence, deviendrait trop faible pour se venger de la spoliation – surtout s'il n'en connaît pas l'auteur.

– Jusque-là, je te suis bien. Et ensuite?

– Supposons que l'on veuille dépouiller un magicien : qui choisirait-on pour victime? Murgen? Moi? Baïbalidès? Jamais. Les conséquences seraient certaines, rapides et terribles. On chercherait un novice, à la science encore de fraîche date, et de préférence un magicien qui possède un matériel important, de façon que le vol rapporte gros. Et, aussi, la victime devrait être quelqu'un qu'on envisage comme un ennemi futur. Le moment d'affaiblir, ou même de détruire, cette personne est le présent! Je parle, bien sûr, dans les termes les plus hypothétiques.

– Afin d'illustrer ces propos et toujours sur le plan hypothétique, qui pourrait être cette personne? »

Tamurello ne put se résoudre à prononcer un nom.

« Même les éventualités hypothétiques doivent être explorées à plusieurs niveaux et des zones entières de duplicité doivent être établies; nous reparlerons de cela plus tard; entre-temps, pas un mot à qui que ce soit d'autre! »

XIII

SHIMROD, rejeton de Murgen le Magicien, fit très tôt preuve d'un élan intérieur extraordinaire d intensité et, à son heure, sortit de la sphère d'influence de Murgen pour atteindre son autonomie.

Les deux n'étaient pas semblables de façon évidente, sauf en ce qui concerne la compétence, l'esprit de ressource et une certaine intempérance d'imagination qui, chez Shimrod, se traduisait par un humour fantasque et une aptitude parfois douloureuse à la sentimentalité.

En apparence, les deux se ressemblaient encore moins. Murgen se montrait en homme vigoureux aux cheveux blancs et à l'âge indéfinissable. Shimrod avait l'aspect d'un jeune homme à l'expression presque naïve. Il était mince, long de jambes, avec une chevelure blonde à reflets roux et des yeux gris noisette. Sa mâchoire était allongée, ses joues tant soit peu concaves, sa bouche large et retroussée comme par quelque réflexion sardonique.

Après un temps d'errance libre de toute attache, Shimrod s'installa à Trilda, un manoir sis sur le Pré Lally, auparavant occupé par Murgen, dans la Forêt de Tantrevalles et là se mit sérieusement à étudier la magie, utilisant les livres, modèles, matériel et opérateurs que Murgen avait confiés à sa garde.

Trilda était une résidence appropriée pour se livrer à l'étude. L'air sentait une fraîche odeur de feuillage. Le soleil brillait le jour, la lune et les étoiles la nuit. La solitude était presque absolue; les gens ordinaires ne s'aventuraient guère aussi loin dans la forêt. Trilda avait été construit par Hilarion, un magicien mineur à l'esprit bourré de chimères baroques. Les pièces étaient rarement carrées et prenaient jour sur le Pré Lally par des fenêtres en saillie de bien des formes et dimensions. Le toit pentu, outre six cheminées, se déployait en innombrables combles, pignons, crêtes; et le plus haut faîtage portait une girouette en fer noir qui avait comme seconde utilité d'être un chasse-revenants.

Murgen avait endigué le ruisseau pour créer un bassin; le trop-plein faisait tourner une roue près du cabinet de travail, où elle actionnait une douzaine de machines différentes, y compris un tour et un soufflet pour son feu de forge.

Des hafelins venaient parfois à la lisière de la forêt pour observer Shimrod quand il sortait dans la prairie, mais à part cela faisaient comme s'il n'existait pas par peur de sa magie.

Les saisons passèrent; l'automne céda la place à l'hiver. Des flocons de neige descendirent en masse du ciel pour ensevelir le pré dans le silence. Shimrod maintint ses feux crépitants et commença l'étude approfondie des *Résumés et Extraits*, vaste recueil d'exercices, méthodes, formes et modèles écrit dans des langages archaïques ou même imaginaires. Se servant d'une loupe façonnée dans un œil de sandestin, Shimrod lisait ces inscriptions comme si elles étaient en langue ordinaire.

Shimrod obtenait ses repas d'une nappe d'abondance qui, lorsqu'elle était étendue sur une table, produisait un festin savoureux. Pour se distraire, il apprit tout seul à jouer du luth, un talent apprécié par les fées de Tuddifot Shee [1], sis à l'autre bout du Pré Lally, qui aimaient la musique, bien que sans doute pour les mauvaises raisons. Les fées fabriquent des violes, des guitares et des flûtes d'herbe de belle qualité, mais leur musique est au mieux une harmonie indisciplinée et plaintive comme le son de lointains carillons éoliens. Au pire, elles produisent un fracas de stridences disparates, qu'elles sont incapables de différencier de ce qu'elles font de mieux. De plus, ce sont les êtres les plus vains qui soient parmi les vaniteux. Les musiciens fées, découvrant qu'un passant humain les a entendus par hasard, demandent invariablement si la musique lui a plu – et malheur au manant malappris qui dit le fond de sa pensée, car alors il se

1. Le *shee* ou encore *sidhe*, littéralement : *montagne de fées*, est un fort ou un palais souterrain où sont censés habiter les êtres féeriques dans le folklore gaélique. Ici, c'est le fort ou palais Tuddifot. (*N.d.T.*)

trouve obligé de danser pendant une période comprenant une semaine, un jour, une heure, une minute et une seconde, sans s'arrêter. Toutefois, si l'auditeur se déclare charmé, il peut fort bien recevoir une récompense du vaniteux et exultant petit hafelin. Souvent, quand Shimrod jouait du luth, il trouvait des hafelins, des grands et des petits [1], assis sur la barrière, enveloppés dans des manteaux verts avec des écharpes rouges et des chapeaux pointus. S'il témoignait qu'il était conscient de leur présence, ils l'accablaient de louanges et réclamaient qu'il continue de jouer. De temps à autre, des cornistes demandaient à l'accompagner en sonnant du cor; chaque fois, Shimrod refusa poliment; s'il acceptait pareil duo, il risquait de se retrouver jouant jusqu'à la fin des temps : le jour, la nuit, à travers la prairie, à la cime des arbres, cul par-dessus tête à travers épines et broussailles, à travers la lande, sous terre dans les forts de fées [2]. Le secret, Shimrod le savait, était de ne jamais accepter les conditions des fées, mais de conclure toujours l'affaire sur ses stipulations personnelles, sans quoi le marché avait toutes les chances d'être regrettable.

L'un de ces êtres qui écoutaient jouer Shimrod était une belle jeune fée aux longs cheveux châtains. Shimrod tenta de l'attirer dans sa maison par l'offre de sucreries. Un jour, elle s'approcha et resta à le regarder, les lèvres recourbées dans un sourire, les yeux scintillant d'espièglerie.

« Et pourquoi souhaitez-vous me voir à l'intérieur de votre grande maison?

– Serai-je sincère? J'espère faire l'amour avec vous.

– Ah! Mais c'est une douceur que vous ne devriez jamais tenter de goûter, car vous risqueriez de devenir fou et de me suivre à jamais en vous répandant en vaines supplications.

– " Vaines " toujours et à jamais? Et vous me repousseriez cruellement?

– Peut-être.

1. Les êtres fées ne gardent pas indéfiniment la même taille. Quand ils ont affaire aux êtres humains, ils apparaissent souvent de la taille d'un enfant, rarement plus. Quand ils sont surpris, ils semblent parfois n'avoir que dix à trente centimètres de haut. Les êtres fées ne se préoccupent pas pour eux-mêmes de ces questions de dimensions. Voir Glossaire II.

2. Les êtres fées partagent avec les humains les qualités telles que malice, méchanceté, traîtrise, envie et dureté; ils manquent des traits également humains qui sont la clémence, la bonté, la pitié. Le sens de l'humour des fées n'amuse jamais ceux qui en sont victimes.

– Et si vous découvriez que l'ardent amour humain est plus agréable que vos unions de fées pareilles à des accouplements d'oiseaux? Alors, qui implorerait et suivrait qui à jamais, en prononçant les vaines supplications d'une fée amoureuse? »

Le visage de la fée se fronça de perplexité. « Cette idée ne m'était jamais venue.

– Alors, entrez et nous verrons. Pour commencer, je vais vous verser du vin de grenade. Puis nous nous glisserons hors de nos vêtements et nous nous réchaufferons la peau à la clarté du feu.

– Et ensuite?

– Ensuite, nous ferons l'épreuve pour apprendre l'amour de qui est le plus vif. »

La fée plissa la bouche dans une moue de feinte indignation. « Je ne dois pas m'exhiber devant un étranger.

– Mais je ne suis pas un étranger. Même maintenant, quand vous me regardez, vous fondez d'amour.

– J'ai peur. » Elle battit vivement en retraite et Shimrod ne la revit plus.

Le printemps arriva; les neiges fondirent et des fleurs chamarrèrent la prairie. Par un matin ensoleillé, Shimrod quitta son manoir pour se promener dans le pré, jouissant des fleurs, du feuillage vert vif, des chants d'oiseaux. Il découvrit, conduisant au nord dans la forêt, un sentier qu'il n'avait jamais remarqué auparavant.

Sous les chênes au tronc épais et à la ramure imposante, il suivit le sentier : de-ci de-là, par-dessus une collinette, au fond d'une gorge sombre, puis une remontée jusqu'à une clairière, enclose par de hauts bouleaux argentés, émaillée de centaurées bleues. Le chemin passait ensuite par-dessus un affleurement de roches noires et voici que dans la forêt Shimrod perçut des lamentations et des cris ponctués par un martèlement de coups sourds. Shimrod s'élança à pas de loup à travers bois, pour découvrir au milieu des rochers un tarn [1] d'un vert presque noir. A côté, un troll à longue barbe, avec un gourdin d'une grosseur extravagante, battait une créature efflanquée et velue pendue comme un tapis sur une corde entre deux arbres. A chaque coup, la créature criait grâce. « Arrête! Assez! Tu me romps les os! N'as-tu pas pitié? Tu fais erreur sur la personne; c'est clair! Mon nom est Grofinet! Assez! Use de logique et de raison! »

1. Petit lac glaciaire sans tributaire. (*N.d.T.*)

Shimrod s'avança. « Arrêtez de frapper! »

Le troll, haut d'un mètre cinquante et fort de carrure, se retourna d'un bond dans sa surprise. Il n'avait pas de cou; sa tête reposait directement sur les épaules. Il portait un justaucorps et des chausses sales. Une brayette de cuir enfermait dans son étui de fort grosses génitoires.

Shimrod s'approcha d'un pas tranquille. « Pourquoi devez-vous battre le pauvre Grofinet?

– Pourquoi fait-on quoi que ce soit? grommela le troll. Par impression qu'il le faut! Pour le plaisir de la tâche accomplie!

– Voilà une bonne réponse, mais elle laisse bien des questions en suspens, dit Shimrod.

– C'est possible, mais peu importe. Allez-vous-en. Je désire rosser ce bâtard hybride de deux mauvais rêves.

– C'est une erreur! hurla Grofinet. Il faut la corriger avant que mal n'advienne! Descendez-moi à terre où nous pourrons nous expliquer calmement, sans préjugé. »

Le troll frappa avec son gourdin. « Silence! »

Dans un spasme frénétique, Grofinet parfint à se libérer de ses liens. Il courut dans la clairière sur de longues jambes aux grands pieds, sautant et esquivant, poursuivi par le troll armé de son gourdin. Shimrod s'avança et poussa le troll dans le tarn. Quelques bulles huileuses montèrent à la surface et le tarn redevint lisse.

« Messire, que voilà un geste habile, dit Grofinet. Je suis en dette envers vous. »

Shimrod répondit avec modestie : « En vérité, ce n'est pas grand-chose.

– A mon grand regret, je dois me déclarer en désaccord avec vous.

– Très juste, dit Shimrod. J'ai parlé sans réfléchir et maintenant je vais vous souhaiter le bonjour.

– Un moment, messire. Puis-je demander à qui je suis redevable?

– Je suis Shimrod; j'habite Trilda, à quinze cents mètres d'ici environ dans la forêt.

– Étonnant. Rares sont les êtres de la race humaine qui se rendent seuls dans cette contrée.

– Je suis quelque peu magicien, déclara Shimrod. Les hafelins m'évitent. » Il examina Grofinet du haut en bas. « Je dois dire que je n'ai jamais vu personne comme vous. Quelle est votre variété? »

Grofinet répliqua avec une certaine hauteur : « C'est un

sujet que les gens bien nés ne jugent généralement pas convenable de discuter.

– Mes excuses! Je n'avais aucune intention de mauvais goût. Une fois encore, je vous souhaite une bonne journée.

– Je vais vous reconduire à Trilda, dit Grofinet. Cette région est dangereuse. C'est le moins que je puisse faire.

– Comme vous voulez. »

Les deux s'en retournèrent au Pré Lally. Shimrod s'arrêta. « Vous n'avez pas besoin d'aller plus loin. Trilda n'est qu'à quelques pas là-bas.

– Pendant que nous marchions, dit Grofinet, j'ai réfléchi. Je me suis avisé que j'avais contracté une lourde dette envers vous.

– N'ajoutez rien, répliqua Shimrod. Je suis heureux d'avoir pu vous être utile.

– C'est facile à dire pour vous, mais le poids de la dette pèse sur ma fierté! Je suis contraint de me déclarer à votre service jusqu'à ce que le compte soit réglé. Ne refusez pas; je suis inflexible! Vous n'avez besoin de fournir que ma nourriture et mon logement. Je veux assumer la responsabilité de tâches qui autrement risqueraient de vous faire perdre du temps, et j'accomplirai même quelques magies mineures.

– Ah! Vous êtes aussi un magicien?

– Un amateur en cet art, guère plus. Vous pouvez parfaire mon instruction, si vous le désirez. Après tout, deux esprits bien formés valent mieux qu'un. Et n'oubliez jamais la sécurité! Quand quelqu'un regarde avec attention devant lui, il laisse son postérieur non gardé! »

Shimrod ne réussit pas à ébranler la résolution de Grofinet et ce dernier devint un membre de la maisonnée.

Au début, Grofinet et ses activités le troublèrent dans son travail; dix fois par jour, la première semaine, Shimrod fut sur le point de le renvoyer, mais il se retenait au dernier moment à cause de ses vertus, qui étaient éminentes. Grofinet ne causait aucun dérangement et ne touchait à rien de ce qui appartenait à Shimrod. Il était remarquablement soigneux et jamais de mauvaise humeur; en vérité, c'était l'entrain de Grofinet qui provoquait les distractions. Son esprit était fertile et ses enthousiasmes se succédaient à un rythme rapide. Les premiers jours, Grofinet se conduisit avec une timidité démesurée; même ainsi, pendant que Shimrod s'évertuait à enregistrer dans sa mémoire les listes interminables du sous-embranchement des Sujets à

Mutation, Grofinet bondissait à travers la maison en parlant à des compagnons imaginaires ou, du moins, invisibles.

L'exaspération de Shimrod ne tarda pas à se changer en amusement et il se surprit à attendre la manifestation suivante de l'imagination saugrenue de Grofinet. Un jour, Shimrod chassa d'un geste une mouche qui était sur sa table de travail; aussitôt Grofinet devint l'ennemi vigilant des mouches, phalènes, abeilles et autres insectes ailés, n'autorisant aucune incursion. Incapable de les attraper, il ouvrait grand la porte d'entrée, puis escortait l'insecte en cause au-dehors. Entre-temps, une douzaine d'autres entraient. Shimrod remarqua les efforts de Grofinet et jeta sur Trilda un petit sort, qui fit fuir dare-dare la maison par tous les insectes. Grofinet fut grandement satisfait de son succès.

A la fin, las de se vanter de son triomphe sur les insectes, Grofinet eut une nouvelle lubie. Il passa plusieurs jours à combiner des ailes en osier et soie jaune, qu'il attacha avec des courroies à son long torse maigre. Depuis sa fenêtre, Shimrod le regarda courir dans le Pré Lally, battant des ailes et bondissant en l'air, avec l'espoir de voler comme un oiseau. Shimrod fut tenté de soulever Grofinet et de le promener dans l'espace. Il réprima cette idée de crainte que Grofinet n'en soit dangereusement enivré et se fasse du mal. Plus tard au cours de l'après-midi, Grofinet tenta un grand bond et tomba dans l'étang Lally. Les fées de Tuddifot se dépensèrent en démonstrations de gaieté folle, cabrioles, culbutes et jambes haut levées. Écœuré, Grofinet jeta les ailes et revint en boitillant à Trilda.

Grofinet s'adonna ensuite à l'étude des pyramides égyptiennes. « Elles sont extraordinairement belles et tout à l'honneur des pharaons! déclara Grofinet.

– Très juste. »

Le lendemain, Grofinet remit le sujet sur le tapis. « Ces monuments grandioses sont fascinants dans leur simplicité.

– C'est vrai.

– Je me demande quelles peuvent être leurs dimensions? »

Shimrod haussa les épaules. « Une centaine de mètres de côté, plus ou moins, je suppose. »

Plus tard, Shimrod remarqua Grofinet qui prenait des mesures en arpentant pas à pas le Pré Lally. Il cria : « Qu'est-ce que vous faites?

– Rien d'important.

– J'espère que vous ne projetez pas de construire une pyramide! Elle nous boucherait le soleil! »

Grofinet s'arrêta dans son arpentage. « Peut-être avez-vous raison. » Il abandonna à regret ses projets, mais découvrit bien vite un autre sujet d'intérêt. Dans la soirée, Shimrod entra dans le salon pour allumer les lampes. Grofinet sortit de l'ombre. « Dites-moi, messire Shimrod, m'avez-vous vu quand vous êtes passé? »

Shimrod avait eu l'esprit ailleurs et Grofinet s'était trouvé quelque peu en dehors de son champ de vision. « Ma foi, dit Shimrod, je ne vous ai absolument pas aperçu.

– Dans ce cas, déclara Grofinet, j'ai appris la technique de l'invisibilité!

– Merveilleux! Quel est votre secret?

– J'utilise la force de la seule volonté pour me mettre au-delà de la perception!

– Il faut que j'apprenne cette méthode.

– L'effort intellectuel pur et simple, voilà la clef », dit Grofinet, qui ajouta cet avertissement : « Si vous échouez, ne soyez pas déçu. C'est une prouesse difficile. »

Le lendemain, Grofinet expérimenta son nouveau talent. Shimrod appelait : « Grofinet! Où êtes-vous? Etes-vous redevenu invisible? » Sur quoi Grofinet sortait triomphalement d'un coin de la pièce.

Un jour, Grofinet se suspendit aux poutres du plafond du cabinet de travail par une paire de courroies, pour être perché comme dans un hamac. Shimrod, en entrant, aurait pu ne rien remarquer si Grofinet n'avait négligé de remonter sa queue, terminée par une touffe de fourrure fauve, qui se balançait au milieu de la pièce.

Grofinet finit par décider de laisser de côté toutes ses ambitions antérieures pour travailler d'arrache-pied à étudier la magie. Dans ce but, il fréquenta le cabinet de travail afin d'observer Shimrod à ses manipulations. Toutefois, il avait une peur intense du feu; chaque fois que Shimrod, pour une raison ou une autre, attisait une langue de flamme, Grofinet se précipitait hors de la pièce dans un accès de panique et il renonça finalement à ses projets de devenir magicien.

La veille du solstice d'été approchait. Simultanément, une série de rêves très précis vinrent troubler le sommeil de Shimrod. Le paysage était toujours le même : une terrasse de pierre blanche dominant une grève de sable blanc et une mer calme et bleue au-delà. Une balustrade de marbre fermait la terrasse et un petit ressac venait s'abattre en écumant le long du rivage.

Dans le premier rêve, Shimrod était accoudé à la balustrade, promenant un regard distrait sur la mer. Le long de la plage survenait à pied une jeune femme brune, en tunique sans manches d'une douce couleur beige. Comme elle approchait, Shimrod vit qu'elle était svelte et qu'elle avait deux ou trois centimètres de plus que la moyenne. Des cheveux noirs, rassemblés par un tortillon de fil cramoisi, descendaient presque jusqu'à ses épaules. Ses bras et ses pieds nus étaient d'une ligne élégante; sa peau avait une teinte olivâtre. Shimrod la jugea d'une exquise beauté, avec une qualité supplémentaire tenant à la fois du mystère et d'une sorte de provocation qui, plutôt qu'évidente, était implicite dans son existence même. En passant elle adressa à Shimrod un demi-sourire grave, ni attirant ni hostile, puis elle continua sa route le long de la plage et disparut. Shimrod remua dans son sommeil et s'éveilla.

Le second rêve fut le même, sauf que Shimrod appela la jeune femme et l'invita sur la terrasse; elle hésita, secoua la tête en souriant et continua son chemin.

La troisième nuit, elle fit halte et parla : « Pourquoi m'appelez-vous, Shimrod?

– Je veux que vous vous arrêtiez et au moins me parliez. »

La jeune femme se déroba. « Ma foi non. Je connais bien peu les hommes et j'ai peur, car j'éprouve une impulsion bizarre quand je passe. »

La quatrième nuit, la jeune femme du rêve s'arrêta, hésita, puis se dirigea lentement vers la terrasse. Shimrod descendit à sa rencontre, mais elle s'immobilisa et Shimrod découvrit qu'il était incapable d'approcher plus près d'elle, ce qui – dans le contexte du rêve – ne semblait pas anormal. Il demanda : « Aujourd'hui, voulez-vous me parler?

– Je ne vois rien à vous dire.

– Pourquoi suivez-vous la plage?

– Parce que cela me plaît.

– D'où venez-vous et où allez-vous?

– Je suis une créature de vos rêves; j'entre dans la pensée et j'en sors.

– Objet rêvé ou non, venez plus près et restez auprès de moi. Puisque le rêve est le mien, vous devez obéir.

– Ce n'est pas dans la nature des rêves. »

En se détournant, elle regarda par-dessus son épaule et, quand Shimrod finit par s'éveiller, il se rappela la qualité exacte de son expression. L'ensorcellement! Mais dans quel but?

Shimrod sortit marcher dans le pré, en examinant la situation sous tous les aspects imaginables. Un enchantement plaisant était opéré sur lui par des moyens subtils et nul doute en définitive à son désavantage. Qui pouvait pratiquer ce sortilège? Shimrod chercha parmi les personnes qu'il connaissait, mais aucune ne semblait avoir de raison de l'ensorceler au moyen d'une jeune femme aussi étrangement belle.

Il retourna au cabinet de travail et s'efforça de tirer un présage; mais il manquait du détachement nécessaire et le présage se dissocia en une giclée de couleurs discordantes.

Il resta assis tard dans son cabinet de travail cette nuit-là, tandis qu'un froid vent noir soupirait à travers les arbres derrière le manoir. La perspective du sommeil lui apportait à la fois de la crainte et une fébrile anticipation inquiète qu'il s'efforça de réprimer mais qui persista néanmoins. « Très bien, se dit Shimrod dans un sursaut de bravade, affrontons donc la chose et voyons où elle conduit. »

Il se rendit à son lit. Le sommeil fut lent à venir; pendant des heures, il se tourna et se retourna dans une somnolence tourmentée, à la merci de toutes les imaginations qui lui passaient par la tête. Il finit par s'endormir.

Le rêve ne tarda pas à survenir. Shimrod était debout sur la terrasse; le long de la plage arriva la jeune femme, bras et pieds nus, ses cheveux noirs flottant dans la brise marine. Elle approcha sans hâte. Shimrod attendit imperturbablement, accoudé à la balustrade. Montrer de l'impatience est une piètre politique, même dans un rêve. La jeune femme fut bientôt à proximité; Shimrod descendit les larges degrés de marbre blanc.

Le vent s'apaisa, et aussi le ressac; la jeune femme brune fit halte et attendit. Shimrod s'avança plus près et une bouffée de parfum l'atteignit : une odeur de violettes. Les deux n'étaient séparés que par un mètre; Shimrod aurait pu la toucher.

Elle le dévisagea, souriant de son demi-sourire songeur. Elle prit la parole. « Shimrod, il se pourrait que je ne vienne plus vous voir.

– Qu'est-ce qui vous en empêche?

– Le temps m'est compté. Je dois me rendre en un lieu derrière l'étoile Achernar.

– Est-ce de votre propre volonté que vous iriez là-bas?
– Je suis enchantée.
– Dites-moi comment rompre l'enchantement! »
La jeune femme parut hésiter. « Pas ici.
– Où donc, alors?
– Je vais aller à la Foire des Gobelins; me rejoindrez-vous là-bas?
– Oui! Parlez-moi de cet enchantement, que je puisse établir le contre-sort. »
La jeune femme s'écarta lentement. « A la Foire des Gobelins. » Elle partit, jetant un coup d'œil en arrière.
Shimrod regarda pensivement sa silhouette qui s'éloignait... Derrière lui s'éleva un bruit de clameur, comme de nombreuses voix criant leur fureur. Il entendit le martèlement de pas lourds et resta paralysé, incapable de bouger ou de regarder par-dessus son épaule.
Il se réveilla sur son lit à Trilda, le cœur battant et la gorge serrée. C'était l'heure où la nuit est la plus noire, longtemps avant qu'on puisse même imaginer l'aube. Le feu brûlait très bas dans la cheminée. Tout ce qui se voyait de Grofinet, ronflant doucement dans son coussin profond, était un pied et une longue queue mince.
Shimrod ranima le feu et retourna à son lit. Il s'étendit et prêta l'oreille aux bruits de la nuit. De l'autre côté du pré monta un doux sifflement triste, d'un oiseau réveillé, peut-être par un hibou.
Shimrod ferma les yeux et dormit ainsi le reste de la nuit.

L'époque de la Foire des Gobelins était proche. Shimrod emballa tout son matériel de magie, livres, librams, filtres et opérateurs, dans une caisse sur laquelle il jeta un sort d'offuscation, de sorte que la caisse fut d'abord rétrécie, puis repliée de l'extérieur vers l'intérieur sept fois selon les termes d'une séquence secrète, de façon à ressembler finalement à une lourde brique noire que Shimrod cacha sous le foyer.
Grofinet regardait depuis le seuil dans une perplexité totale. « Pourquoi faites-vous tout cela?
– Parce que je dois quitter Trilda pour une brève période et que les voleurs ne déroberont pas ce qu'ils ne peuvent pas trouver. »
Grofinet médita la remarque, sa queue battant de-ci de-là, en synchronisme avec ses pensées. « Ceci, bien sûr, est un acte de prudence. Toutefois, pendant que je suis de garde,

aucun voleur n'oserait même regarder dans cette direction.

– Sans doute, dit Shimrod, mais avec de doubles précautions nos biens sont doublement en sécurité. »

Grofinet n'avait plus rien à dire, il sortit pour examiner la prairie. Shimrod profita de l'occasion pour prendre une troisième précaution et installa un Œil-de-la-Maison haut dans l'ombre d'où l'Œil pourrait observer ce qui se passerait chez lui.

Shimrod prépara un petit sac à dos et alla donner d'ultimes instructions à Grofinet qui somnolait, étendu au soleil. « Grofinet, un dernier mot! »

Grofinet leva la tête. « Parlez; j'écoute.

– Je vais à la Foire des Gobelins. Vous avez maintenant la charge de la sécurité et de la discipline. Nulle créature sauvage ou non ne doit être invitée à entrer. Ne prêtez aucune attention à la flatterie ou aux bonnes paroles. Informez tout un chacun sans exception que ceci est le manoir Trilda où personne n'est autorisé à entrer.

– Je comprends, de point en point, déclara Grofinet. Ma vision est pénétrante; j'ai le courage d'un lion. Pas même une puce ne pénétrera dans la maison.

– Parfaitement juste. Je pars.

– Adieu, Shimrod! Trilda ne court aucun danger! »

Shimrod s'enfonça dans la forêt. Dès qu'il fut trop loin pour être vu par Grofinet, il sortit de son escarcelle quatre plumes blanches qu'il fixa à ses bottes. Il entonna. « Bottes de plume, soyez fidèles dans le besoin qui est le mien; emmenez-moi où je veux. »

Les plumes palpitèrent pour soulever Shimrod et l'emporter à travers la forêt, sous des chênes transpercés par des flèches de soleil. Des chélidoines, des violettes, des jacinthes poussaient dans les endroits ombreux; les clairières étaient éclatantes de boutons d'or, de primevères et de coquelicots.

Les kilomètres défilèrent. Shimrod passa au-dessus de forts de fées : Aster Noir, Catterlein, Fier Foiry et Shadow Thawn, résidence de Rhodion, roi de toutes les fées. Il passa au-dessus de la demeure de gobelins, sous les racines épaisses des chênes, et des ruines naguère occupées par l'ogre Fidaugh. Quand Shimrod s'arrêta pour se désaltérer à une source, une voix douce l'appela par son nom, de derrière un arbre.

« Shimrod, Shimrod, où t'en vas-tu?

– Le long du chemin et au-delà », dit Shimrod qui se remit en route. La voix douce s'éleva derrière lui :

« Hélas, Shimrod, que n'as-tu suspendu tes pas, ne fût-ce qu'un instant, peut-être les événements à venir en auraient-ils été changés ! »

Shimrod ne répondit pas, ni ne s'arrêta, se fondant sur le principe que tout ce qui est offert dans la Forêt de Tantrevalles doit être payé un prix exorbitant La voix devint un murmure et s'éteignit.

Il rejoignit bientôt la Grande Route du Nord, un chemin à peine plus large que le premier, et se dirigea rapidement vers le nord.

Il s'arrêta pour boire de l'eau à un endroit où un affleurement de roche grise se dressait au bord de la route, où des buissons bas verdoyants chargés d'énigmilles cramoisies, que les fées pressent pour faire leur vin, étaient ombragés par des cyprès noirs aux formes contournées, qui poussaient dans des fentes et crevasses. Shimrod se pencha pour cueillir des baies mais, remarquant un flottement de vêtements transparents, il jugea plus prudent de ne pas donner suite à cette audace et revint sur le chemin, pour se voir aussitôt bombardé par une poignée de baies. Shimrod s'abstint de réagir à l'impudence, comme aux rires perlés et gloussements qui suivirent.

Le soleil baissa et Shimrod entra dans une région de roches affleurantes ou basses, où les arbres poussaient tout noueux et tordus, où la clarté solaire avait la teinte du sang dilué, tandis que les ombres étaient des macules bleu-noir. Rien ne bougeait, nulle brise n'agitait les feuilles; pourtant cet étrange territoire était sûrement périlleux et mieux valait en sortir avant la tombée de la nuit. Shimrod courut vers le nord en grande hâte.

Le soleil disparut au-dessous de l'horizon; des coloris de deuil envahirent le ciel. Shimrod monta au sommet d'un tertre pierreux. Il posa à terre une petite boîte, qui s'agrandit aux dimensions d'une cabane. Shimrod entra, ferma et bâcla la porte, dîna des provisions du garde-manger, puis s'étendit sur la couchette et dormit. Il s'éveilla au cours de la nuit et, pendant une demi-heure, observa des processions de petites lumières bleues et rouges qui se déplaçaient dans la forêt, puis il retourna à sa couchette.

Une heure plus tard, son sommeil fut troublé par le grattement précautionneux de doigts ou de griffes : d'abord le long du mur, puis à sa porte qui fut poussée et soumise à une tentative d'ouverture; puis sur les vitres de la fenêtre. Ensuite la cabane trembla quand la créature sauta sur le toit.

Shimrod alluma la lampe, tira son épée et attendit.

Un moment s'écoula.

Par la cheminée surgit un long bras, couleur d'argile. Les doigts, terminés par de petites ventouses comme chez la grenouille, tâtonnèrent dans la pièce. Shimrod abattit son épée, tranchant la main au poignet. Du moignon suinta du sang vert sombre; un gémissement de détresse lugubre parvint du toit. La créature tomba sur le sol et le silence se rétablit.

Shimrod examina le membre coupé. Des bagues ornaient les quatre doigts; le pouce portait un lourd anneau d'argent avec une turquoise cabochon. Une inscription mystérieuse pour Shimrod entourait la pierre. De la magie? Quelle que fût sa nature, elle avait échoué à protéger la main.

Shimrod dégagea les bagues d'un coup de sa lame, les lava soigneusement, les rangea dans son escarcelle et se rendormit.

Au matin, il réduisit la cabane et se remit à suivre la piste, qui s'arrêtait net sur les berges de la rivière Touay; Shimrod la traversa d'un seul bond. La piste continuait le long de la rivière qui, par endroits, s'élargissait en étangs placides reflétant des saules pleureurs et des roseaux. Puis le cours d'eau tourna au sud et la piste fila une fois de plus vers le nord.

A deux heures de l'après-midi, il arriva au poteau de fer qui marquait cette intersection connue sous le nom de Carrefour de Twitten. Une enseigne, le Soleil Riant et la Lune en Pleurs, était accrochée à la porte d'une longue auberge basse construite en rondins dégrossis à la hache. Juste au-dessous de l'enseigne, une lourde porte retenue par des gonds de fer ouvrait sur la salle commune de l'auberge.

En entrant, Shimrod vit des tables et des bancs à gauche, un comptoir à droite. C'est là que travaillait un grand jeune homme à l'étroite figure, avec des cheveux blancs, des yeux de la couleur de l'argent et – Shimrod le devina – une proportion de sang hafelin dans les veines.

Shimrod approcha du comptoir. Le jeune homme vint le servir. « Messire?

– Je désire un logement, s'il y en a de disponible.

– Je crois que nous sommes au complet, messire, à cause

de la foire; mais mieux vaut que vous posiez la question à Hockshank l'aubergiste. Je suis le serveur et je n'ai aucune autorité.

– Alors, ayez la bonté d'appeler Hockshank. »

Une voix s'éleva : « Qui prononce mon nom? »

De la cuisine sortit un homme massif d'épaules, court de jambes et sans cou perceptible. Une épaisse chevelure avec toutes les apparences du vieux chaume couvrait son crâne; des yeux dorés et des oreilles pointues indiquaient là encore du sang hafelin.

Shimrod répliqua : « C'est moi qui ai dit votre nom, messire. Je désire me loger, mais je crois comprendre que vous n'avez peut-être plus de place.

– C'est plus ou moins vrai. D'ordinaire, je peux offrir toutes sortes de logement, à des prix divers, mais à présent le choix est limité. Qu'envisagez-vous?

– Je voudrais une chambre propre et aérée, sans population d'insectes, un lit confortable, de la bonne nourriture et des prix bas ou modérés. »

Hockshank se frotta le menton. « Ce matin, un de mes clients a été piqué par un natrid à cornes de cuivre. Il a été pris de malaise et a détalé par la Route de l'Ouest sans payer sa note. Je peux vous offrir sa chambre, ainsi que de la bonne nourriture, pour un coût raisonnable. Ou vous pouvez partager une stalle avec le natrid pour une somme moindre.

– Je préfère la chambre, dit Shimrod.

– Ce serait aussi ce que je choisirais, dit Hockshank. Par ici, donc. » Il conduisit Shimrod à une chambre que ce dernier jugea conforme à ses requérances.

Hockshank dit : « Vous parlez avec une bonne voix et vous vous comportez en gentilhomme; n'empêche, je détecte autour de vous l'odeur de la magie.

– Elle émane de ces anneaux, peut-être.

– Intéressant! s'écria Hockshank. En échange de ces bagues, je vous donnerais une licorne noire fougueuse. D'aucuns disent que seule une vierge peut chevaucher cette créature, mais n'en croyez rien. Est-ce qu'une licorne se préoccupe de chasteté? Serait-elle même exigeante à ce point-là, comment vérifierait-elle ce qu'il en est? Les jeunes filles exhiberaient-elles si volontiers la preuve du fait? Je pense que non. Nous pouvons éliminer ce concept comme étant une fable séduisante mais pas plus.

– En tout cas, je n'ai pas besoin de licorne. »

Hockshank, déçu, prit congé.

Shimrod revint peu après à la salle commune, où il soupa sans se presser. D'autres visiteurs de la Foire des Gobelins, assis par petits groupes, discutaient de leurs marchandises et traitaient des affaires. On ne voyait guère de convivialité, pas de chopes de bière vidées avec entrain ni de plaisanteries fusant d'un bout à l'autre de la salle. Au lieu de cela, les clients étaient courbés au-dessus de leurs tables chuchotant et murmurant, avec des regards soupçonneux jetés du coin de l'œil. Des têtes se renversaient en arrière dans un sursaut scandalisé; des globes oculaires roulaient vers le plafond. Il y avait des poings frémissants, de l'air aspiré subitement à pleins poumons, des exclamations sifflantes devant des prix considérés comme excessifs. C'étaient les marchands qui vendaient des amulettes, des talismans, des effectuaires, des curiosités et objets divers, d'une valeur réelle ou prétendue telle. Deux portaient les robes rayées de blanc et de bleu de la Mauritanie, un autre la tunique rustique de l'Irlande. Plusieurs avaient les accents plats de l'Armorique et un homme blond aux yeux bleus et aux traits rudes pouvait être un Lombard ou un Goth de l'Est. Un certain nombre portaient les marques signalant la présence de sang hafelin : oreilles pointues, yeux vairons, doigts supplémentaires. Peu de femmes étaient présentes – et aucune ne ressemblait à la jeune femme que Shimrod était venu voir.

Shimrod termina son souper, puis se rendit à sa chambre où il dormit une nuit entière sans être dérangé.

Au matin, il déjeuna d'abricots, de pain et de bacon, puis se dirigea sans hâte vers la prairie derrière l'auberge, qui était déjà enclose par un cercle d'éventaires.

Pendant une heure, Shimrod alla de-ci de-là, puis il s'assit sur un banc entre une cage de beaux petits farfadets aux ailes vertes et un vendeur d'aphrodisiaque.

La journée se passa sans incident notable; Shimrod retourna à l'auberge.

Le lendemain aussi s'écoula en vain, bien que la foire battît à présent son plein. Shimrod attendit sans impatience; de par la nature même de ce genre d'affaire, la jeune femme retarderait son apparition jusqu'à ce que la nervosité de Shimrod ait amenuisé sa prudence – si toutefois elle choisissait de venir.

L'après-midi du troisième jour en était à son milieu quand la jeune femme entra dans la clairière. Elle portait un long manteau noir flottant sur une robe havane clair. Le capuchon était rejeté en arrière, révélant un bandeau de violettes blanches et pourpres autour de ses cheveux noirs. Elle jeta un coup d'œil dans la prairie, les sourcils froncés et l'air songeur, comme si elle se demandait pourquoi elle était là. Son regard tomba sur Shimrod, alla au-delà, puis revint avec hésitation.

Shimrod se leva et s'approcha d'elle. Il parla d'une voix douce : « Demoiselle de rêve, me voici. »

Du coin de l'œil, par-dessus son épaule, elle le regarda s'avancer – et elle souriait de son demi-sourire. Elle se retourna lentement pour lui faire face. Elle paraissait un peu plus sûre d'elle, pensa Shimrod, plus certainement une créature de chair et de sang que la jeune femme à l'abstraite beauté qui avait traversé ses rêves. Elle dit : « Je suis ici aussi, comme je l'ai promis. »

La patience de Shimrod avait été mise à l'épreuve par l'attente. Il observa laconiquement : « Vous n'êtes pas venue avec une hâte démesurée. »

La jeune femme ne témoigna que de l'amusement. « Je savais que vous attendriez.

– Si vous êtes venue uniquement pour vous moquer de moi, ce n'est pas flatteur.

– Quoi qu'il en soit, je suis là. »

Shimrod la détaillait avec un détachement qu'elle eut l'air de trouver irritant. Elle questionna : « Pourquoi me regardez-vous ainsi ?

– Je me demande ce que vous voulez de moi. »

Elle secoua la tête tristement. « Vous êtes méfiant. Vous ne m'accordez pas votre confiance.

– Vous me prendriez pour un imbécile si je le faisais. »

Elle rit. « Un vaillant imbécile plein de témérité, toutefois.

– Je suis vaillant et téméraire rien que d'être ici.

– Vous n'étiez pas si défiant dans le rêve.

– Vous rêviez donc aussi quand vous marchiez le long du rivage ?

– Comment pouvais-je entrer dans vos rêves si vous n'étiez pas dans les miens ? Mais vous ne devez pas poser de questions. Vous êtes Shimrod, je suis Mélancthe ; nous sommes ensemble et cela délimite notre monde. »

Shimrod lui prit les mains et l'attira d'un pas plus près ; le parfum des violettes envahit l'air entre eux.

« Chaque fois que vous parlez, vous mettez à jour un nouveau paradoxe. Comment pouviez-vous savoir que je m'appelle Shimrod ? Je n'ai pas prononcé de nom dans mes rêves. »

Mélancthe rit. « Soyez raisonnable, Shimrod! Serait-ce vraisemblable que j'entre dans le rêve de quelqu'un dont je ne connais même pas le nom? Agir ainsi serait violer les préceptes aussi bien de la courtoisie que de la bienséance.

– C'est un point de vue merveilleux et nouveau, répliqua Shimrod. Je suis surpris que vous ayez osé montrer tant d'audace. Vous devez savoir que dans les rêves la bienséance est souvent négligée. »

Mélancthe pencha la tête, grimaça, haussa les épaules comme le ferait une petite sotte. « Je prends soin d'éviter les rêves messéants. »

Shimrod la conduisit vers un banc un peu à l'écart du va-et-vient de la foire. Les deux s'assirent à demi face à face, les genoux se touchant presque.

Shimrod déclara : « La vérité et toute la vérité doit être connue!

– Comment cela, Shimrod?

– S'il ne m'est pas permis de poser de questions ou – plus exactement – si vous ne me donnez pas de réponses, comment n'éprouverais-je pas du malaise et de la défiance en votre compagnie? »

Elle se pencha d'un centimètre vers lui et il remarqua de nouveau l'odeur de violettes.

« Vous êtes venu librement, pour rencontrer quelqu'un que vous avez connu seulement dans vos rêves, n'est-ce pas un acte d'engagement?

– En un certain sens. Vous m'avez ensorcelé par votre beauté. J'ai succombé volontiers au charme. Je brûlais, alors comme à présent, d'avoir à moi cette beauté fabuleuse et cette intelligence. En venant ici, j'ai fait une promesse implicite, dans le domaine de l'amour. En me rencontrant ici, vous aussi avez fait la même promesse implicite.

– Je n'ai prononcé ni vœu ni promesse.

– Moi non plus. Maintenant, ils doivent être prononcés par chacun de nous deux, de sorte que toutes choses puissent être justement pesées. »

Mélancthe eut un rire gêné et remua sur le banc.

« Les mots ne me monteront pas aux lèvres. Je ne peux pas les dire. Je suis comme liée.

– Par votre vertu?

– Oui, puisqu'il vous faut une explication. »

Shimrod allongea les bras pour prendre les mains de Mélancthe dans les siennes. « Si nous allons devenir amants, la vertu doit céder le pas.

– La vertu n'est pas seule en cause. Il y a l'appréhension.
– De quoi?
– Cela me paraît trop étrange pour en parler.
– L'amour ne doit pas être sujet d'appréhension. Il faut que nous vous délivrions de cette peur. »
Mélancthe dit à mi-voix : « Vous tenez mes mains dans les vôtres.
– Oui.
– Vous êtes le premier à le faire. »
Shimrod regarda son visage. Sa bouche, rose foncé sur l'olivâtre clair de son visage, était fascinante par sa mobilité. Il se pencha et l'embrassa, bien que Mélancthe ait eu la possibilité de détourner la tête pour l'éviter. Il eut l'impression que sa bouche avait frémi sous la sienne.
Elle s'écarta. « Cela ne voulait rien dire!
– Cela voulait dire seulement qu'en amants nous nous sommes embrassés.
– Rien ne s'est vraiment produit! »
Shimrod secoua la tête, perplexe. « Qui séduit qui? Si nous travaillons aux mêmes fins, tant de malentendus sont inutiles. »
Mélancthe chercha une réponse. Shimrod l'attira contre lui et l'aurait embrassée de nouveau si elle ne s'était reculée. « Il faut d'abord que vous me serviez.
– De quelle façon?
– C'est assez simple. Dans la forêt proche, une porte ouvre sur l'ailleurs Irerly. L'un de nous doit franchir cette porte et rapporter treize gemmes de couleurs différentes, tandis que l'autre gardera l'accès.
– Cela semble être une mission dangereuse. Du moins pour qui pénètre en Irerly.
– Voilà pourquoi je me suis adressée à vous. » Mélancthe se leva. « Venez, je vais vous montrer.
– Maintenant?
– Pourquoi pas? La porte est là-bas, dans la forêt.
– D'accord, donc; montrez le chemin. »
Mélancthe, hésitante, regarda Shimrod avec méfiance. Il prenait les choses avec vraiment trop de facilité. Elle s'était attendue à des supplications, protestations, stipulations et tentatives pour la forcer à des engagements qu'elle avait l'impression d'avoir évités jusqu'à présent. « Eh bien, allons-y. »
Elle l'emmena hors de la prairie, par un sentier à peine

tracé qui s'enfonçait dans la forêt. Le sentier tournait de-ci de-là, à travers l'ombre pointillée de clarté, devant des billes de bois qui servaient de support à des tasseaux et étagères de champignons vénéneux séculaires, le long de touffes de chélidoines, d'anémones, de casques-de-Jupiter et de campanules. Les sons s'éteignirent derrière eux et ils furent seuls.

Ils arrivèrent à une petite clairière ombragée par de grands arbres – des bouleaux, des aulnes et des chênes. Un affleurement de gabbro noir [1] s'élevait doucement d'entre des douzaines d'amaryllis blancs pour devenir un piton bas avec une seule face verticale. Dans cette face de roc noir, une porte bardée de fer avait été fixée.

Shimrod jeta un coup d'œil circulaire dans la clairière. Il écouta. Il scruta le ciel et les arbres. Rien n'était visible ou audible.

Mélancthe se dirigea vers la porte. Elle tira sur un lourd loquet de fer, écarta le battant, ce qui laissa apparaître une paroi de roc nu.

Resté à distance, Shimrod observait avec un intérêt poli encore que mêlé d'insouciance.

Mélancthe le regarda du coin de l'œil. L'indifférence de Shimrod semblait on ne peut plus bizarre. De sa cape, Mélancthe tira un curieux motif hexagonal qu'elle plaça au centre de la paroi de pierre, où il se colla. Au bout d'un moment, la pierre se désagrégea pour devenir une brume lumineuse. Mélancthe recula et s'adressa à Shimrod.

« Voici l'ouverture pour entrer dans Irerly.

– Et c'est une belle ouverture. Il y a des questions que je dois poser si je veux garder de façon efficace. Premièrement, combien de temps vous absenterez-vous ? Je ne tiens pas à claquer des dents ici la nuit entière. »

Mélancthe se retourna, approcha de Shimrod et posa les mains sur ses épaules. L'odeur de violettes vint délicieusement au fil de la brise.

« Shimrod, m'aimez-vous ?

– Je suis fasciné et obsédé. » Shimrod passa les bras autour de sa taille et l'attira contre lui. « Aujourd'hui, il est trop tard pour Irerly. Venez, nous allons revenir à l'auberge.

1. *Gabbro* est un nom italien donné à des roches éruptives (ignées) à base de feldspaths calco-sodiques et de pyroxènes, avec présence parfois d'agatite, de magnétite et de spinelles. Elles ont un aspect moucheté. (*N.d.T.*)

Ce soir, vous partagerez ma chambre et beaucoup plus encore. »

Mélancthe, son visage à moins de dix centimètres de celui de Shimrod, dit à mi-voix : « Désireriez-vous sincèrement savoir à quel point je pourrais vous aimer?

– C'est exactement ce que j'ai dans l'esprit. Venez! Irerly peut attendre.

– Shimrod, faites ceci pour moi. Entrez en Irerly et rapportez-moi treize gemmes scintillantes, chacune d'une couleur différente, et je garderai le passage.

– Et ensuite?

– Ensuite, vous verrez. »

Shimrod tenta de l'entraîner sur l'herbe. « Maintenant.

– Non, Shimrod! Après! »

Les deux se regardèrent au fond des yeux. Shimrod songea : je n'ose pas insister; déjà je l'ai forcée à se déclarer.

Il appliqua le bout de ses doigts sur une amulette et prononça entre ses dents les syllabes d'un charme qui faisait depuis un moment sentir son poids dans son esprit et le temps se sépara en sept brins. Un brin parmi les sept s'allongea et partit à angle droit pour créer un hiatus temporel; le long de ce brin, Shimrod avança, tandis que Mélancthe, la clairière dans la forêt et tout ce qui était derrière demeuraient immobiles.

XIV

MURGEN résidait à Swer Smod, un manoir de pierre de cinquante vastes pièces sonores, au cœur du Teach tac Teach.

A la vitesse maximum des bottes emplumées, Shimrod vola, bondit et sauta le long de la route Est-Ouest qui allait du Carrefour de Twitten à Oswy-Val-d'en-bas, puis par un chemin transversal jusqu'à Swer Smod. Les terribles sentinelles de Murgen le laissèrent passer sans l'interpeller.

La porte principale s'ouvrit à l'approche de Shimrod. Il entra pour trouver Murgen qui l'attendait assis à une grande table où étaient disposés une nappe de lin et des couverts d'argent.

« Assieds-toi, dit Murgen. Tu dois être affamé et assoiffé.

– Autant l'un que l'autre. »

Des serviteurs apportèrent des soupières et des plats; Shimrod apaisa sa faim, tandis que Murgen goûtait un peu de ci, un peu de ça, et écoutait en silence Shimrod parler de ses rêves, de Mélancthe et de l'ouverture dans Irerly.

« J'ai le sentiment qu'elle est venue à moi contrainte et forcée, sinon sa conduite ne s'explique pas. Un instant, elle fait preuve d'une cordialité presque enfantine, l'instant d'après elle se montre d'un cynisme absolu dans ses calculs. Soi-disant, elle veut treize gemmes d'Irerly, mais je soupçonne ses mobiles d'être autres. Elle est tellement sûre de m'avoir tourné la tête que c'est tout juste si elle se donne la peine de feindre. »

Murgen dit : « L'affaire exsude l'odeur de Tamurello. S'il triomphe de toi, il m'affaiblit. Et, comme il se sert de

Mélancthe, son intervention ne peut être prouvée. Il s'est diverti avec la sorcière Desmëi, puis s'est lassé d'elle. Pour se venger, elle a produit deux créatures d'une beauté idéale : Mélancthe et Faude Carfilhiot. Son intention était que Mélancthe, indifférente et inatteignable, rende fou Tamurello. Hélas pour Desmëi! Tamurello a préféré Faude Carfilhiot qui est loin d'être indifférent; ensemble, ils parcourent tous les horizons de l'union hors nature.

– Comment Tamurello agirait-il sur Mélancthe?

– Je n'ai aucune idée de la méthode utilisée, si effectivement il est en cause.

– Alors donc... que dois-je faire?

– La passion est la tienne; il faut que tu la satisfasses comme tu l'entends.

– Eh bien, et Irerly?

– Si tu vas là-bas tel que tu es maintenant, tu ne reviendras jamais; voilà mon avis. »

Shimrod dit tristement : « J'ai du mal à voir réunies tant de déloyauté avec tant de beauté. Elle joue une partie dangereuse, avec son moi vivant comme enjeu.

– Tu en joues une qui ne l'est pas moins, avec ton moi mort pour enjeu. »

Shimrod, piqué par cette idée, se renfonça dans son fauteuil. « Le pire est qu'elle entend gagner. Et malgré tout... »

Murgen attendit. « Et malgré tout?

– Juste cela.

– Je vois. » Murgen versa du vin dans les deux verres. « Il ne faut pas qu'elle gagne, ne serait-ce que pour contrecarrer Tamurello. Maintenant et peut-être ensuite pour toujours, je suis préoccupé par la Mort. J'ai vu le présage sous la forme d'une haute vague glauque. Je dois me consacrer à ce problème et il se pourrait que tu hérites mon pouvoir peut-être avant que tu sois prêt à le recevoir. Prépare-toi, Shimrod. Mais d'abord : purge-toi de l'infatuation et il n'y a qu'un moyen pour y parvenir. »

Shimrod retourna au Carrefour de Twitten sur ses pieds emplumés. Il poursuivit son chemin jusqu'à la clairière où il avait quitté Mélancthe; elle était restée telle qu'il l'avait laissée. Il fouilla du regard la clairière; personne ne rôdait dans l'ombre. Il regarda par le portail : des striations vertes tournaient et viraient, masquant l'entrée dans Irerly. De son escarcelle, il tira une pelote de fil. Après en avoir noué le bout passé par une fente du fer de la porte, il lança la pelote dans l'ouverture. Puis il recorda les sept torons du temps et réintégra l'environnement ordinaire. Les paroles de Mélancthe résonnaient encore dans l'air : « Ensuite vous verrez.

– Vous devez promettre. »

Mélancthe soupira. « Quand vous reviendrez, vous aurez tout mon amour. »

Shimrod réfléchit. « Et nous serons amants, en esprit comme dans nos corps : vous le promettez? »

Mélancthe eut une crispation nerveuse et ferma les yeux. « Oui. Je vous louerai et vous caresserai et vous pourrez commettre sur mon corps vos fornications érotiques. Est-ce assez précis?

– Je l'accepterai faute de mieux. Parlez-moi un peu d'Irerly et de ce que je dois y chercher.

– Vous vous trouverez dans un pays intéressant où il y a des montagnes vivantes. Elles mugissent et hurlent mais, pour la plupart, il ne s'agit que de fanfaronnades. On m'a dit qu'elles étaient ordinairement inoffensives.

– Et si j'en rencontrais une de l'autre sorte? »

Mélancthe sourit de son sourire pensif. « Alors nous éviterons les angoisses et perplexités de votre retour. »

La remarque, songea Shimrod, aurait gagné à ne pas être formulée.

Mélancthe continua à parler d'une voix rêveuse. « Les perceptions se font par des méthodes inhabituelles. » Elle donna à Shimrod trois petits disques transparents. « Voici qui facilitera vos recherches; en fait, sans eux, vous deviendriez instantanément fou. Dès que vous franchirez le portail, placez-les sur vos joues et votre front; ce sont des écailles de sandestin qui accorderont vos sens à Irerly. Quel est ce paquet que vous portez? Je ne l'avais pas remarqué.

– Des effets personnels et autres choses du même genre; ne vous inquiétez pas. Et les gemmes?

– Elles sont de treize couleurs inconnues ici. Leur fonction, ici ou là-bas, je ne la connais pas, mais vous devez les trouver et les rapporter.

– Très bien, dit Shimrod. Maintenant, embrassez-moi en témoignage de bonne volonté.

– Shimrod vous êtes bien trop frivole.

– Et confiant? »

Shimrod qui l'observait eut l'impression que Mélancthe vacillait ou était agitée d'un bref mouvement convulsif. Puis voici qu'elle souriait. « " Confiant "? Pas totalement. Continuons, rien que pour entrer en Irerly, vous aurez besoin de ce fourreau. C'est une substance qui vous protégera des émanations. Prenez aussi ceux-là. » Elle tendit une couple de scorpions de fer qui trottinaient au bout de chaînes d'or. « Ils s'appellent *Ici* et *Là.* L'un vous emmènera là-bas, l'autre vous ramènera ici. Vous n'avez pas besoin de plus.

– Et vous attendrez ici?

– Oui, cher Shimrod. Maintenant, partez. »

Shimrod s'enveloppa dans le fourreau, plaça les écailles de sandestin sur son front et ses joues, prit les charmes de fer. « *Là*! Conduis-moi en Irerly! » Il se glissa dans le passage, ramassa sa pelote de fil et avança. Des fluctuations vertes s'amassèrent et palpitèrent. Un vent vert l'emporta au loin dans son tourbillon, une autre force où se mêlaient le mauve et le glauque le précipita dans d'autres directions. Le fil se déroulait à toute vitesse entre ses doigts. Le scorpion de fer nommé *Là* fit un grand bond et tira Shimrod jusqu'à une luminosité qui passait – et de là en Irerly.

XV

En Irerly, les conditions n'étaient pas aussi favorables que Shimrod l'avait espéré. Le fourreau en sandestin manquait de consistance et laissait écorcher sa chair par le son et deux autres manifestations irerlyennes, le *toice* et le *gliry*. Les insectes de fer, *Ici* et *Là*, l'un comme l'autre, se réduisirent instantanément en monceaux de cendre. La texture d'Irerly était d'une terrible malignité à moins – conjectura Shimrod – que les créatures n'aient nullement été des sandestins. De plus, les disques prévus pour assister la perception n'étaient pas ajustés convenablement, et Shimrod subit une surprenante série de dislocations : un son qui l'atteignit comme un jet de liquide puant; d'autres odeurs étaient des cônes rouges et des triangles jaunes qui, une fois les disques ajustés, disparurent complètement. La vision s'exprimait par des lignes rigides plongeant à travers l'espace en semant des gouttes de feu.

Il manipula les disques, essayant diverses orientations, frémissant sous d'invraisemblables souffrances et sons qui fourmillaient le long de sa peau sur des pattes d'araignée, jusqu'à ce que par hasard les perceptions qui arrivaient entrent en contact avec les zones appropriées de son cerveau. Les sensations déplaisantes diminuèrent, du moins pour le moment, et Shimrod, soulagé, examina Irerly.

Il avait sous les yeux un paysage d'une grande étendue, parsemée de montagnes isolées, en crème jaune grisâtre, chacune terminée par un visage semi-humain d'apparence comique. Tous les visages étaient tournés vers lui, empreints d'une expression de fureur et de réprobation. Certains grimaçaient et arboraient des airs menaçants prometteurs de cataclysmes, d'autres émettaient des rots de dédain pareils à des grondements d'orage. Les plus déchaînés tiraient une paire de langues couleur foie, d'où dégoulinait du magma dont les gouttes tintaient en tombant, comme des clochettes; un ou deux crachèrent des jets sifflants verts que Shimrod évita, si bien qu'ils frappèrent d'autres montagnes, provoquant du tumulte supplémentaire.

Se conformant aux instructions de Murgen, Shimrod cria d'une voix amicale : « Messires, messires! Du calme! Après tout, je suis un hôte dans votre remarquable domaine et je mérite votre considération! »

Un grand mont, qui se trouvait à cent vingt kilomètres de là, rugit d'une voix qui monta en crescendo : « D'autres se sont appelés hôtes mais se sont révélés des voleurs et des prédateurs! Ils sont venus nous dépouiller de nos œufs-de-tonnerre [1]; maintenant nous ne faisons confiance à personne. Je requiers les monts Mank et Elfard d'unir leurs efforts sur votre substance. »

Shimrod réclama de nouveau l'attention. « Je ne suis pas ce que vous pensez! Les grands magiciens des Isles Anciennes sont conscients des méfaits dont vous avez été victimes. Ils s'émerveillent de votre patience stoïque. En vérité, j'ai été envoyé ici pour louer ces qualités et votre excellence en tous points. Jamais je n'ai vu de magma éjecté avec une telle précision! Jamais encore il n'y avait eu de mouvements aussi pittoresquement expressifs.

– C'est facile à dire, grommela le mont qui venait de parler.

– De plus, déclara Shimrod, moi et mes pairs rivalisons dans notre horreur des voleurs et prédateurs. Nous en avons tué plusieurs et nous désirons à présent restituer leur butin. Messieurs, j'ai ici autant de vos œufs-de-tonnerre qu'il a été possible d'en récupérer à bref délai. »

Il ouvrit son sac à dos et en déversa un certain nombre de galets de rivière. Les monts témoignèrent de doute et de perplexité, et plusieurs commencèrent à émettre de petits jets de magma.

Un bout de parchemin surgit du sac de Shimrod. Ce dernier le saisit au vol et lut :

1. *Œuf-de-tonnerre* (thunder egg) est l'appellation familière de la calcédoine en concrétions rondes ou de forme ovoïde. Ces gemmes sont une variété de quartz translucide de teintes diverses utilisé en joaillerie, notamment dans l'antiquité pour bijoux et cachets : cornaline (rouge orange), sardoine (brune), chrysoprase (vert pomme), onyx (noir), agate (calcédoine versicolore), jaspe, etc. (*N.d.T.*)

Moi, Murgen, j'écris ces mots. Tu sais maintenant que la beauté et la loyauté ne sont pas des qualités interchangeables! Après que tu as dupé la sorcière Mélancthe par un hiatus, elle s'est servie de la même astuce pour te dépouiller de tous tes œufs-de-tonnerre afin que les monts te bombardent de jets de magma. Je me doutais qu'elle jouerait ce tour et je veillais, prêt à établir un troisième hiatus, pendant lequel j'ai replacé dans ton escarcelle les œufs-de-tonnerre et tout ce qu'elle avait volé d'autre. Continue comme avant, mais méfie-toi!

Shimrod cria aux monts : « Et maintenant, les œufs-de-tonnerre! » Il fouilla dans son escarcelle et sortit un sac. D'un geste large, il en répandit le contenu sur une excroissance voisine. Les monts furent aussitôt apaisés et mirent fin à leurs démonstrations. L'un des plus considérables, à près de deux cents kilomètres de là, projeta sa pensée : « Bravo! Recevez nos souhaits amicaux de bienvenue. Avez-vous l'intention de résider ici longtemps?

– Une affaire urgente me rappelle chez moi presque dans l'instant. Je souhaitais simplement vous rapporter votre bien et me rendre compte de vos splendides réalisations.

– Permettez-moi d'expliquer quelques aspects de notre pays bien-aimé. Comme point de départ, vous devez comprendre que nous adhérons à trois religions rivales : la Doctrine de la Projection Arcoïde de Scories; le Macrolithe Enveloppé, que je considère pour ma part comme une erreur; et le Noble Tocsin de l'Abandon. Elles diffèrent par des détails importants. »

Le mont continua dans cette veine pendant un long moment, exposant analogies et exemples et, de temps à autre, sondant en douceur ce que Shimrod avait compris de ces enseignements inconnus.

Shimrod finit par dire : « Très intéressant! Mes idées en sont profondément changées.

– Dommage que vous soyez obligé de partir! Avez-vous l'intention de revenir, peut-être avec d'autres œufs-de-tonnerre?

– Dès que possible! Entre-temps, j'aimerais emporter quelques souvenirs pour garder Irerly présent à mon esprit.

– Pas le moindre problème. Qu'est-ce qui vous tente?

– Eh bien... pourquoi pas les petits objets scintillants qui ont de nombreuses couleurs enchanteresses, par série de treize au total? J'en accepterais volontiers une série.

– Vous faites allusion aux petites pustules flamboyantes qui s'accumulent autour de certains de nos orifices; nous les considérons comme des chancres, si vous voulez bien nous pardonner le mot. Prenez-en autant que vous le désirez.

– Dans ce cas, autant qu'il en tiendra dans cette escarcelle.

– Elle ne peut accueillir qu'une seule série. Mank, Idisk! Quelques-unes de vos plus belles pustules, s'il vous plaît. Maintenant, pour en revenir à notre discussion sur les anomalies téléologiques, comment les savants de chez vous concilient-ils les diverses manières de se comporter que nous avons mentionnées?

– Eh bien... dans l'ensemble, ils s'accommodent des mauvaises autant que des bonnes.

– Aha! Ce serait en accord avec le Gnosticisme Primitif, comme je le soupçonne depuis longtemps. Bah, peut-être est-il peu sage de s'échauffer sur cette question. Vous avez bouclé votre sac à dos? Bien. A propos, comment vous en retournerez-vous? Je remarque que vos sandestins se sont réduits en poussière.

– Je n'ai qu'à suivre ce fil jusqu'au portail.

– Intelligent procédé. Il implique toute une logique nouvelle et révolutionnaire. »

Un mont lointain éjecta à grande hauteur un jet de magma bleu, pour exprimer son déplaisir. « Comme toujours, les concepts de Dodar englobent l'inconcevable de façon presque superstitieuse.

– Du tout! protesta Dodar avec énergie. Une dernière anecdote pour illustrer mon point... mais non! Je vois que Shimrod est pressé de partir. Bon voyage, donc! »

Shimrod suivit le fil à l'aveuglette, parfois dans diverses directions en même temps, au milieu de nuées de musique amère, sur le ventre doux de ce que son imagination fantasque supposa être des idées mortes. Des vents verts et bleus soufflaient d'en dessous et de par-dessus, avec une telle force qu'il craignait pour la solidité du fil, lequel semblait avoir acquis une curieuse élasticité. Finalement, la pelote de fil reprit sa dimension originelle et Shimrod comprit qu'il devait être près de l'ouverture. Il rencontra un sandestin affectant l'apparence d'un garçon au visage poupin, assis sur un rocher et tenant l'extrémité du fil.

Shimrod fit halte. Le sandestin se dressa d'un mouvement languissant. « Vous avez sur vous treize babioles?

– Effectivement et je m'apprête maintenant à revenir.

– Donnez-moi les babioles; je dois les porter à travers le tourbillon. »

Shimrod s'y refusa. « Mieux vaut que je m en charge. Elles sont trop précieuses pour être confiées à un subordonné. »

Le sandestin jeta le bout du fil et disparut dans une brume verte – et Shimrod se retrouva avec entre les mains une pelote de fil inutile. Du temps passa. Shimrod attendit, de plus en plus mal à son aise. Son manteau protecteur s'était usé au point d'être prêt à tomber et ses disques perceptuels présentaient des séries d'images trompeuses.

Le sandestin revint, arborant l'air de quelqu'un qui n'a rien de mieux à faire. « Mes instructions sont les mêmes. Donnez-moi les babioles.

– Pas une. Ta maîtresse me prend-elle donc pour un tel benêt? »

Le sandestin s'en alla dans un enchevêtrement de membranes vertes, jetant par-dessus son épaule un coup d'œil exprimant une irrévocabilité sardonique.

Shimrod soupira. Preuve était faite de la déloyauté, totale et absolue. De son escarcelle, il sortit ces articles fournis par Murgen : un sandestin de l'espèce appelée hexamorphe, plusieurs capsules de gaz et une tablette d'argile où était inscrit le charme de la Poussée Invincible.

Shimrod ordonna au sandestin : « Ramène-moi à travers le tourbillon, jusqu'à la clairière du Carrefour de Twitten.

– Le sphincter a été scellé par vos ennemis. Nous devons passer par les cinq failles et une perturbation. Portez le gaz et préparez-vous à utiliser le charme. »

Shimrod s'environna du gaz contenu dans une des vessies; ce gaz lui colla dessus comme du sirop. Le sandestin lui fit faire un long trajet et finit par lui permettre de se reposer. « Détendez-vous; il nous faut attendre. »

Du temps passa, dont Shimrod fut incapable de calculer la durée. Le sandestin prit la parole. « Préparez votre charme. »

Shimrod répéta mentalement les syllabes et les runes s'effacèrent de la tablette, laissant un tesson nu.

« Allez-y. Prononcez votre charme. »

Shimrod se tenait dans la clairière où il était venu avec Mélancthe. Il ne la vit nulle part. L'heure était celle d'une fin d'après-midi par un jour gris et froid de fin d'automne ou d'hiver. Des nuages planaient bas au-dessus de la clairière; les arbres des alentours dressaient des branches nues, dessinant des marques noires sur le ciel. La face de l'escarpement n'avait plus de porte de fer.

En cette soirée d'hiver, la salle commune du Soleil Riant et la Lune en Pleurs était chaude et confortable et presque vide de clients. Hockshank l'aubergiste accueillit Shimrod avec un sourire courtois : « Je suis heureux de vous voir, messire. Je craignais que vous n'ayez été victime de quelque mésaventure.

– Vos craintes étaient justes, à tout prendre.

– Ce n'est pas nouveau. Chaque année, il y a d'étranges disparitions à la foire. »

Les vêtements de Shimrod étaient déchirés et l'étoffe même avait pourri; quand il regarda dans le miroir, il vit des joues creuses, des yeux fixes et une peau de la curieuse teinte brune du bois altéré par les intempéries.

Après avoir soupé, il resta assis à réfléchir sombrement au coin du feu. Mélancthe, raisonna-t-il, l'avait envoyé en Irerly dans plusieurs buts possibles : pour acquérir les treize pierres scintillantes, pour provoquer qu'il meure, ou les deux. Sa mort semblait être le principal objectif. Sinon Mélancthe l'aurait laissé rapporter les gemmes. Au prix de sa vertu? Shimrod sourit. Elle aurait manqué à sa promesse aussi facilement qu'elle avait failli à la loyauté.

Au matin, Shimrod paya sa note, ajusta les plumes à ses nouvelles bottes et quitta le Carrefour de Twitten.

Finalement, il parvint à Trilda. Le pré paraissait un désert lugubre sous le plafond de nuages menaçants. Une désolation plus grande encore entourait le manoir. Shimrod approcha, pas à pas, puis fit halte pour examiner la maison. La porte était entrebâillée. Il avança lentement et franchit le seuil dont le battant avait été forcé, entra dans le salon et, là, il trouva le cadavre de Grofinet, qui avait été suspendu aux poutres du plafond par ses longues jambes et brûlé au-dessus d'un feu, selon toutes probabilités pour le forcer à révéler l'endroit où se trouvaient les trésors de Shimrod. D'après les apparences, la queue de Grofinet avait été grillée d'abord, centimètre par centimètre, sur un brasero. A la fin, sa tête avait été abaissée dans les flammes. Sans doute à bout de nerfs, il avait crié ce qu'il savait, souffrant le martyre à cause de sa propre faiblesse autant que du feu qu'il redoutait tellement. Et ensuite, pour mettre fin à ses hurlements, quelqu'un avait fendu sa face carbonisée à l'aide d'un couperet.

Shimrod regarda sous l'âtre, mais l'objet ratatiné qui représentait ses réserves d'accessoires magiques avait disparu. Il ne s'était pas attendu à autre chose. Il connaissait des pratiques rudimentaires, quelques tours de charlatan, un charme astucieux ou deux. Shimrod n'avait jamais été un maître en magie, à présent c'est tout juste s'il était même magicien.

Mélancthe! Elle ne s'était pas fiée à lui plus que lui-même ne s'était fié à elle. N'empêche, il ne lui aurait pas fait grand mal, tandis qu'elle avait scellé le portail contre lui, afin qu'il meure en Irerly.

« Mélancthe, néfaste Mélancthe! Vous paierez pour vos crimes! Je m'en suis sorti, donc j'ai gagné mais pendant cette absence provoquée par vous, j'ai perdu mes possessions et Grofinet a perdu la vie; vous souffrirez en conséquence! »

Ainsi parlait avec rage Shimrod en arpentant le manoir.

Les voleurs qui avaient profité de son absence pour piller Trilda, eux aussi devaient être capturés et punis : qui pouvaient-ils être?

L'Œil de la Maison! Installé précisément pour ce genre d'événement! Mais non, d'abord il enterrerait Grofinet; et c'est ce qu'il fit, dans un berceau de verdure derrière le manoir, enterrant aussi les modestes biens de son ami. Il en termina dans la clarté déclinante de la fin d'après-midi. Retournant à l'intérieur du manoir, il alluma toutes les lampes et alluma aussi du feu dans la cheminée. Pourtant Trilda garda l'air morne.

Shimrod descendit de la poutre de faîte l'Œil de la Maison qu'il posa sur la table sculptée dans le salon où, stimulé, l'Œil recréa ce qu'il avait observé pendant l'absence de Shimrod.

Les premiers jours s'étaient écoulés sans incident, Grofinet s'acquittait avec zèle de ses devoirs et tout allait bien. Puis, au cours d'un languissant après-midi d'été, l'annonciateur s'exclama : « J'aperçois deux étrangers, de lignage inconnu. Ils viennent du sud! »

Grofinet se coiffa précipitamment de son casque de cérémonie et se campa sur le seuil de la porte dans ce qu'il estimait être une attitude d'autorité. Il cria : « Étrangers, ayez la bonté de vous arrêter! C'est ici Trilda, le manoir du Maître Magicien Shimrod et, pour le moment, sous ma protection. Comme je n'admets avoir aucunement affaire avec vous, de grâce passez votre chemin. »

Une voix répliqua : « Nous sollicitons de vous des rafraîchissements : un pain, une bouchée de fromage, une coupe de vin et nous poursuivrons notre voyage.

– N'avancez pas plus ! Je vais vous apporter de quoi manger et boire où vous êtes, puis vous devrez vous remettre en route aussitôt. Tels sont mes ordres !

– Sire chevalier, nous agirons comme vous l'estimez convenable. »

Flatté, Grofinet tourna les talons, mais fut aussitôt empoigné et ligoté étroitement avec des lanières de cuir et ainsi commença l'atroce besogne de l'après-midi.

Les intrus étaient deux : un homme de bonne mine et de haute taille, avec les vêtements et les manières d'un gentilhomme, et son subordonné. Le gentilhomme était beau et gracieux sur le plan physique ; des cheveux noirs brillants encadraient un ensemble de traits bien dessinés. Il était habillé d'un costume de chasse en cuir vert foncé, avec une cape noire, et portait la longue épée des chevaliers.

Le second voleur avait cinq centimètres de moins en stature et quinze de plus en tour de taille. Ses traits étaient comprimés, tordus, resserrés, comme brouillés. Une moustache couleur de noix muscade pendait sur sa bouche. Ses bras étaient massifs ; ses jambes étaient minces et semblaient le faire souffrir quand il marchait, de sorte qu'il avançait à petits pas précautionneux. C'est lui qui avait torturé Grofinet pendant que l'autre, accoudé à la table, buvait du vin en lui donnant des conseils.

A la fin, le forfait fut accompli. Grofinet pendait tout fumant ; la boîte involutée contenant les objets de valeur avait été retirée de sa cachette.

« Jusqu'à présent, tout se déroule à merveille, déclara le chevalier aux cheveux noirs, quoique Shimrod ait enchevêtré ses trésors pour les transformer en énigme. N'empêche, nous nous sommes bien débrouillés tous les deux.

– C'est une heureuse occasion. J'ai travaillé longtemps et durement. Maintenant je peux me reposer et jouir de ma fortune. »

Le chevalier eut un rire indulgent. « Je me réjouis pour toi. Après une vie passée à faire sauter des têtes, manipuler le chevalet de torture et tordre des nez, tu es devenu un personnage aisé, peut-être même avec des prétentions sociales. Vas-tu devenir un gentilhomme ?

– Pas moi. Mon visage me trahit. Il annonce : “ Voici un voleur et un bourreau. ” Ainsi soit-il : de bons métiers, tous deux, hélas pour mes genoux douloureux qui m'empêchent de pratiquer l'un et l'autre.

– Dommage! Les talents comme le tien sont rares.

– A franchement parler, j'ai perdu mon goût pour l'étripage à la lumière du feu et, en ce qui concerne le vol, mes pauvres genoux douloureux ne sont plus aptes au métier. Ils se plient dans les deux sens et craquent avec fracas. Néanmoins, histoire de m'amuser, je ne me refuserais pas à jouer encore les coupe-bourses et les tire-laine.

– Alors, où vas-tu entamer ta nouvelle carrière?

– J'irai au Dahaut où je suivrai les foires et peut-être me ferai-je chrétien. Si vous avez besoin de moi, laissez un mot à Avallon, dans l'endroit dont je vous ai parlé. »

Shimrod vola sur ses pieds emplumés jusqu'à Swer Smod. Une proclamation était affichée à la porte

> Le pays est agité et l'avenir incertain. Il faut que Murgen renonce à ses aises pour résoudre les problèmes du Destin. A ceux qui sont venus en visiteurs, il dit son regret de son absence. Amis et personnes dans le besoin peuvent s'abriter ici, mais ma protection n'est pas garantie. A ceux qui ont de mauvaises intentions, je n'ai rien besoin de dire. Ils savent déjà.

Shimrod rédigea un message, qu'il déposa sur la table de la salle principale :

> Il n'y a pas grand-chose à dire en dehors du fait que je suis venu et reparti. Dans mes voyages, les choses se sont déroulées comme prévu, mais il y a eu des pertes à Trilda. Je vais revenir, du moins je l'espère, dans le courant de l'année, ou aussitôt que justice aura été faite. Je laisse à vos soins les gemmes de treize couleurs.

Il mangea de ce qu'il trouva dans le garde-manger de Murgen et dormit sur un divan dans la grande salle.

Au matin, il revêtit le costume d'un musicien ambulant : un bonnet vert sans bord, pointu sur le devant, avec un panache de plumes de hibou, des chausses collantes en gabardine verte, une tunique bleue et une cape noisette.

Sur la grande table, il trouva un sou en argent, un

poignard et un petit cadensis à six cordes d'une forme inhabituelle qui, presque de lui-même, jouait des airs entraînants. Shimrod empocha la pièce de monnaie, passa le poignard dans sa ceinture, accrocha le cadensis par-dessus son épaule. Puis, quittant Swer Smod, il se mit en route à travers la Forêt de Tantrevalles dans la direction du Dahaut.

XVI

DANS une cellule en forme de cloche ayant un peu plus de quatre mètres de diamètre, située à vingt mètres sous terre, les jours se distinguaient les uns des autres par les détails les plus banals : l'égouttement de la pluie, l'aperçu d'un coin de ciel bleu, un croûton supplémentaire dans les rations. Aillas enregistrait le passage de ces jours en plaçant des cailloux sur un rebord de pierre. Chaque fois qu'il y avait dix cailloux dans la zone des " unités ", un seul caillou était posé dans la zone des " dizaines ". Le jour qui suivait neuf " dizaines " et neuf " unités ", Aillas posait un seul caillou dans la zone des " centaines ".

Il recevait comme nourriture un pain, une cruche d'eau et soit une botte de carottes ou de navets soit un chou, tous les trois jours, au moyen d'un panier qui était descendu de la surface.

Aillas se demandait souvent combien de temps il vivrait. Au début, il gisait inerte, dans l'apathie. Finalement, avec un effort énorme, il se contraignit à faire de la gymnastique : des exercices d'assouplissement des bras et des jambes, des sauts, des culbutes. A mesure que se reconstituait son tonus musculaire, son moral remontait. L'évasion : pas impossible. Mais comment? Il essaya de gratter le mur de pierre pour aménager des prises à ses mains; les proportions et la coupe de la cellule garantissaient l'échec pour ce genre de tentative. Il essaya de soulever les dalles du sol, afin de les empiler et d'atteindre ainsi le puits, mais les joints étaient trop ajustés et les blocs de pierre trop pesants. Un autre programme qu'il fut obligé d'éliminer.

Les jours passaient, l'un après l'autre, et les mois. Dans le jardin, les jours et les mois passaient aussi et Suldrun grossit de l'enfant conçu par elle et Aillas.

Le roi Casmir avait interdit le jardin à tous sauf à une fille de cuisine sourde-muette.

Toutefois, frère Umphred, en tant que prêtre, se considérait comme exempté du ban et il rendit visite à Suldrun au bout d'environ trois mois. Espérant des nouvelles, Suldrun toléra sa présence, mais frère Umphred ne put rien lui dire. Il soupçonnait qu'Aillas avait subi tout le poids de la colère du roi Casmir et, comme c'était aussi la conviction de Suldrun, elle ne le questionna pas plus avant. Frère Umphred se risqua avec hésitation à quelques familiarités, sur quoi Suldrun entra dans la chapelle dont elle ferma la porte. Et frère Umphred partit sans remarquer que Suldrun avait déjà commencé à s'arrondir.

Trois mois plus tard, il revint et à présent l'état de Suldrun était visible.

Frère Umphred observa malicieusement : « Suldrun, ma chère, vous prenez de l'embonpoint. »

Sans mot dire, Suldrun – une fois de plus – se leva et alla dans la chapelle.

Frère Umphred resta assis un moment, absorbé dans ses réflexions, puis il s'en fut consulter son registre. Il calcula à partir de la date du mariage et parvint à une date de naissance approximative. Comme la conception s'était produite quelques semaines avant le mariage, sa date était erronée d'autant, un détail qui échappa à l'attention de frère Umphred. Le fait important était la grossesse : comment pouvait-il tirer le meilleur parti de ce renseignement de choix qui ne semblait connu que de lui seul?

D'autres semaines passèrent. Frère Umphred imagina une centaine de plans, mais aucun ne lui procurait d'avantages et il tint sa langue.

Suldrun avait fort bien compris les calculs du frère Umphred. Son inquiétude grandit à mesure que son terme approchait. Tôt ou tard, frère Umphred ne manquerait pas de se faufiler auprès du roi Casmir et, avec ce mélange invraisemblable d'humilité et d'impudence, il dévoilerait le précieux secret de Suldrun.

Que se passerait-il alors? Son imagination n'osait pas s'aventurer aussi loin. Quoi qu'il arrive ne serait pas pour lui plaire.

Le délai se raccourcissait. Prise d'une panique subite, Suldrun escalada la colline et sauta par-dessus le mur. Elle se cacha à un endroit d'où elle pouvait observer les paysans qui allaient au marché ou en revenaient.

Le deuxième jour, elle intercepta Ehirme qui, après des exclamations de surprise chuchotées, grimpa par-dessus les pierres et s'introduisit dans le jardin. Elle pleura et serra contre elle Suldrun, et voulut savoir ce qui avait empêché le projet d'évasion de se réaliser. Tout était prêt!

Suldrun expliqua de son mieux.

« Et Aillas? »

Suldrun ne savait rien. Le silence était sinistre. Aillas devait être considéré comme mort. Ensemble, elles pleurèrent à nouveau et Ehirme maudit le tyran dénaturé qui infligeait tant de peine à sa fille.

Ehirme calcula les mois et les jours. Elle estima le temps en se basant sur les cycles de la lune et détermina ainsi le moment le plus probable où Suldrun accoucherait. Le terme était proche : peut-être cinq jours, peut-être dix; pas plus, et tout sans la moindre préparation.

« Tu vas t'enfuir de nouveau ce soir! » déclara Ehirme.

Tristement, Suldrun rejeta la suggestion : « Tu es la première à qui on penserait et il arriverait des choses terribles.

– Et l'enfant? On te l'enlèvera. »

Une fois encore, Suldrun fut incapable de retenir ses larmes et Ehirme la serra contre elle. « Écoute un peu une idée astucieuse! Ma nièce est une simple d'esprit; trois fois, elle s'est laissé engrosser par le palefrenier, un autre simple d'esprit. Les deux premiers enfants sont morts immédiatement, par pur désarroi. Elle est déjà dans les douleurs et ne tardera pas à mettre au monde son troisième bâtard dont personne ne veut et elle moins que quiconque. Reprends courage! D'une manière ou d'une autre, nous sauverons la situation! »

Suldrun dit tristement : « Il n'y a pas grand-chose à sauver.

– Nous verrons! »

La nièce d'Ehirme eut son bâtard : une fille, d'après les signes extérieurs. Comme ses prédécesseurs, l'enfant fut pris de convulsions, émit quelques piaulements et mourut le nez dans ses propres déjections.

Le cadavre fut empaqueté dans une boîte sur laquelle, la nièce ayant été convertie au christianisme, frère Umphred entonna quelques mots pieux, et la boîte fut emportée par Ehirme pour être enterrée.

A midi le lendemain, Suldrun ressentit les premières douleurs de l'enfantement. Vers le crépuscule, les traits tirés, les yeux cernés mais relativement joyeuse, elle donna naissance à un fils qu'elle nomma Dhrun, d'après un héros danéen qui avait régné sur les mondes d'Arcturus.

Ehirme lava soigneusement Dhrun et l'habilla de linges propres. Tard dans la soirée, elle revint avec une petite boîte. Là-haut sous les oliviers, elle creusa une tombe peu profonde dans laquelle elle glissa sans cérémonie le nouveau-né défunt. Elle cassa la boîte et la brûla dans l'âtre. Suldrun étendue sur son lit regardait avec de grands yeux.

Ehirme attendit que les flammes baissent et que le bébé soit endormi.

« Maintenant, il faut que je parte. Je ne te dirai pas où ira Dhrun, afin que dans tous les cas il soit à l'abri de Casmir. Dans un mois ou deux, ou trois, tu disparaîtras, tu iras retrouver ton bébé et tu vivras ensuite sans chagrin, j'espère. »

Suldrun dit tout bas : « Ehirme, j'ai peur! »

Ehirme voûta ses épaules massives. « Franchement, j'ai peur aussi. Mais, quoi qu'il arrive, nous avons fait de notre mieux. »

Frère Umphred était assis à une petite table d'ébène et d'ivoire, en face de la reine Sollace. Avec une grande concentration, il étudiait un jeu de plaques en bois, chacune portant gravée une symbolique hermétique comprise seulement du frère Umphred. De chaque côté de la table brûlaient des chandelles en cire végétale.

Frère Umphred se pencha en avant comme sous le coup de la surprise. « Est-ce possible? Un autre enfant né dans la famille royale? ».

La reine Sollace eut un rire de gorge. « C'est plaisanterie, Umphred, ou bien sottise.

– Les signes sont clairs. Une étoile bleue plane dans la grotte de la nymphe Merleach. Cambianus monte dans la septième; ici, là – voyez-les maintenant! – voilà de nouveaux ascendants. Il n'y a pas d'autre signification plausible. L'époque est le présent. Ma chère reine, vous devez convoquer une escorte et aller en inspection. Que votre jugement tranche la question!

– " En inspection "? Voulez-vous dire... », La voix de Sollace s'éteignit comme une idée se présentait à son esprit.

« Je sais seulement ce que m'annoncent les tablettes. »

Sollace se mit pesamment debout et appela ses dames qui se trouvaient dans le salon voisin. « Venez! Il me prend fantaisie de faire un tour dehors. »

Le groupe, bavardant, riant et se plaignant de ce fâcheux exercice, gravit d'un bon pas la pente de la galerie aux arcades, se glissa par la poterne et descendit avec précaution au milieu des rochers jusqu'à la chapelle.

Suldrun apparut. Elle comprit aussitôt la raison de cette visite.

La reine Sollace l'examina d'un œil critique. « Suldrun, qu'est-ce que c'est que cette sottise?

– Quelle sottise, ma royale mère?

– Que tu serais enceinte. Je vois qu'il n'en est rien, ce pour quoi je rends grâce. Prêtre, vos tablettes vous ont trompé!

– Madame, les tablettes sont rarement dans l'erreur.

– Mais voyez vous-même! »

Frère Umphred fronça les sourcils et tirailla son menton. « Elle n'est pas enceinte maintenant, à ce qu'il paraît. »

La reine Sollace le dévisagea un instant, puis se dirigea majestueusement vers la chapelle et regarda à l'intérieur. « Il n'y a pas d'enfant ici.

– Alors il doit être ailleurs. »

Exaspérée à présent, la reine Sollace se retourna avec brusquerie vers Suldrun. « Une fois pour toutes, dis-nous la vérité! »

Frère Umphred ajouta d'un ton pensif : « S'il existe une collusion, elle sera aisément découverte. »

Suldrun adressa au frère Umphred un regard de mépris.

« J'ai donné naissance à une fille. Elle a ouvert les yeux sur le monde; elle a vu la cruauté dans laquelle la vie doit être vécue et elle a refermé les yeux. Je l'ai enterrée là-bas, le cœur navré. »

La reine Sollace eut un geste de frustration et fit signe à un page. « Allez chercher le roi; c'est une affaire qui concerne son attention, pas la mienne. Je n'aurais jamais cloîtré cette petite ici, pour commencer. »

Le roi Casmir arriva, déjà d'une humeur massacrante qu'il dissimulait derrière un masque de sombre impassibilité.

Le roi Casmir dévisagea Suldrun. « Quels sont les faits?

– J'ai mis au monde un enfant. Elle est morte. »

La prédiction de Desmëi, concernant le fils premier-né de

Suldrun, sauta à l'esprit de Casmir. « Elle? Une fille? »

Pour Suldrun, tromper était difficile. Elle hocha la tête. « Je l'ai enterrée sur la colline. »

Le roi Casmir jeta un coup d'œil sur le cercle de visages et désigna Umphred. « Vous le prêtre, avec vos embarras de mariage et vos boniments fleuris, vous êtes l'homme de la situation. Rapportez ici le cadavre. »

Bouillant d'une fureur qu'il ne pouvait exprimer, frère Umphred inclina la tête avec humilité et se rendit à la tombe. Dans les dernières lueurs de l'après-midi, il repoussa de côté le terreau noir avec ses délicates mains blanches. A trente centimètres de la surface, il trouva le linge de toile dans lequel le bébé mort avait été enveloppé. Comme il creusait pour écarter la terre, le linge s'ouvrit, laissant paraître la tête. Frère Umphred s'interrompit dans son creusage. A travers son esprit défilèrent une série d'images et d'échos de confrontations passées. Images et échos se dissocièrent et disparurent. Il souleva l'enfant mort dans son linceul et le porta à la chapelle où il le plaça devant le roi Casmir.

Pendant un instant, frère Umphred tourna la tête vers Suldrun et croisa son regard – et dans cet unique coup d'œil il lui fit comprendre la profondeur de la blessure qu'elle lui avait infligée par ses réflexions au fil des années.

« Sire, déclara le prêtre, ceci est le cadavre d'une fille nouveau-née. Ce n'est pas l'enfant de Suldrun. J'ai accompli sur ce bébé les derniers rites il y a trois ou quatre jours. C'est la bâtarde d'une certaine Megweth et du palefrenier Ralf. »

Le roi Casmir émit un jappement de rire bref. « Et ainsi devais-je être abusé? » Il regarda vers sa suite et fit signe à un sergent. « Menez le prêtre avec le cadavre chez la mère et tirez la chose au clair. Si les enfants ont été échangés, rapportez avec vous l'enfant vivant. »

Les visiteurs quittèrent le jardin, laissant Suldrun seule dans la clarté d'une lune en son croissant.

Le sergent, avec frère Umphred, rendit visite à Megweth laquelle les informa aussitôt que le cadavre avait été confié aux soins d'Ehirme pour être enterré.

Le sergent retourna au Haidion avec non seulement Megweth mais aussi Ehirme.

Ehirme s'adressa humblement au roi Casmir.

« Sire, si j'ai mal agi, soyez assuré que la raison en était seulement l'affection pour votre gracieuse fille la princesse Suldrun, qui ne mérite pas le malheur de sa vie. »

Le roi Casmir abaissa ses paupières. « Femme, déclares-tu que mon jugement en ce qui concerne la désobéissante Suldrun est injuste?

– Sire, je parle non par irrespect mais par conviction que vous désirez entendre la vérité de la bouche de vos sujets. Je crois effectivement que vous avez été bien trop dur envers la pauvre petite. Je vous supplie de la laisser vivre heureuse avec son enfant. Elle vous remerciera de cette clémence, comme nous vous remercierons, moi et tous vos sujets, car de son existence entière elle n'a jamais rien fait de mal. »

La salle était silencieuse. Chacun observait furtivement le roi Casmir qui, lui-même, réfléchissait... Cette femme a raison, bien sûr, songea Casmir. D'autre part, montrer de la miséricorde à présent équivalait à admettre qu'il avait réellement traité sa fille avec dureté. Il fut incapable de trouver le moyen élégant de revenir sur sa décision. La pitié étant impossible, il ne pouvait que réaffirmer sa position précédente.

« Ehirme, ta loyauté est louable. Je ne peux que regretter que ma fille ne m'ait pas rendu un service semblable. Je ne vais pas examiner à nouveau son cas maintenant, je n'expliquerai pas l'apparente sévérité de sa punition, je me contenterai de dire qu'en tant que princesse royale son premier devoir est envers le royaume.

« Nous ne discuterons pas plus longtemps cette question. Je parle à présent de cet enfant né de la princesse Suldrun dans ce qui semble avoir été une union légale, ce qui rend l'enfant légitime et dont par conséquent mon devoir est de m'occuper. Je dois maintenant demander au sénéchal de t'envoyer avec une escorte convenable, afin que nous ayons l'enfant ici au Haidion, où est sa place. »

Ehirme cligna des paupières, indécise. « Puis-je demander, sire, sans vous offenser, et la princesse Suldrun, puisque l'enfant est le sien? »

De nouveau, le roi Casmir médita sa réponse; de nouveau, il parla avec douceur. « Tu as une fort bienséante constance dans ton souci pour la princesse fautive.

« D'abord, en ce qui concerne le mariage, je le déclare désormais nul et non avenu et contraire aux intérêts de l'État, bien que l'enfant ne puisse être considéré autrement que comme légitime. Quant à la princesse Suldrun, j'irai jusque-là : si elle reconnaît avec soumission s'être mal conduite, si elle affirme l'intention d'agir dorénavant en pleine obéissance à mes ordres, elle pourra revenir au Haidion et assumer sa condition de mère auprès de son enfant. Mais en premier et tout de suite nous irons chercher l'enfant. »

Ehirme s'humecta les lèvres, s'essuya le nez avec le dos de sa main, regarda à droite puis à gauche. Elle déclara d'une voix hésitante : « L'édit de Votre Majesté est très bon. Je vous demande la permission de porter ces mots d'espoir à la princesse Suldrun pour apaiser son chagrin. Puis-je faire maintenant un saut jusqu'au jardin? »

Le roi Casmir hocha la tête d'un air sévère. « Tu pourras le faire, dès que nous saurons où trouver l'enfant.

– Votre Majesté, je ne peux pas révéler son secret! Dans votre générosité, amenez-la ici et dites-lui la bonne nouvelle! »

Les paupières du roi Casmir s'abaissèrent d'un millimètre et demi. « Ne place pas la loyauté envers la princesse au-dessus de ton devoir envers moi, ton roi. Je te pose la question encore une fois et une seule fois. Où est l'enfant? »

Ehirme dit d'une voix étranglée : « Sire, je vous prie instamment de poser la question à Suldrun. »

Le roi Casmir eut un petit mouvement sec de la tête et une petite contraction de la main : signaux congrûment familiers à ceux qui le servaient, et Ehirme fut emmenée hors de la salle.

Pendant la nuit, le sommeil de Suldrun, au mieux capricieux, fut troublé par un hurlement dément qui jaillissait périodiquement du Peinhador. Elle ne put identifier la qualité du son et s'efforça de ne plus y penser.

Padraig, le troisième fils d'Ehirme, traversa en trombe l'Urquial pour entrer au Peinhador et se jeta sur Zerling. « Assez! Elle ne vous dira rien, mais moi si! C'est seulement maintenant que je rentre de Glymwode, où j'ai emmené ce maudit marmot; c'est là que vous le trouverez. »

Zerling cessa de torturer la masse de chair affalée et informa le roi Casmir, qui dépêcha aussitôt un groupe de quatre chevaliers et de deux nourrices dans un carrosse pour récupérer l'enfant. Puis il demanda à Zerling : « Le message est-il sorti de la bouche de cette femme?

– Non, Votre Majesté. Elle ne veut pas parler.

– Prépare-toi à couper une main et un pied à son mari et à

ses fils, à moins qu'elle ne profère elle-même les mots. »

Ehirme vit les sinistres préparatifs avec des yeux voilés. Zerling dit : « Femme, une escorte est en route pour ramener l'enfant de Glymwode. Le roi exige que, pour obéir à son ordre, vous répondiez à la question ; sinon votre mari et vos fils perdront chacun une main et un pied. Je vous le demande : où est l'enfant ? »

Padraig s'écria : « Parle, mère ! Le silence n'a plus de sens ! »

Ehirme dit dans un croassement laborieux : « Le bébé est à Glymwode. Voilà, vous êtes content. »

Zerling libéra les hommes et les fit sortir sur l'Urquial. Puis il prit une pince, tira hors de sa tête la langue d'Ehirme et la trancha. Avec un fer rouge, il cautérisa la plaie pour arrêter le sang – et tel fut l'ultime supplice que Casmir infligea à Ehirme.

Dans le jardin, le premier jour s'écoula avec lenteur, un instant hésitant après l'autre, chacun approchant timidement, comme sur la pointe des pieds, pour franchir à la hâte le plan du présent et se perdre dans les tristesses et les ténèbres du passé.

Le second jour fut brumeux, moins fébrile, mais l'air était lourd de présages.

Le troisième jour, encore brumeux, était en apparence léthargique et vidé de sensibilité, cependant en quelque sorte innocent et pur, comme prêt pour un renouveau. Ce jour-là, Suldrun marcha à pas lents de-ci de-là dans le jardin, s'arrêtant de temps à autre pour toucher le tronc d'un arbre ou la surface d'une pierre. La tête penchée, elle longea la grève de bout en bout et s'immobilisa une fois seulement pour contempler la mer. Puis elle gravit le sentier et s'assit au milieu des ruines.

L'après-midi passa : de rêveuses heures dorées – et les escarpements rocheux tenaient enfermée entre eux la totalité de l'univers.

Le soleil se coucha doucement sans bruit. Suldrun hocha la tête d'un air pensif, comme s'il y avait là l'élucidation d'une incertitude, ce qui n'empêchait pas que des larmes roulaient sur ses joues.

Les étoiles surgirent. Suldrun descendit jusqu'au vieux tilleul et, dans l'obscure clarté de ces étoiles, elle se pendit. La lune, montant au-dessus de la crête, brilla sur une forme ballante et un doux visage triste, déjà préoccupé par sa science nouvelle.

Eurymaque vit les sinistres préparatifs avec des yeux ronds. Terrifiée : « Femme, [illegible] pour [illegible] l'enfant de [illegible] le roi exige que [illegible] ordre vous répondiez à la question ; sinon, votre main et [illegible] fils seront chacun [illegible] main et [illegible] pied [illegible] dont le [illegible] est l'enfant. »

[illegible] préfère [illegible] qu'elle [illegible] n'a plus [illegible] dans un croassement [illegible] : « Le bébé de Clytemnestre. Voilà, vous êtes [illegible]. »

—

XVII

Au fond de l'oubliette, Aillas ne se considérait plus comme seul. Avec une grande patience, il avait disposé le long d'une paroi douze squelettes. En un temps depuis longtemps passé, quand chacun des individus ainsi représentés avait vécu le nombre de ses jours en homme et à la fin en prisonnier, il avait gravé son nom, et souvent une devise, dans la paroi de pierre : douze noms couplés avec douze squelettes. Il n'y avait eu ni délivrance, ni grâce, ni évasion; tel semblait être le message de cette correspondance. Aillas commença à inscrire son propre nom en se servant du tranchant d'une boucle; puis, dans un sursaut de colère, il s'arrêta. Cet acte signifiait la résignation et présageait le treizième squelette.

Aillas prit place en face de ses nouveaux amis. A chacun il avait assigné un des noms, peut-être bien sans exactitude. « Toutefois, dit Aillas au groupe, un nom est un nom et, si l'un de vous s'adressait à moi de façon erronée, je ne m'en offusquerais pas. »

Il exposa l'ordre du jour à ses nouveaux amis : « Messires, nous siégeons en conclave pour partager la somme de nos connaissances et mettre au point une politique commune. Il n'y a pas de règlement; que la spontanéité nous serve tous, dans les limites de la bienséance.

« Notre thème général est " l'évasion ". C'est un sujet que nous avons tous envisagé, évidemment sans trouver de solution. Quelques-uns d'entre vous considèrent peut-être la question comme n'ayant plus d'importance; pourtant, la victoire d'un seul est la victoire de tous! Définissons le problème. En termes simples, c'est l'acte d'escalader le puits, d'ici à la surface. Je crois que si j'étais en mesure d'atteindre le bas du puits je réussirais à grimper en crabe jusqu'à la surface.

« A cette fin, j'ai besoin de m'élever de trois mètres soixante pour atteindre le puits et c'est un problème formidable. Je suis incapable de sauter aussi haut. Je n'ai pas d'échelle. Vous mes collègues, bien que solides en ce qui concerne l'ossature, manquez de nerfs et de muscles... Se pourrait-il que par une utilisation ingénieuse de ces os et de la corde qui est là-bas on parvienne à fabriquer quelque chose? Je vois devant moi douze crânes, douze bassins, vingt-quatre fémurs, vingt-quatre tibias et un nombre égal de bras et d'avant-bras, une quantité de côtes et une ample provision d'os accessoires.

« Messires, il y a du travail à faire. Le moment est venu d'ajourner la séance. Quelqu'un présentera-t-il la motion appropriée? »

Une voix gutturale dit : « Je propose de dissoudre la conférence *sine die.* »

Le regard d'Aillas examina d'un bout à l'autre la file de squelettes. Lequel avait parlé? Ou était-ce sa propre voix? Après une pose, il demanda : « Y a-t-il des votes négatifs? »

Silence.

« Dans ce cas, dit Aillas, le conclave est dissous. »

Il se mit instantanément au travail, désassemblant chaque squelette, triant par espèce les composants, les essayant dans de nouvelles combinaisons pour découvrir les meilleurs assemblages. Puis il commença à construire, ajustant os sur os avec soin et précision, usant sur la pierre quand c'était nécessaire et ligaturant les emboîtements avec des fibres de corde. Il débuta avec quatre bassins qu'il rejoignit par des traverses faites de côtes reliées. Sur cette fondation, il monta les quatre plus gros fémurs qu'il coiffa par quatre autres bassins et consolida avec d'autres côtes. Sur cette plateforme, il fixa encore quatre fémurs et les quatre derniers bassins, entretoisant et croisillonnant pour assurer la rigidité. Il avait maintenant construit une échelle à deux étages qui, lorsqu'il l'essaya, supporta son poids sans protestation. Puis un autre étage et un autre encore. Il travaillait sans hâte, tandis que les jours devenaient des semaines, décidé à ce que l'échelle ne s'écroule pas au moment critique. Pour empêcher un mouvement d'oscillation latéral, il enfonça des esquilles d'os dans le sol et tendit des haubans de corde; la solidité de la structure lui donnait une satisfaction féroce. L'échelle était maintenant toute sa vie, une chose de beauté en soi, de sorte que l'évasion commença à compter moins que la magnifique échelle. Il se délectait de la stricte ordonnance des traverses blanches, du fini des assemblages, du noble élan ascendant de l'ensemble.

L'échelle était terminée. Le niveau supérieur, fabriqué avec des cubitus et des radius, n'était qu'à soixante centimètres au-dessous de l'ouverture du puits et Aillas, avec une prudence infinie, s'exerça à s'insérer dans le puits. Rien ne retardait son départ, sauf l'attente du prochain panier de pain et d'eau pour éviter de rencontrer Zerling venant lui apporter de quoi manger. La prochaine fois, quand Zerling remonterait la nourriture restée intacte, il hocherait la tête judicieusement et dès lors n'apporterait plus de paniers.

Le pain et l'eau arrivèrent à midi. Aillas les sortit du panier, qui fut alors remonté vide en haut du puits.

L'après-midi s'avança; jamais le temps n'avait passé aussi lentement. Le sommet du puits s'assombrit; le soir était venu. Aillas escalada l'échelle. Il plaça ses épaules contre un côté du puits, ses pieds à l'opposé, pour s'insérer en position. Puis, par quinze centimètres à la fois, il se propulsa vers le haut : gauchement d'abord, par crainte de glisser, puis avec une aisance croissante. Il s'arrêta une fois pour se reposer et une fois encore, quand il fut à moins d'un mètre du haut, pour écouter.

Silence.

Il continua, à présent serrant les dents et grimaçant sous l'effort. Il hissa ses épaules par-dessus le rebord de la margelle basse et roula sur le côté. Il posa les pieds sur le sol ferme, se mit debout.

La nuit était paisible autour de lui. D'un côté, la masse du Peinhador masquait le ciel. Aillas se courba et courut au vieux mur qui entourait l'Urquial. Tel un grand rat noir, il s'enfonça dans l'ombre et fit le tour jusqu'à la vieille poterne.

La porte béait, pendant sur une charnière brisée. Aillas regarda le sentier avec hésitation. Il se faufla dans l'ouverture, l'inquiétude le faisant se ramasser sur lui-même. De l'obscurité ne s'éleva aucun « qui vive? » Aillas sentit qu'il n'y avait personne dans le jardin.

Il descendit le sentier jusqu'à la chapelle. Comme il s'y attendait, aucune chandelle ne brillait; l'âtre était froid. Il continua sur le sentier. La lune montant par-dessus les collines éclaira le marbre pâle des ruines. Aillas s'immobilisa pour regarder et écouter, puis descendit jusqu'au tilleul.

« Aillas. »

Il fit halte. De nouveau, il entendit la voix qui appelait dans un demi-murmure désolé. « Aillas. »

Il approcha du tilleul. « Suldrun? Je suis ici. »

A côté de l'arbre se tenait une forme toute de lueurs et de brume.

« Aillas, Aillas, tu arrives trop tard; ils ont pris notre fils. »

Aillas répéta avec stupeur : « " Notre fils "?

– Son nom est Dhrun et maintenant il est à jamais loin de moi... Oh, Aillas, ce n'est pas plaisant d'être morte. »

Des larmes jaillirent des yeux d'Aillas.

« Pauvre Suldrun, comment ont-ils pu te traiter de cette façon?

– La vie n'a pas été tendre pour moi. Maintenant, elle m'a quittée.

– Suldrun, reviens-moi! »

La forme blanche remua et parut sourire. « Non. Je suis froide et humide. N'as-tu pas peur?

– Je n'aurai plus jamais peur. Prends mes mains, je vais te réchauffer. »

De nouveau, la forme bougea dans le clair de lune.

« Je suis Suldrun, pourtant je ne suis pas Suldrun. Je souffre d'un froid de glace que toute ta chaleur ne pourrait jamais fondre... Je suis lasse; il faut que je parte.

– Suldrun! Reste avec moi, je t'en supplie!

– Cher Aillas, tu me trouverais une bien mauvaise compagnie.

– Qui nous a trahis? Le prêtre?

– Oui certes, le prêtre. Dhrun, notre cher petit garçon : trouve-le, donne-lui tes soins et ton affection. Dis que tu le feras!

– Je le ferai, de mon mieux.

– Cher Aillas, il faut que je m'en aille. »

Aillas demeura seul, le coeur trop gros même pour pleurer. Le jardin était vide à part lui. La lune monta dans le ciel. Aillas finit par se secouer. Il creusa sous les racines du tilleul et sortit Persilian le miroir et la bourse avec les pièces de monnaie et les gemmes rapportées de la chambre de Suldrun.

Il passa le reste de la nuit dans l'herbe sous les oliviers. A l'aube, il escalada les rochers et se cacha parmi les broussailles au bord de la route.

Une troupe de mendiants et de pèlerins arriva de la direction de Kercelot, à l'est le long de la côte. Aillas se joignit à eux et entra ainsi dans la ville de Lyonesse. Etre reconnu? Il ne le craignait nullement. Qui pourrait imaginer que ce malheureux au visage blême et décharné était le prince Aillas de Troicinet?

A l'endroit où le Sfer Arct croisait le Chale, des auberges groupées là affichaient leurs enseignes. Aux Quatre Guimauves, Aillas loua une chambre et, prêtant enfin l'oreille aux reproches de son estomac, prit lentement un repas de soupe aux choux avec du pain et du vin, mangeant avec grande précaution afin que cette alimentation inhabituelle ne dérange pas son estomac rétréci. La nourriture lui donna sommeil; il alla à sa chambrette et, après avoir regonflé d'une secousse sa paillasse, dormit jusque dans l'après-midi.

A son réveil, il regarda les murs autour de lui avec une inquiétude proche de la consternation. Il se recoucha, le corps tremblant, et parvint à la longue à calmer son pouls affolé... Pendant un moment, il resta assis en tailleur sur la paillasse, transpirant de terreur. Comment avait-il gardé sa raison au fond d'un tel trou noir si loin de la surface? Des questions pressantes l'assaillirent alors; il avait vraiment besoin de temps pour réfléchir, pour préparer un plan d'action, pour recouvrer son équilibre.

Il se leva et descendit à l'emplacement, sur le devant de l'auberge, où une tonnelle de plantes et de rosiers grimpants protégeait des bancs et des tables contre les ardeurs du soleil de l'après-midi.

Aillas s'assit à un banc près de la route et un serveur lui apporta de la bière et des galettes d'avoine. Deux urgences le tiraillaient dans des directions opposées : un besoin nostalgique presque insupportable de revoir Ombreleau et le désir, renforcé par le devoir qui lui avait été imposé de trouver son fils.

Un barbier du quai le rasa et lui coupa les cheveux. Il acheta des vêtements dans une échoppe, se lava dans un établissement de bains public, revêtit ses nouveaux habits et se sentit infiniment mieux. Maintenant, il pouvait passer pour un marin ou un courtaud de boutique.

Il retourna à la tonnelle devant les Quatre Guimauves où affluait à présent la clientèle de la fin d'après-midi. Aillas but une chope de bière et tendit l'oreille pour saisir des bribes de conversation, dans l'espoir d'obtenir des renseignements. Un vieil homme au visage plat et rubicond, avec des cheveux blancs nets comme de la soie et un doux regard bleu s'installa en face de lui à la table. Il salua aimablement Aillas, commanda de la bière et des beignets de poisson et engagea sans perdre de temps la conversation avec Aillas. Celui-ci, qui se méfiait du trop célèbre corps d'espions de Casmir, répondit avec une naïveté simpliste. Le nom du vieil homme, Aillas le comprit au salut d'un passant, était Byssante. Il n'avait pas besoin d'encouragement et fournit à Aillas des informations de toutes sortes. Il dit deux mots de la guerre et Aillas apprit que la situation était dans l'ensemble la même qu'avant. Les Troices bloquaient toujours les ports du Lyonesse. Une flotte de vaisseaux de guerre troices avait remporté une remarquable victoire sur les Skas, fermant pratiquement l'entrée du Lir à ces pillards.

Aillas se contentait de dire : « Exactement! » et « C'est ce que je vois! » et « Ces choses-là arrivent, hélas! » Mais cela suffisait, surtout après qu'Aillas eut commandé d'autre bière et ainsi donné à Byssante un second souffle.

« Ce que le roi Casmir prévoit pour le Lyonesse ne se réalise pas de soi-même, je le crains, bien que, si Casmir entendait mon opinion, il me ferait empaler en un tournemain. N'empêche, la situation risque d'empirer, à cause de la succession troice.

– Comment cela?

– Eh bien, le roi Granice est vieux et vaillant, mais il ne vivra pas éternellement. Que Granice meure aujourd'hui et la couronne ira à Ospero, qui n'a pas la moindre férocité. Quand Ospero mourra, le prince Trewan prendra la couronne, puisque le fils d'Ospero s'est perdu en mer. Si Ospero meurt avant Granice, Trewan prend tout de suite la couronne. Trewan passe pour être un guerrier enragé; le Lyonesse peut s'attendre au pire. Si j'étais le roi Casmir, je solliciterais la paix aux meilleures conditions obtenables et je laisserais de côté mes ambitions grandioses.

– Ce pourrait être la meilleure solution, acquiesça Aillas. Mais, et le prince Arbamet? N'était-il pas le premier à prétendre au trône après Granice?

– Arbamet est mort des blessures qu'il s'était faites quand il est tombé de cheval, il y a un peu plus d'un an. N'empêche, c'est du pareil au même. Ils sont aussi féroces les uns que les autres, de sorte que maintenant même les Skas n'osent plus approcher. Ah, ma gorge! Tant parler la dessèche. Qu'est-ce que vous en dites, mon garçon? Pouvez-vous offrir une cruche de bière à un vieux retraité? »

Sans enthousiasme, Aillas appela le serveur. « Une mesure de bière pour ce gentilhomme. Rien d'autre pour moi. »

Byssante continua à discourir, tandis qu'Aillas méditait sur ce qu'il avait entendu. Le prince Arbamet, le père de Trewan, était en vie quand il avait quitté Domreis à bord de la *Smaadra*. La ligne de succession était directe : de Granice par Arbamet à Trewan et, ensuite, à la progéniture mâle de Trewan. A Ys, Trewan était monté à bord du cog troice et avait apparemment été mis au courant de la mort de son père. La ligne dynastique devenait alors dure à supporter de son point de vue : Granice par Ospero à Aillas, laissant Trewan totalement de côté. Pas étonnant qu'il soit revenu du cog troice dans une humeur sombre! Et rien de mystérieux dans la raison pour laquelle Aillas devait être supprimé!

Un retour rapide au Troicinet s'imposait mais et Dhrun, son fils?

Presque comme en réponse, Byssante lui donna un coup sec d'une jointure rose. « Regardez donc là-bas! La maison régnante du Lyonesse arrive en voiture pour prendre l'air de l'après-midi! »

Précédé par deux hérauts à cheval et suivi par douze soldats en uniforme de gala, un splendide carrosse tiré par six licornes blanches descendait le Sfer Arct. Assis dans le sens de la marche, le roi Casmir et le prince Cassandre, un svelte adolescent de quatorze ans aux grands yeux, étaient installés sur la banquette du fond. Sur le siège en face d'eux se trouvait la reine Sollace en robe de soie verte et Fareult, duchesse de Relsimore, qui tenait dans son giron – ou plus exactement tentait de maîtriser – un tout jeune enfant aux cheveux roux vêtu d'une robe blanche. L'enfant voulait grimper sur le dos du siège en dépit des admonestations de Dame Fareult et des froncements de sourcils du roi Casmir. La reine Sollace se contentait de détourner les yeux.

« Voici la famille royale, dit Byssante avec un geste indulgent de la main. Le roi Casmir, le prince Cassandre et la reine Sollace avec une dame que je ne connais pas. A côté d'elle, il y a la princesse Madouc, fille de la princesse Suldrun, maintenant morte de sa propre main.

– La princesse Madouc? Une fille?

– Oui, une curieuse petite créature, à ce qu'on dit. » Byssante finit sa bière. « Vous avez eu de la chance de voir la pompe royale d'aussi près! Et maintenant je vais aller faire mon somme. »

Aillas se rendit dans sa chambre. Assis sur la chaise, il déballa Persilian et le posa sur la table de nuit. Le miroir, dans une de ses humeurs désinvoltes, réfléchit d'abord le mur de bas en haut, puis inversé de gauche à droite, ensuite il montra une fenêtre donnant sur la cour de l'écurie, après quoi il présenta le roi Casmir regardant d'un air mauvais par cette même fenêtre.

Aillas dit : « Persilian.

– Je suis ici. »

Aillas s'exprima avec une grande prudence, de crainte d'énoncer une phrase banale dans un tour interrogatif.

« Je peux vous poser trois questions, c'est tout.

– Rien ne t'empêche d'en poser une quatrième. Je répondrai, mais alors je serai libre. Tu as déjà posé une question. »

Aillas déclara posément : « Je veux trouver mon fils Dhrun, le prendre sous ma garde, puis retourner avec lui rapidement et en toute sécurité au Troicinet. Dites-moi comment y parvenir au mieux.

– Tu dois émettre tes demandes sous forme de question.

– Comment puis-je faire ce que j'ai décrit?

– Cela constitue essentiellement trois questions.

– Très bien, répliqua Aillas. Dites-moi comment trouver mon fils.

– Interroge Ehirme.

– Seulement cela? s'écria Aillas. Deux mots, pas plus?

– La réponse est suffisante », rétorqua Persilian qui se refusa à en dire davantage. Aillas enveloppa le miroir dans une serviette et le fourra sous la paillasse.

C'était la fin de l'après-midi. Aillas suivit à pas lents le Chale, en réfléchissant à ce qu'il avait appris. A la boutique d'un orfèvre maure, il proposa de vendre deux des émeraudes de Suldrun, chacune de la taille d'un pois.

Le Maure examina les gemmes l'une après l'autre, en se servant d'un verre grossissant d'une forme curieuse et nouvelle. Quand il eut achevé son estimation, il prit la parole d'une voix soigneusement neutre. « Ce sont des gemmes parfaites. Je paierai cent florins d'argent pour chacune – approximativement la moitié de leur valeur. C'est ma première, dernière et unique offre.

– Marché conclu », dit Aillas. Le Maure aligna des pièces d'or et d'argent qu'Aillas fit tomber dans son escarcelle, puis il sortit de la boutique.

Au crépuscule, Aillas retourna aux Quatre Guimauves où il soupa de poisson frit, de pain et de vin. Il dormit comme une souche et, quand il se réveilla, l'oubliette semblait un mauvais rêve. Il prit son petit déjeuner, paya sa note, jeta par-dessus son épaule le paquet contenant Persilian et partit en direction du sud sur la route qui longeait le rivage.

Par un itinéraire dont le souvenir paraissait appartenir à une autre existence, il se rendit à la ferme où Ehirme habitait. Comme naguère, des hommes et des jeunes garçons faisaient les foins. Dans le potager, une vieille femme trapue clopinait au milieu des choux, enlevant les mauvaises herbes avec un sarcloir. Tandis qu'Aillas regardait, trois petits cochons s'échappèrent de la porcherie et s'en furent d'un trot décidé vers le carré de navets. La vieille femme poussa un curieux cri iodlé et une petite fille sortit en courant de la maison pour donner la chasse aux porcelets qui s'égaillèrent dans toutes les directions sauf celle de la porcherie.

La fillette passa toujours courante et essoufflée près de la barrière. Aillas l'arrêta. « Voudriez-vous dire à Ehirme que quelqu'un à la barrière souhaite lui parler? »

La fillette le toisa avec hostilité et méfiance. Elle appela la vieille femme qui sarclait les choux, puis se remit à poursuivre les porcelets, opération dans laquelle elle reçut à présent l'assistance d'un petit chien noir.

La vieille femme clopina vers la barrière. Un châle, jeté par-dessus sa tête et s'avançant un peu au-delà de son visage, masquait ses traits.

Aillas la contemplait avec consternation. Cette vieille créature déjetée : était-ce Ehirme? Elle approcha : d'abord un pas de la jambe droite, puis une embardée de la hanche et la jambe gauche tournait vers l'avant. Elle s'arrêta. Son visage présentait des distorsions et des rides bizarres; ses yeux semblaient s'être enfoncés dans les orbites.

Aillas dit d'une voix entrecoupée : « Ehirme! Que vous est-il arrivé? »

Ehirme ouvrit la bouche et émit une série de vocables iodlés, aucun intelligible pour Aillas. Elle eut un geste de frustration et appela la fillette qui vint se poster auprès d'elle. La fillette dit à Aillas : « Le roi Casmir lui a coupé la langue et lui a fait mal partout. »

Ehirme parla; la fillette écouta avec attention puis, se tournant vers Aillas, traduisit : « Elle veut savoir ce qui vous est arrivé à vous.

– On m'a mis au fond d'un cul de basse-fosse. Je me

suis évadé et, maintenant, je veux trouver mon fils. »

Ehirme parla ; la fillette se borna à secouer la tête. Aillas questionna : « Qu'a-t-elle dit ?

– Des choses sur le roi Casmir.

– Ehirme, où est mon fils Dhrun ? »

Un moment de roucoulements incompréhensibles, que la fillette traduisit : « Elle ne sait pas ce qui s'est passé. Elle a fait porter le bébé à sa mère, près de la grande forêt. Casmir y a envoyé des gens, mais ils ont ramené une fille. Alors le bébé doit être toujours là-bas.

– Et comment me rendre dans cet endroit ?

– Allez à la Vieille Chaussée, puis partez à l'est jusqu'au Petit-Saffield. Là, prenez la route de traverse au nord jusqu'à Tawn Timble, puis ensuite jusqu'au village de Glymwode. Vous y demanderez Graithe le bûcheron et Wynes, sa femme. »

Aillas fouilla dans son escarcelle et en sortit un collier de perles roses. Il le donna à Ehirme, qui l'accepta sans enthousiasme. « C'était le collier de Suldrun. Quand j'arriverai au Troicinet, je vous enverrai chercher et vous finirez vos jours dans le confort et le maximum de contentement possible. »

Ehirme émit un couinement grave.

« Elle dit que c'est gentil à vous de l'offrir, mais qu'elle ne sait pas si les hommes auront envie de quitter leur terre.

– Nous réglerons la question plus tard. Ici, je ne suis qu'Aillas le vagabond et je n'ai rien à donner sauf ma gratitude.

– On verra bien. »

Plus tard dans la journée, Aillas arriva au Petit-Saffield – une bourgade bâtie en pierre du pays gris ocré au bord de la rivière Timble. Au centre ville, Aillas trouva l'Auberge du Bœuf Noir, où il se logea pour la nuit.

Au matin, il s'en alla par un chemin qui suivait la Timble en direction du nord, dans l'ombre des peupliers croissant le long des berges. Des corbeaux s'élevaient au-dessus des champs, signalant sa présence à qui voulait les entendre.

Le soleil perçait la brume matinale et lui chauffait la figure ; il perdait déjà la pâleur spectrale de sa captivité. Comme il marchait, une idée bizarre lui vint à l'esprit. « Un de ces jours, il faudra que je retourne rendre visite à mes douze bons amis... » Il proféra un son sardonique. Quelle idée ! Retourner dans le trou noir ? Jamais... Il calcula.

Aujourd'hui, Zerling descendrait le seau avec ses rations. Le pain et l'eau resteraient dans le panier et le pauvre diable dans son trou serait considéré comme mort. Zerling le signalerait peut-être au roi Casmir. Comment le roi réagirait-il à la nouvelle? Un haussement d'épaules indifférent? Un petit élan de curiosité concernant le père de l'enfant de sa fille? Aillas eut un mince sourire dur et s'amusa pendant un moment à envisager de possibles développements de l'avenir.

La campagne en direction du nord allait buter au pied d'une masse sombre qui barrait l'horizon au septentrion : la Forêt de Tantrevalles. A mesure qu'Aillas approchait, le paysage changeait, pour devenir encore plus complètement imprégné de la marque du temps. Les couleurs semblaient plus riches et plus intenses; les ombres étaient plus profondes et avaient des teintes curieuses qui leur appartenaient en propre. La rivière Timble, ombragée par des saules et des peupliers, s'éloigna en décrivant de majestueux méandres; la route tourna et entra dans la ville de Tawn Timble.

A l'auberge, Aillas mangea un plat de fèves et but de la bière servie dans une chope de grès.

Le chemin de Glymwode menait au milieu des prés, se rapprochant toujours de la masse sombre de la forêt, tantôt longeant son orée, tantôt passant sous des halliers isolés.

Au milieu de l'après-midi, Aillas arriva d'un pas fatigué dans Glymwode. A l'auberge de l'Homme Jaune, l'hôtelier lui indiqua comment se rendre à la maisonnette de Graithe le bûcheron. Il questionna avec perplexité : « Qu'est-ce qui conduit tant de beau monde à visiter Graithe? Il n'est qu'un homme du commun et rien de plus qu'un bûcheron.

– L'explication est assez simple, répliqua Aillas. Certains grands personnages de la ville de Lyonesse voulaient qu'un enfant soit élevé discrètement, si vous voyez ce que je veux dire, puis ils ont changé d'avis.

– Ah! » L'hôtelier posa un doigt le long de son nez dans un geste entendu. « Maintenant, voilà qui est clair. N'empêche, cela fait bien loin juste pour dissimuler un écart de conduite.

– Bah! On ne peut pas juger les nobles selon des critères de bon sens.

– Vérité première, certes, déclara l'hôtelier. Ils vivent avec la tête au-dessus des nuages! Eh bien donc, vous connaissez le chemin. Ne vous enfoncez pas dans les bois, surtout après la tombée de la nuit; vous risqueriez de trouver des choses que vous ne cherchez pas.

– Selon toutes probabilités, je serai de retour ici avant le coucher du soleil. Aurez-vous un lit pour moi?

– Oui. S'il n'y a rien de mieux, vous aurez une paillasse dans le grenier. »

Aillas quitta l'auberge et comme prévu parvint au cottage de Graithe et de Wynes : une petite cabane de deux pièces construite en pierre et en bois, avec un toit de chaume, à la lisière même de la forêt.

Un vieil homme maigre à barbe blanche s'affairait à fendre une bûche avec une masse et des coins. Une femme trapue vêtue d'un châle et d'une robe en étoffe tissée à la maison travaillait au jardin. A l'arrivée d'Aillas, les deux se redressèrent et, en silence, le regardèrent approcher.

Aillas s'arrêta dans la cour et attendit pendant que l'homme et la femme avançaient lentement.

« Vous êtes Graithe et Wynes? » questionna Aillas.

L'homme acquiesça d'un bref signe de tête. « Qui êtes-vous? Que voulez-vous?

– C'est votre fille Ehirme qui m'envoie. »

Les deux le dévisageaient, immobiles comme des statues. Aillas sentit l'exhalaison psychique de la peur. Il expliqua : « Je ne suis pas venu vous causer des ennuis, bien au contraire. Je suis le mari de Suldrun et le père de notre enfant. C'était un garçon nommé Dhrun. Ehirme l'a fait porter ici. Les soldats du roi Casmir ont ramené une fille appelée Madouc. Où donc alors est mon fils Dhrun? »

Wynes se mit à gémir. Graithe leva la main. « Paix, femme, nous n'avons commis aucune mauvaise action. Jeune homme, quel que soit votre nom, l'affaire est terminée en ce qui nous concerne. Notre fille a subi une épreuve terrible. Nous méprisons de toute notre haine ces personnes qui ont provoqué sa souffrance. Le roi Casmir s'est emparé de l'enfant; il n'y a rien de plus à ajouter.

– Seulement ceci. Casmir m'a enfermé au fin fond d'une oubliette, d'où je viens seulement de m'évader. Il est mon ennemi autant que le vôtre, comme il l'apprendra un jour. Je demande ce qui est mon droit. Donnez-moi mon fils ou dites-moi où le trouver.

– Cela ne nous concerne pas! s'écria Wynes. Nous sommes vieux. Nous subsistons au jour le jour. Quand notre cheval mourra, comment apporterons-nous notre bois au village? Un de ces hivers, qui n'est pas loin, nous mourrons de faim. »

Aillas fouilla dans son escarcelle et en sortit une autre

possession de Suldrun : un bracelet d'or incrusté de grenats et de rubis. A quoi il ajouta deux couronnes d'or. « Pour le moment, je ne puis vous offrir comme secours que ceci, mais du moins n'aurez-vous pas à craindre de manquer de nourriture. Maintenant, dites-moi ce qu'il en est de mon fils. »

Wynes prit l'or d'un geste hésitant.

« Bon, je vais vous expliquer ce qui est arrivé à votre fils. Graithe était allé dans la forêt couper des fagots. J'avais mis le bébé dans un panier que j'ai posé pour cueillir des champignons. Hélas! nous n'étions pas loin du Pré Follet et les fées du fort de Thripsey ont joué un de leurs tours. Elles ont emporté le petit garçon et laissé un enfant fée dans le panier. Je m'en suis aperçue seulement quand j'ai voulu prendre le bébé et qu'il m'a mordue. Alors j'ai regardé, j'ai vu la petite rouquine et j'ai compris que les fées étaient passées par là. »

Graithe compléta : « Puis les soldats du roi sont arrivés. Ils ont réclamé le bébé sous peine de mort et nous leur avons donné le changelin [1] avec nos malédictions pour lui pardessus le marché. »

Aillas, déconcerté, examina un visage après l'autre. Il se retourna ensuite pour plonger son regard dans la forêt. Il finit par dire : « Pouvez-vous me conduire au fort de Thripsey?

– Oh, oui, nous pouvons vous y emmener et si vous faites la moindre maladresse, les êtres fées vous gratifieront d'une tête de crapaud comme le pauvre Wilclaw le toucheur de bœufs; ou encore de pieds qui dansent, si bien que vous vous en irez dansant à jamais par voies et par chemins, comme ça a été le sort d'un petit gars nommé Dingle, quand ils l'ont surpris en train de manger leur miel.

– Ne dérangez jamais les êtres fées, lui conseilla Wynes. Soyez reconnaissant quand ils vous laissent en paix.

– Mais mon fils, Dhrun! Que devient-il? »

1. Le changelin (francisation du terme anglais *changeling*), littéralement : le petit échangé, c'est l'enfant de fées substitué à l'enfant qu'elles ont volé et – selon l'expression courante – l'enfant changé en nourrice. (*N.d.T.*)

XVIII

AU cœur de la Forêt de Tantrevalles et dans ses abords, il y avait plus de cent sidhes de fées, chacun la forteresse d'une tribu d'êtres fées [1]. Le sidhe de Thripsey sur le Pré Follet, à un peu moins de deux kilomètres de la lisière de la forêt, était gouverné par le roi Throbius et son épouse la reine Bossum. Son royaume comprenait le Pré Fol et et autant de forêt alentour que requérait sa dignité. Les fées de Thripsey étaient au nombre de quatre-vingt-six. Parmi elles, il y avait :

BOAB : qui se montrait sous l'aspect d'un jeune homme vert pâle avec des ailes et des antennes de sauterelle. Il était muni d'une plume noire arrachée à la queue d'un corbeau et enregistrait tous les événements et transactions de la tribu sur des feuillets faits de pétales de lis aplatis.

TUTTERWIT : un lutin qui aimait rendre visite aux maisons humaines pour taquiner les chats. Il aimait aussi regarder par les fenêtres, gémissant et grimaçant jusqu'à ce qu'il attire l'attention de quelqu'un, puis il se retirait vivement.

GUNDELINE : une mince jeune femme d'un charme enchanteur, avec de longs cheveux lavande et des ongles verts. Elle s'exprimait par gestes, faisait des grâces et des entrechats, mais ne parlait jamais et personne ne la connaissait bien. Elle léchait le safran sur les pistils des pavots à petits coups prestes de sa langue verte pointue.

WONE : elle aimait se lever de bonne heure, avant l'aube,

1. Le *sidhe* ou *shee* (littéralement *colline des fées*) est – on s'en souvient – le palais ou le fort souterrain des êtres fées dans le folklore gaélique. (*N.d.T.*)

pour parfumer et aromatiser les gouttes de rosée avec des nectars de fleurs assortis.

MURDOCK : un gros gobelin brun qui tannait des peaux de souris et tissait le duvet des jeunes hiboux à peine sortis de l'œuf pour en faire de douces couvertures grises destinées aux enfants fées.

FLINK : qui forgeait des épées fées, en se servant de techniques d'une force ancienne. C'était un grand vantard et il chantait souvent la ballade célébrant le duel fameux qui l'avait opposé au gobelin Dangott.

SHIMMIR : avec audace, elle s'était moquée de la reine Bossum et avait gambadé en silence derrière elle, imitant sa démarche pleine de fougue spectaculaire, tandis que toutes les fées étaient assises le dos rond et les mains pressées sur la bouche pour étouffer leurs rires. En punition, la reine Bossum lui tourna les pieds à l'envers et mit un bouton sur son nez.

FALAËL : qui se manifestait sous la forme d'un lutin brun clair, avec un corps de garçon et un visage de fille. Falaël était sans cesse en veine d'espièglerie et, quand les villageois venaient dans la forêt ramasser des baies et des noisettes, c'était généralement Falaël qui faisait exploser leurs noisettes et transformait leurs fraises en crapauds et hannetons.

Et il y avait aussi Twisk, qui apparaissait habituellement sous la forme d'une jeune fille à la chevelure cuivrée, vêtue d'une robe de gaze grise. Un jour, alors qu'elle pataugeait dans l'eau peu profonde sur les bords de l'étang de Tilhilvelly, elle fut surprise par le troll Mangeon. Il l'empoigna par la taille, la porta jusqu'à la berge, arracha la robe de gaze grise et s'apprêta à opérer un raccordement érotique. A la vue de son instrument priapique, grotesque de grosseur et couvert de verrues, Twisk devint folle de peur. A force de sursauts, tortillements et contorsions, elle fit échouer les plus vaillants efforts de Mangeon tout suant. Mais sa résistance diminuait et le poids de Mangeon commençait à être oppressant. Elle tenta de se protéger par la magie mais, dans son affolement, elle se rappela seulement un charme, utilisé pour soulager l'hydropisie des animaux de ferme, que – faute de mieux – elle prononça et il se révéla efficace. L'organe massif de Mangeon se racornit à la dimension d'un petit gland de chêne et se perdit dans les replis de son vaste ventre gris.

Mangeon poussa un cri de consternation, mais Twisk ne témoigna pas de remords. Mangeon s'exclama en furie :

« Teigne, tu m'as causé un double dommage et tu vas faire une pénitence appropriée. »

Il la conduisit à une route qui contournait la forêt. A un carrefour, il fabriqua une sorte de pilori et l'attacha à cette construction. Au-dessus de sa tête, il plaça une pancarte : *Faites de moi ce que vous voulez* – et recula. « Tu resteras là jusqu'à ce que trois passants, seraient-ils simples d'esprit, grippe-sous ou grands seigneurs, aient usé de ta personne à leur guise, et tel est le sort que je jette sur toi, de façon qu'à l'avenir tu décides d'être plus accommodante envers ceux qui t'accostent près de l'étang de Tilhilvelly. »

Mangeon s'en alla d'un pas tranquille et Twisk resta seule.

Le premier à passer fut le chevalier sire Jaucinet de Château Nuage dans le Dahaut. Il arrêta son cheval et jaugea la situation d'un coup d'œil étonné. « *Faites de moi ce que vous voulez*, lut-il. Dame, pourquoi permettez-vous semblable indignité?

– Sire chevalier, je ne le permets pas par choix, dit Twisk. Je me suis pas attachée au pilori dans cette position et je n'ai pas accroché la pancarte.

– Qui donc est responsable?

– Le troll Mangeon, pour se venger.

– Alors, bien sûr, je vais vous aider à vous libérer, par tous les moyens possibles. »

Sire Jaucinet mit pied à terre, ôta son casque, montrant qu'il était un gentilhomme de belle mine aux cheveux couleur de lin et aux longues moustaches. Il tenta de desserrer les liens qui entravaient Twisk, mais sans résultat. Il finit par dire : « Dame, ces liens résistent à mes efforts.

– Dans ce cas, dit Twisk avec un soupir, obéissez, s'il vous plaît, aux instructions que donne implicitement la pancarte. C'est seulement après trois rencontres de ce genre que les liens se relâcheront.

– L'action n'est pas chevaleresque, déclara sire Jaucinet. N'empêche, je vais être fidèle à ma promesse. »

Ce disant, il fit ce qu'il put pour aider à la délivrance de Twisk.

Sire Jaucinet aurait voulu rester pour partager sa veille et continuer à l'assister en cas de besoin, mais elle le supplia de s'en aller. « Si d'autres voyageurs vous voient ici, cela risque de les détourner de s'arrêter. Il faut donc que vous partiez, et tout de suite. Car le jour baisse et j'aimerais pouvoir rentrer chez moi avant la nuit.

– Cette route est peu fréquentée, dit sire Jaucinet. Toutefois, elle est suivie de temps à autre par des vagabonds et des lépreux et la chance vous sourira peut-être. Dame, je vous souhaite le bon jour. »

Sire Jaucinet coiffa son casque, se mit en selle et s'en fut.

Une heure passa tandis que le soleil s'enfonçait à l'ouest. A ce moment, Twisk entendit siffloter et vit bientôt un jeune paysan qui rentrait chez lui après une journée de travail aux champs. Comme sire Jaucinet, il s'arrêta net de surprise, puis approcha lentement. Twisk lui sourit mélancoliquement. « Comme vous voyez, messire, je suis attachée ici. Je ne peux pas m'en aller et je ne peux pas vous résister, quelle que puisse être votre impulsion.

– Mon impulsion est assez simple, répliqua le jeune laboureur. Mais je ne suis pas né de la dernière pluie et je veux savoir ce qu'il y a sur la pancarte.

– Elle dit : *Faites ce que vous voulez...*

– Ah! bon, très bien. Je craignais que ce soit un prix ou une quarantaine. »

Sans plus de façons, il releva sa blouse et s'unit à Twisk avec un entrain primitif. « Et maintenant, madame, si vous voulez bien m'excuser, je dois me dépêcher de rentrer, car il y aura du lard ce soir avec les navets et vous m'avez donné faim. »

Le laboureur disparut dans le crépuscule, tandis que Twisk contemplait avec inquiétude la tombée de la nuit.

Avec l'obscurité, un froid de glace envahit peu à peu l'atmosphère et des nuages bas masquèrent les étoiles, si bien que la nuit était noire. Twisk se ramassa sur elle-même, frissonnante et malheureuse, et prêta l'oreille aux bruits de la nuit avec une attention craintive.

Les heures s'écoulèrent lentement. A minuit, Twisk entendit un bruit léger : le son feutré de pas lents sur la route. Les pas s'interrompirent et quelque chose capable de voir dans le noir fit halte pour l'examiner.

La chose approcha et, même avec sa vision de fée, Twisk ne distingua qu'une haute silhouette.

Qui se tenait devant elle et la toucha avec des doigts froids. Twisk dit d'une voix frémissante : « Messire? Qui êtes-vous? Puis-je savoir votre identité? »

La créature ne répondit pas. Tremblante de terreur, Twisk allongea la main et sentit un vêtement, comme un manteau, qui exhala une odeur inquiétante quand elle le bougea.

La créature s'approcha et soumit Twisk à une froide étreinte qui la laissa seulement à demi consciente.

La créature s'éloigna le long de la route et Twisk tomba sur le sol, souillée mais libre.

Elle courut dans le noir vers le fort de Thripsey. Les nuages se dissipèrent ; la clarté des étoiles l'aida à avancer et elle arriva bientôt chez elle. Elle se nettoya de son mieux, puis se rendit dans sa chambre de velours vert pour se reposer.

Si les fées n'oublient jamais une offense, elles offrent une solide résistance au malheur et cette mésaventure sortit vite de l'esprit de Twisk qui ne se souvint de l'événement que lorsqu'elle se découvrit enceinte.

A son terme, elle donna naissance à une fille aux cheveux roux qui, déjà dans son berceau d'osier, sous son couvre-pieds en duvet de hibou, considérait le monde avec une sagesse précoce.

Le père était qui... ou quoi? Cette incertitude causait à Twisk une contrariété permanente et elle n'éprouvait aucun plaisir à la compagnie de son enfant. Un jour, Wynes, la femme du bûcheron, apporta un petit garçon dans la forêt. Sans hésiter, Twisk prit le bébé blond et laissa à la place la fille étrangement sérieuse.

C'est de cette façon que Dhrun, fils d'Aillas et de Suldrun, vint au fort de Thripsey et c'est ainsi qu'à son tour Madouc, de filiation incertaine, entra au palais du Haidion.

Les enfants de fées se rendent souvent coupables de bougonnerie, accès de colère et malfaisance. Dhrun, un bébé gai doté d'une douzaine de qualités propres à le rendre sympathique, charma les fées par son amabilité autant que par ses boucles blondes brillantes, ses yeux bleu foncé et une bouche toujours plissée et retroussée comme sur le point de sourire. Il fut appelé Tippit, couvert de baisers et nourri de noisettes, de nectar de fleurs et de pain fait avec du grain d'herbes.

Les fées ne supportent pas la gaucherie ; l'éducation de Dhrun fut promptement menée. Il apprit les traditions des fleurs et les pensées des herbes ; il grimpa aux arbres et explora tout le Pré Follet, depuis la Butte Herbue jusqu'à l'étang de l'Arc-qui-claque. Il assimila le langage de la terre et aussi la langue secrète des fées, que l'on prend si souvent à tort pour des cris d'oiseaux.

Dans un fort de fées, le temps file avec rapidité et une

année sidérale correspondait à huit ans dans la vie de Dhrun. La première moitié de cette période fut heureuse et sans complications. Quand il atteignit ce qu'on pourrait appeler cinq ans (les déterminations de cet ordre étant assez incertaines), il posa la question à Twisk, qu'il considérait comme une sœur indulgente, plutôt écervelée. « Pourquoi ne puis-je avoir des ailes comme Digby pour voler? C'est une chose, s'il te plaît, que j'aimerais faire. »

Twisk, assise dans l'herbe avec une guirlande de primevères, eut un geste large.

« Ce sont les enfants fées qui volent. Tu n'es pas tout à fait fée, bien que tu sois mon adorable Tippit, et je vais tresser ces primevères dans tes cheveux, tu seras encore plus beau, beaucoup plus que Digby avec sa figure rusée de renard. »

Dhrun insista : « Alors, si je ne suis pas tout à fait fée, qu'est-ce que je suis?

– Ma foi, tu es quelque chose de très important, c'est sûr : peut-être un prince de la cour royale; et ton nom est Dhrun, en réalité. »

Elle avait appris ce fait d'étrange façon. Curieuse de savoir ce qu'il était advenu de sa fille aux cheveux roux, Twisk s'était rendue au cottage de Graithe et de Wynes, et elle avait assisté à l'arrivée de la députation envoyée par le roi Casmir. Plus tard, cachée dans le chaume du toit, elle avait écouté les lamentations de Wynes pour Dhrun, l'enfant perdu.

Dhrun ne fut pas entièrement satisfait du renseignement. « Je crois que je préférerais être fée.

– Il faudra que nous voyions cela, dit Twisk en se levant d'un bond. Pour le moment, tu es le prince Tippit, seigneur de toutes les primevères. »

Pendant un certain temps, les choses demeurèrent comme avant et Dhrun repoussa cette notion désagréable au fond de son esprit. En somme, le roi Throbius exerçait une magie merveilleuse; le moment venu, si on le lui demandait gentiment, le roi Throbius le rendrait fée.

Un seul habitant du sidhe lui témoignait de l'animosité : c'était Falaël, avec le visage féminin et le corps masculin, dont le cerveau bouillonnait de malice ingénieuse. Il rassembla deux armées de souris qu'il vêtit d'uniformes magnifiques. La première armée portait un habit rouge et or; la seconde un habit bleu et argent avec des casques d'argent. Elles marchèrent vaillamment l'une vers l'autre des côtés opposés de la prairie et livrèrent une grande bataille, tandis que les fées de Thripsey applaudissaient les exploits et pleuraient les héros morts.

Falaël avait aussi un don pour la musique. Il réunit un orchestre de hérissons, de belettes, de corneilles et de lézards et les entraîna à se servir d'instruments de musique. Ils jouaient avec tellement d'habileté et leurs airs étaient si mélodieux que le roi Throbius les autorisa à se produire à la grande Pavane de l'Équinoxe de printemps. Sur quoi Falaël se lassa de l'orchestre. Les corneilles s'envolèrent; deux bassons-belettes attaquèrent un hérisson qui avait battu du tambour avec trop d'ardeur et l'orchestre se trouva dissous.

Falaël, qui s'ennuyait, transforma ensuite le nez de Dhrun en une longue anguille verte qui, par son balancement, avait le pouvoir de figer Dhrun dans une expression ridicule. Dhrun courut demander secours à Twisk; elle se plaignit avec indignation au roi Throbius, qui remit les choses en ordre et, comme punition, condamna Falaël à un silence absolu pendant une semaine et un jour : un châtiment sévère pour le prolixe Falaël.

Sa punition finie, Falaël demeura silencieux trois jours de plus par pure perversité. Le quatrième jour, il aborda Dhrun. « Par ta méchanceté, j'ai subi une humiliation : moi, Falaël aux nombreux mérites! Es-tu surpris maintenant de mon courroux? »

Dhrun répliqua avec dignité : « Je n'ai pas attaché d'anguille au bout de ton nez; rappelle-toi ça!

– Je l'ai fait histoire de m'amuser et pourquoi voudrais-tu abîmer mon beau visage? Par contre, le tien est comme une poignée de pâte à pain avec deux pruneaux à la place des yeux. C'est une figure grossière, une arène pour des pensées stupides. Qui pourrait s'attendre à mieux de la part d'un mortel? »

Triomphant, Falaël sauta en l'air, exécuta un triple saut périlleux et, prenant une pose avantageuse, s'éloigna en vol plané au-dessus de la prairie.

Dhrun partit à la recherche de Twisk. « Suis-je vraiment un mortel? Ne pourrais-je jamais être fée? »

Twisk l'examina un instant. « Tu es un mortel, oui. Tu ne seras jamais un être fée. »

Dès lors, la vie de Dhrun changea insensiblement. L'innocence tranquille des façons de naguère devint forcée; les fées lui jetaient des regards obliques; il se sentait de jour en jour plus isolé.

L'été vint sur le Pré Follet. Un matin, Twisk aborda Dhrun et, d'une voix pareille au tintement de clochettes d'argent, déclara : « Le moment est arrivé; tu dois quitter le fort et faire ton chemin dans le monde. »

Dhrun resta figé le cœur brisé, des larmes ruisselant sur ses joues. Twisk dit : « Ton nom est maintenant Dhrun. Tu es le fils d'un prince et d'une princesse. Ta mère a disparu d'entre les vivants, quant à ton père je ne sais rien de lui, mais c'est inutile de partir à sa recherche.

– Alors où irai-je?

– Suis le vent! Va où le hasard te conduit! »

Dhrun tourna les talons et, aveuglé par les larmes, se mit en route.

« Attends! s'écria Twisk. On s'est tous réunis pour te dire adieu. Tu ne t'en iras pas sans nos cadeaux. »

Les fées du fort de Thripsey, avec une gravité qui ne leur était pas coutumière, firent leurs adieux à Dhrun. Le roi Throbius déclara : « Tippit, ou Dhrun comme telle doit être désormais la façon de t'appeler, l'heure a sonné. A présent, tu es chagriné par la séparation, parce que nous sommes réels et tangibles et chers, mais bientôt tu nous oublieras et nous deviendrons comme des étincelles dans le feu. Quand tu seras vieux, tu t'étonneras des rêves étranges de ton enfance. »

Les fées du fort se pressèrent autour de Dhrun, pleurant et riant à la fois. Elles le revêtirent de beaux habits : un pourpoint vert foncé avec des boutons d'argent, une culotte bleue en solide gabardine de lin, des bas verts, des souliers noirs, un chapeau noir qui avait un bord roulé, une coiffe pointue et une plume rouge.

Le forgeron Flink donna à Dhrun une épée fée. « Le nom de cette épée est Dassenach. Elle grandira en même temps que toi et sera toujours accordée à ta stature. Son tranchant ne s'émoussera jamais et elle viendra dans ta main chaque fois que tu crieras son nom. »

Boab plaça un médaillon autour de son cou. « Ceci est un talisman contre la peur. Porte toujours cette pierre noire et le courage ne te fera jamais défaut. »

Nismus lui apporta une flûte de Pan. « Voici de la musique. Quand tu joueras, les talons s'envoleront et tu ne manqueras jamais de joyeuse compagnie. »

Le roi Throbius et la reine Bossum embrassèrent tous deux Dhrun sur le front. La reine lui donna une petite bourse contenant une couronne en or, un florin en argent et un sou en cuivre. « Cette bourse est magique, lui dit-elle. Elle ne sera jamais vide et, mieux, si jamais tu donnes une pièce et veux la récupérer, tu n'auras qu'à taper sur la bourse et la pièce te reviendra aussitôt.

– A présent, pars bravement, dit le roi Throbius. Va ton chemin et ne regarde pas en arrière, sous peine de sept ans de malheur, car telle est la façon dont on doit quitter un fort de fées. »

Dhrun se détourna et traversa à grands pas le Pré Follet, les yeux fermement fixés sur le chemin qu'il devait suivre. Falaël, assis un peu à l'écart, n'avait pas participé aux adieux. Et voici qu'il lança derrière Dhrun une bulle de son que personne ne pouvait entendre. Elle vola dans la brise au-dessus de la prairie et vint éclater contre l'oreille de Dhrun, le faisant sursauter. « Dhrun! Dhrun! Un instant! »

Dhrun s'arrêta et regarda en arrière, pour découvrir seulement un pré désert où résonnaient les échos du rire moqueur de Falaël. Où était le sidhe, où étaient les pavillons, les fiers étendards avec les gonfalons flottant au vent? Il n'y avait rien de visible qu'un tertre de faible hauteur au centre de la prairie, avec un chêne rabougri poussant au sommet.

Troublé, Dhrun quitta la prairie. Le roi Throbius allait-il vraiment lui infliger sept ans de malchance quand la faute en revenait à Falaël? La loi des fées est souvent inflexible.

Une flottille de nuages d'été couvrit le soleil et la forêt devint sombre. Dhrun perdit le sens de l'orientation et, au lieu de se diriger vers le sud et la lisière de la forêt, il s'égara d'abord vers l'ouest, puis vira peu à peu vers le nord, s'enfonçant de plus en plus au cœur des bois : sous d'antiques chênes au fût noueux et aux grandes branches déployées, sur des affleurements de roche moussus, près de ruisseaux silencieux frangés de fougères – et ainsi le jour passa. Vers le crépuscule, il se confectionna un lit de petites fougères royales et de grandes fougères impériales et, quand la nuit tomba, il se coucha sous les petites fougères. Il resta longtemps éveillé, écoutant les bruits des bois. Les animaux, il ne les redoutait pas; ils sentiraient la présence de la magie féerique et l'éviteraient. D'autres créatures hantaient la forêt et, si l'une d'elles flairait sa présence qu'arriverait-il? Dhrun se refusa à envisager les possibilités. Il toucha le talisman qui était suspendu à son cou. « Quel soulagement d'être protégé contre la peur, se dit-il. Autrement, je risquais que l'anxiété m'empêche de dormir. »

Finalement, ses paupières s'alourdirent – et il dormit.

Les nuages se dispersèrent; une demi-lune parcourut le ciel, sa clarté filtra à travers les feuilles jusqu'au sol de la forêt – et ainsi passa la nuit.

A l'aube, Dhrun s'éveilla et se redressa dans son nid de fougères. Il regarda à droite, il regarda à gauche, les yeux écarquillés, puis se rappela son bannissement du sidhe. Il resta assis désolé, les bras autour des genoux, se sentant solitaire et perdu... Très loin dans la forêt, il entendit un cri d'oiseau et écouta attentivement... ce n'était qu'un oiseau, pas un parler de fée. Dhrun s'extirpa de sa couchette et se brossa avec soin. Non loin de là, il trouva une corniche couverte de fraises, ce qui lui procura un bon petit déjeuner et le courage ne tarda pas à lui revenir. Peut-être tout était-il pour le mieux. Puisqu'il n'était pas fée, c'était grand temps qu'il fasse son chemin dans le monde des humains. En somme, n'était-il pas le fils d'un prince et d'une princesse? Il n'avait qu'à découvrir ses parents et tout s'arrangerait.

Il étudia la forêt. La veille, il avait sans doute pris le mauvais tournant; quelle direction était donc la bonne? Dhrun ne connaissait pas grand-chose sur les pays entourant la forêt et il n'avait pas appris non plus à se guider d'après le soleil. Il partit en diagonale et arriva bientôt à un ruisseau avec quelque chose qui ressemblait à un sentier sur sa berge.

Dhrun fit halte, pour regarder et écouter. Les sentiers signifient de la circulation; dans la forêt, cette circulation risquait fort d'être funeste. La sagesse serait peut-être de franchir le ruisseau et de continuer à travers les bois que ne perçait nul chemin. D'autre part, un sentier conduit toujours quelque part et, si Dhrun se comportait avec prudence, il éviterait certainement le danger. Et en somme, où était le danger qu'il ne pouvait affronter et surmonter avec l'aide de son talisman et de sa bonne épée Dassenach?

Dhrun effaça les épaules, se mit à suivre la piste qui, obliquant au nord-est, l'entraîna encore plus avant dans le cœur de la forêt.

Il marcha deux heures et découvrit au bord du sentier une clairière plantée de pruniers et d'abricotiers devenus depuis longtemps sauvages.

Dhrun inspecta la clairière. Elle était apparemment déserte et silencieuse. Des abeilles volaient au milieu des boutons d'or, du trèfle incarnat et du pourpier; il n'y avait nulle part de signe d'habitation. Néanmoins, Dhrun hésita, retenu par une véritable armée de mises en garde subconscientes. Il s'écria : « Qui que vous soyez qui possédez ces fruits, écoutez-moi, je vous prie. J'ai faim; j'aimerais cueillir dix abricots et dix prunes. S'il vous plaît, est-ce que je peux le faire? »

Silence.

Dhrun cria : « Si vous ne me le défendez pas, je considérerai les fruits comme un cadeau, pour lequel mes remerciements. »

De derrière un arbre, à moins de dix mètres de là, bondit un troll, au front étroit et au grand nez rouge d'où jaillissait une moustache de vibrisses. Il avait à la main un filet et une fourche en bois.

« Voleur! Je vous interdis de toucher à mes fruits. Auriez-vous cueilli un seul abricot, votre vie était à moi. Je vous aurais capturé, engraissé avec des abricots et vendu à l'ogre Arbogast! Pour dix abricots et dix prunes, je réclame un sou de cuivre.

– Un bon prix pour des fruits voués à être perdus, commenta Dhrun. Ne voulez-vous pas être payé avec mes remerciements?

– Les mercis ne mettent pas de navets dans la marmite. Une pièce de cuivre ou dînez d'herbe.

– Très bien », dit Dhrun. Il sortit le sou de sa bourse et le lança au troll, qui poussa un grognement de satisfaction.

« Dix abricots, dix prunes : pas plus; et ce serait un acte de gloutonnerie que de choisir les plus beaux. »

Dhrun cueillit dix bons abricots et dix prunes, surveillé par le troll qui vérifiait le compte. Quand il eut pris la dernière prune, le troll cria : « Pas plus; filez! »

Dhrun s'éloigna à pas tranquilles sur le sentier en mangeant les fruits. Quand il eut fini, il but de l'eau au ruisseau et continua son chemin. Huit cents mètres plus loin, il s'arrêta, tapota la bourse. Lorsqu'il regarda dedans, le sou était revenu.

Le ruisseau s'élargit pour devenir une mare, ombragée par quatre chênes majestueux.

Dhrun arracha une poignée de jeunes joncs, lava leurs racines blanches croquantes. Il trouva du cresson et de la laitue sauvage – et se fit un repas de cette fraîche salade piquante, puis il poursuivit sa route le long du sentier.

Le ruisseau se jetait dans une rivière; Dhrun ne pouvait pas avancer sans traverser l'un ou l'autre. Il remarqua un beau pont de bois enjambant le ruisseau mais de nouveau, retenu par la prudence, il s'arrêta avant de poser le pied sur l'ouvrage.

Personne n'était en vue; il ne découvrit pas non plus de signe que le passage pouvait être soumis à restriction. « Auquel cas, parfait, se dit Dhrun. Néanmoins mieux vaut que je demande d'abord la permission. »

Il cria : « Gardien du pont, ohé! Je veux utiliser le pont! »

Pas de réponse. Toutefois, Dhrun crut entendre des bruissements provenant de dessous le pont.

« Gardien du pont! Si vous m'interdisez le passage, faites-vous connaître! Sinon je vais traverser le pont et vous payer avec mes remerciements. »

Hors de l'ombre profonde sous le pont jaillit avec fureur un troll, vêtu de futaine pourpre. Il était encore plus laid que le premier troll, avec un front hérissé de verrues et de loupes qui surplombait comme un crag abrupt un petit nez rouge aux narines tournées en avant. « Qu'est-ce que c'est que ces criailleries? Pourquoi troublez-vous mon repos?

– Je veux traverser le pont.

– Posez seulement un pied sur mon précieux pont et je vous fourre dans mon panier. Pour franchir ce pont, vous devez payer un florin d'argent.

– C'est un péage très élevé.

– Peu importe. Payez comme tous les gens raisonnables ou retournez par où vous êtes venu.

– S'il le faut, il le faut. » Dhrun ouvrit sa bourse, en sortit le florin d'argent et le lança au troll qui le mordit et l'enfourna dans son escarcelle.

« Passez votre chemin et, à l'avenir, faites moins de raffut. »

Dhrun traversa le pont et continua à suivre le sentier. Sur une certaine distance, les arbres étaient plus clairsemés et le soleil lui chauffait les épaules, de façon fort réconfortante. Ce n'était pas si mal, après tout, d'être libre comme l'air et indépendant! Surtout avec une bourse qui récupérait l'argent dépensé à contrecœur. Dhrun tapota alors la bourse et la pièce revint, marquée par les dents du troll. Dhrun poursuivit sa route en sifflant une chanson.

Des arbres ensevelirent de nouveau le sentier; d'un côté, un tertre dominait le chemin de sa pente abrupte qui jaillissait d'un massif de pervenches grimpantes en fleur et de corolles de ravinelier.

Tout à coup, des clameurs effrayantes; sur le sentier

derrière lui avaient sauté deux grands chiens noirs, qui bavaient et grondaient. Des chaînes les retenaient; ils s'élançaient jusqu'au bout de ces chaînes, tressautaient, se cabraient, grinçaient des dents. Glacé d'horreur, Dhrun se retourna vivement, Dassenach à la main, prêt à se défendre. Il recula avec prudence mais, poussant un rugissement sonore, deux autres chiens, aussi enragés que les premiers, se jetèrent vers son dos et Dhrun dut faire un bond pour sauver sa vie.

Il se retrouvait pris entre deux couples d'animaux furieux, chacun plus avide que ses compagnons de briser la chaîne et de s'élancer à la gorge de Dhrun.

Dhrun se rappela son talisman. « Remarquable que je ne sois pas terrifié! dit-il pour lui-même d'une voix chevrotante. Eh bien, donc, il faut que je prouve mon courage et tue ces horribles créatures! »

Il brandit son épée Dassenach. « Chiens, attention! Je suis prêt à mettre fin à votre vie malfaisante! »

D'en haut résonna un appel péremptoire. Les chiens se turent et restèrent figés dans des attitudes féroces. Dhrun leva la tête et aperçut une maisonnette bâtie en troncs d'arbre sur une corniche à trois mètres au-dessus du chemin. Sur le seuil se tenait un troll qui semblait combiner tous les aspects répugnants des deux premiers. Il portait des habits couleur tabac, des bottes noires avec des boucles de fer et un curieux chapeau conique incliné sur le côté. Il cria d'une voix courroucée : « Gare à vous si vous faites du mal à mes chiens! Rien qu'une égratignure et je vous ligote avec des cordes pour vous livrer à Arbogast!

– Ordonnez aux chiens de quitter le chemin! cria Dhrun. Je m'en irai volontiers en paix.

– Ce n'est pas si simple! Vous avez troublé leur repos autant que le mien avec vos sifflements et vos ramages; vous auriez dû passer plus silencieusement! Maintenant, il vous faut payer une amende sévère : une couronne d'or, pour le moins!

– C'est beaucoup trop, répliqua Dhrun, mais mon temps est précieux et je suis forcé de payer. »

Il sortit de sa bourse la couronne d'or et la lança au troll qui la soupesa pour évaluer son poids.

« Eh bien, donc, je suppose que je dois me laisser fléchir. Chiens, allez-vous-en! »

Les chiens se coulèrent dans les buissons et Dhrun passa comme une ombre, la peau toute picotante. Il courut à fond de train sur le sentier aussi longtemps qu'il en fut capable, puis s'arrêta, tapota la bourse et poursuivit son chemin.

Quinze cents mètres plus loin, le sentier aboutit à une route pavée de briques brunes. Bizarre de rencontrer une si belle route dans les profondeurs de la forêt, songea Dhrun. Une direction valant l'autre, Dhrun tourna à gauche.

Dhrun suivit la route pendant une heure, tandis que les rayons du soleil devenaient de plus en plus obliques à travers le feuillage... Il s'arrêta court. Une vibration dans l'air : poum-poum-poum. Dhrun quitta la chaussée d'un bond et se cacha derrière un arbre. Sur la route survint un ogre qui oscillait d'un côté à l'autre sur de lourdes jambes arquées. Il avait quatre mètres cinquante de haut; ses bras et son torse, comme ses jambes, étaient tout noueux de bourrelets de muscles. Son ventre saillait en avant sous forme de bedaine. Un grand chapeau mou ombrageait un visage gris d'une laideur non pareille. Sur son dos, il portait un panier d'osier contenant une paire d'enfants.

L'ogre s'éloigna sur la chaussée et le martèlement sourd de ses pas s'étouffa dans le lointain.

Dhrun revint à la route en proie à une douzaine d'émotions, la plus forte étant un étrange sentiment qui lui causa une sensation de faiblesse dans les boyaux et un relâchement de la mâchoire. De la peur? Certainement pas! Son talisman le protégeait contre une émotion aussi peu virile. Alors quoi? La rage, évidemment, qu'Arbogast l'ogre persécute ainsi les enfants des hommes.

Dhrun se mit en marche à la suite de l'ogre. Il n'y avait pas loin à aller. La route montait sur une petite colline, puis plongeait dans une prairie. Au centre, se dressait le château d'Arbogast, un grand édifice sinistre en pierre grise, avec un toit couvert de plaques de cuivre vert.

Devant le château, le terrain avait été labouré et planté de choux, de poireaux, de navets et d'oignons, avec des groseillers poussant sur le côté. Une douzaine d'enfants, âgés de six à douze ans, s'affairaient dans le jardin sous l'œil vigilant d'un jeune régisseur, un garçon d'environ quatorze ans. Il avait une chevelure noire et un corps trapu, avec un visage bizarre : épais et carré en haut, puis obliquant vers une bouche rusée et un petit menton pointu. Il portait un fouet primitif composé d'une branche de saule avec une corde attachée au bout. De temps à autre, il faisait claquer le fouet pour inciter ses subordonnés à plus de zèle. En arpentant le potager, il proférait des ordres et des menaces. « Allons,

Arvil, salis-toi les mains; n'aie pas peur! Toutes les mauvaises herbes doivent être arrachées aujourd'hui. Bertrude, as-tu des problèmes? Est-ce que les mauvaises herbes fuient devant toi? Vite, maintenant! La tâche doit être accomplie!... Pas si brutalement avec ce chou, Pode! Cultive le sol, ne détruis pas la plante! »

Il feignit d'apercevoir seulement maintenant Arbogast et salua. « Bonjour, Votre Honneur; tout va bien ici, rien à craindre pour ça quand Nerulf s'en occupe. »

Arbogast retourna son panier, pour faire tomber une paire de fillettes sur l'herbe. L'une était blonde, l'autre brune; et toutes deux avaient environ douze ans.

Arbogast fixa un anneau de fer autour du cou de chacune. Il déclara d'une voix grondante comme le tonnerre : « Allez! Fuyez où vous voulez et apprenez ce que les autres ont appris.

– Très juste, messire, très juste! cria Nerulf depuis le potager. Personne n'ose vous quitter, messire! Et s'ils osaient, fiez-vous à moi pour les rattraper! »

Arbogast ne lui prêta pas attention. « Au travail! rugit-il à l'adresse des fillettes. J'aime les beaux choux; soignez-les! » Il traversa la prairie d'un pas lourd en direction de son château. Le grand portail s'ouvrit; il entra et le portail demeura ouvert derrière lui.

Le soleil baissa; les enfants s'activèrent plus lentement; même les menaces et les claquements de fouet de Nerulf perdirent de leur énergie. Bientôt les enfants cessèrent tout travail et se rassemblèrent en groupe, jetant des regards furtifs vers le château. Nerulf leva haut son fouet. « En formation maintenant, en bon et bel ordre! En avant, marche! »

Les enfants formèrent une double file irrégulière et entrèrent dans le château. Le portail se ferma derrière eux avec un *clang* fatidique qui résonna dans la prairie.

Le crépuscule estompa le paysage. Par des fenêtres situées haut sur le côté du château jaillit la clarté jaune de lampes.

Dhrun s'approcha du château avec prudence et, après avoir touché son talisman, escalada la paroi de pierre rugueuse jusqu'à l'une des fenêtres, utilisant fentes et crevasses en guise d'échelle. Il se hissa sur le large rebord de pierre. Les volets étaient entrebâillés; en s'avançant centimètre par centimètre, Dhrun put voir la grande salle tout entière, qui était éclairée pas six lampes posées dans des appliques murales et par les flammes dans la vaste cheminée.

Arbogast était installé devant une table et buvait du vin dans une cruche d'étain. A l'autre bout de la salle, les enfants étaient assis contre le mur, observant Arbogast avec une fascination horrifiée. Dans l'âtre, un corps d'enfant farci d'oignons, troussé et embroché, rôtissait au-dessus du feu. Nerulf tournait la broche et, de temps à autre, arrosait la viande avec son jus et de l'huile. Des choux et des navets cuisaient dans une grosse marmite noire.

Arbogast but du vin et rota. Puis, prenant un diabolo, il allongea ses jambes massives et fit rouler la bobine d'un côté à l'autre, gloussant de rire à ses évolutions. Les enfants tassés sur eux-mêmes regardaient avec des pupilles dilatées et la mâchoire pendante. Un des petits garçons se mit à pleurnicher. Arbogast lui décocha un coup d'œil froid. Nerulf s'écria d'une voix volontairement douce et mélodieuse : « Silence, Daffin! »

Le moment venu, Arbogast prit son repas, jetant les os dans le feu, tandis que les enfants dînaient de soupe aux choux.

Pendant quelques minutes, Arbogast but du vin, somnola et rota. Puis il pivota dans son fauteuil et examina les enfants qui se blottirent aussitôt les uns contre les autres. De nouveau, Daffin pleurnicha et de nouveau il fut grondé par Nerulf qui, néanmoins, semblait aussi mal à l'aise que les autres.

Arbogast plongea le bras dans une grande armoire et posa sur la table deux bouteilles, la première haute et verte, la seconde trapue et rouge violacée. Puis il sortit deux chopes, une verte la seconde pourpre, et dans chacune versa une giclée de vin. A la chope verte il ajouta avec soin une goutte de la bouteille verte et dans la chope pourpre une goutte de la bouteille lie-de-vin.

Ensuite Arbogast se leva; le souffle court, grommelant, il traversa lourdement la salle. D'un coup de pied, il projeta Nerulf dans le coin, puis se planta devant le groupe pour l'inspecter. Il tendit un doigt. « Vous deux, avancez! »

Tremblantes, les fillettes qu'il avait capturées ce jour-là se détachèrent du mur. Dhrun, qui regardait par la fenêtre, les trouva toutes deux très jolies, surtout la blonde, bien que la brune fût peut-être de six mois plus proche de la maturité.

Arbogast prit alors la parole d'une voix ridiculement

espiègle et joviale. « Eh bien, voilà une paire de belles poulettes, toute excellence et succulence. Comment vous appelez-vous? Toi? » Il désigna la blonde. « Ton nom?
– Glyneth.
– Et toi?
- Farence.
– Ravissante, ravissante. Les deux sont charmantes! Laquelle aura de la chance? Ce soir, ce sera Farence. »
Il empoigna la petite brune, la hissa sur son grand lit de six mètres. « Ôte tes habits! »
Farence commença à pleurer et à supplier. Arbogast eut un reniflement féroce où l'agacement se mêlait au plaisir. « Dépêche-toi! Ou je te les arrache du dos et tu n'auras plus rien à te mettre! »
Réprimant ses sanglots, Farence enleva sa robe. Arbogast babilla de contentement. « Quelle vision plaisante! Quoi de plus friand qu'une jeune fille nue, timide et délicate? » Il alla à table et but le contenu de la chope pourpre. Il diminua aussitôt de stature jusqu'à devenir un troll trapu et vigoureux, pas plus haut que Nerulf. Sans délai, il sauta sur le lit, se dépouilla de ses propres vêtements et s'affaira à des activités érotiques.
Dhrun observait tout depuis la fenêtre, les genoux comme du coton, le sang battant dans sa gorge. Du dégoût? De l'horreur? Naturellement pas de la peur, et il toucha avec reconnaissance le talisman. Néanmoins l'émotion, quelle que fût sa nature, avait un effet curieusement débilitant.
Arbogast était infatigable. Longtemps après que Farence avait cessé de remuer, il continua à s'activer. A la fin, il s'affala sur le lit avec un grognement de satisfaction et s'endormit aussitôt.
Une idée amusante vint à l'esprit de Dhrun et, comme il était protégé contre la peur, il n'hésita donc pas. Il se laissa descendre sur le haut dossier du fauteuil d'Arbogast et de là sauta sur la table. Il versa le contenu de la chope verte par terre, remit du vin et deux gouttes de la bouteille rouge. Puis il remonta sur la fenêtre et se dissimula derrière le rideau.
La nuit passa, le feu tomba. Arbogast ronflait; les enfants étaient silencieux à part de temps à autre un gémissement.
La lumière grise de l'aube filtra par les fenêtres. Arbogast s'éveilla. Il resta allongé une minute, puis sauta sur le sol. Il se rendit aux cabinets, se soulagea et, à son retour, se dirigea

vers l'âtre où il ranima le feu et empila dessus d'autre combustible. Quand les flammes ronflèrent et crépitèrent, il alla à sa table et, montant sur le fauteuil, prit la chope verte et avala son contenu. Aussitôt, en raison des gouttes que Dhrun avait mélangées avec le vin, il diminua de taille jusqu'à n'avoir plus que trente centimètres de haut. Dhrun bondit alors de la fenêtre sur le fauteuil, sur la table puis sur le sol. Il tira son épée et tailla en pièces la créature qui courait en tous sens et piaillait. Ces pièces se tortillaient et se débattaient en cherchant à se rejoindre, si bien que Dhrun ne pouvait s'arrêter de manier l'épée. Glyneth se précipita pour saisir les morceaux fraîchement coupés et les jeta dans le feu, où ils furent réduits en cendre et ainsi se trouvèrent anéantis. Pendant ce temps, Dhrun plaça la tête dans un pot et rabattit dessus le couvercle – sur quoi la tête tenta d'en sortir en s'aidant de la langue et des dents.

Les autres enfants s'approchèrent. Dhrun, essuyant son épée sur le chapeau mou graisseux d'Arbogast, dit : « Vous n'avez plus rien à craindre; Arbogast est neutralisé. »

Nerulf se passa la langue sur les lèvres et s'avança à grandes enjambées. « Et qui êtes-vous, s'il m'est permis de le demander?

– Mon nom est Dhrun; je passais par hasard.

– Je vois. » Nerulf respira à fond et carra ses épaules massives. Il n'était pas du tout sympathique, songea Dhrun, avec ses traits grossiers, sa bouche épaisse, son menton pointu et ses petits yeux noirs. « Eh bien, reprit Nerulf, accepte nos compliments. C'est exactement le plan que je me proposais d'exécuter, en fait; toutefois, tu t'en es fort bien tiré. Voyons, que je réfléchisse. Il faut que nous nous réorganisions. Comment allons-nous procéder? D'abord, ces saletés doivent être nettoyées. Pode et Hloude : les fauberts et les seaux. Au travail et soigneusement; je ne veux pas voir une seule tache quand vous aurez fini. Dhrun, tu peux les aider. Gretina, Zoel, Glyneth, Bertrude : explorez le garde-manger, sortez ce qu'il y a de mieux et préparez-nous à tous un bon petit déjeuner. Lossamy et Fulp : emportez au-dehors tous les vêtements d'Arbogast, sortez aussi les couvertures et peut-être que la maison aura une meilleure odeur. »

Tandis que Nerulf continuait à donner des ordres, Dhrun grimpa sur la table. Il versa la valeur de deux verres de vin dans la chope verte et la chope rouge, puis ajouta à chacune une goutte de la bouteille appropriée. Il avala la potion verte et grandit aussitôt jusqu'à trois mètres cinquante de haut. Il sauta à terre et empoigna Nerulf stupéfait par le collier de fer qu'il avait autour du cou. Dhrun prit sur la table la potion rouge et la versa dans la bouche de Nerulf. « Bois! »

Nerulf essaya de protester, mais il n'avait pas le choix. « Bois! »

Nerulf avala la potion et se rétrécit aux dimensions d'un diablotin trapu d'environ soixante centimètres. Dhrun se prépara à reprendre sa taille habituelle, mais Glyneth l'arrêta. « Enlève d'abord les anneaux de fer que nous portons au cou. »

L'un après l'autre, les enfants défilèrent devant Dhrun. Il entailla le métal avec son épée Dassenach, puis tordit dans un sens, tordit dans l'autre, deux fois, et rompit les anneaux. Quand tous eurent été libérés, Dhrun se rapetissa à sa taille normale. Il enveloppa bien soigneusement les deux bouteilles et les logea dans son escarcelle. Pendant ce temps, les autres enfants avaient déniché des bâtons et tapaient sur Nerulf avec une intense satisfaction. Nerulf beuglait, sautait d'un pied sur l'autre et criait grâce mais ne s'en vit pas accorder et fut battu comme plâtre. Pendant quelques instants, Nerulf eut un sursis, jusqu'à ce qu'un des enfants se rappelle un autre de ses actes de cruauté et Nerulf fut de nouveau bâtonné.

Les fillettes se déclarèrent prêtes à préparer un festin abondant de jambon et saucisses, groseilles confites, pâté de perdrix, pain blanc et beurre, arrosé du meilleur vin d'Arbogast à pleines cruches, mais elles refusaient de commencer avant que l'âtre soit débarrassé des cendres et des os : rappels trop vifs de leur servitude. Tous s'y mirent avec ardeur et la salle fut bientôt relativement propre.

A midi, un grand banquet fut servi. Par un moyen quelconque, la tête d'Arbogast était parvenue à se hisser au bord du pot, sur lequel elle avait croché les dents et dont elle avait soulevé le couvercle avec son front, et de l'ombre à l'intérieur du pot elle observait de ses deux yeux les enfants qui se gorgeaient de ce que le garde-manger du château avait à offrir de meilleur. Quand ils eurent fini leur repas, Dhrun remarqua que le couvercle n'était plus sur le pot, à présent vide. Il poussa un cri d'alarme et tous se précipitèrent à la recherche de la tête manquante. Pode et Daffin la découvrirent au milieu de la prairie, qui se propulsait en happant le sol avec ses dents. Ils la ramenèrent à coups de pied vers le château et construisirent dans la cour d'honneur une sorte de gibet, auquel ils suspendirent la tête par un fil de fer attaché à la chevelure couleur de terre. Sur l'insistance de tous, afin qu'ils puissent mieux contempler leur ex-ravisseur, Dhrun introduisit de force une goutte de la potion verte dans la bouche rouge et la tête reprit ses dimensions naturelles – et même lança une série d'ordres secs dont tous se gardèrent joyeusement de tenir compte.

La tête regarda avec consternation les enfants empiler au-dessous d'elle des fagots et apporter du feu pris dans la cheminée pour enflammer les brindilles. Dhrun sortit sa flûte et joua tandis que les enfants entamaient une ronde. La tête tempêta et supplia mais n'obtint pas grâce. A la fin, la tête fut réduite en cendres et Arbogast l'ogre n'exista plus.

Fatigués par les événements de la journée, les enfants rentrèrent en groupe au château. Ils dînèrent de bouillie d'avoine et de soupe aux choux, avec du bon pain croustillant et encore du vin d'Arbogast; puis ils se préparèrent à dormir. Quelques-uns des plus hardis grimpèrent sur le lit d'Arbogast, en dépit de l'odeur repoussante; les autres s'étendirent devant le feu.

Dhrun, rompu de fatigue à cause de sa veille de la nuit précédente, pour ne rien dire des exploits accomplis ce jour-là, se retrouva néanmoins incapable de fermer l'œil. Il resta allongé devant le feu, la tête appuyée sur les mains, et réfléchit à ses aventures. Il ne s'en était pas trop mal sorti. Peut-être que sept ans de malchance ne lui avaient finalement pas été infligés.

Le feu tomba. Dhrun alla chercher des bûches dans le coffre à bois. Il les laissa choir sur les braises, faisant ainsi jaillir des gerbes d'étincelles rouges qui s'engouffrèrent dans la cheminée. Les flammes montèrent haut et se reflétèrent dans les yeux de Glyneth qui était assise, éveillée elle aussi. Elle vint rejoindre Dhrun devant l'âtre. Les deux demeurèrent assis, les bras serrés autour des genoux, à contempler le feu. Glyneth dit dans un demi-murmure, d'une voix voilée : « Personne ne s'est donné la peine de te remercier pour nous avoir sauvé la vie. Je le fais maintenant. Merci, cher Dhrun; tu es noble et bon et remarquablement brave. »

Dhrun répliqua d'un ton mélancolique : « Rien de plus naturel que je sois noble et bon puisque je suis le fils d'un prince et d'une princesse, mais pour ce qui est de la bravoure je ne puis honnêtement prétendre en avoir si peu que ce soit.

– Pure sottise! Seul quelqu'un de grande vaillance aurait agi comme toi. »

Dhrun eut un rire amer. Il toucha son talisman. « Les fées connaissaient ma timidité et m'ont donné cette amulette de courage; sans cette amulette, je n'aurais rien pu oser.

– Je n'en suis pas du tout certaine, déclara Glyneth. Amulette ou pas, je te considère comme très courageux.

– C'est agréable à entendre, dit Dhrun tristement. J'aimerais que ce soit vrai.

– Ceci dit, pourquoi les fées ont-elles voulu t'offrir ce cadeau-là, ou même n'importe quel autre? Elles ne sont pas si généreuses, d'ordinaire.

– J'ai vécu toute ma vie avec les fées au sidhe de Thripsey, sur le Pré Follet. Il y a trois jours, elles m'ont chassé, bien que beaucoup d'entre elles aient eu de l'affection pour moi et m'aient donné des cadeaux. Il y en avait une ou deux qui me souhaitaient du mal et qui m'ont amené par ruse à encourir sept ans de malchance pour avoir regardé derrière moi. »

Glyneth prit la main de Dhrun et la posa contre sa joue. « Comment ont-elles pu être si cruelles?

– La faute en revient strictement à Falaël, qui ne vit que pour ce genre de mauvais tour. Et toi? Pourquoi es-tu ici? »

Glyneth eut un sourire morne en regardant le feu. « C'est une histoire triste. Es-tu sûr que tu as envie de l'entendre?

– Si tu as envie de la raconter.

– Je laisserai de côté le pire. Je vivais en Ulfland du Nord, dans la ville de Throckshaw. Mon père était un gentilhomme fermier. Nous habitions une belle maison avec des fenêtres vitrées, des lits de plume et un tapis sur le sol du salon. Il y avait des œufs et de la bouillie d'avoine pour le petit déjeuner, des saucisses et des poulets rôtis au déjeuner de midi et une bonne soupe pour dîner, avec une salade de verdure du potager.

« Le comte Julk gouvernait le pays depuis le Château Sfeg; il était en guerre avec les Skas, qui avaient déjà colonisé l'Estran. Au sud de Throckshaw se trouve Poëlitetz : un col qui permet de franchir le Teach tac Teach pour entrer dans le Dahaut et qui est un endroit convoité par les Skas. Les Skas nous harcelaient toujours et toujours le comte Julk les repoussait. Un jour, une centaine de chevaliers skas montés sur des chevaux noirs ont fait un raid sur Throckshaw. Les hommes de la ville ont pris les armes et les ont mis en fuite. Une semaine plus tard, une armée de cinq cents

Skas est arrivée de l'Estran sur des chevaux noirs et a réduit Throckshaw. Les Skas ont tué mon père et ma mère, et brûlé notre maison. Je m'étais cachée dans le foin avec mon chat Pettis et je les ai regardés galoper de-ci de-là en hurlant comme des démons. Le comte Julk est apparu avec ses chevaliers, mais les Skas l'ont tué, ont conquis la région et peut-être aussi Poëlitetz.

« Quand les Skas ont quitté Throckshaw, j'ai pris quelques pièces d'argent et je me suis enfuie avec Pettis. Par deux fois, j'ai failli être capturée par des vagabonds. Une nuit, je me suis aventurée dans une vieille grange. Un gros chien s'est jeté sur moi en hurlant. Au lieu de détaler, mon vaillant Pettis a attaqué l'animal et a été tué. Le fermier est venu voir ce qui se passait et m'a découverte. Lui et sa femme étaient de braves gens et m'ont recueillie chez eux. J'étais presque heureuse, bien que travaillant dur à la laiterie et aussi pendant le battage des blés. Mais un des fils commença à m'importuner et à suggérer des écarts de conduite. Je n'osais plus aller seule à l'étable de peur qu'il me trouve. Un jour, des gens sont passés en groupe. Ils s'appelaient les *Survivants du Vieux Gomar* [1] et allaient en pèlerinage à une cérémonie qui devait avoir lieu à Godwyne Foiry, les ruines du capitole du Vieux Gomar, à la lisière de la Grande Forêt, de l'autre côté du Teach tac Teach dans le Dahaut. Je me suis jointe à eux et ai ainsi quitté la ferme.

« Nous avons traversé les montagnes sans danger et sommes arrivés à Godwyne Foiry. Nous avons campé à la limite des ruines et tout alla bien jusqu'au jour précédant la Veille du Solstice d'Été où j'ai appris ce que seraient les célébrations et ce qu'on attendait de moi. Les hommes portent des cornes de chèvre et d'élan, rien de plus. Les femmes tressent dans leur chevelure des feuilles de frênes et passent autour de leur taille des ceintures avec vingt-quatre baies de sorbier. Chaque fois qu'une femme s'unit à un homme, il enlève une de ses sorbes; et la première femme qui a toutes ses sorbes ôtées est proclamée l'incarnation de Sobh, la déesse de l'amour. On m'a dit qu'au moins six des hommes se préparaient à s'emparer de moi en même temps, bien que je ne sois pas encore tout à fait parvenue à la maturité. J'ai quitté le camp cette nuit-là et je me suis cachée dans la forêt.

1. Gomar : royaume d'autrefois qui comprenait la totalité de l'Hybras du Nord et les Iles Occidentales.

« J'ai eu une douzaine de peurs et je l'ai échappé belle une douzaine de fois, finalement une sorcière m'a attrapée sous son chapeau et m'a vendue à Arbogast, tu connais le reste. »

Les deux demeurèrent assis en silence, le regard fixé sur le feu. Dhrun déclara : « J'aimerais bien pouvoir voyager avec toi et te protéger, mais je suis affligé de sept ans de malchance, ou du moins je le crains, et cela je ne voudrais pas le partager avec toi. »

Glyneth appuya la tête sur l'épaule de Dhrun. « J'en courrais le risque avec plaisir. »

Ils bavardèrent ainsi fort avant dans la nuit, tandis que le feu s'affaissait de nouveau en braises. Le silence régnait à l'intérieur et à l'extérieur de la salle, troublé seulement par un trottinement au-dessus de leurs têtes qui était le fait, selon Glyneth, des fantômes d'enfants morts courant sur le toit.

A matin, les enfants déjeunèrent, puis s'introduisirent dans la chambre-forte d'Arbogast, où ils trouvèrent un coffre de bijoux, cinq paniers pleins de pièces d'or d'une couronne, un service de précieux bols à punch en argent, ornés de ciselures complexes illustrant des événements des temps mythiques, ainsi que des douzaines d'autres trésors.

Pendant un temps, les enfants se divertirent à manipuler ces richesses, s'imaginant seigneurs de vastes domaines – et même Farence prit faiblement plaisir au jeu.

Au cours de l'après-midi, le trésor fut partagé équitablement entre les enfants, tous sauf Nerulf à qui rien ne fut accordé.

Après un dîner de poireaux, confit d'oie, pain blanc et beurre, plus un pudding richement bourré de groseilles avec une sauce au marasquin, les enfants se réunirent autour du feu pour manger des noix et boire des liqueurs. Daffin, Pode, Fulp, Arvil, Hloude, Lossamy et Dhrun étaient les garçons – plus le diablotin morose Nerulf. Les filles étaient Gretina, Zoël, Bertrude, Farence, Wiedelin et Glyneth. Les plus jeunes étaient Arvil et Zoël; les plus âgés, en dehors de Nerulf, étaient Lossamy et Farence.

Ils discutèrent pendant des heures leur situation et le meilleur itinéraire à travers la Forêt de Tantrevalles pour rejoindre une région civilisée. Pode et Hloude étaient ceux qui semblaient le mieux connaître le terrain. Le choix qui s'imposait au groupe, à leur avis, était de suivre la route de brique vers le nord jusqu'à la première rivière qui rejoindrait nécessairement la Murmeil. Ils longeraient alors la Murmeil jusqu'en pays découvert qui était la campagne du Dahaut, ou peut-être auraient-ils un coup de chance qui leur permettrait de trouver ou d'acheter un bateau, ou même de construire un radeau.

« En vérité, avec notre fortune, nous pourrons sans peine obtenir un bateau pour descendre tranquillement et confortablement au fil du courant jusqu'aux Tours de Gehadion ou même, si cela nous tente, jusqu'à Avallon. » Telle était l'opinion de Pode.

Finalement, une heure avant minuit, tous s'allongèrent et dormirent : tous sauf Nerulf qui resta encore deux heures assis à regarder d'un air maussade les braises mourantes.

XIX

En vue du voyage, les enfants ramenèrent la charrette de l'ogre par-devant le château jusqu'à la porte d'entrée, graissèrent soigneusement ses axes et chargèrent dedans leurs trésors. En travers des brancards, ils fixèrent des barres, afin que neuf d'entre eux puissent tirer tandis que trois pousseraient par-derrière. Seul Nerulf était incapable d'apporter sa contribution, mais personne ne pensait qu'il voudrait prêter assistance, de toute façon, puisque la charrette ne transportait rien qui lui appartenait. Les enfants dirent adieu au château d'Arbogast et se mirent en marche sur la route de brique brune. La journée était fraîche, le vent chassait de l'Atlantique une centaine de nuages à une grande hauteur au-dessus de la forêt. Les enfants tiraient et poussaient avec ardeur et la charrette roulait sur la chaussée de brique à bonne allure, tandis que Nerulf courait derrière de toutes ses forces dans la poussière. A midi, le groupe s'arrêta pour déjeuner de pain, de viande et de forte bière brune, puis continua en direction du nord et de l'est.

Vers la fin de l'après-midi, la route entra dans une clairière envahie par une belle herbe drue et une demi-douzaine de pommiers tout tordus. D'un côté se dressait une petite abbaye en ruine, bâtie par des missionnaires chrétiens de la première vague de ferveur. Bien que le toit fût effondré, le bâtiment offrait au moins une apparence d'abri. Les enfants allumèrent du feu et se firent un repas de pommes ridées, de pain et de fromage, avec du cresson et de l'eau provenant d'un ruisseau voisin. Ils se confectionnèrent des lits d'herbes et se reposèrent avec soulagement après les efforts de la journée. Tous étaient heureux et confiants; la chance semblait avoir tourné de leur côté.

La nuit passa sans incident. Au matin, le groupe se prépara à reprendre la route. Nerulf s'approcha de Dhrun, tête baissée et mains jointes sur sa poitrine. « Messire Dhrun, laissez-moi vous dire que la punition infligée par vous était bien méritée. Je ne m'étais pas rendu compte de mon arrogance avant d'être forcé à le faire. Mais maintenant mes fautes m'ont été révélées dans le moindre détail. Je crois que j'ai fait mon profit de la leçon et que je suis quelqu'un de nouveau, honnête et honorable. Par conséquent, je vous demande de me ramener à mon état naturel, afin que je puisse pousser la charrette. Je ne veux rien du trésor; je ne mérite rien, mais je souhaite aider les autres à parvenir en lieu sûr avec leurs biens. Si vous pensez qu'il ne convient pas d'agréer ma requête, je comprendrai et ne vous en tiendrai pas rigueur. Après tout, la faute m'incombait entièrement. Toutefois, je suis franchement las de courir de toutes mes forces dans la poussière la journée entière, butant sur les cailloux et redoutant de me noyer dans les flaques d'eau. Quelle sera votre réponse, messire Dhrun? »

Dhrun avait écouté sans commisération. « Attends que nous ayons atteint la sécurité d'un pays civilisé; alors je te rendrai tes dimensions.

– Ah, messire Dhrun, n'avez-vous pas confiance en moi? s'écria Nerulf. Dans ce cas, séparons-nous ici tout de suite, car je ne survivrai pas à une autre journée de course et de bonds derrière la charrette. Continuez sur la route jusqu'à la grande Murmeil et longez ses rives jusqu'aux Tours de Gehadion. Que la chance vous favorise tous au mieux! Je vais suivre à mon pas. » Nerulf s'essuya les yeux avec une jointure sale. « Peut-être qu'un de ces jours vous flânerez dans vos beaux habits au milieu d'une fête foraine et vous remarquerez par hasard un petit bout d'homme battant du tambour ou exécutant des tours bouffons; dans ce cas, je vous en prie, donnez un sou au pauvre garçon car ce pourrait être votre vieux compagnon Nerulf... à condition, bien sûr, que j'aie survécu aux animaux sauvages de Tantrevalles. »

Dhrun réfléchit un long moment. « Tu t'es repenti sincèrement de ta conduite passée?

– Je me méprise! s'exclama Nerulf. Je considère l'ancien Nerulf avec dédain!

– Dans ce cas, c'est inutile de prolonger ta punition. » Dhrun versa une goutte de la bouteille verte dans une tasse d'eau. « Bois ceci, reprends ta taille normale, deviens un vrai camarade pour nous autres et peut-être en tireras-tu finalement profit.

– Merci, messire Dhrun. » Vif comme un clin d'œil, il sauta sur Dhrun, le jeta à terre, lui arracha son épée Dassenach qu'il attacha autour de sa propre taille épaisse. Puis il prit la bouteille verte et la rouge et les lança contre une pierre, de sorte qu'elles se brisèrent et que tout leur contenu fut perdu. « C'est fini, ces sottises-là, déclara Nerulf. Je suis le plus grand et le plus fort et c'est de nouveau moi qui commande. » Il donna un coup de pied à Dhrun. « Debout !

– Tu m'as dit que tu te repentais de tes anciennes façons de faire ! s'exclama Dhrun indigné.

– Exact ! Je n'étais pas assez sévère. Je permettais trop de laisser-aller. Les choses vont se passer différemment. À la charrette, tout le monde ! »

Les enfants effrayés se rassemblèrent près de la charrette et attendirent pendant que Nerulf coupait une baguette d'aulne et attachait au bout trois cordes, pour constituer un fouet primitif mais efficace.

« En rang ! ordonna sèchement Nerulf. Allez, vite ! Pode, Daffin, est-ce que vous me narguez ? Auriez-vous envie de tâter du fouet ? Silence ! Que tous écoutent mes paroles avec soin, elles ne seront pas répétées.

« Premièrement, je suis votre maître et votre vie se règle sur mes ordres.

« Deuxièmement, le trésor m'appartient. Toutes les gemmes, les pièces de monnaie, jusqu'aux moindres menus riens.

« Troisièmement, notre destination est Cluggach en Godélie. Les Celtes posent beaucoup moins de questions que les Dauts et ne s'occupent absolument pas des affaires des autres.

« Quatrièmement... » – ici Nerulf marqua un temps et eut un sourire mauvais – « quand je ne pouvais pas me défendre, vous avez pris des bâtons et m'avez battu. Je me rappelle chaque coup et si ceux qui m'ont frappé sentent à présent leur peau picoter, la prémonition est véridique. Des derrières nus vont se tourner vers le ciel ! Des baguettes vont siffler et des sillons s'imprimer !

« C'est tout ce que j'ai à dire, mais je répondrai volontiers aux questions. »

Personne ne souffla mot, encore qu'une pensée morose ait traversé l'esprit de Dhrun : les sept ans venaient à peine de commencer, mais déjà la malchance avait frappé avec une force vengeresse.

« Alors prenez vos places à la charrette!

« Aujourd'hui, nous allons vite; notre style est énergique! Pas comme hier où vous avez flâné à loisir. » Nerulf grimpa dans la charrette et s'installa confortablement. « En route! Au trot! Têtes en arrière, talons en l'air! » Il fit claquer le fouet. « Pode! pas tant de balancement des coudes. Daffin! Ouvre les yeux; tu vas nous précipiter tous dans le fossé! Dhrun, un peu plus de grâce, montre-nous un beau pas martial! Et nous voilà partis dans cette matinée magnifique et c'est un moment heureux pour tous... Hé là! Pourquoi ce ralentissement? Vous les filles surtout, vous courez comme des poules!

– Nous sommes fatigués, dit Glyneth d'une voix haletante.

– Déjà? Ma foi, peut-être ai-je surestimé vos forces, puisque cela paraît tellement facile d'ici. Et toi en particulier, je ne tiens pas à ce que tu sois trop lasse car, ce soir, je t'utiliserai à un autre genre d'exercice. Ha ha! Plaisir pour celui qui tient le fouet! En avant, une fois encore, à allure moyenne. »

Dhrun trouva moyen de chuchoter à Glyneth : « Ne t'en fais pas; il ne te touchera pas. Mon épée est magique et vient à mon ordre. Au moment voulu, je l'appellerai et avec elle en main je le réduirai à l'impuissance. »

Glyneth hocha la tête d'un air abattu.

Au milieu de l'après-midi, la route s'éleva dans une ligne de collines basses et les enfants furent incapables de mouvoir le poids de la charrette, du trésor et de Nerulf. Usant d'abord du fouet, puis mettant pied à terre et, finalement, aidant à pousser, Nerulf prêta assistance pour amener la charrette en haut de la crête. Un morceau de route, court mais abrupt, séparait la charrette des berges du lac Lingolen. Nerulf coupa un pin de douze mètres avec l'épée de Dhrun et l'attacha à l'arrière de la charrette pour faire office de frein, et la pente fut négociée sans accident.

Ils se retrouvèrent dans une zone marécageuse entre le lac et les collines sombres, sur laquelle le soleil déclinait.

Du marais émergeaient un certain nombre d'îles; l'une d'elles servait de refuge à une troupe de bandits. Leurs sentinelles avaient déjà repéré la charrette; à présent, ils jaillirent de leur embuscade. Les enfants, d'abord paralysés, s'égaillèrent comme une volée de moineaux. Dès que les bandits découvrirent la nature de leur butin ils abandonnèrent toute idée de poursuite.

Dhrun et Glyneth s'enfuirent ensemble, le long de la route en direction de l'est. Ils coururent jusqu'à ce que leur poitrine soit douloureuse et que des crampes leur nouent les jambes; alors ils se laissèrent choir dans les hautes herbes au bord de la route pour se reposer.

Un instant plus tard, un autre fugitif se jeta à terre près d'eux : Nerulf.

Dhrun soupira. « Sept ans de malchance : sera-ce toujours aussi pénible?

– Assez de cette insolence! ordonna Nerulf d'une voix sifflante. C'est toujours moi qui commande, au cas où tu n'en serais pas sûr. Maintenant, lève-toi!

– Pour faire quoi? Je suis fatigué.

– Je m'en moque. Mon grand trésor est perdu; n'empêche, il se peut que quelques gemmes soient cachées sur ta personne. Debout! Toi aussi, Glyneth! »

Dhrun et Glyneth se levèrent lentement. Dans l'escarcelle de Dhrun, Nerulf découvrit la vieille bourse qu'il retourna dans sa main. Il eut un grognement de dégoût. « Une couronne, un florin, un sou : à peine mieux que rien. »

Il jeta la vieille bourse par terre. Sans rien dire et dignement, Dhrun la ramassa et la remit dans son escarcelle.

Nerulf fouilla la personne de Glyneth, ses mains s'attardant sur les contours de son corps jeune et frais, mais il ne trouva pas d'objets de valeur. « Eh bien, continuons à marcher encore un peu; nous dénicherons peut-être un abri pour la nuit. »

Les trois suivirent la route, regardant par-dessus leur épaule s'il y avait des signes de poursuite, mais aucun ne se manifesta. Les bois devinrent extrêmement épais et sombres; les trois, en dépit de leur fatigue, avancèrent sur la chaussée à bonne allure et, bientôt, sortirent de nouveau en terrain découvert le long du marais.

Les rayons du soleil qui se couchait derrière les collines brillaient au ras du ventre des nuages survolant le lac; ils projetaient sur le marais une lumière irréelle couleur d'or foncé.

Nerulf remarqua un petit promontoire, presque une île, qui s'enfonçait sur une cinquantaine de mètres dans le marais, avec un saule pleureur en son point le plus élevé.

Nerulf tourna vers Dhrun un regard de sombre menace. « Glyneth et moi, nous passerons la nuit ici, annonça-t-il. Toi, va ailleurs, en partant tout de suite, et ne reviens jamais. Et considère que tu as de la chance, puisque c'est à toi que je dois d'avoir été battu. Va! » Sur quoi, il s'approcha du bord du marais et, utilisant l'épée de Dhrun, il se mit à couper des roseaux destinés à constituer une couchette.

Dhrun s'éloigna de quelques mètres, puis s'arrêta pour réfléchir. Dassenach, il la récupérerait quand il voudrait, mais cela ne servirait pas à grand-chose. Nerulf s'enfuirait jusqu'à ce qu'il découvre une arme : de grosses pierres, un long gourdin, ou il pouvait simplement se poster derrière un arbre et mettre Dhrun au défi de venir à lui. Dans tous les cas, Nerulf, étant donné sa taille et sa force, était en mesure de maîtriser Dhrun et de le tuer si l'envie l'en prenait.

Nerulf leva les yeux, vit Dhrun et s'écria : « Ne t'ai-je pas ordonné de partir? » Il s'élança vers Dhrun qui battit vite en retraite dans les bois épais. Là, il trouva une branche morte qu'il cassa pour en faire un solide gourdin d'un mètre vingt de long. Puis il retourna au marais.

Nerulf avait pataugé jusqu'à un endroit où les roseaux poussaient denses et tendres. Dhrun appela Glyneth par gestes. Elle courut le rejoindre et Dhrun lui donna rapidement des instructions. Nerulf leva la tête et vit les deux côte à côte. Il cria à Dhrun : « Qu'est-ce que tu fabriques là? Je t'avais dit de partir et de ne pas revenir! Tu m'as désobéi, maintenant je te condamne à mort. »

Glyneth remarqua quelque chose qui sortait du marais derrière Nerulf. Elle poussa un hurlement en tendant le doigt.

Nerulf eut un rire de dédain. « Crois-tu que je vais me laisser prendre à ce vieux tour-là? Je suis un peu plus... » Il sentit quelque chose se poser sur son bras et, y regardant, vit une main grise aux longs doigts, avec des jointures noueuses et une peau humide. Nerulf se figea; puis, comme malgré lui, il se retourna, pour se découvrir nez à nez avec un hécepteur. Il émit un cri étranglé, fit un pas chancelant en arrière et brandit l'épée Dassenach avec laquelle il coupait les roseaux.

Dhrun et Glyneth s'enfuirent du bord du lac vers la route où ils s'arrêtèrent pour regarder en arrière.

Là-bas dans le marais, Nerulf reculait lentement devant le hécepteur qui avançait en le menaçant de ses bras dressés, les mains et les doigts inclinés vers le bas. Nerulf tenta de jouer de l'épée et transperça l'épaule du hécepteur, suscitant un sifflement de reproche attristé.

Le moment était venu. Dhrun appela : « Dassenach ! A moi ! »

D'une secousse, l'épée se dégagea d'entre les doigts de Nerulf et vola à travers le marais jusqu'à la main de Dhrun. Sans mot dire, il la logea dans son fourreau. Le hécepteur eut un brusque mouvement en avant, saisit Nerulf à pleins bras et l'entraîna tout hurlant dans la vase.

L'obscurité régnant autour d'eux et les étoiles apparaissant à profusion, Dhrun et Glyneth grimpèrent au sommet d'une butte herbue à quelques mètres de la route. Ils ramassèrent des brassées d'herbes, confectionnèrent un lit moelleux, puis étendirent leurs corps las. Pendant une demi-heure, ils contemplèrent les étoiles, grosses et d'un blanc adouci. Ils ne tardèrent pas à s'assoupir et, blottis l'un contre l'autre, dormirent comme des loirs jusqu'au matin.

Après deux jours de voyage relativement paisible, Dhrun et Glyneth arrivèrent à une large rivière que Glyneth estima être sûrement la Murmeil. Un pont de pierre massif enjambait cette rivière et c'est là que finissait l'antique route pavée de briques.

Avant de poser le pied sur le pont, Dhrun appela par trois fois le péager, mais aucun ne se montra et ils franchirent le pont sans encombre.

Or voici que trois routes s'offraient à eux. L'une menait à l'est en longeant la berge; une autre partait vers l'amont parallèlement à la rivière; une troisième s'éloignait vers le nord, comme si elle n'avait pas de destination particulière en tête.

Dhrun et Glyneth se mirent en marche vers l'est et, pendant deux jours, suivirent la rivière à travers des paysages campagnards et aquatiques d'une merveilleuse beauté. Glyneth se réjouit du temps splendide. « Pense donc, Dhrun ! Si tu étais vraiment affligé de malchance, la pluie nous tremperait la peau et il y aurait de la neige pour nous geler les os !

– J'aimerais pouvoir le croire.

– Cela ne fait aucun doute. Et regarde là-bas ces mûres magnifiques ! Juste à temps pour notre déjeuner. N'est-ce pas de la chance ? »

Dhrun ne demandait qu'à être convaincu. « On le dirait.

– Bien sûr ! Nous ne parlerons plus de malédictions. »

Glyneth courut au buisson qui bordait un petit ruisseau près de l'endroit où il dévalait une déclivité et se jetait dans la Murmeil.

« Attends! s'écria Dhrun. Ou nous allons sûrement connaître la malchance! » Il cria : « Quelqu'un nous défend-il de toucher à ces mûres? »

Aucune réponse ne vint et les deux mangèrent à satiété les mûres juteuses.

Ils se reposèrent à l'ombre un moment. « A présent que nous sommes presque sortis de la forêt, il est temps d'établir nos projets, déclara Glyneth. As-tu réfléchi à ce que nous devrions faire?

– Oui, bien sûr. Nous allons voyager un peu partout pour essayer de découvrir mes père et mère. Si je suis vraiment un prince, alors nous vivrons dans un château et j'insisterai pour qu'on te nomme princesse aussi. Tu auras de beaux habits, une voiture et aussi un autre chat comme Pettis. »

Glyneth rit et déposa un baiser sur la joue de Dhrun. « J'aimerais bien habiter un château. Nous trouverons sûrement tes parents, car il n'y a pas tant de princes et de princesses que ça! »

Le sommeil s'attaqua à Glyneth. Ses paupières s'abaissèrent et elle s'assoupit. Dhrun, pris d'une envie de se dégourdir les jambes, s'en alla explorer un sentier qui bordait le ruisseau. Il avança d'une trentaine de mètres et regarda en arrière. Glyneth dormait toujours. Il parcourut de nouveau trente mètres, puis trente encore. La forêt paraissait très silencieuse; les arbres se dressaient majestueusement, plus haut qu'aucun de ceux que Dhrun avait jamais vus, pour créer loin dans les airs une voûte verte lumineuse.

Le sentier traversait un petit monticule rocheux. Dhrun, grimpant jusqu'au sommet, se retrouva surplombant un tarn [1] niché dans l'ombre des grands arbres. Cinq dryades nues pataugeaient à l'endroit où les eaux étaient peu profondes : sveltes créatures à la bouche rose et à la longue chevelure brune, avec des petits seins, des cuisses minces et des visages d'une indicible beauté. Comme les fées, elles n'avaient pas de poils pubiens; comme les fées, elles semblaient faites d'une matière moins grossière que le sang, la chair et les os.

Pendant une minute, Dhrun regarda, fasciné; puis il prit subitement peur et recula lentement.

Il fut aperçu. Des petits cris argentins de consternation

1. Petit lac glaciaire aux parois abruptes. (*N.d.T.*)

parvinrent à ses oreilles. Éparpillés en désordre sur la berge, presque aux pieds de Dhrun, il y avait les bandeaux qui retenaient leurs cheveux bruns ; le mortel qui s'empare d'un de ces bandeaux tient la dryade en son pouvoir, pour exécuter à jamais ses quatre volontés, mais Dhrun n'en savait rien.

Une des dryades projeta une giclée d'eau vers Dhrun. Il vit les gouttes s'élever et scintiller dans le soleil, sur quoi elles devinrent de petites abeilles d'or qui s'élancèrent dans les yeux de Dhrun où elles entamèrent une ronde bourdonnante, empêchant toute vision.

Dhrun hurla d'émotion et tomba à genoux. « Fées, vous m'avez aveuglé ! Je vous ai rencontrées par hasard et sans le faire exprès ! M'entendez-vous ? »

Silence. Seul le son de feuilles qui bruissaient sous les brises de l'après-midi.

« Fées ! cria Dhrun, les joues ruisselantes de larmes. Voulez-vous me rendre aveugle pour une si légère offense ? »

Silence, indéniable et définitif.

Dhrun revint à tâtons sur le sentier, guidé par le bruit du petit ruisseau. A mi-chemin, il trouva Glyneth qui, en s'éveillant et ne voyant pas Dhrun, était partie à sa recherche. Elle se rendit aussitôt compte de sa détresse et se précipita. « Dhrun ! Qu'est-ce qui se passe ? »

Dhrun respira à fond et tenta de parler d'une voix courageuse qui, malgré ses efforts, trembla et se fêla. « J'ai suivi le sentier ; j'ai aperçu cinq dryades qui se baignaient dans un lac ; elles m'ont lancé une giclée d'abeilles dans les yeux et maintenant je ne vois plus ! » En dépit de son talisman, Dhrun pouvait à peine contenir son chagrin.

« Oh, Dhrun ! » Glyneth s'approcha. « Ouvre grand les yeux ; laisse-moi regarder. »

Dhrun tourna ses yeux écarquillés vers le visage de Glyneth. « Qu'est-ce que tu vois ? »

Elle dit d'une voix entrecoupée : « Très étrange ! Je vois des cercles de lumière dorée, les uns autour des autres, avec du marron entre deux.

– Ce sont les abeilles ! Elles ont empli mes yeux de leur tourbillon et de miel noir !

– Dhrun, très cher Dhrun ! » Glyneth le serra dans ses bras, l'embrassa et lui prodigua tous les termes d'affection qu'elle connaissait. « Comment ont-elles pu se montrer si méchantes ?

– Je sais pourquoi, dit-il d'un ton morne. Sept ans de

malchance. Je me demande ce qui va arriver ensuite. Tu ferais bien de t'en aller et de me laisser...

– Dhrun! Comment peux-tu dire une chose pareille?

– ... pour que, si je tombe dans un trou, tu ne sois pas obligée d'y tomber aussi.

– Pas question que je te quitte!

– C'est ridicule. Ce monde est terrible, je m'en rends compte. Tu auras suffisamment de quoi faire à prendre soin de toi-même, sans t'occuper aussi de moi.

– Mais tu es la personne que j'aime le plus au monde! Nous nous débrouillerons pour survivre. Quand les sept ans seront finis, il ne restera plus que de la chance pour toujours!

– Mais je serai aveugle! s'écria Dhrun, de nouveau avec un chevrotement dans la voix.

– Bah, ce n'est pas sûr non plus. La magie t'a aveuglé; la magie te guérira. Qu'est-ce que tu en penses?

– J'espère que tu as raison. » Dhrun serra son talisman dans sa main. « Je suis vraiment reconnaissant pour ma bravoure, bien que je ne puisse m'en targuer. Je crains fort d'être un affreux poltron au fond du cœur.

– Amulette ou pas, tu es Dhrun le vaillant et, d'une manière ou d'une autre, nous ferons notre chemin dans la vie. »

Dhrun réfléchit un moment, puis sortit sa bourse magique. « Mieux vaut que tu te charges de ça; avec la chance que j'ai, un corbeau va fondre dessus et l'emporter. »

Glyneth regarda dans la bourse et eut un cri de surprise. « Nerulf l'avait vidée; maintenant, je vois de l'or, de l'argent et du cuivre!

– C'est une bourse magique et nous n'avons pas à craindre la pauvreté, tant que la bourse est à l'abri. »

Glyneth glissa la bourse dans son corsage. « Je serai aussi prudente que possible. » Elle remonta du regard le sentier. « Peut-être que je devrais aller au lac expliquer aux dryades quelle terrible erreur elles ont commise...

– Tu ne les trouveras pas. Elles sont aussi cruelles que les fées, pour ne pas dire plus. Tu risques même qu'elles te jouent un mauvais tour. Partons d'ici. »

L'après-midi était très avancé quand ils atteignirent les ruines d'une chapelle chrétienne, construite par un missionnaire maintenant oublié depuis longtemps. A côté, poussaient un prunier et un cognassier, tous les deux couverts de fruits. Les prunes étaient mûres; les coings, bien que d'une belle couleur, avaient un goût âpre et amer. Glyneth ramassa une quantité de prunes, qui leur constituèrent un dîner plutôt maigre. Glyneth entassa de l'herbe pour une couchette douillette au milieu des pierres renversées, tandis que Dhrun restait assis les yeux tournés vers la rivière.

« J'ai l'impression que la forêt est moins dense, dit Glyneth à Dhrun. Nous n'allons pas tarder à nous retrouver en sécurité au milieu de gens civilisés. Alors nous aurons du pain et de la viande à manger, du lait à boire et des lits pour dormir. »

Le soleil couchant lança une dernière lueur au-dessus de la Forêt de Tantrevalles et le crépuscule tomba. Dhrun et Glyneth s'installèrent sur leur couchette; le sommeil les gagna et ils dormirent.

Un peu avant minuit, la lune qui en était à sa moitié se leva, se refléta dans la rivière et brilla sur le visage de Glyneth, ce qui la réveilla. Elle resta étendue, bien au chaud et somnolente, écoutant les grillons et les grenouilles... Un martèlement lointain s'imposa à son oreille. Il grandit et, avec lui, résonnèrent un cliquetis de chaînes et un grincement de cuir de selle. Glyneth se redressa sur un coude, pour voir une douzaine de cavaliers accourir au galop sur la route longeant la rivière. Ils étaient courbés sur leur selle et leurs manteaux claquaient derrière eux; le clair de lune illuminait leur harnois suranné et leur casque de cuir noir aux oreillettes volant dans le vent. Un des cavaliers, la tête presque au niveau de la crinière de son cheval, se tourna pour regarder en direction de Glyneth. La lune éclaira sa figure blême; puis la cavalcade fantomatique disparut. Le martèlement s'affaiblit avec l'éloignement et cessa d'être audible.

Glyneth se laissa retomber dans l'herbe et finit par s'endormir.

A l'aube, Glyneth se leva sans bruit et essaya de tirer une étincelle d'un morceau de silex qu'elle avait trouvé, afin d'allumer du feu, mais n'y réussit pas.

Dhrun se réveilla. Il poussa un cri de surprise, qu'il réprima vite. Puis, au bout d'un instant, il dit : « Ce n'était donc pas un rêve. »

Glyneth examina les yeux de Dhrun. « Je vois toujours les cercles dorés. » Elle embrassa Dhrun. « Mais ne te tracasse pas, nous découvrirons bien un moyen de te guérir. Tu te rappelles ce que j'ai dit hier? La magie donne, la magie reprend.

– Je suis sûr que tu as raison. » Dhrun parlait d'une voix blanche. « En tout cas, on n'y peut rien. » Il se mit debout et presque aussitôt trébucha sur une racine et tomba. En battant des bras pour tenter de rétablir son équilibre, il accrocha la chaîne où était suspendue son amulette et envoya l'une et l'autre voler dans les airs.

Glyneth accourut. « As-tu mal? Oh, ton pauvre genou, il saigne, la pierre pointue l'a tout écorché!

– Ne t'occupe pas du genou, dit Dhrun d'une voix étranglée. J'ai perdu mon talisman; j'ai cassé la chaîne et maintenant il a disparu!

– Il ne va pas s'enfuir, répliqua Glyneth avec bon sens. D'abord, je panse ton genou, ensuite je chercherai ton talisman. »

Elle arracha une bande à son jupon et lava l'écorchure avec de l'eau puisée dans une petite source. « Nous allons laisser sécher ça, puis je lui mettrai un beau pansement et tu seras aussi fringant qu'avant.

– Glyneth, trouve mon talisman, je t'en prie! Il faut le faire sans tarder. Suppose qu'une souris l'emporte!

– Elle deviendrait la plus brave des souris! Les chats et les hiboux tourneraient le dos et s'enfuiraient. » Elle tapota la joue de Dhrun. « Mais je m'en occupe tout de suite... Il a dû sauter dans cette direction. » Elle se mit à quatre pattes et regarda à droite et à gauche. Presque aussitôt, elle vit l'amulette. Le hasard avait voulu que le cabochon heurte avec force une pierre et se casse en dix ou douze morceaux.

« Le vois-tu? questionna Dhrun avec anxiété.

– Je crois qu'il est dans cette touffe d'herbes. »

Glyneth dénicha un petit caillou lisse et l'inséra dans la monture. Avec le tranchant d'un caillou plus gros, elle rabattit le bord de la sertissure pour maintenir solidement le caillou en place.

« Il est là, dans l'herbe! Laisse-moi arranger la chaîne. » Elle força le maillon tordu à reprendre l'alignement et suspendit l'amulette autour du cou de Dhrun, au grand soulagement de ce dernier. « Voilà, comme neuf. »

Les deux déjeunèrent de prunes et continuèrent à longer la rivière. La forêt s'éparpillait pour devenir un paysage de bosquets séparés par des prairies aux herbes hautes oscillant sous le vent. Ils rencontrèrent une cabane abandonnée, un abri pour les bergers qui osaient mener paître leurs troupeaux aussi près des loups, des griswolds et des ours de la forêt.

Un kilomètre, deux kilomètres, un autre encore et ils arrivèrent devant une plaisante maisonnette de pierre à un étage, avec des jardinières fleuries sous les fenêtres d'en haut. Une clôture de pierre entourait un jardin de myosotis, giroflées, pensées et scabieuses. Une paire de cheminées à chaque pignon soutenaient des mitres à une bonne hauteur au-dessus du chaume neuf et brillant. Plus loin sur la route, on pouvait voir un village de maisonnettes de pierre grise blotties dans une dépression. Une vieille femme ridée en robe noire et tablier blanc désherbait le jardin. Elle s'arrêta pour regarder venir Dhrun et Glyneth, puis hocha la tête et se remit au travail.

Comme Glyneth et Dhrun approchaient de la barrière, une jolie femme potelée d'âge mûr sortit sur le petit porche. « Eh bien, les enfants, que faites-vous si loin de chez vous? »

Glyneth répondit : « Ma foi, c'est que nous sommes des vagabonds, madame. Nous n'avons ni foyer ni famille. »

La femme regarda avec surprise dans la direction d'où les deux étaient venus. « Mais cette route ne mène nulle part!

– Nous venons de traverser la Forêt de Tantrevalles.

– Alors un charme protège votre vie! Quels sont vos noms? Vous pouvez m'appeler Dame Mélissa

– Je suis Glyneth et voici Dhrun. Les fées ont envoyé des abeilles dans ses yeux et maintenant il ne voit plus.

– Ah! Quel dommage! Elles sont souvent cruelles. Approche, Dhrun, laisse-moi regarder tes yeux. »

Dhrun avança et Dame Mélissa examina les cercles concentriques d'or et d'ambre. « Je connais une bribe ou deux de magie, mais pas autant qu'une vraie sorcière et je ne peux rien pour toi.

– Peut-être accepteriez-vous de nous vendre un morceau de pain et de fromage, suggéra Glyneth. Nous n'avons mangé que des prunes hier et aujourd'hui.

– Bien sûr et pas besoin de vous préoccuper de payer. Didas? Où es-tu? Nous avons ici une paire d'enfants affamés! Apporte du lait, du beurre et du fromage de la laiterie. Entrez, mes petits. Allez à la cuisine, au fond, et je pense que nous vous trouverons quelque chose de bon. »

Quand Dhrun et Glyneth se furent assis à la table de bois bien briquée, Dame Mélissa leur servit d'abord du pain et une épaisse soupe d'orge et de mouton, puis un plat savoureux de poulet cuit avec du safran et des noix et, finalement, du fromage et du raisin blanc juteux.

Dame Mélissa était assise près d'eux, buvant à petites gorgées une infusion de citronnelle, et elle souriait en les regardant manger.

« Je vois que vous êtes de jeunes personnes en bonne santé, vous deux, remarqua-t-elle. Êtes-vous frère et sœur?

– C'est tout comme, dit Glyneth. Mais, à la vérité, nous ne sommes pas parents. Nous avons chacun eu des ennuis et nous nous trouvons heureux d'être ensemble, puisqu'aucun de nous n'a quelqu'un d'autre. »

Dame Mélissa dit d'un ton consolant : « Vous êtes maintenant dans l'Extrême-Dahaut, vous êtes sortis de cette terrible forêt et je suis sûre que les choses vont s'arranger pour vous.

– Je l'espère. Nous ne pouvons pas vous remercier assez pour ce merveilleux déjeuner, mais il ne faut pas que nous vous dérangions. Si vous voulez bien nous excuser, nous allons continuer notre chemin.

– Pourquoi si vite? C'est l'après-midi. Je suis certaine que vous êtes fatigués. Il y a une jolie chambre pour Glyneth juste au-dessus, et un bon lit dans le grenier pour Dhrun. Vous aurez à dîner du pain et du lait avec un ou deux gâteaux, puis vous pourrez manger des pommes devant le feu en me racontant vos aventures. Ensuite demain, quand vous serez reposés, vous repartirez. »

Glyneth hésita et se tourna vers Dhrun.

« Restez donc, pria Dame Mélissa. Parfois, on se sent vraiment perdu ici avec pour seule compagnie la vieille Didas et ses humeurs.

– Je veux bien, dit Dhrun. Peut-être pourrez-vous nous indiquer où trouver un magicien puissant pour chasser les abeilles de mes yeux.

– J'y réfléchirai et je questionnerai aussi Didas; elle est un peu au courant de tout. »

Glyneth soupira. « Vous allez nous gâter, je le crains. Les vagabonds ne sont pas censés se préoccuper de bonne nourriture et de lits douillets.

– Rien qu'une nuit, puis un solide petit déjeuner et vous pourrez reprendre la route.

– Alors nous vous remercions à nouveau pour votre gentillesse.

– Du tout. Cela me fait plaisir de voir de si jolis enfants

profiter de ma maison. Je demande seulement que vous ne tourmentiez pas Dame Didas. Elle est très âgée et légèrement acariâtre – et même, je suis navrée de le dire, un peu bizarre. Mais si vous la laissez tranquille, elle ne vous ennuiera pas.

– Naturellement, nous la traiterons avec une parfaite courtoisie.

– Merci, mon petit. Maintenant, pourquoi n'iriez-vous pas dehors visiter le jardin jusqu'à l'heure du dîner?

– Merci, Dame Mélissa. »

Ils sortirent dans le jardin, où Glyneth conduisit Dhrun de fleur en fleur, pour qu'il puisse apprécier leur parfum.

Au bout d'une heure de promenade d'une plante à l'autre humant et respirant, Dhrun en eut assez et s'étendit sur un bout de pelouse pour dormir au soleil, tandis que Glyneth allait déchiffrer les mystères d'un cadran solaire.

Quelqu'un s'agita sur le côté du cottage; se retournant, Glyneth vit Dame Didas, qui lui fit d'abord instantanément signe de se taire et d'être prudente, puis lui indiqua de la rejoindre.

Glyneth s'approcha lentement. Dame Didas, fébrile d'impatience, lui intima par geste de se dépêcher. Glyneth pressa le pas.

Dame Didas demanda : « Qu'est-ce que Dame Mélissa vous a dit de moi? »

Glyneth hésita, puis répondit courageusement : « Elle a dit de ne pas vous déranger; que vous étiez très vieille et souvent irritable, ou même un peu, eh bien, imprévisible. »

Dame Didas émit un petit rire sarcastique. « Sur ce point-là, tu auras une chance d'en juger par toi-même. En attendant – écoute-moi bien, petite, écoute-moi! – ne bois pas de lait avec ton dîner. J'appellerai Dame Mélissa; pendant que son attention sera détournée, verse le lait dans l'évier, puis fais semblant d'avoir fini. Après dîner, dis que tu es très fatiguée et que tu aimerais aller te coucher. As-tu compris?

– Oui, Dame Didas.

– Enfreins mes instructions à tes risques et périls! Ce soir, quand la maison sera silencieuse et que Dame Mélissa se sera retirée dans son cabinet de travail, j'expliquerai. M'obéiras-tu?

– Oui, Dame Didas. Si j'ose dire, vous ne semblez ni acariâtre ni bizarre.

– Tu es une bonne petite. A ce soir, donc. Maintenant, je

dois retourner aux mauvaises herbes; elles poussent aussi vite que je suis capable de les arracher. »

L'après-midi passa. Au coucher du soleil, Dame Mélissa les appela pour qu'ils rentrent dîner. Sur la table de la cuisine, elle plaça un pain frais et croustillant, du beurre et un plat de champignons marinés. Elle avait déjà versé du lait dans les mogues [1] pour Glyneth et pour Dhrun; il y avait aussi une cruche de lait au cas où ils en voudraient davantage.

« Asseyez-vous les enfants, dit Dame Mélissa. Vos mains sont propres? Bien. Mangez autant que le cœur vous en dit; et buvez votre lait. Il est frais et bon.

– Merci, Dame Mélissa. »

Du salon monta la voix de Dame Didas. « Mélissa, viens immédiatement! J'ai quelque chose à te dire!

– Tout à l'heure, Didas, tout à l'heure! » Mais Mélissa se leva et se dirigea vers la porte; aussitôt Glyneth jeta le lait des deux mogues. Elle murmura à Dhrun : « Fais semblant de boire à la mogue vide. »

Quand Dame Mélissa revint, aussi bien Glyneth que Dhrun étaient apparemment en train de finir leur lait.

Dame Mélissa ne dit rien, mais se détourna et ne s'occupa plus d'eux.

Glyneth et Dhrun mangèrent une tranche de pain croustillant avec du beurre; puis Glyneth simula un bâillement.

« Nous sommes tous les deux fatigués, Dame Mélissa. Si vous voulez bien nous excuser, nous aimerions aller nous coucher.

– Bien sûr! Glyneth, tu peux aider Dhrun à gagner son lit et tu sais où est ta chambre. »

Glyneth, munie d'une chandelle, emmena Dhrun au grenier. Dhrun demanda d'un ton hésitant : « N'auras-tu pas peur d'être seule?

– Un peu, mais pas trop.

– Je ne suis plus capable de me battre, dit Dhrun avec regret. N'empêche, si je t'entends crier, je viendrai. »

Glyneth descendit dans sa chambre et s'allongea sur le lit toute habillée. Quelques minutes plus tard, Didas apparut. « Elle est dans son cabinet de travail à présent; nous avons un moment pour parler. D'abord, laisse-moi te dire que

1. La *mug* anglo-saxonne, c'est la *moque* (mot provençal) ou *mogue* en usage chez les marins : la tasse cylindrique avec une anse et pas de rebord, en terre ou métal ou métal émaillé. (*N.d.T.*)

Dame Mélissa, comme elle se fait appeler, est une redoutable sorcière. Quand j'avais quinze ans, elle m'a donné à boire du lait additionné de narcotique, puis elle s'est transférée dans mon corps – celui qu'elle a aujourd'hui. Moi, une jeune fille de quinze ans, j'étais logée dans le corps que Mélissa utilisait à l'époque : celui d'une femme d'environ quarante ans. Cela se passait il y a vingt-cinq ans. Ce soir, elle va échanger mon corps de quarante ans contre le tien. Tu seras Dame Mélissa et elle sera Glyneth, seulement c'est elle qui exercera l'autorité et toi tu finiras tes jours en domestique comme moi. Dhrun sera mis à travailler, il apportera l'eau de la rivière à son verger. Elle est maintenant dans son cabinet de travail où elle s'affaire à préparer la magie.

– Comment pouvons-nous l'en empêcher? questionna Glyneth d'une voix tremblante.

– Je veux faire plus que l'empêcher! jeta Didas. Je veux la supprimer!

– Moi aussi... mais comment?

– Viens avec moi; vite, à présent! »

Didas et Glyneth coururent à la porcherie. Un jeune porc était étendu sur un drap. « Je l'ai lavé et drogué, expliqua Didas. Aide-moi à le porter à l'étage. »

Une fois dans la chambre de Glyneth, elles revêtirent le jeune porc d'une chemise de nuit et d'une cornette, puis le couchèrent dans le lit, face au mur.

« Vite! chuchota Didas. Elle n'est sûrement pas loin. Dans le cagibi! »

Elles s'y étaient à peine enfermées qu'elles entendirent des pas dans l'escalier. Dame Mélissa, habillée d'une robe rose et portant une chandelle rouge dans chaque main, entra dans la pièce.

Au-dessus du lit, une paire d'encensoirs étaient suspendus à des crochets; Mélissa les alluma et ils émirent une fumée âcre en se consumant.

Mélissa s'étendit sur le lit à côté du cochon. Elle plaça une barre noire en travers de son cou et du cou de son voisin, puis psalmodia une incantation :

> Moi en toi!
> Toi en moi!
> Tout droit et vite, que l'échange soit!
> *Bezadiah!*

Un cri aigu de surprise résonna quand le jeune porc se découvrit dans le corps non drogué de Mélissa. Didas jaillit du cagibi, tira le cochon par terre et, poussant vers le mur l'ex-Mélissa, se coucha auprès d'elle. Elle arrangea la barre noire entre son cou et celui de Mélissa. Elle aspira la fumée des encensoirs et prononça l'incantation :

Moi en toi!
Toi en moi!
Tout droit et vite, que l'échange soit!
Bezadiah!

Aussitôt, le piaillement affolé du cochon monta du corps de la vieille Didas. Mélissa se leva du lit et s'adressa à Glyneth : « Sois tranquille, petite. Tout est fini. Je suis à nouveau dans mon propre corps. J'ai été frustrée de ma jeunesse et de toutes mes belles années, et qui peut me les rendre? Mais aide-moi, maintenant. D'abord, nous allons descendre la vieille Didas à la porcherie, où du moins elle se sentira en sécurité. C'est un vieux corps malade qui ne tardera pas à mourir.

– Pauvre porc », murmura Glyneth.

Elles conduisirent en bas, à la porcherie, la créature naguère connue comme étant Didas et l'attachèrent à un poteau. Puis, retournant à la chambre, elles emportèrent le corps du cochon qui commençait à remuer. Mélissa l'attacha solidement à un arbre près de la maison, puis l'aspergea d'une casserolée d'eau froide.

Aussitôt, le porc reprit conscience. Il essaya de parler, mais sa langue et sa cavité buccale rendaient des sons incompréhensibles. Il se mit à gémir, de terreur et de détresse.

« Ton compte est réglé, sorcière, déclara la nouvelle Dame Mélissa. Je ne sais pas quelle apparence j'ai pour toi par des yeux de porc, ni ce que tu peux entendre par une oreille de cochon, mais tes jours de sorcière sont terminés. »

Le lendemain matin, Glyneth réveilla Dhrun et lui raconta les événements de la nuit précédente. Dhrun fut un peu chagriné d'avoir été exclu de l'aventure, mais tint sa langue.

La légitime Dame Mélissa prépara pour le petit déjeuner une friture de perches pêchées de frais dans la rivière. Pendant que Dhrun et Glyneth mangeaient, le commis du boucher apparut à la porte. « Dame Mélissa, vous avez des bêtes à vendre?

– Exact, parfaitement exact! Une belle truie d'un an, dont je n'ai pas besoin. Vous la trouverez attachée à un arbre derrière la maison. Ne vous inquiétez pas des sons bizarres qu'elle profère. Je réglerai les comptes avec votre patron la prochaine fois que je me rendrai en ville.

– D'accord, Dame Mélissa. J'ai remarqué l'animal quand je suis arrivé et il semble en excellente condition. Avec votre permission, je m'en vais à mes occupations. »

Le garçon boucher partit et ne tarda pas à être visible de la fenêtre, emmenant sur la route au bout d'une corde le cochon qui criait comme si on l'égorgeait déjà.

Presque aussitôt, Glyneth dit poliment : « Je crois que nous serions sages de nous en aller aussi, car nous avons un long chemin à parcourir aujourd'hui.

– Vous devez agir comme bon vous semble, déclara Dame Mélissa. Il y a beaucoup de travail à faire, sans quoi j'aurais insisté pour que vous séjourniez avec moi un peu plus longtemps. Attendez un instant. » Elle quitta la cuisine et ne tarda pas à revenir avec une pièce d'or pour Dhrun et une autre pour Glyneth. « Je vous en prie, ne me remerciez pas; je suis folle de joie de retrouver mon propre corps qui a été tant mésusé. »

De crainte de perturber la force magique qui habitait la vieille bourse, ils nichèrent les pièces d'or dans la ceinture des chausses de Dhrun puis, après avoir dit adieu à Dame Mélissa, ils se mirent en marche sur la route

« Maintenant que nous sommes sortis sains et saufs de la forêt, nous pouvons commencer à établir ces plans, dit Glyneth. D'abord, nous chercherons un homme sage, qui nous indiquera où en trouver un encore plus sage, qui nous conduira au Premier Sage du Royaume, et i chassera les abeilles de tes yeux. Et alors...

– Et alors quoi?

– Nous apprendrons ce que nous pourrons sur les princes et les princesses et lesquels auraient un fils nommé Dhrun.

– Si je peux survivre à sept ans de malchance, ce sera suffisant.

– En tout cas, une chose à la fois. En avant, marche! Allons-y, une-deux, une-deux! Voici le village devant nous et si nous pouvons en croire le poteau indicateur, son nom est Wookin. »

Sur un banc devant l'auberge du village était assis un vieil homme qui levait de longues spirales de copeaux jaune pâle sur une branche d'aulne vert.

Glyneth l'aborda avec un peu de timidité. « Messire, qui peut être considéré comme l'homme le plus sage de Wookin? »

Le vieillard médita pendant le temps requis pour peler deux copeaux d'aulne merveilleusement annelés.

« Je vais fournir une réponse sincère. Notez bien, Wookin paraît calme et tranquille, mais la Forêt de Tantrevalles se dresse à proximité. Une sorcière redoutable habite à quinze cents mètres d'ici sur cette route et projette son ombre sur Wookin. Le prochain village est Lumarth, distant de neuf kilomètres six cents, c'est-à-dire six milles et chacun de ces milles est dédié à la mémoire du brigand qui voilà seulement une semaine faisait de ce mille sa propriété, sous la direction de Janton Coupe-Gorge. La semaine dernière, les six s'étaient réunis pour célébrer la fête de Janton et ils ont été capturés par Numinante le Preneur-de-Pillards. Au Carrefour des Trois-Milles, vous découvrirez encore notre célèbre et plus curieux haut lieu, le vieux Six-d'un-Coup. Droit au nord, tout juste à la sortie du village, se dressent une série de dolmens, disposés de façon à former le Labyrinthe Entre-Sors, dont l'origine est inconnue. Dans Wookin même habitent un vampire, un avaleur de poisons et une femme qui converse avec les serpents. Wookin doit être le village le plus varié du Dahaut. J'y ai survécu quatre-vingts ans. Ai-je donc besoin de faire plus que de me déclarer l'homme le plus sage de Wookin?

– Messire, vous semblez être celui que nous cherchons. Ce garçon est le prince Dhrun. Des fées ont envoyé des abeilles dorées tourner en cercles dans ses yeux et il est aveugle. Dites-nous qui pourrait le guérir ou, sinon, à qui nous pourrions nous adresser?

– Je ne vois personne à recommander dans le voisinage. C'est de la magie de fée qui doit donc être enlevée par un charme de fée. Cherchez Rhodion, roi de tout ce qui est fée, il porte un chapeau vert avec une plume rouge. Prenez son chapeau, il sera obligé de faire ce que vous ordonnerez.

– Comment pouvons-nous trouver le roi Rhodion? Franchement, c'est très important.

– Même l'homme le plus sage de Wookin est incapable de résoudre cette énigme. Rhodion visite souvent les grandes foires où il achète des rubans, des cardes et autres bricoles du même genre. Je l'ai vu une fois à la Foire de Boistameur, c'était un vieux gentilhomme plein d'entrain qui chevauchait une chèvre. »

Glyneth demanda : « A-t-il toujours une chèvre comme monture?

– Rarement.

– Alors, comment le reconnaît-on? Dans les foires, on rencontre par centaines des gentilshommes pleins d'entrain. »

Le vieil homme pela un copeau sur sa baguette d'aulne. « C'est là, je le concède, le point faible du plan, dit-il. Peut-être qu'un sorcier vous conviendrait mieux. Il y a Tamurello à Faroli et Quatz près de Calmeau. Tamurello exigera un service pénible qui risque de requérir un voyage au bout de la terre : encore une fois, un point faible dans le projet. Quant à Quatz, il est mort. Si vous arriviez par un moyen quelconque à le ressusciter, j'ose affirmer qu'il s'engagera à faire presque n'importe quoi.

– Peut-être, dit Glyneth d'une voix éteinte. Mais comment...

– Tut tut! Vous avez décelé le point faible. N'empêche, la difficulté pourrait être contournée en s'y prenant de manière astucieuse. C'est moi qui le dis, l'homme le plus sage de Wookin. »

De l'auberge sortit une femme respectable d'un certain âge, au visage sévère. « Viens, grand-père! C'est l'heure de ta sieste. Tu pourras veiller une heure ou deux ce soir, parce que la lune se lève tard.

– Bien, bien! Nous sommes de vieux ennemis, la lune et moi, expliqua-t-il à Glyneth. La lune a la méchanceté d'envoyer des rayons de glace pour me geler la moelle et je m'applique à les éviter. Sur cette colline là-bas, j'ai l'intention de poser un grand piège à lune et quand elle viendra à pied pour espionner et chercher ma fenêtre, je le déclencherai et alors mon lait ne tournera plus par les nuits de lune!

– Et ce sera grand temps aussi, hein, grand-père? Allez, dis au revoir à tes amis et viens manger ta bonne soupe au pied de bœuf. »

Dhrun et Glyneth quittèrent Wookin en silence, d'un pas lourd. Finalement, Dhrun prit la parole : « Bien des choses qu'il a dites étaient remarquablement sensées.

– C'est ce qu'il m'a semblé », répliqua Glyneth.

Juste passé Wookin, la rivière Murmeil virait au sud et la route s'engageait dans une contrée en partie boisée, en partie cultivée avec des champs d'orge, d'avoine et de fourrage. De distance en distance, des fermes placides somnolaient à l'ombre de chênes et d'ormes, toutes construites en pierre grise du pays, de la roche trappéenne [1], et coiffées d'un toit de chaume.

Dhrun et Glyneth parcoururent quinze cents mètres, puis quinze cents mètres encore, rencontrant en tout trois passants : un jeune garçon qui conduisait un attelage de chevaux, un berger avec un troupeau de chèvres et un rétameur ambulant. Dans l'air frais de la campagne s'insinua un relent de putréfaction qui grandit : d'abord par souffles et par bouffées, puis soudain par un flot puissant si lourd et si fort que Glyneth et Dhrun s'arrêtèrent net sur la route.

Glyneth prit la main de Dhrun. « Viens, pressons le pas et comme ça nous arriverons d'autant plus vite au-delà. »

Les deux trottèrent sur la route, retenant leur haleine pour ne pas sentir la puanteur. Cent mètres plus loin, ils arrivèrent à un carrefour, avec un gibet sur le côté. Un poteau indicateur, orienté est-ouest et nord-sud, annonçait :

BAUGE-BLANCHE : 3 – TUMBY : 3
WOOKIN : 3 – LUMARTH : 3

Du gibet, lugubre sur le ciel, pendillaient six hommes morts.

Glyneth et Dhrun défilèrent en hâte devant pour s'arrêter net, de nouveau. Sur une souche basse était assis un homme grand et maigre avec un long visage mince. Il portait des vêtements sombres mais pas de chapeau ; ses cheveux, noirs comme la nuit et raides, collaient à son crâne étroit.

Glyneth jugea quelque peu sinistre aussi bien l'environnement que l'homme et elle aurait passé son chemin sans plus qu'un salut poli, mais l'homme leva un long bras pour les arrêter.

« Je vous en prie, mes amis, quelles sont les nouvelles de Wookin ? Je veille depuis maintenant trois jours et ces gentilshommes sont morts avec des cous singulièrement raides.

– Nous n'avons entendu parler de rien, messire, en dehors de la mort de six bandits, que vous devez connaître.

– Pourquoi attendez-vous ? questionna Dhrun, avec une simplicité désarmante.

– Ha hii ! » L'homme maigre émit un filet de rire aigu.

1. C'est une roche ignée (roche éruptive formée par solidification du magma en fusion) de couleur sombre, au grain fin, comme le basalte ou la roche amygdaloïde. (*N.d.T.*)

« Une hypothèse avancée par les savants soutient que chaque niche dans la structure sociale, si restreinte soit-elle, trouve quelqu'un pour s'y loger. Je reconnais exercer une profession particulière qui, en fait, n'a même pas acquis de nom. Pour dire les choses crûment, j'attends sous la potence que le cadavre tombe, sur quoi je prends possession des vêtements et objets de valeur. Je ne rencontre guère de concurrence dans ce domaine; le travail est morne et je ne deviendrai jamais riche, mais du moins est-il honnête et j'ai le temps de rêver.

– Intéressant, dit Glyneth. Bonjour, messire.

– Un instant. » Il examina les formes immobiles au-dessus de lui. « Je pensais avoir sûrement le numéro deux aujourd'hui. » Il prit un instrument qui était appuyé contre le gibet : une longue perche à l'extrémité fourchue. Il coinça la corde juste au-dessus du nœud et lui imprima une secousse vigoureuse. Le cadavre resta pendu. « Mon nom, au cas où vous aimeriez le connaître, est Nahabod et parfois on m'appelle Nab le Narrow[1].

– Merci, messire. Et maintenant, si cela ne vous fait rien, nous allons partir.

– Attendez! J'ai à communiquer une observation que vous jugerez peut-être digne d'intérêt. Là-bas, le numéro deux, c'est ce bon vieux Tonker le charpentier qui est pendu. Il a enfoncé deux clous dans la tête de sa mère : cou raide jusqu'au bout[2]. Remarquez » – il désigna du bout de sa perche et sa voix devint quelque peu didactique – « la meurtrissure pourpre. C'est habituel et normal pour les quatre premiers jours. Puis une suffusion rouge s'installe, suivie par cette pâleur de craie, laquelle indique que l'objet est sur le point de descendre. Par ces signes, j'avais jugé Tonker mûr. Bah, cela suffit pour aujourd'hui. Tonker tombera demain et après lui Pilbane le Danseur, qui a volé sur le grand chemin pendant treize ans et qui volerait aujourd'hui si Numinante le Preneur de Pillards ne l'avait découvert endormi et Pilbane a dansé une dernière gigue. Ensuite, il y a Kam le fermier. Un lépreux était passé devant ses six belles vaches laitières, à ce carrefour même, et toutes ont eu leur lait tari. Comme la loi interdit de verser le sang d'un lépreux, Kam l'a arrosé d'huile et l'a enflammé.

1. Nab le *Narrow*, c'est-à-dire Nab *l'Etroit*. (*N.d.T.*)

2. *Avoir le cou raide :* l'expression empruntée à la Bible (Exode : 33.3) est passée dans la langue courante comme synonyme d'obstiné, d'intraitable – d'où le jeu de mots de Nab. (*N.d.T.*)

On dit que le lépreux est allé d'ici à Lumarth en seulement quatorze enjambées. Numinante a interprété la loi bien trop rigoureusement et maintenant Kam se balance entre ciel et terre. Le numéro six au bout est Bosco, un cuisinier réputé. Pendant de nombreuses années, il a supporté les marottes du vieux seigneur Trémoy. Un jour, par malice, il a uriné dans la soupe de Sa Seigneurie. Hélas! L'acte avait eu pour témoins trois marmitons et le chef-pâtissier. Hélas! ici est pendu Bosco! »

Glyneth, intéressée malgré elle, demanda : « Et le suivant? »

Nab le Narrow frappa les pieds pendillants avec sa perche. « Celui-ci est Pirriclaw, un voleur doué de facultés de perception extraordinaires. Il dévisageait une proie prometteuse... comme ceci » – ici Nab pointa la tête en avant et fixa ses yeux sur Dhrun – « et comme ceci! » Il posa sur Glyneth le même regard pénétrant. « Dans cet instant, il était en mesure de deviner la place où son éventuelle victime transportait ses objets de valeur, et c'était un savoir-faire bien utile! » Nab secoua la tête dans une mimique empreinte de regret nostalgique pour le trépas de quelqu'un doué d'un aussi merveilleux talent.

La main de Dhrun se porta lentement à son cou, pour s'assurer que l'amulette était en sécurité; d'un geste quasi machinal, Glyneth toucha son corsage à l'endroit où elle avait caché la bourse magique.

Nab le Narrow, qui contemplait toujours le cadavre, parut n'avoir rien remarqué. « Pauvre Pirriclaw! Numinante l'a pris dans son plus bel âge et maintenant j'attends ses vêtements... en me réjouissant d'avance, je puis l'ajouter. Pirriclaw s'habillait toujours avec ce qu'il y a de mieux et réclamait des coutures à triple point. Il est à peu près de mes proportions et peut-être vais-je porter ces vêtements moi-même!

– Et le dernier cadavre?

– Lui? Il ne vaut pas grand-chose. Des cothurnes d'étoffe, des habits trois fois ravaudés et manquant de style. Ce gibet a pour nom Six-d'un-Coup. Tant la loi que la coutume interdisent la pendaison de cinq ou quatre ou trois ou deux ou un à cette antique potence. Un vaurien ricaneur nommé Yoder Oreilles Grises avait volé des œufs sous la poule noire de la veuve Hod et Numinante a décidé de faire de lui un exemple et aussi le sixième à l'intention du vieux Six-d'un-Coup; si bien que pour la première fois de son existence, Yoder Oreilles Grises a été utile à quelque chose. Il est allé à la mort sinon en homme heureux, du moins comme quelqu'un dont la vie s'est terminée sur un accomplissement et nous ne pouvons pas tous en dire autant. »

Glyneth hocha la tête vaguement. Les remarques de Nab devenaient un peu trop grandiloquentes et elle se demandait s'il ne s'amusait pas à leurs dépens. Elle prit le bras de Dhrun. « Viens, il reste encore trois milles pour Lumarth.

– Trois milles paisibles maintenant que Numinante a fait un si beau nettoyage, commenta Nab le Narrow.

– Une dernière question. Pouvez-vous nous indiquer une foire où se rassemblent des gens sages et des magiciens?

– Oui, certes. A cinquante kilomètres au-delà de Lumarth se trouve la ville de la Coudraie, où l'on marque les fêtes druidiques par une foire. Soyez là-bas dans deux semaines pour la Lugrasade des Druides! »

Glyneth et Dhrun reprirent la route. Ils avaient parcouru huit cents mètres environ quand, de derrière un buisson de mûres sauvages, jaillit un voleur grand et mince. Il portait un long manteau noir, un foulard noir lui couvrant toute la figure sauf les yeux et un chapeau noir à coiffe plate, avec un bord extrêmement large. Dans sa main gauche, il brandissait bien haut un poignard.

« La bourse ou la vie! cria-t-il rudement. Sinon je vous tranche la gorge d'une oreille à l'autre! »

Il avança sur Glyneth, plongea la main dans son corsage et saisit la bourse dans son nid douillet entre ses seins. Puis il se tourna vers Dhrun et agita le poignard.

« Tes objets précieux, et promptement!

– Mes objets précieux ne vous concernent pas.

– Mais si! Je proclame que je possède le monde et tous ses fruits. Quiconque sans permission se sert de mes biens encourt ma colère la plus violente; n'est-ce pas justice? »

Dhrun, déconcerté, ne trouva rien à répondre; entretemps, le voleur enlevait avec dextérité l'amulette de son cou. « Peuh! Qu'est-ce que c'est que ça? Bah, nous l'examinerons plus tard. Maintenant, passez votre chemin, avec humilité, et soyez plus prudents à l'avenir! »

Glyneth, gardant un silence farouche, et Dhrun, sanglotant de rage, continuèrent à suivre la route. Derrière eux retentit un bref éclat de rire. « Ha hii » Puis le voleur disparut dans les broussailles.

Une heure plus tard, Glyneth et Dhrun arrivèrent au village nommé Lumarth. Ils se rendirent aussitôt à l'auberge à l'enseigne de l'Oie Bleue et là Glyneth demanda où elle pourrait trouver Numinante le Preneur de Pillards.

« Par le caprice de Fortunatus, vous trouverez Numinante en personne dans la salle commune, en train de boire de l'ale dans une chope grosse comme sa tête.

– Merci, messire. » Glyneth entra dans la salle commune avec prudence. Dans d'autres auberges, elle avait été en butte à des offenses à sa dignité : baisers d'ivrogne, tapes trop familières sur la hanche, regards polissons et chatouillis. Au comptoir était assis un homme de taille moyenne, avec un air de stricte sobriété, démenti par la chope d'où il buvait sa bière.

Glyneth l'aborda avec confiance; ce n'était pas un homme à prendre des libertés.

« Messire Numinante?

– Quoi donc, jeune fille?

– J'ai un acte criminel à signaler.

– Vas-y; c'est de mon ressort.

– Au carrefour, nous avons rencontré un certain Nahabod, ou Nab le Narrow, qui attendait que les cadavres tombent pour prendre leurs habits. Nous avons bavardé un peu, puis poursuivi notre route. A moins de huit cents mètres de là, un voleur a jailli du bois et s'est emparé de tout ce que nous possédions. »

Numinante déclara : « Ma chère, vous avez été dépouillés par le grand Janton Coupe-Gorge en personne. Pas plus tard que la semaine dernière, j'ai pendu haut et court ses six acolytes. Il s'apprêtait à récolter leurs souliers pour sa collection; les habits, il s'en moque complètement.

– Mais il nous a parlé de Tonker le charpentier, Bosco le cuisinier, des deux voleurs Pirriclaw et je ne sais plus qui...

– C'est possible. Ils parcouraient la campagne avec Janton comme une meute de chiens sauvages. A présent Janton quitte la contrée et ira exercer son métier ailleurs. Un de ces jours, je le pendrai aussi, mais... il faut prendre ces plaisirs quand ils viennent.

– Ne pouvez-vous organiser des recherches pour l'arrêter? demanda Dhrun. Il a emporté mon amulette et la bourse contenant notre argent.

– J'en organiserais bien, répliqua Numinante, mais avec quel résultat? Il a des cachettes partout. Ce que je peux pour le moment, c'est vous nourrir aux frais du roi. Enric! sers à ces enfants ce que tu as de meilleur. Une de ces poulardes grasses qui sont à la broche, une grosse tranche de bœuf et une autre de pouding, avec du cidre pour faire couler.

– A l'instant, sire Numinante. »

Glyneth dit : « Une autre question, messire. Comme vous le voyez, Dhrun que voici a été rendu aveugle par les fées de la forêt. On nous a conseillé de consulter un magicien qui remettra tout en ordre. Pouvez-vous indiquer quelqu'un capable de nous aider? »

Numinante avala au moins une pinte d'ale. Après réflexion, il déclara : « J'en connais mais uniquement par ouï-dire. Je ne suis pas en mesure de vous prêter assistance sur ce point, puisque je ne pratique pas la magie et que les magiciens sont les seuls à se connaître entre eux.

– Janton avai suggéré que nous nous rendions à la foire de la Coudraie et que nous cherchions à nous renseigner là-bas.

– Cela paraît un avis judicieux... à moins qu'il ne se propose de vous rejoindre en cours de route et de vous voler à nouveau. Je vois qu'Enric vous a servi un bon repas; mangez avec appétit. »

Les épaules basses, Dhrun et Glyneth suivirent Enric à la table qu'il avait préparée et, bien qu'il eût apporté ce qu'il avait de meilleur, ils ne trouvèrent pas de saveur à la nourriture. Glyneth ouvrit la bouche une douzaine de fois pour dire à Dhrun qu'il n'avait perdu qu'un caillou ordinaire, que sa pierre magique s'était brisée en miettes; chaque fois, elle se retint, prise de honte au moment d'avouer sa supercherie.

Enric leur indiqua le chemin jusqu'à la Coudraie. « Il court par monts et par vaux pendant vingt-cinq kilomètres, puis il traverse les bois Dhéfiants, ensuite les Maigres Terres, il monte par-dessus les Collines Lointaines et suit la Fausse Rivière jusqu'à la Coudraie. Vous mettrez bien quatre jours pour y arriver. Je crois comprendre que vous n'avez pas beaucoup d'argent?

– Nous avons deux couronnes d'or, messire.

– Je vais en changer une pour des florins et des sous, cela vous facilitera les choses. »

Avec huit florins d'argent et vingt sous de cuivre sonnant dans un petit sac d'étoffe, et avec une unique couronne d'or en sûreté dans la ceinture des chausses de Dhrun, les deux prirent la route de la Coudraie.

Quatre jours plus tard, affamés et les pieds douloureux,

Dhrun et Glyneth arrivèrent à la Coudraie. Le voyage s'était déroulé sans incidents, à part l'épisode d'une fin d'après-midi près du village de Maude. A guère plus de huit cents mètres de l'agglomération, ils avaient entendu des gémissements montant du fossé en bordure de la route. Courant y voir, ils avaient découvert un vieil homme infirme qui s'était écarté de la chaussée et avait chu dans une touffe de bardanes.

Avec beaucoup de peine, Dhrun et Glyneth l'avaient ramené sur la route et aidé à parvenir au village, où il s'était effondré sur un banc.

« Merci, mes amis, dit-il. S'il faut mourir, autant que ce soit ici plutôt que dans un fossé.

– Mais pourquoi parlez-vous de mourir? questionna Glyneth. J'ai vu vivre des gens qui se trouvaient en bien pire état que vous.

– Peut-être, mais ils étaient entourés par des êtres chers ou étaient capables de travailler. Je n'ai pas un sou vaillant et personne ne me prendra à son service, donc je vais mourir. »

Glyneth tira Dhrun à l'écart. « Nous ne pouvons pas l'abandonner ici. »

Dhrun répondit d'une voix morne : « L'emmener avec nous est hors de question.

– Je sais. Moins encore je me sens le cœur de continuer mon chemin en le laissant assis ici plongé dans le désespoir.

– Que veux-tu faire?

– Je comprends bien qu'il nous est impossible de prêter assistance à tous ceux que nous rencontrons, mais nous avons les moyens de secourir cette personne-là.

– La couronne d'or?

– Oui. »

Sans rien dire, Dhrun sortit la pièce de sa ceinture et la tendit à Glyneth. Elle la porta au vieillard. « C'est tout ce dont nous pouvons disposer, mais cela vous aidera quelque temps.

– Bénis soyez-vous tous deux! »

Dhrun et Glyneth poursuivirent leur route vers l'auberge, mais ce fut pour découvrir que toutes les chambres étaient occupées.

« Le grenier au-dessus de l'écurie est plein de foin frais, vous pourrez y dormir moyennant un sou. Et si vous m'aidez une heure ou deux à la cuisine, je vous servirai à souper. »

Dans la cuisine, Dhrun écossa des petits pois et Glyneth récura des marmites jusqu'à ce que l'aubergiste se précipite. « Assez, assez! Je peux me mirer dedans à présent! Venez, vous avez gagné votre dîner. »

Il les conduisit à une table dans un coin de la cuisine et leur servit d'abord une soupe aux poireaux et aux lentilles, puis des tranches de porc rôti avec des pommes, du pain, de la sauce et, comme dessert pour chacun, une pêche fraîche cueillie.

Ils quittèrent la cuisine en passant par la salle commune, où se célébraient apparemment de grandes réjouissances. Trois musiciens avec des tambours, un flageolet et un double luth, exécutaient de joyeux pas redoublés. En regardant entre les rangées de spectateurs, Glyneth découvrit le vieil infirme à qui ils avaient fait cadeau de la pièce d'or : il était maintenant ivre et dansait une matelote endiablée avec les deux jambes volant en l'air. Puis il empoigna la serveuse et les deux se lancèrent dans un extravagant cake-walk caracolant sur toute la longueur de la salle commune, le vieillard un bras autour de la serveuse et l'autre brandissant une grande chope d'ale. Glyneth s'adressa à l'un des assistants : « Qui est ce vieil homme? La dernière fois que je l'ai vu il semblait estropié.

– C'est Ludolf le fripon et pas plus infirme que vous et moi. Il sort tranquillement de la ville, s'installe bien à l'aise au bord de la route. Quand un voyageur passe, il commence à gémir de façon pitoyable et, pratiquement à tous les coups, le voyageur l'aide à venir au village. Alors Ludolf raconte un boniment quelconque la larme à l'œil et le voyageur lui donne en général une pièce ou deux. Aujourd'hui, il doit avoir rencontré un pacha des Indes. »

Le cœur contrit, Glyneth conduisit Dhrun à l'écurie et, par une échelle, au grenier. Là, elle raconta à Dhrun ce qu'elle avait vu dans la salle commune. Dhrun devint furieux. Il grinça des dents et les coins de sa bouche s'étirèrent en arrière. « Je méprise les menteurs et les tricheurs! »

Glyneth eut un rire mélancolique. « Dhrun, il ne faut pas nous mettre sens dessus dessous. Je ne dirais pas que cela nous est une bonne leçon, parce que nous serions capables d'agir de même demain.

– Avec beaucoup plus de précautions.

– C'est vrai. Mais du moins n'avons-nous pas à rougir de nous-mêmes. »

De Maude à la Coudraie, la route les emmena à travers un

paysage varié de forêts et de champs, de montagnes et de vallées, toutefois ils ne subirent ni malencontres ni terreurs et parvinrent à la Coudraie à midi le cinquième jour après leur départ de Lumarth. La fête n'avait pas encore commencé mais déjà des loges, des tentes, des plates-formes et autres installations de la foire étaient en cours de construction.

Glyneth, serrant bien fort la main de Dhrun, fit le point sur cette activité.

« On dirait qu'il y a plus de marchands que de gens ordinaires. Peut-être commerceront-ils tous entre eux. C'est franchement gai, avec tout ce tintamarre de coups de marteau et ces décorations neuves.

– Quelle est cette odeur délicieuse? questionna Dhrun. Elle me rappelle à quel point je suis affamé.

– A vingt mètres au vent, un homme en bonnet blanc est en train de cuire des saucisses. Je suis d'accord que l'odeur est tentante – mais nous n'avons que sept florins et quelques sous en tout et pour tout qui, j'espère, nous permettront de subsister jusqu'à ce que nous puissions gagner un peu plus d'argent.

– Est-ce que les affaires du vendeur de saucisses marchent?

– Pas tellement.

– Alors, essayons de lui amener des clients.

– Fort bien dit, mais comment?

– Avec ça. » Dhrun sortit sa flûte.

« Très bonne idée. » Glyneth conduisit Dhrun près de l'échoppe du marchand de saucisses. « Joue maintenant, murmura-t-elle. Des airs vaillants, des airs joyeux, des airs affamés! »

Dhrun commença à jouer, d'abord avec lenteur et prudence, puis ses doigts semblèrent se déplacer d'eux-mêmes et volèrent littéralement au-dessus des trous – et de l'instrument monta une série de charmantes mélodies entraînantes. Des gens s'arrêtèrent pour écouter; ils s'assemblèrent autour de l'éventaire du marchand et beaucoup achetèrent des saucisses, de sorte que le vendeur devint fort affairé.

Au bout d'un moment, Glyneth s'approcha de lui. « S'il vous plaît, messire, pourrions-nous aussi avoir des saucisses, car nous avons très faim? Quand nous aurons fini de manger, nous recommencerons à jouer.

– C'est un marché avantageux de mon point de vue. » Le marchand de saucisses leur fournit un déjeuner de pain et de saucisses frites, puis Dhrun joua de nouveau : des gigues et des saltarelles, des farandoles, des branles et ces matelotes où éclatait la gaieté, toutes danses propres à donner des fourmis dans les talons tandis que le nez frémissait à l'arôme des saucisses en train de cuire, tant et si bien que dans l'heure le commerçant vendit la totalité de sa marchandise, sur quoi Glyneth et Dhrun s'éloignèrent discrètement de sa boutique.

Un homme jeune de haute taille, aux sol des épaules larges, avec de longues jambes, un long nez et des yeux clairs de couleur grise, se tenait dans l'ombre d'une voiture voisine. Des cheveux plats blond roux pendaient jusqu'à ses oreilles, mais il ne portait ni barbe ni moustache. Comme Glyneth et Dhrun passaient devant lui, il avança d'un pas et les accosta.

« Ta musique m'a plu, dit-il à Dhrun. Où as-tu appris tant d'habileté?

– C'est un don, messire, des fées du Fort de Thripsey. Elles m'ont donné la flûte de Pan, une bourse avec de l'argent, une amulette de bravoure et sept ans de malchance. Nous avons perdu la bourse et l'amulette, mais je conserve toujours la flûte et la malchance, qui s'attache à moi comme une mauvaise odeur.

– Thripsey est loin, dans le Lyonesse. Comment êtes-vous arrivés ici?

– Nous avons traversé la grande forêt, dit Glyneth. Dhrun a découvert des fées des bois; elles se baignaient et étaient nues. Elles ont envoyé des abeilles magiques dans ses yeux et à présent il ne peut rien voir jusqu'à ce que nous chassions les abeilles.

– Et comment vous proposez-vous de le faire?

– On nous a conseillé de chercher Rhodion, roi des fées, et de nous emparer de son chapeau, ce qui le forcera à exécuter ce que nous voulons.

– C'est un bon conseil qui vaut ce qu'il vaut. Mais d'abord vous devez trouver le roi Rhodion, ce qui n'est pas du tout simple.

– On dit qu'il fréquente les foires : un joyeux gentilhomme coiffé d'un chapeau vert, répliqua Glyneth. C'est déjà une indication.

– Oui, certes... Regarde! En voici un qui arrive! Et un autre! »

Glyneth déclara d'une voix hésitante : « Ni l'un ni l'autre ne me paraissent devoir être le roi Rhodion et sûrement pas celui qui est ivre, même s'il est le plus gai des deux. En tout cas, nous avons reçu un autre conseil : demander l'aide d'un archimagicien.

– Encore une fois, le conseil est plus facile à donner qu'à suivre. Les magiciens s'appliquent à s'isoler de ce qui, sans cela, serait un flot ininterrompu de suppliants. » Regardant un visage sombre après l'autre, il reprit : » Néanmoins, il existe peut-être un moyen de contourner ces difficultés. Permettez que je me présente. Je suis le Docteur Fidélius. Je voyage au Dahaut dans cette voiture qui est tirée par deux chevaux miraculeux. La pancarte sur le côté explique ma profession.

Glyneth lut :

DOCTEUR FIDÉLIUS
Grand gnostique, voyant, magicien
GUÉRISSEUR DE GENOUX MALADES

...... Mystères analysés et résolus : incantations proférées dans des langues connues et inconnues.
...... Négociant en analgésiques, baumes, roboratifs et dépuratifs.
...... Teintures pour soulager nausées, démangeaisons, bubons, ulcères rongeurs.

SPÉCIALITÉ : LES GENOUX DOULOUREUX

Glyneth reporta son regard sur le Docteur Fidélius et questionna d'une voix hésitante : « Êtes-vous vraiment un magicien?

– Bien sûr, rétroqua le Docteur Fidélius. Regarde cette pièce! Je la tiens dans ma main, puis presto subito! Où la pièce est-elle allée tout de go?

– Dans votre autre main.

– Non. Elle est ici sur ton épaule. Et regarde! En voilà une seconde sur ton autre épaule. Qu'est-ce que tu dis de ça?

– Merveilleux! Pouvez-vous guérir les yeux de Dhrun? »

Le Docteur Fidélius secoua la tête. « Mais je connais un magicien qui le peut et, j'en suis persuadé, le fera.

– Magnifique! Nous conduirez-vous à lui? »

De nouveau, le Docteur Fidélius secoua la tête. « Pas maintenant. J'ai au Dahaut des affaires urgentes à régler. Ensuite j'irai voir Murgen le magicien. »

Dhrun demanda : « Pourrions-nous trouver ce magicien sans votre aide?
– Jamais. La route est longue et dangereuse, et il garde bien l'intimité de sa vie privée. »
Glyneth questionna timidement : « Vos affaires au Dahaut prendront-elles très longtemps?
– C'est difficile à dire. Tôt ou tard, un certain homme viendra à ma voiture et alors...
– " Et alors "?
– Je pense que nous irons voir Murger le magicien. Entre-temps, vous m'accompagnerez. Dhrun jouera de la flûte de Pan pour attirer les chalands, Glyneth vendra des baumes, des poudres et des porte-bonheur, tandis que j'observerai la foule.
– C'est très généreux de votre part, répliqua Glyneth, mais ni Dhrun ni moi ne sommes versés en médecine.
– Qu'à cela ne tienne! Je suis un bateleur. Mes médicaments ne servent pas à grand-chose, mais je les vends bon marché et en général ils donnent autant de résultats que s'ils étaient prescrits par Hyrcomus Galienus en personne. Chassez vos scrupules si vous en avez. Les bénéfices ne sont pas énormes, mais nous mangerons toujours de la bonne nourriture et boirons du bon vin, et quand la pluie tombera nous serons abrités confortablement dans la voiture. »
Dhrun dit d'une voix morne : « Je suis sous le coup d'une malédiction de fée qui me voue à sept ans de malchance. Vous risquez fort qu'elle pèse sur vous et vos entreprises. »
Glyneth expliqua : « Dhrun a vécu la plupart de son existence dans un château fort de fées, jusqu'à ce qu'elles l'expulsent avec la malédiction sur sa tête. »
Dhrun ajouta : « C'est le lutin Falaël qui a fait tomber cette malédiction sur moi, juste au moment où je quittais le sidhe. Je la lui renverrais si je pouvais.
– La malédiction doit être levée, déclara le Docteur Fidélius. Peut-être nous faut-il quand même guetter le roi Rhodion. Si tu joues de la flûte fée, il s'approchera sûrement pour écouter!
– Et alors? questionna Glyneth.
– Empare-toi de son chapeau. Il tempêtera et criera bien fort, mais il finira par faire ce que tu demandes. »
Glyneth réfléchit à ce programme en fronçant les sourcils. « Cela semble bien mal élevé de voler le chapeau d'un parfait inconnu, dit-elle. Si je me trompe, la personne tempêtera

sans doute et criera, après quoi elle me pourchassera, m'attrapera et me donnera une belle correction. »

Le Docteur Fidélius en convint. « C'est possible, effectivement. Comme je l'ai déjà dit, de nombreux gentilshommes de joyeuse humeur portent des chapeaux verts. Toutefois, le roi Rhodion se reconnaît à trois signes. Premièrement, ses oreilles n'ont pas de lobe et sont pointues en haut. Deuxièmement, ses pieds sont longs et étroits, avec de grands orteils de fée. Troisièmement, ses doigts sont palmés comme les pattes de grenouille et ont des ongles verts. De plus, à ce qu'on dit, quand on se trouve à proximité, il dégage une odeur non de sueur et d'ail mais de safran et de chatons de saule. Donc, Glyneth, sois sans cesse sur tes gardes, moi aussi je ferai attention et à nous deux nous avons une bonne chance de nous emparer du chapeau de Rhodion. »

Glyneth serra Dhrun dans ses bras et déposa un baiser sur sa joue. « Tu entends? Joue de ton mieux et tôt ou tard le roi Rhodion viendra à passer. Alors c'en sera fini des sept ans de malchance.

– Seule la chance l'amènera à passer. Donc j'ai sept ans à attendre. D'ici là, je serai vieux et infirme.

– Dhrun, tu es ridicule! La bonne musique triomphe toujours de la malchance, ne l'oublie jamais!

– Je m'associe à cette opinion, déclara le Docteur Fidélius. Maintenant, venez avec moi, tous les deux. Nous avons quelques changements à effectuer. »

Le Docteur Fidélius conduisit les deux enfants chez un marchand qui vendait vêtements et chaussures de belle qualité. A la vue de Dhrun et de Glyneth, il leva les bras au ciel. « Dans l'arrière-salle, vous deux. »

Des serviteurs préparèrent des baquets d'eau chaude et du savon byzantin au parfum agréable. Dhrun et Glyneth se déshabillèrent et lavèrent la poussière et la crasse du voyage. Les serviteurs leur apportèrent des serviettes et des chemises de dessous en toile, puis ils furent revêtus de beaux habits neufs : chausses bleues, chemise blanche, tunique de couleur chamois muscadé pour Dhrun; robe en linon vert pâle pour Glyneth avec un ruban vert sombre pour ses cheveux. D'autres vêtements furent emballés dans une valise et envoyés à la voiture.

Le Docteur Fidélius examina les deux d'un air approbateur. « Où sont les deux va-nu-pieds? Nous avons ici un prince élégant et une belle princesse! »

Glyneth rit. « Mon père était seulement un gentilhomme

fermier de la ville de Throckshaw en Ulfland, mais le père de Dhrun est un prince et sa mère une princesse. »

Ce qui suscita l'intérêt du Docteur Fidélius. « Qui te l'a dit ? demanda-t-il à Dhrun.

– Les fées. »

Le Docteur Fidélius déclara d'une voix lente : « Si c'est vrai, comme cela se pourrait fort bien, tu es quelqu'un de très important. Ta mère serait alors Suldrun, princesse de Lyonesse. J'ai le regret de dire qu'elle est morte.

– Et mon père ?

– Je ne sais rien de lui. C'est un personnage assez mystérieux. »

fermier de la ville de Tarquestaw en Irlande, mais le père de Dhran est un prince et sa mère une princesse. »

Ce qui suscita l'intérêt du Docteur Fadénus : « Qui te l'a dit ? demanda-t-il à Dhran.

— Les fées. »

Le Docteur Fadénus déclara d'un ton tendu : « Si c'est vrai, comme cela se pourrait fort bien, c'est quelque chose de fort important. Ta mère, [illegible] princesse de Lyonesse. J'ai le regret de dire qu'elle est morte.

— Et mon père ?

— Je ne sais rien de lui. C'est un personnage assez mystérieux. »

XX

Tôt le matin, alors que le soleil était bas derrière les arbres et la rosée encore humide sur l'herbe, Graithe le bûcheron conduisit Aillas au Pré Follet. Il indiqua un tertre bas sur lequel poussait un petit chêne noueux. « Voilà Thripsey. Aux yeux des mortels, cela ne ressemble pas à grand-chose mais il y a bien des années, au temps où j'étais jeune et imprudent, je me suis faufilé à travers bois jusqu'ici la veille d'un solstice d'été, quand les êtres fées ne prennent pas la peine de dissimuler; et là où vous voyez maintenant des tertres de gazon et un vieil arbre, j'ai vu des pavillons de soie et un million de lampions et de tours plus hautes les unes que les autres. Les êtres fées ont commandé une pavane aux musiciens et la musique a commencé. Je me suis senti comme obligé de courir me joindre à eux, mais je savais que si je dansais ne serait-ce qu'un pas sur un gazon de fées, je devrais danser sans répit le restant de mes jours, alors je me suis mis les mains sur les oreilles et je suis parti en trébuchant comme un homme éperdu. »

Aillas fouilla des yeux le Pré Follet. Il entendit des cris d'oiseaux et des tintements qui pouvaient être des rires. Il avança de trois pas dans la prairie. « Fées, je vous en prie, écoutez-moi! Je suis Aillas et le petit Dhrun est mon fils. Quelqu'un veut-il bien venir me parler? »

Le silence tomba sur le Pré Follet, à part ce qui pouvait être un autre cri d'oiseau. Près du tertre, des lupins et des pieds-d'alouette tressautèrent et oscillèrent bien que l'air matinal fût calme.

Graithe le tira par la manche. « Venez-vous-en. Ils préparent un mauvais tour. S'ils avaient voulu vous parler, ils l'auraient fait tout de suite. Maintenant, ils méditent une méchanceté. Venez, avant que vous souffriez de leurs malices. »

Les deux repartirent à travers bois. Graithe commenta : « Ce sont des êtres bizarres. Ils ne se soucient pas plus de nous que nous d'un poisson. »

Aillas prit congé de Graithe. En revenant au village de Glymwode, il quitta le chemin et obliqua vers une souche à demi pourrie. Il sortit Persilian de son emballage et le cala verticalement sur la souche. Pendant un instant, il se vit dans le miroir, avenant en dépit des lignes dures de la mâchoire, du menton et des pommettes, avec des yeux brillants comme des lumières bleues. Puis Persilian, par perversité, modifia l'image et Aillas se retrouva en train de regarder la face d'un hérisson.

Aillas prit la parole : « Persilian, j'ai besoin de votre aide.

– Désires-tu poser une question?

– Oui.

– Ce sera ta troisième.

– Je sais. Je veux donc expliquer le sens de ma question, afin que vous ne répondiez pas par une échappatoire subtile. Je cherche mon fils Dhrun qui a été pris par les fées de Thripsey. Je vais vous demander : « Comment puis-je ramener sous ma garde mon fils vivant et en bonne santé? » Je veux savoir exactement comment retrouver mon fils, le libérer de Thripsey en possession de sa santé, de sa jeunesse et de ses facultés mentales sans encourir de représailles. Je veux retrouver et libérer mon fils maintenant et non dans le cadre d'un programme requérant des semaines, des mois ou des années, et je ne veux pas non plus être berné ou frustré d'une façon que je n'ai pas envisagée. Par conséquent, Persilian...

– T'es-tu avisé, demanda Persilian, que tes manières de faire sont on ne peut plus arrogantes? Que tu exiges mon aide comme si c'était une obligation que j'ai envers toi, alors que toi, comme tous les autres, tu refuses jalousement de me libérer en posant une quatrième question? T'étonnes-tu que je considère tes problèmes avec détachement? As-tu réfléchi un instant à mes désirs? Non, tu m'exploites, moi et mon pouvoir, comme tu te servirais d'un cheval pour tirer un fardeau; tu gourmandes et tu régentes comme si, par quelque exploit héroïque, tu avais gagné le droit de me commander alors qu'en réalité tu m'as volé au roi Casmir de la façon la plus furtive; oses-tu encore continuer à me tyranniser? »

Après un instant de désarroi, Aillas dit d'une voix étouffée : « Vos plaintes sont amplement justifiées. Toutefois, en ce moment, je ne me préoccupe de rien d'autre que de découvrir mon fils.

« Donc, Persilian, je dois répéter ma requête : donnez-moi de façon détaillée une réponse à cette question : " Comment puis-je reprendre mon fils sous ma garde et responsabilité? " »

Persilian répliqua d'un ton altier : « Demande à Murgen. »

D'un bond, Aillas saisi de fureur s'écarta de la souche. Au prix d'un grand effort, il parvint à garder sa voix égale. « Ce n'est pas une réponse correcte.

– Elle est suffisante, dit Persilian avec désinvolture. Nos nécessités personnelles nous entraînent dans des directions différentes. Si tu as envie de poser une autre question, ne te retiens surtout pas. »

Aillas tourna le miroir pour l'orienter vers la prairie. Il tendit le bras. « Regardez! Dans le champ là-bas, il y a un vieux puits. Le temps ne signifie peut-être rien pour vous mais, si je vous laisse tomber dans le puits, vous vous enliserez dans la boue. Le puits ne tardera pas à s'effondrer et vous serez enfoui, peut-être à jamais et cela c'est une durée qui doit avoir un sens pour vous.

– Ce sujet-là échappe à ta compréhension, déclara Persilian, toujours avec hauteur. Je te rappelle que la brièveté est l'essence de la sagesse. Puisque tu sembles mécontent, je vais commenter mes instructions. Les fées ne te donneront rien à moins de recevoir un cadeau en paiement. Tu n'as rien à leur offrir. Murgen est un Maître Magicien. Il habite Swer Smod au-dessous du Mont Gaboon dans le Teach tac Teach. Le long du chemin, il y a des dangers. A la Brèche des Restanques, il faut que tu passes sous un rocher en équilibre sur une épingle. Tu dois tuer le corbeau qui le garde, sinon il lâchera une plume pour faire tomber le rocher sur ta tête. A la rivière Siss, une vieille femme avec une tête de renard et des pattes de poulet te demandera de la porter de l'autre côté de l'eau. Tu dois réagir aussitôt : coupe-la en deux avec ton épée et transporte les deux moitiés séparément. A l'endroit où la route entame l'ascension du Mont Gaboon, tu rencontreras une paire de gryphes barbus. A l'aller et au retour, donne à chacun un rayon de miel dont tu te seras muni à cet effet. Devant Swer Smod, appelle trois fois de cette façon : « Murgen! C'est moi, le prince Aillas de Troicinet! » Quand tu verras Murgen, ne sois pas impressionné; c'est un homme comme toi – pas amène mais pas dépourvu de justice. Écoute ses instructions; suis-les avec exactitude. J'ajoute un dernier conseil, afin de ne plus encourir de reproches. Iras-tu à cheval?

– C'est mon intention.

– Laisse ton cheval à l'écurie au village d'Oswy-Val-d'en-bas, avant d'arriver à la rivière Siss; sinon il mangera une herbe excitante et te précipitera sur les rochers.

– Le conseil est précieux. » Aillas jeta derrière lui vers le Pré Follet un regard chargé d'envie. « Apparemment, il serait nettement préférable de traiter maintenant avec les fées, plutôt que d'aller d'abord rendre visite à Murgen par des chemins pleins de périls.

– Apparemment peut-être. Il y a des raisons qui font que mieux vaut voir Murgen en premier. »

Sur ce, Persilian laissa une fois de plus l'image d'Aillas se refléter dans le miroir. Tandis qu'Aillas regardait, son visage exécuta une série de grimaces et de clins d'œil comiques, puis disparut et le miroir resta vide.

A Tawn Timble, Aillas troqua une broche en or sertie de grenats contre un robuste hongre rouan, livré avec bride, selle et sacoches de selle. Dans la boutique d'un armurier, il acheta une épée de bonne qualité, un poignard à lourde lame selon la mode du Lyonesse, un vieil arc difficile à manier et grinçant mais capable de rendre des services, estima Aillas, s'il était graissé et bandé avec doigté, ainsi que douze flèches et un carquois. Chez un marchand d'habits de confection, il fit l'emplette d'un manteau noir, d'un bonnet noir de forestier. Le savetier de la ville lui fournit de confortables bottes noires. A califourchon sur son cheval, il se sentit de nouveau un gentilhomme.

Quittant Tawn Timble, Aillas chevaucha au sud jusqu'au Petit Saffield, puis à l'ouest le long de la Vieille Chaussée, avec au nord la Forêt de Tantrevalles comme une marge sombre le long du paysage. La Forêt recula et, droit devant, les ombres bleues du grand Teach tac Teach profilèrent leur masse dans les airs.

Au Marais-aux-Grenouilles, Aillas tourna au nord sur la route du Bois-Amer et arriva ainsi à Oswy Val-d'en-bas : une agglomération endormie de deux cents habitants. Aillas se logea à l'Auberge du Paon et passa l'après-midi à aiguiser son épée et à essayer ses flèches sur une butte de tir en paille dans un champ derrière l'auberge. L'arc semblait solide mais avait besoin d'être assoupli; les flèches volaient convenablement vers le but à quarante mètres et un peu plus. Aillas prit un plaisir mélancolique à envoyer flèche sur flèche dans une cible de quinze centimètres; son adresse ne l'avait pas abandonné.

Tôt le matin, laissant son cheval à l'écurie derrière l'auberge, il s'engagea à pied sur le sentier en direction de l'ouest. Il gravit une longue pente de terre aride et sablonneuse parsemée de cailloux et de rochers, où croissaient uniquement le chardon et la centaurée. Au sommet de la pente, il vit au-dessous de lui une large vallée. A l'ouest et se déployant vers le nord, de plus en plus haut, pic après pic, se dressait le grandiose Teach tac Teach, barrant le passage vers les Ulflands. Juste au-dessous, le sentier s'abaissait par des vires jusqu'au fond de la vallée et là coulait la rivière Siss, qui descendait des Troaghs derrière le Cap Farewell pour s'en aller rejoindre la Douce Yallow. De l'autre côté de la vallée, il crut distinguer Swer Smod, dans les hauteurs sur les flancs du Mont Gaboon, mais les formes et les ombres se combinaient en images trompeuses et il n'était pas sûr de ce qu'il voyait.

Il se mit à descendre, courant d'un pied léger, glissant et bondissant, si bien qu'en peu de temps il atteignit la vallée. Il se retrouva dans un verger de pommiers surchargés de fruits rouges, mais il s'en éloigna résolument et arriva ainsi au bord de la rivière. Sur une souche était assise une femme avec le masque d'un renard roux et des jambes en pattes de poulet.

Aillas l'examina pensivement. Elle finit par s'écrier : « Dites donc, vous, pourquoi me dévisagez-vous de cette façon?

– Madame Face-de-Renard, vous êtes vraiment extraordinaire.

– Ce n'est pas une raison pour me causer de la gêne.

Je ne voulais pas être impoli, madame. Vous êtes comme vous êtes.

– Notez que je suis assise ici en toute dignité. Ce n'est pas moi qui ai descendu la pente en gambadant et cabriolant bruyamment comme un écervelé. Je ne pourrais jamais m'adonner à de tels ébats; les gens me prendraient pour un garçon manqué.

– J'étais peut-être un peu bruyant, reconnut Aillas. Me permettriez-vous de poser une question, par pure curiosité?

– A condition qu'elle ne soit pas impertinente.

– Jugez-en et qu'il soit bien entendu qu'en posant la question je ne contracte aucune obligation.

– Allez-y.

– Votre tête est celle d'un renard roux, votre torse celui d'une femme, vos membres inférieurs ceux d'une volaille. Quelle influence vous guide dans votre vie?

– Cette question est nuncupative [1]. A mon tour de demander une faveur.

– Pardon, j'ai explicitement renié toute obligation.

– J'en appelle à votre éducation chevaleresque. Verriez-vous une pauvre créature affolée emportée par les eaux sous vos yeux? Portez-moi de l'autre côté de la rivière, s'il vous plaît.

– C'est une requête dont aucun gentilhomme ne peut faire fi, dit Aillas. Venez par ici, au bord de la rivière, et désignez l'endroit le plus facile à traverser.

– Volontiers. » La femme descendit le sentier d'un pas majestueux vers la rivière. Aillas dégaina son épée et, d'un seul coup en travers de sa taille, trancha la femme en deux.

Les morceaux ne restèrent pas en repos. Le bassin et les jambes couraient de-ci de-là; le haut du torse frappait le sol avec furie tandis que la tête lançait des objurgations propres à glacer le sang d'Aillas. Finalement, il dit : « Silence, femme! Où est votre dignité tant vantée?

– Passez votre chemin, cria-t-elle aigrement. Ma vengeance ne tardera pas. »

Aillas la saisit précautionneusement par le dos de sa tunique, la traîna jusqu'à l'eau et au bord opposé du gué. « Avec les jambes d'un côté et les bras de l'autre, vous serez moins tentée de commettre de méchantes actions! »

La femme répondit par une nouvelle bordée d'injures et Aillas poursuivit sa route. Le sentier s'élevait au flanc d'une colline; Aillas s'arrêta et regarda en arrière.

La femme avait levé la tête pour siffler; les jambes

1. Autrement dit : « vous engage ». Jack Vance utilise ce terme emprunté au droit romain dans son sens premier de « déclaration solennelle donnant naissance à l'obligation de l'emprunteur » (*nuncupatio*) - le 2e sens usité aujourd'hui étant « testament oral » (*N d.T.*)

franchirent la rivière en bondissant; les deux portions s'assemblèrent et la créature fut de nouveau entière. Aillas se remit en marche d'un air sombre : il gravit le Mont Gaboon, avec au-dessous à l'est toute la campagne étalée, en majeure partie forêt vert foncé, puis traversa une zone désolée où ne vivait même pas un brin d'herbe Un escarpement dominait cet endroit de sa paroi verticale et le sentier semblait se terminer là. Deux pas plus loin, Aillas vit la Brèche des Restanques, une crevasse étroite dans la face de la montagne. A l'entrée de la brèche, un socle de trois mètres se terminait en pointe sur laquelle, en parfait équilibre, reposait un énorme rocher.

Aillas s'approcha avec une extrême prudence. A proximité, sur la branche d'un arbre mort, était perché un corbeau avec un œil rouge attentivement fixé sur lui. Aillas tourna le dos, encocha une flèche sur son arc, pivota sur lui-même, banda l'arc et décocha. Le corbeau bascula et tomba en petit tas palpitant sur le sol. Au passage, il effleura de l'aile le roc en équilibre. Le roc oscilla, s'inclina et tomba dans le défilé.

Aillas récupéra sa flèche, coupa les ailes et la queue de l'oiseau et les fourra dans son sac; un jour, il empennerait de noir ses douze flèches.

Le sentier s'engageait dans la Brèche des Restanques et débouchait sur une terrasse au-dessus de l'escarpement. Quinze cents mètres plus loin, sous la saillie du Mont Gaboon, Swer Smod dominait le panorama : un château de pas très grandes dimensions, fortifié seulement par un haut mur et deux bretèches surplombant le portail.

A côté du sentier, dans l'ombre de huit cyprès noirs, une couple de gryphes barbus, ayant deux mètres cinquante de haut, jouaient aux échecs sur une table de pierre. Comme Aillas approchait, ils posèrent leurs pièces et prirent des poignards. « Venez jusqu'ici, dit l'un d'eux, pour nous épargner la peine de nous lever. »

Aillas sortit de son sac deux rayons de miel et les plaça sur la table de pierre. « Messires, voici votre miel. »

Les gryphes poussèrent des grognements lugubres.

« Encore du miel », dit l'un d'eux. « Et sûrement insipide », ajouta l'autre d'un ton maussade.

Aillas répliqua : « On devrait se réjouir de ce que l'on a, plutôt que se lamenter sur ce qu'on n'a pas. »

Les gryphes levèrent les yeux avec une expression mécontente. Le premier émit un sifflement sinistre. Le second décréta : « Les platitudes écœurent autant que le miel et l'irritation entraîne souvent à rompre les os d'autrui.

– Savourez votre repas à loisir et de bon appétit », dit Aillas qui continua jusqu'au portail principal. Là, une grande femme d'un âge avancé, vêtue d'une robe blanche, regardait arriver Aillas. Il s'inclina dans une révérence des plus courtoises.

« Madame, je suis ici pour conférer avec Murgen au sujet d'une affaire importante. Voulez-vous avoir l'obligeance de l'informer qu'Aillas, prince de Troicinet, attend son bon plaisir? »

Sans dire un mot, la femme fit un geste et se détourna. A sa suite, Aillas traversa une cour, longea un couloir et entra dans un salon où il y avait un tapis, une table et deux lourds fauteuils. Des casiers contre le mur du fond étaient garnis de centaines de livres et la salle était emplie de l'agréable senteur des vieilles reliures de cuir.

La femme désigna un siège. « Asseyez-vous. » Elle quitta la pièce, pour y rentrer avec un plateau de gâteaux aux noix et un flacon de vin pelure d'oignon qu'elle plaça devant Aillas; puis une fois encore elle s'en alla.

Dans le couloir apparut Murgen, vêtu d'un sarrau gris de paysan. Aillas s'était attendu à quelqu'un de plus vieux ou du moins à un homme ayant l'apparence d'un sage. Murgen ne portait pas de barbe. Sa chevelure était blanche par tendance naturelle plutôt que par l'effet des années; ses yeux bleus étaient aussi brillants que ceux d'Aillas.

Murgen prit la parole : « Vous êtes ici pour me consulter?

– Messire, je suis Aillas. Mon père est Ospero, prince de Troicinet; je suis héritier du trône en ligne directe. Il y a un peu moins de deux ans, j'ai rencontré la princesse Suldrun de Lyonesse. Nous nous aimions et nous nous sommes mariés. Le roi Casmir m'a incarcéré dans un cachot profond. J'ai fini par m'en évader pour découvrir que Suldrun s'était suicidée de désespoir et que notre fils Dhrun avait été pris comme changelin par les fées du Fort de Thripsey. Je suis allé à Thripsey, mais elles sont restées invisibles. Je demande instamment que vous m'aidiez à recouvrer mon fils. »

Murgen versa une petite quantité de vin dans deux gobelets. « Vous êtes venu à moi les mains vides?

– Je n'ai rien de valeur, en dehors de quelques pièces de joaillerie qui ont appartenu à Suldrun. Je suis sûr qu'elles vous indiffèrent. Je puis vous offrir seulement le miroir

Persilian, que j'ai volé au roi Casmir. Persilian répondra à trois questions, à votre avantage pourvu que vous formuliez les questions correctement. Si vous posez une quatrième question, Persilian deviendra libre. Je vous l'offre à condition que vous poserez la quatrième question et ainsi lui rendrez la liberté. »

Murgen tendit la main. « Donnez-moi Persilian. J'accepte vos conditions. »

Aillas se dessaisit du miroir. Murgen remua le doigt et prononça tout bas une syllabe. Une boîte de porcelaine blanche traversa la pièce en flottant en l'air et vint se poser sur la table. Murgen rabattit le couvercle en arrière et vida son contenu sur la table : treize gemmes taillées, semblait-il, dans du quartz gris. Murgen regarda Aillas avec un petit sourire. « Vous les trouvez sans intérêt?

– Ce serait mon avis. »

Murgen les toucha tendrement du doigt, les déplaçant selon un certain ordre. Il poussa un soupir. « Treize nonpareilles, chacune renfermant un univers mental. Bah, je dois éviter l'avarice. Il y en a d'autres à l'endroit d'où elles viennent. Soit. Prenez celle-ci; elle est gaie et ensorcelante à la clarté du soleil levant. Rendez-vous au Fort de Thripsey juste au moment où les premiers rayons du soleil balaieront la prairie. N'y allez pas au clair de lune ou vous périrez d'une mort d'un raffinement singulier. Présentez le cristal au soleil levant, faites-le scintiller dans ses rayons. Ne le laissez quitter votre main que lorsqu'un marché aura été conclu. Les fées respecteront leur parole avec exactitude; en dépit de la croyance populaire, ce sont des êtres à l'esprit on ne peut plus précis. Ils s'en tiendront à leurs termes : pas moins et certainement pas un iota de plus, aussi marchandez avec soin! » Murgen se leva. « Je vous dis adieu.

– Un moment, messire. Les gryphes se montrent agressifs. Ils ne sont pas contents de leur miel. Je pense qu'ils préféreraient sucer la moelle de mes os.

– La parade est facile, répliqua Murgen. Offrez deux rayons de miel à l'un et rien à l'autre.

– Et le rocher de la Brèche des Restanques? Sera-t-il posé en équilibre comme avant?

– A cet instant même, le corbeau remet la pierre en place... ce qui n'est pas un mince exploit pour un oiseau dépourvu à la fois d'ailes et de queue. Il est animé par l'esprit de vengeance, j'en ai l'impression. » Murgen tendit un rouleau de corde bleu pâle. « Près de l'entrée du défilé, un arbre surplombe l'escarpement. Passez la corde autour de l'arbre, faites une boucle pour vous asseoir et laissez-vous descendre au bas de la paroi.

– Et la femme à face de renard au bord de la Siss? »

Murgen haussa les épaules. « Trouvez un moyen de la contrer. Sinon, elle vous arrachera les yeux à coups de griffes d'une seule détente de sa jambe. L'égratignure de son ongle paralyse; ne la laissez pas approcher. »

Aillas se leva. « Je vous remercie de votre aide; n'empêche, je me demande pourquoi vous rendez le chemin aussi dangereux. Bien des gens qui viennent chez vous doivent se considérer comme vos amis.

– Oui, sans doute. » Le sujet n'intéressait visiblement pas Murgen. « En fait, les périls ont été installés par mes ennemis, pas par moi.

– Avec les gryphes si près de Swer Smod? C'est de l'insolence. »

Murgen écarta d'un geste le sujet. « Ma dignité m'interdit de le remarquer. Et maintenant, prince Aillas, je vous souhaite un bon voyage. »

Murgen quitta la pièce; la femme en vêtements blancs conduisit Aillas par les couloirs obscurs jusqu'au portail. Elle leva la tête vers le ciel où le soleil avait déjà dépassé le zénith. « Si vous vous hâtez, dit-elle, vous atteindrez Oswy Val-d'en bas avant que le crépuscule cède la place à la nuit. »

Aillas redescendit le sentier d'un pas rapide. Il approcha de la grotte où étaient installés les deux gryphes. Ils se retournèrent pour observer l'arrivée d'Aillas.

« Oserez-vous encore une fois nous offrir du miel insipide? Nous réclamons quelque chose de plus savoureux!

– Apparemment, vous êtes affamés tous les deux, dit Aillas.

– C'est cela même. Alors... »

Aillas sortit deux rayons de miel. « En temps ordinaire, j'aurais offert un gâteau de miel à chacun de vous, mais il y en a sûrement un qui a plus d'appétit que l'autre et c'est lui qui devrait avoir les deux. Je les laisse ici, à vous de décider. »

Aillas recula devant l'altercation qui éclata aussitôt et il n'avait pas parcouru cinquante mètres sur le sentier que les gryphes se crêpaient déjà la barbe. Aillas marchait vite et pourtant les bruits de la dispute parvinrent encore à ses oreilles pendant de nombreuses minutes.

Il atteignit la Brèche des Restanques et se pencha avec circonspection par-dessus le bord de l'escarpement. Le gros rocher, comme auparavant, oscillait en équilibre précaire. Le corbeau se tenait à côté, toujours dépourvu d'ailes et de queue, la tête penchée et un œil rouge tout rond fixé vers le haut de la gorge. Ses plumes étaient ébouriffées; il était à demi assis à demi campé sur ses pattes jaunes pliées.

A cinquante mètres à l'est, un vieux cèdre noueux allongeait son tronc tordu en dehors de la face de la montagne. Aillas jeta la corde par-dessus le tronc à un endroit où une fourche maintiendrait la corde à distance de la paroi. A une extrémité, il noua une boucle qu'il installa au-dessous de ses hanches, il raidit le cordage, d'un mouvement de balancier il s'élança au-dessus du vide et se laissa descendre au pied de la paroi. Il fit glisser le bout du cordage par-dessus le tronc, le lova en glène et le mit sur son épaule.

Le corbeau était resté comme avant, tête inclinée, prêt à donner un coup au rocher. Aillas approcha en silence du côté opposé et poussa le rocher avec la pointe de son épée. Le rocher vacilla et tomba, tandis que le corbeau poussait des cris de consternation.

Aillas continua à suivre le sentier, qui descendait les pentes du Mont Gaboon.

Droit devant, une file d'arbres jalonnait le cours de la Siss. Aillas s'arrêta. Quelque part, pensa-t-il, la femme-renard était postée en embuscade. L'endroit le plus indiqué semblait être un bosquet de coudriers rabougris à tout juste cent mètres le long du sentier. Il pouvait faire un détour vers l'aval ou l'amont et traverser la rivière à la nage au lieu de la franchir par le gué.

Aillas recula et, restant à couvert autant que possible, décrivit un large demi-cercle pour atteindre la berge de la rivière en aval. Une frange de saules lui barra le chemin de l'eau et il fut forcé de tourner vers l'amont. Rien ne bougeait, ni dans le bosquet ni ailleurs. Aillas commença à sentir ses nerfs se tendre. Le silence était éprouvant. Il s'arrêta pour écouter encore, mais n'entendit que le murmure de l'eau. L'épée à la main, il se mit à remonter le cours de la rivière, pas à pas... En approchant du gué, il parvint à une touffe épaisse de roseaux qui ondulaient au vent... Au vent? Il se retourna vivement et son regard tomba sur le masque roux de la femme-renard, accroupie comme une grenouille. Il fit tournoyer son épée au moment même où elle se projetait en avant d'une détente, et lui trancha la tête à la hauteur du cou. Le torse et les jambes s'effondrèrent en tas; la tête tomba au bord de l'eau. Aillas la poussa doucement jusque dans la rivière avec son épée. Elle dansa et roula comme un bouchon au fil du courant. Le torse se remit debout en griffant le sol et commença à se précipiter de-ci de-là sans but, agitant les bras, s'élançant et sautant, pour disparaître finalement dans la pente montant vers le Mont Gaboon.

Aillas lava son épée, traversa le gué et rentra à Oswy Val-d'en-bas, où il arriva juste au moment où le crépuscule cédait la place à la nuit. Il dîna de pain et de jambon, but une pinte de vin et se rendit aussitôt dans sa chambre.

Dans l'obscurité, il sortit la gemme grise que Murgen lui avait allouée. Elle avait un éclat pâle, la couleur d'un jour brumeux. Bien dépourvue d'éclat, commenta pour lui-même Aillas. Mais, à l'instant où il détournait le regard, il crut saisir du coin de l'œil un éclair singulier, une perception à laquelle il fut incapable de donner un nom.

Il essaya à plusieurs reprises de reproduire la sensation mais n'y parvint pas et ne tarda pas à s'endormir.

XXI

QUATRE jours sans incident amenèrent Aillas à Tawn Timble. Là, il acheta une paire de poulets dodus, un jambon, une flèche de lard et quatre pots de vin rouge. Il plaça une partie de ses acquisitions dans ses sacoches, attacha le reste sur sa selle et chevaucha vers le nord en passant par Glymwode pour se rendre au cottage de Graithe et de Wynes.

Graithe vint à sa rencontre. A la vue des provisions, il cria vers l'intérieur du cottage : « Femme, allume le feu sous la broche! Ce soir, nous dînons comme des seigneurs.

– Nous allons bien boire et bien manger, dit Aillas. Toutefois, il faut que j'arrive au Pré Follet demain avant le lever du jour. »

Les trois soupèrent de poulets farcis d'orge et d'oignons et rôtis à point, avec des galettes qui avaient été disposées de façon à récolter le jus, une marmite de légumes mijotés au lard, une salade de cresson.

« Si je mangeais autant tous les soirs, je n'aurais plus envie de tailler des bûches le lendemain matin, déclara Graithe.

– Puisse ce jour arriver! s'exclama Wynes.

– Qui sait? Peut-être même avant que vous vous y attendiez, dit Aillas. Mais je suis fatigué et je dois être debout avant le soleil. »

Une demi-heure avant qu'apparaisse le soleil, Aillas se tenait au bord du Pré Follet. Il attendait dans la pénombre sous les arbres que le premier rayon du soleil levant apparaisse à l'est, puis il se mit à traverser lentement l'herbe trempée de rosée, la gemme dans sa main. Quand il approcha du tertre, il commença à entendre de légers ramages et gazouillis dans un registre presque trop haut pour que son oreille les perçoive. Quelque chose tapa sur la main qui portait la gemme; Aillas n'en resserra que mieux sa prise. Des bouts de doigt invisibles pincèrent ses oreilles et tirèrent ses cheveux; son chapeau fut arraché de sa tête et lancé haut en l'air.

Aillas prit la parole d'une voix douce : « Fées, gentils êtres fées, ne me traitez pas ainsi! Je suis Aillas, le père de mon fils Dhrun, que vous aimez. »

Il y eut un moment de silence fiévreux. Aillas continua à s'avancer vers le tertre, à vingt mètres duquel il s'arrêta.

Le tertre s'embruma soudain et subit des métamorphoses, comme si des images se formaient puis s'effaçaient, devenaient nettes puis se brouillaient.

Du tertre survint un tapis rouge qui se déroula presque jusqu'aux pieds d'Aillas. Sur le tapis arriva un être fée d'un mètre cinquante de haut, au teint légèrement doré avec un reflet vert olive. Il portait une robe rouge bordée de têtes d'hermines blanches, une fragile couronne de fils d'or et des escarpins de velours vert. A droite et à gauche, d'autres fées apparaissaient à la limite de la visibilité, jamais totalement réelles.

« Je suis le roi Throbius, déclara l'être fée. Vous êtes donc le père de notre Dhrun bien-aimé?

– Oui, Votre Majesté.

– Dans ce cas, notre affection se transfère partiellement sur vous et il ne vous arrivera rien de mal au Fort de Thripsey.

– Je vous présente mes remerciements, Votre Majesté.

– Aucun remerciement n'est nécessaire; nous sommes honorés par votre présence. Qu'est-ce que vous tenez dans votre main? »

Une autre fée dit à mi-voix : « Oh, quel éclat enthousiasmant!

– Votre Majesté, c'est une gemme magique, d'une valeur énorme. »

Des voix de fées murmurèrent : « Oui, oui. Une gemme ardente, de teinte magique.

– Permettez que je la prenne, dit le roi Throbius d'un ton péremptoire.

– Votre Majesté, d'ordinaire vos désirs seraient pour moi un ordre, mais j'ai reçu les instructions les plus solennelles. Je veux que mon fils Dhrun me soit rendu vivant et en bonne santé; alors et seulement alors, je pourrai lâcher la gemme. »

Du groupe de fées montèrent des murmures de surprise et de désapprobation : « Le méchant! »; « C'est bien ça, les mortels! », « On ne peut pas se fier à leur bonne éducation. », « Pâles et grossiers comme des rats! »

Le roi Throbius déclara : « J'ai le regret de dire que Dhrun ne réside plus parmi nous. Il avait dépassé le stade de la première enfance et nous avons été contraints de le renvoyer. »

Aillas en resta bouche bée de stupeur. « Il a à peine un an! »

– Au Fort, le temps vole par élans et par bonds comme un éphémère. Nous ne prenons pas la peine de le mesurer. Quand Dhrun est parti, il avait neuf ans peut-être, selon notre façon de compter. »

Aillas demeura silencieux.

« Allez, donnez-moi la jolie babiole », demanda le roi Throbius du ton qu'il aurait employé avec une vache ombrageuse dont il voudrait voler le lait.

« Ma position demeure la même. Seulement quand vous me rendrez mon fils.

– C'est pratiquement impossible. Il est parti il y a quelque temps. Et maintenant » – la voix du roi Throbius devint dure – « faites ce que je commande ou vous ne reverrez jamais votre fils! »

Aillas eut un éclat de rire amer. « Je ne l'ai encore jamais vu! Qu'est-ce que j'ai à perdre?

– Nous pouvons vous transformer en blaireau, dit une voix flûtée.

– Ou en boule de coton sauvage.

– Ou en moineau à cornes d'élan. »

Aillas s'adressa au roi Throbius : « Vous m'avez promis amour et protection; maintenant, je suis menacé. Est-ce là l'honneur des fées?

– Notre honneur est éclatant », proclama le roi Throbius d'une voix tonnante. Il hocha la tête avec satisfaction d'un mouvement vif à droite et à gauche, à l'adresse de ses sujets qui criaient leur approbation.

« Dans ce cas, j'en reviens à mon offre : cette gemme fabuleuse en échange de mon fils. »

Une voix aiguë s'écria : « Ce n'est pas possible, puisque cela apporterait la chance à Dhrun! Je le déteste, de toutes mes forces! J'ai jeté un mordet [1] sur lui! »

1. Une unité d'acrimonie et de méchanceté, exprimée en termes d'une malédiction.

Le roi Throbius dit de la voix la plus veloutée qui soit : « Et quel était ce mordet?
– Aha, heu. Sept ans.
– Vraiment. Je me déclare contrarié. Pendant sept ans, ce n'est pas du nectar que tu goûteras mais du vinaigre à faire grincer les dents. Pendant sept ans, tu sentiras de mauvaises odeurs sans jamais découvrir d'où elles viennent. Pendant sept ans, tes ailes ne te porteront pas et tes jambes pèseront comme du plomb et t'enfonceront de dix centimètres dans tout ce qui ne sera pas le sol le plus résistant. Pendant sept ans, tu vidangeras toutes les eaux sales et grasses du Fort. Pendant sept ans, tu auras sur le ventre une démangeaison qu'aucun grattage ne soulagera et pendant sept ans tu n'auras pas le droit de regarder la jolie babiole nouvelle. »

Falaël sembla atterré par la dernière injonction. « Oh, la babiole? Bon roi Throbius, ne m'infligez pas ça! J'adore cette couleur! C'est ce que j'aime le plus!
– Ainsi doit-il en être! Va-t'en! »

Aillas demanda : « Alors vous allez ramener Dhrun?
– Voudriez-vous m'engager dans une guerre de fées avec le Fort de Trelawny, ou le Fort de Zady ou le Fort de la Vallée Brumeuse? Ou tout autre fort qui garde la forêt? Vous devez demander un prix raisonnable pour votre bout de caillou. Flink!
– Je suis là, sire.
– Que pouvons-nous offrir au prince Aillas pour répondre à ses demandes?
– Sire, je proposerais par exemple l'Infaillible, comme celui utilisé par sire Chil, le chevalier fée.
– Bonne idée! Flink, tu es des plus ingénieux. Va, prépare l'instrument, à l'instant!
– A cet instant ce sera, sire! »

Aillas fourra ostensiblement sa main, avec la gemme, dans son escarcelle. « Qu'est-ce qu'un Infaillible? »

La voix de Flink, aiguë et haletante, résonna à côté du roi Throbius. « Le voici, messire, après force labeur diligent selon vos ordres.
– Quand je requiers de la hâte, Flink se dépêche, dit le roi Throbius à Aillas. Quand je prononce les mots " à l'instant ", il comprend que cela signifie " tout de suite ".
– Exact, dit Flink hors d'haleine. Ah, comme j'ai travaillé pour plaire au prince Aillas! S'il daigne m'accorder ne serait-ce qu'un mot d'éloge, je serai amplement récompensé!

– Voilà le vrai Flink qui parle, dit le roi Throbius à Aillas. Franc et noble est notre Flink!

– Je m'intéresse moins à Flink qu'à mon fils Dhrun. Vous étiez sur le point de me l'amener.

– Mieux! L'Infaillible vous servira votre vie entière pour indiquer perpétuellement où l'on peut trouver le seigneur Dhrun. Regardez! »

Le roi Throbius montra un objet de forme irrégulière ayant un diamètre d'environ sept centimètres et demi, taillé dans de la ronce de noyer et suspendu à une chaîne. Une protubérance sur le côté se terminait en pointe où s'enchâssait une dent aiguë.

Le roi Throbius fit danser l'Infaillible au bout de sa chaîne. « Voyez-vous la direction indiquée par la dent fée blanche? En allant dans ce sens, vous trouverez votre fils Dhrun. L'Infaillible ne se trompe jamais et est garanti durer éternellement. Prenez-le! L'instrument vous conduira immanquablement à votre fils! »

Aillas secoua la tête avec indignation. « Il indique le nord, dans la forêt où seuls vont les fous et les fées. Cet Infaillible désigne la direction de ma propre mort... ou il me mènera tout droit au cadavre de Dhrun. »

Le roi Throbius examina l'instrument. « Dhrun est vivant, sinon la dent ne se tournerait pas dans cette direction avec une telle vigueur. Quant à votre sécurité personnelle, je dirai seulement que le danger existe partout pour vous comme pour moi. Vous sentiriez-vous en sécurité si vous marchiez dans les rues de la ville de Lyonesse? Je soupçonne que non. Ou même à Domreis, où le prince Trewan espère se faire roi? Le danger est comme l'air que nous respirons. Pourquoi ergoter sur la massue d'un ogre ou la gueule d'un ossip? La mort est le lot de tous les mortels.

– Bah! marmonna Aillas. Flink est rapide, qu'il coure dans la forêt avec l'Infaillible et ramène mon fils. »

De tous côtés jaillirent de petits rires, vite étouffés quand le roi Throbius, que cela n'avait pas amusé, dressa le bras en l'air. « Le soleil est haut et chaud; la rosée s'évapore et les abeilles sont les premières à nos coupes de fleurs. Je perds mon entrain pour les transactions. Quelles sont vos dernières conditions?

– Comme avant, je veux mon fils, sain et sauf. Cela signifie pas de mordets de malchance et Dhrun mon fils en ma possession pleine et entière. En échange de ceci, la gemme.

– On ne peut faire que ce qui est raisonnable et opportun,

déclara le roi Throbius. Falaël lèvera le mordet. Quant à Dhrun, voici l'Infaillible et avec lui notre garantie : il vous conduira à Dhrun en pleine force de vie. Allez-y, prenez-le. » Il inséra avec vigueur l'Infaillible dans la main d'Aillas qui, du coup, relâcha l'étreinte de ses doigts autour de la gemme. Le roi Throbius se saisit de celle-ci et la leva en l'air. « Elle est à nous! »

De toutes parts monta un long soupir d'admiration respectueuse et de joie. « Ah! », « Ah, voyez comme elle luit! », « Quel balourd, quel nigaud! », « Regardez ce qu'il a donné pour une vétille! », « En échange d'un pareil trésor, il aurait pu réclamer un bateau-à-vent, ou un palanquin porté par des griffons courants, avec de jeunes fées pour le servir! », « Ou un château de vingt tours sur le Pré Embrumé! », « Oh, le fol, le fol! »

Les illusions vacillèrent; le roi Throbius commença à perdre sa netteté. « Attendez! » s'écria Aillas. Il saisit le manteau pourpre. « Et le mordet? Il doit être levé! »

Flink s'exclama, consterné : « Mortel, vous avez touché le vêtement royal! C'est une offense inexpiable!

– Vos promesses me protègent, rétorqua Aillas. Le mordet de malchance doit être levé!

– Quel ennui! soupira le roi Throbius. Bon, il faut que je m'en occupe. Falaël! Toi là-bas, qui te grattes le ventre avec tant de zèle... ôte ta malédiction et je supprimerai la démangeaison.

– Il y va de l'honneur! s'écria Falaël. Voudriez-vous que j'aie l'air d'une girouette?

– Personne ne s'en apercevra le moins du monde.

– Qu'il s'excuse pour ses mauvais regards obliques. »

Aillas dit : « En tant que son père, je me substitue à lui et présente ses profonds regrets pour ces actes qui vous ont contrarié.

– Après tout, ce n'est pas gentil de me traiter de cette façon.

– Bien sûr que non! Vous êtes sensible et juste.

– Dans ce cas, je rappellerai au roi Throbius que le mordet est le sien; j'ai simplement amené par ruse Dhrun à se retourner.

– Est-ce bien cela? » questionna le roi Throbius.

Flink dit : « Exactement, Votre Majesté.

– Alors, je n'y peux rien. Ma malédiction royale est ineffaçable.

– Rendez-moi la gemme! s'exclama Aillas. Vous n'avez pas respecté votre marché!

– J'ai promis de faire tout ce qui est raisonnable et opportun. C'est ce que j'ai fait; quoi que ce soit de plus n'est pas opportun. Flink! Aillas devient ennuyeux. Par quel côté de l'ourlet a-t-il saisi ma robe – le nord, l'est, le sud ou l'ouest?

– L'ouest, sire.

– L'ouest, hein? Eh bien nous ne pouvons pas lui faire de mal, mais nous pouvons le déplacer. Emportez-le à l'ouest, puisque c'est apparemment sa préférence, aussi loin que possible. »

Aillas fut happé et emporté à toute vitesse en plein ciel. Des souffles de vent rugirent dans ses oreilles; soleil, nuages et terres basculèrent devant ses yeux. Il monta selon une haute trajectoire, puis tomba vers de l'eau scintillant au soleil et atterrit sur le sable à la limite des brisants.

« Voici l'ouest autant qu'ouest se peut, dit une voix qui s'étranglait d'hilarité. Pensez à nous avec bienveillance. Si nous avions été moins gentils, l'ouest aurait pu se trouver six cents mètres plus loin. »

La voix se tut. Aillas se releva en chancelant. Il était seul sur un promontoire balayé par le vent, non loin d'une ville L'Infaillible avait été jeté sur le sable humide à ses pieds; il le ramassa avant que le ressac puisse l'entraîner.

Aillas remit de l'ordre dans ses pensées. Apparemment, il était au Cap Farewell, à l'extrême pointe ouest du Lyonesse. La ville devait être Pargetta.

Aillas tint l'Infaillible en suspension. La dent se déplaça d'un mouvement saccadé et pointa vers le nord-est.

Aillas poussa un profond soupir de frustration, puis longea péniblement la grève jusqu'à Pargetta, juste au-dessous du Château Malisse. Il mangea du pain et du poisson frit à l'auberge puis, après une heure de marchandage avec l'hôtelier, il acheta un étalon gris à tête en marteau, avancé en âge, doté d'obstination et totalement dépourvu de grâce mais capable de rendre encore service si traité avec ménagement et – ce qui n'était pas négligeable – d'un prix relativement bas.

L'Infaillible pointait vers le nord-est; avec la moitié du jour encore devant lui, Aillas se mit en marche sur la Vieille Chaussée [1], remontant la vallée de la rivière Syrinx et

1. La Vieille Chaussée, qui va de l'Atlantique au Golfe Cantabrique, avait été construite par les Magdales deux mille ans avant l'arrivée des Danéens. A en croire les récits populaires, chaque pas sur la Vieille Chaussée correspondait à un champ de bataille. Quand la pleine lune

pénétrant dans les hautes retraites du Troagh, le point culminant du massif du Teach tac Teach vers le sud. Il passa la nuit dans une auberge de montagne isolée et arriva tard le lendemain à Nolsby Sevan, bourg marchand et carrefour de trois routes importantes : le Sfer Arct conduisant au sud à la ville de Lyonesse, la Vieille Chaussée et le Défilé Ulf, qui s'enfonçait en serpentant au nord dans les Ulflands via Kaul Bocach.

Aillas prit une chambre à l'Auberge du Cheval Blanc et, le lendemain, partit vers le nord par le Défilé Ulf, aussi vite que le voulut bien sa monture obstinée. Ses projets n'étaient ni précis ni, par la force des choses, très détaillés. Il gravirait le Défilé, entrerait en Ulfland du Sud à Kaul Bocach et continuerait dans le Dahaut par la Trompada, passant ainsi au large de Tintzin Fyral. Au Croisement de Camperdilly, il quitterait la Trompada pour la Route Est-Ouest : un itinéraire qui, selon l'Infaillible, devait le conduire plus ou moins directement à Dhrun, si tant est que le verdict de sept ans le permettait.

Quelques kilomètres plus loin, Aillas rattrapa une bande de colporteurs en route pour Ys et des villes de la côte de l'Ulfland du Sud. Aillas se joignit au groupe pour éviter de franchir Kaul Bocach seul, ce qui l'aurait peut-être rendu suspect.

A Kaul Bocach, il y avait des nouvelles inquiétantes apportées par des réfugiés du nord. Les Skas s'étaient de nouveau rués en même temps sur le nord et sur le sud de l'Ulfland, isolant presque la ville d'Oäldes, où étaient le roi Oriante et sa cour minuscule, et l'énigme demeurait concernant la raison qui incitait les Skas à tant de longanimité envers Oriante incapable de se défendre.

Dans une autre opération, les Skas s'étaient dirigés à l'est vers la frontière du Dahaut et au-delà pour s'emparer de la grande forteresse Poëlitetz qui dominait la Plaine des Ombres.

La stratégie ska n'avait rien de mystérieux pour le sergent de service de jour à Kaul Bocach. « Ils ont l'intention de s'emparer des Ulflands, Nord et Sud, comme un brochet d'une perche. Qui peut en douter? Une bouchée à la fois : une morsure par-ci, un bout rongé par-là et bientôt le

brillait à Beltane, les fantômes des tués s'alignaient le long de la Vieille Chaussée pour dévisager leurs adversaires qui se tenaient de l'autre côté.

drapeau noir flottera du Promontoire de Tawzy au Cap Tay et un de ces quatre matins ils seront assez audacieux pour essayer d'avoir Ys et le Val Evandre, si jamais ils parviennent à prendre Tintzin Fyral. » Il leva la main « Non, ne me le dites pas! Ce n'est pas la façon dont un brochet attaque une perche; il l'avale d'une goulée. Mais finalement cela revient au même! »

Un peu découragés, les colporteurs tinrent conseil dans un bosquet de trembles et décidèrent finalement de continuer leur chemin avec prudence, au moins jusqu'à Ys.

Huit kilomètres plus loin, les colporteurs croisèrent une colonne irrégulière de paysans, les uns avec des chevaux ou des ânes, d'autres conduisant des charrettes où s'empilaient leurs biens, d'autres à pied avec nourrissons et enfants : des réfugiés, ainsi se présentèrent-ils, chassés de leurs fermes par les Skas. Une grande armée noire, c'est ce qu'ils déclarèrent, avait déjà conquis de vive force l'Ulfland du Sud, annihilant la résistance, emmenant en esclavage hommes et femmes valides, brûlant les donjons et châteaux des barons ulfs.

De nouveau, les colporteurs, à présent angoissés, se consultèrent et une fois encore résolurent de poursuivre leur voyage au moins jusqu'à Tintzin Fyral. « Mais pas plus loin tant que la sécurité n'est pas garantie! déclara le plus avisé du groupe. Rappelez-vous : un pas dans le Val et il nous faudra payer les péages du duc!

– En avant donc, dit un autre. Allons à Tintzin Fyral et nous verrons où en est la situation. »

Le groupe se remit en marche sur la route, mais ce fut pour rencontrer presque aussitôt une autre bande de réfugiés, qui apportaient des nouvelles tout ce qu'il y a de plus surprenantes : l'armée ska avait atteint Tintzin Fyral et à ce moment même l'assiégeait.

Plus question donc d'aller de l'avant; les colporteurs firent volte-face et retournèrent vers le sud beaucoup plus vite qu'ils n'étaient venus.

Aillas demeura seul sur la route. Tintzin Fyral se trouvait huit kilomètres plus loin. Il n'avait pas d'autre choix que tenter de découvrir un itinéraire pour contourner Tintzin Fyral : une voie qui s'enfoncerait dans les montagnes, les escaladerait, puis redescendrait jusqu'à la Trompada.

A un petit ravin escarpé encombré de chênes nains et de cèdres rabougris, Aillas mit pied à terre et conduisit son cheval sur un raidillon à peine tracé qui montait vers la ligne de crête. Une végétation rude barrait le passage; des cailloux roulaient sous le pied et le cheval gris à tête en marteau n'avait aucun goût pour les ascensions. Pendant la première heure, Aillas ne parcourut que quinze cents mètres. Au bout d'une autre heure, il aboutit au faîte d'un éperon qui se déployait à partir du pic central. L'itinéraire devint plus facile et mena dans une direction parallèle à la route du bas, mais en s'élevant toujours vers cette montagne au sommet plat connue sous le nom de Tor Tac : le point le plus élevé à portée de vue.

Tintzin Fyral n'était sûrement pas loin. S'étant arrêté pour reprendre haleine, Aillas crut entendre des cris affaiblis par la distance. Il continua pensivement son chemin, en se tenant à couvert autant que possible. Tintzin Fyral, calcula-t-il, se dressait en travers du Val Evandre, immédiatement au-delà du Tor Tac. Il approchait du lieu du siège beaucoup plus qu'il n'en avait eu l'intention.

Quand le soleil se coucha, il se trouvait à cent mètres du sommet, dans un petit vallon près d'un bosquet de mélèzes. Il se coupa un lit de branches, attacha son cheval au bout d'une grande longueur de longe près d'un ruisselet qui sourdait goutte à goutte d'une source. Renonçant au confort d'un feu, il mangea du pain et du fromage tirés de sa sacoche de selle. Il sortit l'Infaillible de son escarcelle et observa la dent qui virait au nord-est avec peut-être une très légère tendance à aller plus à l'est qu'avant.

Il rangea l'Infaillible dans son escarcelle, enfonça escarcelle et sacoches sous un buisson de laurier et se dirigea vers la crête pour jeter un coup d'œil au paysage. Les derniers reflets du couchant ne s'étaient pas encore effacés du ciel et une pleine lune aux dimensions énormes montait de la masse noire de la Forêt de Tantrevalles. Nulle part n'apparaissait de lueur de chandelle ou de lampe, ni de scintillement de feu.

Aillas examina le sommet plat, à cent mètres seulement au-dessus de lui. Dans la clarté crépusculaire, il remarqua un sentier; d'autres étaient déjà venus là, mais pas par le chemin qu'il avait emprunté.

Aillas suivit le sentier jusqu'au sommet pour trouver une aire plane de trois ou quatre arpents, avec un autel de pierre et cinq dolmens au centre, qui dressaient leur masse puissante et paisible au clair de lune.

Faisant un détour afin d'éviter l'autel, Aillas traversa la platière jusqu'au bord opposé qui s'abaissait à la verticale en précipice. Tintzin Fyral semblait si proche qu'il aurait pu envoyer un caillou en bas sur le toit de la plus haute tour. Le château était illuminé comme pour une fête, ses fenêtres embrasées d'une lumière dorée. Le long de la crête derrière le château, des centaines de petits feux jetaient des lueurs rouges et orange; parmi ces feux évoluaient une foule de grands guerriers sombres, dont Aillas fut incapable d'évaluer le nombre. Derrière eux, vaguement distinctes dans la clarté du feu, s'élevaient les carcasses redoutables de quatre gros engins de siège. Visiblement il ne s'agissait pas ici de hasard ou d'une entreprise due au caprice.

Le précipice aux pieds d'Aillas plongeait jusqu'au fond du Val Evandre. Au-dessous du château, des torches éclairaient une place d'armes, présentement inoccupée; d'autres torches, en rangées parallèles, soulignaient les parapets d'une muraille perpendiculaire au goulet étroit du Val : comme la place d'armes, dépourvus de défenseurs.

A quinze cents mètres à l'ouest, le long de la crête, un autre éparpillement de feux indiquait un second campement, probablement ska.

La scène avait une grandeur mystérieuse qui impressionna Aillas. Il l'observa pendant un temps, puis se détourna et descendit dans le clair de lune vers son propre camp.

La nuit était plus froide que ne le voulait la saison. Aillas, couché sur son lit de branchages, frissonnait sous son manteau et sa couverture de selle. Il finit par dormir, mais seulement de façon intermittente, s'éveillant de temps à autre et observant le parcours de la lune dans le ciel. Une fois, alors que la lune se trouvait presque couchée à l'ouest, il entendit une voix de contralto pousser au loin un cri de détresse : quelque chose tenant du hurlement et de la plainte, qui lui hérissa les cheveux sur la nuque. Il se blottit au fond de son lit. Des minutes passèrent; le cri ne fut pas répété. A la fin, il tomba dans une torpeur qui le maintint endormi un peu plus longtemps qu'il n'en avait eu l'intention, et il s'éveilla seulement quand des rayons du soleil levant brillèrent sur son visage.

Il se mit debout lourdement, se lava la figure dans le ruisseau et réfléchit à la meilleure route à suivre. La piste qui montait au sommet pouvait fort bien aller rejoindre la Trompada : un itinéraire propice s'il évitait les Skas. Il décida de retourner au sommet pour mieux étudier le terrain. Se munissant d'un quignon de pain et d'un morceau de fromage qu'il voulait manger en chemin, il remonta à la platière. Les montagnes au-dessous et derrière s'abaissaient en éperons bombés, ravins et plis onduleux presque jusqu'à l'orée de la forêt. Pour autant qu'il pouvait le déterminer, le sentier descendait à la Trompada et donc lui convenait à merveille.

Par ce clair matin ensoleillé, l'air sentait bon les plantes de montagne : la bruyère, le genêt, le romarin, le cèdre. Aillas traversa le plateau dans l'intention de voir où en était le siège de Tintzin Fyral. L'épisode, songea-t-il, avait une grande importance; si les Skas possédaient à la fois Poëlitetz et Tintzin Fyral, ils avaient la maîtrise effective des Ulflands.

A l'approche du bord, il se laissa choir sur les mains et les genoux pour éviter de découper sa silhouette sur le ciel; auprès du bord, il se mit à plat ventre, rampa et finit par plonger le regard dans le défilé. Presque au-dessous, Tintzin Fyral se dressait altier sur son haut pic : proche, mais pas aussi proche qu'il le paraissait la veille au soir quand Aillas avait pensé pouvoir jeter une pierre par-dessus le gouffre jusqu'au toit. A présent, c'était visible que le château était hors d'atteinte de tout sauf de la plus longue portée de flèche. La tour la plus élevée se terminait par une terrasse que protégeaient des parapets. Un col ensellé, ou une arête, reliait le château et les montagnes au-delà, où le plus proche ressaut de terrain plan, renforcé en dessous par un mur de soutènement en blocs de pierre, dominait le château nettement à portée d'arc. Remarquable, songea Aillas, la folle arrogance de Faude Carfilhiot, qui permettait à une plate-forme aussi propice de rester non gardée. Cette aire plane grouillait maintenant de soldats skas. Ils portaient des casques d'acier et des surcots noirs à longues manches : ils s'activaient avec un acharnement et une agilité qui évoquaient l'image d'une armée de fourmis amazones noires. Si le roi Casmir avait espéré conclure une alliance ou tout au moins une trêve avec les Skas, ses espérances étaient maintenant réduites à néant puisque, par cette attaque, les Skas se déclaraient ses adversaires.

Le château aussi bien que le Val Evandre semblaient en proie à la léthargie par cette belle matinée. Aucun paysan ne travaillait dans son champ ou ne marchait sur la route et les soldats de Carfilhiot n'étaient visibles nulle part. Au prix d'efforts énormes, les Skas avaient transporté quatre grosses catapultes à travers la lande, les avaient hissées à flanc de montagne et amenées sur la crête qui commandait Tintzin Fyral. C'étaient, il le constata, des machines solidement bâties capables de lancer un roc d'une centaine de livres sur la distance les séparant de Tintzin Fyral, d'abattre un merlon, de défoncer une embrasure, de faire éclater un mur et, finalement, après des coups répétés, de démolir la grande tour elle-même. Manipulés par des ingénieurs compétents et armés de missiles de taille uniforme, ces engins pouvaient avoir une précision presque parfaite.

Sous les yeux d'Aillas, les Skas poussèrent les catapultes jusqu'au bord de cette plate-forme qui dominait Tintzin Fyral.

Carfilhiot en personne sortit à pas nonchalants sur la terrasse, vêtu d'une robe de chambre bleu pâle : apparemment, il venait de se lever. Des archers skas s'avancèrent aussitôt et envoyèrent une volée de flèches siffler au-dessus du défilé. Carfilhiot se plaça derrière un merlon avec un froncement de sourcils d'agacement pour l'interruption de sa promenade. Trois de ses serviteurs apparurent sur le toit et dressèrent rapidement des sections de réseau métallique le long des parapets pour repousser les flèches skas et Carfilhiot fut de nouveau en mesure de goûter l'air matinal. Les Skas l'observèrent avec perplexité et échangèrent des commentaires ironiques, tout en s'affairant à armer leurs catapultes.

Aillas savait qu'il devait s'en aller, mais ne pouvait se décider à partir. Le décor était en place, le rideau levé, les acteurs venaient d'apparaître : le drame était sur le point de commencer. Les Skas manœuvrèrent les treuils. Les massifs styles de propulsion se rabattirent en arrière avec force grincements et craquements; des projectiles de pierre furent placés dans les cuillerons de lancement. Les maîtres archers tournèrent des écrous, ajustant leur tir. Tout était prêt pour la première volée.

Carfilhiot sembla soudain prendre conscience de ce qui menaçait sa tour. Il eut un geste d'irritation et dit un mot par-dessus son épaule. Au-dessous des catapultes, les contreforts de pierre soutenant la plate-forme s'effondrèrent. Et tout de basculer dans le vide : catapultes, projectiles, décombres, archers, ingénieurs et simples soldats. Ils tombèrent longuement, avec une lenteur hallucinante, plongeant vers le bas, toujours plus bas, se tordant, tournant, rebondissant et glissant sur les trente derniers mètres, pour s'immobiliser dans un enchevêtrement horrible à voir de pierres, de poutres et de corps rompus.

Carfilhiot fit un dernier tour de terrasse et rentra dans le château.

Les Skas évaluèrent la situation, avec gravité plutôt que colère. Aillas recula, hors de leur champ de vision. Grand temps pour lui de reprendre la route, aussi loin et aussi vite que possible. Il tourna la tête vers l'autel de pierre qu'il envisagea dans une nouvelle perspective. Carfilhiot était manifestement un homme de ruses astucieuses. Laisserait-il sans protection contre des ennemis éventuels un poste d'observation aussi tentant? Aillas, soudain nerveux, regarda une dernière fois vers Tintzin Fyral. Des équipes skas, évidemment des esclaves, traînaient des troncs d'arbre le long de la crête. Les Skas, bien que privés de leurs catapultes, n'abandonnaient pas encore le siège. Aillas observa pendant une minute, deux minutes. Il quitta le bord de l'escarpement et se retrouva en face d'une patrouille de sept hommes en uniforme noir ska : un caporal et six guerriers, deux avec leur arc bandé.

Aillas leva les mains en l'air. « Je ne suis qu'un voyageur; laissez-moi passer mon chemin. »

Le caporal, un homme de haute taille avec un étrange visage à l'expression hagarde, émit un croassement guttural de dérision. « Ici sur la montagne? Tu es un espion!

– Un espion? Dans quel but? Que pourrais-je dire à quiconque? Que les Skas attaquent Tintzin Fyral? Je suis monté ici pour trouver un chemin qui contourne la bataille en toute sécurité.

– Tu es en parfaite sécurité maintenant. Allez, viens; même les bipèdes[1] ont leur utilité. »

Le Ska prit l'épée d'Aillas et attacha une corde autour de son cou. Il fut emmené en bas du Tor Tac, conduit de l'autre côté de la gorge et remonté jusqu'au camp ska. Il fut dépouillé de ses vêtements, eut le crâne complètement rasé et fut contraint de se laver avec un savon jaune à la résine et de l'eau, puis il se vit attribuer de nouveaux vêtements en tiretaine grise et, finalement, un forgeron riva autour de son cou un collier de fer avec un anneau où pouvait être attachée une chaîne.

Aillas fut empoigné par quatre hommes vêtus de tuniques

1. Bipède : terme à demi dédaigneux appliqué par les Skas à tous les hommes autres qu'eux-mêmes : une contraction de « animal bipède » pour désigner une catégorie intermédiaire entre le « Ska » et le « quadrupède ». Un autre terme péjoratif courant – *nyel* : « odeur de cheval » – se réfère à la différence d'odeur corporelle entre le Ska et les autres races, du Ska émanant apparemment un arôme, pas déplaisant, de camphre et de térébenthine avec une trace de musc.

grises et couché sur le ventre en travers d'un tronc d'arbre. Ses chausses furent abaissées; le forgeron apporta un fer rouge et marqua sa fesse droite. Il entendit le grésillement de la chair en train de brûler et sentit l'odeur qui en résultait, ce qui lui fit baisser la tête et vomir, incitant ceux qui le maintenaient à jurer et sauter de côté, mais ils continuèrent à le tenir tandis qu'un bandage était plaqué sur la brûlure. Puis il fut remis sur ses pieds.

Un sergent ska l'appela. «Remonte tes chausses et viens par ici. »

Aillas obéit.

« Nom?

– Aillas. »

Le sergent inscrivit dans un registre. « Lieu de naissance?

– Je ne sais pas. »

Le sergent écrivit de nouveau, puis leva les yeux. « Aujourd'hui, la chance est avec toi. Tu peux maintenant t'appeler Skalin[1], inférieur seulement à un Ska de naissance. Les actes de violence contre un Ska ou un Skalin; la perversion sexuelle; le manque de propreté; l'insubordination; des manières maussades, insolentes, brutales ou désordonnées ne sont pas tolérées. Oublie ton passé, c'est un rêve! Tu es désormais un Skalin et les façons de vivre des Skas sont les tiennes. Tu es affecté au chef de groupe Taussig. Obéis-lui, travaille loyalement : tu n'auras pas de motif de te plaindre. Taussig est là-bas; va te présenter à lui immédiatement. »

Taussig, un Skalin grisonnant de petite taille, marchait à demi et à demi sautait sur une jambe normale et l'autre torte, faisant des gestes nerveux et plissant les paupières sur des petits yeux bleu pâle comme s'il était dans un état de colère chronique. Il inspecta brièvement Aillas et agrafa une longue chaîne légère à son collier. « Je suis Taussig. Quel que soit ton nom, oublie-le. Tu es maintenant Taussig Six. Quand je crie " Six ", c'est toi que j'appelle. Je mène une escouade active. La production est mon but. Pour me plaire, tu dois rivaliser avec toutes les autres sections et essayer de faire mieux qu'elles. As-tu compris?

– Je comprends vos paroles, dit Aillas.

– Ce n'est pas correct! Dis : " Oui, messire! "

– Oui, messire.

1. Le Skalin (francisation du terme original : Skaling) signifie littéralement « le petit Ska », le Ska inférieur ». (*N.d.T.*)

– Déjà je sens en toi du ressentiment et de la résistance. Attention! Je suis juste mais pas indulgent! Travaille de ton mieux, ou mieux que ton mieux, pour que nous gagnions tous des galons. Si tu lambines et renâcles, j'en subis les mêmes conséquences que toi et il ne faut pas de ça! Allez, ouste, au travail! »

La section de Taussig, avec l'addition d'Aillas, était maintenant à son complet de six membres. Taussig les fit descendre dans un ravin rocheux brûlé par le soleil et les mit à remonter des troncs d'arbre jusqu'à la crête puis à les haler au bas de la pente où Skas et Skalins s'affairaient ensemble à construire le long du col ensellé aboutissant à Tintzin Fyral un tunnel de bois par lequel un bélier pourrait alors être actionné pour défoncer la porte du château. Sur les parapets, les archers de Carfilhiot guettaient des cibles : Ska ou Skalin, peu leur importait. Chaque fois que l'un d'eux s'exposait, une flèche descendait aussitôt d'en haut.

Quand le couloir de bois atteignit la moitié du col, Carfilhiot monta un onagre sur la tourelle et commença à lancer des boulets de pierre de cent livres sur la structure de bois : sans résultat; les arbres étaient élastiques et adroitement assemblés. Les pierres, en frappant les troncs, écrasaient l'écorce, levaient des éclats de bois à la surface, puis ricochaient dans le ravin.

Aillas ne tarda pas à découvrir que ses compagnons dans la section de Taussig n'étaient pas plus désireux que lui-même d'aider ce dernier à monter en grade. Taussig se démenait donc comme un furieux, claudiquant et sautillant de-ci de-là en clamant exhortations, menaces et injures. « Mets-y un coup d'épaule, Cinq! », « Tirez, tirez! », « Êtes-vous tous malades? », « Trois, espèce de cadavre! Vas-y, tire! », « Six, je t'ai à l'œil! Je connais ton espèce! Tu essaies déjà de te défiler! » Pour autant qu'Aillas pouvait le déterminer, l'escouade de Taussig abattait la même quantité de besogne que les autres et il entendait les récriminations de Taussig avec indifférence. La calamité du matin l'avait laissé engourdi; il commençait seulement à en réaliser toute l'étendue.

A midi, les Skalins reçurent du pain et de la soupe pour déjeuner. Aillas s'assit sur sa fesse gauche, dans un état de rêverie léthargique. Pendant la matinée, il avait été mis à travailler en équipe avec Yane, un Ulf du Nord taciturne qui avait dans les quarante ans. Yane n'était pas très grand, il avait un corps musclé, de longs bras, une chevelure noire rude et un visage aux traits tirés, tanné comme du cuir. Yane observa Aillas pendant quelques minutes, puis dit d'un ton bourru : « Mange, garçon; entretiens tes forces. Se ronger ne donne rien de bon.

– J'ai des affaires que je ne peux pas négliger.

– Oublie-les; ta nouvelle vie a commencé. »

Aillas secoua la tête. « Pas pour moi. »

Yane grogna. « Si tu essaies de t'évader, chaque membre de ta section est fouetté et descendu en grade, Taussig compris. Aussi chacun surveille tous les autres.

– Personne ne s'évade?

– Rarement.

– Et toi-même? N'as-tu jamais tenté de t'échapper?

– S'enfuir est plus difficile que tu ne pourrais le croire. C'est un sujet dont personne ne discute.

– Et personne n'est libéré?

– Après ta période, tu reçois une pension. Ils ne s'inquiètent pas de ce que tu fais après cela.

– Combien dure une " période "?

– Trente ans. »

Aillas gémit. « Qui est ici le chef des Skas?

– C'est le duc Mertaz; il est debout là-bas... Où vas-tu?

– Il faut que je lui parle. » Aillas se leva péniblement et se dirigea vers l'endroit où un Ska de haute taille était en train de contempler méditativement Tintzin Fyral. Aillas s'arrêta devant lui. « Messire, vous êtes le duc Mertaz?

– C'est moi. » Le Ska examina Aillas avec des yeux gris-vert.

Aillas s'exprima sur un ton modéré. « Messire, ce matin vos soldats m'ont capturé et ont soudé ce collier autour de mon cou.

– Vraiment.

– Dans mon pays, je suis un gentilhomme. Je ne vois pas de raison pour que je sois traité de cette façon. Nos pays ne sont pas en guerre.

– Les Skas sont en guerre avec le monde entier. Nous n'attendons pas de miséricorde de nos ennemis; nous n'en accordons aucune.

– Alors je vous demande de vous conformer aux lois de la guerre et de me permettre de racheter ma liberté.

– Nous ne sommes pas un peuple important en nombre; nous avons besoin de main-d'œuvre, pas d'or. Aujourd'hui, vous avez été marqué avec une date. Vous devez servir trente ans, ensuite vous serez libéré avec une pension généreuse. Si vous essayez de vous enfuir, vous serez mutilé ou tué. Nous nous attendons à ce genre de tentative et sommes vigilants. Nos lois sont simples et n'admettent pas d'ambiguïté. Obéissez-leur. Retournez à votre travail. »

Aillas revint à l'endroit où Yane était assis et l'observait. « Alors?

– Il m'a dit que je devais travailler trente ans. »

Yane eut un petit gloussement de rire et se leva. « Taussig nous appelle. »

Des convois de chars à bœufs arrivaient par les hautes plaines accidentées, chargés de troncs d'arbres en provenance des montagnes. Des équipes de Skalins hissaient le bois jusqu'à la crête; petit à petit, le tunnel de bois avançait sur le col ensellé vers Tintzin Fyral.

La construction approcha des murs du château. Les guerriers de Carfilhiot lâchèrent du haut des murs des outres d'huile sur les troncs et décochèrent des flèches incendiaires. Des flammes orange ronflèrent en jaillissant haut; en même temps, des gouttes d'huile brûlante s'insinuèrent dans les fentes. Ceux qui travaillaient dessous furent contraints de battre en retraite.

Des dispostifs spéciaux fabriqués avec des feuilles de cuivre furent apportés par une équipe de techniciens et posés sur les troncs, pour former un toit protecteur; dès lors, l'huile enflammée coulait jusqu'au sol où elle brûlait sans causer de dégâts.

Mètre par mètre, le tunnel avançait vers les parois du château. Les défenseurs faisaient preuve d'une lassitude assez sinistre.

Le tunnel atteignit les murs du château. Un lourd bélier, bardé de fer, fut apporté; des guerriers skas s'entassèrent dans le tunnel, prêts à s'élancer par le portail éventré. De quelque part en haut de la tour, une massive boule de fer descendit au bout d'une chaîne et décrivit un arc pour aller frapper de plein fouet la construction en bois, à un point situé à neuf mètres du mur de la tour, balayant troncs d'arbres, bélier et guerriers par-dessus le bord du col et les précipitant dans la gorge : un autre enchevêtrement de troncs et de corps écrasés sur l'enchevêtrement qui s'y trouvait déjà.

Les chefs skas, debout sur la crête dans la clarté du couchant, contemplèrent la destruction de leurs travaux. Il y eut une pause dans la conduite du siège. Les Skalins se groupèrent dans un creux pour échapper au vent régulier qui soufflait de l'ouest avec force. Aillas, comme les autres, s'accroupit dans la lumière indécise, dos au vent, observant du coin de l'œil les silhouettes skas découpées sur le ciel.

Il n'y aurait pas d'autre action menée contre Tintzin Fyral ce soir-là. Les Skalins descendirent en bande au camp, où ils reçurent comme nourriture du porridge bouilli avec de la morue sèche. Les caporaux conduisirent leurs sections à une tranchée creusée pour faire office de latrines, où ils s'accroupirent et se soulagèrent tous ensemble. Ensuite ils passèrent en file devant un chariot où chacun prit une couverture de laine grossière puis se coucha sur le sol.

Aillas dormit du sommeil de l'épuisement. Deux heures après minuit, il se réveilla. Le cadre où il se trouvait le surprit; il se redressa d'un bond sur son séant, pour sentir aussitôt une saccade imprimée à la chaîne de son collier. « Arrête! grommela Taussig. C'est la première nuit que les nouveaux cherchent à s'enfuir et je connais tous les tours! »

Aillas retomba dans sa couverture. Il demeura étendu à écouter : le vent froid soufflant dans les rochers, un murmure de voix skas provenant des sentinelles et des hommes qui entretenaient les feux, les ronflements et bruits de rêves des Skalins. Il songea à son fils Dhrun, peut-être seul et sans protection, peut-être à cet instant même souffrant ou en danger. Il songea à l'Infaillible sous un buisson de laurier sur la pente du Tor Tac. Le cheval casserait sa longe et s'en irait à l'aventure chercher de quoi manger. Il songea à Trewan et à Casmir au cœur de pierre. Représailles! Vengeance! Ses paumes se couvrirent de sueur dans un accès de haine... Une demi-heure passa et il se rendormit.

Un peu avant l'aube, à ce moment le plus triste de la nuit, un grondement lointain et un bruit d'écrasement – comme d'un grand arbre qui tombe – réveillèrent Aillas pour la seconde fois. Il resta immobile, écoutant les appels saccadés que se lançaient les Skas.

A l'aube, les Skalins furent tirés de leur repos par le tintement d'une cloche. Moroses et engourdis, ils portèrent leur couverture à la charrette, visitèrent les feuillées et ceux qui le voulurent se lavèrent dans un ruisselet d'eau glacée. Leur petit déjeuner fut pareil à leur dîner : du porridge assaisonné de morue sèche, avec du pain et une tasse de thé à la menthe bouillant additionné de poivre et de vin pour stimuler leur énergie.

Taussig fit monter sa section à la crête et, là, l'origine des bruits d'avant le point du jour fut révélée. Pendant la nuit, les défenseurs du château avaient planté des crochets dans la portion de tunnel de bois qui subsistait. Un treuil posté bien au-dessus avait raidi la corde; le couloir de bois avait été renversé et basculé cent mètres plus bas au fond du ravin. Tous les efforts skas étaient réduits à néant; pire : leurs matériaux avaient été perdus et leurs machines détruites. Tintzin Fyral n'avait absolument pas souffert.

Les Skas se préoccupaient maintenant non pas du couloir démoli mais d'une armée campée à cinq kilomètres à l'ouest dans le vallon. Des éclaireurs revenant de reconnaissance signalèrent quatre bataillons de soldats bien disciplinés, la Milice Factorale d'Ys et d'Evandre, composée de piquiers à pied, d'archers, de chevaliers et de piquiers à cheval, au nombre de deux mille hommes. A trois kilomètres derrière, la clarté matinale scintillait sur le métal et le mouvement d'autres soldats en marche.

Aillas évalua les Skas : un contingent pas aussi important qu'il l'avait estimé d'abord, probablement guère plus d'un millier de guerriers.

Taussig remarqua son intérêt et émit un gloussement de rire rauque. « Ne compte pas sur une bataille, garçon; ne te fatigue pas à entretenir de vains espoirs! Ils ne se battent pas pour la gloire, ils ne se battent que s'il y a quelque chose à y gagner; aucun risque de folle entreprise, je te le garantis!

– Pourtant, ils devront lever le siège.

– C'est déjà décidé. Ils espéraient prendre Carfilhiot par surprise. Pas de chance! Il les a joués avec ses fourberies. La prochaine fois, cela se passera différemment, tu verras!

– Je n'ai pas l'intention d'y être.

– Ah, tu le dis! J'ai été skalin dix-neuf ans; j'ai une situation de responsabilité et dans onze ans j'aurai ma pension. Mes espérances sont du côté de mes intérêts bien compris! »

Aillas le toisa avec mépris. « Je n'ai pas l'impression que vous tenez à reconquérir votre liberté. »

Taussig devint instantanément brusque. « Attention! C'est bon pour se faire fouetter, ces propos-là. Voilà le signal. Levez le camp. »

Les Skas avec leurs Skalins quittèrent la crête et se mirent en marche dans les landes de l'Ulfland du Sud. C'était un pays comme Aillas n'en avait encore jamais vu : des collines basses couvertes de genêt et de bruyère et des vallons ruisselant de petits cours d'eau. Des affleurements de roc balafraient les hauteurs; des fourrés et des taillis ombrageaient les dépressions. Les paysans fuyaient dans toutes les directions à la vue des soldats noirs. Une grande portion de la terre avait été abandonnée, les cabanes étaient désertées, les clôtures de pierre démolies et les ajoncs poussaient dru. Des châteaux gardaient les sites élevés, attestant les périls de la guerre de clans et la prédominance des expéditions nocturnes de pillage. Bon nombre de ces places fortes tombaient en ruine, les pierres rongées par le lichen; d'autres, qui avaient survécu, relevaient brusquement leur pont-levis et garnissaient d'hommes les parapets pour voir défiler les guerriers skas.

Les collines se firent plus hautes avec, entre elles, du sol noir froid et détrempé et des tourbières. Des nuages tourbillonnaient bas dans le ciel, s'écartant pour laisser passer des rayons de soleil, se rapprochant aussi vite pour en éteindre l'éclat. Peu de gens habitaient ces régions, en dehors de petits fermiers, de mineurs d'étain et de hors-la-loi.

Aillas marchait sans penser. Il connaissait uniquement le dos massif et les cheveux emmêlés de l'homme qui le précédait et la caténaire tracée par la chaîne qui se balançait entre eux. Il mangeait sur ordre, dormait sur ordre; il n'adressait la parole à personne, sauf de temps à autre un mot marmotté à l'intention de Yane qui cheminait la tête enfoncée dans les épaules à côté de lui.

La colonne défila à tout juste huit cents mètres de la ville fortifiée d'Oäldes, dans l'intérieur des terres, où le roi Oriante tenait depuis longtemps sa cour, proférant des ordres ronflants qui étaient rarement obéis et vivant une grande partie de son temps dans le jardin du palais au milieu de ses lapins blancs apprivoisés. A la vue de l'armée ska, la herse s'abattit avec un claquement sonore et des archers montèrent sur les remparts. Les Skas n'y prêtèrent pas attention et poursuivirent leur marche par la route côtière, avec la houle de l'Atlantique qui venait briser ses lames en ressac sur la grève.

Une patrouille ska à cheval survint avec des nouvelles qui filtrèrent vite jusqu'aux Skalins : le roi Oriante était mort d'une attaque et Quilcy le faible d'esprit lui avait succédé sur le trône de l'Ulfland du Sud. Il partageait l'intérêt de son père pour les lapins blancs et ne mangeait, disait-on, que du flan, des gâteaux au miel et de la charlotte à la crème fouettée.

Yane expliqua à Aillas pourquoi les Skas laissaient

Oriante et maintenant Quilcy régner sans les inquiéter. « Ils ne dérangent pas les Skas. Du point de vue ska, Quilcy peut régner indéfiniment, pour autant qu'il s'en tient à ses maisons de poupée. »

La colonne entra en Ulfland du Nord, la frontière marquée simplement par un cairn au bord de la route. Des villages de pêcheurs le long du chemin étaient désertés sauf par des vieillards des deux sexes, les hommes et femmes valides ayant fui pour éviter l'indenture[1].

Par un matin lugubre, où le vent emportait l'écume salée à cent mètres dans l'intérieur des terres, la colonne passa sous une antique tour du feu d'alarme bâtie par les Firbolgs pour rameuter les clans contre les envahisseurs danéens, et entra ainsi dans l'Estran, en fait territoire ska. Les villages à présent étaient totalement désertés, leurs anciens habitants tués, réduits en esclavage ou obligés de fuir. A Vax, la colonne se scinda en plusieurs composantes. Un petit nombre s'embarqua pour Skaghane; un petit nombre continua à suivre la route côtière vers les carrières de granite, où certains Skalins indociles passeraient le reste de leur vie à tailler la pierre. Un autre contingent, comprenant Taussig et sa section, obliqua vers l'intérieur en direction du Château Sank, résidence du duc[2] Luhalcx et étape pour les convois de Skalins en route pour Poëlitetz.

1. Autrement dit : le travail forcé. Comme dans ses *Chroniques de Durdane* (*L'Homme sans visage*, *Les Paladins de la liberté*, *Asutra!*), Jack Vance reprend ici avec ce sens légèrement différent un terme usité au XVIIe siècle pour les immigrés qui, en échange du paiement de leur passage en Amérique s'engageaient – volontairement – par contrat à servir pendant un certain nombre d'années le colon payeur du voyage. Le terme s'emploie d'ailleurs aussi pour désigner un contrat bilatéral et, plus généralement, un contrat d'apprentissage. (*N.d.T.*)

2. Mémorandum : *Roi, prince, duc, seigneur, baron, ordinaire* sont utilisés de façon arbitraire et inexacte pour indiquer des niveaux de situation sociale à peu près similaires chez les Skas. Sur le plan pratique, les différences de rang sont particulières aux Skas, en ce sens que seuls *roi, prince* et *duc* sont des titres héréditaires et que tous sauf *roi* peuvent être acquis par vaillance ou par quelque autre acte remarquable. Ainsi, un *ordinaire*, qui a tué ou capturé cinq ennemis armés, devient un *chevalier*. Par d'autres exploits codifiés avec précision, il devient *baron*, puis *seigneur*, *duc* et finalement *grand duc* ou *prince*. Le roi est élu par vote des ducs; sa dynastie reste au pouvoir par descendance mâle directe, jusqu'à ce que la lignée soit éteinte ou détrônée à la suite d'un vote par un conseil des ducs.

Pour un bref aperçu de l'histoire des Skas, voir Glossaire III.

XXII

Au Château Sank, la section de Taussig fut affectée à la scierie. Une lourde roue à aubes, actionnant un système de leviers de fer, soulevait et abaissait une scie à lame droite en acier forgé de deux mètres soixante-dix de long qui valait son pesant d'or. La scie équarrissait des bois d'œuvre et coupait des planches avec une rapidité et une précision qu'Aillas jugeait remarquables. Des Skalins possédant une longue expérience surveillaient le mécanisme, en aiguisaient avec amour les dents et selon toutes apparences travaillaient sans coercition ni supervision. Les hommes de la section de Taussig furent affectés au hangar de séchage, où ils empilèrent et ré-empilèrent des planches.

Peu à peu au fil des semaines, à cause d'une vétille chaque fois, Aillas se fit mal voir et prendre en grippe par Taussig. Ce dernier méprisait les habitudes de propreté méticuleuse d'Aillas et sa répugnance à travailler avec plus d'énergie que ce n'était absolument nécessaire. Yane aussi s'était attiré la défaveur de Taussig parce qu'il se débrouillait pour abattre sa part de besogne sans effort perceptible, ce qui incitait Taussig à le soupçonner de tirer au flanc sans toutefois être jamais capable de le démontrer.

Au début, Taussig essaya de raisonner Aillas. « Écoute donc, toi. Je t'ai observé et tu ne me trompes pas une seule seconde! Pourquoi prends-tu de ces airs comme si avant tu avais été un seigneur? Tu n'avanceras jamais tes affaires avec ce genre d'attitude. Tu sais ce qui arrive aux flemmards et aux chichiteux? Ils sont mis à travailler dans les mines de plomb et s'ils raccourcissent leur temps on les envoie à la fabrique d'épées et le sang de leur corps trempe l'acier. Je te conseille de me montrer un peu plus de zèle. »

Aillas répondit aussi poliment que possible. « Les Skas m'ont pris contre ma volonté; ils ont brisé ma vie; ils m'ont causé un grand préjudice; pourquoi m'éreinterais-je à leur profit?

– Ta vie a changé, exact! raisonna Taussig. Tires-en le meilleur parti, comme nous autres. Réfléchis! Trente ans, ce n'est pas si long! Ils te renverront libre avec dix pièces d'or, ou bien ils t'accorderont une ferme avec une cabane, une femme, des bêtes; et tes enfants ne seront pas soumis à l'indenture. N'est-ce pas généreux?

– Pour la meilleure partie de mon existence? » Aillas eut un rire de mépris et tourna les talons. Taussig le rappela avec emportement. « Peut-être dédaignes-tu l'avenir! Pas moi! Quand ma section ne travaille pas bien, j'encours des blâmes. Je ne veux pas en avoir à cause de toi! » Taussig s'éloigna en boitillant, le visage marbré de rouge par la colère.

Deux jours plus tard, Taussig conduisit Aillas et Yane à la cour qui se trouvait derrière le Château Sank. Il ne dit rien, mais la brusquerie de ses mouvements de coude et l'oscillation de sa tête étaient lourdes de signification menaçante.

A l'endroit où la grille s'ouvrait dans la cour, il se retourna d'un seul coup et laissa enfin libre cours à sa fureur. « Ils voulaient une paire de domestiques et j'ai dit tout ce que j'avais sur le cœur! Maintenant, je suis débarrassé de vous deux et Imboden l'intendant est votre maître. Essayez vos provocations sur lui et voyez quel bénéfice vous en récolterez! »

Aillas examina le visage congestionné dressé avec violence vers le sien, haussa les épaules et détourna la tête. Yane patientait avec une expression d'ennui résigné. Il n'y avait rien de plus à dire.

Taussig cria à un marmiton qui était de l'autre côté de la cour : « Appelle Imboden; amène-le ici! » Il jeta par-dessus son épaule un coup d'œil chargé de mauvais présages. « Aucun de vous n'aimera Imboden. Il a une vanité de paon et une âme d'hermine. Vos beaux jours de flânerie au soleil sont terminés. »

Imboden sortit sur une véranda dominant la cour : un homme à la fin de l'âge mûr, aux épaules étroites avec des bras maigres, de longues jambes minces, une bedaine pendant comme un sac. Des mèches humides collaient à son crâne; il semblait avoir non pas un visage mais seulement un assemblage de gros traits : de longues oreilles, un long nez bossué, des yeux noirs ronds soulignés par des cernes jaunâtres, une bouche grise tombante. Il eut un geste impérieux à l'adresse de Taussig qui brailla : « Viens ici! Je ne mettrai pas le pied dans la cour du château! »

Imboden proféra un juron d'impatience, descendit les marches et traversa la cour, d'un curieux pas mesuré qui excita l'humeur badine de Taussig. « Allez, approche, espèce de drôle de vieille chèvre! Je n'ai pas toute la journée à perdre! » A Yane et Aillas, il expliqua : « Il est à demi Ska, un bâtard de femme celte : le pire de ce qui existe en ce bas monde et dans l'autre et il le fait sentir à tout un chacun. »

Imboden s'arrêta à la grille. « Eh bien, qu'y a-t-il?

– Voilà une paire de larbins pour toi. Celui-ci est méticuleux et passe son temps à se laver; celui-ci se croit plus malin que le reste d'entre nous, à commencer par moi. Prends-les en bonne santé. »

Imboden inspecta les deux de la tête aux pieds. Il désigna Aillas d'une saccade du pouce. « Celui-ci a un drôle d'air hagard pour quelqu'un de si jeune. Il n'est pas malade?

– Frais et dispos comme un héros! »

Imboden examina Yane. « Celui-ci a une tête de scélérat. Je suppose qu'il est d'une douceur de miel?

– Il est adroit et vif et marche aussi silencieusement qu'un fantôme de chat mort.

– Très bien; ils feront l'affaire. » Imboden esquissa le plus léger des signes.

Jubilant, Taussig dit à Aillas et à Yane : « Ceci signifie : " Venez avec moi ". Oho, ce que vous allez vous régaler avec ses signaux, puisqu'il est trop timide pour parler! »

Imboden toisa Taussig d'un regard de souverain mépris, puis tourna les talons et traversa dignement la cour suivi d'Aillas et de Yane. A l'endroit où les marches de pierre s'élevaient jusqu'à la véranda, Imboden esquissa un autre petit geste, pas plus qu'un frémissement des doigts.

Depuis la grille, Taussig cria : « Cela signifie qu'il veut que vous attendiez là! » Avec un ululement de rire gloussé, Taussig s'en fut.

Les minutes passèrent. Aillas devint nerveux. Des urgences commencèrent à s'imposer à lui. Il regarda vers la grille et la campagne au-delà. « Peut-être est-ce le bon moment, murmura-t-il à Yane. Qui sait s'il y en aura jamais de meilleur?

– Il n'y en aura peut-être jamais de pire, observa Yane.

Taussig s'est posté juste au coin là-bas. Il n'aimerait rien tant que nous voir filer puisqu'il échapperait maintenant au fouet.

– La grille, les champs si proches... c'est tentant.

– En cinq minutes, ils lanceraient les chiens sur nous. »

Sur la véranda apparut un homme frêle au visage triste, en livrée gris et jaune : de courtes chausses jaunes serrées par une boucle au-dessous du genou sur des bas noirs, une veste grise sur une chemise jaune. Un bonnet noir rond comme un bol dissimulait sa chevelure, qui était manifestement coupée court. « Je suis Cyprien; je n'ai pas de titre. Appelez-moi maître esclave, contremaître, intercesseur, Skalin en chef... ce que vous voudrez. Vous recevrez vos ordres de moi, mais uniquement parce que j'ai seul le privilège de parler à Imboden; il conserve avec le sénéchal qui est Ska et qui s'appelle sire Kel. Il reçoit du duc Luhalcx ses ordres qui en fin de compte vous sont transmis par moi. Disons que si vous aviez un message pour le duc Luhalcx vous devriez d'abord le transmettre à moi. Quels sont vos noms?

– Je suis Yane.

– Cela sonne comme étant Ulf. Et vous?

Aillas.

" Aillas "? C'est un nom du sud. Du Lyonesse?

Du Troicinet.

– Ah, peu importe. A Sank, les origines sont comme les espèces de viande dans une saucisse, elles n'intéressent personne. Venez avec moi, je vais quérir vos costumes et vous expliquer les règles de conduite qu'en hommes intelligents vous connaissez déjà. En termes simples, ce sont... » Cyprien leva quatre doigts. « Premièrement, exécutez les ordres avec exactitude. Deuxièmement, soyez propres. Troisièmement, soyez aussi invisibles que l'air. Ne vous imposez jamais à l'attention des Skas. Je pense qu'ils ne voient pas, qu'ils ne peuvent voir un Skalin à moins qu'il ne fasse quelque chose de remarquable ou de bruyant. Quatrièmement et évidemment : ne cherchez pas à vous échapper. Cela cause des ennuis à tout le monde à l'exception des chiens qui adorent mettre les hommes en pièces. Ils sont capables de suivre une piste vieille d'un mois et vous seriez repris. »

Aillas demanda : « Et alors? »

Cyprien rit d'un doux rire triste. « Supposons que vous possédiez un cheval et qu'il persiste à s'enfuir. Qu'en feriez-vous?

– Cela dépendrait beaucoup du cheval.

– Justement. S'il est vieux, boiteux et vicieux, vous le tuez. S'il est jeune et fort, vous vous abstenez de diminuer ses facultés, mais vous l'envoyez quelque part où un spécialiste le matera. S'il n'est bon qu'à tourner une roue de moulin, vous l'aveuglez.

– Je ne ferais jamais des choses pareilles.

– En tout cas, c'est le principe. Par exemple, un employé habile aux écritures perdra un pied. Le mieux qu'on puisse dire des Skas est qu'ils torturent rarement, pour ne pas dire jamais. Plus vous savez vous rendre utile, plus vous avez de chance de vous en tirer facilement quand les chiens vous rattrapent. Venez maintenant, au dortoir. Le barbier va vous couper les cheveux. »

Aillas et Yane suivirent Cyprien dans la fraîcheur d'un couloir de service qui conduisait au dortoir des Skalins. Le barbier appuya sur la tête de chacun à son tour un bol peu profond et coupa leur chevelure à hauteur du milieu du front et continua ainsi jusque par-derrière. Dans un cabinet de toilette, ils se placèrent sous un flux d'eau et se lavèrent avec du savon mou mêlé à du sable fin, puis ils se rasèrent le visage.

Cyprien leur apporta des livrées gris et jaune. « Rappelez-vous, le Skalin invisible encourt le moins de blâme. Ne vous adressez jamais à Imboden; il est plus altier que le duc Luhalcx lui-même. Dame Chraio est une femme bienveillante au caractère égal et elle tient à ce que les Skalins soient bien nourris. Le seigneur Alvicx, le fils aîné, est fantasque et quelque peu imprévisible dans ses réactions. La demoiselle Tatzel, la fille, est plaisante à regarder mais se contrarie facilement. Toutefois, elle n'est pas acerbe et ne crée pas de grandes difficultés. Pour autant que vous vous déplacez sans bruit et ne tournez jamais la tête pour observer, vous serez invisibles à leurs yeux. Pendant une période, vous devez nettoyer les sols; c'est ce par quoi nous commençons tous. »

Aillas avait connu nombre de beaux palais et de riches demeures seigneuriales; pourtant il y avait au Château Sank une magnificence austère qui l'impressionnait et qu'il ne parvenait pas à s'expliquer totalement. Il n'avait découvert ni galeries ni vastes balcons; les pièces communiquaient par de brefs couloirs souvent tortueux. Les hauts plafonds tendaient à se perdre dans l'ombre, donnant une impression d'espace mystérieux. Des fenêtres, petites et étroites, perforaient les murs à intervalles irréguliers, leurs panneaux de verre donnant à la lumière qui entrait une teinte jaune d'ambre vaporeux ou bleu pâle. L'usage auquel servaient les pièces n'était pas toujours évident pour Aillas et, à la vérité, ni le duc Luhalcx ni son épouse Chraio, ni leurs enfants Alvicx et Tatzel n'agissaient selon des critères qu'il comprenait. Chacune de ces personnes se mouvait dans le château obscur comme si c'était une scène de théâtre où elle était seule à jouer. Tous parlaient d'une voix égale, le plus souvent en skalrad, une langue bien plus ancienne que l'histoire de l'humanité. Ils riaient rarement; leur unique humeur semblait être une ironie discrète ou la litote concise. Chaque personnalité était comme une citadelle; chacun semblait souvent plongé dans une profonde rêverie, ou pris dans un flot d'idées intérieures plus absorbantes que la conversation. De temps en temps, l'un ou l'autre témoignait d'une disposition ou extravagance subite, étouffée aussi soudainement qu'elle était apparue. Aillas, bien que jamais éloigné de ses propres préoccupations, ne put s'empêcher d'éprouver une fascination croissante pour les gens qui habitaient le Château Sank. En tant qu'esclave, on ne le remarquait pas plus qu'une porte. En cachette, Aillas observa les hôtes du Château Sank tandis qu'ils vaquaient aux occupations de leur vie.

En tout temps, le duc Luhalcx, sa famille et leurs commensaux portaient des vêtements d'une grande sophistication et ils en changeaient plusieurs fois par jour selon les circonstances. Les costumes et leurs accessoires avaient une valeur fortement symbolique d'une importance connue d'eux seuls. A de nombreuses occasions, Aillas entendit des références passionnantes qu'il trouva incompréhensibles. La famille se conduisait en public et en privé avec autant de cérémonial que lorsqu'elle était en présence d'étrangers. S'il existait de l'affection entre ses membres, elle se traduisait en signaux trop subtils pour les perceptions d'Aillas.

Le duc Luhalcx, grand, maigre, dur de traits, les yeux vert de mer, se comportait avec une dignité marquée et naturelle, aisée et précise aussi, qu'Aillas ne vit jamais ébranlée : comme si Luhalcx avait prête une réaction appropriée pour toutes les circonstances. Il était le cent vingt-septième de sa lignée; dans la « Salle de l'Honneur Antique »[1], il avait

1. L'expression « Salle de l'Honneur Antique » n'est qu'une traduction approximative.

exposé des masques de cérémonie sculptés en Norvège longtemps avant l'arrivée des Ur-Goths. Dame Chraio, grande et svelte, se montrait presque anormalement distante. Même quand les épouses de dignitaires en visite étaient présentes, Aillas remarqua souvent qu'elle restait seule devant son métier à tisser ou en train de sculpter des coupes en bois de poirier. Elle portait ses cheveux noirs lisses selon la mode classique, coupés au niveau des mâchoires sur le côté et la nuque, plus haut en travers du front.

La demoiselle Tatzel, âgée d'environ seize ans, avait une silhouette mince et ferme, avec de petits seins haut placés, des hanches étroites comme celles d'un garçon, une ardeur et une énergie curieuses qui semblaient la soulever de terre quand elle marchait. Elle avait une assez charmante manière de se déplacer, parfois la tête penchée sur le côté, un sourire voltigeant sur ses lèvres inspiré par quelque amusement intérieur connu d'elle seule. Elle était coiffée comme sa mère et la plupart des femmes skas, les cheveux coupés droit sur le front et derrière les oreilles. Ses traits étaient d'une irrégularité séduisante, sa personnalité vivante et directe. Son frère, le seigneur Alvicx, avait à peu près le même âge qu'Aillas et, de toute la famille, était le plus turbulent et le plus nerveux. Il prenait des airs avantageux et parlait en y mettant plus d'intensité qu'aucun des autres. D'après Cyprien, il s'était distingué dans une douzaine de batailles et pouvait prétendre de droit au titre de chevalier pour le nombre d'ennemis qu'il avait occis.

Les tâches assignées à Aillas étaient celles d'un domestique. Il était requis de nettoyer les âtres, frotter les dallages, astiquer les lampes de bronze et les remplir d'huile. Ce travail lui permettait d'accéder pratiquement partout dans le château à l'exception des chambres à coucher; il s'en acquittait assez bien pour satisfaire Cyprien et demeurait suffisamment invisible pour qu'Imboden ne lui prête pas attention et, pendant tous les moments où il était éveillé, il méditait des projets d'évasion.

Cyprien semblait lire ses pensées. « Les chiens, les chiens, les terribles chiens! C'est une race connue seulement des Skas; une fois qu'ils sont lancés sur une piste, ils ne l'abandonnent jamais. Bien sûr, on sait que des Skalins se sont échappés, parfois à l'aide de procédés magiques. Mais parfois aussi les Skas se servent de magie et les Skalins sont rattrapés!

– Je croyais que les Skas ignoraient la magie.

– Qui sait? demanda Cyprien en allongeant les bras et ouvrant les doigts. La magie dépasse mon entendement. Les Skas se rappellent peut-être la magie de leur lointain passé. Il n'existe sûrement pas beaucoup de magiciens skas : en tout cas, à ma connaissance.

– Je ne peux pas croire qu'ils perdent leur temps à capturer des esclaves évadés.

– Peut-être bien que vous avez raison. Pourquoi s'en donneraient-ils la peine? Pour un esclave enfui, cent sont repris. Pas par des magiciens, par des chiens.

– N'y a-t-il aucun fugitif qui vole des chevaux?

– La chose a été tentée, mais rarement avec succès. Les chevaux skas obéissent aux ordres skas. Quand un simple Daut ou un Ulf essaie de le monter, le cheval ne bouge pas ou bien recule et s'accroupit, ou il court en cercle ou désarçonne son cavalier. Pensez-vous monter un cheval ska pour vous assurer une fuite rapide? Est-ce cela que vous aviez en tête?

– Je n'ai rien en tête », répliqua Aillas assez sèchement.

Cyprien sourit de son sourire mélancolique. « C'était chez moi une obsession... au début. Puis les années ont passé, le désir s'est estompé et maintenant je sais que jamais je ne serai autre que ce que je suis jusqu'à ce que mes trente années soient révolues.

– Et Imboden? N'a-t-il pas été esclave trente ans?

– Il y a dix ans que son temps est fini. Pour nous, Imboden pose à l'homme libre et au Ska; les Skas le considèrent comme un Skalin de haute caste. C'est un homme amer et solitaire; ses problèmes l'ont rendu incompréhensible et bizarre. »

Un soir, tandis qu'Aillas et Yane dînaient de pain et de soupe, Aillas parla de la préoccupation de Cyprien concernant l'évasion. « Pratiquement chaque fois que je lui parle, le sujet revient sur le tapis. »

Yane réagit par un grognement d'amusement amer. « Cette habitude a été remarquée ailleurs.

– Peut-être est-ce simplement de la rêverie nostalgique, ou quelque chose comme ça.

– C'est possible. N'empêche, si je projetais de quitter précipitamment le Château Sank, je n'en avertirais pas Cyprien.

– Le faire serait une courtoisie inutile. Surtout maintenant que je connais le moyen de sortir du Château Sank en dépit des chevaux, des chiens et de Cyprien. »

Yane le regarda du coin de l'œil. « C'est un renseignement intéressant. As-tu l'intention de le partager?

– Le moment venu. Quelle rivière coule à proximité?

– Il n'y en a qu'une importante : la Malkish, à cinq kilomètres environ au sud. Les fugitifs se dirigent toujours vers cette rivière, mais elle les prend au piège. S'ils essaient de descendre au fil de l'eau jusqu'à la mer, ils sont noyés dans les cataractes. S'ils pataugent à contre-courant, les chiens fouillent les deux rives et retrouvent finalement leurs traces. La rivière est une fausse alliée; les Skas le savent mieux que nous. »

Aillas hocha la tête et ne dit plus rien. Par la suite, dans ses conversations avec Cyprien, il ne parla d'évasion que de façon théorique et Cyprien perdit bientôt tout intérêt pour le sujet.

Jusqu'à l'âge de onze ou douze ans, les filles skas ressemblaient aux garçons et agissaient comme eux. Ensuite, elles changeaient, comme c'est inévitable et juste. Jeunes gens et jeunes filles se mêlaient librement, retenus par l'étiquette qui réglait la conduite ska au moins aussi efficacement qu'un chaperonnage vigilant.

Au Château Sank, par les après-midi ensoleillés, les jeunes gens se rendaient à la terrasse aménagée en jardin sur le côté sud du château où, selon leur humeur, ils jouaient aux échecs ou au jacquet, mangeaient des grenades, échangeaient des railleries de cette manière réfléchie que les autres races trouvaient lourdes, ou regardaient l'un d'eux défier cet engin hostile appelé l'asso-scillo[1]. Ce dispositif, conçu pour l'entraînement des tireurs à l'épée afin qu'ils apprennent l'adresse et la précision, assenait au challenger maladroit un coup magistral s'il ne parvenait pas à toucher une petite cible mobile.

Le seigneur Alvicx, qui était orgueilleux de son talent d'escrimeur, se considérait comme passé maître dans le jeu qui consistait à triompher de l'asso-scillo et était toujours prêt à démontrer son adresse, surtout quand la demoiselle Tatzel amenait ses amies au-dehors sur la terrasse.

Pour rehausser sa grâce et son art, il avait mis au point un

1. *Asso-scillo* est une transposition approximative du mot créé par Jack Vance : *Hurlo thrumbo* qui signifie à peu près : gare l'assaut, je vais trembler. Il s'agit d'une variété de quintaine, un mannequin au bras rembourré qu'un coup mal placé fait osciller. (*N.d.T.*)

style d'attaque intrépide ponctuée de force appels du pied qu'il embellissait de moulinets d'épée et d'antiques cris de guerre skas.

Par un de ces après-midi, deux des amis d'Alvicx avaient déjà été déconfits par l'engin, avec rien d'autre pour leur peine qu'une tête endolorie. Secouant la sienne avec une feinte commisération, le seigneur Alvicx prit une épée sur la table et attaqua la quintaine, en poussant des cris gutturaux, bondissant en avant et en arrière, feintant et se fendant, invectivant l'engin. « Ah, girouette d'enfer! Tu voudrais me frapper, hein? Alors, qu'est-ce que tu dis de ça? Et ça? Oh, la traîtrise! Encore! Une-deux! » Comme il reculait d'un bond, il fit tomber une urne de marbre qui se brisa en mille morceaux sur le dallage.

Tatzel s'écria : « Bravo, Alvicx! Avec ton terrible postérieur, tu as tué ta victime! »

Ses amies détournèrent les yeux et contemplèrent le ciel avec ce demi-sourire qui tenait lieu de rire chez les Skas.

Messire Kel, le sénéchal, remarquant les dégâts, avertit Imboden, qui donna ses instructions à Cyprien. Et finalement Aillas fut envoyé pour enlever l'urne cassée. Il poussa une petite brouette sur la terrasse, chargea dedans les débris de marbre, puis ramassa la terre avec un balai et une pelle.

Alvicx recommença à attaquer l'asso-scillo avec plus d'énergie que jamais et trébucha ainsi sur la brouette, s'affalant au beau milieu des éclats de marbre et de la terre. Aillas s'était agenouillé pour recueillir ce qui restait de poussière. Alvicx se releva vivement et frappa Aillas d'un coup de pied au derrière.

Pendant une seconde, Aillas resta figé, puis sa maîtrise l'abandonna. Il se redressa et, d'une bourrade, projeta Alvicx contre l'asso-scillo, ce qui mit en mouvement le bras rembourré, lequel assena sa gifle habituelle sur le côté du visage d'Alvicx.

Alvicx fit un moulinet avec son épée. « Misérable! » Il porta une botte à Aillas qui l'esquiva d'un saut en arrière et qui saisit une épée sur la table. Il para la seconde botte d'Alvicx, puis contre-attaqua avec une telle férocité qu'Alvicx fut forcé de reculer à l'autre bout de la terrasse. La situation était sans précédent; comment un Skalin pouvait-il se montrer supérieur au superbe, à l'habile Alvicx? Ils se déplaçaient à travers la terrasse, Alvicx tentant d'attaquer mais constamment remis sur la défensive par l'adresse de son adversaire. Il se fendit; Aillas chassa de côté l'épée d'Alvicx par une parade de tac et accula son adversaire le dos à la balustrade avec la pointe de sa lame appuyée sur la gorge.

« Si c'était le champ de bataille, je t'aurais tué... sans peine, dit Aillas d'une voix étranglée par la fureur. Félicite-toi que maintenant je me contente de jouer avec toi. »

Aillas retira son épée, la replaça sur la table. Il jeta un coup d'œil circulaire sur le groupe et son regard croisa celui de la demoiselle Tatzel. Pendant un instant, leurs yeux demeurèrent en contact, puis Aillas se détourna et, relevant la brouette, se mit une fois de plus à y charger les morceaux de marbre.

A l'autre bout de la terrasse, Alvicx l'observait d'un air morose. Il prit sa décision et appela d'un signe un garde ska. « Emmenez ce chien derrière l'écurie et tuez-le. »

D'un balcon surplombant la terrasse, le duc Luhalcx prit la parole. « Cet ordre, seigneur Alvicx, ne vous fait pas honneur et ternit à la fois le bon renom de notre maison et la justice de notre race. Je suggère que vous l annuliez. »

Alvicx leva la tête et dévisagea son père. Avec lenteur, il se retourna et dit d'une voix blanche : « Gardes, ne tenez pas compte de mon ordre. »

Il s'inclina devant sa sœur et leurs divers invités qui avaient observé la scène les traits figés par la fascination; puis il quitta la terrasse à grands pas. Aillas revint vers la brouette, acheva d'y entasser les débris, tandis que la demoiselle Tatzel et ses amis conversaient très bas, en l'observant du coin de l'œil. Aillas ne leur prêta aucune attention. Il balaya ce qui restait de terre sur les dalles, puis sortit en poussant la brouette.

Cyprien communiqua son opinion sur l'affaire par une seule grimace de reproche accompagnée d'un regard mélancolique et, à la table du dîner, s'assit avec affectation à l'écart, le visage tourné vers la porte.

Yane dit dans un murmure à Aillas : « Est-ce vrai que tu as frappé Alvicx avec sa propre épée?

– Pas du tout! J'ai tiré des armes avec lui un instant ou deux; je l'ai touché avec ma pointe. Rien de bien grave.

– Pour toi. Pour Alvicx, c'est une honte et donc tu vas souffrir.

– Comment? »

Yane rit. « Il n'a pas encore décidé. »

XXIII

LE vestibule principal du Château Sank allait d'un salon de réception situé à l'extrémité ouest jusqu'à un vestiaire pour les dames en visite du côté est. Tout du long, de hautes portes étroites donnaient accès à divers couloirs et salles, y compris le Musée où étaient rassemblés des curiosités, insignes de clan, trophées de bataille et de combat naval, objets sacrés. Sur des étagères étaient alignés des livres reliés avec du cuir, ou de minces planchettes en hêtre. Sur un grand mur étaient exposés des portraits ancestraux tracés avec une aiguille portée à l'incandescence sur des panneaux de bouleau blanchi. La technique ne s'était pas altérée; le visage d'un chef de l'ère post-glaciaire avait des traits aussi nets que le portrait du duc Luhalcx, dessiné cinq ans plus tôt.

Dans des niches à côté de l'entrée, il y avait deux sphinx sculptés dans des blocs de diorite noire : les Tronen, ou fétiches de la maison. Une fois par semaine, Aillas lavait les Tronen, avec de l'eau chaude mêlée de sève de laiteron.

La matinée était à demi écoulée, Aillas lavait les Tronen et les essuyait avec un chiffon doux. En jetant un coup d'œil dans le vestibule, il vit approcher la demoiselle Tatzel, mince comme une baguette dans une robe vert foncé. Ses cheveux noirs rebondissaient autour de son clair visage à l'expression absorbée. Elle passa près de lui sans lui prêter attention, laissant dans son sillage une bouffée de parfum vaguement floral, évoquant les herbes humides de la Norvège des premiers temps du monde.

Quelques instants après, elle revint de la course qu'elle était allée faire. Ayant dépassé Aillas, elle s'arrêta puis recula, s'immobilisa et l'examina avec minutie.

Aillas leva les yeux une seconde, se rembrunit et recommença à travailler.

Sa curiosité satisfaite, Tatzel se détourna pour continuer son chemin. Mais d'abord elle déclara de la voix la plus cristalline qui soit : « Avec vos cheveux bruns, je vous croirais celte. Toutefois, vous avez l'air moins rude. »

De nouveau, Aillas lui jeta un coup d'œil. « Je suis Troice. »

Tatzel ne se décidait pas à s'éloigner. « Troice, Celte, quel que vous soyez, renoncez à la rébellion : les esclaves insoumis sont châtrés. »

Aillas s'interrompit dans sa tâche, bras et jambes coupés par la fureur. Il se redressa lentement et, aspirant l'air à fond, réussit à maîtriser sa voix. « Je ne suis pas un esclave. Je suis un gentilhomme du Troicinet retenu captif par une tribu de bandits. »

Tatzel en resta bouche bée et vira sur ses talons comme si elle voulait partir. Mais elle suspendit son mouvement. « Le monde nous a enseigné la violence; sans quoi nous serions encore en Norvège. Si vous étiez un Ska, vous aussi prendriez tous les autres pour des ennemis ou des esclaves; il n'y a pas d'alternative de rechange. Ainsi donc doit-il en être et ainsi donc devez-vous vous soumettre.

– Regardez-moi, dit Aillas. Me croyez-vous quelqu'un qui se soumet?

– Vous vous êtes déjà soumis.

– Je me soumets maintenant afin d'être en mesure d'amener plus tard une armée troice pour démanteler le Château Sank pierre par pierre et alors vous réfléchirez selon une autre logique. »

Tatzel rit, secoua la tête et poursuivit sa route le long du vestibule.

Dans une pièce à usage de resserre, Aillas rencontra Yane. « Le Château Sank devient malsain, dit Aillas. Je vais être châtré à moins que je ne m'amende.

– Alvicx est déjà en train de choisir un couteau.

– Dans ce cas, il est temps de partir. »

Yane regarda par-dessus son épaule; ils étaient seuls. « N'importe quel moment convient, s'il n'y avait pas les chiens.

– Les chiens peuvent être mis en défaut. Le problème est comment échapper à Cyprien assez longtemps pour atteindre la rivière.

– Les chiens ne seront pas dépistés par la rivière.

– Si je peux m'échapper du château, je peux échapper aux chiens. »

Yane se tirailla le menton. « Laisse-moi y réfléchir. »

Pendant le dîner, Yane déclara : « Il y a un moyen de quitter le château. Mais nous devons emmener quelqu'un d'autre avec nous.

– Qui est-ce?

– Son nom est Cargus. Il travaille comme aide-cuisinier à la cuisine.

– Peut-on s'y fier?

– Ni plus ni moins qu'à toi ou moi. Et les chiens?

– Nous aurons besoin d'une demi-heure dans l'atelier de menuiserie.

– L'atelier est vide à midi. Voilà Cyprien. Nez dans la soupe. »

La taille de Cargus n'excédait que d'un pouce celle de Yane mais alors que Yane était bâti à moitié de guingois du fait de ses nerfs et de ses os tordus, Cargus était une masse de muscles saillants. Le tour de son cou dépassait en dimension celui de ses bras massifs. Ses cheveux noirs étaient coupés court; de petits yeux noirs étincelaient sous d'épais sourcils noirs. Dans la cour de la cuisine, il dit à Yane et à Aillas : « J'ai ramassé un litre de ce champignon vénéneux appelé tue-loup; il empoisonne mais tue rarement. Ce soir, il va dans la soupe et assaisonne les tourtes de viande aux légumes servies à la grande table. Les boyaux vont grouiller cette nuit partout dans le Château Sank. La cause en sera attribuée à de la viande corrompue. »

Yane grommela : « Si tu pouvais empoisonner aussi les chiens, nous nous en irions à l'aise.

– Plaisante idée, mais je n'ai pas accès aux chenils. »

Pour leur dîner, Yane et Aillas ne mangèrent que du pain et du chou, et regardèrent avec satisfaction Cyprien consommer deux bolées de soupe.

Au matin, comme l'avait prédit Cargus, la population entière du château souffrait de crampes d'estomac, accompagnées de frissons, de nausée, de fièvre, d'hallucinations et de tintements dans les oreilles.

Cargus s'en vint trouver Cyprien qui était courbé en deux, tête baissée, au-dessus de la table de l'intendance, secoué de tremblements irrépressibles. Cargus s'écria d'une voix rude :

« Vous devez agir! Les marmitons refusent de bouger et mes bacs débordent d'ordures!

– Videz-les vous-même, gémit Cyprien. Je suis incapable de m'occuper de pareilles vétilles. La mort est sur moi!

– Je suis cuisinier, pas marmiton. Hé, vous deux! » Ceci s'adressait à Yane et à Aillas. « Vous pouvez au moins marcher! Videz mes bacs et plus vite que ça!

– Jamais! grommela Yane. Vide-les toi-même. »

Cargus apostropha Cyprien. « Mes bacs doivent être nettoyés! Donnez des ordres ou je vais adresser une plainte en règle qui fera choir Imboden de son pot de chambre! »

Cyprien agita faiblement la main à l'adresse de Yane et d'Aillas. « Allez, vous deux, videz-lui ses bacs à ce démon, même si vous devez ramper. »

Aillas, Yane et Cargus transportèrent des sacs d'ordures à la décharge et prirent les paquets qu'ils y avaient déposés auparavant. Ils se mirent en route au trot à travers la campagne, restant sous le couvert des broussailles et des arbres.

A huit cents mètres à l'est du château, ils franchirent la croupe d'une colline et après cela, ne craignant plus d'être aperçus, filèrent à bonne allure vers le sud-est, passant au large de la scierie. Ils coururent jusqu'à perdre haleine, alors marchèrent, puis coururent encore et, dans l'heure, atteignirent la rivière Malkish.

A cet endroit, l'eau était peu profonde et s'écoulait sur une grande largeur, bien qu'en amont elle ait rugi en descendant de la montagne par des ravins abrupts et qu'en aval elle poursuive une course furieuse à travers une série de gorges étroites où de nombreux Skalins en fuite avaient été précipités et broyés contre les rochers. Sans hésiter, Aillas, Yane et Cargus plongèrent dans le courant et pataugèrent jusqu'à l'autre rive, avec parfois de l'eau à hauteur de la poitrine, tenant leurs paquets soulevés au-dessus de leur tête. Quand ils approchèrent de l'autre berge, ils s'arrêtèrent pour inspecter le rivage.

Rien à proximité ne convenait à leur dessein et ils repartirent en pataugeant vers l'amont jusqu'à ce qu'ils trouvent une petite plage couverte de gravier tassé, avec par-derrière une pente douce envahie par l'herbe. De leurs paquets, ils sortirent les objets qu'Aillas et Yane avaient fabriqués dans l'atelier de menuiserie : des échasses avec des coussinets de paille solidement fixés aux extrémités.

Toujours dans l'eau, ils montèrent sur ces échasses et tous

trois gagnèrent le rivage, dérangeant la grève aussi peu que possible. Et de gravir la pente où les bouts encoussinés des échasses ne laissèrent ni empreintes ni odeur qui puissent exciter les chiens.

Pendant une heure, les trois marchèrent ainsi. En rencontrant un ruisseau, ils entrèrent dans le courant et descendirent de leurs échasses pour se reposer. Puis ils rechaussèrent leurs bois, de crainte que leurs poursuivants, ne découvrant pas de piste à la rivière, ne se mettent à décrire des cercles concentriques au rayon de plus en plus large.

Pendant une autre heure encore, ils avancèrent à grandes enjambées sur les échasses, montant une pente légère à travers une forêt clairsemée de pins rabougris où le maigre sol rouge était rassemblé dans des poches. La terre était inutilisable pour la culture; les quelques paysans qui, à un moment donné, avaient récolté la résine pour la térébenthine ou fait paître des porcs, avaient fui les Skas; les fugitifs parcouraient une contrée inculte et inhabitée, ce qui leur convenait parfaitement.

A un autre ruisseau, ils descendirent de leurs échasses et s'assirent pour se reposer sur une corniche de rocher. Ils burent de l'eau et mangèrent du pain et du fromage tirés de leurs sacs. Ils prêtèrent l'oreille et n'entendirent pas de lointains aboiements de chiens, mais ils avaient parcouru une bonne distance et ne s'attendaient pas à entendre quoi que ce soit; leur absence n'avait probablement pas encore été remarquée. Les trois se félicitèrent à l'idée qu'ils avaient peut-être bien une journée entière d'avance sur une poursuite quelconque.

Ils abandonnèrent les échasses, marchèrent dans l'eau vers l'amont en direction de l'est et ne tardèrent pas à entrer dans une région montagneuse à l'aspect curieux, où d'antiques pics et crags de roc noir en état de désagrégation se dressaient au-dessus de vallées naguère cultivées mais à présent abandonnées. Pendant un temps, ils suivirent une vieille route qui aboutissait aux ruines d'un fort très ancien.

Quelques kilomètres plus loin, le terrain redevenait sauvage et s'élevait vers une région de brandes onduleuses. Savourant la sensation de liberté que donnait la haute voûte du ciel, les trois se dirigèrent vers l'est embrumé.

Ils n'étaient pas seuls sur la lande. D'un creux de terrain à huit cents mètres au sud, sous quatre étendards claquant au vent, survint à cheval une troupe de guerriers skas. Avançant au galop, les guerriers cernèrent les fugitifs.

Leur chef, un baron au visage sévère portant une armure noire, leur accorda un seul regard et pas le moindre mot. Des cordes furent attachées aux colliers de fer; les trois Skalins furent emmenés vers le nord.

En fin de journée, la compagnie rencontra un convoi de chariots chargés de ravitaillement divers. A l'arrière marchaient quarante hommes reliés par le cou avec des cordes. A cette colonne furent joints Aillas, Yane et Cargus et ainsi, bon gré mal gré, furent forcés de suivre le convoi vers le nord. Ils finirent par entrer dans le royaume de Dahaut et arrivèrent à Poëlitetz, cette immense forteresse qui gardait le contrefort central du Teach tac Teach et surplombait la Plaine des Ombres.

XXIV

A l'endroit où le Dahaut confinait à l'Ulfland du Nord, un escarpement d'environ cent trente kilomètres de long – le front du Teach tac Teach – dominait la Plaine des Ombres. En un lieu nommé Poëlitetz, la rivière Tamsour qui descendait des neiges du Mont Agon avait creusé une cluse permettant d'accéder de façon relativement facile du Dahaut aux landes de l'Ulfland du Nord. Poëlitetz avait été fortifié dès les premiers temps où les hommes s'étaient fait la guerre dans les Isles Anciennes; quiconque tenait Poëlitetz tenait entre ses mains la paix de l'Extrême Dahaut. Les Skas, en s'emparant de Poëlitetz, avaient entrepris d'énormes travaux pour protéger la forteresse à l'ouest aussi bien qu'à l'est, de sorte qu'elle soit absolument imprenable. Ils avaient fermé le défilé par des murs de maçonnerie de neuf mètres d'épaisseur, laissant un passage de trois mètres soixante de large et de trois mètres de haut, commandé par trois portes de fer placées l'une derrière l'autre. Forteresse et escarpement offraient à la Plaine des Ombres un front uni impénétrable.

Pour pouvoir plus aisément opérer des reconnaissances dans la Plaine des Ombres, les Skas avaient commencé à creuser une galerie sous la plaine en direction d'une butte recouverte de petits chênes buissonnants, à une distance de quatre cents mètres de la base de l'escarpement. Cette galerie était un projet exécuté dans le plus grand secret, caché à tous sauf à quelques Skas de haut rang et à ceux qui la creusaient, des Skalins de la Catégorie Six : les Indociles.

A leur arrivée à Poëlitetz, Aillas, Yane et Cargus furent

soumis à un interrogatoire de pure forme. Puis, au lieu d'être estropiés ou mutilés comme ils s'y attendaient, ils furent conduits dans une caserne spéciale, où une compagnie de quarante Skalins était maintenue à l'isolement : les ouvriers du souterrain. Ils travaillaient par journée de dix heures et demie, avec trois périodes de repos d'une demi-heure. Dans la caserne, ils étaient gardés par une section d'élite de soldats skas et n'étaient autorisés à aucun contact avec d'autres personnes de Poëlitetz. Tous se rendaient compte qu'ils faisaient partie d'une brigade vouée à la mort. Une fois la galerie achevée, ils seraient tués.

Avec la mort sûre et certaine devant eux, aucun des Skalins ne mettait d'ardeur à l'ouvrage : une situation que les Skas trouvaient plus facile à accepter qu'à modifier. Pour autant qu'il y avait avancement raisonnable, ils laissaient le travail se faire à son rythme. Tous les jours, la routine était identique. Chaque Skalin avait sa tâche assignée. Le souterrain, à quatre mètres cinquante au-dessous de la surface de la plaine, passait à travers de l'argile schisteuse et des couches tassées de dépôt limoneux. Quatre hommes creusaient au front de taille avec des pics et des pioches. Trois hommes ramassaient les détritus dans des paniers qui étaient chargés sur des brouettes et rapportés ainsi jusqu'à l'entrée de la galerie. Les brouettées étaient versées dans des trémies qui étaient hissées verticalement par une grue, amenées au-dessus d'un chariot, vidées et redescendues. Un soufflet actionné par des bœufs marchant autour d'un cabestan envoyait de l'air dans un tube de cuir qui conduisait à la face de la galerie. Au fur et à mesure de la progression du souterrain, un boisage était mis en place, de sorte que le plafond et les parois latérales étaient cuvelés avec des troncs de cèdre goudronnés.

Tous les deux ou trois jours, des ingénieurs skas allongeaient une paire de cordes sur lesquelles se guidait la direction du souterrain et ils mesuraient avec un niveau d'eau [1] l'angle d'écartement d'avec l'horizontale.

1. Le niveau d'eau se présente sous plusieurs formes. Les Skas utilisaient deux auges de bois de six mètres de long avec une section de vingt-cinq centimètres carrés. L'eau restait parfaitement horizontale dans les auges; des cales à chaque extrémité permettaient aux auges mêmes d'être rigoureusement horizontales. En déplaçant successivement ces auges, la ligne horizontale désirée pouvait être prolongée indéfiniment, avec une précision limitée seulement par la patience de l'ingénieur.

Un contremaître ska dirigeait les Skalins, avec deux soldats pour imposer la discipline si besoin était. Le contremaître et les gardes avaient tendance à demeurer près de l'ouverture de la galerie, où l'air était frais et pur. En notant le rythme auquel les chariots étaient remplis, le contremaître pouvait estimer la vigueur que les Skalins mettaient à accomplir leur tâche. Si le travail marchait rondement, les Skalins mangeaient bien et buvaient du vin à leur repas. S'ils ralentissaient ou flânaient, leurs rations diminuaient en proportion.

Le travail s'accomplissait en deux équipes : de midi à minuit et de minuit à midi. Aucune ne pouvait être dite préférable puisque les Skalins ne voyaient jamais le soleil et savaient qu'ils étaient destinés à ne jamais le revoir.

Aillas, Cargus et Yane furent affectés à l'équipe midi-minuit. Ils commencèrent aussitôt à envisager une évasion. Les perspectives étaient encore plus décourageantes que celles du Château Sank. Des portes barricadées et des gardes soupçonneux les surveillaient étroitement quand ils n'étaient pas de corvée; ils travaillaient dans un tube scellé de même contre toute sortie.

Après deux jours seulement de travail, Aillas dit à Yane et à Cargus : « Nous pouvons nous évader. C'est possible.

– Tu es plus perceptif que moi, déclara Yane.

– Ou que moi, ajouta Cargus.

– La chose présente une seule difficulté. Nous aurons besoin de la coopération de l'équipe entière. La question devient : y en a-t-il qui soient tombés assez bas pour nous trahir?

– Où serait le mobile? Chacun voit son propre fantôme danser devant lui.

– Certaines gens sont traîtres par nature; ils prennent plaisir à trahir. »

Les trois, accroupis contre le mur de la salle où ils passaient le temps de repos, étudièrent leurs compagnons un par un. Cargus conclut : « Si nous partageons ensemble la perspective d'une évasion, il n'y aura pas de trahison.

– Nous devons le présumer, dit Yane. Nous n'avons pas d'autre solution. »

Quatorze hommes travaillaient dans l'équipe, plus six autres dont les tâches ne les amenaient jamais à l'intérieur de la galerie. Quatorze hommes se lièrent par un pacte éperdu et aussitôt l'opération commença.

La galerie atteignait à présent deux cents mètres environ en direction de l'est sous la plaine. Restaient encore deux cents mètres, à travers du schiste, avec de temps à autre une inexplicable boule de grès bleu dur comme fer qui avait parfois près d'un mètre de diamètre. Sauf le grès, le sol cédait au pic; le front de taille avançait de trois à quatre ou cinq mètres par jour. Deux charpentiers installaient le boisage au fur et à mesure de la progression du souterrain. Ils laissèrent plusieurs poteaux libres, de sorte qu'on pouvait les écarter. Dans l'espace ainsi dégagé, certains membres de l'équipe creusèrent une galerie latérale montant vers la surface. La terre était pelletée dans des paniers, chargée sur des brouettes et rapportée exactement comme la terre prise au front de la galerie principale. En enfermant partiellement deux hommes dans le souterrain latéral tandis que le reste de l'équipe travaillait un peu plus, il n'y avait pas de ralentissement apparent de la progression. Quelqu'un avec une brouette pleine était toujours posté à trente mètres de l'entrée de la galerie, pour le cas où le contremaître déciderait de faire une inspection, sur quoi le guetteur devait sauter sur le tube de ventilation afin d'avertir ses compagnons. Si nécessaire, il était prêt à renverser sa brouette, ostensiblement par accident, de façon à retarder le contremaître. Puis, quand ce dernier était passé, la brouette était roulée sur le tube de ventilation pour l'aplatir. L'atmosphère au bout du souterrain devenait suffocante au point que le contremaître y demeurait aussi peu de temps que possible.

La galerie latérale, haute d'un mètre cinquante et large de quatre-vingt-dix centimètres, montant en pente raide, avançait rapidement et les creuseurs tâtaient continuellement le terrain à coups prudents par crainte, dans leur zèle, de faire à la surface un grand trou qui risque d'être visible de la forteresse. Finalement, ils rencontrèrent des racines d'herbes et de buissons, puis de la terre arable noire et ils comprirent que la surface était toute proche.

Au coucher du soleil, les Skalins du souterrain prirent leur repas dans une salle à l'entrée de la galerie, puis retournèrent au travail.

Dix minutes plus tard, Aillas alla chercher Kildred le contremaître, un grand Ska d'âge mûr, avec un visage balafré, un crâne chauve et une attitude distante même pour un Ska. Comme d'ordinaire, Kildred était assis à jouer aux dés avec les gardes. Il regarda par-dessus son épaule à l'approche d'Aillas. « Qu'est-ce qui se passe maintenant?

– Les creuseurs sont tombés sur une veine de roche bleue. Ils veulent des fendoirs de roc et des foreuses.

– Des “ fendoirs ”? Qu'est-ce que c'est que ces outils-là?

– Je ne sais pas. Je transmets seulement les messages. »

Kildred marmotta un juron et se leva. « Venez; voyons cette veine bleue. »

Il s'enfonça à grands pas dans la galerie, suivi par Aillas, à la clarté orange vacillante et fumeuse des lampes à huile, jusqu'au front du souterrain. Quand il se pencha pour chercher la veine bleue, Cargus le frappa avec une barre de fer, le tuant net.

L'heure était maintenant celle du crépuscule. L'équipe se rassembla près de la galerie latérale où les creuseurs attaquaient à présent le sol meuble de la surface.

Aillas poussa une brouette de terre jusqu'à la salle du bout. « Il n'y aura plus de terre pendant un bon moment, dit-il à celui qui manœuvrait la grue, d'une voix assez forte pour que les gardes l'entendent. Nous sommes tombés sur un filon de roche. » Les gardes jetèrent un coup d'œil par-dessus leur épaule, puis revinrent à leurs dés. Le grutier suivit Aillas dans le souterrain.

La galerie d'évasion était ouverte. Les Skalins sortirent dans la nuit tombante, y compris le grutier qui ignorait totalement le complot mais était heureux de s'enfuir. Tous se couchèrent à plat dans les joncs et les feuilles coupantes des laîches. Aillas et Yane, les derniers à quitter la galerie principale, remirent en place les étançons, ne laissant aucun indice de leur utilisation. Une fois à la surface, ils bouchèrent le trou par lequel ils s'étaient évadés avec de grandes fougères, tassèrent de la terre par-dessus et transplantèrent de l'herbe. « Qu'ils croient à une opération magique, dit Aillas. Et tant mieux s'ils y croient! »

Dans l'obscurité grandissante, les ex-Skalins courbés en deux traversèrent la Plaine des Ombres en direction de l'est, pénétrant toujours plus avant dans le royaume de Dahaut. Poëlitetz, la grande forteresse ska, dressait sa masse noire sur le ciel derrière eux. Le groupe marqua une pause pour regarder en arrière. « Skas, dit Aillas, ô vous gens étranges à l'âme mystérieuse, vous gens surgis du passé! La prochaine fois que nous nous reverrons, j'aurai une épée. Vous avez envers moi une lourde dette pour la souffrance que vous m'avez infligée et le travail que vous m'avez extorqué! »

Une heure de course, de trottinement et de marche amena

la bande à la rivière Gloden, dont le cours supérieur recevait la Tamsour.

La lune, presque en son plein, s'éleva au-dessus de la rivière, déposant une traînée de clarté sur l'eau. Sous les voiles argentés par la lune d'un énorme saule pleureur, la bande s'arrêta pour se reposer et discuter de sa situation. Aillas dit à ses compagnons : « Nous sommes quinze, une bande forte. Quelques-uns d'entre vous désirent rentrer chez eux; d'autres n'ont peut-être pas de foyer pour les accueillir. Je puis offrir des perspectives d'avenir si vous voulez vous joindre à moi pour ce que je dois faire. J'ai une quête à mener à bien. Elle me conduit d'abord au sud, au Tor Tac, ensuite je ne sais pas : peut-être dans le Dahaut, pour trouver mon fils. Ensuite nous irons au Troicinet où j'ai fortune, honneurs et domaines. Ceux d'entre vous qui me suivront en camarades, pour se joindre à ma quête et, je l'espère, revenir avec moi au Troicinet, en tireront grand profit; je le jure! Je leur accorderai de bonnes terres et ils porteront le titre de Chevalier-Compagnon. Prenez garde! La voie est dangereuse! D'abord au Tor Tac près de Tintzin Fyral, puis qui sait où? Alors, choisissez. Allez votre chemin ou accompagnez-moi, car c'est ici que nous nous séparons. Je vais traverser la rivière et faire route au sud avec mes compagnons. Les autres seraient sages de suivre la direction de l'est à travers la plaine pour gagner les régions habitées du Dahaut. Qui viendra avec moi?

– Je t'accompagne, dit Cargus. Je n'ai nulle part ailleurs où aller.

– Moi aussi, dit Yane.

– Nous nous sommes joints dans les jours sombres, déclara un qui s'appelait Qualls. Pourquoi nous séparer maintenant? D'autant plus que je souhaite vivement posséder un domaine et un titre de chevalier. »

Finalement, cinq autres partirent avec Aillas. Ils franchirent la Gloden par un pont et empruntèrent une route qui s'éloignait vers le sud. Les autres, des Dauts pour la plupart, choisirent d'aller de leur côté et continuèrent vers l'est le long de la Gloden.

Les sept qui s'étaient joints à Aillas étaient d'abord Yane et Cargus, puis Garstang, Qualls, Bode, Scharis et Faurfisk : un groupe disparate. Yane et Cargus étaient petits; Qualls et Bode étaient grands. Garstang, qui parlait peu de lui-même, avait les façons d'un gentilhomme tandis que Faurfisk, un blond massif aux yeux bleus, se prétendait le bâtard d'un pirate goth et d'une pêcheuse celte. Schares, qui n'avait même pas l'âge d'Aillas, se distinguait par un beau visage et un naturel aimable. Par contre, Faurfisk était aussi laid que peuvent rendre la variole, des brûlures et des balafres. Il avait été torturé par un petit baron de l'Ulfland du Sud ; ses cheveux avaient blanchi et la colère n'était jamais loin de se peindre sur ses traits. Qualls, un moine irlandais défroqué, était d'une jovialité ingénue et se targuait d'être aussi hardi coureur de jupons que n'importe quel évêque paillard d'Irlande.

La bande avait beau se trouver à présent au cœur du Dahaut, la proximité de Poëlitetz rendait l'atmosphère nocturne oppressante et la compagnie entière se mit en marche sur la route.

Chemin faisant, Garstang s'entretint avec Aillas.

« Il est nécessaire que nous nous entendions bien. Je suis un chevalier de Lyonesse, du Manoir de Twanbow, dans le duché d'Ellesmere. Puisque tu es Troice, nous sommes théoriquement en guerre. Ce qui est absurde, naturellement, et je m'engage de tout cœur à partager ton sort jusqu'à ce que nous entrions en Lyonesse, mais là nous devrons nous séparer.

– Ainsi en sera-t-il. Mais regarde-nous maintenant : en tenue d'esclave avec des colliers de fer, nous faufilant dans la nuit comme des chiens en quête de charogne. Deux gentilshommes en vérité ! Et faute d'argent nous devons voler pour manger, comme n'importe quelle bande de vagabonds.

– D'autres gentilshommes affamés ont souscrit à des compromis de ce genre. Nous volerons côte à côte, de sorte qu'aucun n'ait lieu de mépriser l'autre. Et je suggère, si c'est possible, de voler les riches, bien que les pauvres soient une proie un peu plus facile.

– Les circonstances doivent nous guider... Des chiens aboient. Il y a un village devant nous et presque certainement un forgeron.

– A cette heure de la nuit, il doit dormir comme une souche.

– Un forgeron au cœur bien placé pourrait se réveiller pour prêter assistance à un groupe désespéré comme le nôtre.

– Ou nous pourrions le réveiller nous-mêmes. »

Devant eux, les maisons d'un village apparaissaient grises dans le clair de lune. Les rues étaient vides ; aucune lumière ne brillait sauf à la taverne d'où provenaient des bruits de bombance tapageuse.

« Demain doit être un jour de fête, commenta Garstang. Regardez sur la place, le chaudron est prêt pour cuire un bœuf.

– Un chaudron prodigieux en vérité, mais où est la forge?

– Elle est probablement là-bas, sur la route. Si elle existe. »

Le groupe traversa l'agglomération et à sa périphérie découvrit la forge, sur le devant d'une demeure de pierre où une lumière était allumée.

Aillas alla à la porte et frappa poliment. Au bout d'un long moment, la porte fut ouverte avec lenteur par un jeune homme de dix-sept ou dix-huit ans. Il semblait déprimé, voire égaré et, quand il parla, sa voix se brisa sous l'effet de la tension nerveuse. « Messire, qui êtes-vous? Que cherchez-vous ici?

– Ami, nous avons besoin de l'aide d'un forgeron. Aujourd'hui même nous avons échappé aux Skas et nous ne pouvons plus supporter un seul instant ces colliers détestables. »

Le jeune homme eut l'air indécis. « Mon père est le forgeron de Vervold, ce village. Je suis Elric, son fils. Mais puisqu'il n'exercera plus jamais son métier, c'est moi maintenant le forgeron. Venez à l'atelier. »

Il apporta une lampe et les précéda jusqu'à la forge.

« Votre travail devra être un acte de charité, je le crains, dit Aillas. Nous ne pouvons donner en paiement que le fer des colliers, puisque nous n'avons rien d'autre.

– Aucune importance. »

La voix du jeune forgeron était apathique. L'un après l'autre, les huit fugitifs s'agenouillèrent à côté de l'enclume. Le forgeron joua du marteau et du ciseau pour faire sauter les rivets; l'un après l'autre, les hommes se relevèrent libérés de leur collier.

Aillas demanda : « Qu'est-ce qui est arrivé à votre père? Est-il mort?

– Pas encore. Son heure sonnera demain matin. Il sera mis à bouillir dans un chaudron et donné en pâture aux chiens.

– Voilà de mauvaises nouvelles. Quel était son crime?

– Il a commis un attentat. » La voix d'Elric était morne. « Quand le seigneur Halies est descendu de sa voiture, mon père l'a frappé au visage et lui a donné des coups de pied au corps, causant de la souffrance au seigneur Halies.

– Insolence, pour le moins. Qu'est-ce qui l'avait poussé à le faire?

– L'œuvre de la nature. Ma sœur a quinze ans. Elle est très belle. C'était naturel que le seigneur Halies veuille l'emmener au Bel Avrillion pour chauffer son lit, et qui s'y serait opposé si elle avait accepté sa proposition? Mais elle ne voulait pas y aller et le seigneur Halies a envoyé ses serviteurs la chercher. Mon père, bien que forgeron, n'a pas le sens des réalités et il a pensé remettre les choses au point en battant et bottant le seigneur Halies. Pour son erreur, il doit maintenant cuire dans un chaudron.

– Le seigneur Halies... est-il riche?

– Il habite au Bel Avrillion, dans un château de soixante pièces. Il entretient une écurie de beaux chevaux. Il mange des alouettes, des huîtres et des viandes rôties assaisonnées de clous de girofle et de safran, avec du pain blanc et du miel. Il boit du vin tant blanc que rouge. Il a des tapis sur ses planchers et de la soie sur son dos. Il habille vingt coupe-jarrets d'uniformes éclatants et les appelle « paladins ». Ceux-là font appliquer tous ses édits et bon nombre de leur propre cru.

– Il y a de bonnes raisons d'estimer que le seigneur Halies est riche, commenta Aillas.

– Le seigneur Halies me déplaît, déclara sire Garstang. La fortune et la haute naissance sont des conditions excellentes, convoitées par tous. Cependant, le riche aristocrate se doit de jouir de ses avantages selon la bienséance et de ne jamais agir de façon honteuse dans ses domaines comme l'a fait le seigneur Halies. A mon avis, il doit être châtié, mis à l'amende, humilié et privé de huit ou dix de ses beaux chevaux.

– C'est exactement ma pensée », dit Aillas. Il se tourna vers Elric. « Le seigneur Halies ne commande que vingt soldats?

– Oui. Et aussi l'archer en chef Hunolt, le bourreau.

– Donc demain matin tous viendront à Vervold pour assister à cérémonie et le Bel Avrillion sera désert. »

Elric émit un glapissement de rire proche de la crise de nerfs. « Alors, pendant que mon père sera en train de bouillir, vous pillerez le château? »

Aillas dit d'un ton interrogateur : « Comment pourra-t-il bouillir si le chaudron fuit?

– Le chaudron est en bon état. Mon père l'a réparé lui-même.

– Ce qui est fait peut être défait. Apportez un marteau et des burins; nous allons percer quelques trous. »

Elric prit lentement les outils. « Cela causera du retard, mais à quoi bon?

– Du moins votre père ne cuira-t-il pas si tôt. »

Le groupe quitta la forge et retourna sur la place. Comme auparavant, toutes les maisons étaient noires, à l'exception du scintillement jaune des lueurs de chandelle à l'auberge, d'où jaillissait une voix qui chantait.

Dans le clair de lune, le groupe approcha du chaudron. Aillas eut un geste à l'adresse d'Elric. « Frappez! »

Elric posa son burin contre le chaudron et tapa dessus vigoureusement avec son marteau, créant un bruit métallique voilé, pareil à un coup de gong assourdi.

« Encore! »

Une fois de plus, Elric frappa; le burin entama la fonte et le chaudron ne fut plus intact.

Elric perça trois autres trous et un quatrième pour la bonne mesure, puis s'écarta, en proie à une exaltation mélancolique.

« Ils me mettront à bouillir aussi, mais je ne regretterai pas le travail de cette nuit.

– Vous ne cuirez pas, ni votre père non plus. Où est le Bel Avrillion?

– Le chemin passe là-bas, entre les arbres. »

La porte de la taverne s'ouvrit. Silhouettés sur le rectangle de clarté jaunâtre des chandelles, quatre hommes sortirent en trébuchant sur la place où ils échangèrent des reparties d'une voix éraillée.

« Ce sont les soldats d'Halies? questionna Aillas.

– Tout juste et chacun une brute confirmée.

– Vite donc, derrière les arbres là-bas. Nous allons rendre un peu de justice sommaire et aussi réduire les vingt à seize. »

Elric objecta d'un air de doute : « Nous n'avons pas d'armes.

– Quoi? Seriez-vous tous poltrons à Vervold? Nous l'emportons sur eux en nombre à neuf contre quatre! »

Elric n'eut rien à répondre.

« Venez, vite maintenant! dit Aillas. Puisque nous sommes devenus voleurs et assassins, jouons-en le rôle! »

Le groupe traversa la place en courant et se cacha dans les buissons le long du chemin. De chaque côté, deux grands ormes filtraient le clair de lune, déposant un filigrane d'argent en travers de la route.

Les neuf hommes dénichèrent des bâtons et des pierres, puis attendirent. Les voix de l'autre côté de la place ne faisaient que mieux ressortir le silence de la nuit.

Des minutes passèrent, puis les voix s'amplifièrent. Les paladins apparurent, ils titubaient, zigzaguaient, se plaignaient et hoquetaient. L'un d'eux cria à Zinctra Lelei, déesse de la nuit, qu'elle tienne le firmament de façon qu'il soit plus stable; un autre le maudit pour ses jambes molles et l'exhorta à marcher à quatre pattes. Le troisième ne réussissait pas à s'empêcher de glousser d'un rire inepte provoqué par un épisode drôle connu de lui seul, ou peut-être même par rien du tout; le quatrième tentait de hoqueter en mesure avec sa marche. Les quatre approchaient. Il y eut un soudain tambourinement de pas, le bruit d'un marteau enfonçant des os, des halètements de terreur; en quelques secondes, quatre paladins ivres devinrent quatre cadavres.

« Prenez leurs armes, dit Aillas. Traînez-les derrière la haie.

Le groupe retourna à la forge et se coucha le mieux possible.

Au matin, les compagnons se levèrent tôt, mangèrent du porridge et du bacon, puis s'armèrent avec ce que put fournir Elric : une vieille épée, une paire de poignards, des barres de fer, un arc avec une douzaine de flèches, que Yane s'adjugea aussitôt. Ils dissimulèrent leur tenue grise de Skalin sous les vieux vêtements déchirés ou mis au rebut dont disposait la maisonnée du forgeron. Ainsi vêtus, ils allèrent sur la place, où ils trouvèrent plusieurs douzaines de personnes qui demeuraient à l'écart sur le pourtour, lançant des regards noirs au chaudron et grommelant entre elles.

Elric découvrit deux cousins et un oncle. Ils rentrèrent chez eux, se munirent d'arcs et rejoignirent le groupe.

L'archer en chef Hunolt arriva le premier sur le chemin venant du Bel Avrillion, suivi par quatre gardes et une charrette portant une cage en forme de ruche, dans laquelle était assis le condamné. Il tenait les yeux fixés sur le sol de la cage et ne les leva qu'une fois, pour regarder le chaudron au milieu de la place. Derrière, marchaient encore deux soldats, ceux-ci avec arc et épée.

Hunolt, arrêtant son cheval, remarqua les dégâts causés au chaudron. « C'est de la traîtrise! s'écria-t-il. Le bien de Sa Seigneurie endommagé! Qui a commis cet acte? » Sa voix tonna sur la place. Des têtes se tournèrent, mais personne ne répondit.

Il s'adressa à un de ses soldats : « Toi, va chercher le forgeron.

– Le forgeron est dans la cage, messire.

– Alors va chercher le nouveau forgeron! C'est pareil.

– Il est là, messire.

– Forgeron! Viens ici tout de suite! Le chaudron a besoin de réparation.

– Je le vois.

– Dépêche-toi de le remettre en état, que nous puissions faire ce qui doit être fait. »

Elric répliqua d'un ton bourru : « Je suis forgeron. C'est l'affaire d'un chaudronnier.

– Forgeron, chaudronnier, appelle-toi comme tu veux, mais arrange cette marmite avec du bon fer, et en vitesse!

– Vous voudriez me faire arranger le pot dans lequel doit cuire mon père! »

Hunolt eut un petit rire. « La chose est ironique, d'accord, mais cela illustre simplement la majesté impartiale de la justice de Sa Seigneurie. Ainsi donc, à moins que tu ne veuilles rejoindre ton père dans la marmite pour y bouillonner face à face, tu peux voir qu'il y a largement la place, répare cette marmite.

– Il faut que j'aille chercher des outils et des rivets.

– Dépêche-toi! »

Elric se rendit à la forge en quête d'outils. Aillas et sa troupe s'étaient déjà esquivés par le chemin menant au Bel Avrillion, pour dresser une embuscade.

Une demi-heure s'écoula. Les portes s'ouvrirent; le seigneur Halies sortit dans sa voiture avec une garde de huit soldats.

Yane, l'oncle et les cousins d'Elric vinrent se poster sur le chemin derrière la colonne. Ils bandèrent leurs arcs, décochèrent des flèches : une fois, deux fois. Les autres, qui étaient restés cachés, se précipitèrent et, en quinze secondes, la tuerie fut achevée. Le seigneur Halies fut désarmé et, le visage couleur de cendre, tiré hors de la voiture.

Maintenant bien armée, la troupe retourna sur la place. Hunolt était planté à côté d'Elric, veillant à ce qu'il répare le chaudron le plus vite possible. A courte portée, Bode, Qualls, Yane et tous les autres munis d'arcs lâchèrent une volée de flèches et six autres paladins de Halies moururent.

Elric assena son marteau sur le pied d'Hunolt; Hunolt

hurla et s'affaissa sur le pied brisé. Elric frappa l'autre pied avec encore plus de force, l'aplatissant, et Hunolt tomba sur le dos en hurlant de douleur.

Elric libéra son père de la cage. « Remplissez le chaudron! cria Elric. Apportez les fagots! » Il traîna Halies jusqu'au chaudron. « Tu as ordonné qu'on fasse bouillir le pot; tu vas bouillir dedans! »

Halies chancela et regarda le chaudron d'un œil consterné. Il balbutia des supplications, puis hurla des menaces, sans résultat. Il fut ligoté, genoux relevés, et assis dans le chaudron – et Hunolt fut placé à côté de lui. De l'eau fut versée jusqu'à leur couvrir la poitrine et le feu fut mis aux fagots. Saisis d'un délire d'excitation, les gens de Vervold bondirent et cabriolèrent autour. Bientôt ils se prirent par la main et dansèrent autour du chaudron en trois cercles concentriques.

Deux jours plus tard, Aillas et sa troupe quittèrent Vervold. Ils portaient de bons vêtements, des bottes de cuir souple et étaient munis de corselets des plus belles mailles. Leurs chevaux étaient les meilleurs que l'écurie du Bel Avrillion pouvait offrir et, dans leurs sacoches de selle, ils avaient de l'or et de l'argent.

Leur nombre était maintenant de sept. A un banquet, Aillas avait donné aux anciens du village le conseil de choisir l'un d'eux pour faire office de nouveau seigneur.

« Sinon, un autre seigneur du voisinage va arriver avec ses soldats et s'instituer lui-même maître du domaine.

– Cette perspective nous a inquiétés, dit le forgeron. Toutefois, nous gens du village, nous sommes trop proches; chacun connaît tous les secrets des autres et aucun ne pourrait obtenir le respect convenable. Nous préférons un étranger fort et honnête pour remplir cet office : quelqu'un de cœur bon et d'esprit généreux qui dispense une justice équitable, perçoive des loyers légers et ne mésuse de ses privilèges pas plus qu'absolument nécessaire. Bref, nous demandons que vous-même, sire Aillas, deveniez le nouveau seigneur du Bel Avrillion et de ses domaines.

– Pas moi, répliqua Aillas. J'ai des actes urgents à accomplir et déjà je suis en retard. Désignez quelqu'un d'autre pour vous servir.

– Sire Garstang, alors, serait notre choix!

– Bien choisi, dit Aillas. Il est de sang noble; il est brave et généreux.

– Pas moi, dit Sire Garstang. Je possède ailleurs des domaines que j'ai hâte de revoir.
– Eh bien, alors, lequel d'entre vous autres?
– Pas moi, dit Bode. J'ai la bougeotte. Mon ambition, c'est de me retrouver dans des lieux lointains.
– Pas moi, dit Yane. Je suis fait pour la taverne, pas pour le château. Vous auriez honte de me voir courir ribotes et ribaudes.
– Pas moi, dit Cargus. Vous n'aimeriez pas un philosophe comme seigneur.
– Ni un bâtard goth », dit Faurfisk.
Qualls déclara d'une voix pensive : « Il semblerait que je sois la seule personne qualifiée disponible. Je suis noble comme tous les Irlandais; je suis juste, clément, honorable; je joue du luth aussi et je chante, je peux donc égayer les fêtes villageoises de danses et divertissements. Je suis généreux mais pas prodigue. Aux mariages et aux pendaisons, je suis grave et recueilli; en temps ordinaire, je suis accommodant, gai et gracieux. De plus...
– Assez, assez! s'exclama Aillas. Visiblement, tu es l'homme qui convient. Seigneur Qualls, donne-nous permission de quitter ton domaine!
– Messire, la permission est à vous et mes bons vœux vous accompagnent. Je me demanderai souvent ce que vous devenez et l'esprit aventureux que je dois à mon sang irlandais fera que j'aurai un pincement au cœur mais, par les nuits d'hiver, quand la pluie crachera contre les fenêtres, je me chaufferai les pieds au feu, je boirai du vin rouge et je serai heureux d'être le seigneur Qualls du Bel Avrillion. »

Les sept chevauchèrent vers le sud par une vieille route qui, d'après des habitants de Vervold, obliquait au sud-ouest pour contourner la Forêt de Tantrevalles, puis revenait finalement au sud et devenait la Trompada. Personne à Vervold ne s'était aventuré loin dans cette direction – ni dans aucune autre pour la plupart – et personne n'était à même de donner de renseignements pratiques sur ce qu'on pouvait rencontrer en chemin.

Pendant un temps, la route suivit un tracé fantaisiste tout en tournants et descentes; elle allait à gauche, à droite, remontait une colline, plongeait dans un vallon, longeait un moment une rivière placide, puis obliquait à travers la forêt obscure. Des paysans travaillaient dans les prés et surveillaient le bétail. A seize kilomètres de Vervold, les paysans étaient devenus différents : noirs d'œil et de cheveu, frêles de constitution, méfiants jusqu'à l'hostilité.

A mesure que la journée s'avançait, le pays se fit âpre, les montagnes abruptes, les prés caillouteux, les terres cultivées étaient moins fréquentes. Tard dans l'après-midi, ils atteignirent un hameau, pas plus que quelques fermes bâties à proximité les unes des autres pour une protection mutuelle et la simple convivialité. Aillas paya une pièce d'or au patriarche d'une des maisonnées; en retour, la bande se vit fournir un magnifique dîner de porc grillé sur des sarments de vigne, de fèves et d'oignons, du pain d'avoine et du vin. Les chevaux eurent du foin et furent installés dans une grange. Le patriarche resta assis un moment en compagnie de la bande afin de s'assurer que tous mangeaient bien et il se départit de sa taciturnité jusqu'à poser des questions à Aillas : « Quelle sorte de gens pouvez-vous bien être? »

Aillas désigna un par un ses compagnons : « Un Goth. Un Celte. Un Ulf là-bas. Voilà un Galicien » – c'était Cargus – « et un chevalier de Lyonesse. Je suis Troice. Nous sommes un groupe mélangé, assemblé contre notre gré par les Skas, s'il faut dire la vérité.

– J'ai entendu parler des Skas, déclara le vieillard. Ils n'oseront jamais mettre le pied dans cette région. Nous ne sommes pas nombreux, mais nous sommes furieux quand on nous provoque.

– Nous vous souhaitons longue vie, dit Aillas, et beaucoup de festins choisis comme celui que vous avez disposé devant nous ce soir.

– Bah, ce n'était qu'une collation rapide préparée pour des hôtes inattendus. La prochaine fois, avertissez-nous de votre arrivée.

– Rien ne nous plairait mieux, dit Aillas. Toutefois, nous avons à parcourir un long et dur chemin et nous sommes encore loin de chez nous. A quoi faut-il s'attendre en allant vers le sud?

– On nous raconte des choses contradictoires. Certains parlent de fantômes, d'aucuns parlent d'ogres. Il y en a qui ont été assaillis par des bandits, d'autres se plaignent de lutins chevauchant comme des chevaliers des hérons revêtus de caparaçons. C'est difficile de faire la part entre la réalité et l'imagination déchaînée; je ne puis que recommander la prudence. »

La route devint tout au plus un large sentier, serpentant au sud jusqu'à un lointain embrumé. La Forêt de Tantrevalles était visible à gauche et les escarpements rocheux du Teach tac Teach dressaient à droite leurs faces verticales. Les fermes disparurent complètement, encore qu'une cabane par-ci par-là et un château en ruine utilisé comme bergerie pour des moutons aient porté témoignage d'une population clairsemée. Dans une de ces vieilles cabanes, les sept s'arrêtèrent pour passer la nuit à l'abri.

La grande forêt était ici toute proche. De temps à autre, Aillas percevait, provenant de la forêt, des sons étranges qui faisaient courir des picotements sur sa peau. Scharis écoutait avec fascination et Aillas lui demanda ce qu'il entendait.

« Tu ne l'entends pas? répliqua Scharis, les yeux brillants. C'est de la musique; je n'en ai jamais entendu de pareille. »

Aillas prêta l'oreille pendant un instant. « Je n'entends rien.

– Elle vient par bouffées. Maintenant, elle s'est arrêtée.

– Es-tu sûr que ce n'est pas le vent?

– Quel vent? La nuit est calme.

– Si c'est de la musique, tu ne devrais pas écouter. Dans cette région, la magie est toujours proche, au péril des hommes ordinaires. »

Avec une trace d'impatience, Scharis questionna : « Comment puis-je ne pas écouter ce que j'ai envie d'entendre? Quand cela me dit des choses que je veux savoir?

– Cela me dépasse, commenta Aillas. » Il se leva. « J'en suis pour qu'on aille se coucher. Demain, nous aurons à chevaucher loin et longtemps. »

Aillas organisa des tours de garde, marquant des périodes de deux heures d'après la course des étoiles. Bode prit la première veille seul, puis Garstang et Faurfisk, ensuite Yane et Cargus et enfin Aillas et Scharis; après quoi, la troupe s'installa aussi confortablement que possible. Scharis se coucha presque à regret, mais s'endormit vite et Aillas fit de même avec plaisir.

Quand Arcturus atteignit la position indiquée, Aillas et Scharis furent réveillés et commencèrent leur tâche de sentinelle. Aillas remarqua que Scharis ne prêtait plus attention aux bruits de la nuit. Il questionna à mi-voix : « Et la musique? L'entends-tu encore?

– Non. Elle s'était éloignée avant même que je m'endorme.

– J'aurais bien aimé pouvoir l'entendre.

– Cela ne t'aurait peut-être pas servi.
– Comment cela?
– Tu risquais de devenir comme moi, à ton regret. »
Aillas rit, encore qu'avec un peu de malaise. « Tu n'es pas le pire des hommes. Quel dommage me causerais-je? »
Scharis contempla le feu. A la fin, il parla, presque pour lui-même. « C'est un fait, je suis assez ordinaire... au fond, beaucoup trop ordinaire. Mon défaut est celui-ci : je suis facilement distrait par des caprices et des chimères. Comme tu le sais, j'entends de la musique inaudible. Quelquefois, quand je regarde le paysage, j'aperçois un petit mouvement; lorsque j'observe avec attention, cela se déplace juste au-delà de mon champ de vision. Si tu étais comme moi, ta quête risquerait d'être retardée ou vaine et voilà la réponse à ta question. »
Aillas attisa le feu. « J'ai de temps à autre des sensations du même genre – des lunes, des chimères, comme tu les appelles. Je ne leur attache pas beaucoup d'importance. Elles ne sont pas assez obsédantes pour me causer du souci. »
Scharis eut un rire sans joie. « Parfois, je pense que je suis fou. Parfois, j'ai peur. Il y a des beautés trop grandes pour être supportées à moins qu'on ne soit éternel. » Il plongea son regard dans le feu et eut un brusque hochement de tête. « Oui, voilà le message de la musique. »
Déconcerté, Aillas reprit : « Scharis, mon cher ami, je pense que tu as des hallucinations. Tu es trop imaginatif : c'est aussi simple que cela!
– Comment pourrais-je déployer autant d'imagination? Je l'ai entendue, pas toi. Il y a trois possibilités. Ou mon esprit me joue des tours, comme tu le suggères; ou, deuxièmement, mes perceptions sont plus fines que les tiennes; ou, troisièmement, – et c'est ce qui m'effraie – la musique est destinée à moi seul. »
Aillas émit un son sceptique. « Franchement, tu ferais mieux de chasser ces musiques étranges de ton esprit. Si les hommes étaient destinés à sonder ces mystères, ou si ces mystères existaient réellement, nous en saurions plus à leur sujet, c'est sûr.
– Peut-être.
– Avertis-moi quand ces perceptions te viendront de nouveau.
– Si tu veux. »
L'aube approcha lentement, allant du gris à la couleur des fleurs de pêcher en passant par celle de la perle. Le temps

que le soleil apparaisse, les sept étaient déjà en chemin à travers un paysage charmant encore que vide de tout habitant. A midi, ils rencontrèrent une rivière qu'Aillas jugea devoir être la Siss en route pour se jeter dans la Gloden, et le reste de la journée ils en suivirent la berge vers le sud. Au milieu de l'après-midi, d'épais nuages dérivèrent dans le ciel. Un vent humide et froid se mit à souffler, apportant un bruit de tonnerre lointain.

Peu avant le coucher du soleil, la route atteignit un pont de cinq arches en pierre et un carrefour, celui où la Route Est-Ouest, sortant de la Forêt de Tantrevalles, croisait la Trompada et continuait par une cluse dans les montagnes pour aboutir à Oäldes en Ulfland du Sud. Près du carrefour, alors que la pluie commençait à tomber à seaux, les sept trouvèrent une auberge, l'Étoile et la Licorne. Ils conduisirent leurs chevaux à l'écurie et entrèrent dans l'auberge, où un feu ronflant brûlait dans une cheminée massive. Derrière un comptoir se tenait un grand homme maigre au crâne chauve, avec une longue barbe noire surplombant sa poitrine, un long nez surplombant sa barbe et une paire de grands yeux noirs à demi surplombés par leurs paupières. A côté du feu, trois hommes étaient courbés sur leur bière comme des conspirateurs, leurs traits plongés dans l'ombre par le bord de chapeaux noirs à calotte basse. A une autre table, un homme au nez mince et busqué, avec une belle moustache cuivrée, portant d'élégants vêtements bleu foncé et terre de Sienne, était assis seul.

Aillas s'adressa à l'aubergiste. « Nous voulons un logement pour la nuit et le meilleur de ce que vous pouvez servir comme dîner. Et aussi, s'il vous plaît, envoyez quelqu'un prendre soin de nos chevaux. »

L'aubergiste s'inclina poliment mais sans chaleur. « Nous ferons de notre mieux pour satisfaire vos désirs. »

Les sept allèrent s'installer devant le feu et l'aubergiste apporta du vin. Les trois hommes voûtés au-dessus de leur table les examinèrent à la dérobée et marmottèrent entre eux. Le gentilhomme en bleu sombre et terre de Sienne, après un simple coup d'œil, se replongea dans ses réflexions. Les sept, se détendant au coin du feu, burent du vin à franc gosier. Au bout d'un moment, Yane appela la servante auprès de lui. « Dites-moi, mon petit, combien de pichets de vin nous avez-vous servis?

– Trois, messire.

– Exact! Maintenant, chaque fois que vous apporterez un

pichet à la table, il faut que vous veniez me dire son numéro. Est-ce clair?

– Oui, messire. »

L'hôtelier traversa la salle sur de longues jambes de faucheux. « Qu'est-ce qui ne va pas, messire?

– Tout va bien. La jeune fille pointera le vin que nous buvons, ainsi il n'y aura pas d'erreur dans le compte.

– Bah! Il ne faut pas brouiller l'esprit de cette créature avec ces calculs-là! Je tiens le compte là-bas.

– Et je fais de même ici, et la jeune fille tient un compte courant entre nous. »

L'hôtelier leva les bras au ciel et s'éloigna à grandes enjambées vers sa cuisine, d'où il ne tarda pas à apporter le dîner. Les deux serveuses, qui attendaient moroses et attentives dans l'ombre, s'avancèrent prestement pour remplir les gobelets et apporter des cruches pleines, chaque fois psalmodiant leur numéro à Yane, tandis que l'aubergiste, de nouveau accoudé d'un air rébarbatif derrière son comptoir, enregistrait parallèlement le compte, se demandant s'il oserait mettre de l'eau dans le vin.

Aillas, qui buvait autant qu'un autre, se renversa en arrière sur son siège et étudia ses camarades assis à leur aise. Quelles que soient les circonstances, Garstang ne pourrait jamais déguiser ses origines de gentilhomme. Bode, libéré par le vin, oublait sa timidité pour devenir d'une drôlerie imprévue. Scharis, comme Aillas, était renversé en arrière sur son siège, jouissant de l'atmosphère réconfortante. Faurfisk contait des anecdoctes salées avec verve et taquinait les servantes. Yane parlait peu mais semblait prendre un plaisir sardonique à l'entrain de ses amis. Cargus, par contre, contemplait le feu d'un air mórose. Aillas, qui se trouvait à côté de lui, finit par demander : « Quel tracas fait que tes pensées t'attristent?

– J'ai en tête un amalgame de pensées, répliqua Cargus. Elles me viennent en bloc. Je me rappelle la vieille Galice, et mes père et mère, je me souviens de m'être éloigné d'eux dans leur vieillesse alors que j'aurais pu rester et adoucir leurs jours. Je réfléchis aux Skas et à leurs mœurs rudes. Je songe à ma condition présente avec de la nourriture dans mon estomac, de l'or dans mon escarcelle et mes bons compagnons autour de moi, ce qui m'incite à méditer sur les changements continuels de la vie et la brièveté de moments comme ceux-ci; et maintenant tu connais la cause de ma mélancolie.

– C'est clair en effet, dit Aillas. Pour ma part, je suis heureux que nous soyons assis ici plutôt qu'au-dehors sous la pluie; mais je ne suis jamais libéré de la rage qui couve dans mes os : peut-être ne me quittera-t-elle jamais en dépit de toute vengeance.

– Tu es encore jeune, dit Cargus. La tranquillité viendra en son temps.

– Cela, je n'en suis pas sûr. Le ressentiment est peut-être une disposition d'esprit qui manque d'élégance, mais je ne goûterai pas de repos tant que je n'aurai pas obtenu réparation de certains actes commis contre moi.

– Je préfère de beaucoup t'avoir comme ami plutôt que comme ennemi », conclut Cargus.

Les deux hommes devinrent silencieux. Le gentilhomme en terre de Sienne et bleu sombre, qui était resté assis en silence sur le côté de la salle, se leva et s'approcha d'Aillas. « Messire, je remarque que vous et vos compagnons vous conduisez en gentilshommes, tempérant de dignité votre plaisir. Permettez-moi, si vous voulez bien, d'émettre un avertissement probablement pas nécessaire.

– Parlez, je vous en prie.

– Les deux jeunes femmes là-bas attendent avec patience. Elles sont moins réservées qu'il n'y paraît. Quand vous vous lèverez pour aller vous coucher, la plus âgée vous proposera des relations intimes. Pendant qu'elle vous divertit avec son modeste matériel, l'autre pille votre bourse. Elles partagent cette glane avec l'aubergiste.

– Incroyable! Elles sont tellement petites et maigres! »

Le gentilhomme eut un sourire désabusé. « C'était aussi mon avis la dernière fois que j'ai bu ici avec excès. Bonne nuit, messire. »

Le gentilhomme s'en alla à sa chambre. Aillas transmit le renseignement à ses compagnons; les deux jeunes filles disparurent dans l'ombre et l'aubergiste ne regarnit plus le feu. Les sept ne tardèrent pas à se rendre en chancelant jusqu'aux paillasses qui avaient été installées pour eux et ainsi, avec la pluie sifflant et martelant le chaume au-dessus de leurs têtes, tous dormirent profondément.

Au matin, les sept s'éveillèrent pour découvrir que la tempête s'était apaisée, laissant une clarté solaire d'une luminosité aveuglante illuminer le pays. Un petit déjeuner de pain noir, de caillebotte et d'oignons leur fut servi. Pendant qu'Aillas réglait les comptes avec l'aubergiste, les autres s'en furent préparer les chevaux pour la route.

Aillas fut affolé par le montant de la note. « Quoi ? Tant que ça ? Pour sept hommes aux goûts simples ?

– Vous avez bu un véritable fleuve de vin. Voici le compte exact : dix-neuf cruchons de mon meilleur carhaunge rouge.

– Un instant », dit Aillas. Il appela Yane. « Nous ne sommes pas sûrs du compte d'hier soir. Peux-tu nous aider ?

– Bien sûr que oui. On nous a servi douze pichets de vin. J'ai écrit le nombre sur un papier que j'ai donné à la serveuse. Le vin n'était pas du carhaunge ; il était tiré de ce tonneau là-bas qui est marqué " corriente " : deux sous le pichet.

– Ah ! s'exclama l'aubergiste. Je comprends mon erreur. Ceci est compte du soir d'avant, où nous avions servi un groupe de dix gentilshommes. »

Aillas examina de nouveau la note. « Et maintenant : que représente cette somme ?

– Des services divers.

– Je vois. Le gentilhomme qui était assis à la table là-bas, qui est-ce ?

– Ce doit être sire Descandol, le fils cadet du seigneur Maudelet de Gris Girsvre, de l'autre côté du pont en Ulfland.

– Sire Descandol a eu la bonté de nous mettre au courant des habitudes pillardes de vos servantes. Il n'y a pas eu de " services divers ".

– Vraiment ? Dans ce cas, je dois effacer ce poste.

– Et ici : " Chevaux... séjour à l'écurie, fourrage et boisson. " Sept chevaux pourraient-ils occuper assez d'espace somptueux, manger assez de foin et avaler assez d'eau coûteuse pour justifier la somme de treize florins ?

– Aha ! Vous avez mal lu le chiffre, comme je l'ai fait dans mon total global. Le chiffre devrait être deux florins.

– Je vois. » Aillas revint à la note. « Vos anguilles coûtent cher.

– Ce n'est pas la saison. »

Aillas paya finalement le compte rectifié. Il demanda : Qu'est-ce qu'on trouve en cours de route ?

– Un pays sauvage. La forêt couvre tout et l'obscurité règne.

– A combien est la prochaine auberge ?

– Une bonne distance.

– Vous avez parcouru cette route, vous-même?

– A travers la Forêt de Tantrevalles? Jamais.

– Y a-t-il des bandits, voleurs de grand chemin et autres de même sorte?

– Vous auriez dû poser la question à sire Descandol; il fait apparemment autorité en matière d'actes délictueux de cet ordre.

– C'est possible, mais il était parti avant que l'idée m'en soit venue. Eh bien, nul doute que nous nous débrouillerons. »

Les sept s'engagèrent sur la route. La rivière s'en écarta et la forêt l'enveloppa de chaque côté. Yane, qui chevauchait en tête, aperçut un léger mouvement dans le feuillage. Il s'écria : « A bas, tous! Baissez-vous sur vos selles! » Il sauta à terre, encocha une flèche sur son arc et lança un trait dans la pénombre, suscitant un gémissement de douleur. Entre-temps, une volée de flèches avait jailli de la forêt. Les cavaliers qui s'étaient courbés au cri de Yane, restèrent indemnes à l'exception du lent Faurfisk, lequel reçut une flèche en pleine poitrine et mourut aussitôt. Courant en zigzag, le dos courbé, ses compagnons chargèrent, l'épée haute. Yane continua à utiliser son arc. Il lança trois flèches encore, atteignant un cou, une poitrine et une jambe. A l'intérieur de la forêt, il y eut des gémissements, des bruits de corps qui s'effondrent, des exclamations de peur. Un homme essaya de s'enfuir; Bode lui bondit sur le dos, le précipita à terre et, là, le désarma.

Silence, à part plaintes et halètements. Les flèches de Yane avaient tué deux hommes et blessé deux autres. Ces deux-là et deux de plus gisaient vidant leur sang dans l'humus forestier. Les trois hommes aux vêtements grossiers qui buvaient à l'auberge la nuit précédente se trouvaient parmi eux.

Aillas se tourna vers le prisonnier de Bode et s'inclina légèrement, dans un geste de politesse chevaleresque. « Sire Descandol, l'aubergiste a déclaré que vous faisiez autorité en ce qui concerne les voleurs de grand chemin de la région et, maintenant, je comprends pourquoi. Cargus, aie donc l'obligeance de lancer une corde par-dessus cette branche solide là-bas. Sire Descandol, hier soir, j'ai éprouvé de la reconnaissance pour votre sage conseil, mais aujourd'hui je me demande si vos mobiles n'étaient pas la simple avarice, afin que notre or soit réservé à votre propre usage. »

Sire Descandol ne voulut pas souscrire à cette conclusion. « Pas entièrement! Mon intention était surtout de vous épargner l'humiliation d'être dépouillés par une paire de petites guenipes.

– Alors c'était un acte de courtoisie. Dommage que nous ne puissions passer une heure ou deux à échanger des civilités.

– Je le ferai très volontiers, dit sire Descandol.

– Le temps presse. Bode, attache les bras et les jambes de sire Descandol, afin qu'il soit dispensé d'exécuter toutes sortes de postures disgracieuses. Nous respectons sa dignité autant qu'il respecte la nôtre.

– C'est fort aimable de votre part, répliqua sire Descandol.

– Attention! Bode, Garstang! Halez sur la corde, de toutes vos forces; hissez haut sire Descandol! »

Faurfisk fut enterré dans la forêt sous un filigrane de soleil et d'ombre. Yane alla d'un cadavre à l'autre récupérer ses flèches. Sire Descandol fut descendu, la corde détachée, roulée et suspendue à la selle du grand cheval noir de Faurfisk. Sans un coup d'œil en arrière, la compagnie des six s'éloigna à cheval dans la forêt.

Le silence, souligné plutôt que rompu par de lointains chants d'oiseaux mélodieux, les enveloppa. A mesure que le jour avançait, le soleil passant à travers le feuillage se chargea d'une coloration fauve, créant des ombres noires, profondes et teintées de marron ou de mauve ou de bleu foncé. Personne ne parlait; les sabots des chevaux ne produisaient que des sons étouffés.

Au crépuscule, les six s'arrêtèrent près d'un petit étang. A minuit, tandis qu'Aillas et Scharis étaient de garde, un certain nombre de lumières bleu pâle scintilla et papillota à travers la forêt. Une heure plus tard, une voix dans le lointain prononça trois mots distincts. Ils étaient inintelligibles pour Aillas, mais Scharis se mit debout et leva la tête presque comme pour répondre.

Surpris, Aillas demanda : « As-tu compris la voix?

– Non.

– Alors pourquoi étais-tu sur le point de répondre?

– On aurait dit que c'était à moi qu'elle parlait.

– Pourquoi le ferait-elle?

– Je ne sais pas... Ces choses-là m'effraient. »

Aillas ne posa plus de questions.

Le soleil se leva; les six mangèrent du pain et du fromage et continuèrent leur chemin. Le paysage s'ouvrit sur des clairières et des prairies; la route était traversée par des affleurements de roc gris qui se désagrégeait, les arbres croissaient noueux et tordus.

Au cours de l'après-midi, le ciel s'embruma; le soleil devint doré et sans chaleur, comme la lumière d'automne. Des nuages survinrent de l'ouest, de plus en plus lourds et menaçants.

Non loin de l'endroit où la route franchissait le haut d'une longue prairie, derrière un jardin tiré au cordeau, se dressait un palais d'une architecture gracieuse encore que fantaisiste. Un portail de marbre sculpté en gardait l'entrée, qui était semée de gravier soigneusement ratissé. Sur le seuil de la loge se tenait un portier en livrée à losanges rouge sombre et bleu.

Les six firent halte pour inspecter le palais, qui offrait la perspective d'un abri pour la nuit, si les critères ordinaires de l'hospitalité étaient respectés.

Aillas mit pied à terre et approcha de la loge. Le portier s'inclina poliment. Il avait un grand chapeau de feutre noir abaissé sur son front et un petit loup noir en travers du haut de son visage. A côté de lui était appuyée une hallebarde de cérémonie; il n'avait pas d'autre arme.

Aillas prit la parole : « Qui est le maître de ce palais là-bas ?

– C'est la Villa Miroï, messire, une simple retraite de campagne, où mon seigneur Daldace se divertit en compagnie de ses amis [1].

– La région est bien solitaire pour une telle demeure.

– Effectivement, messire.

– Nous ne voudrions pas déranger le seigneur Daldace, mais peut-être pourrait-il nous accorder asile pour la nuit.

– Pourquoi ne pas vous rendre directement à la villa ? Le seigneur Daldace est généreux et hospitalier. »

Aillas se retourna pour considérer la maison. « En toute franchise, je ne suis pas rassuré. C'est ici la Forêt de Tantrevalles, il y a une aura d'enchantement sur ce lieu, et nous préférerions éviter des événements qui dépassent notre entendement. »

Le portier rit. « Messire, votre prudence est fondée jusqu'à

1. Villa Miroï : un nom à clef dont la signification apparaît quand on se réfère au verbe latin, *mirari*, c'est-à-dire *s'étonner, admirer*. La villa Miroï, c'est la Villa des Étonnements, la Villa des Merveilles. (*N.d.T.*)

un certain point. Toutefois, vous pouvez vous abriter sans risque dans la villa et personne ne vous nuira. Ces enchantements dont sont l'objet ceux qui se divertissent à la Villa Miroï ne vous concerneront pas. Ne mangez que vos propres victuailles; ne buvez que le vin à présent en votre possession. Bref, n'acceptez aucun des aliments ou boissons qui vous seront sûrement offerts et les enchantements ne serviront qu'à vous amuser.

– Et si nous acceptions à manger et à boire?

– Vous risqueriez d'être retardés dans votre mission, messire. »

Aillas se tourna vers ses compagnons, qui s'étaient assemblés derrière lui. « Vous avez entendu ce que dit cet homme; il semble sincère et parle apparemment sans duplicité. Nous exposerons-nous au péril d'un enchantement ou d'une nuit à chevaucher sous l'orage?

– Pour autant que nous n'utiliserons que nos provisions et n'absorbons rien de ce qui est offert à l'intérieur, nous devrions apparemment rester sains et saufs, dit Garstang. Est-ce bien cela, ami portier?

– Messire, c'est parfaitement exact.

– Alors, pour ma part, je préférerais du pain et du fromage dans le confort de la villa au même pain et même fromage dans le vent et la pluie de la nuit.

– L'analyse est raisonnable, dit Aillas. Et vous autres? Bode?

– J'aimerais demander à ce brave portier pourquoi il porte un loup.

– Messire, telle est ici la coutume, à laquelle par courtoisie il faudrait vous soumettre. Si vous choisissez d'entrer dans la Villa Miroï, vous devez porter le loup que je vous donnerai.

– C'est très bizarre, murmura Scharis. Et intriguant au plus haut point.

– Cargus? Yane?

– Cet endroit pue la magie, grommela Yane.

– Cela ne me fait pas peur, déclara Cargus. Je connais un charme contre les sortilèges; je mangerai du pain et du fromage et détournerai la tête des merveilles.

– Ainsi soit-il, conclut Aillas. Portier, veuillez nous annoncer au seigneur Daldace. Voici Garstang, chevalier de Lyonesse; ceux-ci sont les gentilshommes Yane, Scharis, Bode et Cargus, de contrées diverses, et je suis Aillas, un gentilhomme du Troicinet.

– Le seigneur Daldace vous attend déjà grâce à sa magie, répliqua le portier. Ayez l'amabilité de porter ces tourets de nez. Vous pouvez laisser ici vos chevaux et je les tiendrai prêts pour vous demain matin. Naturellement, emportez avec vous votre nourriture et votre boisson. »

Les six s'engagèrent sur l'allée couverte de gravier pour traverser le jardin puis une terrasse et aboutir à la Villa Miroï. Le soleil couchant, qui brilla pour un instant sous le plafond bas des nuages, lança un rayon de clarté sur le seuil où se dressait un homme de haute taille dans un splendide costume en velours cramoisi. Des cheveux noirs, coupés court, formaient des boucles serrées sur sa tête. Une courte barbe enveloppait mâchoires et menton; un loup noir entourait ses yeux.

« Messires, je suis le seigneur Daldace et vous êtes les bienvenus à la Villa Miroï, où j'espère que vous vous sentirez à votre aise pour aussi longtemps que vous voudrez y séjourner.

– Nos remerciements, Votre Seigneurie. Nous ne vous dérangerons que pour une nuit, car une affaire importante nous oblige à continuer notre route.

– Dans ce cas, messires, sachez que nous sommes quelque peu sybarites dans nos goûts et que nos divertissements sont souvent séducteurs. Ne mangez rien et ne buvez rien qui ne vous appartienne et vous ne rencontrerez pas de difficultés. J'espère que vous n'aurez pas moins bonne opinion de moi pour cet avertissement.

– Du tout, messire. Nous recherchons non pas des divertissements mais un abri contre l'orage. »

Le seigneur Daldace eut un geste large. « Quand vous vous serez rafraîchis, nous poursuivrons cette conversation. »

Un valet de pied conduisit le groupe à une chambre meublée de six lits. Une salle de bains adjacente offrait une cascade permanente d'eau chaude, du savon de palme et d'aloès, des serviettes de lin damassé. Après s'être lavés, ils mangèrent et burent ce qu'ils avaient tiré de leurs sacoches de selle et apporté.

« Mangez bien, dit Aillas. Ne sortons pas affamés de cette pièce.

– Mieux vaudrait que nous ne la quittions pas du tout, observa Yane.

– Impossible! riposta Scharis. N'as-tu donc pas de curiosité?

– Pour les choses de ce genre, très peu. Je vais tout droit à ce lit. »

Cargus déclara : « Je suis un grand festoyeur quand l'envie m'en prend. Voir s'esbaudir d'autres gens m'aigrit l'humeur. J'irai aussi me coucher et rêverai mes propres rêves. »

Bode dit : « Je ne bouge pas d'ici; je n'ai pas besoin qu'on m'y incite. »

Aillas se tourna vers Garstang. « Et toi?

– Si tu restes, moi également. Si tu y vas, je me tiendrai à ton côté pour te garder contre la gloutonnerie et l'intempérance.

– Scharis?

– Je suis incapable de me contraindre à demeurer ici. J'irai, ne serait-ce que pour me promener et regarder par les trous de mon masque.

– Alors, je vais t'accompagner pour assurer ta protection comme le fait Garstang pour moi et tous deux nous surveillerons Garstang, si bien que nous serons raisonnablement en sécurité. »

Scharis haussa les épaules. « Comme tu veux.

– Qui sait ce qui pourrait se produire? Nous allons nous promener et observer ensemble. »

Les trois masquèrent leurs visages et quittèrent la chambre.

De hautes arcades donnaient sur la terrasse, où des jasmins, des orangers, des éléthéas et des cléanotis en fleur parfumaient l'air. Les trois s'assirent pour se reposer sur un canapé rembourré de coussins en velours vert foncé. Les nuages qui avaient fait présager une violente tempête s'étaient écartés; l'air de la nuit était doux et léger.

Un homme de haute taille en costume cramoisi, avec des cheveux bouclés noirs et une courte barbe noire, s'arrêta pour les regarder. « Eh bien, que pensez-vous de ma villa? »

Garstang secoua la tête. « Je suis sans voix. »

Aillas commenta : « Il y a trop à comprendre. »

Le visage de Scharis était pâle et ses yeux brillaient mais, comme Garstang, il ne trouvait rien à dire.

Aillas eut un geste vers le canapé. « Asseyez-vous un instant avec nous, seigneur Daldace.

– Volontiers.

– Nous sommes curieux, reprit Aillas. Il règne ici une telle beauté impressionnante; elle a presque la qualité irréelle d'un rêve. »

Le seigneur Daldace regarda autour de lui comme s'il

voyait la villa pour la première fois. « Que sont les rêves? L'expérience ordinaire est un rêve. Les yeux, les oreilles, le nez : ils apportent des images au cerveau et ces images sont appelées " réalités ". La nuit, quand nous rêvons, d'autres images, de source inconnue, s'y impriment. Parfois les images de rêve sont plus réelles que la " réalité ". Qui est substance, qui est illusion? Pourquoi prendre la peine d'établir la distinction? Quand on goûte un vin délicieux, seul un pédant analyse chaque composante de son bouquet. Quand nous admirons une belle jeune fille, évaluons-nous chaque os de son crâne? Je suis sûr que non. Acceptez la beauté telle qu'elle se présente : c'est la profession de foi de la Villa Miroï.

– Et la satiété? »

Le seigneur Daldace sourit. « Vous êtes-vous jamais senti blasé dans un rêve?

– Jamais, répliqua Garstang. Un rêve est toujours plein de vie. »

Scharis dit : « Aussi bien la vie que le rêve sont d'une extrême fragilité. Une estocade, une entaille... et plus rien : ils disparaissent, comme un doux parfum emporté par le vent. »

Garstang demanda : « Peut-être répondrez-vous à cette question : pourquoi tout le monde est-il masqué?

– Un caprice, une toquade, une fantaisie, une manie! Je pourrais riposter à votre question par une autre. Considérez votre visage : n'est-ce pas un masque de peau? Vous trois, Aillas, Garstang et Scharis, êtes chacun favorisés par la nature; votre masque de peau vous recommande aux yeux du monde. Votre camarade Bode n'est pas aussi chanceux; il se réjouirait de porter indéfiniment un masque devant son visage.

– Aucun membre de votre compagnie n'est mal partagé sur ce point, dit Garstang. Les gentilshommes sont nobles et les dames sont belles. C'était évident malgré les masques.

– Peut-être bien. Toutefois, tard dans la nuit, quand les amoureux deviennent intimes et se devêtent ensemble, le dernier article à être ôté est le masque. »

Scharis demanda : « Et qui joue la musique? »

Aillas prêta l'oreille, Garstang aussi. « Je n'entends pas de musique.

– Ni moi, dit Garstang.

– Elle est très douce, répliqua le seigneur Daldace. En

fait, peut-être est-elle imperceptible. » Il se leva. « J'espère que j'ai satisfait votre curiosité?

– Seul un rustre exigerait plus de vous, répondit Aillas. Vous avez été la courtoisie même.

– Vous êtes des hôtes agréables et je suis navré que vous deviez partir demain. Mais en ce moment même une dame m'attend. Elle vient pour la première fois à la Villa Miroï et je suis désireux d'être témoin de son plaisir.

– Une dernière question, dit Aillas. Si de nouveaux invités arrivent, les anciens sont obligés de s'en aller, faute de quoi tous les couloirs et pièces de Miroï seraient bondés. Quand ces hôtes quittent la villa, où vont-ils? »

Le seigneur Daldace eut un rire léger. « Où vont les gens qui vivent dans vos rêves quand enfin vous vous éveillez? » Il s'inclina et s'en fut.

Trois jouvencelles s'arrêtèrent devant eux. L'une prit la parole avec une audace mutine. « Pourquoi restez-vous assis sans dire un mot? Manquons-nous donc de charme? »

Les trois hommes se levèrent. Aillas se retrouva en face d'une jeune fille svelte, aux cheveux blond pâle, aux traits d'une délicatesse de fleur. Des yeux bleu-violet le regardaient derrière le loup noir. Le cœur d'Aillas fit un bond, de souffrance et de joie tout ensemble. Il ouvrit la bouche pour parler, puis se retint. « Excusez-moi, murmura-t-il. Je ne me sens pas bien. » Il se détourna, pour découvrir que Garstang avait agi de même. Garstang dit : « C'est impossible. Elle ressemble à quelqu'un qui m'a naguère été très cher.

– Elles sont des rêves, dit Aillas. On a de la peine à y résister. Le seigneur Daldace est-il donc si sincère, finalement?

– Retournons à nos lits. Je n'aime pas les rêves qui ont autant de réalisme... Où est Scharis? »

Les jeunes filles et Scharis étaient invisibles.

« Il faut le retrouver, dit Aillas. Son tempérament va le trahir. »

Ils arpentèrent les salles de Miroï, sans se laisser arrêter par les lumières tamisées, les spectacles fascinants, les tables chargées de mets délicats. Ils découvrirent enfin Scharis dans une petite cour s'ouvrant au-dessous de la terrasse. Il était assis en compagnie de quatre autres, tirant de mélodieux accents des chalumeaux d'une syrinx. Les autres jouaient de divers instruments différents, produisant une musique d'une douceur envoûtante. A côté de Scharis était assise une mince jeune fille brune; elle se tenait si près que sa chevelure s'étalait sur l'épaule de ce dernier. Elle avait à la main un gobelet de vin pourpre où elle buvait à petites gorgées et qu'elle tendit à Scharis quand la musique s'interrompit.

Celui-ci, absorbé et distrait, le prit, mais Aillas se pencha par-dessus la balustrade et le lui arracha. « Scharis, qu'est-ce qui t'arrive? Viens donc, nous devons dormir! Demain, nous laisserons derrière nous ce palais des rêves; il est plus dangereux que tous les loups-garous de Tantrevalles! »

Scharis se leva lentement. Il baissa les yeux vers la jeune fille. « Il faut que je parte. »

Les trois hommes retournèrent en silence à la chambre à coucher où Aillas dit : « Tu as failli boire dans le gobelet.

– Je sais.

– As-tu bu avant?

– Non. » Scharis hésita. « J'ai donné un baiser à la jeune fille, qui ressemble à quelqu'un que j'aimais. Elle avait bu du vin et une goutte était restée sur ses lèvres. J'en ai senti la saveur. »

Aillas gémit. « Alors il faut que je découvre l'antidote auprès du seigneur Daldace! »

De nouveau, Garstang l'accompagna; les deux parcoururent Miroï, mais ils ne purent trouver nulle part le seigneur Daldace.

Les lumières commencèrent à s'éteindre; les deux finirent par revenir à leur chambre. Scharis dormait ou bien feignait d'être endormi.

La clarté matinale entrait par de hautes fenêtres. Les six hommes se levèrent et s'entre-regardèrent avec une expression quelque peu morose. Aillas dit d'une voix grave : « Le jour a commencé. Partons; nous prendrons notre petit déjeuner en cours de route. »

A la grille, les chevaux attendaient, bien que le portier restât invisible. Ne sachant ce qu'il verrait s'il regardait en arrière, Aillas garda résolument la tête détournée de la Villa Miroï. Ses camarades faisaient de même, il le remarqua.

« Mettons-nous donc en marche et oublions le palais des rêves! »

Les six s'éloignèrent au galop, leurs manteaux voltigeant derrière eux. Quinze cents mètres plus loin, ils s'arrêtèrent pour déjeuner. Scharis s'assit seul à l'écart. Il était d'humeur distraite et n'avait pas d'appétit.

Bizarre, songea Aillas, comme ses chausses flottent autour

de ses jambes. Et pourquoi sa veste pend-elle si curieusement?

Aillas se leva d'un bond, mais Scharis s'était déjà affaissé sur le sol où ses vêtements gisaient vides. Aillas s'agenouilla vivement. Le chapeau de Scharis tomba; son visage, un masque d'une substance ressemblant à du parchemin clair, bascula de travers et regarda... on ne savait où.

Aillas se releva lentement. Il se tourna pour considérer la direction d'où ils étaient venus. Bode s'approcha de lui. « Continuons notre chemin, dit Bode d'une voix bourrue. Retourner ne servira de rien. »

La route vira légèrement à droite et, au fil des heures, se mit à monter et descendre pour suivre les contours du terrain de hauteur en vallon. La couche de sol arable s'amincit; des affleurements de roc apparurent; la forêt s'amenuisa jusqu'à n'être plus que des éparpillements clairsemés d'ifs et de chênes rabougris; puis s'éloigna vers l'est.

La journée était venteuse; des nuages couraient dans le ciel et les cinq chevauchaient sous des alternances de soleil et d'ombre.

Le crépuscule les surprit sur un plateau désolé au milieu de centaines de blocs de granite usé par les intempéries, hauts comme un homme ou même plus hauts. Garstang et Cargus affirmèrent tous deux que c'étaient des sarsens [1] en dépit du fait qu'elles se dressaient sans ordre perceptible ni régularité.

Les cinq firent halte pour la nuit au bord d'un ruisselet. Ils se confectionnèrent des matelas de fougère et passèrent la nuit sans grand confort mais dérangés seulement par le sifflement du vent.

Au lever du soleil, les cinq remontèrent en selle et se dirigèrent au sud par la Trompada, qui n'était ici guère plus qu'un sentier serpentant au milieu des sarsens.

A midi, la route plongea du haut des plateaux pour rejoindre la Siss, dont elle suivit la berge en direction du sud.

1. Le terme *sarsen* est la contraction des mots *saracen stone : pierre sarrasine,* c'est-à-dire pierre ou monument païen. Il s'applique aux blocs de grès mamelonné subsistant après érosion d'une couche continue dont donnent l'exemple les plaines crayeuses du Wiltshire, en Angleterre. On les appelle aussi *pierres des Druides* parce qu'on les a trouvées alignées en cercle pour former un *cromlech* comme à la très célèbre station préhistorique de Stonehenge, dans le Wiltshire, le plus important alignement de monolithes tumulaires du monde. (*N.d.T.*)

Vers le milieu de l'après-midi, la route arriva à une fourche. En déchiffrant un antique poteau indicateur, ils apprirent que la route du Bois-Amer obliquait vers le sud-est, tandis que la Trompada franchissait un pont et suivait la Siss vers le sud.

Les voyageurs traversèrent le pont et, huit cents mètres plus loin, rencontrèrent un paysan conduisant un âne chargé de fagots.

Aillas leva la main; le paysan recula, effrayé. « Quoi encore? Si vous êtes des voleurs, je n'ai pas d'or sur moi et c'est vrai aussi, même si vous n'êtes pas des voleurs.

– Trêve de sottises, dit Cargus avec humeur. Où est l'auberge la meilleure et la plus proche? »

Le paysan cligna des paupières d'un air perplexe.

« La " meilleure " et la " plus proche ", hein? C'est-y deux auberges que vous voulez?

– Une suffit, dit Aillas.

– Dans cette contrée, les auberges sont rares. La Vieille Tour, par là-bas, pourrait faire votre affaire, si vous n'êtes pas trop difficiles.

– Nous sommes difficiles, déclara Yane, mais pas trop. Où est cette auberge?

– Restez sur cette route pendant trois kilomètres jusqu'à ce qu'elle tourne pour gravir la montagne. Un petit chemin conduit à la Vieille Tour. »

Aillas lui lança un sou. « Grand merci à vous. »

Pendant trois kilomètres, les cinq suivirent la route en bordure de la rivière. Le soleil baissa derrière les montagnes; les cinq chevauchaient dans l'ombre des pins et des cèdres.

Un à-pic dominait la Siss; à cet endroit, la route virait en épingle à cheveux pour escalader la pente. Un sentier continuait sur le côté de l'escarpement, serpentant sous un feuillage épais, jusqu'à ce qu'apparaisse silhouettée en noir sur le ciel une grosse tour ronde.

Les cinq contournèrent la tour, au pied d'un rempart qui s'effritait, et aboutirent sur une platière située à trente mètres au-dessus de la rivière. De l'antique château ne demeuraient intactes qu'une tour d'angle et une aile. Un jeune garçon vint prendre leurs chevaux pour les conduire à ce qui avait jadis été la salle d'honneur et qui servait maintenant d'écurie.

Les cinq pénétrèrent dans la vieille tour et se retrouvèrent dans un lieu baigné de ténèbres et empreint d'une grandeur imposante que ne pouvaient entamer les indignités du présent. Un feu dans l'âtre projetait une clarté vacillante dans une vaste salle ronde. Des dalles de pierre pavaient le sol; les parois n'étaient adoucies par aucune tenture. A quatre mètres cinquante, un balcon faisait le tour de la salle; il y en avait un autre au-dessus, dans l'ombre; et plus haut encore un troisième, presque invisible à cause de l'obscurité.

Des tables et des bancs rugueux avaient été placés près du foyer. De l'autre côté, un feu brûlait dans une seconde cheminée; là, derrière un comptoir, un vieil homme au visage maigre, auréolé de mèches folles blanches, s'affairait avec énergie au-dessus de marmites et de poêlons. Il semblait avoir six mains, toutes s'allongeant, secouant et touillant. Il arrosait un agneau qui tournait sur une broche, remuait dans leur sauteuse des pigeons et des cailles, déplaçait de ce côté-ci ou de ce côté-là sur leur crémaillère d'autres marmites, pour qu'elles reçoivent la chaleur convenable.

Pendant un instant, Aillas regarda avec une attention respectueuse, s'émerveillant de la dextérité du vieillard. Finalement, prenant avantage d'une pause dans ces activités, il demanda : « Messire, vous êtes le patron de cette auberge?

– Exact, mon seigneur. Je prétends à ce rôle en admettant que cette installation de fortune mérite la dignité de s'appeler ainsi.

– Si vous pouvez nous fournir un logis pour la nuit, la dignité est le cadet de nos soucis. D'après le témoignage de mes yeux, je me sens assuré d'un souper digne de ce nom.

– Le logement ici est des plus simples; vous couchez dans le foin au-dessus de l'écurie. Mon établissement n'offre rien de mieux et je suis trop vieux pour y apporter des changements.

– Comment est votre ale? questionna Bode. Servez-nous de la bonne bière piquante, fraîche et claire, et vous n'entendrez pas de réclamations.

– Vous me délivrez de toutes mes inquiétudes, car je brasse de la bonne ale. Prenez place, je vous prie. »

Les cinq s'installèrent au coin du feu et se félicitèrent de n'avoir pas à passer une autre nuit venteuse dans la fougère. Une femme d'imposante corpulence leur servit de l'ale dans des chopes en bois de hêtre, ce qui accentuait en quelque manière la qualité du brassin, et Bode déclara : « L'aubergiste a parlé d'or! Il n'entendra pas de plainte de moi. »

Aillas examina les clients qui étaient à d'autres tables. Il y en avait sept : un vieux paysan et son épouse, deux colporteurs et trois jeunes gens qui pouvaient être des chasseurs. C'est alors qu'entra dans la salle une vieille femme voûtée, toute enveloppée dans une cape grise, avec un capuchon rabattu sur sa tête, de sorte que son visage était masqué par l'ombre.

Elle s'arrêta pour jeter un coup d'œil autour de la salle. Aillas sentit son regard hésiter quand il l'atteignit. Puis, courbée et boitillant, elle traversa la salle pour aller s'asseoir à une table du fond où régnait la pénombre.

La grosse dame apporta leur dîner : cailles, pigeons et perdrix sur des tartines de pain imbibées du jus de cuisson; tranches d'agneau rôti qui exhalait un parfum d'ail et de romarin à la mode de Galice, avec une salade de cresson et de jeunes légumes verts : un repas infiniment meilleur qu'ils ne s'y étaient attendus.

Tout en mangeant, Aillas regarda la femme encapuchonnée à la table lointaine, où elle aussi dînait. Ses façons de faire étaient déconcertantes; elle se penchait, happait sa nourriture et l'avalait tout rond. Aillas observait sans en avoir l'air avec fascination et il remarqua que la femme semblait également regarder dans sa direction de temps à autre, sous l'écran d'ombre que projetait sa capuche. Elle pencha bas la tête pour happer un morceau de viande et son manteau s'écarta de son pied.

Aillas s'adressa à ses camarades. « La vieille femme, là-bas : examinez-la et dites-moi ce que vous voyez. »

Garstang murmura avec stupeur : « Elle a un pied de poule! »

Aillas reprit : « C'est une sorcière avec un masque de renard et les membres inférieurs d'une grande volaille. Par deux fois, elle m'a attaqué; par deux fois, je l'ai coupée en deux morceaux; chaque fois, elle s'est raccommodée. »

La sorcière, tournant la tête pour observer, remarqua leurs regards, rentra précipitamment son pied et jeta un autre coup d'œil rapide pour vérifier si quelqu'un avait remarqué son inadvertance. Aillas et ses compagnons feignirent l'indifférence. Elle reporta son attention sur sa nourriture, happant et avalant.

« Elle n'oublie rien, dit Aillas, et elle essaiera sûrement de me tuer, sinon ici, alors en se mettant en embuscade le long du chemin.

– Dans ce cas, dit Bode, prenons les devants et tuons-la, à cet instant même. »

Aillas fit la grimace. « Ainsi doit-il en être, au risque que tous nous blâment pour avoir occis une vieille femme sans défense.

– Pas quand ils auront vu ses pieds, dit Cargus.

– Mettons-nous à l'œuvre et finissons-en, reprit Bode. Je suis prêt.

– Attends, dit Aillas. C'est moi qui m'en charge. Prenez vos épées en main. Une égratignure de ses griffes entraîne la mort; ne lui laissez pas latitude de bondir. »

La sorcière sembla deviner la teneur de leur conversation. Avant qu'ils aient eu le temps d'esquisser un geste, elle se leva, s'éloigna vivement en boitillant dans l'ombre et disparut par une petite porte voûtée.

Aillas tira son épée et alla vers l'aubergiste. « Vous avez reçu chez vous une sorcière malfaisante; elle doit être tuée. »

Sous les yeux de l'aubergiste abasourdi, Aillas repartit en courant vers la porte et regarda par l'embrasure, mais ne put rien distinguer dans le noir et n'osa pas avancer. Il se tourna vers l'aubergiste. « Où mène cette porte?

– A l'ancienne aile et les chambres au-dessus : toutes en ruine.

– Donnez-moi une chandelle. »

Entendant un léger bruit, Bode leva la tête, pour découvrir la femme au masque de renard sur le premier balcon. Avec un hurlement, elle plongea vers Aillas; Bode la frappa d'un coup de tabouret et la repoussa de côté. Elle siffla et hurla de nouveau, puis bondit vers Bode, les jambes en avant, et lui lacéra le visage sur toute sa longueur avant qu'Aillas lui sépare une fois de plus la tête du corps, lequel – comme les autres fois – se mit à galoper follement dans tous les sens en se cognant contre les murs. Cargus réussit à l'immobiliser par terre avec un banc et Yane en détacha les jambes à coups de hache.

Bode gisait sur le dos, raclant la pierre de ses doigts crispés. Sa langue jaillit de sa bouche; sa figure devint noire et il mourut.

Aillas s'écria d'une voix rauque : « Cette fois, le feu! Taillez cette chose exécrable en pièces! Aubergiste, apportez des bûches et des fagots! Le feu doit brûler fort et longtemps! »

La tête à face de renard poussa un horrible gémissement. « Pas le feu! Ne me livrez pas au feu! »

L'œuvre macabre était terminée. Sous les flammes ronflantes, la chair de la sorcière s'était réduite en cendres et ses os effrités en poussière. Les clients, pâles et déprimés, étaient allés se coucher dans le foin; l'aubergiste et son épouse s'affairaient avec des serpillières et des seaux à nettoyer leur sol sali.

Quelques heures à peine les séparant du matin, Aillas, Garstang, Cargus et Yane s'assirent avec lassitude à une table et regardèrent le feu tomber en braises.

L'aubergiste leur apporta de l'ale. « Quel terrible événement! Je vous assure que ce n'est pas l'habitude de la maison.

– Messire, ne vous blâmez en aucune manière. Soyez heureux que nous ayons supprimé cette créature. Vous et votre femme avez noblement prêté assistance et vous n'aurez pas à en souffrir. »

Au premier reflet de l'aube, les quatre enterrèrent Bode dans un coin tranquille et ombragé, naguère une roseraie. Ils laissèrent à l'aubergiste le cheval de Bode, ainsi que cinq couronnes d'or tirées de son escarcelle, et s'étant mis en selle descendirent tristement la colline vers la Trompada.

Les quatre remontèrent péniblement une vallée rocheuse abrupte par une route qui serpentait et sinuait de-ci de-là, par-dessus et autour de rochers et d'escarpements, et finirent par arriver au col venteux du Glaycavalier. Une route latérale partait à travers les brandes vers Oäldes; la Trompada tournait au sud et descendait par une longue déclivité, devant une série d'anciennes mines d'étain, jusqu'au bourg marchand de Flading. A l'auberge de l'Homme d'Étain, les quatre voyageurs, las après les efforts de la nuit précédente et la laborieuse chevauchée du jour, soupèrent avec satisfaction de mouton et d'orge et dormirent sur des paillasses dans une chambre à l'étage.

Au matin, ils repartirent à nouveau sur la Trompada, qui longeait à présent l'Evandre Nord par une vaste vallée peu profonde en direction de la lointaine masse pourpre du Tor Tac.

A midi, alors que Tintzin Fyral n'était plus qu'à huit kilomètres au sud, le terrain commença à s'élever et à se rapprocher de la gorge de l'Evandre Nord. Cinq kilomètres plus loin, avec la proximité de Tintzin Fyral imprégnant l'atmosphère d'une sensation de menace, Aillas découvrit un sentier à peine tracé qui s'éloignait en remontant un ravin; il se dit que ce devait être celui par lequel si longtemps auparavant, il avait pensé descendre du Tor Tac.

La sente escaladait un long contrefort qui plongeait du haut du Tor Tac en se déployant à la façon d'une racine d'arbre, puis elle suivait la crête arrondie par un itinéraire relativement facile. Passant le premier, Aillas gravit la sente jusqu'au creux où il avait campé, à quelques mètres à peine au-dessous du sommet plat du Tor Tac.

Il trouva l'Infaillible où il l'avait laissé. Comme auparavant, la dent pointait tant soit peu au nord-est.

« Dans cette direction se trouve mon fils, dit Aillas, et c'est par là que je dois aller.

– Tu as le choix entre deux itinéraires, dit Garstang. Repartir par le chemin d'où nous venons, puis obliquer à l'est; ou traverser le Lyonesse par la Vieille Chaussée, puis partir au nord en pénétrant dans le Dahaut. Le premier est peut-être plus court, mais le second évite la forêt et, en fin de compte, est probablement plus rapide.

– Le second, sans hésitation possible », répliqua Aillas.

Les quatre passèrent par Kaul Bocach et entrèrent au Lyonesse sans incident. A Nolsby Sevan, ils obliquèrent vers l'est par la Vieille Chaussée et, après quatre jours de rude chevauchée, arrivèrent à la ville d'Audelart. Là, Garstang prit congé de ses camarades. « Le Manoir de Twanbow n'est qu'à une trentaine de kilomètres au sud. Je serai chez moi pour dîner et mes aventures émerveilleront tout le monde. » Il embrassa ses trois compagnons. « Inutile de le dire, vous serez toujours les bienvenus à Twanbow! Nous avons parcouru un long chemin ensemble, nous avons subi bien des épreuves. Jamais je ne l'oublierai!

– Moi non plus!

– Moi non plus!

– Moi non plus! »

Aillas, Cargus et Yane regardèrent Garstang s'éloigner à cheval vers le sud jusqu'à ce qu'il disparaisse. Aillas poussa un soupir. « Maintenant nous sommes trois.

– Un par un, notre nombre diminue, commenta Cargus.

– Allons, dit Yane. Partons. Je n'aime pas perdre mon temps à faire du sentiment. »

Les trois quittèrent Audelart par la Vieille Chaussée et, trois jours plus tard, ils arrivèrent à Tatwillow, où la Vieille Chaussée croise la Voie d'Icnield. L'Infaillible pointait vers le nord, dans la direction d'Avallon : un bon signe, du moins apparemment, puisque cette direction évitait la forêt.

Ils s'engagèrent sur la Voie d'Icnield vers Avallon, dans le Dahaut.

XXV

GLYNETH et Dhrun s'étaient joints au Docteur Fidélius à la Foire des Souffleurs de Verre, dans la ville de la Coudraie. Pendant les premiers jours, l'association fut marquée par l'incertitude et la prudence. Glyneth et Dhrun se conduisaient comme s'ils marchaient sur des œufs, tout en surveillant le Docteur Fidélius du coin de l'œil, afin de ne pas se trouver surpris par quelque soudain acte irrationnel ou de brefs accès de fureur. Mais le Docteur Fidélius, après avoir assuré leur confort, fit preuve d'une politesse tellement constante et impersonnelle que Glyneth commença à craindre que le Docteur Fidélius ne les aime pas.

Shimrod, les observant tous deux sous son déguisement avec le même intérêt furtif qu'ils lui portaient, fut impressionné par leur sang-froid et charmé par leur désir de lui plaire. Tous deux, se dit-il, sont exceptionnels : propres, soigneux, intelligents et affectueux. L'entrain naturel de Glyneth s'extériorisait par moments en explosion d'exubérance qu'elle maîtrisait bien vite de peur d'ennuyer le Docteur Fidélius. Dhrun avait tendance à garder le silence pendant de longues périodes où il demeurait assis le regard perdu dans le soleil, absorbé par ses réflexions.

En partant de la Foire des Souffleurs de Verre, Shimrod dirigea sa voiture au nord vers le bourg de Porroigh où se tenait chaque année la Foire des Vendeurs de Moutons. A la fin de l'après-midi, Shimrod quitta la route et arrêta sa voiture dans un vallon au bord d'un ruisseau. Glyneth ramassa du petit bois et alluma du feu; Shimrod dressa un trépied, y suspendit une marmite et cuisina un ragoût de poulet avec des oignons, des navets, de la verdure de prairie et du persil, le tout assaisonné de graines de moutarde et d'ail. Glyneth cueillit du cresson pour manger en salade et trouva une poignée de morilles que Shimrod ajouta au ragoût. Dhrun était assis à côté en silence, écoutant le vent dans les arbres et le crépitement du feu.

Les trois dînèrent bien et s'assirent à l'aise pour jouir du crépuscule. Le regard de Shimrod alla de l'un à l'autre. « Il faut que je vous dise quelque chose. Je voyage à travers le Dahaut depuis maintenant des mois, allant de foire en foire, et je ne m'étais pas rendu compte de ma solitude avant ces quelques jours où vous deux êtes avec moi. »

Glyneth poussa un petit soupir de soulagement. « Ce sont de bonnes nouvelles pour nous, puisque nous aimons voyager avec vous. Je n'ose pas dire que c'est de la chance; je risquerais de déclencher la malédiction.

– Expliquez-moi cette affaire de malédiction. »

Dhrun et Glyneth firent chacun le récit de ce qui lui était advenu et ensemble rapportèrent les aventures qu'ils avaient partagées. « Aussi à présent sommes-nous pressés de trouver Rhodion, le roi de tous les êtres fées, pour qu'il enlève la malédiction et rende la vue à Dhrun.

– Il ne passera jamais sans s'arrêter si une flûte fée joue sa mélodie, déclara Shimrod. Tôt ou tard, il s'arrêtera pour écouter et, soyez-en sûrs, moi aussi je le guetterai. »

Dhrun questionna d'un ton mélancolique : « L'avez-vous déjà vu?

– A franchement parler, je cherchais quelqu'un d'autre. »

Glyneth dit : « Je sais qui c'est : un homme aux genoux malades qui crissent et qui craquent quand il marche.

– Et comment as-tu appris cela?

– Parce que dans votre boniment vous parlez souvent de genoux malades. Quand quelqu'un s'avance, vous regardez son visage plutôt que ses jambes et vous êtes toujours déçu. Vous lui donnez un pot d'onguent et le renvoyez boitant encore. »

Shimrod montra au feu un sourire mi-figue mi-raisin. « Suis-je si transparent?

– Pas vraiment, dit Glyneth avec modestie. En fait, je vous trouve bien mystérieux. »

Cette fois, Shimrod éclata de rire. « Pourquoi dis-tu cela?

– Oh, par exemple, comment avez-vous appris à préparer de si nombreux médicaments?

– Pas de mystère là-dedans. Certains sont des remèdes

courants, connus partout. Le reste est de l'os pulvérisé mélangé à du saindoux ou de l'huile de pied de bœuf, avec des parfums différents. Ils ne font jamais de mal et guérissent parfois. Mais plus qu'à vendre des médicaments, je tiens à découvrir l'homme aux genoux malades. Comme Rhodion, il fréquente les foires et tôt ou tard je le trouverai. »

Dhrun demanda : « Qu'arrivera-t-il, alors?

– Il me dira où trouver quelqu'un d'autre. »

Ainsi donc chemina du sud au nord du pays la voiture du Docteur Fidélius et de ses deux jeunes collègues, s'arrêtant aux foires et aux fêtes, de Dafnes sur la rivière Embellie à Duddlebatz au-dessous des landes rocheuses de Godélie. Il y eut de longs jours de voyage sur des routes de campagne ombragées, par monts et par vaux, à travers des bois sombres et de vieux villages. Il y eut des nuits éclairées par le feu tandis que la pleine lune passait dans les nuages, et d'autres nuits sous un ciel plein d'étoiles. Un après-midi, alors qu'ils avançaient dans une brande désolée, Glyneth entendit des sons plaintifs jaillir du fossé le long de la chaussée. Sautant à bas de la voiture et regardant parmi les chardons, elle découvrit une paire de chatons tachetés qui avaient été abandonnés et voués à mourir. Glyneth appela et les chatons coururent anxieusement la rejoindre. Elle les rapporta vers la voiture, en larmes devant leur triste sort. Quand Shimrod lui accorda la permission de les garder, elle lui jeta les bras autour du cou et l'embrassa – et Shimrod comprit qu'il serait à jamais son esclave, quand bien même ce n'eût pas déjà été le cas.

Glyneth nomma les chatons Smirrish et Sneezer, puis se mit aussitôt en devoir de leur apprendre des tours.

Du nord ils repartirent vers l'ouest, par Valaublé et Tête-Blesse, jusqu'aux Etains dans la Marche de l'Ulfland, à une cinquantaine de kilomètres au nord de Poëlitetz, l'imposante forteresse ska. C'était un pays lugubre et ils furent contents de retourner de nouveau vers l'est, le long de la rivière Murmeil.

L'été était long; les jours étaient une période douce-amère pour chacun des trois. De curieux petits malheurs s'abattaient régulièrement sur Dhrun : de l'eau chaude lui ébouillantait la main; la pluie trempait son lit; quand il allait se soulager derrière la haie, il tombait dans les orties. Jamais il ne se plaignait et il conquit ainsi le respect de Shimrod, lequel – sceptique au début – commença à admettre la réalité de cette malédiction. Un jour, Dhrun marcha sur une épine, l'enfonçant profondément dans son talon. Shimrod l'enleva tandis que Dhrun restait assis sans rien dire, en se mordant la lèvre; ce qui incita Shimrod à le serrer contre lui et à tapoter sa tête. « Tu es un garçon courageux. Nous viendrons à bout de cette malédiction d'une façon ou d'une autre. Au pire, cela ne peut durer que sept ans. »

Comme toujours, Dhrun réfléchit un instant avant de parler. Puis il dit : « Une épine n'est qu'une vétille. Savez-vous quelle malchance je redoute? Que vous vous lassiez de nous et nous fassiez descendre de la voiture. »

Shimrod rit et sentit ses yeux s'embuer. Il étreignit Dhrun une seconde fois. « Ce ne serait pas de ma volonté : je te l'affirme. Je ne pourrais pas me passer de vous.

– N'empêche, la malchance est la malchance.

– Exact. Nul ne sait ce que réserve l'avenir. »

Presque aussitôt après, une étincelle jaillit du feu et se posa sur la cheville de Dhrun.

« Aïe!, dit Dhrun. Encore de la malchance. »

Chaque jour apportait de nouvelles expériences. A la Foire de Montjeu, le duc Jocelyn de Château Foire donna un splendide tournoi à armes courtoises, où des chevaliers en armure jouèrent à simuler un combat et se mesurèrent dans un nouveau sport appelé joute. Montés sur des chevaux robustes et vêtus de leurs plus beaux atours, ils se chargeaient les uns les autres avec des perches matelassées, chacun cherchant à faire vider les étriers à son adversaire.

De Montjeu, ils se rendirent aux Longs Danns, contournant de près la Forêt de Tantrevalles. Ils y arrivèrent à midi et trouvèrent la foire battant son plein. Shimrod détela ses merveilleux chevaux à deux têtes, leur donna du fourrage, abaissa le panneau latéral de la voiture pour servir d'estrade, hissa haut une enseigne :

DOCTEUR FIDÉLIUS
THAUMATURGE, PANSOPHISTE, BATELEUR
Soulagement des chancres, crampes et spasmes
TRAITEMENT SPÉCIAL
DES GENOUX DOULOUREUX
Consultation : gratuite

Il se retira ensuite dans la voiture pour mettre sa tunique noire et son chapeau de nécromant.

De chaque côté de l'estrade, Dhrun et Glyneth battirent du tambour. Ils étaient habillés de la même façon, en costume de page : souliers blancs, bas de chausse collants et hauts de chausse bouffants bleus, pourpoints à rayures bleues et noires avec des cœurs blancs cousus sur les bandes noires, bérets de velours noir.

Le Docteur Fidélius sortit sur l'estrade. Il cria aux badauds : « Messires et mesdames! » Le Docteur Fidélius désigna alors sa pancarte. « Vous observerez que je me présente comme “ bateleur ”. La raison en est simple. Qui traite un papillon de frivole? Qui insulte une vache avec le mot “ bovin ”? Qui appellera imposteur quelqu'un qui reconnaît être un bateleur?

« Donc suis-je réellement bateleur, imposteur et charlatan? » Glyneth sauta d'un bond à côté de lui. « Vous devez en juger par vous-mêmes. Voyez ici ma jolie associée... si vous ne l'avez pas déjà remarquée. Glyneth, ouvre grand la bouche. Messires et mesdames, observez cet orifice! Voici des dents, voici une langue, derrière se trouve la cavité buccale dans son état naturel. Regardez maintenant, j'introduis dans cette bouche une orange ni grosse ni petite pourtant, mais de l'exacte taille qui convient. Glyneth, ferme la bouche si tu veux bien et si tu peux... Excellent. A présent, messires et mesdames, observez cette jeune fille aux joues distendues. Je tape sur sa joue droite, je tape sur sa joue gauche et hop! Les joues sont comme avant. Glyneth, qu'as-tu fait de l'orange? C'est vraiment extraordinaire! Ouvre la bouche; nous sommes déconcertés! »

Glyneth ouvrit la bouche docilement et le Docteur Fidélius en inspecta l'intérieur. Il eut une exclamation de surprise. « Qu'est ceci? » Il plongea le pouce et l'index. « Ce n'est pas une orange, c'est une belle rose rouge! Qu'y a-t-il encore? Regardez, messires et mesdames! Trois belles cerises mûres! Quoi d'autre? Ceux-là, qu'est-ce que c'est? Des clous de fer à cheval! Un, deux, trois, quatre, cinq, six! Et qu'est ceci? Le fer à cheval lui-même! Glyneth, comment est-ce possible? As-tu encore des surprises? Ouvre grand la bouche... Par la lune et le soleil, une souris! Glyneth, comment peux-tu consommer des choses pareilles? »

Glyneth répondit de sa jolie voix claire : « Messire, j'ai pris vos pastilles digestives! »

Le Docteur Fidélius leva les bras au ciel. « Assez! Tu me bats sur mon propre terrain! » Et Glyneth sauta à bas de l'estrade.

« Or ça, mes potions et lotions, mes poudres, pilules et purges ; mes analeptiques et anodins sont-ils les palliatifs que je prétends qu'ils sont? Messires et mesdames, je donnerai cette garantie : si, en prenant mes remèdes, vous vous gangrenez et mourez, vous n'aurez qu'à me rapporter le médicament inutilisé et vous serez partiellement remboursés. Où ailleurs entendrez-vous offrir pareille garantie?

« Je suis particulièrement habile à traiter les genoux douloureux, notamment ceux qui craquent, ceux qui font clac ou se plaignent d'une autre manière. Si vous êtes affligés de genoux douloureux ou si vous connaissez quelqu'un qui l'est, que le malade s'avance, je veux le voir.

« Maintenant, laissez-moi vous présenter mon autre associé : le noble et talentueux sire Dhrun. Il vous jouera des airs sur la flûte magique, pour vous faire rire, vous faire pleurer, donner des ailes à vos talons. Entre-temps, Glyneth dispensera les médicaments pendant que je prescrirai. Messires et mesdames, un dernier mot! Vous êtes par ces présentes avertis que mes embrocations cuisent et brûlent comme si elles étaient extraites d'une flamme liquide. Mes remèdes ont un goût exécrable de fumeterre, d'aconit et de fiel : le corps revient vite à une santé robuste pour ne plus avoir à assimiler mes horribles concoctions! C'est le secret de ma réussite. Musique, sire Dhrun! »

Tandis qu'elle circulait dans la foule, Glyneth cherchait avec attention une personne en costume noisette avec une plume écarlate à son chapeau vert, en particulier une qui entendait la musique avec plaisir ; mais par ce midi ensoleillé aux Longs Danns, tout près de la Forêt de Tantrevalles, nulle personne de ce genre ne se montra, non plus qu'aucune évidente canaille au visage sombre et au long nez ne se présenta au Docteur Fidélius pour faire soigner ses genoux douloureux.

Dans l'après-midi, une brise se leva de l'ouest et fit flotter les bannières. Glyneth apporta dehors une table haute sur pieds et, pour Dhrun, un grand tabouret. De la voiture, elle tira un panier. Tandis que Dhrun jouait une gigue, Glyneth sortit ses chats noir et blanc. Elle tapa sur la table avec une baguette, les chats se dressèrent sur leurs pattes de derrière et dansèrent en mesure avec la musique, sautant et gambadant d'un bout à l'autre de la table, et une foule s'assembla rapidement. A l'arrière, un jeune homme au visage malin, petit et vif, semblait particulièrement enthousiaste. Il claquait des doigts pour accompagner la musique et ne tarda pas à se mettre à danser, jouant des jambes avec agilité. Il portait, Glyneth le remarqua, un bonnet vert avec une longue plume rouge. Précipitamment, elle mit ses chats dans le panier et, se faufilant derrière le danseur, lui arracha son bonnet et courut de l'autre côté de la voiture. Stupéfait, le jeune homme courut à sa suite. « Qu'est-ce que vous faites! Donnez-moi mon chapeau!

– Non, dit Glyneth. Pas avant que vous ne m'accordiez mes vœux.

– Êtes-vous folle? Qu'est-ce que c'est que cette sottise? Je suis bien incapable d'exaucer mes propres vœux, moins encore les vôtres. Maintenant, rendez-moi mon chapeau ou je serai obligé de vous le prendre et de vous administrer une bonne correction par-dessus le marché.

– Jamais! déclara bravement Glyneth. Vous êtes Rhodion. J'ai votre chapeau et je ne le lâcherai pas avant que vous m'ayez obéi.

– C'est ce que nous allons voir! » Le jeune homme empoigna Glyneth et ils se démenèrent jusqu'à ce que les chevaux renâclent, se cabrent et, découvrant de longues dents blanches, attaquent le jeune homme qui recula de frayeur.

Shimrod sauta à bas de la voiture et le jeune homme s'écria avec fureur : « Votre fille est folle! Elle s'empare de mon bonnet, s'enfuit avec et, quand je le réclame bien poliment, elle refuse et m'appelle Rhodion ou quelque chose comme ça. Mon nom est Tibbalt; je suis fabricant de chandelles au village de Bois-Flétri et je suis venu à la foire acheter de la cire. Presque aussitôt je suis dépouillé de mon chapeau par une espèce de garçon manqué pris de déraison qui insiste ensuite pour que je lui obéisse! A-t-on jamais vu des choses pareilles? »

Shimrod hocha gravement la tête. « Ce n'est pas une mauvaise enfant, juste un peu impétueuse et pleine d'espièglerie. » Il s'avança. « Messire, permettez. » Il releva de côté les cheveux bruns de Tibbalt. « Glyneth, regarde bien! Les oreilles de ce gentilhomme ont des lobes bien développés. »

Glyneth regarda et hocha la tête. « C'est vrai. »

Tibbalt s'exclama : « Quel rapport avec mon chapeau?

– Encore une faveur, je vous prie, dit Shimrod. Montrez-moi votre main... Glyneth, remarque les ongles : il n'y a pas trace de palmure entre les doigts et les ongles n'ont pas de reflets verts opalins. »

Glyneth hocha la tête. « Je vois. Alors, je peux lui rendre son chapeau?

– Oui certes, d'autant plus que ce gentilhomme exhale l'odeur de cire végétale et de cire d'abeilles. »

Glyneth tendit le chapeau. « Je vous en prie, messire, pardonnez-moi mon espièglerie. »

Shimrod donna à Tibbalt un pot en céramique. « Avec nos compliments, veuillez accepter cette demi-once de cosmétique qui rend sourcils, barbe et moustache beaux et soyeux. »

Tibbalt partit de bonne humeur. Glyneth retourna à sa table près de la voiture et informa de son erreur Dhrun qui se borna à hausser les épaules et recommença à jouer. Glyneth fit de nouveau sortir ses chats qui sautèrent et dansèrent avec zèle, à la grande admiration de ceux qui s'arrêtaient pour regarder. « Ensorcelant, ensorcelant! » déclara un petit gentilhomme replet aux mollets de coq, aux chevilles minces, avec de longs pieds maigres dans des chaussures en cuir de couleur verte au bout qui se recourbait sur une invraisemblable longueur. « Mon garçon, où as-tu appris à jouer cette musique?

– Messire, c'est un don des fées.

– Quelle merveille! Un vrai don de magie! »

Il y eut une brusque saute de vent; le chapeau vert du gentilhomme s'envola de sa tête et tomba aux pieds de Glyneth. Elle le ramassa et remarqua la plume rouge. Hésitante, elle regarda le gentilhomme qui allongeait la main en souriant.

« Merci, ma jolie mignonne. Je te récompenserai par un baiser. »

Glyneth examina la main tendue qui était blanche et potelée, avec de petits doigts délicats. Les ongles étaient soigneusement entretenus et polis, d'une teinte laiteuse. Était-ce cela, opalin? La peau entre les doigts : était-ce une palmure? Glyneth leva le regard et croisa celui du gentilhomme. Il avait les yeux de couleur fauve. Des cheveux roux peu abondants bouclaient devant ses oreilles. Le vent souleva la chevelure; fascinée, Glyneth aperçut les lobes. Ils étaient petits : pas plus que de menues fossettes de tissu rose. Elle n'arrivait pas à distinguer le haut des oreilles.

Le gentilhomme tapa du pied. « Mon chapeau, s'il te plaît!

– Un instant, messire, je vais brosser la poussière. »

Sneezer et Smirrish une fois de plus furent fourrés dans le

panier et Glyneth s'en fut au pas de course avec le chapeau.

Avec une agilité remarquable, le gentilhomme bondit à sa suite et s'arrangea pour la coincer le dos à l'avant de la voiture où l'on ne pouvait les apercevoir depuis la place. « Maintenant, ma petite demoiselle, mon chapeau, puis tu auras ton baiser.

– Vous n'aurez pas votre chapeau avant d'avoir exaucé mes souhaits.

– Hein? Quelle sottise est-ce là? Pourquoi exaucerais-je tes vœux?

– Parce que, Votre Majesté, je tiens votre chapeau. »

Le gentilhomme la regarda du coin de l'oeil. « Qui crois-tu que je suis?

– Vous êtes Rhodion, roi des Fées.

– Ah ha ha! Et que désires-tu que je fasse?

– Rien de très compliqué. Enlevez la malédiction qui pèse sur Dhrun et rendez-lui la vue.

– Tout cela pour mon chapeau? » Le gentilhomme replet avança vers Glyneth les bras grands ouverts. « Allons, mon joli petit canard, je vais t'embrasser; quel morceau de roi tu fais! Commençons par le baiser, et peut-être quelque chose de plus... »

Glyneth plongea sous ses bras, sauta adroitement de-ci de-là et courut derrière la voiture. Le gentilhomme la pourchassa en l'appelant de petits noms tendres et en implorant que son chapeau lui soit rendu.

Un des chevaux lança en avant sa tête gauche pour mordre méchamment le postérieur du gentilhomme. Il n'en bondit que de plus belle autour de la voiture, jusqu'à l'endroit où Glyneth s'était arrêtée, avec un sourire où se mêlaient la malice et le dégoût de voir le petit gentilhomme rondelet en pareil état.

« Allons, mon petit chaton! Mon adorable petit bonbon, viens recevoir ton baiser! Rappelle-toi, je suis le roi Turlututu ou je ne sais plus quoi et j'exaucerai tes plus chers désirs! Mais d'abord allons explorer sous ce beau pourpoint! »

Glyneth recula d'un pas dansant et jeta le chapeau aux pieds du gentilhomme. « Vous n'êtes pas le roi Rhodion; vous êtes le barbier de la ville et un débauché effronté par-dessus le marché. Voilà votre chapeau et grand bien vous fasse. »

Le gentilhomme émit un ululement de rire exultant. Il plaqua le chapeau sur sa tête et sauta bien haut en l'air, claquant des talons par deux fois, d'abord à droite puis à gauche. Tout jubilant, il s'écria : « Je t'ai jouée! Oho! Quelle joie de dérouter les mortels! Tu avais mon chapeau, tu aurais pu m'obliger à être à ta disposition! Mais maintenant... »

Shimrod sortit de l'ombre derrière lui et se saisit du couvre-chef. « Mais maintenant », – il le lança à Glyneth – « elle a de nouveau le chapeau et vous devez faire ce qu'elle demande! »

Le roi Rhodion en resta tout déconfit, les yeux ronds et le regard piteux. « Ayez pitié! Ne forcez pas un pauvre vieux hafelin à obéir à votre volonté; cela me fatigue et cause une désolation sans fin!

– Je n'ai pas de pitié », répliqua Glyneth. Elle alla chercher Dhrun sur son tabouret et le ramena derrière la voiture.

« Voici Dhrun qui a passé sa jeunesse à Thripsey.

– Oui, le domaine de Throbius, une joyeuse place forte, célèbre pour ses fêtes!

– Dhrun a été chassé, renvoyé avec un mordet de malchance sur sa tête et maintenant il est aveugle parce qu'il a regardé les dryades pendant qu'elles se baignaient. Vous devez lever la malédiction et rendre la vue à ses yeux! »

Rhodion souffla dans une petite flûte d'or et traça un signe dans les airs. Une minute passa. Par-dessus la voiture provenaient les bruits de la foire, assourdis comme si cette foire avait lieu à une grande distance. Avec un léger *pop*!, le roi Throbius du Fort Thripsey apparut près d'eux. Il se laissa choir sur un genou devant le roi Rhodion qui, d'un geste bienveillant, lui fit signe de se relever. « Throbius, voici Dhrun que naguère vous avez élevé au Fort Thripsey.

– C'est Dhrun, en effet; je me souviens bien de lui. Il était aimable et nous a tous enchantés.

– Alors pourquoi l'avez-vous renvoyé avec un mordet?

– Votre Hautesse! C'était l'œuvre d'un lutin jaloux, un nommé Falaël, qui a été promptement puni pour sa méchanceté.

– Pourquoi le mordet n'a-t-il pas été levé?

– Votre Hautesse, c'est une mauvaise politique, qui suscite l'irrévérence chez les mortels, de leur donner à penser qu'il suffit d'éternuer ou de souffrir un peu pour annuler nos mordets.

– Dans le cas présent, il doit être levé. »

Le roi Throbius s'approcha de Dhrun et lui toucha l'épaule. « Dhrun, je t'accorde toutes les libéralités de la fortune! Je dissous les flux qui ont concouru à ta souffrance; que les méchants tours de malice qui ont mis en œuvre ces maux retournent à tire-d'aile à Mincetaupe. »

Le visage de Dhrun était blême et tiré. Il écoutait sans qu'aucun de ses muscles bouge. D'une voix faible, il demanda : « Et mes yeux? »

Throbius dit courtoisement : « Bon sire Dhrun, vous avez été aveuglé par les dryades. C'était de la malchance à son plus haut degré, mais c'était de la malchance due à un malheureux hasard et non à la malice du mordet; donc l'aveuglement n'est pas de notre fait. C'est l'œuvre de la dryade Féodosia et nous ne pouvons pas la défaire. »

Shimrod prit la parole : « Alors, allez maintenant négocier avec elle et offrez-lui des faveurs de fée si elle veut bien annuler sa magie.

– Ah, c'est que nous avons capturé Féodosia avec une autre nommée Lauris pendant leur sommeil pour nous servir d'elles à notre fête et nous divertir. Elles sont devenues folles de fureur et se sont enfuies en Arcadie où nous ne pouvons pas aller et, d'ailleurs, elle a perdu toute sa force magique.

– Alors, comment les yeux de Dhrun seront-ils guéris?

– Pas par la féerie, dit le roi Rhodion. Cela dépasse notre art.

– Alors, vous devez accorder un autre don.

– Je ne veux rien, dit Dhrun d'une voix dure. Ils ne peuvent me donner que ce qu'ils m'ont pris. »

Shimrod se tourna vers Glyneth. « Tu tiens le chapeau, tu peux demander une faveur.

– Quoi? s'exclama le roi Rhodion. C'est de la pure extorsion! N'ai-je pas fait venir ici par la voie des airs le roi Throbius et annulé le mordet?

– Vous avez réparé un mal causé par vous. Ce n'est pas une faveur; c'est de la simple justice et où sont les compensations pour ce qu'il a enduré?

– Il n'en veut pas et nous ne donnons jamais ce qui n'est pas souhaité.

– Glyneth tient le chapeau; vous devez exaucer ses vœux. »

Tous se tournèrent pour regarder Glyneth. Shimrod lui demanda : « Que désires-tu le plus?

– Je voudrais seulement voyager toujours avec vous et Dhrun dans cette voiture. »

Shimrod dit : « Mais rappelle-toi, tout change et nous ne roulerons pas éternellement en voiture.

– Alors, je veux rester à jamais avec vous et Dhrun.

– Cela, c'est l'avenir, dit Rhodion. Il échappe à mon pouvoir, à moins que tu ne veuilles que je vous tue tous les trois à l'instant même et vous enterre ensemble sous la voiture. »

Glyneth secoua la tête. « Mais vous êtes en mesure de m'aider. Mes chats me désobéissent souvent et n'écoutent pas mes instructions. Si je savais leur parler, ils ne pourraient pas feindre de n'avoir pas compris. J'aimerais aussi parler aux chevaux, aux oiseaux et à tout ce qui vit d'autre : même aux arbres, aux fleurs et aux insectes ! »

Le roi Rhodion grogna. « Les arbres et les fleurs ne parlent pas et n'écoutent pas. Ils ne font que soupirer entre eux. Les insectes te terrifieraient, si tu comprenais leur langage, et te causeraient des cauchemars.

– Alors, je pourrai parler aux oiseaux et aux animaux ?

– Détache l'amulette en plomb qui est sur mon chapeau, porte-la à ton cou et ton vœu sera exaucé. Ne t'attends pas à des révélations sensationnelles, les oiseaux et les animaux n'ont ordinairement pas beaucoup de cervelle.

– Sneezer et Smirrish sont assez intelligents, dit Glyneth. J'aurai probablement plaisir à converser avec eux.

– Très bien donc », dit le bon gros roi Rhodion. Il retira le chapeau d'entre les doigts de Glyneth qui ne le tenait que légèrement et, guettant Shimrod du coin de l'œil, le plaqua sur sa tête. « Et voilà ; une fois de plus, les mortels se sont montrés plus malins que moi, bien que cette fois-ci ç'ait été presque un plaisir. Throbius, retournez quand vous voudrez à Thripsey, moi je m'en vais à Shadow Thawn. »

Le roi Throbius leva la main. « Une dernière chose. Peut-être puis-je offrir une compensation pour le mordet. Dhrun, écoute-moi. Il y a bien des mois de cela, un jeune chevalier s'est présenté à Thripsey pour exiger de connaître tout ce qui concernait son fils Dhrun. Nous avons échangé des cadeaux : pour moi, un joyau de la couleur *smaudre* ; pour lui, un Infaillible pointant constamment vers toi. Ne t'a-t-il pas trouvé ? Alors, c'est qu'il en a été empêché, ou même qu'il a été tué, car sa résolution était nette. »

Dhrun demanda d'une voix étranglée : « Quel était son nom ?

– C'était sire Aillas, un prince du Troicinet. Je pars. »

La forme de Throbius perdit de la substance, puis disparut. Sa voix résonna comme de très loin : « Je suis parti. »

Le roi Rhodion marqua une pause sur ses jambes d'échassier, puis s'en retourna vers l'avant de la voiture. « Et un autre petit détail, à l'attention de Glyneth. L'amulette est mon sceau; quand tu la portes, tu n'as rien à craindre des hafelins : qu'ils soient fée ou lutin, troll ou double-troll. Méfie-toi des fantômes et des têtes de chevaux, des ogres gris et blancs, et de ce qui vit dans la boue. »

Le roi Rhodion dépassa l'avant de la voiture. Quand les trois y arrivèrent, il était invisible.

Glyneth alla prendre le panier contenant ses chats, qu'elle avait rangé sur la banquette, pour découvrir que Smirrish avait réussi à soulever le couvercle et était sur le point de conquérir sa liberté.

Glyneth s'exclama : « Smirrish, c'est pure malice de ta part; tu sais que tu es censé rester dans le panier. »

Smirrish répliqua : « Il fait chaud et étouffant à l'intérieur. Je préfère le grand air et j'ai l'intention d'explorer le toit de la voiture.

– Fort bien, mais maintenant tu dois danser et divertir les gens qui te regardent avec admiration.

– S'ils m'admirent tant, qu'ils dansent donc eux-mêmes. Sneezer est entièrement de cet avis. Nous ne dansons que pour te faire plaisir.

– C'est sage, puisque je vous donne ce qu'il y a de meilleur comme lait et comme poisson. Les chats qui ont mauvais caractère doivent se contenter de pain et d'eau. »

Sneezer qui écoutait au fond du panier s'écria vivement : « N'aie crainte! S'il nous faut danser, eh bien! nous danserons, encore que je me sente incapable de comprendre pourquoi. Je me moque comme d'une guigne des gens qui s'arrêtent pour regarder. »

Le soleil mourut sur un lit de nuées d'orage; des nuages avant-coureurs survinrent en l'air, couvrirent le ciel vespéral et l'obscurité tomba vite sur la place du foirail des Longs Danns. Des douzaines de petits feux vacillaient et charbonnaient dans la fraîche brise humide – et les colporteurs, marchands et vendeurs des loges de la foire firent le gros dos au-dessus de leur dîner, guettant d'un œil méfiant le ciel morne, car ils redoutaient la perspective d'une pluie qui tremperait leurs biens et eux-mêmes.

Autour du feu, à l'arrière de leur voiture, étaient assis Shimrod, Glyneth et Dhrun, attendant que la soupe soit cuite. Tous trois étaient absorbés chacun dans ses pensées : un silence finalement rompu par Shimrod.

« La journée a été intéressante, c'est indéniable.

– Elle aurait pu être pire et elle aurait pu être meilleure », dit Glyneth. Elle regarda Dhrun qui était assis les bras noués autour des genoux, les yeux fixés sans rien voir sur le feu; mais il n'avait rien à dire. « Nous avons levé la malédiction, de sorte qu'au moins nous n'aurons plus de malchance. Ce ne sera pas de la chance pour de bon, évidemment, tant que Dhrun n'aura par recouvré la vue. »

Shimrod mit du bois sur le feu. « J'ai cherché dans tout le Dahaut l'homme aux genoux malades – cela vous le savez. Au cas où je ne le trouverais pas à la Foire d'Avallon, nous irons à Swer Smod, dans le Lyonesse. Si quelqu'un peut nous tirer d'affaire, c'est bien Murgen.

– Dhrun! chuchota Glyneth. Il ne faut pas que tu pleures!

– Je ne pleure pas.

– Si, tu pleures. Il y a des larmes qui coulent sur tes joues. »

Dhrun cligna des paupières et porta son poignet à son visage. « Sans vous deux pour m'aider, je mourrais de faim ou les chiens me dévoreraient.

– Pas question que nous te laissions mourir de faim. » Glyneth passa son bras autour des épaules de Dhrun. « Tu es un garçon important et le fils d'un prince. Un jour, tu seras prince aussi.

– Je l'espère.

– Alors, mange ta soupe et tu te sentiras mieux. J'aperçois aussi une belle tranche de melon qui t'attend. »

XXVI

L'APPARTEMENT de Carfilhiot, tout en haut de Tintzin Fyral, était de dimensions modestes, avec des murs de plâtre blanc, des planchers lavés et le strict nécessaire en fait de mobilier. Carfilhiot ne désirait rien de plus recherché; ce cadre sommaire apaisait sa nature parfois trop ardente.

Les habitudes de Carfilhiot étaient bien réglées. Il avait tendance à se lever tôt, souvent avec le soleil, puis à prendre un petit déjeuner de fruits, de pâtisseries, de raisins secs et peut-être de quelques huîtres au vinaigre.. Il déjeunait toujours seul. A cette heure, la vue et le bruit d'autres êtres humains l'offensaient et le reste de la journée en était défavorablement influencé.

L'été cédait la place à l'automne; une brume légère voilait l'espace aérien au-dessus du Val Evandre. Carfilhiot se sentait nerveux et mal à l'aise, pour des raisons qu'il ne parvenait pas à définir. Tintzin Fyral servait parfaitement nombre de ses desseins; toutefois l'endroit était isolé : un coin quelque peu perdu, et il ne disposait pas de cette motilité dont d'autres magiciens, d'un échelon plus élevé c'est possible – Carfilhiot se prenait pour un magicien – faisaient tout naturellement un usage quotidien. Ses fantaisies, escapades, innovations et caprices - peut-être n'était-ce que des illusions. Le temps passait et, en dépit de son activité manifeste, il n'avait pas avancé d'un pas vers les buts qu'il s'était fixés. Ses ennemis – ou ses amis – s'étaient-ils arrangés pour le maintenir isolé et incapable d'obtenir des résultats? Carfilhiot émit un grognement irrité. C'était une idée en l'air, mais si elle se révélait exacte, ces gens-là jouaient à des jeux dangereux.

Un an auparavant, Tamurello l'avait téléporté à Faroli, ce curieux édifice de bois et de verre coloré, au cœur de la forêt. Après trois jours d'ébats amoureux, les deux étaient assis en train d'écouter la pluie et de regarder le feu dans l'âtre. La nuit en était à sa moitié. Carfilhiot, dont l'esprit fertile ne restait jamais en repos avait dit : « Franchement, il est temps que tu m'enseignes les arts magiques. Ne mérité-je pas au moins cela de toi? »

Tamurello répondit après un soupir : « Quel monde étrange et nouveau si chacun était traité selon ses mérites! »

Carfilhiot trouva la remarque plus que désinvolte. « Tu te moques de moi, dit-il tristement. Tu me juges trop maladroit et irréfléchi pour cette science. »

Tamurello, un homme massif dont les veines charriaient un sang riche et noir de taureau, eut un rire indulgent. Il avait déjà entendu la plainte et il donna la réponse qu'il avait déjà donnée. « Pour devenir sorcier, on doit subir bien des épreuves et travailler à bien des exercices mornes. Un certain nombre sont profondément pénibles, et peut-être calculés pour dissuader ceux qui n'ont qu'une faible motivation.

– C'est une philosophie bornée et mesquine.

– Si jamais tu deviens maître sorcier, tu garderas les prérogatives aussi jalousement qu'un autre, dit Tamurello.

– Eh bien, instruis-moi! Je suis prêt à apprendre! J'ai une volonté forte! »

Une fois encore, Tamurello rit. « Mon cher ami, tu es trop inconstant. Ta volonté est peut-être comme du fer, mais ta patience est rien moins qu'invincible. »

Carfilhiot eut un geste véhément. « N'existe-t-il pas de raccourcis? Je saurai bien utiliser un matériel magique sans tant d'exercices fastidieux.

– Tu as déjà du matériel.

– Celui de Shimrod? Il est inutilisable pour moi. »

La discussion commençait à lasser Tamurello. « La plupart de ce genre de matériel est spécialisé et spécifique.

– Mes besoins sont spécifiques, dit Carfilhiot. Mes ennemis sont pareils à des abeilles sauvages, qu'on ne peut jamais attraper. Ils savent où je suis; quand je me lance à leur poursuite, ils se fondent en ombres sur la lande.

– Sur ce chapitre, je suis peut-être en mesure de t'aider, répliqua Tamurello, bien que – je l'avoue – sans beaucoup d'enthousiasme. »

Le lendemain, il présenta une grande carte des Isles

Anciennes. « Ici, tu le remarqueras, se trouve le Val Evandre, ici Ys, ici Tintzin Fyral. » Il exhiba un nombre de personnages taillés dans des racines de prunellier. « Donne des noms à ces petits homologues et place-les sur la carte, ils courront se mettre en position. Regarde! » Il prit un des personnages et cracha sur son visage. « Je te nomme Casmir. Va à la résidence de Casmir! » Il posa le personnage sur la carte; celui-ci donna l'impression de traverser la carte coudes au corps jusqu'à la ville de Lyonesse.

Carfilhiot compta les personnages. « Seulement vingt! s'exclama-t-il. J'ai de quoi en utiliser cent! Je suis en guerre avec tous les petits barons de l'Ulfland du Sud.

– Dis leurs noms, répliqua Tamurello. Nous verrons de combien tu as besoin. »

Du bout des lèvres, Carfilhiot cita des noms et Tamurello donna ces noms aux personnages qu'il posait ensuite sur la planche.

« Mais il y en a d'autres! protesta Carfilhiot. N'est-ce pas compréhensible que je veuille savoir pour où et quand tu pars de Faroli? Et Mélancthe? Ses déplacements ont de l'importance! Et les magiciens : Murgen, Faloury, Myolandre et Baïbalidès? Je m'intéresse à leurs activités.

– Tu n'as pas à connaître ce que font les magiciens, dit Tamurello. Ce n'est pas convenable. Granice? Audry? Ma foi, pourquoi pas? Mélancthe?

– Mélancthe surtout!

– Très bien. Mélancthe.

– Puis il y a les chefs skas et les notables du Dahaut.

– De la modération, au nom de Fafhadiste et de sa chèvre bleue à trois pattes! Les personnages seront si nombreux qu'ils vont s'entre-déloger de la carte. »

Finalement, Carfilhiot s'en était allé avec la carte et cinquante-neuf homologues.

Un matin à la fin de l'été, un an plus tard, Carfilhiot se rendit à son cabinet de travail et, là, examina la carte. Casmir était resté dans son palais d'été de Sarris. A Domreis en Troicinet, une boule blanche luisante sur la tête du personnage indiquait que le roi Granice était mort; son frère mal portant Ospero serait maintenant roi. A Ys, Mélancthe errait dans les couloirs sonores de son palais marin. A Oäldes, au nord le long de la côte, Quilcy, l'enfant-roi idiot de l'Ulfland du Sud, jouait tous les jours à construire des châteaux de sable sur la plage... Carfilhiot regarda encore une fois Ys. Mélancthe, hautaine Mélancthe! Il la voyait rarement; elle se tenait sur la réserve.

Carfilhiot parcourut des yeux la carte. Avec une brusque tension d'esprit, il remarqua un déplacement : Sire Cadwal de Kaber Keep [1] avait pénétré d'une dizaine de kilomètres sur les Hauteurs de Dunton. Il se dirigeait apparemment vers la Forêt de Dravenshaw.

Carfilhiot se perdit dans ses réflexions. Sire Cadwal était un de ses ennemis les plus arrogants, en dépit de sa pauvreté et de l'absence de puissantes relations. Kaber Keep, une sévère forteresse qui dominait la partie la plus sinistre des landes, n'avait rien pour réjouir le cœur sauf la sécurité. Avec seulement une douzaine d'hommes des clans sous ses ordres, sire Cadwal avait longtemps défié Carfilhiot. D'ordinaire, il chassait dans les hauteurs au-dessus de son donjon, où attaquer n'était pas facile pour Carfilhiot; aujourd'hui, il était descendu s'aventurer sur la lande : téméraire en vérité, songea Carfilhiot, des plus imprudents! Impossible de laisser le donjon sans défense, donc il y avait des chances pour que sire Cadwal ne chevauche qu'avec une suite de cinq ou six hommes, dont deux pourraient fort bien être ses jouvenceaux de fils.

Son malaise oublié, Carfilhiot envoya des ordres impératifs à la salle des gardes. Une demi-heure plus tard, ayant revêtu une armure légère, il descendit à la place d'armes au-dessous de son château. Vingt guerriers à cheval, l'élite de son élite, l'attendaient.

Carfilhiot inspecta ses hommes et ne trouva rien à redire. Ils avaient comme tenue des casques de fer poli à haute crête, des cottes de mailles et des jupons [2] de velours violet brodé de noir. Chacun portait une lance d'où flottait une petite bannière lavande et noir. A chaque selle étaient attachés sur le côté une hache, un arc et des flèches; chacun était armé d'une épée et d'un poignard.

Carfilhiot enfourcha son cheval et donna le signal du départ. A deux de front, la troupe partit au galop vers l'ouest, passant devant les pals de pénitence puant la

1. *Kaber Keep* : c'est-à-dire du Donjon Kaber, *keep* signifiant donjon, forteresse, château fort. *(N.d.T.)*

2. Le *jupon* est une casaque ajustée comme une chemise, souvent rembourée et piquée, portée sous l'armure médiévale. Autres noms : *gambesson, gambisson, gobisson, gamboison* ou simplement *gambe*. Le terme désigne aussi une veste analogue au *surcot*. Le gambesson désigne surtout une casaque matelassée en soie. *(N.d.T.)*

putréfaction, longeant les cages à noyage au bord de la rivière et les mâts de charge servant à les manœuvrer, puis descendant la route en direction du village de Bloddywen. Pour des raisons politiques, Carfilhiot n'exigeait jamais rien des habitants de Bloddywen ni ne les molestait d'aucune façon; n'empêche qu'à son approche les enfants furent rentrés avec précipitation, les portes et les fenêtres furent fermées brutalement et Carfilhiot traversa des rues vides, à son froid amusement.

Là-haut sur la crête, un guetteur repéra la cavalcade. Il se retira au-delà de la croupe de la montagne et agita un drapeau blanc. Un instant après, sur la portion la plus élevée d'un plateau rocheux à quinze cents mètres au nord, un voltigement blanc répondit à son signal. Une demi-heure plus tard, si Carfilhiot avait pu observer sa carte magique, il aurait vu les personnages en prunellier représentant ses adversaires les plus haïs quitter leurs donjons et leurs forteresses montagnardes pour descendre sur la lande vers la Forêt de la Dravenshaw.

Carfilhiot et sa troupe traversèrent Bloddywen dans un grand cliquetis de fers à cheval, puis s'écartèrent de la rivière et montèrent vers le plateau de brandes. Quand il eut atteint la crête, Carfilhiot fit arrêter et ranger ses hommes sur une ligne, puis les harangua : « Aujourd'hui, nous traquons Cadwal de Kaber Keep; c'est notre proie. Nous le rejoindrons près de la Dravenshaw. Pour ne pas éveiller sa vigilance, nous approcherons en contournant le Tor Dinkin. Mais attention! Prenez vivant sire Cadwal, avec tous ceux de son sang s'il y en a qui l'accompagnent. Sire Cadwal doit se repentir pleinement des torts qu'il m'a causés. Plus tard, nous prendrons Kaber Keep; nous boirons son vin, coucherons avec ses femmes et userons de ses biens sans nous gêner. Mais aujourd'hui nous chevauchons pour prendre sire Cadwal! »

Il fit tourner son cheval dans une élégante caracole et s'éloigna au galop à travers les brandes.

Sur le Tor Hackberry, un observateur qui avait remarqué les mouvements de Carfilhiot plongea derrière un piton rocheux et, de là, exécuta des signaux avec un drapeau blanc jusqu'à ce que, de deux endroits différents, ses signaux obtiennent une réponse.

Carfilhiot et sa troupe allaient avec assurance vers le nord-ouest. Au Tor Dinkin, ils s'arrêtèrent. L'un d'eux mit pied à terre et grimpa au sommet d'un rocher. Il cria de là-haut à Carfilhiot : « Des cavaliers, peut-être cinq ou six, sept au plus! Ils approchent de la Dravenshaw!

– Vite, donc! s'exclama Carfilhiot. Nous les prendrons à la lisière de la forêt! »

La colonne fila vers l'ouest, restant à couvert dans le Bas-Fond d'Aiguail; quand elle rencontra une vieille route, elle obliqua au nord et galopa à francs étriers pour gagner la Dravenshaw.

La route contournait les pierres écroulées d'un temple préhistorique, puis plongeait droit vers la Dravenshaw. Sur la lande, les chevaux rouans montés par les hommes de sire Cadwal luisaient au soleil comme du cuivre brut. Carfilhiot fit signe à ses hommes. « Doucement, à présent! Une volée de flèches si nécessaire, mais prenez Cadwal vivant! »

Les hommes suivaient un cours bordé de saules. Clics et clacs! Un souffle sibilant! Des flèches dans l'espace en trajectoire plate! Des pointes fines comme des aiguilles s'enfoncèrent dans les cottes de mailles. Il y eut des grognements de surprise, des cris de douleur. Six des hommes de Carfilhiot s'effondrèrent sur le sol en silence; trois autres reçurent des flèches dans la jambe ou l'épaule. Le cheval de Carfilhiot, avec des flèches dans le cou et l'arrière-main, se cabra, hurla et tomba. Personne n'avait visé directement Carfilhiot : un acte de longanimité plutôt alarmant que rassurant.

Carfilhiot, ramassé sur lui-même, courut à un cheval sans cavalier, l'enfourcha, piqua des deux éperons et, se courbant bas jusqu'à la crinière, s'éloigna au triple galop suivi par les survivants de sa troupe.

Quand ils furent à bonne distance, Carfilhiot ordonna une halte et se retourna pour évaluer la situation. Il fut effaré de voir une troupe composée d'une douzaine de cavaliers surgir des ombres de la Dravenshaw. Ils avaient des chevaux bais et étaient vêtus d'orange, la couleur de Kaber.

Carfilhiot siffla de frustration entre ses dents. Au moins six archers quitteraient l'embuscade pour se joindre à cette troupe ennemie : il était en infériorité numérique.

« En avant! » cria Carfilhiot qui lança de nouveau son cheval dans une fuite éperdue : gravissant la pente et longeant les ruines du temple, avec les guerriers de Kaber à moins de cent mètres derrière. Les chevaux de Carfilhiot étaient plus résistants que les bais de Kaber, mais Carfilhiot avait mené plus grand train et ses lourdes bêtes n'avaient pas été élevées pour l'endurance.

Carfilhiot quitta la route et descendit dans le Bas-Fond d'Aiguail, mais ce fut pour se trouver en face d'autres cavaliers qui dévalaient la pente, lance pointée, dans une charge contre lui. Ils étaient dix ou douze, aux couleurs bleu et bleu foncé du château Nulness. Carfilhiot cria des ordres et vira au sud. Cinq des hommes de Carfilhiot reçurent des coups de lance dans la poitrine, le cou ou la tête et restèrent gisants sur le chemin. Trois tentèrent de se défendre à la hache et à l'épée; ils furent vite taillés en pièces. Quatre réussirent à remonter jusqu'à la crête du bas-fond avec Carfilhiot et s'arrêtèrent là pour laisser leurs chevaux essoufflés reprendre haleine.

Mais un instant seulement. Déjà les hommes de Nulness, dont les montures étaient relativement fraîches, avaient presque atteint la hauteur. Les guerriers de Kaber décrivaient probablement un cercle à l'ouest par la vieille route pour l'intercepter avant qu'il puisse parvenir au Val Evandre.

Un taillis de sapins sombres se dressait en avant, il y trouverait peut-être un abri provisoire. Il éperonna le cheval faiblissant pour le faire repartir. Du coin de l'œil, il aperçut du rouge vif. Il hurla : « Descendez! Vite! » Et d'atteindre le bord d'un ravin où il s'engouffra, tandis que des archers portant le cramoisi du Château Turgis jaillissaient des genêts et tiraient deux volées. Deux des quatre compagnons de Carfilhiot furent atteints; une fois de plus, les cottes de mailles avaient été transpercées. Le cheval du troisième fut touché au ventre; il se cabra et se renversa en arrière sur son cavalier qui fut écrasé mais réussit à se redresser tant bien mal, haletant et désorienté. Six flèches le tuèrent. L'unique guerrier restant fonça à bride abattue au creux du bas-fond où les soldats de Kaber lui coupèrent d'abord les jambes, puis les bras et le roulèrent dans le fossé où il n'eut plus qu'à méditer sur le triste état auquel avait abouti sa vie. Carfilhiot traversa seul la sapinière, d'où il sortit sur un désert de pierres. Un sentier de berger s'enfonçait entre les rochers. Devant se dressaient les crags connus sous le nom des Onze Sœurs.

Carfilhiot regarda par-dessus son épaule, puis tira de son cheval un dernier effort à coups d'éperon, pour passer au milieu des Onze Sœurs et descendre la pente s'amorçant au-delà jusqu'à un étroit ravin obscur envahi par les aulnes, où il mena son cheval sous une corniche, hors de vue d'en haut. Ses poursuivants cherchèrent dans les rochers, appelant et criant de rage que Carfilhiot ait échappé à leur piège. A maintes reprises, ils jetèrent un coup d'œil dans le ravin, mais Carfilhiot, à moins de cinq mètres au-dessous, ne fut pas aperçu. Sans arrêt dans sa tête tournait une question obsédante : comment le piège avait-il été monté sans qu'il le sache ? La carte avait montré seulement sire Cadwal qui s'en allait ; pourtant, à l'évidence, le sire Cléone du Château Nulness, le sire Dexter de Turgis étaient partis avec leurs hommes ! La simple stratégie du système de signaux ne lui vint pas un instant à l'esprit.

Carfilhiot attendit une heure que son cheval cesse de trembler et de haleter, puis il se remit en selle et suivit avec prudence le ravin, se maintenant sous le couvert qu'offraient aulnes et saules, et bientôt il déboucha dans le Val Evandre, à quinze cents mètres en amont d'Ys.

Ce n'était encore que le début de l'après-midi. Carfilhiot entra dans Ys. Sur des terrasses de chaque côté de la rivière, les factoriers vivaient paisiblement dans leurs palais blancs, ombragés par des cyprès minces comme des fuseaux, des ifs, des oliviers, des pins parasols. Carfilhiot longea la plage de sable blanc jusqu'au palais de Mélancthe. Un garçon d'écurie vint à sa rencontre. Carfilhiot se laissa glisser à bas de son cheval avec un grognement de soulagement. Il gravit trois degrés de marbre, traversa la terrasse et entra dans un vestibule obscur, où un chambellan l'aida en silence à ôter son casque, son jupon et son haubert. Une jeune servante apparut : une curieuse créature à la peau argentée, peut-être à demi falloy [1]. Elle apporta à Carfilhiot une chemise de lin blanc et une coupe de vin blanc chaud. « Messire, Dame Mélancthe vous verra tout à l'heure. En attendant, veuillez me donner vos ordres pour ce que vous désirez.

– Merci, je n'ai besoin de rien. »

Carfilhiot sortit sur la terrasse, se laissa choir dans un fauteuil garni de coussins et resta assis à contempler la mer. L'air était doux, le ciel sans nuages. La houle montait en glissant sur le sable pour former un léger ressac, qui créait un son à la somnolente cadence. Les paupières de Carfilhiot s'alourdirent ; il s'assoupit.

Il s'éveilla pour découvrir que le soleil était descendu dans le ciel. Mélancthe, portant une robe sans manches en douce

1. Falloy : un svelte hafelin apparenté aux fées, mais plus grand, moins ancien et manquant de véritable pouvoir magique ; des créatures de plus en plus rares dans les Isles Anciennes.

faniche blanche[1], était debout appuyée à la balustrade oublieuse de sa présence.

Carfilhiot se redressa dans son fauteuil, vexé pour des raisons indéfinissables. Mélancthe se retourna et le regarda puis, au bout d'un instant, reporta son attention sur la mer.

Carfilhiot l'observa, les yeux mi-clos. Cette attitude flegmatique – il s'en avisa – si elle était maintenue suffisamment longtemps, pourrait fort bien aboutir à user sa patience... Mélancthe lui jeta un coup d'œil par-dessus son épaule; les coins de ses lèvres tombaient, elle n'avait apparemment rien à dire : ni mot d'accueil ni étonnement de sa présence sans escorte, ni curiosité concernant le déroulement de son existence.

Carfilhiot décida de rompre le silence. « La vie ici à Ys semble plutôt calme.

– Suffisamment.

– J'ai vécu une journée pleine de danger. Je n'ai échappé à la mort que d'un cheveu à peine.

– Tu as dû avoir peur. »

Carfilhiot réfléchit. « " Peur "? Ce n'est pas le mot. J'ai été alarmé, certainement. Je suis affligé d'avoir perdu mes hommes.

– J'ai entendu des rumeurs concernant tes soldats. »

Carfilhiot sourit. « Que veux-tu? La région est en effervescence. Tout le monde résiste à l'autorité. Ne préférerais-tu pas un pays en paix?

– Théoriquement, oui.

– J'ai besoin de ton assistance. »

Mélancthe eut un rire surpris. « Elle te fera défaut. Je t'ai aidé une fois, à mon regret.

– Vraiment? Ma gratitude aurait dû apaiser tous tes remords. En somme, toi et moi sommes un. »

Mélancthe se détourna et laissa son regard errer au-dessus de la vaste mer bleue. « Je suis moi et tu es toi.

– Donc tu ne m'aideras pas.

– Je veux bien te donner un conseil si tu acceptes de le suivre.

– Du moins l'écouterai-je.

– Change totalement. »

Carfilhiot eut un geste courtois. « C'est comme dire : " Mets-toi à l'envers ".

1. La *faniche* est une étoffe fée tissée avec la soie des aigrettes de dent-de-lion.

– Je sais. Les deux mots résonnèrent avec un accent fatidique.

Carfilhiot grimaça. « Me détestes-tu dônc tellement ? »

Mélancthe l'examina de la tête aux pieds. « Je m'étonne souvent de mes réactions. Tu fascines l'attention; on ne peut pas t'ignorer. Peut-être est-ce une sorte de narcissisme. Si j'étais un homme, peut-être serais-je comme toi.

– Exact. Nous sommes un. »

Mélancthe secoua la tête. « Je ne suis pas corrompue. Tu as respiré la vapeur verte.

– Mais tu y as goûté.

– Je l'ai recrachée.

– N'empêche, tu en connais la saveur.

– Et c'est pourquoi je vois au fond de ton âme.

– Manifestement sans admiration. »

Mélancthe se tourna de nouveau pour contempler le large.

Carfilhiot vint la rejoindre près de la balustrade. « Cela ne te touche pas que je sois en danger? La moitié de ma compagnie d'élite est anéantie. Je ne me fie plus à ma magie.

– Tu ne connais rien à la magie. »

Carfilhiot continua comme si elle n'avait rien dit : « Mes ennemis se sont ligués et projettent des actes terribles contre moi. Aujourd'hui, ils auraient pu me tuer, mais ils ont essayé plutôt de me prendre vivant.

– Consulte ton Tamurello chéri; peut-être aura-t-il peur pour son bien-aimé. »

Carfilhiot eut un rire triste. « Je ne suis même pas sûr de Tamurello. De toute manière, il se montre très modéré sur le plan de la générosité, pour ne pas dire quelque peu avare.

– Alors trouve un amant plus prodigue. Et le roi Casmir?

– Nous n'avons guère d'intérêts en commun.

– Donc Tamurello semble ton meilleur espoir. »

Carfilhiot la regarda du coin de l'œil et examina les lignes délicates de son profil. « Tamurello ne t'a-t-il jamais fait de propositions?

– Certes. Mais mon prix était trop élevé.

– Quel était ton prix?

– Sa vie.

– C'est excessif. Quel prix exigerais-tu de moi? »

Les sourcils de Mélancthe se haussèrent; sa bouche se tordit dans un rictus sardonique. « Tu paierais un prix considérable.

– Ma vie?

– Le sujet est dépourvu de toute pertinence et m'importune. » Elle se détourna. « Je rentre.

– Et moi?

– Fais ce que tu veux. Dors au soleil, si cela te tente. Ou retourne à Tintzin Fyral. »

Carfilhiot dit d'un ton de reproche : « Pour quelqu'un qui est plus proche qu'une sœur, tu es vraiment acerbe.

– Au contraire; je suis totalement détachée.

– Eh bien donc, si je peux faire comme il me plaît, je vais accepter ton hospitalité. »

Mélancthe, la bouche serrée dans une moue pensive, entra dans le palais, Carfilhiot sur ses talons. Elle s'arrêta dans le vestibule : une salle ronde décorée en bleu, rose et or, avec un tapis bleu pâle sur le sol de marbre. Elle appela le chambellan.

« Conduisez sire Faude à une chambre et donnez-lui ce dont il a besoin. »

Carfilhiot prit un bain et se reposa pendant un moment. La crépuscule descendit sur l'océan et la clarté s'éteignit.

Carfilhiot enfila des vêtements entièrement noirs. Dans le vestibule, le chambellan s'avança. « Dame Mélancthe n'est pas encore arrivée. Si vous le désirez, vous pouvez l'attendre dans le petit salon. »

Carfilhiot s'assit et se vit servir un gobelet de vin vermeil, qui avait une saveur de miel, d'aiguilles de pin et de grenade.

Une demi-heure s'écoula. La servante au teint d'argent apporta un plateau de sucreries, que Carfilhiot goûta sans enthousiasme.

Dix minutes plus tard, il leva les yeux de son vin pour découvrir Mélancthe debout devant lui. Elle portait une tunique noire sans manches, d'une totale simplicité de coupe. Un cabochon d'opale noire était suspendu à son cou par un étroit ruban noir; sur ce fond noir, sa peau claire et ses grands yeux donnaient l'impression qu'elle était vulnérable aux impulsions du plaisir aussi bien que de la souffrance : une apparence propre à exciter quiconque serait désireux de provoquer en elle l'un ou l'autre ou les deux.

Après une pause, elle s'assit à côté de Carfilhiot et prit un gobelet de vin sur le plateau. Carfilhiot attendit, mais elle garda le silence. A la fin, il questionna : « As-tu passé un après-midi reposant?

– Reposant n'est pas le mot. J'ai travaillé à certains exercices.
– Vraiment? A quelle fin?
– Devenir sorcier n'est pas simple.
– Telle est ton intention?
– Assurément.
– Cela n'a rien de trop difficile, alors?
– J'aborde seulement le sujet. Les vraies difficultés, je les rencontrerai plus tard.
– Tu es déjà plus forte que moi. » Carfilhiot parlait sur un ton de plaisanterie. Mélancthe ne sourit pas du tout.

Après un lourd silence, elle se leva. « Il est temps de dîner. »

Elle l'emmena dans une vaste salle, lambrissée du bois d'ébène le plus noir qui soit et pavée de dalles de gabbro noir poli. Au-dessus de l'ébène, une série de prismes de verre éclairaient le service.

Le dîner était disposé sur deux jeux de plateaux : un repas simple de moules mijotées dans du vin blanc, de pain, d'olives et de noix. Mélancthe mangea peu et, à part un regard de temps à autre jeté sur Carfilhiot, elle ne s'occupa pas de lui et ne fit aucun effort de conversation. Vexé, Carfilhiot tint également sa langue, si bien que le dîner se déroula en silence. Carfilhiot but plusieurs gobelets de vin et finalement cogna le gobelet en le reposant d'un geste irrité.

« Tu es belle au-delà de tout ce qu'on peut rêver! Pourtant tes pensées sont celles d'un poisson!
– Peu importe.
– Pourquoi éprouver de la contrainte entre nous? Ne sommes-nous pas au fond la même personne?
– Non. Desmëi s'est projetée en trois : moi, toi et Denking.
– Tu l'as dit toi-même! »

Mélancthe secoua la tête. « Chacun a sa part de la substance de la terre. Mais le lion est différent de la souris et l'un et l'autre le sont de l'homme. »

Carfilhiot écarta d'un geste l'analogie. « Nous sommes un mais différents! Une condition fascinante! Pourtant, tu demeures distante!
– Exact, dit Mélancthe. Je suis d'accord.
– Considère donc un instant les possibilités! Les sommets de passion! Les exubérances extrêmes! Ne sens-tu pas comme c'est excitant?

– Sentir? C'est assez que je pense. » Pendant une seconde, sa maîtrise parut ébranlée. Elle se leva, traversa la pièce et resta debout à contempler le feu de houille.

D'un pas nonchalant, Carfilhiot vint la rejoindre. « C'est facile de sentir. » Il lui prit la main et la posa sur sa propre poitrine. « Sens! Je suis fort. Sens comme mon cœur bouge et me donne vie. »

Mélancthe retira sa main. « Je me soucie peu de sentir sur ton ordre. La passion est de l'hystérie. En toute franchise, je ne suis pas attirée par les hommes. » Elle s'éloigna d'un pas. « Laisse-moi maintenant, s'il te plaît. Au matin, tu ne me verras pas et je ne faciliterai pas tes entreprises. »

Carfilhiot posa ses mains sous les coudes de Mélancthe et resta à la dévisager, le reflet du feu jouant sur leurs traits. Mélancthe ouvrit la bouche pour parler mais ne dit rien et Carfilhiot, penchant son visage vers le sien, baisa sa bouche. Il l'entraîna sur un divan. « Les étoiles du soir montent encore dans le ciel. La nuit commence à peine. »

Elle parut ne pas l'entendre, mais demeura assise à contempler le feu. Carfilhiot détacha les fermails sur l'épaule de Mélancthe; celle-ci laissa la robe glisser de son corps sans l'en empêcher et l'odeur de violettes plana dans l'air. Elle regarda dans un silence passif Carfilhiot qui se dépouillait de ses propres vêtements.

A minuit, Mélancthe se leva du divan et, nue, se posta devant le feu, à présent un lit de braises.

Carfilhiot l'observait depuis le divan, les paupières mi-closes, les lèvres serrées. La conduite de Mélancthe avait été déconcertante. Son corps avait répondu au sien avec une ardeur convenable mais jamais pendant l'union elle ne l'avait regardé en face; sa tête était rejetée en arrière, ou couchée sur le côté, les yeux ne fixant strictement rien. Elle était enflammée sur le plan physique, cela il l'avait constaté, mais quand il lui parlait elle ne répondait pas, comme s'il n'était qu'un fantasme.

Mélancthe le regarda par-dessus son épaule. « Habille-toi. »

Maussade, Carfilhiot enfila ses vêtements tandis qu'elle continuait à contempler le feu mourant. Il envisagea l'une après l'autre une série de remarques, mais chacune semblait très pompeuse, ou geignarde, ou naïve, ou ridicule, et il tint sa langue.

Quand il fut habillé, il vint à elle et passa les bras autour de sa taille. Elle se dégagea et dit d'une voix pensive : « Ne me touche pas. Aucun homme encore ne m'a jamais touchée et tu ne me toucheras pas non plus. »

Carfilhiot rit. « Ne suis-je pas un homme? Je t'ai touchée complètement et profondément, au centre même de ton être. »

Fixant toujours le feu, Mélancthe secoua la tête. « Tu n'existes que comme un produit de l'imagination. Je me suis servie de toi, tu dois maintenant disparaître de mon esprit. »

Carfilhiot la dévisagea, interdit. Était-elle folle? « Je suis tout ce qu'il y a de plus réel et je n'ai nulle envie de disparaître. Mélancthe, écoute! » De nouveau, il posa les mains sur sa taille. « Soyons de vrais amants! Ne sommes-nous pas tous deux remarquables? »

Et de nouveau Mélancthe s'écarta. « Tu as encore essayé de me toucher. » Elle désigna une porte. « Va! Disparais de mon esprit! »

Carfilhiot exécuta un salut sardonique et se dirigea vers la porte. Là, il hésita, regarda en arrière. Mélancthe se tenait près de l'âtre, une main sur le manteau de la haute cheminée, le reflet du feu et l'ombre noire jouant le long de son corps. Carfilhiot murmura pour lui-même, de façon inaudible : « Parle de fantômes autant que tu veux. Je t'ai prise et je t'ai eue : cela, c'est réel. »

Et dans son oreille, ou son cerveau, tandis qu'il ouvrait la porte, se formulèrent des mots silencieux : « J'ai joué avec un fantôme. Tu croyais dominer la réalité. Les fantômes ne souffrent pas. Penses-y, quand viendra la souffrance de chaque jour. »

Surpris, Carfilhiot franchit le seuil de la porte qui se referma aussitôt derrière lui. Il se retrouva dans un passage sombre entre deux bâtiments, avec un reflet de clarté à chaque extrémité. Au-dessus de sa tête il y avait le ciel nocturne. L'air charriait un curieux relent, de bois pourrissant et de pierre humide; où était le pur air marin qui soufflait devant le palais de Mélancthe?

Carfilhiot se fraya un chemin à tâtons parmi des détritus jusqu'au bout du passage et sortit sur une place. Il regarda autour de lui, bouche bée de perplexité. Ce n'était pas Ys et Carfilhiot proféra une malédiction amère à l'égard de Mélancthe.

La place était animée par les spectacles et les bruits d'une fête. Un millier de torches flamboyaient haut; un millier de bannières vertes et bleues portant en application un oiseau jaune flottaient en l'air. Au centre de la place, deux grands oiseaux formés d'un assemblage de balles de paille et de cordes se faisaient face. Sur une estrade, des hommes et des femmes costumés en oiseaux de fantaisie exécutaient entrechats, bonds et battements de pied au son de la musique de tambours et de cornemuses.

Un homme déguisé en coq blanc, avec une crête rouge, un bec jaune, des ailes et une queue aux plumes blanches, passa en se pavanant. Carfilhiot le saisit par le bras. « Messire, un instant! Éclairez-moi, où est cette place? »

L'homme-poulet émit un cocorico moqueur. « N'avez-vous pas d'yeux? Ni d'oreilles? Ceci est le Grand Gala des Arts Aviaires!

– Oui, mais où?

– Où voulez-vous que ce soit? C'est ici le Kaspodel, au centre de la ville!

– Mais quelle ville? Quel royaume?

– Avez-vous perdu la raison? C'est Gargano!

– Dans le Pomperol?

– Exactement. Où est votre queue de plumes? Le roi Deuel a ordonné des queues en plumes pour le gala! Regardez ma parure! » L'homme-poulet courut en cercle, se pavanant et sautillant, afin de mettre en valeur son élégant déploiement de plumes; puis il continua son chemin.

Carfilhiot s'accota contre le bâtiment, en proie à une fureur qui le faisait grincer des dents. Il n'avait sur lui ni monnaie, ni bijoux, ni or; il n'avait pas d'amis parmi les habitants de Gargano; pire, le roi fou Deuel le considérait comme un dangereux tueur d'oiseaux et un ennemi.

Carfilhiot aperçut sur le côté de la place l'enseigne d'une auberge : le Poirier. Il se présenta à l'aubergiste, mais ce fut pour apprendre que l'auberge était au complet. Les manières on ne peut plus aristocratiques de Carfilhiot ne lui valurent qu'un banc dans la salle commune près d'un groupe de participants aux festivités qui buvaient, se chamaillaient et entonnaient des chants tels que *Fesker a voulu s'en aller conquérir un cœur, Tire-lire-lire-lo, Dame l'Autruche et le Noble Sire Moineau*. Une heure avant l'aube, ils s'affalèrent, le nez en avant sur la table où ils ronflèrent au milieu des os rongés de pieds de porc, parmi les flaques de vin répandu. Carfilhiot eut la possibilité de dormir jusqu'au moment où des femmes de ménage arrivèrent avec des seaux et des serpillières et mirent tout le monde dehors.

La célébration de la fête avait déjà atteint un crescendo.

Partout flottaient des bannières et des banderoles arborant du bleu, du vert et du jaune. Des cornemuseux jouaient des gigues tandis que les gens costumés en oiseaux se dépensaient en sauts et gambades. Chacun usait d'un cri d'oiseau caractéristique, de sorte que l'air résonnait de gazouillis, de ramages, de sifflements et de croassements. Les enfants étaient déguisés en hirondelles, chardonnerets ou mésanges bleues; les gens plus âgés avaient choisi des apparences plus posées telles que celles de corneille, corbeau ou peut-être geai. Les corpulents se présentaient souvent sous l'aspect de hiboux mais, en général, chacun s'affublait comme sa fantaisie l'y inclinait.

Couleur, bruit et réjouissances n'améliorèrent pas l'humeur de Carfilhiot; en vérité – c'est ce qu'il se dit – jamais il n'avait assisté à autant d'extravagance qui ne rimait à rien. Il s'était peu reposé et n'avait rien mangé, ce qui contribuait à l'exaspérer.

Un pâtissier ambulant costumé en caille vint à passer; Carfilhiot acheta une tourte-aux-mendiants [1] en échange d'un bouton d'argent prélevé sur sa tunique. Il la mangea debout devant l'auberge, en jetant des regards dédaigneux et distants sur les réjouissances.

Une bande de jeunes gens remarquèrent par hasard les mines désobligeantes de Carfilhiot et s'arrêtèrent net. « Dis donc! C'est le Grand Gala! Tu dois faire montre d'un sourire joyeux pour ne pas détoner! »

Un autre s'exclama : « Quoi! Pas de gai plumage? Pas de queue en plumes? Ils sont requis de tout participant!

– Allons! déclara un autre. Il faut que nous arrangions ça! » Contournant Carfilhiot, il tenta d'insérer une longue plume blanche d'oie dans la ceinture de ses chausses. Carfilhiot refusa de se laisser faire et repoussa le jeune homme d'une bourrade.

Le reste de la bande ne s'en montra que plus résolu et une bagarre suivit, où furent échangés cris, horions et jurons.

De la rue monta un appel sévère. « Hé là, hé là! Pourquoi ce vacarme scandaleux? » Le roi fou Deuel en personne, qui passait par là dans une voiture emplumée, s'était arrêté pour lancer une réprimande.

1. *Mince-tart*, dit le texte original; *mince-pie*, dit l'usage courant : il s'agit d'une tourte fourrée de ce qu'on appelle mendiants, c'est-à-dire raisins secs, pommes, amandes et écorce d'orange amère émincés macérés dans du cognac et liés avec de la graisse. *(N.d.T.)*

Un des jeunes gens s'exclama : « La faute en revient à ce vagabond lugubre! Il s'obstine à ne pas porter son panache de plumes. Nous avons voulu l'aider et nous avons cité l'ordonnance de Votre Majesté; il a dit de fourrer toutes nos plumes dans le cul de Votre Majesté! »

Le roi Deuel reporta son attention sur Carfilhiot.

« Il a dit ça, hein? Ce n'est pas poli. Nous connaissons un tour encore meilleur. Gardes! Serviteurs! »

Carfilhiot fut empoigné et courbé sur un banc. Le fond de ses chausses fut découpé et dans ses fesses furent plantées une centaine de plumes de toutes tailles, longueurs et couleurs, y compris une couple de coûteuses plumes d'autruche. L'extrémité des plumes était taillée en barbelure pour empêcher qu'elles se détachent et elles étaient disposées de façon à se soutenir mutuellement de sorte que le plumage, une fois terminé, jaillissait du derrière de Carfilhiot avec beaucoup d'allure.

« Parfait! déclara le roi Deuel, en battant des mains de satisfaction. C'est une spendide décoration dont vous pouvez tirer orgueil. Allez, maintenant. Jouissez de la fête tout votre content! A présent, vous voilà convenablement chamarré! »

La voiture s'éloigna; les jeunes gens examinèrent Carfilhiot d'un œil critique, mais convinrent que son plumage était à l'unisson de la fête et eux aussi partirent.

Carfilhiot se rendit d'une démarche raide jusqu'à un carrefour à la sortie de la ville. Un poteau indicateur pointait vers le nord et vers Avallon.

Carfilhiot attendit, tout en arrachant une par une les plumes de son postérieur.

Une charrette survint de la ville, conduite par une vieille paysanne. Carfilhiot leva la main pour arrêter la charrette.

« Où allez-vous, grand-mère?

– Au village de Filster dans le Valcreux si cela vous dit quelque chose. »

Carfilhiot montra l'anneau qu'il portait au doigt. « Examinez ce rubis! »

La vieille femme regarda attentivement. « Je le vois bien. Il luit comme une flamme rouge! Je m'émerveille souvent que des pierres pareilles se forment au cœur noir de la terre.

– Un autre sujet d'émerveillement : ce rubis, si petit, achètera vingt chevaux et voitures comme ce que vous conduisez. »

La vieille femme cligna des paupières. « Eh bien, je dois vous en croire. Retarderiez-vous mon retour chez moi pour me raconter des menteries?

– Maintenant, écoutez attentivement, car je vais énoncer une proposition en plusieurs parties.

– Parlez; dites ce que vous voulez! Je suis capable de penser à trois choses à la fois.

– Ma destination est Avallon. Mes jambes me font mal; je ne peux ni marcher ni rester en selle. Je désire voyager dans votre charrette pour arriver confortablement à Avallon. Par conséquent, si vous voulez me conduire là-bas, bague et rubis sont à vous. »

La vieille femme leva l'index. « Mieux! Nous allons à Filster. Là, mon fils Raffin met de la paille dans la charrette puis vous emmène à Avallon. Ainsi tous commérages et chuchotements derrière la main sur mon compte sont arrêtés avant d'avoir commencé à courir.

– Cela me convient parfaitement. »

Carfilhiot descendit de la charrette devant l'enseigne du Chat qui Pêche et donna l'anneau orné d'un rubis à Raffin qui partit aussitôt.

Carfilhiot entra dans l'auberge. Derrière un comptoir se tenait un colosse plus grand que Carfilhiot de quinze centimètres, avec une grande face rougeaude et un ventre qui reposait sur le comptoir. Il abaissa sur Carfilhiot un regard émis par des yeux pareils à des galets. « Vous désirez quoi?

– Je veux trouver Rughalt aux genoux malades. Il a dit que vous sauriez où il était. »

S'offusquant de l'attitude de Carfilhiot, le gros homme regarda ailleurs. Il pianota sur le comptoir d'un bout à l'autre. Finalement, il prononça quelques mots brefs : « Il va arriver bientôt.

– Quel délai représente ce “ bientôt ”?

– Une demi-heure.

– J'attendrai. Apportez-moi un de ces poulets qui rôtissent, un pain frais et un flacon de bon vin.

– Montrez-moi votre monnaie.

– Quand Rughalt viendra.

– Quand Rughalt viendra, je servirai la volaille. »

Carfilhiot pivota sur ses talons en jurant entre ses dents; le gros homme le regarda s'éloigner sans changer d'expression.

Carfilhiot s'assit sur un banc devant l'auberge. Rughalt finit par apparaître, déplaçant ses jambes avec lenteur et précaution, une à la fois, la respiration sibilante.

Le sourcil froncé, Carfilhiot observa Rughalt qui approchait. Ce dernier portait le costume gris démodé des pédagogues.

Carfilhiot se leva ; Rughalt se figea de surprise.

« Sire Faude ! s'exclama-t-il. Comment se fait-il que vous soyez ici, en pareil état ?

– Par suite de trahison et de sorcellerie ; quoi d'autre ? Conduis-moi dans une auberge convenable ; celle-ci n'est bonne que pour des Celtes et des lépreux. »

Rughalt se frotta le menton. « Il y a le Taureau Noir là-bas sur la place. On dit que ses prix sont excessifs ; vous paierez en monnaie d'argent pour y loger une nuit.

– Je n'ai rien sur moi, ni argent ni or. Il faut que tu me fournisses des fonds jusqu'à ce que j'aie pris des dispositions. »

Rughalt tiqua. « Le Chat qui Pêche n'est pas si mal, après tout. Gurdy, l'aubergiste, n'est intimidant que lorsqu'on le voit pour la première fois.

– Bah. Lui et son taudis puent tous les deux le chou suri et pire encore. Emmène-moi au Taureau Noir.

– Très bien. Ah, mes jambes douloureuses ! Le devoir vous commande d'avancer. »

Au Taureau Noir, Carfilhiot trouva un logement répondant à ses exigences, bien que Rughalt eût crispé les paupières à l'annonce du montant qu'il coûtait. Un vendeur de vêtements tout faits présenta des habits que Carfilhiot jugea en accord avec sa dignité ; toutefois, à l'atterrement de Rughalt, Carfilhiot refusa de discuter le prix et Rughalt paya l'astucieux tailleur avec des doigts crochus et lents.

Carfilhiot et Rughalt s'assirent à une table devant le Taureau Noir et regardèrent les passants d'Avallon. Rughalt commanda deux modestes demi-mesures au serveur. « Attendez ! ordonna Carfilhiot. J'ai faim. Apportez-moi une assiette de bon bœuf froid, avec des poireaux et un croûton de pain frais, et je boirai une pinte de votre meilleure ale. »

Tandis que Carfilhiot apaisait sa fringale, Rughalt l'observait du coin de l'œil avec une désapprobation si évidente que Carfilhiot finit par demander : « Pourquoi ne manges-tu pas ? Tu es devenu décharné comme une vieille courroie de cuir. »

Rughalt répliqua entre ses lèvres serrées : « A franchement parler, je dois être ménager de mes fonds. Je vis à la limite de la pauvreté.

– Quoi? Je croyais que tu étais un maître coupe-bourses, qui pillait toutes les fêtes et foires du Dahaut.

– Ce n'est plus possible. Mes genoux empêchent ce départ prompt et silencieux qui est une partie si importante de l'affaire. Je ne suis plus les foires.

– Pourtant, tu n'es manifestement pas dans l'indigence.

– Ma vie n'est pas facile. Par chance, je vois très bien dans le noir et maintenant je travaille la nuit au Chat qui Pêche, je détrousse les clients pendant qu'ils dorment. Même ainsi, mes genoux grinçants sont un handicap et comme Gurdy, l'aubergiste, exige une part de mes gains, j'évite toute dépense superflue. A ce propos, resterez-vous longtemps dans Avallon?

– Pas longtemps. Je veux voir un certain Triptomologius. Son nom t'est-il connu?

– C'est un nécromant. Il fait le commerce d'élixirs et de potions. Que lui voulez-vous?

– D'abord, il me fournira de l'or, autant que j'en ai besoin.

– Dans ce cas, demandez-en assez pour nous deux!

– Nous verrons. » Carfilhiot se mit debout. « Allons à la recherche de Triptomologius. »

Avec un craquement et un claquement des genoux, Rughalt se leva. Les deux s'en allèrent par les ruelles d'Avallon jusqu'à une petite boutique sombre perchée sur une colline dominant l'estuaire de la Murmeil. Une souillon âgée et ridée dont le nez et le menton entraient presque en contact annonça que Triptomologius était parti ce matin même installer une loge sur la place afin de vendre ses marchandises à la foire.

Les deux descendirent la colline par des escaliers tortueux aux étroites marches de pierre que surplombaient de leur masse déjetée les vieux pignons d'Avallon : le jeune élégant à l'air désinvolte dans ses beaux habits neufs et l'homme maigre qui avançait les genoux pliés avec la démarche raide et précautionneuse d'une araignée. Ils débouchèrent sur la place du foirail, depuis l'aube le théâtre d'un tourbillon d'activités et d'un méli-mélo de couleurs. Ceux qui étaient arrivés de bonne heure criaient déjà leurs marchandises. Les nouveaux venus s'installaient de leur mieux dans un concert de plaintes, de blagues, de querelles, d'invectives avec de temps à autre une bagarre. Les camelots montaient leurs tentes, enfonçant les piquets dans le sol à coups de grande masse en bois, et suspendaient des drapeaux de cent teintes fanées par le soleil. Des baraques où se vendait de la nourriture allumaient leurs braseros; les saucisses grésillaient dans la graisse brûlante; le poisson grillé, trempé dans l'huile assaisonnée d'ail, était servi sur des tranches de pain. Les oranges des vallées du Dascinet rivalisaient pour la couleur et le parfum avec les raisins rouges du Lyonesse, les pommes du Wysrod, les grenades, les prunes et les coings dauts. Au fond de la place du foirail, des tréteaux délimitaient un enclos long et étroit, où les lépreux mendiants, les stropiats, les esprits dérangés, les difformes et les aveugles étaient requis de se placer. Chacun se postait à un endroit d'où il débitait ses lamentations; certains chantaient, certains toussaient, d'autres proféraient des ululements de souffrance. Le demi-fol avait l'écume à la bouche et jetait des injures au passant, dans le style qu'il jugeait le plus efficace. Le vacarme provenant de cet endroit s'entendait sur la place entière, créant un contrepoint à la musique des cornemuseux, violoneux et carillonneurs.

Carfilhiot et Rughalt allèrent de-ci de-là, en quête de la baraque où Triptomologius vendait ses essences. Rughalt, poussant tout bas des gémissements de frustration, désignait de lourdes bourses faciles à prendre s'il n'avait pas eu ses infirmités. Carfilhiot s'arrêta pour admirer un attelage de chevaux noirs à deux têtes, grands et forts, qui avaient tiré une voiture sur la place. Devant la voiture, un jeune garçon jouait sur une flûte de Pan des airs joyeux, tandis qu'une jolie fillette blonde debout à côté d'une table dirigeait les évolutions de deux chats qui dansaient sur ces airs : sautant et levant la patte, saluant et tournant, remuant la queue en mesure avec la musique.

Le garçon acheva son morceau et posa de côté son instrument; sur une estrade devant la voiture apparut un homme d'apparence jeune, mince et de haute taille, avec un visage marqué par l'humour et des cheveux blond roux. Il portait un manteau noir orné de symboles druidiques, un haut chapeau noir avec cinquante-deux clochettes d'argent autour de son bord. Faisant face à la foule, il leva les bras pour attirer l'attention. La fillette sauta sur l'estrade. Elle était vêtue comme un garçon avec des demi-bottes blanches, des chausses collantes en velours bleu, une veste bleu foncé avec des grenouilles d'or sur le devant. Elle prit la parole :

« Amis! Je vous présente ce remarquable maître des arts de guérir, le Docteur Fidélius! »

Elle sauta sur le sol et le Docteur Fidélius s'adressa à la foule.

« Mesdames et messires, nous sommes tous sujets à une affliction d'une sorte ou l'autre – variole, furoncles ou hallucinations. Que je vous avertisse tout de suite : mes pouvoirs sont limités. Je guéris du goître et des vers, de l'occlusion intestinale, du rétrécissement et de l'enflure. J'apaise la grattelle; je guéris la gale. Je m'afflige tout particulièrement du supplice que sont des genoux qui criquent et qui craquent. Seul celui qui souffre de ce mal peut dire quel tourment c'est! »

Pendant que le Docteur Fidélius parlait, la fillette circulait à travers la foule pour vendre les baumes et les toniques qu'elle portait sur un plateau. Le Docteur Fidélius étala une carte. « Observez ce dessin. Il représente le genou humain. Quand il est blessé, par exemple à la suite d'un coup de barre de fer, la rotule recule; l'articulation devient un cabillot d'amarrage; la jambe bascule d'avant en arrière comme une aile de grillon, avec des clics et des cracs. »

Rughalt fut grandement impressionné. « Mes genoux pourraient servir de modèle à son exposé! dit-il à Carfilhiot.

– Étonnant », répliqua ce dernier.

Rughalt leva la main. « Écoutons. »

Le Docteur Fidélius continuait : « Cette affliction a son remède. » Il prit un petit pot d'argile et le brandit. « J'ai ici un onguent d'origine égyptienne. Il pénètre directement dans l'articulation et renforce en soulageant. Les ligaments reprennent leur tonus. Les gens entrent dans mon officine en se traînant sur des béquilles et ressortent à grandes enjambées, remis à neuf. Pourquoi supporter cette infirmité quand le soulagement peut être presque immédiat? L'onguent coûte cher, un florin d'argent le pot, mais il est bon marché quand on considère son effet. L'onguent, soit dit en passant, a ma garantie personnelle. »

Rughalt écoutait avec une attention fascinée. « Il faut absolument que j'essaie cet onguent!

– Viens donc, dit sèchement Carfilhiot. Le bonhomme est un charlatan. Ne perds ni temps ni argent à des bêtises pareilles.

– Je n'ai rien de mieux à en faire, riposta Rughalt avec une fougue soudaine. Si mes jambes étaient encore agiles, j'aurais de l'argent tant et plus! »

Carfilhiot regarda d'un œil méfiant le Docteur Fidélius. « J'ai vu cet homme-là quelque part.

– Bah! grommela Rughalt. Ce n'est pas vous qui souffrez, vous pouvez vous permettre d'être sceptique. Je dois me raccrocher à tout! Hé là, Docteur Fidélius! Mes rotules répondent à votre description. Pouvez-vous me soulager? »

Le Docteur Fidélius cria : « Approchez, messire! Même à cette distance, je diagnostique une condition typique. Elle a nom « genou du couvreur » ou quelquefois « genou du voleur », puisqu'elle est souvent produite par le choc du genou contre les tuiles. Avancez par ici, je vous prie, que je puisse examiner votre jambe avec soin. Je peux presque garantir votre soulagement dans un très court délai. Êtes-vous couvreur, messire?

– Non, dit Rughalt d'un ton bref.

– Peu importe. Un genou, somme toute, est un genou. S'il est laissé sans soin, il finit par jaunir, expulse des bouts d'os carié et devient une source de désagrément. Nous allons empêcher ces événements. Venez par ici, messire, derrière la voiture. »

Rughalt suivit le Docteur Fidélius de l'autre côté du véhicule. Impatienté, Carfilhiot tourna les talons et partit à la recherche de Triptomologius, qu'il ne tarda pas à trouver en train de garnir les rayons de sa baraque avec des articles apportés par une charrette que tirait un chien.

Les deux échangèrent des salutations et Triptomologius demanda la raison de la présence de Carfilhiot. Celui-ci répondit de façon indirecte, laissant entendre qu'il y avait des intrigues et mystères impossibles à discuter. « Tamurello devait laisser un message pour moi, dit Carfilhiot. Avez-vous été récemment en contact avec lui?

– Pas plus tard qu'hier. Le message ne parlait pas de vous; il reste à Faroli.

– Alors, je vais me rendre le plus vite possible à Faroli. Fournissez-moi un bon cheval et dix couronnes d'or, que Tamurello vous remboursera. »

Triptomologius eut un mouvement de recul horrifié. « Son message ne me disait rien de tout cela!

– Eh bien, envoyez un nouveau message, mais faites vite, car je suis obligé de quitter Avallon dans les plus brefs délais – demain au plus tard. »

Triptomologius tirailla son long menton gris. « Je ne peux pas disposer de plus de trois couronnes. Vous devez vous en contenter.

– Quoi ? Faut-il que je mange du pain sec et que je couche sous la haie ? »

Après un instant de chamaille manquant de dignité, Carfilhiot accepta cinq couronnes d'or, un cheval convenablement équipé et des sacs de selle remplis de provisions d'une sorte et d'une qualité soigneusement stipulées.

Carfilhiot retraversa le foirail. Il s'arrêta près de la voiture du Docteur Fidélius, mais les portes latérales étaient closes et personne n'était en vue : ni le Docteur Fidélius, ni la fillette et le jeune garçon, non plus que Rughalt.

Revenu au Taureau Noir, Carfilhiot s'assit à une table devant l'auberge. Il étendit ses jambes, but le vin doré de raisin muscat et médita sur les circonstances de sa vie. Ces derniers temps, ses affaires n'avaient pas bien marché. Des images se bousculèrent dans son esprit : il sourit à certaines et d'autres lui firent froncer les sourcils. En songeant à l'embuscade de la Dravenshaw, il poussa un petit gémissement et crispa sa main autour du gobelet. Le moment était venu de détruire ses ennemis une fois pour toutes. Dans son esprit, il les voyait à la ressemblance d'animaux : roquets montrant les dents, belettes, ours, renards à masque noir. L'image de Mélancthe lui apparut. Elle se tenait dans l'ombre de son palais, nue à part une couronne de violettes dans sa chevelure noire. Calme et immobile, elle avait un regard qui passait à travers lui et se perdait dans le lointain... Carfilhiot se redressa brusquement sur son siège. Mélancthe l'avait toujours traité avec condescendance, comme si elle se sentait une suprématie naturelle, vraisemblablement fondée sur l'émanation verte. Elle s'était approprié tout le matériel magique de Desmëi, ne lui laissant rien. Par retour de conscience ou sentiment de culpabilité ou peut-être uniquement dans le but de mettre un terme à ses reproches, elle avait ensorcelé le magicien Shimrod, afin que lui Carfilhiot puisse piller ses accessoires magiques – qui, de toute manière, à cause de la serrure astucieuse de Shimrod, ne lui avaient servi à rien. A son retour à Tintzin Fyral, il devrait sûrement... Shimrod ! L'instinct de Carfilhiot déclencha un signal d'alarme. Où donc était Rughalt, qui s'était avancé en boitillant avec tant de confiance pour être soigné par le Docteur Fidélius ?

Shimrod ! S'il avait capturé Rughalt, qui serait le suivant ? Une sensation de froid envahit Carfilhiot et ses entrailles le travaillèrent comme si elles avaient besoin de soulagement.

Carfilhiot se leva. Il examina le foirail. Aucun signe de Rughalt. Carfilhiot jura entre ses dents. Il n'avait ni argent ni or et n'en aurait pas avant le lendemain.

Carfilhiot s'efforça de recouvrer son sang-froid. Il aspira profondément et serra le poing. « Je suis Faude Carfilhiot! Je suis moi, le meilleur des meilleurs! Je danse ma danse périlleuse aux confins du ciel! Je prends dans mes mains l'argile de la Destinée et je la modèle à ma volonté. Je suis Faude Carfilhiot, le nonpareil! »

D'un pas ferme et léger, il se mit à traverser le foirail. Comme il n'avait aucune arme de quelque sorte que ce soit, il s'arrêta pour ramasser un piquet de tente cassé : un bâton de frêne d'un peu plus de trente centimètres de long, qu'il dissimula sous sa cape, puis il se dirigea droit vers la voiture du Docteur Fidélius.

Une fois derrière la voiture du Docteur Fidélius, Rughalt dit d'une voix grêle : « Vous avez parlé de genoux douloureux que j'ai en abondance, au nombre de deux. Ils craquent et criquent et par moments se replient à l'envers, ce qui m'incommode.

– Intéressant! s'exclama le Docteur Fidélius. Intéressant, en vérité! Depuis combien de temps en souffrez-vous?

– Depuis toujours ou presque. Cela m'est venu au cours de mon travail. J'étais soumis à des alternances de chaud et de froid, d'humidité et de sécheresse. Et en même temps j'étais contraint à de grands efforts, je tordais, tournais, poussais, tirais et je pense que, ce faisant, j'ai affaibli mes genoux.

– Exactement! N'empêche, votre cas présente des particularités. Il n'est pas typique du genou malade d'Avallon.

– Je résidais alors dans l'Ulfland du Sud.

– J'ai donc raison! Pour le mal de l'Ulfland du Sud, nous aurons besoin de certains médicaments que je ne garde pas dans la voiture. » Shimrod appela Glyneth; elle approcha, son regard allant de l'un à l'autre homme. Shimrod la tira légèrement à l'écart. « Je vais être en conférence avec le gentilhomme pour une heure environ. Ferme la voiture, attelle les chevaux. Nous prendrons peut-être ce soir la route du Lyonesse. »

Glyneth hocha la tête en signe d'assentiment et repartit annoncer la nouvelle à Dhrun.

Shimrod reporta son attention sur Rughalt. « Par ici, messire, si vous voulez bien. »

Peu après, Rughalt posa plaintivement une question : « Pourquoi allons-nous si loin? Nous avons quitté la ville depuis longtemps!

– Oui, mon officine est un peu isolée. Toutefois, je pense pouvoir vous promettre une palliation totale. »

Les genoux de Rughalt commencèrent à cliqueter et craquer sans désemparer et ses lamentations devinrent de plus en plus acides. « Nous faut-il aller loin? Chaque pas que nous faisons est un pas que nous devons refaire dans l'autre sens. Déjà mes genoux chantent un duo dolent.

– Ils ne chanteront plus jamais! La rémission est complète et définitive.

– C'est bon à entendre. Mais je ne vois pas trace de votre officine.

– Elle est juste là-bas, derrière ce bouquet d'aulnes.

– Hum. Un drôle d'endroit pour une officine.

– C'est parfait pour ce que nous voulons faire.

– Mais il n'y a même pas de sentier!

– Ainsi assurons-nous notre intimité. Par ici donc, derrière le buisson. Attention à ces bouses de vaches fraîches.

– Mais il n'y a rien ici.

– Nous y sommes, vous et moi, et je suis Shimrod le Magicien. Vous avez pillé ma maison Trilda et vous avez brûlé au-dessus d'une flamme mon ami Grofinet. Je vous ai cherchés très longtemps, vous et votre camarade.

– Quelle blague! Rien de pareil! Absurde, du premier au dernier mot... Que faites-vous? Arrêtez tout de suite! Arrêtez! Arrêtez, je vous dis! »

Et plus tard : « Ayez pitié! Assez! Le travail m'a été commandé!

– Par qui?

– Je n'ose pas le dire... Non, non! Pas plus, je vais le dire...

– Qui vous l'a commandé?

– Carfilhiot, de Tintzin Fyral!

– Pour quelle raison?

– Il convoitait votre matériel magique.

– C'est de la pure invention.

– C'est vrai. Carfilhiot y a été incité par le magicien Tamurello, qui ne voulait rien lui donner.

– Continuez.

– Je ne sais rien de plus... Ah! Espèce de monstre! Je vais vous le dire!

– Quoi donc? Dépêchez-vous, ne vous arrêtez pas pour réfléchir. Ne haletez pas, parlez!

– Carfilhiot est à Avallon, au Taureau Noir... Qu'est-ce que vous faites maintenant? Je vous ai dit tout!

– Avant de mourir, vous devez rôtir un peu, comme Grofinet.

– Mais je vous ai tout dit! Ayez pitié!

– Oui, peut-être bien. Je n'ai pas vraiment le cœur à torturer. Mourez donc. C'est mon remède pour guérir les genoux malades. »

Carfilhiot trouva la voiture du Docteur Fidélius fermée, mais les chevaux bicéphales étaient attelés au timon, comme pour un prochain départ.

Carfilhiot alla à la porte de derrière et appuya son oreille contre le panneau. Silence, pour autant qu'il pouvait le déterminer avec le vacarme de la foire derrière lui.

Il contourna la voiture et découvrit le jeune garçon et la fillette à côté d'un petit feu où ils faisaient cuire des brochettes de morceaux de lard et de quartiers d'oignons.

La fillette leva les yeux à l'approche de Carfilhiot; le garçon continua à garder son attention fixée sur le feu. Carfilhiot s'étonna brièvement de son détachement. Des boucles brun doré ébouriffées lui tombaient sur la figure; ses traits étaient fins mais en même temps bien marqués. C'était un jeune garçon d'une distinction remarquable, songea Carfilhiot. Il avait peut-être neuf ou dix ans. La fillette avait deux ou trois ans de plus, elle était au début du printemps de sa vie, aussi gaie et charmante qu'une jonquille. Elle leva les yeux, donc, et ce fut pour croiser le regard de Carfilhiot. Sa bouche s'entrouvrit et elle se figea. Néanmoins, elle déclara d'une voix courtoise : « Messire, le Docteur Fidélius n'est pas ici pour le moment. »

Carfilhiot s'avança lentement. La fillette se mit debout. Le garçon se tourna pour regarder dans la direction de Carfilhiot.

« Quand reviendra-t-il? questionna aimablement ce dernier.

– Très bientôt, je crois, dit la fillette.

– Savez-vous où il est allé?

– Non, messire. Il avait une affaire importante et nous devions être prêts à partir dès son retour.

– Eh bien donc, tout est en ordre, dit Carfilhiot. Sautez dans la voiture et nous rejoindrons tout droit le Docteur Fidélius. »

Le jeune garçon prit la parole pour la première fois. En

dépit de sa belle apparence, Carfilhiot l'avait cru rêveur ou même un peu simple d'esprit. Il fut interloqué par l'accent d'autorité dans la voix du jeune garçon. « Nous ne pouvons pas partir d'ici sans le Docteur Fidélius. Et nous préparons notre repas.

– Attendez devant, messire, si vous voulez », ajouta la fillette, qui recommença à s'occuper du lard en train de griller.

XXVII

En approchant de la mer, la rivière Cambre rejoignait la Murmeil et devenait un estuaire long d'environ cinquante kilomètres : l'Embouchure de la Cambre. Les marées, des courants tourbillonnants, des brouillards saisonniers et des ensablements qui apparaissaient et disparaissaient aux changements de temps rendaient la navigation difficile pour entrer dans le port d'Avallon ou en sortir.

Le voyageur venant du sud à Avallon par la Voie d'Icnield devait traverser l'estuaire, à cet endroit large de deux cents mètres, sur un bac relié à un câble aérien par une chaîne pendant d'une moufle massive. Au sud, le câble était amarré au sommet du Cap Cogstone [1] près du phare. Au nord, il aboutissait à un éperon de pierre agglomérée sur l'A-pic de la Rivière. Le câble traversait l'estuaire en oblique; le bac quittant le débarcadère de Cogstone était ainsi propulsé par le flot à travers l'estuaire jusqu'au bassin de Slange, sous l'A-pic de la Rivière. Six heures plus tard, le jusant repoussait le bac vers le rivage sud.

Aillas et ses compagnons, chevauchant au nord sur la Voie d'Icnield, arrivèrent à Cogstone au milieu de l'après-midi. Quand ils eurent atteint la crête de Cogstone, ils s'arrêtèrent pour contempler l'immense vue qui se déployait soudain devant eux : l'Embouchure de la Chambre décrivant une courbe sinueuse vers l'ouest où elle semblait déborder par-dessus l'horizon, tandis que vers l'est elle s'étalait pour rejoindre le Golfe Cantabrique.

1. Cogstone : littéralement *Pierre-du-Cog, Pierre-du-bateau.* (*N.d.T.*)

C'était l'heure du renversement de marée; le bac se trouvait au débarcadère de Cogstone. Les bateaux, profitant d'un vent frais soufflant vers la côte, entraient dans l'estuaire toutes voiles dehors, y compris une grosse felouque à deux mâts arborant le drapeau du Troicinet. Pendant qu'ils regardaient, elle obliqua vers la rive nord et alla accoster à Slange.

Les trois descendirent à cheval la route jusqu'à l'embarcadère où le bac n'attendait pour partir que le plein de la marée.

Aillas paya le prix du passage et les trois montèrent avec leurs chevaux à bord du bac : une lourde toue de quinze mètres de long et de six mètres de large, amplement chargée avec charrettes, bétail, colporteurs et mendiants en route pour la foire; plus une douzaine de religieuses du couvent de l'Isle de Whanish, allant en pèlerinage à la Pierre Sainte rapportée d'Irlande par saint Colomban.

A Slange, Aillas se rendit à cheval jusqu'à la felouque troice pour avoir des nouvelles, tandis que ses amis attendaient. Il revint dans un état d'abattement. Il sortit l'Infaillible et poussa une exclamation de frustration en voyant la dent pointer vers le nord.

« En vérité, déclara-t-il, je ne sais que faire! »

Yane demanda : « Alors, quelles sont les nouvelles du Troicinet?

– On dit que le roi Ospero est alité et malade. S'il meurt et que je ne suis pas sur place, Trewan sera couronné roi – ce qui est ce qu'il a prévu... A cet instant, je devrais être en train de courir à bride abattue vers le sud, mais comment le puis-je alors que Dhrun mon fils est au nord? »

Après un moment de réfléxion, Cargus dit : « De toute façon, tu ne peux pas aller vers le sud avant que le bac te ramène à Cogstone. Entre-temps, Avallon est à une heure de cheval au nord et qui sait ce que nous y trouverons?

– Qui sait? En route! »

Les trois galopèrent à fond de train sur les derniers kilomètres de la Voie d'Icnield, entre Slange et Avallon, arrivant par une route qui bordait le foirail. Ils découvrirent que s'y tenait une grande foire, d'ailleurs déjà sur le point de se terminer. A côté de la place, Aillas consulta l'Infaillible. La dent pointait au nord vers une cible qui se trouvait à l'autre bout du foirail et peut-être au-delà. Aillas émit un son de contrariété. « Aussi bien il est sur cette place ou à cent cinquante kilomètres au nord, ou n'importe où entre les deux. Ce soir, nous irons chercher jusqu'à la lisière de la ville, puis demain, bon gré mal gré, je partirai pour le sud par le bac de midi.

– C'est une bonne stratégie, dit Yane, qui sera encore meilleure si nous réussissons à dénicher un logement pour la nuit.

– Le Taureau Noir là-bas me semble attirant, déclara Cargus. Je ne dirais pas non à une mogue d'ale amère ou même à deux.

– Va donc pour le Taureau Noir et, si la chance nous sourit, il y aura de la place pour coucher nos corps. »

A leur demande de logement, l'aubergiste commença par ouvrir les bras dans un geste de désespoir, puis un de ses employés le tira par la manche : « La Chambre Ducale est libre, messire. La personne n'est pas arrivée.

– La Chambre Ducale, alors! Pourquoi pas? Je ne peux pas réserver un logis de choix la nuit entière. » L'aubergiste se frotta les mains. « Nous l'appelons la " Chambre Ducale " parce que le duc Snel de Sneldyke nous a honorés de sa clientèle et il n'y a pas douze ans de cela. Je prendrai une pièce d'argent pour la location. Pendant la Grande Foire et pour la Chambre Ducale, nous voulons le paiement d'avance. »

Aillas donna un florin d'argent. « Apportez-nous de l'ale là-bas, sous l'arbre. »

Les trois s'assirent à une table et se rafraîchirent dans la brise froide de la fin d'après-midi. Les foules s'étaient réduites à de maigres arrivées de tard-venus qui espéraient faire des affaires en marchandant ferme, et des balayeurs. La musique s'était tue; les vendeurs emballaient leurs marchandises; les acrobates, contorsionnistes, mimes et jongleurs s'en étaient allés. La Grande Foire s'achevait officiellement le lendemain, mais déjà des tentes étaient abattues et des baraques démontées; des charrettes et des voitures débouchaient du foirail sur la route et s'éloignaient : vers le nord, l'est, le sud et l'ouest. Devant le Taureau Noir passa la voiture pittoresque du Docteur Fidélius, tirée par une paire de chevaux noirs bicéphales et conduite par un jeune et fougueux gentilhomme qui avait grand air.

Yane désigna avec stupeur les chevaux. « Voyez les merveilles! Est-ce que ce sont des monstres ou l'œuvre de la magie?

– Pour ma part, dit Cargus, je préférerais quelque chose de moins ostentatoire. »

Aillas se leva d'un bond pour suivre des yeux la voiture. Il se retourna vers ses compagnons. « Avez-vous remarqué le conducteur?

– Bien sûr. Un jeune seigneur qui fait des siennes.

– Ou quelque jeune étourdi avec des prétentions à la gentilhommerie. »

Aillas se rassit d'un air pensif. « Je l'ai déjà vu... dans des circonstances bizarres. » Il prit sa mogue, mais ce fut pour découvrir qu'elle était vide. « Garçon! Apportez-nous encore le l'ale! Nous allons boire, puis nous suivrons l'Infaillible tout au moins jusqu'à la sortie de la ville. »

Les trois restèrent assis en silence à contempler la circulation de la rue et de la place. Le serveur leur apporta de l'ale; au même moment, un homme de haute taille, aux cheveux blond roux, avec l'air bouleversé et quelque peu hagard, survint à grands pas dans la rue. Il s'arrêta et s'adressa au garçon d'une voix pressante : « Je suis le Docteur Fidélius; ma voiture est-elle passée par ici? Elle est tirée par un attelage de chevaux noirs bicéphales.

– Je n'ai pas aperçu votre voiture, messire. J'étais occupé à aller chercher de l'ale pour ces gentilshommes. »

Aillas prit la parole. « Messire, votre voiture est passée voici quelques minutes à peine.

– Et avez-vous remarqué le conducteur?

– Il a attiré tout particulièrement mon attention : un homme à peu près de votre âge, avec des cheveux noirs, une belle mine et des façons qui étaient singulièrement audacieuses pour ne pas dire téméraires. J'ai l'impression de l'avoir déjà vu, mais je ne parviens pas à me rappeler où. »

Yane tendit la main. « Il est parti par là-bas, au sud sur la Voie d'Icnield.

– Alors il sera arrêté à l'Embouchure de la Cambre. » Il regarda de nouveau Aillas. « Si je prononce le nom Faude Carfilhiot, cela aiderait-il votre souvenir à se préciser?

– Certes. » Aillas se reporta en arrière mentalement par-delà un siècle de labeur, de fuite et d'errance. « Je l'ai vu une fois dans son château.

– Vous avez confirmé mes pires craintes. Garçon, pouvez-vous me procurer un cheval?

– Je peux m'enquérir auprès du palefrenier, messire. Plus le cheval aura de qualités, plus la somme demandée sera forte. »

Shimrod jeta une couronne d'or sur la table. « Amenez sa meilleure bête, le plus vite possible. »

Le garçon partit en courant. Shimrod s'assit sur un banc pour attendre. Aillas le jaugea du coin de l'œil.

« Et quand vous le rattraperez à Slange?

– Je ferai ce qui doit être fait.

– Vous aurez du fil à retordre. Il est fort et sans doute bien armé.

– Je n'ai pas le choix. Il a enlevé deux enfants qui me sont chers et le risque est grand qu'il les mette à mal.

– Je suis prêt à croire n'importe quoi de Carfilhiot », dit Aillas. Il réfléchit à sa propre situation et prit une décision. Il se leva. « Je vais vous accompagner jusqu'à Slange. Ma propre quête peut attendre une heure ou deux. » L'Infaillible pendait toujours à son poignet. Il jeta un coup d'œil au repère, puis en jeta un second, avec incrédulité. « Hé, vous autres, regardez la dent!

– Elle pointe à présent vers le sud! »

Aillas se retourna lentement vers Shimrod. « Carfilhiot s'en est allé vers le sud avec deux enfants : quels sont leurs noms?

– Glyneth et Dhrun. »

Les quatre compagnons galopèrent vers le sud dans la clarté du soleil déclinant à l'ouest, et les gens qui se trouvaient sur le chemin s'écartaient pour laisser passer les cavaliers, puis se retournaient en se demandant quelle raison pouvait inciter à chevaucher avec tant de hâte sur la Voie d'Icnield à la tombée du jour.

A travers la brande filèrent donc les quatre et jusqu'en haut de la pente des Crêts de la Rive où ils arrêtèrent court leurs montures qui s'ébrouèrent. L'Embouchure de la Cambre étincelait comme une nappe de feu sous l'éclat du couchant. Le bac n'avait pas attendu la marée basse. Afin de profiter au maximum de la lumière du jour, il avait quitté Slange à la renverse de la marée et se trouvait déjà au milieu de la rivière. La dernière embarquée était la voiture du Docteur Fidélius. Un homme debout à côté du véhicule pouvait fort bien être Faude Carfilhiot.

Les quatre descendirent la colline jusqu'à Slange, pour apprendre que le bac manœuvrerait afin de se remettre face au nord peu après minuit, quand la marée remonterait, et qu'il ne repartirait pas vers l'embarcadère de Cogstone avant le lever du soleil.

Aillas demanda à l'employé du port « N'y a-t-il pas d'autre moyen de franchir l'eau?

– Pas avec vos chevaux; non, certes, messire.

– Alors, pouvons-nous traverser sans eux, et tout de suite?

– Pas plus à pied qu'à cheval, messire. Il n'y a pas de vent qui permette d'aller à la voile et vous ne trouverez ni pour or ni pour argent quelqu'un qui vous passe à la rame étant donné le courant quand la marée est basse. Il serait emporté jusqu'à l'Isle de Whanish ou au-delà. Revenez à l'aube et traversez confortablement. »

De retour sur les hauteurs, ils regardèrent le bac accoster à Cogstone. La voiture débarqua, remonta la route et s'éloigna hors de vue dans le crépuscule.

« Les voilà partis, dit Shimrod d'une voix atone. Nous n'avons aucun espoir de les rattraper maintenant, les chevaux galoperont toute la nuit. Mais je connais sa destination.

– Tintzin Fyral?

– Il s'arrêtera d'abord à Faroli pour voir le magicien Tamurello.

– Où est Faroli?

– Dans la forêt, pas très loin. Je peux communiquer avec Tamurello depuis Avallon, par l'entremise d'un certain Triptomologius. Tout au moins veillera-t-il à la sécurité de Glyneth et de Dhrun si Carfilhiot les amène à Faroli.

– Entre-temps, ils sont à sa merci.

– Effectivement. »

La Voie d'Icnield, pâle comme du parchemin dans le clair de lune, traversait un pays sombre et silencieux, sans le moindre scintillement de lumière ni à droite ni à gauche. Et sur ce chemin en direction du sud, les chevaux bicéphales tiraient la voiture du Docteur Fidélius avec des yeux furieux et des narines dilatées, fous de haine pour l'être qui les conduisait comme jamais encore ils n'avaient été conduits.

A minuit, Carfilhiot les arrêta près d'un ruisseau. Pendant que les chevaux buvaient et broutaient l'herbe sur le bas-côté de la route, il alla à l'arrière de la voiture et ouvrit la porte.

« Comment ça va, là-dedans? »

Après un silence, Dhrun répondit : « Pas mal.

– Si vous voulez boire, ou vous soulager, descendez, mais n'essayez pas de jouer des tours car je manque de patience. »

Glyneth et Dhrun discutèrent à voix basse et convinrent

que c'était inutile de voyager dans l'inconfort. Ils descendirent avec méfiance par la porte arrière.

Carfilhiot accorda dix minutes, puis leur ordonna de remonter en voiture. Dhrun rentra d'abord, silencieux et raidi par la colère. Glyneth marqua un temps d'arrêt, un pied sur le premier degré de l'échelle. Carfilhiot se tenait le dos à la lune. Elle demanda : « Pourquoi nous avez-vous enlevés ?

– Pour que Shimrod, que vous connaissez sous le nom de Docteur Fidélius, n'exerce pas sa magie contre moi. »

Glyneth s'efforça d'empêcher sa voix de trembler. « Avez-vous l'intention de nous libérer ?

– Pas immédiatement. Monte dans la voiture.

– Où allons-nous ?

– Dans la forêt, ensuite à l'ouest.

– Je vous en prie, laissez-nous partir ! »

Carfilhiot l'examina, elle était éclairée en plein par la lune. Une jolie créature, songea-t-il, fraîche comme une fleur des champs. Il dit d'un ton léger : « Si tu te conduis gentiment, alors il t'arrivera des choses agréables. Pour le moment, embarque. »

Glyneth grimpa dans la voiture et Carfilhiot ferma la portière.

Une fois de plus, la voiture repartit sur la Voie d'Icnield. Glyneth dit à l'oreille de Dhrun : « Cet homme m'effraie. Je suis sûre qu'il est l'ennemi de Shimrod.

– Si je voyais, je le frapperais avec mon épée », marmotta Dhrun.

Glyneth répliqua d'une voix hésitante : « Je ne sais pas si j'en serais capable... à moins qu'il ne tente de nous nuire.

– Alors ce serait trop tard. Suppose que tu te tiennes près de la porte. Quand il l'ouvrirait, pourrais-tu lui transpercer le cou ?

– Non. »

Dhrun demeura silencieux. Au bout d'un moment, il prit sa flûte et se mit à jouer doucement : trilles et roulades, pour s'aider à réfléchir. Il s'arrêta brusquement et dit : « Tiens, bizarre. C'est noir ici, n'est-ce pas ?

– Tout ce qu'il y a de plus noir.

– Peut-être n'ai-je encore jamais joué dans l'obscurité. Ou peut-être que je ne l'avais pas remarqué. Mais, quand je joue, les abeilles dorées volent en rond et en piqué comme si elles étaient mécontentes.

– Peut-être les empêches-tu de dormir. »

Dhrun souffla dans son instrument avec une ferveur accrue. Il joua une gigue et une sarabande, puis une mauresque en trois parties.

Carfilhiot se retourna pour crier par la fenêtre : « Arrête ces maudits airs de fifre; ils m'agacent les dents! »

Dhrun dit à Glyneth : « Étonnant! Les abeilles s'agitent dans tous les sens. Comme lui », – il eut une saccade du pouce vers l'avant – « elles n'apprécient pas la musique ».

Il porta la flûte à ses lèvres, mais Glyneth l'arrêta.

« Dhrun, non! Il nous fera du mal! »

Les chevaux galopèrent la nuit entière, ne ressentant aucune fatigue mais néanmoins furieux contre le démon qui les menait aussi impitoyablement. Une heure après l'aube, Carfilhiot accorda une autre halte de dix minutes. Ni Dhrun ni Glyneth ne voulurent manger. Carfilhiot trouva du pain et du poisson séché dans le garde-manger au fond de la voiture; il avala quelques bouchées et une fois de plus lança les chevaux en avant.

Tout le long du jour, la voiture roula avec fracas à travers les paysages aimables du Dahaut du Sud : un pays plat aux étendues immenses sous un grand ciel balayé par le vent.

Tard dans la soirée, la voiture traversa la rivière Tam sur un pont de pierre à sept arches et entra ainsi au Pomperol, sans qu'il y ait interpellation pour l'unique garde-frontière daut ou son corpulent homologue pomperin, l'un et l'autre absorbés par leur partie d'échecs, sur une table placée exactement au-dessus de la frontière au milieu du pont.

L'aspect du terrain changea; des forêts et des collines isolées, rondes et aplaties sur le dessus comme le petit pain nommé muffin, chacune surmontée d'un château, réduisaient les vastes perspectives du Dahaut à l'échelle humaine ordinaire.

Au coucher du soleil, les chevaux donnèrent enfin des signes de fatigue. Carfilhiot comprit qu'il ne pourrait pas rouler encore une autre nuit entière. Il obliqua pour entrer dans la forêt et s'arrêta près d'un ruisseau. Tandis qu'il dételait avec précaution les chevaux et les attachait à un endroit où ils auraient la possibilité de s'abreuver et de paître, Glyneth alluma du feu, accrocha la marmite de fonte à son trépied et mit à cuire une soupe improvisée avec ce qu'elle avait sous la main. Elle libéra les chats de leur panier et les laissa courir à leur guise dans un périmètre soigneusement défini. En mangeant leur maigre repas, assis côte à côte, Dhrun et Glyneth se parlèrent tout bas d'une voix étouffée. Carfilhiot, de l'autre côté du feu, les observait sous ses paupières mi-closes mais ne dit rien.

Glyneth se sentit de plus en plus alarmée par la qualité de l'attention que lui portait Carfilhiot. A la fin, comme le crépuscule assombrissait le ciel, elle appela ses chats et les mit dans leur panier. Carfilhiot, en apparence nonchalant et léthargique, restait assis à contempler sa silhouette menue et néanmoins d'une richesse de contours inattendue, la grâce naturelle et les petits gestes élégants qui faisaient de Glyneth un être unique et adorable.

Glyneth lava la marmite, la rangea dans le placard avec le trépied. Carfilhiot se leva, s'étira. Glyneth le regarda d'un œil méfiant se diriger vers l'arrière de la voiture, fouiller dedans et en ressortir une paillasse qu'il étala près du feu.

Glyneth chuchota à l'oreille de Dhrun; ils se rendirent ensemble à la voiture.

Carfilhiot se dressa derrière eux. « Où allez-vous?

– Au lit, dit Glyneth. Où voulez-vous qu'on aille? »

Carfilhiot empoigna Dhrun et le hissa dans la voiture, puis ferma et barra la porte. « Ce soir, dit-il à Glyneth, toi et moi nous coucherons près du feu et demain tu auras amplement de quoi réfléchir. »

Glyneth tenta de courir de l'autre côté de la voiture, mais Carfilhiot l'agrippa par le bras. « Économise tes forces, lui dit-il. Tu ne vas pas tarder à te sentir lasse, mais tu n'auras pas envie de t'arrêter. »

A l'intérieur du véhicule, Dhrun saisit sa flûte et se mit à jouer, dans un accès de fureur et de chagrin impuissant à cause de ce qui arrivait à Glyneth. Les abeilles dorées, sur le point de se reposer pour la nuit à part de temps à autre un puissant bourdonnement destiné à rappeler à Dhrun leur présence, marquèrent leur mauvaise humeur en décrivant plusieurs boucles. Mais Dhrun n'en joua que de plus belle.

Carfilhiot se dressa d'un bond et marcha à grands pas vers la voiture. « Cesse ces sifflements. Ils me portent sur les nerfs! »

Dhrun joua avec une ferveur encore plus grande qui le souleva presque de son siège. Les abeilles dorées volèrent en zigzags, exécutèrent des cabrioles désordonnées et finalement, hors d'elles, s'écartèrent des yeux de Dhrun. Celui-ci n'en joua que plus fort.

Carfilhiot alla à la porte. « Je vais entrer, je vais casser ta flûte et te donner de telles gifles que tu en resteras sur le plancher. »

Dhrun continua à jouer et la musique excita les abeilles au point qu'elles foncèrent de long en large dans la voiture, virant comme des bolides d'un côté à l'autre.

Carfilhiot ôta la bâcle de la porte. Dhrun posa sa flûte et dit : « Dassenach, à moi ! »

Carfilhiot rabattit le panneau. Les abeilles sortirent en trombe et le heurtèrent au visage ; il eut un mouvement de recul et ainsi sauva sa vie, car la lame passa en sifflant au ras de son cou. Surpris, il poussa un juron puis, empoignant l'épée, l'arracha de la main de Dhrun et la jeta dans les broussailles. Dhrun lui lança un coup de pied à la figure ; Carfilhiot saisit le pied et envoya Dhrun rouler à l'intérieur de la voiture.

« Plus de bruit ! ordonna Carfilhiot d'une voix haletante. Plus de tapage et plus de fifre, ou il t'en cuira ! »

Il claqua le battant et plaqua la bâcle en place. Il se tourna vers Glyneth et ce fut pour la voir en train de grimper dans les branches d'un vieux chêne touffu. Il traversa la clairière en courant mais déjà elle était hors d'atteinte. Il grimpa derrière elle, seulement elle monta plus haut jusqu'à l'extrémité d'une branche qui fléchit sous son poids et Carfilhiot n'osa pas se risquer à sa suite.

Il parla, d'un ton d'abord cajoleur, puis suppliant, puis menaçant, mais elle ne réagit pas et resta assise en silence au milieu des feuilles. Carfilhiot proféra une ultime menace qui glaça le sang de Glyneth, puis il descendit de l'arbre. S'il avait eu une hache, il aurait abattu la branche qui la portait, ou l'arbre entier, et l'aurait laissée mourir.

Toute la nuit, Glyneth demeura blottie dans l'arbre, engourdie et malheureuse. Carfilhiot, sur la paillasse à côté du feu, semblait dormir mais néanmoins, de temps à autre, il bougeait pour jeter du bois sur le feu et Glyneth n'osa pas descendre.

A l'intérieur de la voiture, Dhrun restait étendu sur sa couchette, exultant d'avoir recouvré la vue mais malade d'horreur à l'idée de ce qu'il imaginait en train de se passer près du feu.

L'aube éclaira lentement la voiture. Carfilhiot quitta la paillasse et regarda dans le haut de l'arbre. « Descends, il est temps de partir.

– Je n'ai pas envie de descendre.

– A ta guise. Je vais m'en aller, quand même. »

Carfilhiot harnacha les chevaux et les conduisit entre les brancards, où ils restèrent à trembler et piaffer de détestation pour leur nouveau maître.

Glyneth regardait ces préparatifs avec une inquiétude grandissante. Carfilhiot l'observait du coin de l'œil. A la fin, il cria : « Descends et va dans la voiture. Sinon, je sors Dhrun et je l'étrangle sous tes yeux. Puis je grimperai dans l'arbre pour jeter une corde par-dessus la branche et je tirerai sur la corde pour que la branche casse. Je t'attraperai au vol ou peut-être que je ne t'attraperai pas et tu seras grièvement blessée. De toutes les façons, je t'aurai, pour faire ce qui me plaira.

– Si je descends, ce sera pareil. »

Carfilhiot répliqua : « A la vérité, je ne suis plus en humeur de goûter le fruit vert de ton petit corps, alors descends.

– Laissez d'abord Dhrun sortir de la voiture.

– Pourquoi ?

– J'ai peur de vous.

– Quel secours peut-il t'apporter.

– Il trouverait un moyen. Vous ne connaissez pas Dhrun. »

Carfilhiot ouvrit brutalement la porte : « Sors de là, espèce de petit lézard. »

Dhrun avait entendu la conversation avec une grande joie ; apparemment, Glyneth avait échappé à Carfilhiot. Feignant la cécité, il tâtonna jusqu'à la porte et descendit sur le sol tout en éprouvant de la peine à dominer son exultation. Comme le monde semblait magnifique ! Comme les arbres étaient verts, nobles les chevaux ! Il n'avait jamais vu la voiture du Docteur Fidélius : éclatante, haute et bizarre dans ses proportions. Et il y avait Glyneth, toujours aussi charmante et jolie, même si maintenant elle était pâle et tendue, ses boucles blondes emmêlées autour de feuilles de chêne et de brindilles sèches.

Dhrun se tint près de la voiture, le regard vague. Carfilhiot jeta la paillasse dans le véhicule. Dhrun le regarda furtivement. Voilà donc l'ennemi ! Dhrun l'avait imaginé plus vieux, avec des traits gélatineux et un nez couperosé, mais Carfilhiot était clair de teint et superbement beau.

« En voiture, dit Carfilhiot. Vite, vous deux.

– Avant, il faut que mes chats se promènent ! s'exclama Glyneth. Et qu'ils aient quelque chose à manger ! Je vais leur donner du fromage.

– S'il y a du fromage, apporte-le ici, répliqua Carfilhiot. Les chats n'ont qu'à manger de l'herbe et ce soir peut-être que nous mangerons tous du chat. »

Glyneth ne répondit rien et donna le fromage à Carfilhiot sans commentaire. Les chats prirent leur exercice et seraient volontiers restés plus longtemps dehors. Glyneth fut obligée de parler avec sévérité pour qu'ils acceptent de retourner à leur panier. Et une fois de plus la voiture roula vers le sud.

A l'intérieur du véhicule, Dhrun dit à Glyneth : « J'ai recouvré la vue! Hier soir, les abeilles se sont envolées de mes yeux! Aussi bonne qu'avant! Ma vue, pas les abeilles.

– Chut, fit Glyneth. Quelle merveilleuse nouvelle! Mais ne laissons pas Carfilhiot l'apprendre! Il est aussi rusé que terrible.

– Je ne serai plus jamais triste, commenta Dhrun. Quoi qu'il arrive. Je repenserai au temps où le monde était noir.

– Je me sentirais plus heureuse si nous voyagions avec quelqu'un d'autre, dit Glyneth mélancoliquement. J'ai passé toute la nuit d'hier dans un arbre.

– S'il ose te toucher, je le taillerai en pièces, déclara Dhrun. Ne l'oublie pas! Je vois à présent.

– Peut-être que les choses n'en viendront pas là. Ce soir, cela se pourrait qu'il pense à autre chose... Je me demande si Shimrod essaie de nous retrouver?

– Il ne doit pas être bien loin derrière. »

La voiture roulait vers le sud et, une heure après midi, arriva au bourg de Honriot, où Carfilhiot acheta du pain, du fromage, des pommes et un cruchon de vin.

Au centre de Honriot, la Voie d'Icnield croisait la Route Est-Ouest; Carfilhiot obliqua vers l'ouest en incitant les chevaux à aller encore plus vite, comme si lui aussi prévoyait la venue de Shimrod. Renâclant, secouant leurs crinières, têtes baissées vers le sol ou parfois haut dressées, les grands chevaux noirs fonçaient vers l'ouest, leurs doux pieds de tigre rejetant le sol derrière eux. A leur suite roulait la voiture, ses roues rebondissant, sa caisse oscillant sur les longues lames de sa suspension. De temps à autre, Carfilhiot se servait de son fouet, qu'il faisait claquer sur les croupes noires luisantes, et les chevaux secouaient leurs têtes avec rage.

« Prends garde, prends garde! criaient-ils alors. Nous obéissons aux instructions de tes rênes parce que c'est ainsi que cela doit être, mais n'abuse pas ou nous pourrions nous retourner, nous cabrer au-dessus de toi et abattre nos grands pieds noirs comme des fléaux pour te jeter à terre et t'écraser dans la poussière! Écoute et fais attention! »

Carfilhiot était incapable de comprendre ce qu'ils disaient et usait du fouet selon son bon plaisir; et les chevaux secouaient leurs têtes dans une fureur sans cesse grandissante.

Tard dans l'après-midi, la voiture passa devant le palais d'été du roi Deuel. Pour le divertissement du jour, le roi Deuel avait commandé un cortège intitulé : « Oiseaux de fantaisie ». Avec un grand art, ses courtisans s'étaient parés de plumes noires et blanches, pour simuler d'imaginaires oiseaux marins. Leurs dames avaient été autorisées à plus de latitude et elles paradaient sur la pelouse dans une totale extravagance aviaire, où entraient les plumes d'autruches, d'aigrettes, d'oiseaux-lyres, de paons et de vesprils. Il y en avait qui portaient des compositions vert pâle, d'autres des accoutrements couleur cerise ou mauve ou ocre jaune doré : un spectacle de la plus somptueuse complexité, et un spectacle dont jouissait au maximum le roi fou Deuel, qui était assis sur un trône surélevé, costumé en cardinal, le seul oiseau rouge du défilé. Il se montrait enthousiaste dans ses louanges et criait des compliments, en tendant le bout de son aile rouge.

Carfilhiot, se rappelant sa précédente rencontre avec le roi Deuel, arrêta net la voiture. Il réfléchit un instant, puis mit pied à terre et ordonna à Glyneth de descendre sur la route.

Il lui donna ses instructions en termes qui ne permettaient ni discussion ni déviation. Elle abaissa le panneau latéral pour servir d'estrade, sortit son panier et, tandis que Dhrun jouait de la flûte, fit danser ses chats.

Les dames et gentilshommes dans leurs remarquables parures vinrent regarder; ils rirent et applaudirent – et quelques-uns d'entre eux allèrent attirer l'attention du roi Deuel sur ces nouveaux exercices.

Le roi Deuel descendit alors de son trône et s'avança d'un pas tranquille sur le tapis de gazon pour assister à la représentation. Il sourit et hocha la tête, mais n'admira pas sans réserve. « Je vois là une entreprise ingénieuse, c'est certain, et les cabrioles sont assez amusantes. Ah! Excellente saltation, là! Ce chat noir est agile! Toutefois on doit se rappeler que le félin est un ordre inférieur, tout bien considéré. Oserai-je demander pourquoi nous n'avons pas d'oiseaux danseurs? »

Carfilhiot prit la parole. « Votre Majesté, je garde les oiseaux danseurs à l'intérieur de la voiture! Nous les estimons trop bien pour la vue du commun des mortels. »

Le roi fou Deuel répliqua avec hauteur : « Qualifiez-vous donc mon auguste vision de vulgaire et commune, ou tout autre que sublime?

– Certes non, Votre Majesté! Vous êtes invité, et vous seul, à examiner le spectacle extraordinaire à l'intérieur de la voiture. »

Apaisé, le roi Deuel avança jusqu'à l'arrière du véhicule. « Un moment, Votre Majesté! » Carfilhiot rabattit le panneau latéral, chats compris, et alla à l'arrière. « Glyneth, dedans! Dhrun, dedans! Préparez les oiseaux pour Sa Majesté. A présent, sire, montez ces marches et entrez! »

Il ferma et bâcla la porte, grimpa sur le siège du conducteur et partit au triple galop. Les dames emplumées déconcertées le suivirent des yeux; quelques-uns des hommes firent deux ou trois pas en courant sur la route, mais ils étaient embarrassés par leur plumage noir et blanc si bien que, laissant traîner leurs ailes, ils revinrent vers la pelouse devant le palais d'été où ils tentèrent d'insérer dans un schéma logique ce qui venait de se passer.

A l'intérieur de la voiture, le roi Deuel cria des ordres : « Arrêtez ce véhicule immédiatement! Je ne vois pas le moindre oiseau! Ceci est une plaisanterie on ne peut plus insipide! »

Carfilhiot cria par la fenêtre : « En temps voulu, Votre Majesté, j'arrêterai la voiture. Puis nous parlerons des plumes et plumets que vous avez commandés pour mon postérieur! »

Le roi Deuel se tut et pendant le reste de la journée n'émit que des gloussements irrités.

Le jour tirait à sa fin. Au sud apparut une ligne de collines grises et basses; la Forêt de Tantrevalles allongeait au nord un bras noir. Les cabanes de paysans se raréfiaient et le paysage tendait à prendre un air de sauvagerie et de mélancolie.

Au coucher du soleil, Carfilhiot conduisit la voiture à travers un pré jusqu'à un taillis d'ormes et de bouleaux.

Comme auparavant, Carfilhiot détela les chevaux et les mit à paître au bout d'une grande longueur de longe, tandis que Glyneth préparait le dîner. Le roi Deuel refusa de quitter la voiture et Dhrun, qui feignait toujours d'être aveugle, s'assit sur un tronc d'arbre abattu.

Glyneth apporta de la soupe au roi Deuel et lui servit aussi du pain et du fromage; puis elle alla s'asseoir à côté de Dhrun. Ils parlèrent à voix basse.

Dhrun dit : « Il affecte de ne pas te regarder mais partout où tu vas ses yeux te suivent.

– Dhrun, ne deviens pas téméraire. Il peut nous tuer, mais c'est le pire qu'il puisse faire. »

Dhrun dit à travers ses dents serrées : « Je ne le laisserai pas te toucher. Je mourrai d'abord. »

Glyneth chuchota : « J'ai une idée, alors ne t'inquiète pas. Rappelle-toi, tu es toujours aveugle! »

Carfilhiot se leva. « Dhrun, hop, dans la voiture. »

Dhrun répliqua d'un ton maussade : « J'ai l'intention de rester avec Glyneth. »

Carfilhiot l'empoigna, l'emporta tout gigotant et se débattant à la voiture, le jeta dedans et bâcla la porte. Il se tourna vers Glyneth. « Ce soir, il n'y a pas d'arbres où grimper. »

Glyneth recula. Carfilhiot la suivit. Glyneth alla d'un pas tranquille jusqu'aux chevaux. « Amis, dit-elle, voici la créature qui vous force à courir si fort et qui fouette votre dos nu.

– Oui, je vois. » « Je vois des deux têtes à la fois. »

Carfilhiot inclina la sienne de côté et approcha lentement. « Glyneth! Regarde-moi!

– Je vous vois assez bien comme ça, dit Glyneth. Partez ou les chevaux vont vous piétiner. »

Carfilhiot s'arrêta et examina les chevaux, leurs yeux blancs et leurs crinières raidies. Ouvrant leurs bouches, ils découvrirent de longs crocs fourchus. L'un d'eux se dressa soudain sur ses postérieurs et attaqua Carfilhiot avec les griffes de ses antérieurs.

Carfilhiot battit en retraite jusqu'à un endroit d'où il pourrait se réfugier sur la voiture en cas de besoin, et y resta, l'air menaçant. Les chevaux rabaissèrent leurs crinières, rentrèrent leurs griffes et recommencèrent à brouter.

Glyneth s'en retourna à petits pas vers la voiture. Carfilhiot avança brusquement. Glyneth s'arrêta net. Les chevaux levèrent leurs têtes et regardèrent en direction de Carfilhiot. Leurs crinières commencèrent à se hérisser Carfilhiot eut un geste de colère et grimpa sur le siège de la voiture.

Glyneth ouvrit la porte arrière. Elle et Dhrun s'installèrent un lit sous la voiture et prirent un repos qui ne fut pas troublé.

Par un matin que rendaient lugubre des giboulées de pluie, la voiture passa du Pomperol dans l'ouest du Dahaut et entra dans la forêt de Tantrevalles. Carfilhiot, tassé sur le siège avant, conduisait à une allure téméraire, usant du fouet sans restriction, et les chevaux noirs couraient couverts d'écume à travers la forêt. A midi, Carfilhiot quitta la route et s'engagea sur un chemin obscur qui escaladait les pentes d'une colline rocheuse, pour arriver à Faroli, le manoir octogonal à multiples niveaux de Tamurello le Sorcier.

Par trois paires de mains invisibles, Carfilhiot avait été baigné et soigné, savonné de la tête aux pieds avec de la sève aromatique, il avait été raclé avec une spatule de buis blanc et rincé dans de l'eau chaude parfumée à la lavande; de sorte que sa fatigue n'était plus qu'une délicieuse langueur. Il revêtit une chemise noire et pourpre et une tunique d'or foncé. Une main invisible lui offrit un gobelet de vin de grenade qu'il but, puis il étira ses beaux membres souples comme un animal nonchalant. Pendant quelques instants, il resta debout plongé dans ses réflexions, cherchant le plus sûr moyen d'obtenir de Tamurello ce qu'il désirait. Cela dépendait en grande partie de l'humeur de ce dernier, selon qu'elle était active ou passive. Carfilhiot devait maîtriser ces états d'âme comme un musicien maîtrise sa musique. Finalement, il quitta la chambre et rejoignit Tamurello dans le salon central où, de tous côtés, de hauts panneaux de verre avaient vue sur la forêt.

Tamurello se montrait rarement selon son image naturelle, préférant toujours choisir un déguisement parmi les douzaines dont il disposait. Carfilhiot l'avait vu dans une variété d'avatars, plus ou moins séduisants mais toujours mémorables. Ce soir, il était un dignitin des falloys, en robe vert de mer et couronne à pointes d'argent. Il arborait des cheveux blancs et une peau argentée, avec des yeux verts. Carfilhiot connaissait déjà cette apparence et n'aimait guère ses perceptions extrêmement subtiles et la délicate précision de ses exigences. Comme toujours quand il se trouvait en présence du dignitin falloy, Carfilhiot adopta une attitude de force taciturne.

Le dignitin s'enquit de son confort. « Tu es délassé, j'espère?

– J'ai connu plusieurs jours de tribulations, mais je suis de nouveau en bonne forme. »

Le dignitin jeta en souriant un coup d'œil par la fenêtre. « Cette malencontre qui t'est advenue... combien curieuse et inattendue ! »

Carfilhiot répliqua d'une voix neutre : « Pour l'ensemble de mes ennuis, je blâme Mélancthe. »

Le dignitin sourit de nouveau. « Et tout cela sans provocation ?

– Naturellement ! Quand moi – ou toi-même – nous sommes-nous préoccupés de provocation ?

– Rarement. Mais quelles seront les conséquences ?

– Aucune, du moins je l'espère.

– Tu n'es pas fixé en toi-même ?

– Il faut que je réfléchisse à la question.

– Juste. En pareil cas, on doit se montrer judicieux.

– Il y a d'autres considérations à envisager. J'ai eu des chocs et de rudes surprises. Tu te rappelles l'affaire de Trilda ?

– Fort bien.

– Shimrod a retrouvé Rughalt à cause de ses maudits genoux. Rughalt a aussitôt révélé mon nom. Shimrod pense maintenant tirer vengeance de moi. Mais je détiens des otages comme parade contre lui. »

Le dignitin soupira et fit voltiger sa main. « Les otages ont une utilité limitée. S'ils meurent, ils sont une source de désagréments. Qui sont ces otages ?

– Un garçonnet et une fillette qui voyageaient en compagnie de Shimrod. Le garçon joue à la flûte une musique remarquable et la fille parle aux animaux. »

Tamurello se leva. « Viens. »

Les deux se rendirent dans le cabinet de travail de Tamurello. Ce dernier prit une boîte noire sur l'étagère, versa dedans une mesure d'eau, ajouta des gouttes d'un liquide jaune fluorescent qui provoqua l'apparition de traînées de clarté à divers niveaux. Dans un libram relié en cuir, Tamurello chercha le nom de “ Shimrod ”. Utilisant la formule inscrite à côté, il prépara un liquide sombre qu'il ajouta au contenu de la boîte, puis versa la mixture dans un cylindre de fer long de quinze centimètres, avec un diamètre de cinq centimètres. Il en scella le haut avec un bouchon de verre, puis porta le cylindre à son œil. Au bout d'un instant, il donna le cylindre à Carfilhiot. « Que vois-tu ? »

Regardant par le verre, Carfilhiot aperçut quatre hommes

chevauchant au galop à travers la forêt. L'un d'eux était Shimrod. Il ne reconnut aucun des autres : des guerriers, ou des chevaliers, estima-t-il.

Il rendit le cylindre à Tamurello. « Shimrod accourt à bride abattue dans la forêt avec trois compagnons. »

Tamurello acquiesça. « Ils arriveront dans l'heure.

– Et alors?

– Shimrod espère te trouver ici en ma compagnie, ce qui lui fournira une raison d'en appeler à Murgen. Je ne suis pas encore prêt à me mesurer avec Murgen; donc tu devras inévitablement être jugé et subir la sentence.

– Alors il faut que je parte.

– Et vite. »

Carfilhiot arpenta la pièce à grandes enjambées. « Très bien, si c'est comme ça. J'espère que tu vas t'occuper de notre transport. »

Tamurello haussa les sourcils. « Tu as l'intention de garder ces personnes auxquelles Shimrod est attaché?

– Quelle raison y a-t-il d'agir autrement? Ce sont des otages précieux. Je tiens à les échanger contre les serrures bloquant la magie de Shimrod et son retrait de l'affaire. Tu peux lui signifier ces conditions, si tu veux. »

Tamurello acquiesça à contrecœur. « Ce que je dois faire, je le ferai. Viens! »

Les deux sortirent et allèrent à la voiture. « Il y a un autre point, dit Tamurello. Un point sur lequel Shimrod a insisté auprès de moi avant ton arrivée et que je ne puis lui refuser. Dans les termes les plus fermes, je te le conseille et en fait je l'exige de toi : abstiens-toi de blesser ou d'humilier, d'injurier, de tourmenter, de maltraiter, de tracasser tes otages ou d'avoir des contacts physiques avec eux. Ne leur cause nulle peine mentale ou physique. Ne les laisse pas être brutalisés par d'autres. Ne les néglige pas à leur détriment ou inconfort. Ne facilite ni suggère, ni par aucun acte d'omission ne permets, qu'il leur advienne malheur ou blessure ou molestation, par hasard ou autrement. Préserve leur confort et leur santé. Fournis...

– Assez, assez! s'exclama Carfilhiot d'une voix rauque de rage. Je comprends l'essence de tes remarques. Je dois traiter les deux enfants comme des hôtes honorés.

– Exactement. Je me refuse à répondre de torts que tu aurais causés, par frivolité, luxure, malice ou méchanceté; et Shimrod m'a imposé ces exigences! »

Carfilhiot maîtrisa le tumulte de ses sentiments. Il s'exprima d'un ton bref. « Je comprends tes instructions et elles seront exécutées. »

Tamurello fit le tour de la voiture. Il frotta les roues et les jantes avec un talisman de jade bleu. Il s'approcha des chevaux, souleva leurs jambes et passa la pierre sur leurs pieds. Ils se tenaient tremblants et rigides sous sa main mais, reconnaissant son pouvoir, feignaient de ne pas le voir.

Tamurello passa la pierre sur les têtes des chevaux, leurs flancs, croupes et ventres, puis frotta les côtés de la voiture. « Et voilà! Tu es prêt! Ouste, décampe! Shimrod approche rapidement. Vole bas, vole haut, mais vole vers Tintzin Fyral! »

Carfilhiot sauta sur le siège du conducteur, rassembla les rênes. Il salua de la main Tamurello, fit claquer le fouet. Les chevaux s'élancèrent dans les airs. Vers l'ouest au-dessus de la forêt, la voiture du Docteur Fidélius fonça à toute vitesse, survolant de très haut les plus hautes cimes des arbres – et les habitants de la forêt levèrent des regards impressionnés vers les chevaux bicéphales qui couraient à travers ciel, avec la grande voiture oscillant derrière.

Une demi-heure plus tard, quatre cavaliers arrivèrent à Faroli. Ils descendirent de leurs chevaux et vacillèrent, brisés par la fatigue et la frustration car déjà, grâce à l'Infaillible, ils savaient que la voiture de Shimrod était partie.

Un chambellan sortit du manoir. « Vos désirs, nobles sires?

– Annoncez-nous à Tamurello, dit Shimrod.

– Vos noms, messire?

– Il nous attend. »

Le chambellan se retira.

Dans l'une des fenêtres, Shimrod entrevit une ombre mouvante. « Il nous observe et écoute, dit Shimrod aux autres. Il décide quelle apparence il va nous montrer.

– La vie d'un magicien est bien étrange », commenta Cargus.

Yane questionna avec étonnement : « A-t-il honte de son propre visage?

– Peu l'ont vu. Il en a entendu assez; le voici qui vient. »

Lentement, pas à pas, un homme de haute taille surgit de l'ombre et approcha. Il portait une cotte d'argent à la maille si fine qu'elle était presque invisible, un jupon de soie vert de mer, un casque surmonté de trois grands crocs, dressés comme les épines d'un poisson. Du frontal pendait une rangée de chaînes d'argent dissimulant le visage au-dessous. A une distance de trois mètres, il fit halte et se croisa les bras. « Je suis Tamurello.

– Vous savez pourquoi nous sommes ici. Rappelez Carfilhiot, avec les deux enfants qu'il a enlevés.

– Carfilhiot est venu et reparti.

– Alors vous êtes son complice et partagez sa culpabilité. »

De derrière les chaînes jaillit un rire sourd. « Je suis Tamurello. Pour mes actes, je n'accepte ni éloge ni blâme. D'ailleurs, votre querelle est avec Carfilhiot, pas avec moi.

– Tamurello, je n'ai pas de patience pour des paroles vides. Vous savez ce que je requiers de vous. Ramenez Carfilhiot, avec ma voiture et les deux enfants qu'il retient captifs. »

La réponse de Tamurello vint d'une voix plus grave, plus sonore. « Seul le fort devrait menacer.

– Des paroles creuses de nouveau. Encore une fois : ordonnez à Carfilhiot de revenir.

– Impossible.

– Vous avez facilité qu'il m'échappe; vous êtes par conséquent responsable de Glyneth et de Dhrun. »

Tamurello demeura silencieux, les bras croisés. Les quatre hommes sentirent qu'il les examinait lentement derrière les chaînes d'argent. Finalement, il déclara : « Vous avez transmis votre message. Inutile de différer votre départ. »

Les quatre hommes enfourchèrent leurs chevaux et s'en allèrent. A la lisière de la clairière, ils s'arrêtèrent pour regarder en arrière. Tamurello était rentré au manoir.

D'une voix blanche, Shimrod dit : « Nous voilà fixés. Maintenant, il faut aller traiter avec Carfilhiot à Tintzin Fyral. Pour le moment du moins, Glyneth et Dhrun ne risquent rien sur le plan physique. »

Aillas questionna : « Et Murgen? Intercèdera-t-il?

– Ce n'est pas aussi simple que vous pourriez le penser. Murgen confine les magiciens à leurs affaires personnelles, si bien que lui-même se trouve confiné.

– Je ne peux pas attendre plus longtemps, dit Aillas. Je suis obligé de retourner au Troicinet. Déjà il se peut que j'arrive trop tard, si le roi Ospero est mort. »

XXVIII

De Faroli, les quatre cavaliers s'en revinrent à la Voie d'Icnield pour prendre la direction du sud et traverser le Pomperol, puis le Lyonesse dans toute sa largeur jusqu'à Slute Skeme sur le Lir.

Au port, les pêcheurs ne voulaient même pas se risquer à discuter d'un passage pour le Troicinet. Le patron du *Doux Lupus* leur dit : « Un vaisseau de guerre troice patrouille quelquefois tout près du rivage, quelquefois à la limite de l'horizon, et il coule toutes les coques qu'il réussit à rattraper. C'est un bateau rapide. Pour corser la déveine, Casmir entretient des espions par douzaines. Si je faisais la traversée, la nouvelle parviendrait à Casmir et je serais arrêté comme agent troice, alors qui sait ce qui se passerait ? Avec le vieux roi qui se meurt, il y aura sûrement des changements : pour le meilleur, du moins je l'espère.

– Il n'est donc pas encore mort ?

– La nouvelle date d'une semaine ; qui peut rien affirmer ? Entre-temps, je dois naviguer avec un œil sur le temps, un œil sur les Troices et un œil sur le poisson, mais jamais à plus d'un mille au large. Il faudrait une fortune pour me tenter d'aller au Troicinet. »

L'oreille de Shimrod avait capté l'impression que la résolution du pêcheur n'était pas inébranlable. « Combien dure la traversée ?

– Oh, en partant de nuit pour éviter les espions et les patrouilles, on arriverait le lendemain soir. Il y a un bon vent de travers et les courants sont modérés.

– Et quel est votre prix ?

– Dix couronnes d'or pourraient me tenter.

– Neuf couronnes d'or et nos quatre chevaux.
– Tope-là. Quand partirez-vous?
– Maintenant.
– Trop risqué. Et je dois préparer le bateau. Revenez au coucher du soleil. Laissez vos chevaux à cette écurie, là-bas. »

Sans incident notable, le *Doux Lupus* traversa rapidement le Lir et entra dans Falaise, au milieu de la côte troice, deux heures avant minuit, avec les lumières brillant encore dans les tavernes du port.

Le patron du *Doux Lupus* s'amarra au quai avec un remarquable manque d'appréhension. Cargus demanda : « Et les autorités troices? Ne vont-elles pas saisir votre bateau?

– Aha! Ça c'est une tempête dans un verre d'eau. Pourquoi nous gênerions-nous mutuellement pour des bêtises? Nous restons en bons termes et nous nous rendons service les uns aux autres et tout se passe comme d'habitude.

Eh bien donc, bonne chance à vous! »

Les quatre se rendirent au relais d'écurie pour avoir des chevaux et réveillèrent le palefrenier qui était couché dans la paille. Pour commencer, il se montra enclin à la mauvaise humeur. « Pourquoi ne pas attendre le matin comme des gens raisonnables? Pourquoi cette activité frénétique à des heures indues et ces façons de troubler le sommeil des honnêtes gens? »

Cargus grommela d'un ton encore plus acerbe : « Retenez vos plaintes et fournissez-nous quatre bons chevaux!
– S'il le faut, il le faut. Où allez-vous?
A Domreis, le plus vite possible.
– Pour le couronnement? Vous partez tard pour une cérémonie qui commence à midi.
– Le roi Ospero est mort? »

Le palefrenier eut un geste respectueux. « A notre chagrin, car c'était un bon roi, dépourvu de cruauté ou de vanité.
– Et le nouveau roi?
– Ce sera le roi Trewan. Je lui souhaite prospérité et longue vie, puisque seul un rustre ferait autrement.
– Donnez vite les chevaux.
– Vous avez déjà trop de retard. Vous crèverez les chevaux si vous espérez arriver pour le couronnement.
Vite! s'exclama Aillas hors de lui. Secouez-vous! »

Marmottant entre ses dents, le palefrenier sella les bêtes et les conduisit dans la rue. « Et maintenant, mon argent! »

Shimrod paya le prix qu'il demandait et le palefrenier se retira. Aillas dit à ses compagnons : « A ce moment, je suis roi de Troicinet. Si nous arrivons à Domreis avant midi, je serai roi demain.

– Et si nous arrivons après?

– Alors la couronne aura été posée sur la tête de Trewan et il est roi. Partons. »

Les quatre longèrent la côte en direction de l'ouest, passant près de paisibles villages de pêcheurs et de longues grèves. A l'aube, avec leurs chevaux trébuchant de fatigue, ils arrivèrent à Slaloc, où ils changèrent de montures et chevauchèrent dans le matin vers Domreis.

Le soleil monta vers le zénith et, devant eux, la route s'incurva en plongeant sur une pente à travers un parc jusqu'au Temple de Gaea, où un millier de notables assistaient au couronnement.

A l'orée du parc, les quatre furent arrêtés par une garde de huit cadets du Collège des Ducs, portant l'armure de cérémonie bleu et argent, avec de hauts plumets écarlates sur le côté de leurs casques. Ils inclinèrent des hallebardes pour barrer le chemin aux quatre voyageurs. « Interdiction d'entrer! »

Du parc montèrent des accents de clairons, une fanfare processionnelle signalant l'arrivée du roi-désigné. Aillas éperonna son cheval et força le passage fermé par les hallebardes croisées, suivi par ses trois compagnons. Devant eux se dressait le Temple de Gaea. Un lourd entablement reposait sur des colonnes dans le style classique. L'intérieur était ouvert à tous les vents. Sur un autel central brûlait le feu dynastique. Du haut de son cheval, Aillas vit le prince Trewan gravir les marches, traverser la terrasse avec une solennité rituelle et s'agenouiller sur un banc garni d'un coussin. Entre Aillas et l'autel étaient massés les nobles du Troicinet en somptueux vêtements de cérémonie. Ceux qui étaient dans les derniers rangs se retournèrent avec indignation quand les quatre arrivèrent à cheval derrière eux.

Aillas cria : « Place, place! » Il chercha à avancer au milieu des nobles alignés, mais des mains furieuses saisirent sa bride et immobilisèrent sa monture. Aillas sauta à terre et fonça en avant, écartant brutalement de son chemin les assistants recueillis et respectueux, à leur stupeur et réprobation.

Le Grand Prêtre avait pris place devant Trewan agenouillé. Il éleva la couronne en l'air et prononça une bénédiction sonore dans l'antique langue danéenne.

Poussant, esquivant, se jetant de côté, sans se soucier de qui il bousculait, rabattant les bras aristocratiques qui s'allongeaient pour le retenir, jurant et haletant, Aillas parvint aux marches.

Le Grand Prêtre prit l'épée consacrée et la déposa devant Trewan qui, ainsi que la coutume l'ordonnait, mit ses mains sur la garde en forme de croix. Le prêtre égratigna avec un poignard le front de Trewan, obtenant une goutte de sang. Trewan, inclinant la tête, imprima le sang sur la poignée de l'épée, pour symboliser sa volonté de défendre le Troicinet par le sang et par le glaive.

Le prêtre levait haut la couronne et la tenait au-dessus de Trewan quand Aillas monta les marches. Deux gardes se précipitèrent pour l'empoigner; Aillas les repoussa, courut à l'autel, écarta le bras du Grand Prêtre avant que la couronne touche la tête de Trewan. « Arrêtez la cérémonie! Ce n'est pas votre roi! »

Trewan, cillant de désarroi, se redressa et se retrouva face à Aillas. Sa mâchoire tomba; ses yeux s'arrondirent. Puis, feignant la fureur, il s'exclama : « Que signifie cette intrusion navrante? Gardes, sortez de là ce fou! Il a commis un sacrilège! Qu'on l'emmène et qu'on lui coupe la tête! »

Aillas éloigna les gardes d'une bourrade. Il cria : « Regarde-moi! Ne sais-tu pas qui je suis? Je suis le prince Aillas! »

Trewan resta indécis, la mine sombre, la bouche agitée de tics et des taches rouges brûlant sur ses joues. A la fin, il s'exclama d'une voix nasale : « Aillas s'est noyé en mer! Impossible que vous soyez Aillas! Gardes, à moi! C'est un imposteur!

– Attendez! »

Un vieillard majestueux, portant un costume de velours noir, gravit lentement les marches. Aillas reconnut sire Este qui avait été sénéchal à la cour du roi Granice.

Sire Este contempla un moment les traits d'Aillas. Il se détourna et s'adressa à l'assemblée des nobles, qui s'étaient avancés en masse jusqu'aux marches. « Ce n'est pas un imposteur. C'est le prince Aillas. » Il se retourna pour regarder fixement Trewan. « Qui le saurait mieux que vous? »

Trewan ne répliqua rien.

Le sénéchal fit de nouveau face à Aillas. « Je ne peux croire que c'est par pure frivolité que vous vous êtes absenté du Troicinet et nous avez donné à tous occasion de nous affliger, ni que vous êtes arrivé à cet instant simplement pour créer une sensation.

– Messire, je rentre juste maintenant au Troicinet. Je suis venu aussi vite que les chevaux pouvaient me porter, comme mes compagnons ici présents l'attesteront. Avant ce moment, j'ai été prisonnier du roi Casmir. Je ne me suis évadé que pour être capturé par les Skas. Il y en a plus à raconter mais, avec l'aide de mes compagnons, je suis arrivé à temps pour soustraire ma couronne à Trewan le meurtrier qui m'a poussé dans l'eau sombre de la mer! »

Trewan eut un cri de rage. « Nul homme ne peut salir mon honneur et rester vivant! » Il brandit l'antique épée cérémonielle et lui fit décrire un arc de cercle pour décoller de son corps la tête d'Aillas.

Non loin de là se tenait Cargus. Il détendit brusquement son avant-bras; dans l'air vola son large poignard galicien, pour s'enfoncer profondément dans la gorge de Trewan, tant et si bien que la pointe ressortit du côté opposé. L'épée tomba avec fracas sur le sol de pierre. Les yeux de Trewan se révulsèrent, montrant le blanc, et il s'affala les jambes écartées, fut secoué de ruades et convulsions, puis finit par demeurer immobile, gisant sur le dos.

Le sénéchal appela d'un geste les gardes. « Emportez le cadavre. » Puis à l'assemblée : « Nobles gens du Troicinet! Je reconnais le prince Aillas comme roi authentique et légitime. Qui conteste ou infirme mon jugement? Qu'il s'avance pour proclamer sa récusation! »

Il attendit une demi-minute.

« Que la cérémonie continue! »

XXIX

AILLAS et Shimrod quittèrent à cheval le palais Miraldra avant l'aube et suivirent la route côtière vers l'est. A la fin de l'après-midi, ils franchirent la Trouée de l'Homme Vert, où ils firent halte pour regarder le paysage. Le Ceald s'étendait devant eux en bandes de couleurs variées : un vert embrumé tirant sur le noir, un jaune grisâtre et un sombre bleu lavande fumé. Aillas désigna dans le lointain un reflet d'argent placide. « Voilà Chanteleau... Et Ombreleau. Cent fois, je me suis assis juste ici avec mon père; il était toujours plus heureux de rentrer à la maison que d'en partir. Je doute qu'il se soit senti à l'aise dans sa royauté.

– Et vous? »

Aillas réfléchit, puis répliqua : « J'ai été prisonnier, esclave, fugitif et maintenant roi, ce que je préfère. Toutefois, ce n'est pas l'existence que j'aurais choisie pour moi-même.

– A défaut d'autre chose, dit Shimrod, vous aurez vu le monde par son pire côté, ce qui a peut-être des chances de vous être utile. »

Aillas rit. « Mon expérience ne m'a pas rendu plus aimable; cela c'est certain.

– N'empêche, vous êtes jeune et il est à croire que vous avez du ressort. Vous avez la majeure partie de votre existence devant vous. Le mariage, des fils et des filles; qui sait quoi d'autre? »

Aillas grogna. « Peu probable. Il n'y a personne que j'aimerais épouser. Sauf... » Une image s'était présentée à l'esprit d'Aillas, spontanément, sans que rien l'ait sollicitée : une jeune femme aux cheveux noirs, mince comme une baguette, olivâtre de teint, avec de longs yeux vert de mer.

« Sauf qui ?
– Peu importe. Je ne la reverrai jamais... Il est temps de repartir; nous avons encore une douzaine de kilomètres devant nous. »

Les deux hommes descendirent vers le Ceald, passant près de deux villages endormis, s'enfonçant dans une forêt, franchissant de vieux ponts. Ils longèrent un marais de cent cours d'eau, frangé de massettes, de saules et d'aulnes. Des oiseaux se pressaient en foule dans le marais : hérons, faucons haut perchés dans les arbres, merles juchés sur les roseaux, foulques, butors, canards.

Les cours d'eau s'élargirent et devinrent plus profonds, les roseaux s'enfoncèrent sous la surface; le marais s'ouvrit sur le lac de Chanteleau et la route, traversant un verger d'antiques poiriers, arriva au château d'Ombreleau.

Aillas et Shimrod mirent pied à terre devant la porte. Un palefrenier vint prendre leurs chevaux. Quand Aillas avait quitté Ombreleau pour la cour du roi Granice, ce palefrenier était Cern le garçon d'écurie. Cern accueillit à présent Aillas avec un large sourire de plaisir mêlé toutefois de timidité.

« Bienvenue chez vous, sire Aillas – quoique maintenant il semble que ce doive être “ Votre Majesté ”. Cela ne vient pas facilement sur la langue, quand ce que je me rappelle le mieux c'est les bains dans le lac et les parties de lutte dans la grange. »

Aillas jeta les bras autour du cour de Cern. « Je lutterai encore avec toi. Mais à présent que je suis roi, il faudra que tu me laisses gagner. »

Cern pencha la tête de côté pour réfléchir. « C'est ainsi que cela doit être, puisqu'il n'est que juste de témoigner du respect à la fonction. Alors donc, d'une manière ou de l'autre, Aillas... sire... Votre Majesté... quelle que soit la façon de s'adresser à vous, c'est bon de vous revoir à la maison. Je vais emmener les chevaux, ils seront contents d'être bouchonnés et d'avoir un picotin. »

La porte d'entrée s'ouvrit à deux battants; dans l'embrasure se tenait un homme de haute taille, aux cheveux blancs, vêtu de noir, avec un trousseau de clefs à la taille : Weare, le chambellan d'Ombreleau du plus loin que se souvenait Aillas et longtemps encore avant. « Bienvenue chez vous, sire Aillas !
– Merci, Weare. » Aillas l'embrassa: « Ces deux dernières années, j'ai souvent souhaité d'être ici.
– Vous ne trouverez aucun changement, sauf que notre

bon sire Ospero n'est plus avec nous, de sorte que la vie ici a été calme et solitaire. J'ai regretté bien des fois les jours heureux d'avant que vous d'abord, puis sire Ospero soyez allés à la cour. » Weare recula d'un pas et examina le visage d'Aillas. « Vous êtes parti d'ici jeune garçon insouciant, beau et aimable, sans jamais une pensée dure.

– Et j'ai changé? En vérité, Weare, j'ai vieilli. »

Weare l'étudia un instant. « Je vois toujours le beau jeune homme et aussi quelque chose de sombre. Je crains que vous n'ayez vécu des moments difficiles.

– Exact, ma foi, mais je suis ici et les mauvais jours sont derrière nous.

– Je l'espère, sire Aillas! »

Aillas l'embrassa de nouveau. « Voici mon compagnon le noble Shimrod qui, j'y compte bien, sera notre hôte longtemps et souvent.

– Je suis heureux de vous connaître, messire. Je vous ai installé dans la Chambre Bleue avec une belle vue sur le lac. Sire Aillas, pour ce soir j'ai pensé que vous préféreriez la Chambre Rouge. Vous n'auriez guère voulu de votre ancien logement, ni de l'appartement de sire Ospero, si vite après.

– Tout à fait juste, Weare! Comme vous comprenez bien ce que je ressens! Vous avez toujours été gentil pour moi, Weare!

– Vous avez toujours été un bon garçon, sire Aillas. »

Une heure plus tard, Aillas et Shimrod sortirent sur la terrasse pour regarder le soleil se coucher au loin derrière les montagnes. Weare servit du vin dans un pichet de grès. « Voici notre San Sue que vous aimiez tant. Cette année, nous en avons eu quatre-vingt-six topettes. Je ne vais pas vous donner de gâteaux aux noix, parce que Flora tient à ce que vous ayez tout votre appétit pour dîner.

– J'espère qu'elle n'a rien prévu de trop abondant.

– Seulement quelques-uns de vos plats préférés. »

Weare s'en alla. Aillas s'enfonça dans son fauteuil. « Je suis roi depuis une semaine. J'ai parlé et écouté du matin au soir. J'ai fait chevaliers Cargus et Yane, et je les ai pourvus de terre; j'ai envoyé chercher Ehirme et tous les siens; elle vivra le reste de son existence dans le confort. J'ai inspecté les chantiers maritimes, les arsenaux, les casernes. Mes maîtres-espions m'ont mis au courant de secrets et de révélations au point que la tête me tourne. J'apprends que le roi Casmir construit des galères de guerre sur des chantiers navals à l'intérieur des terres. Il compte rassembler cent galères et envahir le Troicinet. Le roi Granice avait eu l'intention de débarquer une armée au Cap Farewell pour occuper Tremblance là-haut dans les Troaghs. Il aurait pu réussir; Casmir ne s'attendait à rien d'aussi audacieux, seulement des espions ont repéré la flottille, alors Casmir a envoyé précipitamment son armée au Cap Farewell et préparé une embuscade, mais Granice a été averti par ses propres espions et il a annulé l'opération.

– Apparemment, la guerre dépend des espions. »

Aillas convint que cela semblait bien être le cas.

« Tous comptes faits, l'avantage est de notre côté. Notre force d'assaut demeure intacte, avec de nouvelles catapultes capables de projeter à trois cents mètres. Aussi Casmir se demande-t-il sur quel pied danser parce que nos transports de troupe sont prêts à prendre la mer et que les espions sont incapables d'en avertir Casmir à temps.

– Vous avez donc l'intention de poursuivre la guerre? »

Aillas laissa son regard errer sur le lac. « Quelquefois, pour une heure ou deux, j'oublie le trou où Casmir m'avait mis. Je n'y échappe jamais pour longtemps.

– Casmir ne sait toujours pas qui a engendré l'enfant de Suldrun?

– Il le sait seulement par un nom dans le registre du prêtre, pour autant qu'il se soit donné la peine de se renseigner. Il me croit en train de pourrir au fond de son trou. Un jour, il apprendra une autre chanson... Voici Weare, et nous sommes convoqués pour notre dîner. »

A la table, Aillas s'assit dans le fauteuil de son père et Shimrod occupa la place opposée. Weare leur servit de la truite du lac et du canard du marais, avec de la salade du potager. Pendant qu'ils dégustaient leur vin en croquant des noix, les jambes allongées devant le feu, Aillas dit : « J'ai beaucoup réfléchi à Carfilhiot. Il ignore toujours que Dhrun est mon fils.

– L'affaire est compliquée, répliqua Shimrod. Le responsable, au fond, est Tamurello; son intention est de lutter à travers moi contre Murgen. Il a contraint la sorcière Mélancthe à m'ensorceler pour que je sois tué ou perdu sans recours dans Irerly, pendant que Carfilhiot dérobait mes instruments de magie.

– Murgen ne fera-t-il pas quelque chose pour récupérer votre matériel magique?

– Pas avant que Tamurello ait agi le premier.
– Mais Tamurello a déjà agi.
– Pas de façon démontrable.
– Alors nous devons provoquer Tamurello pour aboutir à une manifestation plus évidente.
– Plus facile à dire qu'à réaliser. Tamurello est prudent.
– Pas assez. Il a négligé une éventualité qui me permet de prendre des mesures en toute bonne justice aussi bien contre Carfilhiot que contre Casmir. »
Shimrod réfléchit un instant. « Là, je ne vous suis plus.
– Helm, mon bisaïeul, était le frère de Lafing, le duc de l'Ulfland du Sud. J'ai reçu d'Oäldes la nouvelle que le roi Quilcy était mort : noyé dans l'eau de son bain. Je suis l'héritier du royaume de l'Ulfland du Sud, ce dont Casmir ne se rend pas compte. J'ai l'intention de faire valoir mes droits par les voies les plus rapides et les plus catégoriques. Alors, en tant que suzerain légitime de Carfilhiot, j'exigerai qu'il descende de Tintzin Fyral pour me rendre hommage.
– Et s'il refuse?
– Nous attaquerons son château.
– Il passe pour imprenable.
– On le dit, en effet. Quand les Skas ont échoué, ils ont renforcé cette conviction.
– Pourquoi auriez-vous plus de chance? »
Aillas lança une poignée de coquilles de noix dans le feu. « J'agirai en tant que son souverain de droit. Les factoriers d'Ys me feront bon accueil, les barons aussi. Seul Casmir s'opposerait à nous, mais il est lent et nous avons l'intention de lui tomber dessus à l'improviste.
– Si vous êtes capable de me surprendre – et vous l'avez fait – alors vous devriez surprendre Casmir.
– J'y compte bien. Nos navires sont en train de charger; nous donnons de fausses informations aux espions. Casmir ne va pas tarder à avoir une surprise désagréable.

XXX

Le roi Casmir de Lyonesse, qui ne se satisfaisait jamais de demi-mesures, avait installé des espions dans les moindres coins et recoins du Troicinet, y compris le palais de Miraldra. Il supposait, à juste titre, que les espions troices soumettaient ses propres activités à une observation tout aussi pénétrante; c'est pourquoi, lorsqu'il recevait des renseignements d'un de ses agents secrets, il usait de procédures prudentes afin de protéger l'identité de l'agent.

Les informations parvenaient par des méthodes diverses. Un matin, au petit déjeuner, il trouva près de son assiette un menu caillou blanc. Sans commentaires, Casmir mit le caillou dans sa poche; il avait été placé là, Casmir le savait, par sire Mungo, le sénéchal, qui l'avait reçu d'un messager.

Après avoir pris son déjeuner, Casmir s'enveloppa d'un manteau à capuchon en futaine brune et quitta le Haidion par une voie discrète traversant le vieil arsenal et débouchant sur le Sfer Arct. S'étant assuré que personne ne le suivait, Casmir chemina par ruelles et passages jusqu'à l'entrepôt d'un marchand de vins. Il enfonça une clef dans la serrure d'une lourde porte de chêne et entra ainsi dans un petit cabinet de dégustation plein de poussière et imprégné d'une puissante odeur vineuse. Un homme trapu aux cheveux gris, avec des jambes torses et un nez cassé, le salua d'un geste désinvolte. Casmir ne connaissait cet homme que comme s'appelant Valdez; et lui-même usait du nom de « sire Eban ».

Valdez savait ou ne savait pas qu'il était Casmir; son attitude était en tout temps parfaitement impersonnelle, ce qui convenait très bien à Casmir.

Valdez lui désigna un des fauteuils et s'assit dans un autre. Il versa du vin d'un pichet en terre dans deux mogues. « J'ai un renseignement important. Le nouveau roi troice projette une opération navale. Il a massé ses vaisseaux au Crochet du Lutin et des soldats embarquent au Cap Brumeux; une attaque est imminente.

– Une attaque où? »

Valdez, dont le visage était celui d'un homme intelligent et froid, impitoyable et taciturne, eut un haussement d'épaules indifférent. « Personne ne s'est donné la peine de me le dire. Les capitaines doivent prendre la mer quand le vent virera au sud – ce qui donne pour leur navigation l'ouest, l'est et le nord.

– Ils essaient de nouveau le Cap Farewell : voilà mon avis.

– C'est bien possible, si la défense s'est relâchée. »

Casmir hocha pensivement la tête. « Exactement.

– Il existe une autre éventualité. Chaque bateau a été équipé d'un lourd grappin et d'une haussière. »

Casmir se renversa dans son fauteuil. « A quel usage sont destinées ces choses-là? Ils ne s'attendent sûrement pas à une bataille navale.

– Ils comptent peut-être en empêcher une. Ils emportent à bord des pots à feu. Et, rappelez-vous, le vent du sud les pousse dans la rivière Sime.

– Jusqu'aux chantiers navals? » Casmir fut instantanément en éveil. « Jusqu'aux nouveaux bateaux? »

Valdez porta la tasse de vin à la balafre tordue qui était sa bouche. « Je ne peux que signaler des faits. Les Troices se préparent à attaquer, avec cent vaisseaux et au moins cinq mille hommes, bien armés. »

Casmir marmotta. « La Baie Balte est gardée, mais pas tellement bien que ça. Ils causeraient un désastre s'ils nous prenaient par surprise. Comment puis-je être averti quand leur première flotte prendra la mer?

– Les feux d'alarme sont peu sûrs. Si l'un d'eux flanche par suite de brouillard ou de pluie, le système entier ne sert plus à rien. D'ailleurs, le temps manque pour installer une chaîne de feux. Des pigeons ne survoleront pas l'eau sur cent soixante kilomètres. Je ne connais pas d'autre moyen, sauf ceux mûs par magie. »

Casmir se leva d'un bond. Il laissa tomber une bourse de cuir sur la table. « Retournez au Troicinet. Envoyez-moi des nouvelles aussi souvent que ce sera possible. »

Valdez ramassa la bourse et parut satisfait par son poids. Je n'y manquerai pas. »

Casmir retourna au Haidion et, dans l'heure, des courriers quittèrent au galop la ville de Lyonesse. Ordre était donné aux ducs de Jong et de Twarsbane de conduire des armées, des chevaliers et une cavalerie cuirassée au Cap Farewell, afin de renforcer la garnison déjà sur place. D'autres soldats, au nombre de huit mille, étaient envoyés en hâte aux chantiers navals de la rivière Sime et des postes de guet furent installés tout le long de la côte. Les ports furent fermés et tous les bateaux contraints de rester au mouillage (sauf l'unique vaisseau qui devait ramener Valdez au Troicinet) afin que les espions n'aient aucun moyen d'informer les Troices que les forces du Lyonesse avaient été mobilisées contre l'attaque secrète.

Les vents tournèrent au sud et quatre-vingts navires avec six mille soldats prirent la mer. Faisant route bâbord amures, ils s'éloignèrent vers l'ouest. Passant par le Détroit de Palisidra, la flotte se tint nettement au sud, hors de vue des garnisons vigilantes de Casmir, puis vira cap au nord, pour se laisser porter vent arrière, avec l'eau bleue murmurant sous les proues et se soulevant derrière les arcasses.

Entre-temps, des émissaires troices parcouraient de long en large l'Ulfland du Sud. A de froids châteaux au milieu des landes, à des villes fortifiées et à des donjons montagnards, ils firent connaître l'avènement du nouveau roi et ses décrets qui devaient désormais être respectés. Souvent, ils obtenaient une soumission immédiate et reconnaissante; aussi souvent, ils étaient obligés de surmonter des haines suscitées par des siècles de meurtres, traîtrises et tortures. C'étaient des sentiments amers au point de dominer toute autre considération : des inimitiés qui étaient pour les intéressés ce qu'est l'eau pour le poisson, des vengeances et des projets de vengeance si plaisants qu'ils en obsédaient l'esprit. En pareil cas, la logique est sans pouvoir. (« La paix en Ulfland? Il n'y aura pas de paix pour moi tant que Fort Keghorn ne sera pas détruit pierre par pierre et que le sang de Mélidot n'en imprégnera pas les décombres! ») Sur quoi les envoyés usaient d'une tactique plus directe. « Pour votre propre sécurité, vous devez renoncer à ces haines. Une main sévère gouverne l'Ulfland et, si vous ne vous conformez pas à l'ordre, vous trouverez vos ennemis en faveur, avec la puissance du royaume prête à répondre à leur appel, et vous paierez cher des marchandises sans valeur.

– Ha-hemm. Et qui va gouverner l'Ulfland?

– Le roi Aillas gouverne déjà, de par le droit et la force des armes et les mauvais jours d'antan sont passés. Faites votre choix! Rejoignez vos pairs et apportez la paix à ce pays ou vous serez appelé rénégat! Votre château sera pris et brûlé; vous-même, si vous survivez, passerez votre existence en esclave, avec vos fils et vos filles. Unissez votre sort au nôtre; vous ne pouvez qu'y gagner. »

Sur quoi, la personne ainsi haranguée pouvait essayer de temporiser, ou de déclarer se préoccuper uniquement de son propre domaine, sans s'intéresser au pays en général. Si sa nature était prudente, ladite personne pouvait déclarer qu'elle devait attendre de voir quelle attitude adopteraient les autres. Dans chaque cas, l'envoyé répliquait : « Choisissez tout de suite! Vous êtes avec nous dans la loi ou contre nous et vous serez un hors-la-loi! Il n'y a pas de moyen terme! » Finalement, presque tous les gentilshommes de l'Ulfland du Sud acquiescèrent à ce qui leur était demandé, ne serait-ce que par haine de Faude Carfilhiot. Ils endossèrent leur antique armure, rassemblèrent leurs hommes et quittèrent à cheval leurs vieux forts avec des bannières flottant au-dessus de leurs têtes, pour s'assembler dans le champ près du Château de Cleadstone.

Assis dans son cabinet de travail, Faude Carfilhiot était absorbé dans la contemplation des personnages qui se déplaçaient sur sa carte. Que présageait donc pareil conclave? Certainement rien à son avantage. Il convoqua ses capitaines et les dépêcha dans la vallée pour mobiliser son armée.

Deux heures avant le lever du jour, le vent tomba et la mer devint d'huile. Ys étant tout près, les voiles furent carguées et les rameurs se courbèrent sur les avirons. La Pointe d'Istaïa et le Temple d'Atlante interposèrent leur silhouette sur fond d'aube; les navires glissèrent dans les eaux couleur d'étain près des marches descendant du temple jusqu'à la mer, puis obliquèrent vers l'endroit où la grève nord se recourbait dans l'estuaire de l'Evandre et s'échouèrent sur le sable pour débarquer les soldats, après quoi les transports longèrent la rive jusqu'aux quais d'Ys pour décharger leurs cargaisons.

De leurs terrasses-jardins, les Factoriers d'Ys observèrent

le débarquement avec rien de plus qu'un faible intérêt et les gens de la ville vaquèrent à leurs occupations comme si des incursions venant de la mer étaient chose courante.

A la balustrade de son palais, Mélancthe regarda arriver les navires. Peu après, elle se détourna et disparut dans l'intérieur obscur de sa demeure.

Sire Glide de Fairsted, avec un seul compagnon, se mit en selle et remonta au galop la vallée, par champs et vergers, qu'encadraient de chaque côté des montagnes escarpées. Les deux hommes traversèrent une douzaine de villages et de hameaux sans que personne ne témoigne même de curiosité à leur passage.

Les montagnes convergeaient sur la vallée qui aboutissait finalement au-dessous de cet éperon à cime plate appelé le Tor Tac, avec Tintzin Fyral sur le côté. Un relent de décomposition imprégna de plus en plus l'air et bientôt les deux cavaliers en découvrirent l'origine : six pieux d'un mètre cinquante de haut, portant autant de cadavres empalés.

La route passant en bas des pals traversait une prairie qui offrait d'autres témoignages de la sévérité de Carfilhiot envers ses ennemis : un portique haut de six mètres auquel étaient suspendus quatre hommes avec de lourdes pierres accrochées à leurs pieds. A côté de chacun, il y avait un jalon portant des marques tous les centimètres.

Un poste de garde surveillait le passage. Deux soldats revêtus du noir et pourpre de Tintzin Fyral en sortirent à grands pas pour croiser leurs hallebardes. Un capitaine les suivit et s'adressa à sire Glide. « Messire, pourquoi venez-vous aux abords de Tintzin Fyral?

– Nous sommes une députation au service du roi Aillas, répliqua sire Glide. Nous demandons un entretien avec sire Faude Carfilhiot et nous sollicitons la sécurité de sa protection avant, pendant et après cette conférence, afin d'assurer la totale liberté de notre expression. »

Le capitaine exécuta un salut quelque peu désinvolte. « Messires, je vais transmettre votre message immédiatement. » Il enfourcha un cheval et s'engagea sur une voie étroite taillée de façon à gravir la pente raide. Les deux soldats continuèrent à barrer le chemin avec des hallebardes croisées.

Sire Glide s'adressa à l'un d'eux. « Vous servez sire Faude Carfilhiot depuis longtemps?

– Seulement un an, messire.

– Vous êtes Ulf de nationalité?

– Ulf du Nord, messire. »

Sire Glide indiqua le portique. « Quelle est la raison de cet exercice? »

Le garde eut un haussement d'épaules indifférent. « Sire Faude est persécuté par les gentilshommes de la région; ils ne veulent pas se soumettre à son autorité. Nous sillonnons le pays, acharnés comme des loups, et chaque fois qu'ils sortent de chez eux, pour chasser ou inspecter leurs terres, nous les arrêtons. Et alors sire Faude fait un exemple afin de donner à réfléchir aux autres et de les effrayer.

– Ses châtiments montrent de l'ingéniosité. »

De nouveau le garde haussa les épaules. « Il n'y a pas grande différence. D'une façon ou de l'autre, c'est la mort. Et de simples pendaisons ou même des empalements finissent par devenir ennuyeux pour tous les intéressés.

– Pourquoi ces hommes sont-ils mesurés par des jalons?

– Ce sont de grands ennemis. Vous voyez là-bas sire Jehan de Femus, ses fils Waldrop et Hambol, et son cousin sire Basil. Ils ont été pris et sire Faude les a condamnés à une exposition punitive, mais il a montré aussi de la clémence. Il a dit : " Que des marques soient placées: et lorsque ces scélérats auront doublé de longueur, qu'ils soient relâchés et autorisés à courir librement à travers les montagnes pour regagner le château de Femus ".

– Et comment vont-ils? »

Le garde secoua la tête. « Ils sont faibles et souffrent malemort; et tous ont encore à grandir d'au moins soixante centimètres. »

Sire Glide se retourna et regarda la vallée, puis les flancs de la montagne, du haut en bas. « Ce ne serait apparemment pas difficile de remonter la vallée avec trente hommes pour venir les délivrer. »

Le garde, souriant, exhiba une bouche pleine de dents cassées. « En apparence, oui. Ne l'oubliez pas, sire Faude est un maître en tours astucieux. Personne n'envahit sa vallée pour en repartir sain et sauf. »

Sire Glide examina de nouveau les montagnes qui dressaient leurs pentes abruptes à la verticale du fond de la vallée. Nul doute qu'elles étaient criblées de tunnels, trous de guetteur et caches. Il dit au garde : « J'ai l'impression que les ennemis de sire Faude doivent se multiplier plus vite qu'il ne peut les tuer.

– C'est bien possible, dit le garde. Que Mithra nous

protège. » La conversation, de son point de vue, était terminée; peut-être avait-il déjà été trop bavard.

Sire Glide rejoignit son compagnon, un homme de haute taille en manteau noir avec un chapeau noir à large bord rabaissé sur son front pour ombrager un visage maigre au long nez. Cette personne, bien qu'armée seulement d'une épée et dépourvue de cuirasse, se comportait toutefois avec l'aisance d'un gentilhomme et sire Glide la traitait d'égal à égal.

Le capitaine redescendit du château. Il s'adressa à sire Glide. « Messire, j'ai fidèlement transmis votre message à sire Faude Carfilhiot. Il vous donne accès à Tintzin Fyral et garantit votre sécurité. Suivez, si vous voulez; il peut vous recevoir immédiatement. » Ayant dit, il fit exécuter à son cheval une superbe caracole et s'éloigna au galop. Les deux membres de la députation suivirent à une allure plus modérée. Et de gravir l'escapement par la route en lacets, découvrant à chaque virage des instruments de défense : embrasures, pièges, pierres basculantes, madriers montés sur pivot pour balayer l'intrus et le projeter dans le vide, trous de visée et chausse-trapes.

A droite, à gauche, encore à droite, encore à gauche sans arrêt, puis la voie s'élargit. Les deux hommes mirent pied à terre et confièrent leurs chevaux à des garçons d'écurie.

Le capitaine les conduisit dans Tintzin Fyral, dans la grande salle d'en bas, où Carfilhiot attendait. « Messires, vous êtes des dignitaires du Troicinet? »

Sire Glide acquiesça. « C'est exact. Je suis sire Glide de Fairsted et je suis porteur d'une lettre de créance du roi Aillas de Troicinet, que je vous soumets à présent. » Il tendit un parchemin auquel Carfilhiot jeta un coup d'œil, puis qu'il transmit à un petit chambellan replet : « Lisez. »

Le chambellan lut d'une voix de fausset :

A Sire Faude Carfilhiot
à Tintzin Fyral :

Par la loi de l'Ulfland du Sud, par la force et par le droit, je suis devenu roi de l'Ulfland du Sud et je requiers donc de vous la féauté due au souverain régnant. Je vous présente le seigneur Glide de Fairsted et un autre, tous deux conseillers de confiance. Sire Glide développera mes réquisitions et en général parlera avec ma voix. Il peut être chargé de tous les messages, même les plus confidentiels, que vous désireriez envoyer.

J'aime à croire que vous ferez prompte réponse à mes demandes telles que les exprimera sire Glide. Ci-dessous j'appose ma signature et le sceau du royaume.

Aillas
d'Ulfland du Sud et
de Troicinet : roi.

Le chambellan rendit le parchemin à Carfilhiot qui l'étudia avec un froncement de sourcils songeur, mettant visiblement de l'ordre dans ses idées. Il finit par dire d'un ton d'une profonde gravité : « Je suis naturellement intéressé par les concepts du roi Aillas. Allons régler cette affaire dans mon petit salon. »

Carfilhiot, suivi de sire Glide et de son compagnon, monta une courte volée de marches et passa devant une sorte de volière de neuf mètres de haut et de cinq mètres de diamètre, équipée de perchoirs, de nids, de mangeoires et de balançoires. Les hôtes humains de la volière offraient un exemple de la fantaisie de Carfilhiot dans ce qu'elle avait de plus cruel : il avait amputé les membres de plusieurs captifs, tant hommes que femmes, et y avait substitué des griffes et des crochets de fer, avec lesquels ils se cramponnaient aux perchoirs. Chacun était paré d'un plumage d'une sorte ou de l'autre; tous gazouillaient, sifflaient et chantaient des chants d'oiseaux. Dominant le groupe, splendide dans ses plumes vert vif, il y avait le roi fou Deuel. Présentement, il était posé le dos rond sur son perchoir, le visage assombri par une expression chagrine. A la vue de Carfilhiot, il s'anima et sautilla vivement le long du perchoir. « Un moment, s'il vous plaît! J'ai une réclamation importante à faire! »

Carfilhiot s'arrêta. « Eh bien, quoi encore? Ces derniers temps, vous êtes toujours à vous plaindre.

– Et pourquoi pas? Aujourd'hui, on m'avait promis des vers. Malgré cela, on ne m'a servi que de l'orge!

– Patience, dit Carfilhiot. Demain, vous aurez vos vers. »

Le roi fou Deuel grommela d'un ton contrarié, sauta sur un autre perchoir et y resta plongé dans une méditation morose. Carfilhiot conduisit ses hôtes dans une salle lambrissée de bois clair, avec un tapis vert sur le sol et des fenêtres ouvrant sur la vallée. Il indiqua une table du geste. « Asseyez-vous, s'il vous plaît. Avez-vous déjeuné? »

Sire Glide s'assit; son compagnon demeura debout au fond de la pièce. « Nous avons déjà pris notre repas, répondit sire Glide. Si vous voulez bien, nous passerons directement à l'affaire qui nous amène.

– Je vous en prie. » Se renversant en arrière dans son fauteuil, Carfilhiot étendit ses longues et fortes jambes devant lui.

« Mon message est simple. Le nouveau roi de l'Ulfland du Sud est arrivé en force à Ys. Le roi Aillas apporte une ferme autorité au pays et tous doivent lui obéir. »

Carfilhiot eut un rire métallique. « Je ne suis pas au courant. A ma connaissance, Quilcy n'a pas laissé d'héritier; la lignée est éteinte. D'où Aillas tire-t-il donc son droit?

– Il est roi d'Ulfland du Sud par lignage collatéral et par la loi même du pays. Il remonte déjà le Val et il vous ordonne de venir à sa rencontre, et d'abandonner toute idée de résister à son autorité du fait de la puissance de ceci, votre château Tintzin Fyral, car dans ce cas il le réduira.

– Cela a déjà été tenté, répliqua Carfilhiot avec un sourire. Les assaillants sont partis et Tintzin Fyral demeure. Par ailleurs, le roi Casmir de Lyonesse ne permettra pas une présence troice ici.

– Il n'a pas le choix. Nous avons déjà envoyé des hommes pour prendre Kaul Bocach et ainsi barrer le passage à Casmir. »

Carfilhiot réfléchit. Il fit claquer dédaigneusement ses doigts. « Je dois agir avec circonspection. La situation est encore incertaine.

– Permettez-moi de vous contredire. Aillas gouverne l'Ulfland du Sud. Les barons ont accepté son autorité avec gratitude et ils ont rassemblé leurs hommes au Château de Cleadstone, pour le cas où l'on aurait besoin d'eux contre Tintzin Fyral. »

Carfilhiot, surpris et piqué au vif, se leva d'un bond. Voilà donc le message de la carte magique! « Vous les avez déjà ameutés contre moi! En vain! Le complot ne donnera rien! J'ai des amis puissants! »

Le compagnon de sire Glide parla pour la première fois. « Vous avez un seul ami, votre amant Tamurello. Il ne vous aidera pas. »

Carfilhiot se retourna brusquement. « Qui êtes-vous? Avancez! Je vous ai vu quelque part.

– Vous me connaissez bien parce que vous m'avez causé de grands torts. Je suis Shimrod. »

Carfilhiot fut effaré. « Shimrod!

– Vous détenez les deux enfants Glyneth et Dhrun qui me sont chers. Vous les remettrez sous ma garde. Vous avez pillé mon manoir Trilda et emporté mes biens. Rendez-les-moi maintenant. »

Carfilhiot étira ses lèvres dans un affreux sourire. « Et qu'offrez-vous en échange? »

Shimrod parla d'une voix basse et morne. « J'avais juré que les scélérats qui ont mis à sac Trilda mourraient après avoir tâté à leur tour des tourments infligés par eux à mon ami Grofinet. J'ai capturé Rughalt l'assassin par ses genoux malades. Il est mort dans de grandes souffrances mais d'abord il vous a nommé comme son complice. Rendez-moi tout de suite mes possessions et les deux enfants. Je me parjurerai à regret : vous ne mourrez pas de ma main ni par la souffrance que je voulais vous infliger. Je n'ai rien de plus à offrir, mais c'est beaucoup. »

Carfilhiot, les sourcils haussés et les paupières à demi baissées, s'était donné une expression de dédain austère. Il parla d'un ton patient, comme quelqu'un qui explique des évidences à un simple d'esprit.

« Vous n'êtes rien pour moi. J'ai pris vos biens parce que je les voulais. Et il se peut que je recommence. Gardez-vous de moi, Shimrod! »

Sire Glide déclara : « Messire, une fois de plus, je vous cite les ordres de votre suzerain le roi Aillas. Il vous commande de descendre de votre palais et de vous soumettre à sa justice. Ce n'est pas un homme dur et il préfère ne pas verser le sang.

– Ha ha! Voilà d'où souffle le vent! Et que m'offre-t-il pour ce procédé miséricordieux?

– Les bénéfices sont très réels. Le noble Shimrod a formulé des requêtes. Si vous obtempérez, il s'engage à ne pas vous ôter la vie. Accédez à ses propositions! Par syllogisme, nous vous offrons la vie même : l'avantage concret le plus précieux qu'on puisse offrir. »

Carfilhiot se jeta dans son fauteuil. Au bout d'un instant, il gloussa de rire. « Sire Glide, vous avez une langue habile. Quelqu'un de moins tolérant que moi pourrait d'ailleurs vous considérer comme insolent; moi-même, je suis déconcerté. Vous venez ici sans protection à part un sauf-conduit qui a la seule garantie précaire du bon vouloir et du savoir-vivre. Ensuite, vous cherchez à extorquer de grandes concessions par des sarcasmes et des menaces qui sont désagréables à l'oreille. Dans ma volière, vous apprendriez vite à roucouler des chants plus plaisants.

– Messire, mon intention n'est pas d'exaspérer mais de persuader. J'avais espéré m'adresser à votre raison plutôt qu'à vos sentiments. »

Carfilhiot se releva à nouveau brusquement. « Messire, votre faconde me fait perdre patience.

– Très bien, messire. Je ne dirai plus rien. Quelle réponse précise rapporterai-je au roi Aillas?

– Vous pouvez l'informer que Faude Carfilhiot, duc de Val Evandre, réagit négativement à ses propositions. Dans sa guerre prochaine avec le roi Casmir, je me considère comme neutre.

– Je lui transmettrai ces termes mêmes. »

Shimrod prit la parole. « Et mes demandes? »

Les yeux de Carfilhiot parurent briller d'une lumière jaune. « Comme sire Glide, vous ne m'offrez rien et attendez tout. Je ne peux vous satisfaire. »

Sire Glide exécuta le salut minimum requis par le protocole de la chevalerie. « Nos remerciements, tout au moins, pour votre attention.

– Si vous espériez susciter ma profonde antipathie, vous avez réussi, répliqua Carfilhiot. Autrement, votre visite aura été du temps perdu. Par ici, je vous prie. »

Il précéda les deux hommes, passant devant la volière où le roi fou Deuel sautilla vers lui avec une nouvelle réclamation pressante, et entra dans la grande salle du rez-de-chaussée où Carfilhiot appela son chambellan. « Conduisez ces gentilshommes à leurs chevaux. » Il se retourna pour faire face aux deux. « Je vous dis adieu. Ma parole vous garantit pendant que vous descendrez la vallée. Au cas où vous reviendriez, je vous considérerais comme des intrus hostiles. »

Shimrod déclara : « Encore un mot avec vous.

– Comme vous voulez.

– Allons dehors. Ce que j'ai à vous dire a une résonance sourde et malsaine dans votre demeure. »

Carfilhiot sortit sur la terrasse, Shimrod à sa suite. Ils s'immobilisèrent dans la pleine lumière de l'après-midi.

– « Je suis un magicien du onzième niveau, expliqua Shimrod. Quand vous m'avez volé à Trilda, vous m'avez interrompu dans mes études. A présent, elles vont reprendre. Comment vous protégerez-vous de moi?

– Vous oseriez vous opposer à Tamurello?

– Il ne vous protégera pas contre moi. Il redoute Murgen.

– Je ne risque rien.

– Que si. A Trilda, vous avez perpétré la provocation; j'ai droit à ma revanche. C'est la loi. »

La mine de Carfilhiot s'allongea. « Elle n'est pas applicable.

– Non? Qui a secouru Rughalt quand son corps a brûlé de l'intérieur? Qui vous protégera? Tamurello? Demandez-lui. Il vous donnera des assurances, mais leur fausseté sera facile à découvrir. Une dernière fois : donnez-moi mes possessions et mes deux enfants.

– Je n'obéis aux ordres de personne. »

Shimrod se détourna. Il traversa la terrasse et enfourcha son cheval. Les deux émissaires descendirent le chemin en zigzag, passèrent devant le portique et les quatre hommes étirés du Château Fémus, puis suivirent la route en direction d'Ys.

Une bande de quinze mendiants en guenilles s'avançait en ordre dispersé en direction du sud dans le Défilé Ulf. Certains marchaient tout courbés; d'autres boitillaient sur des jambes estropiées; d'autres encore portaient des pansements tachés par des ulcères suppurants. En approchant de la forteresse à Kaul Bocach, ils remarquèrent les soldats de garde et se hâtèrent de leur mieux en traînant la patte, gémissant de façon pitoyable et demandant l'aumône. Les soldats reculèrent de dégoût et firent passer rapidement le groupe.

Une fois de l'autre côté du fort, les mendiants recouvrèrent la santé. Ils se redressèrent, rejetèrent leurs pansements et cessèrent de clopiner. Dans une forêt située à quinze cents mètres de la forteresse, ils sortirent des haches de dessous leurs vêtements, abattirent des baliveaux et construisirent quatre longues échelles.

L'après-midi s'écoula. Au crépuscule, un autre groupe approcha de Kaul Bocach : cette fois, une troupe de baladins errants. Ils installèrent leur camp devant le fort, mirent en perce un fût de vin, de la viande à rôtir sur des broches et bientôt commencèrent à jouer de la musique tandis que six jolies jeunes femmes dansaient la gigue à la clarté du feu.

Les soldats du fort allèrent regarder le divertissement et lancer des compliments aux jeunes femmes. Entre-temps, les hommes du premier groupe revinrent subrepticement. Ils dressèrent leurs échelles, grimpèrent en haut des parapets sans être vus ni entendus.

Vite et en silence, ils poignardèrent deux malheureuses sentinelles dont l'attention était fixée sur la danse, ils descendirent ensuite à la salle des gardes, où ils tuèrent plusieurs autres soldats qui se reposaient sur leur paillasse, puis sautèrent sur le dos de ceux qui suivaient des yeux le divertissement. La représentation s'interrompit aussitôt. Les baladins se joignirent aux combattants et, en trois minutes, les forces de l'Ulfland du Sud eurent repris la forteresse de Kaul Bocach.

Le commandant et quatre survivants furent envoyés au sud avec un message :

CASMIR, ROI DE LYONESSE : PRENEZ ACTE!

> La forteresse de Kaul Bocach est de nouveau à nous et les intrus du Lyonesse ont été tués et expulsés.
>
> Ni la fourberie ni toute la vaillance du Lyonesse ne nous reprendront Kaul Bocach. Entrez en Ulfland du Sud à vos risques et périls!
>
> Souhaitez-vous mesurer vos armées avec la puissance ulfe? Venez par Poëlitetz; vous trouverez la voie plus sûre et plus facile.
>
> Je signe en personne
>
> Goles du Château de Cleadstone
> Capitaine des armées ulfes
> à Kaul Bocach.

La nuit était sombre et sans lune; autour de Tintzin Fyral, les montagnes dressaient leurs masses toutes noires sur fond d'étoiles. Dans sa haute tour, Carfilhiot était assis d'un air morose. Son attitude donnait l'impression de l'impatience, comme s'il attendait un signal ou un événement qui ne s'était pas produit. Il finit par se dresser d'un bond et se rendre dans son cabinet de travail. Au mur était accroché un cadre circulaire d'un peu moins de trente centimètres de diamètre, entourant une membrane grise. Carfilhiot pinça la membrane au centre, pour en tirer un bouton de substance qui grossit rapidement sous sa main et devint un nez de forme d'abord vulgaire, puis d'une grosseur extrême : un grand membre rouge et crochu avec des narines évasées poilues.

Carfilhiot siffla d'exaspération; ce soir, le sandestin était excité et folâtre. Carfilhiot empoigna le grand nez rouge, le tordit et le pétrit jusqu'à obtenir la forme approximative et mastoc d'une oreille, qui se tortilla sous ses doigts et s'étira en un long pied vert. Carfilhiot s'y prit à deux mains pour maîtriser l'objet et modela de nouveau une oreille, dans laquelle il proféra un ordre impératif : « Entends! Écoute et entends! Transmets mes paroles à Tamurello à Faroli. Tamurello, entends-tu? Tamurello, réponds! »

L'oreille se modifia pour se transformer en oreille de configuration ordinaire. Sur le côté, une petite excroissance se replia et s'ourla en bouche, de l'exact dessin de celle de Tamurello. L'organe parla, avec la voix de Tamurello : « Faude, je suis ici. Sandestin, montre un visage. »

La membrane s'enroula et se contracta pour devenir le visage de Tamurello, à l'exception du nez où le sandestin, par étourderie ou peut-être caprice, plaça l'oreille qu'il avait déjà créée.

Carfilhiot parla d'un ton grave : « La situation évolue rapidement! Des armées troices ont débarqué à Ys et le roi troice se dit maintenant roi d'Ulfland du Sud. Les barons ne l'ont pas arrêté et je suis isolé. »

Tamurello émit un son marquant la réflexion. « Intéressant.

– Plus qu'intéressant! s'écria Carfilhiot. Aujourd'hui, deux émissaires sont venus me trouver. Le premier a ordonné que je me livre au nouveau roi. Il n'a présenté ni compliments ni garanties, ce que je considère comme un signe sinistre. Naturellement, j'ai refusé de le faire.

– Peu sage! Tu aurais dû te déclarer vassal loyal mais bien trop souffrant soit pour recevoir des visiteurs soit pour sortir de ton château, tu aurais évité ainsi de lancer un défi ou d'offrir un prétexte.

– Je n'obéis aux ordres de personne », s'exclama Carfilhiot avec irritation.

Tamurello s'abstint de commentaire. Carfilhiot poursuivit : « Le second émissaire était Shimrod.

– Shimrod!

– Eh! Oui. Il est arrive en compagnie du premier, restant caché dans l'ombre puis s'avançant brusquement pour exiger ses deux enfants et son matériel magique. J'ai encore refusé.

– Peu sage! Peu sage! Il faut que tu apprennes l'art d'acquiescer avec grâce quand cela devient une option utile. Les enfants ne te servent à rien et les affaires de Shimrod non plus. Tu aurais pu t'assurer sa neutralité!

– Bah, répliqua Carfilhiot. C'est un minus au regard de toi que, soit dit en passant, il a calomnié et traité avec mépris.

– De quelle façon?

– Il a déclaré qu'on ne pouvait pas compter sur toi, que ta parole n'était pas sincère et que tu ne me mettrais pas à l'abri de tout mal. Je lui ai ri au nez.

– Oui, évidemment, dit Tamurello d'une voix préoccupée. N'empêche, que peut Shimrod contre toi?

– Me jeter un sort horrible.

– Et ainsi violer l'édit? Jamais. N'es-tu pas la chose de Desmëi? Ne possèdes-tu pas du matériel magique? Par conséquent, cela fait de toi un magicien.

– Cette magie est enfermée dans un puzzle! Elle ne me sert à rien! Je risque que Murgen ne soit pas convaincu. Somme toute, le matériel a été volé à Shimrod, ce qui doit être considéré comme la provocation d'un magicien par un autre magicien. »

Tamurello eut un petit rire. « Mais rappelle-toi ceci! A l'époque, tu ne possédais pas d'instruments magiques et tu étais donc un profane.

– C'est plutôt tiré par les cheveux comme argument.

– C'est logique; ni plus, ni moins. »

Carfilhiot n'était toujours pas rassuré. « J'ai enlevé ses enfants, ce qui pourrait encore être interprété comme une “ incitation ”. »

La réponse de Tamurello, même transmise par les lèvres du sandestin, parut assez sèche. « Dans ce cas, renvoie à Shimrod ses enfants et ses affaires. »

Carfilhiot dit froidement : « Je considère maintenant les enfants comme des otages pour garantir ma propre sécurité. Quant au matériel de magie, préfères-tu que je l'utilise en tandem avec toi ou que Shimrod s'en serve pour soutenir Murgen? Rappelle-toi, c'était notre idée première. »

Tamurello soupira. « Tel est le dilemme réduit à sa plus simple expression, reconnut-il. Sur cette base, à défaut d'autre, je dois t'apporter mon soutien. Mais qu'en aucun cas il n'arrive malaventure aux enfants, car la chaîne des événements finirait sûrement par m'exposer à la fureur de Murgen. »

Carfilhiot répliqua de son habituel ton désinvolte : « Je soupçonne que tu exagères leur importance.

– N'empêche, tu dois obéir! »

Carfilhiot haussa les épaules. « Oh, je me plierai à tes caprices, n'aie crainte. »

Le sandestin reproduisit avec exactitude le petit rire chevrotant de Tamurello. « Appelle-les comme il te plaira. »

XXXI

AVEC la venue du jour, l'armée ulfe, encore une série de petites compagnies qui se méfiaient les unes des autres, leva le camp et s'assembla dans la prairie devant le Château de Cleadstone : deux mille chevaliers et hommes d'armes. Là, ils furent organisés en une force cohérente par sire Fentaral de Châteaugris qui, de tous les barons, était le plus généralement respecté. L'armée se mit alors en marche à travers les brandes.

Tard le lendemain, elle s'installa sur cette crête dominant Tintzin Fyral d'où les Skas avaient auparavant tenté un assaut.

Entre-temps, l'armée troice remonta le Val, ne s'attirant de la part des habitants que des coups d'œil dépourvus de curiosité. La vallée était d'un calme qui la rendait presque étrange.

A la fin de la journée, l'armée atteignit le village de Sarquin, en vue de Tintzin Fyral. Sur l'ordre d'Aillas, les anciens du bourg vinrent à un colloque. Aillas se présenta et exposa ses intentions. « Maintenant, je désire établir un fait. Parlez avec franchise; la vérité ne vous portera pas préjudice. Êtes-vous opposés à Carfilhiot, ou neutres, ou le soutenez-vous? »

Les anciens discutèrent à voix basse entre eux et jetèrent par-dessus leurs épaules un coup d'œil vers Tintzin Fyral. L'un d'eux déclara : « Carfilhiot est un sorcier. Mieux vaut que nous ne prenions pas position en la matière. Vous êtes en mesure de nous couper la tête si nous vous déplaisons: Carfilhiot peut faire pire quand vous serez parti. »

Aillas rit. « Vous oubliez la raison de notre présence. Quand nous partirons, Carfilhiot sera mort.

Oui, oui, d'autres l'ont dit aussi. Ils sont partis: Carfilhiot est toujours là. Même les Skas ont échoué ne serait-ce qu'à le déranger.

- Je me rappelle bien les circonstances, répliqua Aillas. Les Skas se sont retirés parce qu'une armée approchait.

- C'est exact; Carfilhiot avait mobilisé la vallée contre eux. Nous préférons Carfilhiot, qui est un mal connu mais fantasque, aux Skas qui ont un plus grand esprit de suite.

– Cette fois, il n'y aura pas d'armée pour secourir Carfilhiot : l'aide n'arrivera ni du nord ni du sud, ni de l'est ni de l'ouest. »

Les anciens s'entretinrent de nouveau à voix basse. Puis : « Supposons que Carfilhiot soit vaincu, que se passera-t-il ensuite?

– Vous connaîtrez un gouvernement juste et équitable; je vous le garantis. »

L'ancien tirailla sa barbe. « C'est agréable à entendre », admit-il. Puis, après un coup d'œil à ses compagnons, il déclara : « Voici la nature de la situation. Nous sommes fermement fidèles à Carfilhiot, mais vous nous avez inspiré une terreur panique et, par conséquent, nous devons faire ce que vous demandez en dépit de nos inclinations, au cas où Carfilhiot poserait la question.

- Ainsi soit-il. Que pouvez-vous nous dire, alors, sur les forces de Carfilhiot?

– Il a augmenté récemment la garde de son château avec des égorgeurs et des coupe-jarrets. Ils se battront jusqu'à la mort parce qu'ils ne peuvent rien attendre de mieux ailleurs. Carfilhiot leur interdit de molester les gens de la vallée. N'empêche, des jeunes filles disparaissent souvent et on n'en entend plus jamais parler; et ils sont autorisés à prendre des femmes dans les landes et ils pratiquent aussi entre eux des vices indescriptibles, ou du moins c'est ce qu'on raconte.

– Quel est leur nombre actuel?

– Entre trois et quatre cents, je pense.

– Ce n'est pas une force importante.

Cela arrange d'autant mieux Carfilhiot. Il n'a besoin que de dix hommes pour repousser votre armée entière: les autres sont des bouches supplémentaires à nourrir. Et prenez garde aux tours de Carfilhiot! On dit qu'il se sert de la magie à son avantage et il est passé maître dans l'art de tendre ses embûches.

– Comment cela? De quelle façon?

- Voyez là-bas : les escarpements plongent dans la vallée,

avec entre eux guère plus de distance que ne porte une flèche. Ils sont criblés de tunnels. Passeriez-vous devant, une grêle de flèches s'abattrait et en une minute vous perdriez mille hommes.

– Effectivement, si nous étions assez imprudents pour aller par là. Que pouvez-vous nous dire d'autre?

– Il n'y a guère plus à dire. Si vous êtes capturés, vous serez assis sur un haut pal jusqu'à ce que votre chair pourrisse et tombe en lambeaux. C'est ainsi que Carfilhiot traite ses ennemis.

– Messires, vous pouvez disposer. Je vous remercie de vos conseils.

– Rappelez-vous, je n'ai parlé que sous l'empire de la peur! Voilà comment seront présentées les choses. »

Aillas fit avancer son armée huit cents mètres plus loin. L'armée ulfe occupait les hauteurs derrière Tintzin Fyral. Aucune nouvelle encore n'était parvenue du détachement qui s'était mis en route pour prendre Kaul Bocach; c'était à présumer qu'il avait réussi.

Les entrées et les sorties de Tintzin Fyral étaient bloquées. Carfilhiot devait maintenant se fier à l'invulnérabilité de son château pour sauver sa vie.

Dans la matinée, un héraut porteur d'un drapeau blanc remonta à cheval la vallée. Il s'arrêta devant la poterne et cria : « Qui veut m'entendre? J'apporte un message pour sire Faude Carfilhiot! »

Au sommet du rempart survint le capitaine de la garde, portant le noir et lavande de Carfilhiot : un homme massif aux cheveux gris volant derrière lui dans le vent. Il questionna d'une voix retentissante : « Qui apporte des messages à sire Faude? »

Le héraut s'avança. « Les armées du Troicinet et de l'Ulfland du Sud cernent le château. Elles sont conduites par Aillas, roi de Troicinet et d'Ulfland du Sud. Voulez-vous transmettre le message que j'apporte, ou le scélérat descendra-t-il pour l'entendre de ses propres oreilles et y répondre avec sa propre langue?

– Je transmettrai votre message.

– Dites à Faude Carfilhiot que, par ordre du roi, son pouvoir à Tintzin Fyral a pris fin et qu'il demeure en occupation comme hors-la-loi, sans la franchise de son roi. Dites-lui que ses crimes sont notoires et apportent grande honte à lui-même et à ses séides et que la punition ne se fera pas attendre. Dites-lui qu'il peut améliorer son sort en se livrant à cet instant. Dites-lui de plus que des soldats ulfs commandent Kaul Bocach, pour empêcher les armées du Lyonesse de pénétrer en Ulfland, de sorte qu'il ne doit pas attendre de secours du roi Casmir, ni de personne d'autre.

– Assez! clama le capitaine de sa grande voix rugissante. Je ne peux pas me rappeler plus! » Il tourna les talons et sauta à bas du parapet. Bientôt on put le voir gravissant à cheval la route jusqu'au château.

Vingt minutes s'écoulèrent. Le capitaine redescendit la route et une fois de plus monta sur le rempart. Il appela : « Sire héraut, écoutez bien! Sire Faude Carfilhiot, duc de Val Evandre et prince d'Ulfland, ne connaît nullement Aillas, roi de Troicinet, et n'admet pas son autorité. Il requiert les envahisseurs de quitter ce domaine qui leur est étranger, sous peine de guerre impitoyable et de terrible défaite. Rappelez au roi Aillas que Tintzin Fyral a connu une douzaine de sièges et n'a succombé à aucun.

– Se rendra-t-il ou ne se rendra-t-il pas?

– Il ne se rendra pas.

– Dans ce cas, prévenez vos compagnons et tous ceux qui portent les armes pour Carfilhiot. Dites-leur que tous ceux qui se battent pour lui et versent le sang en son nom ne seront pas jugés moins coupables que lui et partageront son sort. »

Une sombre nuit sans lune tomba sur le Val Evandre. Carfilhiot monta jusqu'au toit plat de sa haute tour et se tint dans le vent. A trois kilomètres de là dans la vallée, un millier de feux de camp créaient un tapis scintillant, comme une traînée d'étoiles rouges. Beaucoup plus près, une douzaine d'autres feux bordaient la crête nord et suggéraient la présence de bien des feux encore par-delà la crête, à l'abri du vent. Carfilhiot se retourna et, à sa surprise et consternation, au sommet du Tor Tac, il vit là aussi trois feux. Ils pouvaient fort bien avoir été allumés juste pour l'intimider – et c'est l'effet qu'ils produisirent. Pour la première fois, il éprouva de la peur : les premières atteintes d'une appréhension grandissante que peut-être, par quelque tragique coup du sort, Tintzin Fyral risque, cette fois-ci, de succomber à un siège. La pensée de ce qui se passerait au cas où il serait capturé projeta une moiteur glacée dans ses entrailles.

Carfilhiot toucha la pierre rude des parapets pour se rassurer. Il était en sécurité! Comment son magnifique château pourrait-il tomber? Les caves contenaient des vivres pour un an ou même plus; il avait un ample approvisionnement d'eau par une source souterraine. Une équipe d'un millier de sapeurs travaillant jour et nuit pourraient, en théorie, creuser la base de l'escarpement pour faire s'écrouler le château; dans la pratique, l'idée était absurde. Et à quoi pouvaient espérer parvenir ses ennemis depuis le sommet du Tor Tac? Le château était protégé par la largeur de l'abîme : une longue portée de flèche. Des archers sur le Tor Tac opéreraient peut-être un tir de harcèlement jusqu'à ce que des écrans soient dressés contre les flèches, à la suite de quoi leurs efforts deviendraient futiles. C'est seulement du nord que Tintzin Fyral semblait vulnérable. Depuis l'attaque ska, Carfilhiot avait renforcé ses défenses, établissant de nouveaux systèmes ingénieux contre quiconque aurait l'intention d'utiliser un bélier.

Ainsi se rassura Carfilhiot. En outre, et comptant plus que tout, Tamurello avait promis son soutien. Que les vivres viennent à manquer et Tamurello les renouvellerait par magie. En fait, Tintzin Fyral pouvait demeurer sauf à jamais!

Carfilhiot parcourut des yeux encore une fois le cercle de la nuit, puis descendit dans son cabinet de travail, mais Tamurello – par absence, négligence ou dessein – ne voulut pas lui parler.

Au matin, Carfilhiot regarda l'armée troice avancer presque jusqu'au pied de Tintzin Fyral, déjouant son embûche en marchant à la queue leu leu derrière un écran de boucliers. Les Troices abattirent ses pals, délivrèrent de leurs poids les hommes étirés du Château de Fémus et installèrent leur camp sur la prairie. Des équipages de ravitaillement remontèrent la vallée et arrivèrent sur la crête. préparatifs d'une nature méthodique et placide qui éveillèrent en Carfilhiot une nouvelle appréhension en dépit de toute logique prouvant le contraire. Il y avait une activité curieuse sur le sommet du Tor Tac et Carfilhiot vit prendre forme le châssis de trois énormes catapultes. Il avait cru le Tor Tac un endroit ne présentant pas de danger du fait de ses pentes abruptes, mais les maudits Troices avaient découvert le raidillon et avec une patience de fourmi, morceau par morceau, ils avaient transporté au sommet les trois grandes catapultes maintenant dressées devant le ciel. La portée était trop grande, voyons! Les projectiles plongeraient simplement à distance des murs pour menacer le camp troice en dessous.

C'est ce que s'affirma Carfilhiot. Sur la crête nord, six autres engins de siège étaient en cours de construction et, de nouveau, Carfilhiot éprouva un malaise en voyant la capacité des ingénieurs troices. Les engins étaient massifs, dessinés avec une grande précision. Ils seraient finalement amenés près du bord du précipice; c'est de cette façon que les Skas avaient aligné leurs machines de guerre... A mesure que s'avançait la journée, Carfilhiot commença à douter et les doutes se précisèrent pour aboutir à la fureur : les engins étaient installés en plein du bon côté de sa plate-forme basculante. Comment les Troices avaient-ils été mis au courant de ce danger? Par les Skas? Revers dans toutes les directions! Un bruit sourd et un choc : quelque chose avait heurté la tour.

Carfilhiot se retourna vivement, stupéfait. Sur le Tor Tac, il vit le bras d'une des grandes catapultes se relever et s'immobiliser avec un claquement. Une pierre s'éleva haut dans les airs, décrivit lentement un arc et obliqua vers le château. Carfilhiot plaqua ses mains sur sa tête et s'accroupit. La pierre manqua la tour d'un mètre cinquante et passa en sifflant pour atterrir près du pont-levis. Carfilhiot n'éprouva aucun plaisir de ce coup raté; c'étaient des tirs de réglage.

Il descendit l'escalier en courant et ordonna qu'une escouade d'archers aille sur le toit. Ils se dirigèrent vers les parapets; ils placèrent leurs arcs contre les merlons et se couchèrent sur le dos en immobilisant l'arc avec un pied. Ils tendirent la corde au maximum et laissèrent aller. Les flèches filèrent à une grande hauteur au-dessus du précipice, puis obliquèrent vers le bas et se plantèrent sur les pentes du Tor Tac. Un exercice futile.

Carfilhiot lança à pleine gorge une malédiction et agita les bras dans un geste de défi. Deux des catapultes se déclenchèrent en même temps. Deux projectiles montèrent vers le ciel, décrivirent leur courbe, inclinèrent en biais leur course finale et s'abattirent sur le toit. Le premier tua deux archers et défonça le toit; le second manqua de trois mètres Carfilhiot, pour aller crever le toit et aboutir dans son salon du haut. Les archers survivants dévalèrent l'escalier, suivis par Carfilhiot.

Pendant une heure, des pierres martelèrent le toit de la tour, détruisant les parapets, trouant le toit et brisant sa charpente, de sorte qu'un bout des poutres se dressait en l'air tandis que l'autre reposait sur le sol de l'étage inférieur.

Les ingénieurs modifièrent la portée de leurs machines et commencèrent à défoncer les murs de la tour. Il devint évident que, dans une période de temps calculable en jours, les engins du Tor Tac à eux seuls pouvaient raser le donjon de Tintzin Fyral jusqu'à ses fondations.

Carfilhiot courut au cadre dans son cabinet de travail et, cette fois, réussit à entrer en contact avec Tamurello. « L'armée attaque depuis les crêtes avec d'énormes armes; aide-moi ou je suis perdu!

– Très bien, dit Tamurello d'une voix grave. Je vais faire ce qui doit être fait. »

Sur le Tor Tac, Aillas se tenait à l'endroit où il s'était tenu auparavant, lors d'une autre ère de son existence. Il regarda les projectiles traverser le gouffre pour battre en brèche Tintzin Fyral, puis il s'adressa à Shimrod :

« La guerre est finie. Il n'a nulle part où aller. Pierre par pierre, nous démantelons son château. Le moment est venu d'entamer de nouveaux pourparlers.

– Donnons-lui-en une heure encore. Je sens son humeur. C'est de la fureur mais pas encore du désespoir. »

Dans le ciel approchait un crépuscule. Il s'immobilisa au sommet du Tor Tac et explosa avec un bruit léger. Tamurello, plus grand d'une tête que les hommes ordinaires, leur faisait face. Il portait une cotte d'écailles noires luisantes et un casque d'argent en forme de tête de poisson. Sous des sourcils noirs, ses yeux jetaient alentour un éclat furieux, avec des cercles blancs autour de l'iris noir. Il se tenait sur une boule d'électricité scintillante qui s'affaissa, l'abaissant jusqu'au sol. Son regard alla d'Aillas à Shimrod, puis revint à Aillas. « Quand nous nous sommes rencontrés à Faroli, je n'ai pas reconnu votre haute condition.

– Je n'avais pas cette condition à l'époque.

– Voici que vous étendez votre emprise sur l'Ulfland du Sud!

– Le pays est mien par droit de succession et à présent par la force de la conquête. Les deux sont des titres valables. »

Tamurello fit un signe. « Dans le paisible Val Evandre, sire Faude Carfilhiot exerce une autorité appréciée. Partez conquérir ailleurs, mais retenez ici votre main. Carfilhiot est mon ami et allié. Ramenez vos armées ou je serai obligé d'exercer ma magie contre vous. »

Shimrod prit la parole. « N'allez pas plus loin, sans quoi vous vous mettrez dans une situation embarrassante. Je suis

Shimrod. Je n'ai qu'un mot à dire pour convoquer Murgen. Le faire m'était interdit à moins que vous n'interfériez d'abord. Puisque tel est le cas, je demande maintenant à Murgen d'intervenir. »

Un éclair de flamme bleue illumina la cime de la montagne; Murgen s'avança. « Tamurello, tu violes mon édit.

– Je protège quelqu'un qui m'est cher.

– Tu n'es pas autorisé à le faire dans le cas présent; tu as joué un jeu inique, et je tremble de l'envie de t'anéantir à l'instant même. »

Il y eut comme le flamboiement d'un rayonnement noir dans les yeux de Tamurello. Il fit un pas en avant. « Oses-tu proférer à mon encontre de pareilles menaces, Murgen? Tu es sénile et mou, tu trembles devant des terreurs imaginaires. Alors que moi je croîs en force! »

Murgen donna l'impression de sourire. « Je citerai d'abord les Déserts de Falax; en second, le Cap de Chair de Miscus; en troisième, les Squalins de Totnes. Réfléchis; puis va ton chemin et sois reconnaissant de ma modération.

– Et Shimrod? Il est ta créature!

– Plus maintenant. De toute manière, l'offense a été engendrée par toi. Rétablir l'équilibre est son droit. Tu n'as pas agi ouvertement et je te punis ainsi : retourne à Faroli; ne sors de ses limites dans aucune incarnation que ce soit pendant cinq ans, sous peine de suppression. »

Tamurello eut un geste farouche et disparut dans un tourbillon de fumée, qui devint un crépuscule dérivant vers l'est à vive allure.

Aillas se tourna vers Murgen. « Pouvez-vous nous aider encore? Je voudrais bien ne pas risquer la vie d'honnêtes gens, non plus que celle de mon fils.

– Vos souhaits vous honorent. Mais je suis lié par mon propre édit. Pas plus que Tamurello, je ne puis intervenir pour ceux que j'aime. Je marche sur une voie étroite, avec une douzaine d'yeux jugeant ma conduite. » Il posa la main sur la tête de Shimrod. « Déjà, tu t'es écarté de mes concepts.

– Je suis autant Docteur Fidélius le bateleur que Shimrod le magicien. »

Murgen, souriant, recula. La flamme bleue dans laquelle il était arrivé se matérialisa et l'enveloppa; il était parti. Sur le sol à l'endroit où il s'était tenu demeurait un petit objet. Shimrod le ramassa.

Aillas demanda : « Qu'est-ce que c'est?
– Une bobine. Elle est garnie d'un fil fin.
– A quel usage? »
Shimrod tira sur le fil pour l'éprouver. « Il est très solide. »

Debout dans son cabinet de travail, Carfilhiot frissonnait au choc et au bruit sourd des pierres s'abattant du ciel. Le cadre circulaire se modifia pour devenir le visage de Tamurello, tout marbré et convulsé par le désarroi.

« Faude, j'ai été contrecarré; il m'est défendu d'intervenir en ta faveur.

– Mais ils détruisent la structure de mon château! Et ensuite ils me mettront en pièces! »

Le silence de Tamurello pesa dans l'air plus que des mots.

Au bout d'un instant, Carfilhiot reprit d'une voix haletante, basse et vibrante d'émotion : « Une si grande perte et puis ma mort, est-ce tolérable pour toi qui as si souvent déclaré que tu m'aimais? Je ne peux pas le croire.

– Ce n'est pas tolérable, mais l'amour est impuissant à fondre les montagnes. Tout ce qui est raisonnable et plus, je le ferai. Aussi maintenant, prépare-toi! Je vais t'amener ici à Faroli. »

Carfilhiot s'exclama d'une voix consternée : « Mon merveilleux château? Je ne veux pas le quitter! Il faut que tu les chasses! »

Tamurello émit un son triste. « Fuir ou te rendre, quel parti choisis-tu?

– Aucun! Je me fie à toi! Au nom de notre amour, aide-moi! »

Le ton de Tamurello devint réaliste. « Pour obtenir les meilleures conditions, rends-toi maintenant. Plus tu leur nuiras, plus dur sera ton sort. »

Son visage se renfonça dans la membrane grise qui s'arracha alors du cadre et disparut, laissant seulement le panneau de fond en hêtre. Carfilhiot jura et jeta avec violence le cadre sur le sol.

Il descendit à l'étage au-dessous et se mit à faire les cent pas, les mains nouées derrière le dos. Il se retourna et cria à son serviteur : « Les deux enfants : amenez-les ici tout de suite! »

Sur le sommet du Tor Tac, le capitaine des servants bondit soudain devant les catapultes : « Halte au tir! »

Aillas s'approcha. « Qu'y a-t-il?
– Regardez! » Le capitaine tendit le bras. « Ils ont placé quelqu'un sur ce qui reste du toit. »
Shimrod dit : « Ils sont deux : Glyneth et Dhrun! »
Aillas, regardant de l'autre côté du précipice, vit son fils pour la première fois. Shimrod, qui était à côté de lui, déclara : « C'est un beau garçon, fort et vaillant aussi. Vous serez fier de lui.
– Mais comment les sauver? Ils sont à la merci de Carfilhiot. Il a annulé nos catapultes. Tintzin Fyral est de nouveau invulnérable. »

Glyneth et Dhrun, sales, désorientés, le cœur serré de tristesse et frayeur, furent extraits de la pièce où ils avaient été confinés et se virent enjoindre de gravir l'escalier en spirale. Pendant qu'ils montaient, ils prirent conscience d'un impact répété qui déclenchait des vibrations dans les murs de pierre de la tour. Glyneth s'arrêta pour souffler et le serviteur lui fit signe à grands gestes de continuer. « Vite! Sire Faude est pressé!
– Qu'est-ce qui se passe? questionna Glyneth.
– Le château est attaqué, c'est tout ce que je sais. Venez maintenant; il n'y a pas de temps à perdre! »
Les deux furent poussés dans un salon; Carfilhiot s'interrompit dans ses déambulations pour les examiner. Son élégance naturelle avait disparu, ses vêtements étaient en désordre et il avait l'air bouleversé.
« Venez par ici! Vous me serez enfin utiles à quelque chose. »
Glyneth et Dhrun eurent un sursaut de recul devant lui; il leur désigna d'un mouvement impératif l'escalier en colimaçon pour qu'ils montent vers les niveaux supérieurs de la tour. Au-dessus, une boule de pierre plongea au travers du toit défoncé et heurta le mur d'en face. « Vite maintenant! Ouste, en haut! » Carfilhiot les propulsa par l'escalier ployant et rompu jusqu'au-dehors dans le soleil de l'après-midi où ils se firent tout petits dans l'attente et la crainte d'un nouveau projectile.
Dhrun s'exclama : « Regarde la montagne là-bas!
– C'est Shimrod qui est là-haut! s'écria Glyneth. Il est venu nous sauver! » Elle agita les bras. « Nous voilà! Venez nous chercher! » Le toit gémit comme une poutre se détachait et l'escalier s'affaissa. « Vite! cria Glyneth. Le toit s'effondre sous nos pieds!

– Par ici », dit Dhrun. Il entraîna Glyneth près des parapets en ruine et les deux regardèrent l'autre côté du précipice avec une fascination pleine d'espoir.

Shimrod approcha du bord de l'escarpement. Il éleva dans une main un arc et dans l'autre une flèche. Il les donna à un archer.

Glyneth et Dhrun l'observaient avec étonnement. « Il cherche à attirer notre attention, dit Glyneth. Je me demande ce qu'il veut que nous fassions.

– L'archer s'apprête à lancer la flèche; il nous dit de prendre garde.

– Mais pourquoi tirer une flèche? »

Le fil enroulé sur la bobine de Murgen, d'une telle finesse qu'il flottait presque de lui-même, était impossible à rompre par la force de bras humains. Shimrod l'étala avec soin sur le sol, en boucles de trois mètres alignées côte à côte, de façon que le fil puisse se déployer librement. Il tint en l'air l'arc et la flèche afin que les deux silhouettes pleines d'espoir inquiet, si proches et pourtant si lointaines, comprennent son intention, puis il attacha une extrémité du fil à la flèche.

Shimrod se tourna vers Cargus. « Pouvez-vous lancer cette flèche par-dessus la tour? »

Cargus encocha la flèche sur l'arc. « Si je rate, halez la corde et qu'un plus habile tente le coup! »

Il ramena la flèche en arrière pour courber l'arc, la dressa de façon que la flèche vole le plus loin possible, laissa aller. Et la flèche de s'élancer haut dans le ciel, puis de plonger au-dessus du toit de Tintzin Fyral, le fil planant à sa suite. Dhrun et Glyneth coururent pour attraper le fil. Au signal de Shimrod, ils l'attachèrent autour d'un merlon intact à l'autre bout du toit. Aussitôt, le fil s'épaissit, devenant un câble aux fibres tressées de cinq centimètres de diamètre. Sur le Tor Tac, une escouade d'hommes, s'attelant au câble, en reprirent le mou et l'étarquèrent.

Dans le salon, trois étages au-dessous, Carfilhiot était assis, morose mais soulagé d'avoir si ingénieusement arrêté le tir. Quoi ensuite? La situation était en pleine évolution; les conditions devaient changer. Il allait exercer les ultimes ressources de son habileté, toutes ses facultés de souple improvisation pour que de cette triste situation il récupère le maximum et le meilleur pour lui-même. Mais, malgré cela, une conviction désolante commença à envahir son esprit, comme une ombre épaisse. Il avait très peu de marge de manœuvre. Son plus sûr atout, Tamurello, lui avait fait défaut. En admettant qu'il puisse maintenir Dhrun et Glyneth indéfiniment sur le toit, il ne réussirait quand même pas à soutenir éternellement un siège. Il proféra avec irritation une exclamation de détresse. L'heure avait sonné pour un compromis, pour l'amabilité et un marchandage habile. Quelles conditions lui offriraient ses ennemis? S'il rendait ses captifs et les biens de Shimrod, obtiendrait-il qu'on le laisse maître du Val? Probablement pas. Du château? Encore une fois probablement pas... Silence au-dessus. Que se passait-il sur le Tor Tac? Mentalement, Carfilhiot se représenta ses ennemis debout près du précipice et lançant de vaines malédictions dans le vent. Il s'approcha de la fenêtre et leva les yeux. Il considéra le filin en travers du ciel et poussa un cri de stupeur. Déjà, il distinguait au bord du Tor Tac des hommes qui se préparaient à glisser le long de la corde. Il se précipita vers l'escalier et appela son capitaine qui était en bas. « Robnet! Une escouade sur le toit, vite! »

Il monta en courant aux ruines de son appartement privé. L'escalier menant au toit fléchit sous son poids, en grinçant et oscillant. Il le gravit d'un pas aussi léger que possible. Il entendit l'exclamation de Glyneth, voulut presser l'allure, sentit alors les marches céder sous ses pieds. Il sauta, agrippa une poutre éclatée, s'y hissa. Glyneth, le visage blême, se tenait au-dessus de lui. Elle brandit un fragment de charpente et l'abattit de toutes ses forces sur la tête de Carfilhiot. Étourdi, il tomba à la renverse et resta suspendu, un bras passé par-dessus la poutre; puis, projetant l'autre bras en avant pour la saisir, il attrapa Glyneth par la cheville et la tira vers lui.

Dhrun accourut. Il dressa la main en l'air. « Dassenach! Mon épée Dassenach! A moi! »

Par-delà la lointaine Forêt de Tantrevalles, hors du fourré où Carfilhiot l'avait lancée, elle vint, Dassenach l'épée, jusqu'à la main de Dhrun. Il la leva haut et la plongea dans le poignet de Carfilhiot qu'il cloua à la poutre. Glyneth se dégagea d'un coup de pied et se précipita à quatre pattes en lieu sûr. Carfilhiot poussa un cri poignant, glissa et resta suspendu par son poignet cloué.

Le long de la corde, assis dans une boucle, arriva un homme trapu et large de carrure, sombre et sévère d'expression. Il sauta sur le toit, alla regarder Carfilhiot. Un autre homme descendit du Tor Tac. Ils hissèrent Carfilhiot sur le toit, lièrent avec des cordes ses bras et ses jambes, puis se tournèrent vers Glyneth et Dhrun. Le plus petit des deux hommes déclara : « Je suis Yane; voilà Cargus. Nous sommes des amis de votre père. » Ceci s'adressait à Dhrun.

« Mon père?

– Il est là-bas, à côté de Shimrod. »

Par le filin, des hommes glissèrent l'un après l'autre. Les soldats de Carfilhiot tentèrent de lancer des flèches d'en dessous, mais les embrasures n'étaient pas aménagées dans les murs pour ce faire et les flèches se perdirent.

Tintzin Fyral était vide. Les défenseurs étaient morts : par l'épée, par le feu, par l'asphyxie dans des tunnels scellés et par la hache de l'exécuteur. Robnet, capitaine de la garde, avait grimpé sur le rempart qui entourait la place d'armes. Il se tenait planté jambes écartées, le vent soulevant ses mèches grises. Il rugit un défi de sa puissante voix rauque. « Venez! Qui m'affrontera l'épée à la main? Où sont-ils, vos valeureux champions, vos héros, vos nobles chevaliers? Venez! Croisez le fer avec moi! »

Pendant quelques instants, les guerriers troices l'observèrent sans broncher. Sire Cargus cria : « Descends, vieil homme! La hache t'attend!

– Monte me prendre! Viens mesurer ta lame contre la mienne! »

Cargus fit signe aux archers; Robnet mourut avec six flèches saillant du cou, de la poitrine et de l'œil.

La volière présenta des problèmes particuliers. Certains captifs battirent des ailes, se jetèrent de côté et grimpèrent sur des perchoirs élevés pour échapper à ceux qui venaient les délivrer. Le roi fou Deuel tenta une vaillante envolée à travers la cage, mais ses ailes ne le soutinrent pas; il tomba sur le sol et se rompit le cou.

Les cachots livrèrent de quoi hanter à jamais les pensées de ceux qui les explorèrent. Les tourmenteurs furent traînés hurlant sur la place d'armes. Les Ulfs réclamèrent les pals, mais le roi Aillas de Troicinet et d'Ulfland du Sud avait interdit toute torture et ils eurent la tête tranchée à la hache.

Carfilhiot occupait une cage sur la place d'armes à la base du château. Un grand gibet fut érigé, avec le bras de la potence à vingt mètres du sol. A midi, par un temps aigre et sombre, où un vent soufflait étrangement de l'est, Carfilhiot fut transporté au gibet; et de nouveau des voix véhémentes se firent entendre : « Il s'en tire trop facilement! »

Aillas n'en tint pas compte. « Pendez-le haut et court. »

Le bourreau lia les mains de Carfilhiot derrière son dos, passa le nœud coulant par-dessus sa tête et Carfilhiot fut hissé en l'air où il pendilla, les jambes secouées de saccades et le corps tressaillant : grotesque ombre noire sur le ciel gris.

Les pals furent rompus et le feu mis aux fragments. Le corps de Carfilhiot fut jeté dans les flammes où il se contracta et se convulsa comme s'il mourait une seconde fois. Des flammes monta une vapeur verdâtre qui fila dans le vent le long du Val Evandre jusqu'à la mer. La vapeur ne se dissipa pas. Elle se coagula et se fondit en un objet ressemblant à une grosse perle verte, qui tomba dans l'océan où elle fut avalée par un turbot.

Shimrod emballa dans des caisses le matériel qui lui avait été volé et, aussi, d'autres objets. Il chargea les caisses sur une voiture et, avec Glyneth auprès de lui, conduisit la voiture le long du val jusqu'à la vieille ville d'Ys. Aillas et Dhrun chevauchaient à côté. Les caisses furent embarquées sur le navire qui devait les ramener au Troicinet.

Une heure avant de prendre la mer, Shimrod, obéissant à un caprice, enfourcha un cheval et longea la grève en direction du nord : un chemin qu'il avait suivi en rêve voilà bien longtemps. Il approcha du palais bas au bord de la mer et trouva Mélancthe debout sur la terrasse, presque comme si elle l'avait attendu.

A six mètres de Mélancthe, Shimrod arrêta sa monture. Assis sur sa selle, il la regarda. Elle ne dit rien, et lui non plus. Au bout d'un moment, il fit tourner son cheval et s'en revint lentement par la grève jusqu'à Ys.

XXXII

AU début du printemps de cette année-là, des envoyés du roi Casmir arrivèrent à Miraldra et demandèrent audience au roi Aillas.

Un héraut annonça leurs noms : « Plaise à Votre Altesse de recevoir sire Nonus Roman, neveu du roi Casmir, et le duc Aldrudin de Twarsbane; et le duc Rubarth de Jong; et le comte Fanishe du Château de Stranlip! »

Aillas descendit du trône et s'avança. « Messires, je vous souhaite la bienvenue à Miraldra.

– Votre Altesse est on ne peut plus gracieuse, dit sire Nonus Roman. J'apporte avec moi un rouleau de parchemin où sont écrites les paroles de Sa Majesté le roi Casmir de Lyonesse. Si vous le permettez, je vais vous les lire.

Je vous en prie. »

L'écuyer tendit à sire Nonus Roman un tube creusé dans l'ivoire d'une défense d'éléphant. Sire Nonus Roman en sortit un rouleau de parchemin. L'écuyer s'avança d'un pas martial et sire Nonus Roman lui donna le rouleau. Sire Nonus Roman s'adressa à Aillas : « Votre Altesse : les paroles de Casmir, roi de Lyonesse. »

L'écuyer, d'une voix sonore, lut :

> Pour Sa Majesté, le Roi Aillas,
> en son palais de Miraldra, Domreis,
> Ces paroles :
>
> J'aime à croire que la présente vous trouvera en bonne santé.
>
> J'en suis venu à déplorer cette situation qui a exercé

une influence néfaste sur l'amitié traditionnelle existant entre nos royaumes. La suspicion et discorde actuelles n'avantagent aucun d'eux. En conséquence, je propose une cessation immédiate des hostilités, ladite trêve devant se prolonger au moins un an, période durant laquelle aucune partie ne s'engagera dans une opération armée ou ne prendra d'initiatives militaires de quelque sorte que ce soit sans consultation préalable avec l'autre partie, sauf dans le cas d'attaque de l'extérieur.

Au bout d'un an, la trêve sera reconduite, à moins qu'une des parties n'ait notifié le contraire à l'autre. Pendant cette période, j'espère que nos différends auront trouvé une solution et que nos relations futures seront marquées par l'amour fraternel et la concorde.

Avec mes compliments et mes meilleurs sentiments renouvelés, je signe

Casmir
au Haidion, dans
la ville de Lyonesse

De retour à la ville de Lyonesse, sire Nonus Roman remit la réponse du roi Aillas.

A Casmir, roi de Lyonesse
Ces paroles d'Aillas, roi
de Troicinet, de Dascinet et
d'Ulfland du Sud :

J'accède à votre proposition d'une trêve sous les conditions suivantes :

Nous au Troicinet n'avons nul désir de vaincre, conquérir ou occuper le royaume de Lyonesse. Nous en sommes détournés non seulement par la supériorité de vos armées maïs encore par notre répugnance personnelle.

Nous ne pouvons nous sentir en sécurité si le Lyonesse utilise le répit fourni par une trêve pour construire une force navale qui lui permette de défier la nôtre.

En conséquence, je donne mon accord à la trêve si vous vous abstenez de toute construction navale, que nous ne pouvons que considérer comme des préparatifs à une invasion du Troicinet. Vous êtes protégés par la puissance de vos armées et nous par celle de notre flotte.

Aucune ne constitue actuellement une menace pour l'autre; que cette sécurité mutuelle soit la base de la trêve.

Aillas

La trêve étant établie, les rois de Troicinet et de Lyonesse échangèrent des visites de cérémonie, Casmir venant le premier à Miraldra.

En se trouvant face à face avec Aillas, il sourit, puis fronça les sourcils et eut une expression perplexe. « Je vous ai déjà vu quelque part. Je n'oublie jamais un visage. »

La réaction d'Aillas fut un simple haussement d'épaules évasif. « Ce n'est pas moi qui contesterai les facultés de Votre Majesté en matière de mémoire. Rappelez-vous, je suis venu au Haidion quand j'étais enfant.

– Oui, peut-être en effet. »

Au cours du reste de la visite, Aillas sentit souvent sur lui le regard de Casmir, scrutateur et méditatif.

Comme ils traversaient le Lir pour accomplir leur visite de réciprocité au Lyonesse, Aillas et Dhrun allèrent à la proue du bateau. Sur l'avant, le Lyonesse était une silhouette sombre irrégulière à l'horizon.

« Je ne t'ai jamais parlé de ta mère, dit Aillas. Peut-être le moment est-il venu que tu connaisses l'histoire de ce qui s'est passé. » Il regarda à l'ouest, à l'est, puis de nouveau au nord. Il tendit le bras. « Là-bas, à dix ou vingt milles nautiques, je ne sais pas exactement, j'ai été précipité dans les eaux du golfe par mon cousin meurtrier. Les courants m'ont porté vers le rivage alors que j'étais bien près de mourir. J'ai repris conscience et cru qu'en fait j'étais mort et que mon âme avait glissé jusqu'en paradis. Je me trouvais dans un jardin où, par la cruauté de son père, une belle jeune fille vivait seule. Le père était le roi Casmir; la jeune fille était la princesse Suldrun. Nous sommes tombés profondément amoureux l'un de l'autre et nous avons projeté de nous enfuir du jardin. Nous avons été trahis; j'ai été descendu dans une oubliette profonde sur l'ordre de Casmir, et il doit toujours croire que j'y suis mort. Ta mère t'a donné le jour et tu as été emporté pour te soustraire à Casmir. Dans sa douleur et extrême affliction, ta mère s'est suicidée et, pour cette souffrance infligée à quelqu'un d'aussi innocent que le clair de lune, je haïrai Casmir à jamais, de toutes mes fibres. Et voilà ce qu'il en est. »

Le regard de Dhrun alla se perdre au-dessus de l'eau. « Comment était ma mère?

– C'est difficile de la décrire. Elle était détachée de ce monde et pas malheureuse dans sa solitude; elle m'a paru la plus belle créature que j'avais jamais vue... »

Quand Aillas traversa les salles du Haidion, il fut hanté par des images du passé, de Suldrun et de lui-même, si vivantes qu'il croyait entendre le murmure de leurs voix et le bruissement de leurs habits; et tandis que les images défilaient, les deux amoureux semblaient jeter un regard en coulisse vers Aillas, souriant d'un air énigmatique avec des yeux brillants, comme si les deux avaient joué en toute innocence à rien de plus qu'un jeu dangereux.

L'après-midi du troisième jour, Aillas et Dhrun quittèrent le Haidion par l'orangerie. Ils remontèrent la galerie aux arcades, franchirent le portail de bois affaissé, passèrent au milieu des roches pour arriver en bas au vieux jardin.

Ils descendirent lentement le sentier dans un silence qui, tel le silence des rêves, était inhérent à ce lieu. Aux ruines, ils s'arrêtèrent tandis que Dhrun regardait autour de lui avec révérence et émerveillement. Des héliotropes répandaient leur fragrance dans l'air; Dhrun ne devait plus jamais sentir ce parfum sans un petit pincement d'émotion au cœur.

Tandis que le soleil s'enfonçait dans des nuages dorés, les deux se rendirent sur la grève et regardèrent le ressac jouer sur les galets. Le crépuscule ne tarderait pas à tomber; ils retournèrent sur leurs pas et gravirent la pente. Arrivé au tilleul, Aillas ralentit et s'arrêta. Hors de portée de voix de Dhrun, il chuchota : « Suldrun! Es-tu là? Suldrun? »

Il écouta et crut entendre un murmure, peut-être rien qu'un souffle de vent dans les feuilles. Aillas dit à haute voix : « Suldrun? »

Dhrun le rejoignit et lui serra affectueusement le bras; Dhrun aimait déjà profondément son père. « Parles-tu à ma mère?

– J'ai parlé. Mais elle ne répond pas. »

Dhrun regarda autour de lui, en bas vers la mer froide. « Allons-nous-en. Je n'aime pas cet endroit.

– Moi non plus. »

Aillas et Dhrun quittèrent le jardin : deux créatures bien vivantes; et si quelque chose près du vieux tilleul avait murmuré, maintenant ce quelque chose ne murmurait plus et le jardin demeura silencieux toute la nuit.

***

Les navires troices avaient pris la mer. Casmir, sur la terrasse devant le Haidion, regardait leurs voiles diminuer.

Frère Umphred s'approcha de lui. « Sire, un mot avec vous. »

Casmir le considéra sans indulgence. Sollace, toujours plus fervente dans sa foi, avait proposé de construire une cathédrale chrétienne, pour célébrer le culte de trois entités qu'elle appelait « La Sainte Trinité ». Casmir soupçonnait l'influence du frère Umphred qu'il détestait. Il demanda : « Que voulez-vous?

– Hier soir, j'ai eu l'occasion de voir le roi Aillas quand il est venu pour le banquet.

– Eh bien?

– Lui avez-vous trouvé un air de connaissance? » Un sourire malin plein de sous-entendus frémissait sur les lèvres de frère Umphred.

Casmir lui jeta un coup d'œil irrité. « En fait, oui. Et alors?

– Vous rappelez-vous le jeune homme qui voulait à toute force que je le marie avec la princesse Suldrun? »

La bouche de Casmir béa. Comme frappé par la foudre, il regarda fixement d'abord frère Umphred, puis le large. « Je l'ai jeté dans l'oubliette. Il est mort.

– Il s'est évadé. Il se souvient. »

Casmir grogna. « C'est impossible. Le prince Dhrun a au moins dix ans.

– Et quel âge donnez-vous au roi Aillas?

– Il a, je pense, vingt-deux ou vingt-trois ans, pas plus.

– Et il a engendré un enfant à l'âge de douze ou treize ans? »

Casmir se mit à marcher de long en large, les mains derrière le dos. « C'est possible. Il y a un mystère là-dessous. » Il s'arrêta et se tourna vers la mer, où les voiles troices avaient maintenant disparu hors de vue.

Il appela d'un signe sire Mungo, son sénéchal. « Vous rappelez-vous la femme qui avait été soumise à la question à propos de la princesse Suldrun?

– Sire, je m'en souviens, effectivement.

– Amenez-la-moi. »

Sire Mungo revint finalement trouver Casmir. « Sire, j'ai essayé d'exécuter votre ordre, mais en vain. Ehirme, son mari, sa famille, du premier jusqu'au dernier : ils ont quitté leurs domiciles et l'on dit qu'ils sont allés s'installer au Troicinet, où ils sont à présent des propriétaires terriens. »

Casmir ne répondit rien. Il s'enfonça dans son fauteuil, souleva un gobelet de vin rouge et observa les reflets dansants qu'y projetaient les flammes de l'âtre. Pour lui-même, il murmura : « Il y a un mystère là-dessous. »

ÉPILOGUE

ET MAINTENANT?

Le roi Casmir et ses ambitions ont été temporairement contrecarrés. Aillas, qu'il a tenté naguère de tuer, en est responsable et Casmir a déjà pris Aillas en grande détestation. Ses intrigues continuent. Tamurello, craignant Murgen, adresse Casmir au magicien Shan Farway. Dans leur conciliabule, ils prononcent le nom « Joald » et tous deux se taisent.

La princesse Madouc, à demi fée, est une gamine aux longues jambes, avec des boucles noires et un visage d'une mobilité fascinante. C'est une créature aux façons peu orthodoxes; qu'adviendra-t-il d'elle? Qui est son père? Sur son ordre, un garçon aventureux nommé Traven entreprend une quête. S'il réussit, elle devra lui accorder n'importe quelle faveur qu'il demandera. Traven est capturé par Osmin, l'ogre, mais il se sauve en apprenant à son ravisseur à jouer aux échecs.

Et Glyneth, qui aime Ombreleau et Miraldra mais regrette sa vie vagabonde en compagnie du Docteur Fidélius? Qui la courtisera et qui fera sa conquête?

Aillas est roi de l'Ulfland du Sud et le voilà désormais obligé de compter avec les Skas qui guerroient contre le monde entier. Quand il pense aux Skas, il pense à Tatzel, qui habite le Château Sank. Il connaît une voie secrète pour entrer dans la forteresse de Poëlitetz : comment ce renseignement lui servira-t-il?

Qui capture dans son filet le turbot gobeur de la perle verte? Qui porte fièrement la perle dans son médaillon et se trouve poussée à de curieux écarts de conduite?

Bien des affaires restent en suspens. Dhrun est incapable d'oublier les torts qui lui ont été causés à Thripsey par Falaël, bien que celui-ci ait reçu une punition sévère du roi Throbius. Par pure méchanceté, Falaël incite les trolls de Komin Beg à entrer en guerre, et ils sont menés par un lutin féroce nommé Dardelloy.

Et Shimrod? Quel parti prend-il à l'égard de la sorcière Mélancthe?

Et le chevalier au Casque Vide, comment se comporte-t-il au Château de Rhack?

A Swer Smod, Murgen travaille à élucider les mystères du Destin, mais chaque clarification propose une nouvelle énigme. Entre-temps, l'adversaire se tient dans l'ombre en souriant son sourire. Il est plein de force et un jour viendra bien où Murgen finira par se fatiguer et, navré de tristesse, par s'avouer vaincu.

GLOSSAIRE

L'IRLANDE ET LES ISLES ANCIENNES

Peu de faits précis sont rapportés concernant Partholón, un prince rebelle de Dahaut qui, après avoir tué son père, s'est enfui à Leinster. Les Fomoires sont originaires de l'Ulfland du Nord, alors appelé Fomoirie. Le roi Nemed, arrivant de Norvège avec ses hommes, livra trois grandes batailles aux Fomoires près de Donegal. Les Skas, selon le nom que se donnaient les Nemediens, étaient de fougueux guerriers; les Fomoires, vaincus par deux fois, ne remportèrent la victoire finale que grâce à la magie de trois sorcières unijambistes : Cuch, Gadish et Fèhor – et pendant cette bataille Nemed fut tué.

Les Skas avaient combattu avec honneur et vaillance; même dans la défaite, ils inspiraient du respect aux vainqueurs, si bien qu'un délai d'un an et un jour leur fut accordé pour qu'ils mettent leurs vaisseaux noirs en état de poursuivre leur navigation. Finalement, après trois semaines de banquets, de jeux, de chants et de libations d'hydromel, ils ont appareillé et quitté l'Irlande avec comme roi Starn, le fils aîné de Nemed. Starn a conduit les Skas survivants vers le sud jusqu'à Skaghane, la plus au nord des Hespériennes, à l'ouest des Isles Anciennes.

Le second fils de Nemed, Fergus, a fait route vers l'Armorique et rassemblé une armée de Celtes appelés Firbolgs, qu'il a emmenés en Irlande. Au passage, les Firbolgs avaient jeté l'ancre dans le Fflaw à la pointe de Wysrod, mais l'armée qui se porta à leur rencontre était si forte qu'ils partirent sans livrer combat et continuèrent jusqu'en Irlande, où ils ont établi leur suprématie d'un bout à l'autre du pays.

Un siècle plus tard, après une migration épique qui les a entraînés d'Europe Centrale en passant par l'Asie Mineure jusqu'en Sicile et en Espagne, les Tuathas danéens ont traversé le Golfe Cantabrique en direction des Isles Anciennes et se sont installés dans le Dascinet, le Troicinet et le Lyonesse. Au bout de soixante ans, les Tuathas se sont scindés en deux factions, dont l'une est allée en Irlande, affrontant les Firbolgs dans la Première et la Seconde Bataille de Mag Tuired.

Le deuxième raz de marée celte qui a projeté les Milésiens en Irlande et les Brythnis en Bretagne n'a pas touché les Isles Anciennes. Néanmoins, des Celtes ont émigré dans Hybras par petits groupes et se sont répandus partout, ainsi que l'attestent les noms de lieu celtiques qui se retrouvent d'un bout à l'autre des îles. Des tribus fuyant la Bretagne après la défaite de Boudicaa [1] ont imposé leur présence sur le rivage rocheux au nord d'Hybras et ont instauré le royaume celtique de Godélie.

1. Boudicaa, Boudicca, Bodicia ou Boadicée : épouse de Prasutag et reine des Icéniens dans la Grande-Bretagne, lutta contre les Romains et, vaincue, s'empoisonna en 61 après J.-C. (*N.d.T.*)

GLOSSAIRE II

LES FÉES

Les fées sont des hafelins [1] – comme les trolls, les falloys, les ogres et les gobelins, au contraire des merrihews, sandestins, quists et obscurs. Tant les merrihews que les sandestins peuvent se manifester sous forme humaine, mais ils ne prennent cette apparence que par caprice et toujours de façon fugitive. Les quists demeurent à jamais tels qu'ils sont et les obscurs préfèrent suggérer simplement leur présence.

A l'instar des autres hafelins, les fées sont sur le plan physiologique des hybrides, où entrent des proportions variables de substance terrestre. Avec le passage du temps, la proportion d'ingrédient terrestre augmente, ne serait-ce que par l'ingestion d'air et d'eau, encore que le processus soit hâté quelquefois lorsqu'il y a union charnelle entre être humain et hafelin. A mesure que le hafelin « s'alourdit » de substance terrestre, il se rapproche de l'humanité et perd tout ou partie de sa magie.

L'être « lourd » est abusivement expulsé du shee [2] parce que considéré comme rustre et stupide, il erre dans la campagne et finit par s'intégrer à la communauté humaine, où il mène une existence désolée et n'exerce que rarement sa magie faiblissante. Les rejetons de ces créatures sont particulièrement attirés par la magie et deviennent souvent des sorcières ou des sorciers : ainsi en est-il de tous les magiciens des Isles Anciennes.

1. Du gothique *half* (partie, moitié), le *halfling* ou *hafelin* est un être mixte qui a une forme humaine (souvent réduite chez les fées, le « petit peuple ») et des pouvoirs surnaturels. (*N.d.T.*)
2. Le *shee* ou *sidhe* est la forteresse souterraine ou le palais souterrain où habitent les fées, selon le folklore gaélique. (*N.d.T.*).

Lentement, très lentement, le nombre des hafelins diminue; les shees s'estompent et l'ingrédient vital des hafelins se dissout dans la race humaine. Toute personne en ce monde hérite plus ou moins de substance fée par des milliers d'infiltrations imperceptibles. Dans les relations entre humains, la présence de cette qualité est bien connue, mais ressentie de façon subliminale et rarement identifiée avec justesse.

L'être fée du shee semble souvent infantile, du fait qu'il se livre à des actes dépourvus de mesure. Certes, le caractère varie selon les individus; mais il est toujours capricieux et souvent cruel. De même, la sympathie de l'être fée s'éveille vite, auquel cas il se montre d'une générosité extravagante. L'être fée est enclin à la vantardise; il a tendance à affecter des attitudes théâtrales et à bouder pour un rien. Il est sensible à tout ce qui touche l'opinion qu'il a de lui-même et ne peut tolérer la moquerie, qui le jette dans des trépignements de fureur déchaînée. Il admire au même degré la beauté et la difformité bizarre; pour l'être fée, ce sont des attributs équivalents.

Dans le domaine de l'amour, l'être fée a des réactions imprévisibles et des goûts parfois remarquablement éclectiques. Le charme, la jeunesse, la beauté ne sont pas des motivations puissantes; par-dessus tout, l'être fée est avide de nouveauté. Ses attachements sont rarement durables, ce qui est une caractéristique commune à tous ses états d'âme. Il change vite d'humeur, allant de la joie au chagrin; de la colère au rire en passant par la crise de nerfs ou n'importe laquelle d'une douzaine d'autres réactions inconnues de la race humaine qui est plus flegmatique.

Les fées adorent jouer des tours. Malheur au géant ou à l'ogre que les fées décident de turlupiner! Elles ne lui laissent pas un instant de répit; sa propre magie est d'une sorte grossière, facile à esquiver. Les fées le harcèlent avec une joie cruelle jusqu'à ce qu'il se terre dans son antre ou château.

Les êtres fées sont de merveilleux musiciens et utilisent des centaines d'instruments singuliers, dont quelques-uns – tels que violon, cornemuse et flûte – ont été adoptés par les hommes. Ils jouent tantôt des gigues et girades qui vous mettent des ailes aux talons, tantôt des airs mélancoliques au clair de lune, qu'on n'oublie jamais quand on les a entendus. Pour les processions et les investitures, les musiciens exécutent de nobles harmonies d'une grande complexité, sur des thèmes dépassant la compréhension humaine.

Les êtres fées sont jaloux et impatients, ils ne tolèrent pas les intrusions. L'enfant, fille ou garçon, qui traverse innocemment une prairie de fées, risque fort d'être cruellement fouetté avec des branches de noisetier. D'autre part, si les êtres fées sont assoupis, l'enfant passera peut-être inaperçu ou même se verra inondé d'une pluie de pièces d'or, car les fées se plaisent à déconcerter hommes et femmes par une prospérité subite autant que par un désastre soudain.

GLOSSAIRE III

LES SKAS

Pendant dix mille ans ou plus, les Skas ont maintenu la pureté de leur race et la continuité de leurs traditions, se servant de la même langue avec tant de conservatisme que les plus anciennes chroniques, aussi bien orales qu'écrites, sont restées intelligibles à toutes les époques sans se teinter d'archaïsme. Leurs mythes rappellent des migrations au nord par-delà les glaciers de Würm; leurs plus vieux bestiaires comprennent des mastodontes, des ours des cavernes et des loups féroces [1]. Leurs sagas célèbrent des combats contre des cannibales de Néanderthal, se terminant par une victoire d'extermination où le sang rouge coulait à flots sur la glace du Lac Ko (en Danemark). Ils ont suivi les glaciers vers le nord et abouti dans les terres vierges et sauvages de la Scandinavie, qu'ils revendiquèrent comme patrie. Là, ils ont appris à fondre le fer des marais, à forger des outils, des armes et des charpentes métalliques; ils ont construit des vaisseaux capables de tenir la mer et se sont dirigés à la boussole.

Vers 2500 avant J.-C., une horde d'Aryens, les Ur-Goths, a

1. Jack Vance emploie ici le terme classique désignant le grand mammifère carnassier fossile du genre chien : l'*aenocyon dirus* ou *canis dirus*, découvert dans les couches du pléistocène à l'ère quaternaire. C'est toute l'époque de l'Age de la pierre taillée qui est évoquée ici avec les glaciers de Würm (Alpes) : le *Würmien* désigne la 3e phase glaciaire, la plus récente datant du Paléolithique inférieur (le XXe siècle appartient à la phase suivante dite post-glaciaire) – et les hommes de Néanderthal ont été nommés ainsi d'après le site de la vallée de la Dusserl, en Prusse Rhénane, où ont été trouvés les vestiges humains fossiles appartenant à cette période. (*N.d.T.*)

émigré en direction du nord et pénétré en Scandinavie, repoussant les Skas relativement civilisés à l'ouest, jusqu'aux rives de la Norvège et, finalement, dans la mer.

Les Skas survivants ont fait irruption en Irlande et se sont intégrés au mythe irlandais sous le nom de « Nemediens » : les Fils de Nemed. Les Ur-Goths adoptèrent les manières de vivre des Skas et sont devenus les ancêtres des divers peuples gothiques, en particulier notamment les Germains et les Vikings.

De Fomoirie (l'Ulfland du Nord), les Fomoires ont émigré en Irlande et ont livré aux Skas trois grandes batailles, les forçant à quitter l'Irlande. Cette fois, les Skas sont partis au sud, à Skaghane qu'ils jurèrent de ne plus jamais quitter. Modelés par une cruelle adversité, ils étaient devenus une race de guerriers aristocratiques et se considéraient comme étant en guerre ouverte avec tout le reste du monde. Les autres peuples sans exception, ils les jugeaient sous-humains et de bien peu supérieurs aux animaux. Entre eux, ils étaient loyaux, doux et raisonnables; à l'égard des autres, ils se montraient impartialement impitoyables : cette philosophie était devenue leur moyen de survie.

Leur culture est unique en son genre et sans point commun avec aucune autre en Europe; par certains aspects sobre ou même austère, par d'autres témoignant d'une grande richesse dans le détail. Chaque individu était éduqué de façon à être virtuellement à même de réussir n'importe quoi; nul n'aurait songé à admettre qu'il ou elle était stupide ou incapable de pratiquer n'importe quelle activité imaginable; en tant que Ska, sa compétence universelle était considérée comme allant de soi. Des mots comme « artiste » et « créativité » étaient inconnus : chaque homme, chaque femme exécutait des œuvres magnifiques sans penser que c'était extraordinaire.

Sur le champ de bataille, les Skas étaient intrépides dans le plein sens du terme, pour des raisons diverses. Un « ordinaire » n'avait de chances de devenir « chevalier » qu'en massacrant trois ennemis. Aucun Ska ne pouvait survivre au mépris de ses pairs; en pareil cas, il dépérissait et mourait de pur dégoût de lui-même.

En dépit de la conviction des Skas concernant l'égalité des citoyens, la société ska était fortement stratifiée. Le roi ska avait le privilège de nommer son successeur : en général mais pas obligatoirement son fils aîné. Au bout d'un an, le nouveau roi devait obtenir l'approbation d'une assemblée de la haute noblesse, approbation qui devait être renouvelée après trois ans de règne.

Selon les normes de l'époque, la loi ska était modérée et libérale. Les Skas n'utilisaient jamais la torture et un esclave était traité avec le même genre de bienveillance que celle témoignée à un animal domestique, impersonnelle mais tolérante. Si l'esclave se montrait rebelle, il était puni en étant soit fouetté sans sévérité, soit isolé dans un enclos au régime du pain sec et de l'eau, soit mis aussitôt à mort. Entre eux, les Skas étaient ouverts, généreux et d'une franchise totale. Les duels étaient illégaux; le viol, l'adultère, les perversions sexuelles étaient considérés comme des aberrations bizarres et les coupables étaient éliminés pour maintenir la salubrité publique. Les Skas estimaient être le seul peuple éclairé de l'époque; d'autres les considéraient comme des brigands, voleurs et meurtriers sans merci.

Les Skas n'avaient pas de religion organisée, mais ils vénéraient un panthéon de divinités représentant les forces de la nature.

Achevé d'imprimer en décembre 1987
sur les presses de l'Imprimerie Bussière
à Saint-Amand (Cher)

PRESSES POCKET - 8, rue Garancière - 75285 Paris
Tél. : 46-34-12-80

— N° d'édit. 2091. — N° d'imp. 2276. —
Dépôt légal : avril 1985.

Imprimé en France